L'URGENCE DANS LA PEAU

L'impératif de Bourne

ERIC VAN LUSTBADER

Le Gardien du testament

Série « Jason Bourne » *(d'après Robert Ludlum)* :

La Peur dans la peau.
La Trahison dans la peau.
Le Danger dans la peau.
La Poursuite dans la peau.
Le Mensonge dans la peau.
La Traque dans la peau.

DE ROBERT LUDLUM

Aux Editions Grasset

Série « Réseau Bouclier » :

Opération Hadès, avec Gayle Lynds.
Objectif Paris, avec Gayle Lynds.
Le Pacte Cassandre, avec Philip Shelby.
Le Code Altman, avec Patrice Larkin.
Le Danger arctique, avec James Cobb.

Le Complot des Matarèse.
La Trahison Prométhée.
Le Protocole Sigma.
La Directive Janson.
La Stratégie Bancroft.
Le Choix Janson.

Aux Editions Robert Laffont

La Mémoire dans la peau.
La Mosaïque Parsifal.
Le Cercle bleu des Matarèse.
Le Week-end Osterman.
La Progression Aquitaine.
L'Héritage Scarlatti.
Le Pacte Holcroft.
La Mort dans la peau.
Une invitation pour Matlock.
Le Duel des Gémeaux.
L'Agenda Icare.
L'Echange Rhinemann.
La Vengeance dans la peau.
Le Manuscrit Chancellor.
Sur la route d'Omaha.
L'Illusion Scorpio.
Les Veilleurs de l'Apocalypse.
La Conspiration Trevayne.
Le Secret Halidon.
Sur la route de Gandolfo.

d'après

ROBERT LUDLUM

ERIC VAN LUSTBADER

L'URGENCE DANS LA PEAU

L'impératif de Bourne

Traduit de l'anglais (États-Unis)
par
Florianne Vidal

BERNARD GRASSET

PARIS

*L'édition originale de cet ouvrage a été publiée par Orion Books
en 2012, sous le titre :*

THE BOURNE IMPERATIVE

Couverture : © Barnaby Hall/Getty Images (silhouette femme),
Joana Kruse/Getty Images (homme).

ISBN : 978-2-246-77841-7
ISSN : 1263-9559

Prologue

Prologue

Sadelöga, Suède

ELLE SORTIT DE LA BRUME. Lui courait. Sa fuite avait duré
des heures, des jours. Il avait l'impression d'être seul
depuis des semaines, avec son cœur qui cognait contre ses
côtes, l'esprit englué par le souvenir d'une terrible trahison. Il ne
connaissait plus le sommeil ; le repos appartenait au passé.

Tout se brouillait dans sa tête. Il ne voyait qu'une chose : elle
était sortie de la brume alors qu'il pensait lui avoir échappé – pour
la treizième ou peut-être la quinzième fois. Pourtant elle était
bien là, marchant vers lui comme l'ange exterminateur. Un être
mythique, indestructible, implacable.

Le monde se réduisait à eux deux. Rien n'existait au-delà de
cette blancheur – neige, glace, et les maisons de pêcheurs peintes
en rouge foncé qui se découpaient sur le fond blanc, rien que
des cabanes ramassées sur elles-mêmes, pourvues du strict nécessaire. Il admirait cette sobriété.

La brume lui faisait l'effet d'un brasier – un feu glacé qui remontait le long de son échine, lui empoignait la nuque, comme elle
le faisait... avant... mais quand ? Quelques jours ? Une semaine ?
Quand ils partageaient le même lit, quand elle était une autre
femme, une femme amoureuse qui avait vite compris comment le
faire frissonner de plaisir, fondre sous ses caresses.

Il patinait presque en traversant le grand lac gelé. Soudain, il
dérapa, son arme tomba et glissa sur la glace. Il allait se baisser
pour la ramasser quand il entendit craquer une brindille. Un son net
et précis, comme celui d'un couteau qui s'enfonce dans la neige.

Alors il abandonna son pistolet pour se précipiter vers un bouquet de conifères qui bruissaient dans le vent. La neige poudreuse lui aspergea le visage, recouvrit ses sourcils et la barbe qu'il ne rasait plus depuis qu'il était monté dans l'avion pour changer de continent. Il aurait voulu regarder en arrière, simplement pour estimer la distance qui le séparait d'elle, mais il n'osait gaspiller ne serait-ce qu'une seconde.

Cette femme le suivait à la trace depuis le Liban. Il l'avait abordée à Dahr El Ahmar, dans un bar bondé et enfumé – ou alors devait-il se faire à l'idée que c'était elle qui l'avait abordé, que chacun de ses actes, chacune de ses paroles avaient eu un but bien précis, dès le départ. Il y voyait beaucoup plus clair depuis qu'il vacillait au bord du précipice, avec pour seule alternative la fuite ou la mort. C'était elle qui avait mené la danse, et pas lui – le professionnel aguerri. Comment avait-elle pu percer ses défenses aussi facilement ? Il connaissait la réponse : nul ne résistait à l'ange exterminateur.

À l'abri sous les sapins, il s'accorda une pause. Son souffle formait des nuages blancs devant son visage. Le froid était extrême mais, sous sa parka en tissu de camouflage, il crevait de chaud. Son regard se fixa par hasard sur l'un des troncs du labyrinthe végétal. Il revit la chambre d'hôtel empestant la sueur et le sexe. Il se rappela l'instant précis où elle lui avait mordu la lèvre en disant quelque chose comme « Je sais. Je sais ce que tu es. »

Pas *qui tu es*, mais *ce que tu es*.

Donc elle savait. Il regarda l'entrelacs des branches autour de lui. Les aiguilles de pin tissaient un voile d'invisibilité. C'était impossible. Comment pouvait-elle être au courant ? Et pourtant...

Quand de nouveau il entendit craquer une brindille, il sursauta, pivota lentement sur les talons, tous ses sens en éveil. Où était-elle ? La mort pouvait fondre sur lui à tout moment mais elle ne le tuerait pas tout de suite, il savait trop de choses. Si elle avait simplement voulu le tuer, elle lui aurait réglé son compte depuis longtemps, dans l'intimité de leurs ébats. Le souvenir de ces nuits le faisait encore frissonner d'excitation, même s'il savait à présent qu'il avait failli y laisser sa peau. Elle s'était amusée avec lui – peut-être y avait-elle pris autant de plaisir que lui, après tout.

Ses lèvres se retroussèrent dans un rire silencieux, ou plutôt un rictus sarcastique. Quel imbécile ! Il continuait à se bercer d'illusions, à croire qu'il s'était passé quelque chose de fort entre eux. Pourtant, il tenait la preuve évidente du contraire. Quel sort lui avait-elle jeté ? Il frissonna, s'accroupit et replongea en lui-même, le dos collé contre l'écorce rugueuse.

Tout à coup, il se sentit las de fuir. C'était ici, dans ce désert glacé, perdu au milieu de nulle part, qu'il attendrait l'ennemie. Mais quelle serait l'issue du combat ? Quelque part derrière lui il entendait l'eau qui coulait. À Sadelöga, on n'était pas loin de l'embouchure de la Baltique, d'où les odeurs de sel, d'algues et de phosphore qui saturaient l'air ambiant.

Du coin de l'œil, il aperçut une tache qui remuait comme un poisson au bout d'une ligne. C'était elle ! L'avait-elle repéré ? Il voulut bouger mais ses jambes étaient de plomb. Il ne sentait plus ses pieds. Alors, il tourna doucement la tête et vit la silhouette d'une femme pénétrer dans le petit bois.

Elle s'arrêta, pencha la tête pour mieux écouter, comme si elle pouvait l'entendre respirer.

Par simple réflexe, il passa la langue sur sa lèvre inférieure tuméfiée, et plongea dans ses souvenirs. Il se revit à une exposition de gravures japonaises – des estampes magnifiques dégageant une grande sérénité. Toutes sauf une. Il s'agissait d'une image érotique célèbre dans le monde entier mais dont personne ou presque n'avait vu l'original. La gravure suspendue devant ses yeux montrait une femme en pleine extase, enlacée par les huit bras d'une pieuvre. C'était ainsi qu'il voyait sa maîtresse, la femme qui le pourchassait. Une pieuvre. Dans la moiteur de leur chambre d'hôtel, à Dahr El Ahmar, il avait vécu les profondeurs – ou les sommets – de la jouissance qui possédaient la Japonaise de l'estampe. Sur ce plan du moins, il n'avait rien à redire. Jamais il n'aurait imaginé qu'une femme pût lui donner autant de plaisir. Et pourtant si. Pour cette raison, comble du paradoxe, il éprouvait une véritable gratitude envers celle-là même qui cherchait à le faire passer de vie à trépas.

Il tressaillit. Elle approchait. Il ne l'entendait pas, ne la voyait pas à cause des arbres trop imbriqués, mais il la sentait venir.

Il campa donc sur ses positions et attendit qu'elle apparaisse, tout en réfléchissant à ce qu'il ferait à ce moment-là.

Son attente fut courte. On aurait dit que les secondes s'égrenaient au fil de l'eau qui bruissait derrière lui, à la lisière du petit bois de conifères. Il l'entendit prononcer son nom, avec douceur, gentillesse, comme lorsqu'ils étaient encore amants, blottis l'un contre l'autre, enfermés dans leurs extases respectives. Un frisson lui parcourut le dos, se lova entre ses jambes et y resta.

Pourtant... Il avait encore des ressources, des chances de sortir vivant de ce piège mortel.

Il baissa la tête et ramena lentement ses genoux contre sa poitrine. La neige devait tomber plus fort que tout à l'heure car des flocons parvenaient à se glisser en grand nombre entre les aiguilles entrecroisées. Les ombres vertes viraient au gris anthracite et lui offraient un meilleur camouflage. La couche blanche le recouvrait peu à peu, légère comme le frémissement des ailes d'un ange. Son cœur battait la chamade, le sang cognait dans son cou.

Toujours vivant, pensa-t-il.

Il la sentit se faufiler entre deux troncs. Ses narines frémirent, comme celles d'un animal reniflant un congénère. Quelle qu'en soit l'issue, la chasse était sur le point de se terminer. Il éprouvait un étrange soulagement. Bientôt, ce serait fini.

Elle était si près maintenant qu'il entendait crisser ses bottes. La croûte impalpable s'enfonçait sous ses pas. Quand elle s'arrêta à deux mètres de lui, son ombre le surplomba. Cette ombre qui ne le lâchait pas depuis qu'il avait pris la direction du nord dans le vain espoir de la semer.

Je sais ce que tu es, avait-elle dit. Dans ce cas, elle savait qu'il était livré à lui-même, sans secours, sans personne pour l'aider en cas de danger. Le danger, c'était elle. Il était séparé du reste du troupeau. Donc, si jamais on le capturait pour lui faire subir un interrogatoire en règle, le troupeau ne courrait aucun risque. Pourtant, elle savait qu'il dissimulait des secrets dans les recoins les plus obscurs de son esprit. Des secrets qu'elle lui soutirerait avec le savoir-faire de l'amateur de crustacés qui extrait la chair d'un homard. Telle était sa mission : le faire parler à tout prix.

La pieuvre et le homard. Aucune autre image ne convenait mieux à leurs deux personnages.

Elle prononça encore son nom, d'une voix plus ferme cette fois. Il leva le menton pour la regarder dans les yeux. Elle tenait un pistolet EAA Witness le canon pointé sur son genou droit.

«Fini de courir», dit-elle.

Il hocha la tête. «Fini de courir.»

Elle le regardait avec une surprenante douceur. «Désolée pour ta lèvre.»

Il partit d'un bref éclat de rire. «Apparemment j'avais besoin de ça pour me réveiller.»

Ses yeux avaient la couleur et la forme des olives mûres. Leur éclat sombre faisait ressortir sa peau hâlée. Ses cheveux noirs tirés en arrière disparaissaient sous son capuchon, hormis deux mèches folles. «Pourquoi tu fais ce métier?

— Et toi?»

Elle eut un rire tranquille. «Pour moi, c'est simple.» Elle avait un nez aquilin, des pommettes délicates, une bouche généreuse. «J'assure la sécurité de mon pays.

— Aux dépens de tous les autres.

— N'est-ce pas la définition d'un patriote?» Elle le désigna du menton. «Mais tu ne peux pas comprendre.

— Tu es tellement sûre d'avoir raison.»

Elle haussa les épaules. «Je suis née comme ça.»

Il bougea très légèrement. «Dis-moi une chose. À quoi pensais-tu quand on était au lit ensemble?»

Il remarqua un infime changement dans son sourire, mais ce n'était qu'une façon d'amener sa réponse: «Tu vas me dire ce que je veux savoir. Parle-moi de *Jihad bis Saif*.

— Je ne te le dirai pas, même dans mon dernier souffle.»

Le sourire de la femme changea encore. À présent, elle le regardait avec cet air énigmatique qu'elle avait eu dans la chambre d'hôtel, à Dahr El Ahmar. Il s'était dit que ce sourire lui était réservé, à lui, et il ne s'était pas trompé. Il l'avait juste mal interprété.

«Tu n'as pas de pays, tu ne sais rien de la loyauté envers la patrie. Tes maîtres y ont veillé.

— On a tous des maîtres, répliqua-t-il. Mais on préfère croire qu'ils n'existent pas. »

Il attendit qu'elle avance encore un peu pour brandir le couteau qu'il cachait contre lui. Elle était maintenant trop proche pour voir venir le coup et l'esquiver. Quand elle aperçut la lame, c'était déjà trop tard. L'acier déchira le tissu de sa parka Thinsulate et se ficha dans son épaule droite. Elle pivota de 45°, le pistolet EAA lui échappa, s'envola et, dès que son bras retomba sans force, l'homme lui sauta dessus et la plaqua au sol en utilisant tout son poids pour l'enfoncer dans la neige, jusqu'à la couche de terre gelée tapissée d'aiguilles de pin.

Il lui balança un crochet à la mâchoire. Deux mètres plus loin, le pistolet gisait sur le sol. Elle s'ébroua et quand elle eut recouvré ses esprits, poussa de toutes ses forces pour se dégager. Il s'écarta en roulant sur lui-même mais elle n'eut pas le temps d'agir car déjà, il saisissait le manche du poignard et plantait encore plus profondément la lame dans sa chair. Elle serra les dents mais, au lieu de crier, lui empoigna la gorge au niveau de la trachée artère et serra. Il toussa, faillit vomir, et lâcha le couteau qu'elle s'empressa d'extraire de son épaule. Des gouttes rouge sombre brillaient sur la lame étroite.

Il recula, se précipita sur le pistolet, s'en empara et le braqua vers elle qui le regardait faire en riant. Alors, il pressa la détente une fois, deux fois. Il était déchargé. Mais qu'est-ce que cette femme avait en tête ? Il n'eut pas le temps de réfléchir à la question, elle venait de sortir un Glock 20 de sa parka. Il jeta l'arme inutile, se releva en toute hâte, fit demi-tour et se mit à courir entre les sapins, en direction de la rivière, sa seule chance de survie.

Tout en courant, il dégrafa sa grosse veste et s'en débarrassa. Dans l'eau, elle ne ferait que l'encombrer. La rivière serait atrocement froide – si froide qu'il n'aurait que cinq ou six minutes pour la traverser et rejoindre l'autre rive avant l'engourdissement, la paralysie, la mort.

Une détonation retentit derrière lui. La balle siffla près de son genou droit. Il trébucha, percuta un arbre, rebondit et reprit sa course à travers bois. À présent, le bruit du torrent lui évoquait la rumeur d'une armée en marche. Il convoqua toute son énergie tandis que son souffle devenait plus saccadé.

Quand il vit enfin l'eau scintiller au loin, son cœur se gonfla d'allégresse, ses poumons se remirent à fonctionner. Il surgit d'entre les arbres et se précipita vers la rive où des touffes d'herbe jaunie balayées par la neige poussaient entre les rochers qui suivaient une pente abrupte jusqu'à la mer.

Il y était presque mais, au dernier moment, il glissa sur une plaque de boue. La deuxième balle aurait dû le toucher à l'épaule, elle lui érafla la tempe. Il fit un tour sur lui-même, bras écartés, et se remit à galoper comme un fou, aveuglé par son propre sang. Ayant atteint la limite entre la terre et l'eau, il plongea dans les profondeurs glacées.

*

Assis au milieu d'une petite barque de pêcheur, Jason Bourne appuyait sur sa rame tout en observant les minuscules îlots frangés de glace qui l'entouraient de toutes parts. Il était censé attraper des poissons, du genre truite de mer, perche ou brochet.

«La pêche n'est pas ton passe-temps favori, n'est-ce pas?», dit Christien Norén.

Bourne grommela, préférant ignorer sa remarque. La dernière chute de neige avait été aussi intense que brève. Le ciel était maintenant d'un gris oppressant.

«Ne bouge pas», l'admonesta Christien. Il tenait sa rame de travers. «Tu fais peur aux poissons.

— Ce n'est pas moi.» D'un air préoccupé, Bourne observait l'eau zébrée de brun et de vert, où des ombres dansaient au rythme d'une silencieuse mélodie. «Quelque chose les a effrayés.

— Tiens donc, s'esclaffa Christien. Un complot subaquatique est sur le point d'éclater au grand jour.»

Bourne leva les yeux. «Pourquoi m'as-tu amené ici? Tu n'as pas l'air de trop aimer la pêche, toi non plus.»

Ils se regardèrent dans les yeux pendant quelques secondes, puis Norén répondit: «Quand il est question de complot, mieux vaut éviter les oreilles indiscrètes.

— Et choisir un endroit reculé. D'où cette petite balade loin de Stockholm. »

Christien hocha la tête. « Certes, mais Sadelöga n'est pas ce qu'on appelle un endroit reculé.

— Sauf ici, sur ce bateau au milieu de l'eau.

— En effet.

— J'espère que tu vas m'apprendre quelque chose d'intéressant. Où en êtes-vous de vos recherches, Don Fernando et toi ? À Washington, Peter Marks m'a dit que...

— Les choses vont mal, l'interrompit Christien. Très très mal, pour tout dire. C'est la raison pour laquelle... »

Bourne lui fit un signe explicite – sa main tranchant l'air devant lui – auquel Christien répondit par le silence. Puis il lui montra les rides qui se formaient à la surface de l'eau, suivies d'un gonflement soudain, comme si une nageoire dorsale allait émerger. Une gigantesque créature était sur le point d'apparaître.

« Nom de Dieu ! », s'exclama Christien.

Bourne lâcha sa rame et se pencha en avant pour empoigner le corps qui venait de surgir.

Livre premier

1

« RUMEURS, ALLUSIONS, INTUITIONS, CONJECTURES. » Le président des États-Unis fit glisser sur la table le dossier relié cuir qui contenait le rapport de renseignements qu'il recevait chaque jour. Christopher Hendricks le réceptionna.

« Avec tout mon respect, Monsieur, dit le secrétaire à la Défense, je pense que c'est un peu plus sérieux que cela. »

Le Président leva son regard bleu acier vers son plus fidèle collaborateur. « Vous croyez que c'est la vérité, Chris ?

— Oui, Monsieur. »

Le Président désigna le document. « Si j'ai appris une chose durant ma longue carrière politique, c'est qu'en l'absence de faits sur lesquels s'appuyer, la vérité est plus dangereuse que le mensonge. »

Hendricks pianotait sur le fichier. « Et pourquoi cela, Monsieur ? » dit-il avec patience. Il voulait vraiment connaître son opinion.

Le Président soupira. « Parce qu'en l'absence de faits, les rumeurs, les allusions, les intuitions, les conjectures ont tendance à construire un mythe. Et les mythes ont tendance à imprégner l'esprit des gens. Ils grandissent, se développent et prennent des proportions démesurées. Songez à Nietzsche et à sa théorie du "surhomme".

— C'est ce qui se passe en ce moment, d'après vous ?

— Exactement.

— Vous croyez que cet individu n'existe pas.

— Je n'ai pas dit cela.» Le Président fit pivoter son fauteuil, posa ses coudes sur le bureau étincelant et joignit le bout de ses doigts sous son menton. «Ce qui me laisse dubitatif, ce sont toutes les rumeurs à son sujet : ce qu'il a fait, ce qu'il est capable de faire... Non, décidément, je n'en crois pas un mot.»

Il y eut un bref silence. À l'extérieur du Bureau ovale, on entendit le souffle d'une machine à balayer les feuilles mortes. Le bruit semblait provenir du mur en béton armé qui entourait l'enceinte sacrée. Hendricks jeta un œil dehors mais ne vit rien. Cela dit, tous les travaux à l'intérieur de la Maison-Blanche et sur son périmètre étaient censés s'effectuer dans la plus grande discrétion.

Hendricks s'éclaircit la voix. «Pourtant, Monsieur, je crois vraiment que notre pays est menacé.»

À droite de la fenêtre, le drapeau américain exposait ses étoiles égarées dans ses propres plis. Les yeux mi-clos, le Président respirait tout doucement. Quelqu'un de moins averti qu'Hendricks aurait pu le croire endormi.

Le Président désigna le dossier relié cuir. Hendricks le lui retourna en le faisant glisser sur le bureau. Il l'ouvrit et survola ses pages noircies. Le texte était serré, les paragraphes chargés. «Comment tourne la boutique ?

— Treadstone se porte plutôt bien.

— Vos deux directeurs sont prêts à mettre les bouchées doubles ?

— Oui.

— Vous avez répondu trop vite, Chris. Voilà quatre mois, Peter Marks a failli mourir dans un attentat à la voiture piégée. Presque au même moment, Soraya Moore était grièvement blessée à Paris, dans des circonstances tragiques.

— Sa mission s'est achevée sur un succès.

— Je ne vous reproche rien, Chris, dit le Président. Je vous fais part de mes inquiétudes, c'est tout.

— Ils ont tous deux subi les examens nécessaires. Les médecins les ont déclarés aptes, tant du point de vue physique que psychologique.

— Je suis ravi de l'apprendre. Sincèrement. Mais ces personnes sont uniques en leur genre, Chris.

— Comment cela ?

— Allons, vous voyez bien ce que je veux dire. D'habitude, les directeurs des services de renseignement ne risquent pas leur vie sur le terrain.

— C'est ainsi que fonctionne Treadstone. C'est une toute petite structure.

— À dessein, je sais. » Il s'accorda une pause. « Au fait, comment va Dick Richards ?

— Il s'intègre tout doucement à l'équipe. »

Le Président approuva d'un signe de tête, puis se mit à tapoter sa lèvre inférieure, comme s'il remuait une idée. « Très bien, dit-il enfin. Mettez Treadstone sur cette affaire, si vous l'estimez indispensable – prenez Marks, Moore, Richards, qui vous voulez. Mais... » Il leva l'index pour ponctuer ses dires « ... vous me fournirez chaque jour des nouvelles de l'enquête. Par-dessus tout, Chris, donnez-moi des faits. Je veux la preuve que cet homme d'affaires...

— Un ennemi puissant qui va bientôt constituer une menace pour notre sécurité.

— Peut-être bien. En tout cas, je veux la preuve que ce type mérite notre attention. Sinon, vous déploierez votre précieux personnel sur d'autres affaires urgentes. Compris ?

— Oui, Monsieur. » Hendricks se leva et quitta le Bureau ovale, encore plus inquiet qu'il ne l'était en entrant.

En revenant de Paris, trois mois auparavant, Soraya Moore avait trouvé Treadstone bien changé. Tout d'abord, suite à l'explosion de la voiture piégée dans le parking souterrain du vieil immeuble de bureaux – attentat où Peter avait été blessé – on avait transféré les locaux de Washington à Langley, en Virginie. Ensuite, on avait recruté ce grand rouquin qui perdait ses cheveux et promenait son sourire triomphant dans les couloirs.

« Je suis toute perdue », avait-elle déclaré d'emblée à son collègue et ami, Peter Marks, avec une grimace comique.

Peter avait éclaté de rire en la serrant dans ses bras. Devinant qu'il brûlait de l'interroger sur la mort à Paris d'Amun Chalthoum, le chef d'Al Mokhabarat, les services secrets égyptiens, elle l'en avait dissuadé d'un regard. Et il avait ravalé sa question.

Le rouquin dégingandé venait de quitter son bureau pour les rejoindre, la main tendue vers Soraya. Il se présenta : Dick Richards. Quel nom ridicule, songea-t-elle.

« Heureux de vous savoir de retour parmi nous », dit-il sur un ton affable.

Elle le regarda d'un air inquisiteur. « Pourquoi dites-vous cela ?

— J'ai beaucoup entendu parler de vous depuis que j'occupe ce poste. Le directeur Marks ne tarit pas d'éloges. » Il sourit. « Je serais ravi de vous donner les dernières infos concernant les dossiers qui m'ont été confiés. Si vous le souhaitez. »

Elle colla un sourire sur son visage et attendit que Richards prenne congé d'un hochement de tête. Quand il fut parti, elle se tourna vers Peter. « Dick Richards ? Alors que Dick est le diminutif de Richard ? C'est une blague ?

— Non, il s'appelle bien Richard Richards. Je sais, c'est idiot.

— Où Hendricks avait-il la tête quand il l'a embauché ?

— Ce n'est pas le patron qui l'a recruté. Richards est un protégé du Président. »

En entendant cela, Soraya avait jeté un regard méfiant sur le box en verre où Richards était penché sur son ordinateur. « Un espion chez Treadstone ?

— Possible, avait répondu Peter. Cela dit, il bénéficie d'une excellente réputation dans son domaine. Il est très fort pour identifier et repousser les logiciels espions. »

Elle avait d'abord cru à une plaisanterie, si bien que la réponse très sérieuse de Peter l'avait décontenancée. « Comment cela ? Le Président ne ferait-il plus confiance à Hendricks, tout à coup ?

— Je crois plutôt, lui avait murmuré Peter à l'oreille, qu'il doute de nous, après ce qui nous est arrivé, à l'un et à l'autre. »

*

Soraya et Peter devaient encore affronter les conséquences des traumatismes vécus quatre mois auparavant. Soraya avait besoin d'un peu de temps avant de pouvoir évoquer la mort d'Amun. Bien évidemment, Peter faisait preuve d'une infinie patience et restait persuadé qu'elle lui raconterait tout dès qu'elle serait prête.

Hendricks venait de les convoquer à une réunion de crise. Ils avaient une heure devant eux, alors, d'un accord tacite, ils prirent leur manteau et s'en allèrent.

« Évaluation de terrain dans quarante minutes », lança Tricia, l'assistante blonde et grassouillette de Peter, en les voyant franchir le seuil. Peter lui marmonna quelque chose, mais il avait l'esprit ailleurs.

Ils sortirent des bureaux, de l'immeuble, traversèrent la rue et s'arrêtèrent près d'un parc, devant une camionnette où ils achetèrent des cafés et des beignets à la cannelle, comme ils en avaient l'habitude. Puis, la tête rentrée dans les épaules, ils pénétrèrent d'un bon pas dans le parc. Les arbres dépouillés leur faisaient un piètre abri. Ils s'y arrêtèrent pourtant et se placèrent de dos au bâtiment Treadstone.

« Ce qui m'embête le plus, c'est que Richards est un brillant élément. Nous pourrions utiliser ses talents, dit-elle.

— À condition de pouvoir lui faire confiance. »

Soraya prit une gorgée de café. Le breuvage brûlant la réchauffa. « Et si on essayait de le faire passer dans notre camp ?

— Nous irions à l'encontre des désirs présidentiels. »

Elle haussa les épaules. « Ce ne serait pas la première fois, non ? »

Il se mit à rire et la serra contre lui. « Tu m'as manqué. »

Soraya se rembrunit. Elle croqua dans son beignet à la cannelle et mâchonna d'un air pensif. « J'ai passé beaucoup de temps à Paris.

— Ce n'est guère surprenant. Cette ville t'obsède tellement qu'elle fait partie de toi.

— La mort d'Amun m'a fichu un sacré coup. »

Peter se garda de répondre. Ils marchèrent quelques secondes, sans rien dire. Un enfant faisait voler la ficelle d'un cerf-volant marqué du « M » de Batman. Son père se tenait près de lui. Tous les deux riaient aux éclats. L'homme prit son fils par l'épaule. Le cerf-volant s'éleva encore plus haut dans les airs.

Fascinée par la scène, Soraya suivait des yeux l'aile jaune et noire. Au bout d'un moment, elle dit : « Pendant que je me rétablissais, je n'arrêtais pas de me dire : *Qu'est-ce que tu fabriques,*

ma vieille ? Tu veux vraiment passer le restant de tes jours à exer-
cer ce métier, perdre tes amis et...?» Sa voix se brisa. Elle avait
éprouvé des sentiments sincères pour Amun, même si elle
n'avait pas toujours été d'accord avec lui. Pendant un temps, elle
avait même cru l'aimer et ne s'était aperçue que tardivement de
son erreur. Ce qui n'avait fait qu'accentuer ses remords. Si elle ne
lui avait pas demandé de la rejoindre à Paris, si Amun ne l'avait
pas aimée, il serait encore en vie.

Elle avait perdu l'appétit. Ne sachant que faire de son café et du
beignet, elle les donna à un sans-abri assis sur un banc. L'homme
la regarda, un peu décontenancé, et la remercia d'un signe de tête.
Quand ils furent assez loin de lui, Soraya murmura : «Peter, j'ai
du mal à me supporter.

— Tu n'es qu'un être humain.

— Oh, je t'en prie !

— C'est la première erreur de ta vie ?

— Je ne suis qu'un être humain, oui, renchérit-elle en regardant
ses pieds. Mais j'ai commis une grave erreur de jugement. Je ferai
en sorte que cela ne se reproduise jamais. »

Le silence qui suivit dura si longtemps que le jeune homme
s'inquiéta. «Tu n'as pas l'intention de démissionner ?

— Je songe à retourner à Paris.

— Sérieusement ?»

Elle hocha la tête.

Soudain, le visage de Peter se décomposa. «Tu as rencontré
quelqu'un.

— C'est possible.

— Pas un Français. Je t'en prie, ne me dis pas que c'est un
Français. »

Elle se remit à contempler le cerf-volant qui s'élevait toujours
plus haut dans le ciel.

«Non, allez, ne pars pas. Fais-moi plaisir, dit-il en riant.

— Il y a autre chose, reprit-elle. Là-bas, à Paris, j'ai réalisé
qu'on ne pouvait pas passer son existence accroché à ses souvenirs, comme une araignée à sa toile. »

Peter secoua la tête. «J'aimerais savoir quoi te...»

Tout à coup, elle ressentit une faiblesse dans la jambe. Elle trébucha et serait tombée si Peter ne l'avait rattrapée par un bras en laissant choir beignet et gobelet. Une flaque de café se forma sur le sol, noire comme du pétrole. Il la fit asseoir sur un banc et la considéra d'un air inquiet. Soraya était si faible qu'elle dut se pencher et poser la tête dans ses mains.

« Respire, dit-il en lui effleurant le dos. Respire. »

Elle opina et suivit son conseil.

« Soraya, qu'est-ce qui se passe ?

— Rien du tout.

— C'est pas aux vieux singes... »

Elle inspira à fond, expira doucement. « Je n'en sais rien. Depuis ma sortie de l'hôpital, j'ai sans arrêt des vertiges.

— As-tu consulté un médecin ?

— Pas besoin. J'ai l'impression que ça se tasse. Ça faisait deux semaines que je n'en avais pas eu.

— Et maintenant ça recommence. » Pour tenter de la réconforter, il lui caressait le dos. « Je veux que tu prennes rendez-vous...

— Cesse de me traiter comme une gamine.

— Alors cesse de te comporter comme si tu en étais une. » Sa voix s'adoucit. « Je me fais du souci pour toi. Et je trouve que tu prends ces choses trop à la légère.

— Bon, d'accord, dit-elle. D'accord.

— Ce n'est pas le moment de partir, insista-t-il en ne plaisantant qu'à moitié. Pas avant que... »

Elle rit, et quand enfin elle releva la tête, des larmes brillaient au coin de ses yeux. « C'est justement mon dilemme, s'exclama-t-elle. Je ne trouverai jamais la paix, Peter.

— Dis plutôt que tu ne te juges pas digne de trouver la paix. »

Elle le regarda hausser les épaules en souriant à peine. « Peut-être que nous devrions essayer de nous convaincre que nous sommes dignes de goûter un peu au bonheur. »

Elle se leva en refusant son aide, ils revinrent sur leurs pas et repassèrent devant le sans-abri qui, après avoir avalé le petit déjeuner offert par Soraya, s'était allongé en chien de fusil sur les pages du *Washington Post* qui recouvraient son banc.

Ils l'entendirent ronfler comme un bienheureux. On aurait dit que rien ne pouvait l'atteindre. C'était peut-être le cas, songea Soraya.

Elle regarda son ami sans tourner la tête. « Qu'est-ce que je ferais sans toi ? »

Le visage de Peter s'épanouit dans un sourire radieux. « Tu sais, c'est exactement la question que je n'arrête pas de me poser. »

*

« Partie ? s'écria le directeur. Comment ça, partie ? »

Au-dessus de sa tête était gravée la devise qui prévalait en ce moment, dans les rangs du Mossad. Une phrase tirée du *Livre des Proverbes*, chapitre 11, verset 14 : *Un peuple périt quand il n'est pas dirigé ; un grand nombre de conseillers assure la victoire.*

« Elle a disparu des écrans radar, confirma Dani Amit, le chef du renseignement. Malgré tous nos efforts, il nous est impossible de la localiser.

— Mais nous n'avons pas le choix. » Le directeur secoua sa tête broussailleuse en pinçant ses lèvres violettes, attitude qui trahissait chez lui la plus profonde agitation. « Rebeka est la clé de voûte de cette mission. Sans elle, nous sommes pieds et poings liés.

— Je comprends, Monsieur, nous le comprenons tous.

— Alors... »

Les yeux bleu pâle de Dani Amit étaient empreints d'une infinie tristesse. « Nous sommes perplexes, un point c'est tout.

— Comment est-ce possible ? Elle est des nôtres.

— Voilà le problème. Nous l'avons trop bien formée.

— Si ce n'était que cela, nos hommes la retrouveraient, puisqu'ils ont suivi la même formation. Le fait qu'ils n'y parviennent pas m'incite à penser qu'elle leur est supérieure. » Cette réplique était aussi claire que péremptoire.

« Je crains que...

— Quelle expression insupportable ! répliqua le directeur. Et son boulot d'hôtesse de l'air ?

— Rien de ce côté-là. Son superviseur n'a plus aucun contact avec elle depuis l'incident de Damas, il y a six semaines. Je suis convaincu qu'il ignore où elle est.

— Son téléphone ?

— Soit elle l'a jeté soit elle a désactivé le GPS.

— Des amis, des parents ?

— On les a interrogés. Une chose est sûre : Rebeka n'a parlé de nous à personne.

— Enfreindre le protocole comme elle l'a fait... »

Point n'était besoin de terminer cette phrase. Les règles du Mossad étaient strictement inviolables. Or, Rebeka avait transgressé la principale.

Le directeur tourna son regard morose vers la fenêtre du bureau banalisé qu'il occupait au dernier étage d'une structure en verre incurvée, dans la ville d'Herzliya, où se trouvaient également, mais à l'autre bout, le centre d'entraînement du Mossad et la résidence d'été du Premier ministre. Quand le directeur avait du vague à l'âme et ne supportait plus l'atmosphère oppressante et débilitante de leur QG, situé au centre de Tel-Aviv, c'était ici qu'il se réfugiait. Une fontaine jaillissait au milieu de l'esplanade, les parterres de fleurs embaumaient toute l'année et, dans le port de plaisance voisin, une flottille de voiliers se balançait paisiblement. Cette forêt de mâts avait quelque chose de rassurant, même pour Amit. Elle symbolisait la permanence, dans un monde où tout pouvait changer d'une seconde à l'autre.

Le directeur adorait la voile. Chaque fois qu'il perdait un agent, ce qui fort heureusement arrivait rarement, il cinglait vers le large pour se retrouver seul avec la mer, le vent et le piaillement des mouettes. Les yeux toujours rivés sur la fenêtre, il répondit d'une voix sèche : « Trouve-la, Dani. Je veux savoir pourquoi elle a désobéi. Je veux savoir ce qu'elle a découvert.

— Je ne...

— Elle nous a trahis. » Le directeur se retourna brusquement et se pencha vers son interlocuteur ; le fauteuil grinça sous son poids. Derrière chacune de ses paroles résonnait la puissance de son autorité. « Cette femme nous a trahis. Elle recevra le châtiment qu'elle mérite.

— *Memune,* doit-on vraiment la juger avec une telle précipitation ? » Amit avait sciemment utilisé le titre hébreu du directeur, *le premier parmi les égaux.*

Le film polarisant qui recouvrait les vitres blindées les protégeait des regards tout en diffusant une clarté aqueuse à travers la pièce. Sous l'éclat diffus du plafonnier, les yeux du directeur luisaient comme ceux d'un habitant des abysses pris dans le faisceau d'une lampe de plongée. « Je n'oublie pas que Rebeka a été ta protégée mais il est temps d'admettre ton erreur. Moi-même, j'étais enclin à lui accorder le bénéfice du doute, mais ce n'est plus d'actualité. Nous risquons d'être dépassés par les événements. Toi et moi sommes de vieux amis, des compagnons d'armes. Ne m'oblige pas à recourir au Duvdevan. »

À l'évocation du commando d'élite des forces de défense israélienne, Amit sentit une pointe d'angoisse le transpercer. Le fait que le directeur brandisse le spectre du Duvdevan pour vaincre ses évidentes réticences suffisait à prouver l'importance de la menace que Rebeka faisait peser sur la sécurité d'Israël.

« Qui vas-tu envoyer ? », demanda son supérieur sur le ton qu'il aurait pu employer pour prendre des nouvelles de sa femme et de ses enfants.

— Rebeka est un agent hors pair. Ses talents exceptionnels nous ont permis...

— Sa trahison a balayé tout cela, Amit. Nous devons partir du postulat qu'elle se cache à cause de ce qu'elle a découvert. Imagine qu'elle ait l'intention de vendre ces infos au plus...

— Impossible », le coupa Amit.

Le directeur l'observa entre ses paupières mi-closes. « Impossible ? Hier encore, tu n'aurais pas imaginé qu'elle disparaîtrait des écrans radar. » Il laissa passer quelques secondes. « Oserais-tu prétendre le contraire ? »

Amit baissa la tête. « Non.

— Dans ce cas... » Le directeur croisa les doigts. « Qui vas-tu envoyer ?

— Ilan Halevy, répondit Amit à contrecœur.

— Le Babylonien. » Le directeur opina du chef, visiblement impressionné. Ilan avait gagné son nom de guerre en anéantissant, presque à lui tout seul, le projet d'armement avancé Babylone élaboré par les Irakiens. Plus d'une douzaine d'agents ennemis avaient trouvé la mort au cours de cette mission. « Bien, nous voilà arrivés au cœur du sujet. »

Le directeur était dans son élément ; il possédait de nombreuses qualités dont malheureusement la souplesse ne faisait pas partie. Mais c'était grâce à cette intransigeance que les services secrets avaient remporté autant de victoires depuis cinq ans. Il les guidait d'une main de fer à travers les mers tumultueuses de l'espionnage international, louvoyant entre raids clandestins en territoire ennemi et meurtres sanctionnés par l'État, tout en maintenant le chiffre des pertes à son plus bas niveau.

« Tu vas l'activer...

— Immédiatement, dit Amit. Il connaît bien Rebeka, mieux que la plupart.

— Sauf toi. »

Amit avait noté l'allusion, mais ne souhaitait pas la relever. « Je me chargerai de lui fournir les informations nécessaires. Je lui dirai tout ce que je sais sur elle. »

Non seulement il mentait, mais il savait que son vieil ami n'était pas dupe. Par chance, le directeur se garda de tout commentaire. Comment aurait-il pu dévoiler au Babylonien tout ce qu'il savait sur Rebeka ? Il n'avait pas l'intention de faire une chose aussi odieuse, même pour plaire à son supérieur. S'il lui avait menti, c'était uniquement pour éviter de recevoir l'ordre de tout divulguer à cet homme. Avec ce mensonge, il signait probablement son arrêt de mort, du moins celui de sa carrière au sein du Mossad.

Le fauteuil grinça de nouveau. Le directeur avait repris sa contemplation des espaces portuaires. Comment savoir ce qu'il avait en tête ? « Alors c'est réglé, dit-il comme s'il se parlait à lui-même. Une bonne chose de faite. »

Amit se leva et sortit sans rien ajouter. La conversation était terminée, pour l'un comme pour l'autre.

Dans le couloir, il fut surpris par la fraîcheur de la climatisation. Il lui fallut quelques secondes pour retrouver ses esprits tant il se sentait perdu. De temps à autre, quand l'occasion se présentait, le directeur lui proposait de partir en mer avec lui. Ensemble, ils pleuraient l'homme ou la femme qui avait donné sa vie pour la sécurité de leur pays. Amit imaginait qu'après la mort de Rebeka, il aurait droit à ce rituel nécessaire.

2

QUAND IL SE RÉVEILLA, IL SE DÉBATTAIT ENCORE dans l'eau glacée, noire comme la nuit. Elle lui brûlait les narines, menaçait d'envahir sa gorge et ses poumons. Il se noyait. D'un coup de pied, il se débarrassa de ses chaussures, puis fouilla dans ses poches et en sortit des clés, un portefeuille, un épais rouleau de billets. Tout ce qui pouvait l'alourdir et l'entraîner par le fond. Et pourtant, il tombait toujours, comme aspiré par un tourbillon.

Il aurait crié s'il n'avait craint que l'eau ne s'engouffre dans sa bouche ouverte. Alors, il préféra s'asseoir sur le lit. Des tremblements agitaient son torse, ses membres se contractaient spasmodiquement. Il s'ébroua avec violence, comme s'il tentait encore d'échapper à l'appel des profondeurs pour filer vers la surface.

Quelque chose l'entravait, il ne pouvait pas bouger les bras. Lorsqu'il ouvrit les yeux et vit la pièce plongée dans une demi-pénombre, l'épouvante l'assaillit de plus belle. Il était au fond de la mer, il se noyait et la chambre où il se croyait allongé n'était qu'une hallucination.

«Tout va bien, dit une voix. Vous êtes tiré d'affaire. Ça va aller.»

Il lui fallut plusieurs secondes – une éternité tant l'angoisse l'étouffait – pour bien percevoir les mots que l'homme venait de répéter. Des mots dépourvus de sens. Puisqu'il était sous l'eau, comment expliquer cette lumière crépusculaire, l'air qui circulait dans sa poitrine, et ces deux visages penchés sur lui, ces bouches qui respiraient normalement ?

« La lumière, dit une autre voix. Il croit que... Allume la lumière. »

La clarté soudaine le fit grimacer. Y avait-il une si forte luminosité au fond de la mer ? Quand il entendit les paroles rassurantes pour la troisième fois, elles brisèrent la cuirasse de la peur et commencèrent à s'insinuer dans sa conscience. Il s'aperçut qu'il respirait normalement, lui aussi. Cela signifiait sans doute qu'il n'était pas en train de se noyer.

Il s'aperçut également qu'il avait très mal à la tête. Il grimaça mais son corps se détendit, cessant de se débattre pour échapper aux mains qui le retenaient. Quand on l'allongea sur le dos, il se laissa faire. Une surface molle, sèche et solide l'accueillit – un matelas. Alors il comprit qu'il ne flottait plus dans le néant, le regard braqué vers la surface.

Il poussa un grand soupir, les muscles de ses jambes se relâchèrent, ses bras retombèrent le long de son corps. Il observa le visage qui dansait au-dessus du sien. Des frissons l'agitaient encore lorsque lui revenait le souvenir de l'eau se refermant sur lui. Plus jamais il ne prendrait le bateau, plus jamais il ne plongerait dans les vagues comme il le faisait étant enfant. Il fronça les sourcils. Avait-il réellement fait cela ? Il eut beau se concentrer, il ne se souvenait pas de son enfance. Comment était-ce possible ?

Il fut distrait par le visage penché sur lui : « Je m'appelle Christien. Et vous, comment vous appelez-vous ? » Il répéta sa question dans plusieurs langues. L'homme les comprenait toutes, mais ignorait où il les avait apprises.

« Que vous est-il arrivé ? », demanda Christien.

— Je ne sais pas. » Il jeta un regard paniqué autour de lui. « Je ne sais pas comment je m'appelle. »

Son interlocuteur se redressa et prononça quelques paroles incompréhensibles à l'intention de la silhouette qui se découpait à sa droite. Il essayait d'apercevoir son visage, quand l'homme en question entra dans la lumière et lui demanda : « Vous ne vous rappelez plus votre nom ? »

Il fit non de la tête, ce qui lui provoqua de douloureux élancements. «De quoi vous souvenez-vous?»

Il réfléchit intensément, mais rien ne lui revint, pas le moindre souvenir. En revanche, il se retrouva trempé de sueur froide.

«Détendez-vous, dit le deuxième homme qui semblait avoir pris le relais de Christien.

— Qui êtes-vous? dit-il.

— Je m'appelle Jason. Vous êtes dans une clinique privée, à Stockholm. Christien et moi étions en train de pêcher quand vous avez fait surface. Nous vous avons hissé à bord et conduit jusqu'ici. Vous souffriez d'hypoxie et d'hypothermie.»

Il pensa: *Je devrais demander à Jason ce que signifient ces termes*, mais à sa grande surprise, il les connaissait déjà. En le voyant se lécher les lèvres, Christien prit une carafe, versa un peu d'eau dans un gobelet en plastique et y plongea une paille coudée. Puis, il actionna une pédale pour relever le dossier. Quand il fut assis, l'inconnu prit le gobelet avec gratitude et se mit à aspirer goulûment. Il avait tellement soif qu'il aurait pu boire ainsi pendant des heures.

«Que... que m'est-il arrivé?

— On vous a tiré dessus, dit Jason. La balle vous a éraflé la tempe gauche.»

Par réflexe, il leva la main gauche, chercha sa blessure et sentit sous ses doigts un épais tampon de gaze. Voilà pourquoi il avait si mal à la tête.

«Savez-vous qui vous a tiré dessus? Et pourquoi?

— Non», dit-il. Il vida le gobelet et le tendit pour qu'on le remplisse à nouveau.

Pendant que Christien s'en chargeait, Jason renchérit: «Savez-vous où cela s'est passé? Étiez-vous déjà dans l'eau?»

Ce simple mot le fit frissonner. «Non.»

Christien lui donna le gobelet. «Ça s'est passé à Sadelöga.

— Sadelöga, insista Jason. Ce nom vous dit quelque chose?

— Rien du tout.» Il allait accompagner sa réponse d'un signe de tête mais s'arrêta à temps. «Je suis désolé, je n'ai vraiment aucun souvenir.»

Jason parut intrigué. «Pas le moindre?»

Il arrêta de boire. «J'ignore où je suis né, qui sont mes parents, qui je suis, ce que je faisais à... où disiez-vous ?

— Sadelöga, répéta Christien.

— Peut-être que j'étais en train de pêcher, dit-il avec espoir. Comme vous.

— Je doute fort qu'on vous ait tiré dessus alors que vous pêchiez. Et presque personne ne chasse dans ce secteur, précisa Jason. Non, vous étiez à Sadelöga pour une tout autre raison.

— J'aimerais savoir laquelle, dit-il avec sincérité.

— Ce n'est pas tout, reprit Jason. Vous n'aviez rien sur vous qui aurait permis de vous identifier : pas de passeport, pas de portefeuille, pas de clé, pas d'argent. »

L'inconnu prit le temps de réfléchir. «J'ai tout jeté, et mes chaussures aussi, pour m'alléger et remonter à la surface. Tout cela doit reposer au fond de la mer, à présent.

— Vous vous rappelez vous être débarrassé de ces objets, dit Jason.

— Je... Oui, je me rappelle.

— Vous prétendiez n'avoir aucun souvenir.

— Ça, je m'en souviens. Mais c'est tout. » Il regarda Jason. «Je ne me rappelle pas quand vous m'avez retiré de la flotte et conduit jusqu'ici. Je garde juste en mémoire les premiers instants de panique, quand j'ai commencé à couler. Je ne sais même pas comment je suis tombé à l'eau. »

Jason semblait perdu dans ses pensées. «Quand vous aurez récupéré, nous pourrions peut-être vous ramener sur place.

— Vous seriez d'accord ? », demanda Christien.

L'homme réfléchit un instant. D'un côté, l'idée de se retrouver sur les lieux où il avait failli mourir le terrifiait ; de l'autre, il devait tout tenter pour retrouver la mémoire.

«Quand pouvons-nous y aller ? », répondit-il enfin.

*

«Qu'en penses-tu ? »

Bourne regarda Christien. Ils étaient dans le salon de réception de la clinique privée qui appartenait à la société de Christien.

Les vitres épaisses atténuaient le bruit des voitures qui encombraient l'avenue Stallgatan. Dans le ciel, les nuages s'amassaient comme s'ils se préparaient pour la bataille. Une nouvelle averse de neige menaçait. Les deux hommes étaient entourés de meubles bas, dans le style suédois, alliant élégance et confort. Le canapé qu'ils occupaient, revêtu d'un tissu imprimé à motifs pastel, trônait au centre d'un des divers espaces dédiés à la conversation.

« Ce type m'évoque ma propre expérience », dit Bourne.

Christien hocha la tête. « C'est ce que je pensais. Même si son amnésie semble plus grave que la tienne.

— À supposer qu'il dise la vérité.

— Jason, cet homme ne faisait pas semblant de se noyer. A-t-on la moindre raison de douter de sa parole ?

— La balle qui lui a éraflé le crâne. Ce n'est pas un touriste. Et il connaît les cinq langues que tu as utilisées pour l'interroger.

— Et alors ? Il est peut-être doué pour les langues.

— Comme moi.

— Tu es professeur de linguistique comparée.

— J'étais.

— Il l'est peut-être aussi.

— Pourquoi cette blessure à la tête ? Peut-être exerçons-nous le même métier. »

Christien le regarda d'un air sceptique. « Tout ça parce qu'il est doué pour les langues ?

— Écoute, si ce type n'est pas un espion, on n'a pas de souci à se faire. Mais après ce que tu m'as dit.... »

Christien écarta les mains. « Très bien, que suggères-tu ?

— Nous avons un peu de temps avant de le ramener à Sadelöga.

— Peu importe. Nous ne tirerons rien de lui dans l'état où il est actuellement.

— Je ne suis pas d'accord. Nous pouvons lui faire passer des tests. »

Christien secoua la tête. « Des tests ? Qu'entends-tu par là ? »

Bourne s'avança tout au bord du canapé. « Tu as découvert que cet homme parlait au moins cinq langues, alors que lui-même n'en savait rien. Essayons de voir s'il possède d'autres talents dont il aurait perdu le souvenir. »

*

En sortant de la réunion avec Hendricks, Soraya et Peter ne savaient trop sur quel pied danser.

« Ce soi-disant Nicodemo a tout d'un fantôme, dit Soraya. Je n'aime pas chasser les fantômes.

— Je me demande pourquoi Hendricks s'est mis en tête de retrouver Nicodemo et de l'éliminer, renchérit Peter. Ça tourne à l'obsession chez lui. Pourtant, il ne dispose d'aucune information spécifique, d'aucun indice laissant supposer que ce type s'apprête à lancer une attaque contre des citoyens américains à l'étranger ou sur le territoire national. Ce truc ressemble à une patate chaude politique.

— Je ne pensais pas du tout à cela. »

Peter se mit à rire. « C'est parce que tu as encore un pied à Paris. »

Elle se tourna vers lui. « Tu crois ça ? »

Il haussa les épaules. « C'est évident. »

Le couloir était silencieux. On n'entendait que le bourdonnement du système de climatisation près du plafond. Tout au bout, elle crut voir Dick Richards s'avancer vers eux et gémit intérieurement. Ce Richards était un vrai pot de colle.

Elle le montra à Peter d'un geste du menton. « Si nous n'avons pas confiance l'un dans l'autre, nous sommes foutus.

— C'est exactement ce que je pense.

— Et tes projets de départ à l'étranger...

— Ne parlons pas de cela maintenant, Peter. » Elle soupira. C'était effectivement Richards qui venait vers eux. « Mettre la main sur Nicodemo est-il vraiment important pour nous ?

— S'il s'agit d'une question politique, la réponse est non. Je n'ai pas accepté ce boulot pour servir de larbin à Hendricks.

— Je crois que j'ai trouvé de quoi occuper notre petit fayot. »

Au moment où ils croisèrent Dick Richards au milieu du couloir, elle lui adressa un sourire radieux.

Richards s'arrêta, et tendit un dossier à Peter en disant aimablement : « J'ai ici quelques notules de renseignements qui, à mon avis, vous seront utiles.

— Merci. » Il ouvrit le document et le feuilleta sans manifester d'intérêt particulier.

Soraya transmit à Richards les quelques vagues informations qu'Hendricks leur avait fournies sur le dénommé Nicodemo.

« Peter et moi aimerions que vous retrouviez cet individu, dit-elle. Voyez s'il y a quelque chose de substantiel sur lui, et s'il constitue une menace pour nos intérêts à l'étranger. »

Richards acquiesça d'un signe de tête. Au même instant, Peter leva les yeux pour lancer à sa collègue un regard appuyé, auquel elle répondit avec son plus charmant sourire.

« Nous apprécierions que vous lâchiez tous vos travaux en cours pour vous consacrer exclusivement à cette affaire, poursuivit-elle. Si vous avez besoin d'aide, demandez à Tricia. » Elle tendit le menton vers le bureau de l'assistante de Peter.

« Parfait. » Visiblement, Richards n'avait pas l'intention de demander de l'aide à quiconque. Du dos de la main, il frappa légèrement le dossier que Soraya venait de lui remettre. « C'est comme si c'était fait.

— Bravo pour la réactivité, Numéro Un.

— *Star Trek : la Nouvelle Génération*, c'est ça ? dit-il avec un sourire complice. Vous pouvez compter sur moi, capitaine. » Il tourna les talons et partit rejoindre son box vitré.

Peter fronça les sourcils. « C'était sacrément glacial. »

Elle haussa les épaules. « Ça nous épargnera de la paperasse et ça lui évitera de venir piétiner nos plates-bandes. Où est le mal ? »

*

Quand Dick Richards les entendit s'esclaffer dans son dos, il se demanda s'il ne s'était pas fait avoir. À moins que ces rires ne soient le fruit de son imagination. En tout cas, une chose était sûre, ces deux-là n'avaient que mépris pour lui. Quand le Président l'avait fait nommer ici, le directeur Marks s'était montré plutôt aimable – pas très chaleureux mais serviable. L'ambiance avait commencé à se dégrader à partir du jour où la directrice Moore était rentrée de Paris. Il ne savait pas grand-chose sur les deux directeurs de Treadstone, à part quelques ragots, des bruits de couloir et les histoires à dormir debout qui passent d'une agence à l'autre comme autant de rideaux de fumée.

Le Président s'était montré parfaitement clair. Il avait entendu parler de son travail à la NSA. En effet, Richards avait réussi à percer le code central du Stuxnet, le virus le plus complexe à ce jour, alors que les meilleurs spécialistes s'y étaient cassé les dents. Ce truc était si dangereux qu'on l'avait rangé dans la catégorie Cyber-armement. Des versions de Stuxnet avaient volé des informations sur le système d'armement avancé américain, l'emplacement des positions secrètes, les initiatives tactiques en Irak et en Afghanistan et les cibles des drones au Pakistan occidental. Richards pouvait également s'enorgueillir d'avoir découvert que les papiers d'identité sécurisés des agents secrets fédéraux avaient été piratés. Il avait identifié la faille du système de sécurité et l'avait colmatée.

Il se comparait à Einstein à l'époque où ce dernier avait mis en équation la vitesse de la lumière. Du moins c'était ainsi que Mike Holmes, son ancien patron à la NSA, l'avait décrit au Président. À présent, il travaillait sous les ordres directs du grand homme, une promotion totalement inédite qui suscitait tout naturellement bon nombre de jalousies parmi les membres du cabinet, lesquels supportaient mal sa présence et surtout ses triomphes dans le domaine cybernétique. En un mot, songea-t-il en s'asseyant devant son écran d'ordinateur, ces gens ne le comprenaient pas. Et il savait que les êtres humains éprouvent de la crainte et du mépris envers tout ce qui échappe à leur entendement, y compris leurs semblables.

Et voilà qu'à présent, ces deux-là s'y mettaient aussi. Dommage. Il commençait à apprécier le directeur Marks, et aurait très bien pu ressentir la même chose envers la directrice Moore. À sa place, certains se seraient formalisés d'un traitement aussi indigne, mais Richards ne fonctionnait pas ainsi. L'expérience lui avait appris que le meilleur moyen de réussir, non seulement en survivant chez Treadstone, mais surtout en conservant les faveurs du Président, consistait à modifier l'opinion que les codirecteurs avaient de lui. Il lui avait suffi de survoler les quelques feuillets du dossier remis par la directrice Moore pour prendre la mesure du problème. Il n'y avait là-dedans qu'un fatras sans grand intérêt d'informations glanées sur le terrain. Mais il devait éviter de porter un jugement trop hâtif. Peut-être qu'il y trouverait malgré tout la pépite qu'il espérait, sachant que, si par hasard il retrouvait l'homme en question, ses supérieurs réviseraient leur jugement. Il le désirait plus que tout au monde, et il ferait en sorte que cela advienne.

Il ouvrit son moteur de recherche Iron Key et partit en quête d'un mythe.

*

Assise devant une tasse de café, Rebeka contemplait le paysage grandiose et désolé de la baie d'Hemviken depuis les fenêtres du restaurant Utö Wärdshus, le seul dans cette partie de l'archipel méridional suédois. Son épaule droite l'élançait mais, pour elle, cela n'avait guère d'importance. Sa proie ne lui avait infligé qu'une blessure corporelle. Quelqu'un d'autre se serait reproché un tel échec. Pas Rebeka. Le code de conduite qu'elle s'était choisi ne laissait aucune place aux regrets. Elle vivait dans le présent et n'anticipait les dangers à venir que pour mieux s'y préparer et les déjouer sans trop de dommages.

En pénétrant dans le restaurant, son œil exercé avait dénombré seize tables, dont trois seulement étaient occupées, la première par deux vieillards – en fauteuil roulant pour l'un d'entre eux – absorbés par une partie d'échecs, et la deuxième par un ancien marin aux mains calleuses et rougies par le labeur, qui lisait un journal local tout en tirant sur une pipe à petit fourneau. Une femme enceinte et sa fille, une gamine de cinq ou six ans, d'après Rebeka, étaient installées à la troisième table. Elle estima qu'aucune de ces personnes ne représentait une menace et passa à autre chose.

Quand sa cible s'était jetée à l'eau, Rebeka avait oublié sa propre blessure pour se lancer à sa recherche. Elle était restée presque une heure à lutter contre le courant, les pieds engourdis par l'eau glaciale. Mais en dépit de ses efforts, elle ne l'avait pas retrouvé. C'était à la fois regrettable et inquiétant. Elle était sûre que la balle n'avait fait que lui érafler la tête. Elle ne l'avait peut-être pas tué, en revanche, le froid s'en était sans doute chargé. Et ça ne l'arrangeait pas, car elle avait besoin de le faire parler. Jamais elle n'aurait dû lui tirer dessus. Elle aurait pu se contenter de le rattraper, de l'immobiliser. Il n'aurait pas opposé trop de résistance. Mais non, tout était allé de travers et sa cible s'était évaporée avec les renseignements dont elle avait besoin pour sa propre sauvegarde.

La tête ailleurs, elle rajouta du sucre dans son café et but une gorgée. Ses propres compatriotes étaient à ses trousses maintenant. Elle était bien placée pour savoir que, face à la trahison de l'un des leurs, les gens du Mossad allaient jusqu'au bout. Elle aurait tout donné pour trouver une solution au problème mais, connaissant le colonel Ari Ben David, il ne fallait pas trop compter sur son indulgence. Jamais il ne la croirait. Et elle n'avait personne d'autre vers qui se tourner. Ou plutôt si, il y avait bien quelqu'un, mais en tant qu'espionne du Mossad, elle hésitait à impliquer un agent étranger.

Elle entendit la voix de la serveuse et se tourna si vivement qu'elle grimaça. La blessure au couteau reçue à Damas lui faisait encore mal. Jusqu'à ce qu'elle soit tout à fait guérie, Rebeka devait éviter certains mouvements trop rapides du buste.

« Vous reprenez du café ? »

La serveuse la regardait en souriant. Elle avait la stature et la blondeur des filles du Grand Nord. L'espace d'une seconde, Rebeka l'imagina revêtue d'une armure de Walkyrie, chevauchant vers le Ragnarök, ou plus prosaïquement, à bord d'un chalutier en train de remonter les filets au petit matin. Elle acquiesça et lui rendit son sourire.

Puis elle se retourna vers la baie. Un orage se formait. Tant mieux. Ce temps pourri convenait à son humeur. Elle avala une autre gorgée, rajouta du sucre et songea à sa vie depuis qu'elle avait rencontré Jason Bourne, dans un avion à destination de Damas. Elle était alors sur une mission d'infiltration et se faisait passer pour une hôtesse de l'air. C'était assez récent – six semaines à peine – mais on aurait dit qu'un siècle s'était écoulé depuis. Rien n'était plus comme avant. Bourne et elle s'étaient associés pour arrêter le terroriste Semid Abdul Qahhar. Plus coriace que prévu, l'ennemi leur avait infligé de sévères blessures. Touché à l'épaule, Bourne était revenu la chercher et l'avait portée à bord d'un hélicoptère volé. Malgré sa faiblesse, elle avait pu lui fournir les coordonnées d'une base secrète tenue par le Mossad derrière la frontière libanaise. C'est ainsi qu'ils s'étaient posés dans le campement de Dahr El Ahmar.

Elle ignorait où il se trouvait actuellement, et s'ils auraient un jour l'occasion de se revoir. Accepterait-il même de lui parler ? Bourne avait toutes les raisons de lui en vouloir. Après tout, elle l'avait poussé dans la gueule du loup, alias Ben David, l'homme qui commandait la fameuse base secrète.

Non, même si elle retrouvait sa trace, elle ne pouvait décidément pas recourir à lui. Pas après ce qu'elle avait appris durant sa convalescence à Dahr El Ahmar. De plus, il devait croire qu'elle l'avait trahi. Après ce qu'il s'était passé, il ne pouvait en être autrement.

Et bien sûr, le fait qu'elle ait introduit Bourne dans le campement du Mossad avait eu de graves conséquences pour elle. Le colonel Ben David ne pardonnait pas facilement – plus exactement, sa position lui interdisait toute faiblesse – mais elle n'aurait jamais imaginé une telle attitude de sa part. En constatant qu'il lui tournait le dos, elle avait d'abord été choquée, puis triste. Certes, elle savait que le monde du renseignement suivait ses propres règles de comportement, mais cette mise à l'index lui avait paru plus brutale que tout ce qu'elle avait pu prévoir. En réalité, Ben David avait réagi comme un amant blessé, pas comme un officier supérieur. Au début, elle n'avait pas compris pourquoi. Il avait fallu qu'elle décide de quitter le camp – elle n'avait pas eu le choix, après ce qu'elle avait appris durant sa convalescence – et se lance à la poursuite de sa nouvelle cible pour mesurer les sentiments qu'il lui portait. Rétrospectivement, elle réalisait qu'il ne l'avait jamais considérée comme une simple subordonnée, mais à présent, il était trop tard. L'eût-elle souhaité, elle ne pouvait faire machine arrière.

Les premières bourrasques de neige fouettaient déjà la fenêtre du restaurant. Le vent soufflait si fort que les vitres frissonnaient, grinçaient sous ses coups de boutoir. Surprise par cette violence, elle se retourna vers la salle et vit un homme mince comme une lame, attablé près de la porte. Elle comprit alors que tout était perdu.

*

« Un homme, un homme qui agit seul, articula Christien en regardant Bourne. Il s'appelle Nicodemo mais on le connaît plus généralement sous son nom de guerre : le Djin Qui Éclaire Le Chemin.

— Ce qui signifie ?

— L'Éclaireur, celui qui prépare le terrain.

— Un exécuteur, en d'autres termes. »

Christien confirma d'un hochement de tête.

Bourne regarda au-dehors. C'était la fin de la matinée. Comme des vagues se brisant sur le rivage, les nuages déferlaient en masse depuis le nord. Le vent tourbillonnant aspirait les flocons de neige. L'inconnu – Bourne avait résolu de l'appeler Aleph – s'était endormi, rattrapé par la fatigue. Bien malgré eux, Bourne et Christien avaient décidé de suspendre l'interrogatoire, le temps qu'il se repose.

« Parle-moi de Nicodemo, dit Bourne. Pourquoi vous intéresse-t-il autant, Don Fernando et toi ? »

Le restaurant occupait le dernier étage d'un immeuble ultra-moderne en chrome et verre donnant sur la rue Kommendorsgatan, à Ostermalm, le quartier chic de Stockholm, non loin de l'appartement de Christien.

« Honnêtement, je ne sais pas grand-chose de lui, répondit Christien, dubitatif. Ses origines sont assez obscures. Certains disent qu'il est portugais, d'autres certifient qu'il est bolivien. Ou tchèque. En tout cas, ce type semble sortir de nulle part. Il y a une dizaine d'années, il se serait occupé quelque temps des investissements de la société Core Energy. À cette même époque, la boîte s'est fortement développée. Aujourd'hui, c'est une multinationale qui achète et vend de l'énergie sous toutes ses formes. Impossible de savoir si Nicodemo est encore impliqué dans l'affaire. Comparé à lui, le PDG de Core Energy, Tom Brick, est totalement transparent. Il est né à Londres, dans un quartier populaire. Diplômé de la London Business School. Ne te méprends pas, ce type n'est peut-être pas ingénieur mais il connaît très bien son métier.

— Revenons à Nicodemo.

— Le problème c'est que Nicodemo semble inextricablement lié à Core Energy.

— Nicodemo est un terroriste et Core Energy une entreprise parfaitement légale, qui occupe une place de premier plan dans le domaine des énergies renouvelables et autres.

— Nous en arrivons au point le plus troublant, Jason, celui qui nous occupe depuis des mois, Don Fernando et moi-même. D'après nos recherches, Core Energy serait sur le point de conclure un marché qui modifiera totalement la donne, lui conférera une place de leader et multipliera ses profits par dix. »

Bourne haussa les épaules. « Les affaires sont les affaires, Christien.

— Pas quand elles sèment la mort et la ruine sur leur passage.

— Voilà qui ressemble davantage à Nicodemo.

— Oui, c'est ce que nous craignons.

— Tu es sûr que ce type existe ?

— Qu'entends-tu par là ?

— Le nom de Domenico Scarfo t'évoque-t-il quelque chose ? » Christien fit non de la tête.

« C'était un mafieux notoire. Il dirigeait la pègre de Philadelphie dans les années 1940 et 1950. Dans son dos, les gens l'appelaient "Little Nicky" parce qu'il mesurait à peine plus de 1,60 mètre. Nicodemo était son premier prénom : Monsieur Nicodemo Domenico Scarfo.

— Qu'est-ce que tu racontes ? »

Bourne posa son menu. « J'ai déjà rencontré ce cas de figure à plusieurs reprises. On invente un nom, on bâtit une histoire en s'appuyant sur une légende, puis viennent s'y agréger diverses rumeurs, et des meurtres sont commis par des tueurs à la solde des initiateurs du projet. »

Dans la corbeille posée au milieu de la table, Christien prit un petit pain tiède, puis étala du beurre dessus. «Ça ressemble à ta propre histoire, si mes renseignements sont corrects.

— L'identité de Jason Bourne a été créée de cette manière, oui.» Bourne but une gorgée de jus d'orange.

Christien prit une cuillerée de confiture d'airelles. «Et maintenant tu es bel et bien Jason Bourne.»

Bourne hocha la tête. «Exact. Les légendes sont assez puissantes pour acquérir une vie propre et produire des conséquences non souhaitées. Mais si je n'avais pas perdu la mémoire...»

Christien le regarda d'un air pensif. «Ce qui nous ramène à notre ami Aleph. Tu as raison.» Il mordit dans son petit pain et leva les yeux vers le serveur qui venait d'apparaître. Bourne commanda des œufs brouillés, du gravelax, des toasts et une autre tournée de café. «Pareil pour moi», lança Christien.

Quand le serveur repartit, Bourne demanda : «Est-ce que Don Fernando ou toi avez songé que Tom Brick a peut-être créé la légende de Nicodemo pour contourner la loi sans compromettre sa société ou lui-même ?

— Nicodemo existe réellement, crois-moi.»

Bourne le fixa du regard. «Tu l'as rencontré ?

— Pas moi, mais Don Fernando, sans doute.» Son associé, Don Fernando Herrera, industriel et banquier, faisait partie des rares amis de Bourne. Ils avaient collaboré à plusieurs reprises.

«Admettons. Mais comment peut-il affirmer qu'il s'agissait bien de Nicodemo ? Rien ne le prouve, non ?

— Question cynisme, tu me bats à plates coutures.

— Le cynisme de l'un est la prudence de l'autre, répliqua Bourne. À propos de Don Fernando, sais-tu où il est ? J'aimerais bien lui parler.

— Il est parti.

— Mais encore ?»

Une fois leur déjeuner servi, ils attendirent en silence que le garçon s'éloigne pour commencer à se restaurer.

«À vrai dire, il m'a demandé de ne révéler à personne l'endroit où il se trouve», reprit Christien.

Bourne posa sa fourchette et se carra contre le dossier de sa chaise. «Écoute, décide-toi. Est-ce que vous voulez mon aide, oui ou non?

— Dans un cas comme dans l'autre, tu devras affronter cette menace grandissante. Core Energy nous a contraints à utiliser un subterfuge pour acquérir la mine de terres rares d'Indigo Ridge en Californie. Si nous ne l'avions pas fait, cette société s'en serait emparée au détriment des intérêts américains. Nous ne pouvions pas les laisser faire. Du coup, ils sont allés sévir ailleurs, au Canada, en Afrique, en Australie. Ils ont raflé des terres rares, de l'uranium, de l'or, de l'argent, du cuivre et des mines de métaux non précieux. Dans les décennies à venir, la valeur de ces matières premières va monter en flèche, au fur et à mesure que les nations renonceront aux machines fonctionnant au pétrole, au charbon et même au gaz naturel. Les réserves de pétrole s'épuisent, le charbon est si polluant que si nous continuons à le brûler, nous finirons asphyxiés par les fumées cancérigènes qui étouffent déjà les villes chinoises, indiennes et thaïlandaises. Les panneaux solaires ne sont pas assez productifs et pour ce qui est des éoliennes, elles sont peut-être à la mode mais chacune d'entre elles a besoin de 200 kilos de terres rares pour fonctionner. Sans compter qu'elles ne peuvent équiper ni les voitures ni les avions. Les terres rares entrent également dans la fabrication des véhicules hybrides. Quant aux voitures électriques, à quoi marchent-elles, d'après toi?»

Christien ajouta d'un air dépité. «Nicodemo a bien compris ce qui allait arriver.

— Mais Core Energy est dirigée par Tom Brick.

— Exact. Brick en est le représentant aux yeux du monde. Mais il est très possible qu'il reçoive ses ordres de Nicodemo. Don Fernando veut en avoir le cœur net. Si c'était le cas, Nicodemo disposerait d'une couverture bien pratique pour ses activités illégales. D'après Don Fernando, il serait le fer de lance d'une nouvelle génération de terroristes. Il peut passer des accords en sous-main – quitte à recourir à la corruption ou à l'extorsion – contrairement à Brick et à Core Energy. Il se fiche de la religion, de l'idéologie. Il suffit de verrouiller le marché des énergies d'avenir pour avoir le monde entier à ses pieds. D'un seul coup de dés, on étrangle le système de libre-échange et on compromet à la fois l'économie et la sécurité des nations. De nos jours, tous les armements intègrent des éléments à base de terres rares.

— Où est Don Fernando ? »

Christien posa ses couverts et s'essuya la bouche. « Jason, si Don Fernando m'a interdit de le dire, c'est pour une très bonne raison. Il craignait que tu le rejoignes.

— Pourquoi ? Où est-il parti ? Dis-moi. »

Christien soupira. « Jason, nous avons déjà du pain sur la planche, ici.

— Je ne lâcherai pas. Réponds-moi immédiatement. »

Les deux hommes s'affrontèrent du regard un instant, puis Christien baissa les yeux sur son assiette et se remit à manger, comme si rien ne s'était passé. Entre deux bouchées, il marmonna : « Don Fernando est parti à la recherche du Djin Qui Éclaire Le Chemin. »

*

Rebeka régla la note et se dirigea vers la sortie. À la dernière seconde, elle se tourna vers la table où l'homme efflanqué venait de prendre place.

« Le bout du monde », lança-t-il.

Elle le dévisagea. « Pas vraiment.

— Pour des gens comme nous, je veux dire.

— Pour les juifs ?

— Pas seulement. »

Elle prit le temps de détailler ses mains étrangement fines, à la peau laiteuse, ses articulations proéminentes en comparaison, ses yeux noirs, ses cheveux clairsemés d'une couleur indéfinissable, son visage taillé à la serpe : une bouche comme une balafre, un nez en lame de couteau. Elle l'avait croisé une seule fois dans sa vie, des années auparavant. Elle venait d'achever son entraînement et se rendait à une convocation au quartier général du Mossad, à Tel-Aviv. Il l'avait observée, silencieux comme la mort, pendant que Dani Amit, le chef des renseignements, lui confiait sa toute première mission. Un visage comme celui-là vous restait à tout jamais gravé dans la mémoire. On l'appelait Ze'ev – *loup* en hébreu – mais elle doutait fort que ce fût son vrai prénom.

« Tu as de la chance que je t'ai trouvée, dit Ze'ev.

— Ça roule pour toi ? » Elle pencha la tête.

Il trempa les lèvres dans son café. « Ils ont activé le Babylonien. »

Rebeka resta de glace mais sentit naître en elle une légère appréhension. Émotion qu'elle relégua bien vite avant qu'elle se transforme en terreur pure. « Pourquoi auraient-ils fait cela ?

— Qu'est-ce que tu comptes faire, Bon Dieu ? », lui renvoya Ze'ev.

Elle crut d'abord qu'il avait délibérément ignoré sa question, puis elle s'aperçut que non. Cette réponse déconcertante donnait la mesure du cataclysme déclenché par sa disparition. Elle avait commis une erreur impardonnable et ses supérieurs lui préparaient une sanction à la mesure de sa trahison.

« Je ne te comprends pas, Rebeka, reprit Ze'ev. Tu avais de remarquables états de service et puis tout à coup, tu ramènes Jason Bourne à Dahr El Ahmar, en plein cœur de...

— Il m'a sauvé la vie. Je me vidais de mon sang. Il n'avait nulle part où aller. »

Ze'ev s'appuya contre son dossier en la fixant intensément. Elle se demanda ce qui se cachait derrière ses yeux noirs.

« Tu étais dans le secret des dieux. Tu savais que Dahr El Ahmar était une base secrète. »

Elle soutint son regard, mais ne dit rien.

« Et pourtant...

— Je t'ai déjà répondu. »

Il eut un geste d'agacement. « Le colonel Ben David...

— J'ignorais que le colonel détestait Bourne à ce point.

— Tu veux dire par là qu'il n'a aucune raison de le haïr ? »

Elle réfléchit un instant. « Je n'en sais rien. En tout cas, à ce moment-là, je n'avais pas connaissance de...

— Tu avais connaissance d'un élément essentiel : le secret absolu qui entoure les opérations de Dahr El Ahmar. Bourne s'est échappé. Il sait que...

— Il sait quoi exactement ? Tu peux me le dire ? rétorqua-t-elle. Il est resté sur la base moins de quinze minutes. Il était grièvement blessé. Je ne crois même pas qu'il ait eu le temps de...

— Primo, Bourne est un agent aguerri ; il voit tout, il entend tout. Secundo, il connaît l'existence de la base, au minimum. Tercio, il s'est enfui à bord d'un hélicoptère, ce qui veut dire qu'il a survolé les installations.

— Il les a vues mais a-t-il compris à quoi elles servaient ? Tu crois qu'il a eu le temps de fouiner avec les missiles sol-air que Ben David lui balançait ?

— Le colonel Ben David estime que sa seule présence sur le site suffit amplement à le condamner. Je tiens cela de source sûre : Dani Amit. La sécurité de la base a été gravement compromise. Après cela, tu disparais dans la nature. Allons, Rebeka, mets-toi à leur place...

— Les deux incidents n'ont aucune relation l'un avec l'autre.

— C'est toi qui le dis.

— C'est la vérité. »

Il secoua la tête. « Ils ne sont pas de cet avis, et franchement, moi non plus.

— Écoute...

— Le Babylonien te cherche, Rebeka. Il va venir te tuer. » Il soupira. « Il n'y a qu'un seul moyen de l'arrêter.

— Oublie ça. Il n'en est pas question. »

Il haussa les épaules. « Alors, tu es déjà morte. Dommage. » Il jeta quelques pièces sur la table et se leva.

« Attends. »

Il s'immobilisa, et le regard qu'il lui jeta lui noua la gorge. L'esprit de Rebeka fonctionnait à toute vitesse. « Assieds-toi. » Il hésita avant d'obéir.

« Il y a quelque chose... » Elle s'interrompit, le cœur battant. Elle s'était juré de ne révéler à personne ce qu'il s'était passé à Dahr El Ahmar. Indécise, elle détourna les yeux en se mordillant la lèvre inférieure.

« De quoi s'agit-il ? », dit Ze'ev en se penchant vers elle.

Quelque chose dans sa voix – une infime nuance de sympathie, voire d'inquiétude – la poussait à se confier. *C'est le moment,* pensa-t-elle. *Fais-lui confiance ou envoie-le promener mais décide-toi.* Bien entendu, elle pouvait toujours choisir une route radicalement différente.

Elle respira profondément, sans réussir à calmer les battements presque douloureux de son cœur. Sa blessure mal cicatrisée se réveilla.

« Rebeka, écoute-moi, il n'y a que deux choses susceptibles de motiver une personne dans ta situation. Laissons de côté l'idéologie, c'est dépassé. Que reste-t-il ? L'argent et le sexe. » Il la regarda avec une grande douceur, mais elle demeura muette. « Je vais tenter une supposition. Je ne vois qu'un seul changement dans ta vie, ces derniers temps : Jason Bourne. Tu confirmes ? »

Oh, mon Dieu, pensa-t-elle. *Il croit que j'ai trahi le Mossad à la demande de Bourne.* Mais après tout, elle pourrait peut-être retourner cette erreur de jugement à son avantage.

Rebeka se leva brusquement. À peine eut-elle franchi le seuil que le blizzard l'accueillit avec une gifle. Elle se blottit sous l'avancée du toit, à l'abri de l'averse de neige mais pas du vent féroce.

Quelques secondes plus tard, elle sentit une présence à ses côtés. Ze'ev l'avait suivie.

« Tu vois, dit-il en élevant la voix pour se faire entendre malgré le hululement de la tempête. Tu es dans une impasse. »

Elle laissa planer un long silence, avant d'avouer dans un gros soupir : « Tu as raison. » Elle prit un air penaud. « C'est à cause de Bourne. »

Les sourcils de Ze'ev se rejoignirent au milieu de son front. « Mais comment a-t-il fait pour te convaincre ?

— J'ai passé deux nuits avec lui à Damas. » Elle le regarda au fond des yeux. « Qu'est-ce que tu crois ? »

*

Dick Richards souffrait le martyre depuis qu'il travaillait pour Treadstone. Alors qu'à la NSA tout le monde le respectait, y compris le Président, il se retrouvait à présent dans la peau d'un paria. Cette situation lui tapait sur les nerfs, sans parler de la double casquette qu'on lui faisait porter. Il n'avait pas la stature d'un agent de terrain ; ces gens-là conservaient leur sang-froid en toutes circonstances. C'était une qualité innée. Aucun programme de formation ne pouvait vous enseigner cela. Le courage physique n'était pas son fort, il fallait bien l'avouer. Il en avait pris conscience à l'âge de treize ans, alors qu'il était en colonie de vacances, dans une maison dirigée par une brute qui l'avait pris pour souffre-douleur. Au lieu de répliquer et de se battre, il avait enduré les humiliations jusqu'à la fin de l'été. Avant de partir, il avait serré la main de son bourreau en lui disant : « Sans rancune, hein ? », et en retour avait obtenu une grimace méprisante. Cet épouvantable souvenir l'avait hanté durant toute sa jeunesse. Et depuis qu'il était adulte, il ne cessait de revivre l'expérience sous des formes diverses. Ses réussites intellectuelles masquaient parfois sa faiblesse de caractère, mais pas toujours ; encore moins la nuit, quand il cherchait le repos sans parvenir à exorciser ce sentiment d'impuissance.

Il avait passé tout l'après-midi, toute la soirée et une partie de la nuit devant son ordinateur, ne quittant sa chaise que pour soulager sa vessie et grignoter un truc indigeste acheté au fast-food du coin. Maintenant, il avait mal à l'estomac. Sans quitter l'écran des yeux, il attrapa un flacon de pilules gastriques, dévissa le bouchon et en goba quelques-unes qu'il mâchonna tout en continuant à faire semblant de creuser les infos squelettiques contenues dans le dossier que ses directeurs lui avaient refilé. Sûrement pour se moquer de lui, songea-t-il. Une nouvelle humiliation qui venait s'ajouter à toutes les autres. D'un autre côté, il se félicitait de constater que Moore et Marks ne s'intéressaient guère à Nicodemo. Quelqu'un de haut placé leur avait sans doute demandé d'enquêter sur lui. Le secrétaire Hendricks, probablement. Richards ignorait qui se cachait derrière ce nom mais en savait beaucoup plus sur lui que n'importe quel autre membre de Treadstone.

En ce moment, Richards essayait de résoudre le problème des cyberattaques chinoises sur les serveurs du gouvernement, de l'armée et des sociétés militaires privées à travers le monde. Nuit et jour, il s'efforçait de glaner des informations classifiées. Pour cela, il suivait des pistes virtuelles, brisait des pare-feu, décodait des fichiers cryptés, accédait à des sites gardés comme des coffres-forts. La batterie de vers et de chevaux de Troie qu'il avait lui-même peaufinée suivant un objectif bien précis lui avait permis d'arriver jusqu'en Chine via des sites russes, roumains et serbes. À plusieurs reprises, il avait cru toucher au but. Mais quel que soit le chemin qu'il prenne, il tombait soit sur une impasse soit sur une fausse piste. Si bien que, huit heures plus tard, il se retrouvait au point de départ. Enfin, pas tout à fait. Repérer les voies sans issue était tout aussi précieux car cela permettait de modifier les paramètres de recherche et de les préciser.

Il se leva, s'étira, et marcha vers la fenêtre blindée. Les petits capteurs encastrés dans les vitres envoyaient des signaux électroniques censés déjouer les écoutes. Au pied de l'immeuble, la rue était déserte. De temps à autre, on entendait gronder le moteur d'une voiture ou d'un camion. Des pensées parasites surgirent dans son esprit, s'épanouissant comme des fleurs empoisonnées. Il revoyait son père, son beau-père. Le premier avait quitté le domicile familial quand sa femme avait perdu la vue. Richards avait quatre ans. Des années plus tard, grâce à ses talents d'informaticien, il avait retrouvé sa trace pour apprendre finalement que ce salopard reniait sa paternité. Quant à son beau-père, il avait profité du désarroi de sa mère pour s'installer chez eux et se faire entretenir, tout en couchant avec tout ce qui portait jupon. Richards avait vainement tenté de faire entendre raison à sa mère. Non seulement elle avait refusé de le croire, mais elle s'était retournée contre lui. Richards avait alors compris qu'elle était au courant depuis le début mais qu'elle avait tellement peur de rester seule qu'elle préférait vivre dans l'illusion.

Il fit brusquement demi-tour et revint vers son bureau. Derrière cette fenêtre, il avait l'impression d'être un animal en cage, emprisonné dans le donjon de la forteresse Treadstone. Au fond de lui, une petite voix lui serinait que sa vie même était une prison. Inconsciemment, il avait suivi l'exemple de sa mère et avait fait d'Internet, en constante métamorphose, l'objet à la fois le plus fascinant et le plus réel à ses yeux.

Richards fléchit les doigts, en fit craquer les articulations, puis les posa sur le clavier. Il était temps de passer à un travail plus constructif. Ils voulaient des infos sur Nicodemo, il allait leur en donner, quitte à les fabriquer de toutes pièces. Peut-être lui en seraient-ils reconnaissants. Encore une fois, refaisait surface ce besoin désespéré de plaire à ses supérieurs. Ses joues s'empourprèrent de honte.

Il respira profondément. *Concentre-toi et fais ce que tu sais le mieux faire,* pensa-t-il. *Ce petit succès te redonnera du cœur au ventre.* Rechercher un individu sur Internet relevait de la gageure, étant donné la complexité des fournisseurs d'accès. Cela dit, ce n'était pas impossible. Les gens faisaient tous partie d'une structure sociale, même un fantôme comme Nicodemo. Il avait forcément des associés, des amis, une famille, comme tout un chacun. À supposer qu'il ait totalement disparu de la toile, son entourage, lui, existait encore. En outre, cet homme avait de l'argent, beaucoup d'argent si l'on en croyait les vagues infos qui figuraient dans le dossier. En se déplaçant d'un lieu à un autre, l'argent laissait des traces, empruntait des routes qui existaient aussi bien dans le monde virtuel que dans la réalité. Pourtant, aucune de ces routes ne le mènerait à Nicodemo ; Richards le savait parfaitement.

Pas de problème, décida-t-il alors même que son rythme cardiaque s'affolait, il trouverait un moyen détourné d'accéder au Djin Qui Éclaire Le Chemin. Rasséréné, il se replongea dans l'étude du dossier fragmentaire, le considéra d'un œil neuf et se mit au travail. Il s'agissait seulement d'inventer une fable cybernétique.

Ses doigts s'envolèrent d'eux-mêmes au-dessus du clavier et, quelques secondes plus tard, le monde virtuel qu'il aimait tant se referma autour de lui.

3

«VOUS N'AURIEZ PAS DÛ PRENDRE L'AVION.

— Que voulez-vous dire ? répliqua Soraya. Je ne comprends pas. »

Concentré sur les résultats de l'électroencéphalogramme et l'IRM de sa patiente, le Dr Steen leva un instant les yeux. « Vous avez reçu une blessure quand vous étiez à Paris, n'est-ce pas ?

— Oui.

— Et c'est également à Paris qu'on vous a soignée. »

Elle agita la tête. « Exact.

— Ils ne vous ont pas informée des risques que vous couriez ? »

Soraya sentit son cœur s'affoler ; on aurait dit qu'il venait de se décrocher et lui remontait dans la gorge. « Je me croyais guérie.

— Eh bien, ce n'est pas le cas. » Le Dr Steen fit pivoter son fauteuil, alluma un écran LED et fit apparaître l'IRM du cerveau de Soraya. « Vous souffrez d'un hématome sous-dural. Votre cerveau saigne, mademoiselle Moore. »

Un frisson remonta le long de son dos. « Il n'y avait rien de méchant sur ma précédente IRM.

— Je vous le répète : c'est à cause de l'avion », insista le Dr Steen en se replaçant face à Soraya qui regardait, fascinée, l'image toujours affichée à l'écran.

Le Dr Steen joignit les mains au-dessus de son clavier. C'était un homme d'âge moyen, qui se rasait le crâne pour cacher qu'il perdait ses cheveux. « Je suppose que cette... déchirure, appelons-la ainsi... était microscopique, ce qui expliquerait qu'elle ne soit pas apparue sur l'ancienne IRM. Après cela, vous avez pris l'avion et... » Il écarta les mains en signe d'impuissance.

Soraya se pencha vers lui, plus furieuse que paniquée. « Arrêtez de sous-entendre que c'est ma faute.

— Vous n'auriez pas dû...

— Fermez-la, bordel. » Elle avait dit cela sans hausser le ton mais avec une telle rage que le médecin se rencogna dans son siège. « C'est comme cela que vous parlez à vos patients ? Vous n'avez donc pas de cœur ?

— Je suis médecin. Je...

— Au temps pour moi, l'interrompit-elle. Donc il est normal que vous n'ayez pas de cœur. »

Il soutint son regard un moment, en espérant qu'elle se calme. « Mademoiselle Moore, j'exerce la neurochirurgie depuis de longues années et je sais qu'il est inutile de prendre des gants. Plus vite un patient réalise la gravité de son état, plus vite nous pouvons démarrer le traitement et œuvrer ensemble à sa guérison. »

Elle avait beau se raisonner, son cœur continuait à battre la chamade. Soudain, une vive douleur lui transperça le crâne. Elle grimaça. Le Dr Steen bondit de derrière son bureau.

« Mademoiselle Moore ? »

Elle se frotta la tempe.

« Cela coupe court à toute discussion, déclara-t-il, la main sur le téléphone. Je vous fais hospitaliser sur-le-champ.

— Non, gémit-elle en lui touchant le bras. Non, s'il vous plaît.

— Je crois que vous ne mesurez pas la gravité de...

— Mon travail, c'est toute ma vie, articula-t-elle.

— Mademoiselle Moore, la pression s'accumule dans votre cerveau. Si nous n'intervenons pas, vous n'aurez plus de vie du tout. Je ne peux pas laisser...

— Ça va mieux maintenant. Je n'ai plus mal. » Elle voulut sourire mais n'y parvint qu'à moitié. « Je vous assure, je me sens bien. »

Le Dr Steen trouva une chaise pour s'asseoir près d'elle. « D'accord, mais dites-moi ce qui vous inquiète.

— Je croyais qu'il ne fallait pas s'apitoyer sur les patients.

— Disons qu'il m'arrive de faire des exceptions... » Il s'accorda un petit sourire. «... quand un patient en a besoin.

— J'en avais besoin au moment où je suis entrée dans votre cabinet, non ? »

Elle resta quelques secondes sans rien dire. De l'autre côté de la porte, un téléphone sonnait, quelqu'un parlait. Puis tout redevint silencieux.

Le Dr Steen lui tapota légèrement le poignet pour s'assurer qu'elle était à son écoute. « Nous devons résoudre votre problème physique mais, avant cela, il faut s'attaquer à l'autre problème. »

Très lentement, elle leva les yeux vers lui. « J'ai peur. »

Il parut soulagé. « C'est parfaitement normal, tout à fait prévisible, en fait. Je peux vous aider...

— Je n'ai pas peur pour moi. »

Il la regarda sans comprendre.

« J'ai peur pour mon bébé. Je suis enceinte. »

*

« Comment vous sentez-vous ? », demanda Bourne en entrant dans la chambre d'Aleph.

« Mieux, physiquement. »

Il se tenait assis, un numéro de l'*International Herald Tribune* déployé devant lui, mais semblait éprouver quelque difficulté à lire.

Bourne déposa l'attaché-case en cuir noir qu'il transportait et se pencha sur le journal ouvert à la page économique. Il n'y avait là que cotations boursières, annonces de fusion, résultats trimestriels et autres données chiffrées. « Vos yeux ont du mal à accommoder ? »

Aleph haussa les épaules. « Comme-ci comme-ça. Les médecins m'ont averti que c'était prévisible.

— Vous prenez des nouvelles de vos placements ?

— Quoi ? s'exclama Aleph, un peu embarrassé. Non, non, j'essayais simplement d'exercer mes yeux à la lecture des petits caractères. »

Bourne écarta le journal, ouvrit l'attaché-case, posa une arme de poing sur les cuisses d'Aleph et, sans lui laisser le temps de respirer, lui demanda : « Qu'est-ce que c'est ? »

Aleph prit le pistolet. « Glock 19.9 mm ». Il en vérifia le magasin, vit qu'il n'était pas chargé, plaça son œil dans le prolongement du canon. Un geste de professionnel.

Bourne récupéra le Glock et, dans le même mouvement, lui tendit une autre arme. « Et celui-ci ?

— C'est un CZ-USA 75B Compact Pistol.

— Combien de cartouches accepte-t-il ?

— Dix. »

Bourne échangea le CZ contre une arme beaucoup plus petite. « Vous savez ce que c'est ? »

Aleph le manipula un instant. « C'est un Para-Ordnance Warthog Pistol, WHW1045R, Alloy Regal Finish, calibre 45 ACP, chargeur de 10, simple action. » Puis il regarda Bourne avec stupéfaction. « Comment je peux savoir tout ça ? »

Pour toute réponse, Bourne rangea le Warthog et jeta sur le lit un magazine ouvert sur une photo de fusil. Bourne dit en russe : « *Pozhaluysta, skazhite mne, chto izobrazheno tam.* » *Veuillez me dire ce que représente cette photo.*

« Un Dragunov SVD-S en matière polymère avec crosse pliable. » Son index se promena sur l'image. « C'est un fusil de tireur d'élite.

— Efficace ? Pas terrible ? À votre avis ? insista Bourne.

— Très bon, dit Aleph. L'un des meilleurs sur le marché.

— Que pouvez-vous me dire encore ? reprit Bourne en repassant à l'anglais. Vous l'avez déjà utilisé ?

— Utilisé ? bredouilla Aleph. Je... Je ne sais pas.

— Et pour ce qui est du Glock ou du Warthog ? »

Aleph secoua la tête. « J'ai un trou.

— Pourtant, vous les avez reconnus au premier coup d'œil.

— Oui, je sais, mais... Je n'y comprends rien. » Il se frotta les tempes, pendant que Bourne replaçait les armes dans la mallette noire. « Bon Dieu, mais qu'est-ce que ça signifie ?

— Ça signifie qu'il est temps d'aller faire un tour à Sadelöga. Vous retrouverez peut-être la mémoire. »

*

«J'ai un scoop pour toi, lança Peter Marks quand Soraya passa la barrière de sécurité de Treadstone. Notre nouveau poulain, alias Richards, prétend que le Djin Qui Éclaire Le Chemin n'a rien d'un fantôme, tout compte fait. C'est un être de chair et de sang, comme toi et moi.

— Tu m'en diras tant.» Soraya enleva son manteau, le jeta sur son bras et se dirigea vers son bureau.

«Je t'assure, dit Peter en courant presque pour la suivre. Et ce n'est pas tout. Il a trouvé son nom – ça reste à confirmer, d'accord, mais quand même... Il s'appelle Nicodemo.

— Mouais.» Elle balança son manteau sur le rebord chauffant de la fenêtre et se cala dans son fauteuil. «Nous devrions peut-être avoir une petite discussion avec Richard Richards.

— Pas tout de suite. Je ne veux pas l'interrompre. Il est complètement immergé dans ses recherches.» Il jeta un coup d'œil vers le box vitré de Richards. «Je crois qu'il a passé la nuit à bosser sur ce dossier.»

Soraya haussa les épaules, ouvrit le casier contenant la transcription des rapports oraux fournis au cours de la nuit par ses agents au Moyen-Orient. Ils étaient classés par pays : Syrie, Liban, Somalie, etc. Elle prit connaissance du premier sur la pile.

Peter s'éclaircit la voix. «Alors, qu'est-ce qu'a dit le médecin?»

Elle leva les yeux, lui fit un sourire mécanique et répondit : «Tous les examens sont négatifs. Ce n'est que de la fatigue.» Elle soupira. «Il pense que je n'aurais pas dû me remettre au boulot si vite.

— J'ai tendance à penser comme lui, dit Peter. Tu n'as pas l'air dans ton assiette.

— J'ai l'air dans quoi, alors?»

Peter n'avait pas envie de rire. «Rentre chez toi, Soraya. Repose-toi un peu.

— Je ne veux pas rentrer chez moi. J'ai déjà perdu pas mal de temps à l'hôpital. Après ce qui s'est passé, j'estime que le travail est le meilleur remède pour moi.

— Je ne suis absolument pas de cet avis et ton médecin non plus. Prends au moins deux jours de congé. Et passe-les au fond de ton lit.

— Je deviendrai folle. »

Il posa sa main sur les siennes. « Ne m'oblige pas à aller voir Hendricks. »

Elle le regarda un instant, puis hocha la tête. « D'accord, mais je veux que ça reste entre nous. »

Il sourit. « Pas de souci.

— Et si jamais il arrive quelque chose d'important, tu m'appelles.

— Promis.

— Sur mon portable. Ma ligne fixe est encore en dérangement. »

Il acquiesça, visiblement soulagé. « Ça marche.

— Très bien. » Elle inspira profondément. « Donne-moi juste une minute pour terminer ce rapport. Après, je te refile le bébé. » Pendant qu'il se levait, elle ajouta dans un murmure : « Quant à Richards, ne le quitte pas des yeux, tu veux bien ? »

Peter se pencha vers elle. « Tu peux compter sur moi. » Il allait sortir quand il se ravisa. « On est bien d'accord, hein ?

— Oui, oui. »

Soraya le regarda regagner son bureau de l'autre côté du couloir, termina la lecture du rapport, griffonna quelques notes en marge pour Peter, rassembla les dossiers et les empila pour les lui porter. Ce faisant, elle remarqua le classeur marqué *Égypte*. Le visage d'Amun apparut dans son esprit, et ses yeux se remplirent de larmes. Partagée entre la douleur et la colère, elle s'essuya les joues d'un revers de main.

Elle respira plusieurs fois, se leva, et alla déposer les dossiers sur le bureau de Peter, avant de prendre l'ascenseur. Il n'était pas encore midi. Ayant vérifié l'heure à sa montre, elle sortit son portable et appela le numéro préenregistré de Delia Trane. Delia travaillait pour le Bureau de l'Alcool, des Armes, du Tabac et des Explosifs. À l'époque où Soraya faisait partie de la CIA, les deux femmes avaient étroitement collaboré sur plusieurs affaires. Depuis, elles étaient les meilleures amies du monde.

« Raya, comment vas-tu ?

— Il faut que je te voie, dit Soraya. Tu es libre pour déjeuner ?

— Aujourd'hui ? J'ai un truc mais je peux me libérer. Tu vas bien ? »

Soraya lui indiqua un lieu et une heure de rendez-vous, puis elle coupa la communication, n'ayant aucune intention de se confier au téléphone. Quarante minutes plus tard, elle passait la porte du Jaleo, un restaurant de tapas sur la Septième Rue N-O. Delia, déjà installée près de la vitre, lui fit signe en lui adressant un grand sourire.

Delia était la fille d'une aristocrate colombienne de Bogotá. Elle avait hérité du sang chaud de ses ancêtres maternels. Malgré ses yeux clairs, sa peau était aussi mate que celle de son amie, mais la ressemblance s'arrêtait là. Avec ses cheveux courts, ses mains carrées et sa silhouette masculine, elle avait tout du garçon manqué. Dans son travail, elle s'était taillé une réputation de dragon, mais avec Soraya, elle était la douceur même.

Delia se leva pour la serrer dans ses bras.

« Dis-moi tout, Raya. »

Le sourire de Soraya s'effaça d'un coup. « C'est pour cela que je t'ai appelée. »

Elles s'assirent l'une en face de l'autre, Soraya commanda un Virgin Mary. Delia avait déjà entamé sa caipirinha, un cocktail à base de *cachaça*, eau-de-vie de canne brésilienne.

Soraya regarda la salle autour d'elle et fut rassurée de la voir remplie. Le bourdonnement des conversations lui assurait la discrétion qu'elle recherchait. « Le médecin s'est étonné de me voir si mince. Pourtant, j'en suis au début du quatrième mois. Il a dit que d'habitude, ça se voit. »

Delia grommela. « Les hommes sont tellement nuls en la matière.

— Je suis peut-être comme ma mère. Sa grossesse n'a commencé à se remarquer qu'à partir du cinquième ou sixième mois. »

Elles gardèrent le silence quelques secondes. Il y avait beaucoup de bruit dans le restaurant. Les clients arrivaient en continu et ceux qui étaient déjà attablés chahutaient en discutant de plus en plus fort. Les rires en particulier résonnaient de manière désagréable.

Devinant le malaise croissant de son amie, Delia lui prit la main. «Raya, écoute-moi, je ne laisserai personne vous faire du mal, à toi et au bébé.»

Soraya lui sourit avec gratitude, puis se rembrunit aussitôt. «J'ai les résultats des examens. Je souffre d'un hématome sous-dural.»

Delia retint son souffle. «Est-ce que c'est grave?

— C'est comme un pneu qui se dégonfle lentement. Mais la pression...» Soraya détourna les yeux. «Le Dr Steen estime que je dois me faire opérer. Il veut me percer un trou dans la tête.»

Delia lui serra plus fort la main. «Ça ne m'étonne pas qu'il ait dit cela. Les chirurgiens sont tous des fanatiques du couper-coller.

— En l'occurrence, il se peut qu'il ait raison.

— Il faut prendre un deuxième avis. Un troisième, si nécessaire.

— L'IRM est assez claire, répondit Soraya. Même moi, j'ai vu qu'il y avait un problème.

— Parfois les hématomes guérissent d'eux-mêmes.

— Celui-ci aurait pu guérir, j'imagine. Malheureusement, je suis rentrée en avion. Ça s'est aggravé pendant le vol, et maintenant...»

Delia vit la peur dans les yeux de Soraya. «Maintenant quoi?»

Soraya respira profondément et relâcha lentement son souffle. «On n'opère les femmes enceintes qu'en cas d'extrême urgence parce que le fœtus court un double risque – à cause de l'anesthésie et de l'intervention en elle-même.» Des larmes brillèrent dans ses yeux. «Delia, si quelque chose tourne mal...

— Tout va bien se passer.

— Si quelque chose tourne mal pendant l'opération, insista Soraya, on privilégie la vie de la mère. En cas de complication, ils sacrifient l'enfant.

— C'est horrible!» Son exclamation se noya presque dans le brouhaha de la salle.

Très vite, Delia se reprit. «Mais pourquoi penser ainsi?

— Il le faut. Tu connais la raison.»

Delia se pencha pour lui murmurer. «Tu en es absolument sûre?

— J'ai fait les calculs. Les cycles menstruels ne mentent pas, du moins pas les miens. Il n'y a aucun doute sur l'identité du père.

— Eh bien, alors...

— C'est lui. »

Le serveur venait d'apparaître devant leur table. « Avez-vous fait votre choix, mesdames ? »

*

Ilan Halevy, alias le Babylonien, avait à peine reçu sa nouvelle mission de la part de Dani Amit qu'il décollait de Tel-Aviv pour Beyrouth, avec un passeport argentin fourni par le Mossad. Depuis Beyrouth, il se rendit à Sidon en jet privé, puis sauta dans une jeep pour rejoindre le campement de Dahr El Ahmar.

Le colonel Ben David était occupé à se raser quand le Babylonien fut introduit sous sa tente. Au lieu de se retourner, Ben David lui jeta un coup d'œil dans le miroir, avant d'examiner à nouveau sa mâchoire bleuâtre. Une méchante balafre à peine refermée lui entamait la pommette droite depuis l'extérieur de l'œil jusqu'au lobe de l'oreille. Il aurait pu recourir à la chirurgie esthétique mais y avait renoncé.

« Qui est au courant de ta présence ici ? demanda-t-il sans préambule.

— Personne.

— Pas même Dani Amit ? »

Le Babylonien le regarda sans rien dire ; il avait déjà répondu.

Ben David éloigna le coupe-chou de sa joue et essuya le savon mêlé de poils de barbe qui salissait la lame. « Très bien, alors. Nous pouvons parler. »

Il s'assura que le rasoir était parfaitement sec avant de le replier pour le ranger. Puis il prit une serviette et s'épongea le visage. C'est alors seulement qu'il se retourna vers le Babylonien.

« Mon assassin préféré. »

Un léger sourire déforma le visage du Babylonien. « Content de te voir, moi aussi. »

Les deux hommes se donnèrent l'accolade et, tout de suite après, s'éloignèrent l'un de l'autre comme si l'amitié sincère qu'ils venaient de se manifester n'avait jamais existé. Ils ne pensaient plus qu'à leur affaire, et cette affaire était mortellement sérieuse.

« Ils m'ont demandé de m'occuper de Rebeka. »

Un voile sombre passa dans le regard de Ben David et disparut immédiatement.

« Je sais ce que ça représente pour toi, reprit le Babylonien.

— Tu es bien le seul.

— C'est pourquoi je suis venu. » Le Babylonien parut surpris. « Que veux-tu que je fasse ?

— Je veux que tu ailles au bout de ta mission. »

Le Babylonien pencha la tête. « Vraiment ?

— Oui, répondit Ben David. Vraiment.

— Je sais ce que tu éprouves pour cette fille.

— Tu sais aussi combien ce projet me tient à cœur.

— Évidemment, dit le Babylonien.

— Alors tu connais mes priorités. »

Le Babylonien l'observa attentivement. « Elle a dû te faire un très sale coup. »

Ben David se détourna et se mit à aligner ses ustensiles de rasage comme une armée en ordre de bataille.

Au bout d'un moment, le Babylonien rompit le silence. « Quand tes petites manies te reprennent, ça veut dire que tu bous intérieurement. »

Le colonel retira vivement ses mains.

« Ne dis pas le contraire, fit le Babylonien. Je te connais trop bien.

— Moi aussi je te connais, répondit Ben David en faisant volte-face. Tu n'as jamais raté une mission.

— Ce n'est pas tout à fait exact.

— Oui, mais à part moi, personne n'est au courant. »

Le Babylonien hocha la tête. « Certes. »

Ben David se rapprocha. « Le problème, c'est que Rebeka est de mèche avec Jason Bourne.

— Ah oui ? dit le Babylonien. Ça complique les choses, en effet. Dani Amit ne m'en a pas parlé.

— Il ne le sait pas. »

Le Babylonien riva son regard sur Ben David. « Pourquoi le lui avoir caché ?

— Bourne, ce n'est pas son affaire.

— En d'autres termes, Bourne c'est *ton* affaire. »

Ben David fit un autre pas en direction de l'exécuteur. « Et la tienne aussi, désormais.

— Voilà pourquoi tu m'as fait venir.

— Dès que j'ai appris que tu étais chargé de cette mission.

— Au fait, comment l'as-tu appris ? s'enquit le Babylonien. Pour autant que je sache, il n'y a que deux personnes dans la confidence : Dani Amit et le Directeur. »

Un lent sourire s'épanouit sur le visage du colonel Ben David. « C'est mieux ainsi. Pour nous tous. »

Le Babylonien parut accepter sa réponse. « Donc, c'est Bourne que tu veux.

— Oui.

— Et pour Rebeka ?

— Quoi Rebeka ? répliqua vertement le colonel Ben David.

— Je sais ce que tu éprouves...

— Ne perds pas de vue l'essentiel. Dani Amit ne doit pas avoir le moindre doute te concernant. Tu as une mission à accomplir. »

Le Babylonien semblait le plaindre. « Ce ne sera pas facile pour toi.

— Ne t'inquiète pas, lâcha Ben David. Je vais très bien.

— Et nous sommes dans les temps.

— Parfaitement. »

Le Babylonien hocha la tête. « Je serai loin à ce moment-là.

— Tu ferais bien. »

Après le départ de l'exécuteur, le colonel Ben David regarda longuement son reflet. Puis il ramassa son coupe-chou et le jeta violemment sur le miroir qui se brisa en mille morceaux ; tout comme son reflet.

4

AVEC SA STATURE, sa corpulence et ses épaules de déménageur, l'homme ressemblait à un ours sanglé dans un costume en peau de requin, tenue que la plupart de ses collaborateurs n'auraient pu s'offrir, même en économisant un an de salaire. Il faisait le pied de grue sous le soleil, au milieu de la place de la Concorde. Le bourdonnement incessant qui venait du groupe de touristes lui évoquait une armée de piverts enragés. Quant à la circulation automobile qui tournait en cercle autour de l'îlot de bitume, elle lui rappelait la mort : elle passe à pleine vitesse, à deux doigts de nous, jusqu'au moment où elle nous percute, nous étale sur le pavé avant de poursuivre sa route. Il songeait à l'époque où il était jeune et ignorant, à toutes ces années gâchées. Aujourd'hui, il savait ce qu'il valait, il avait développé sa force intérieure. Mais le temps perdu ne revient jamais.

La place de la Concorde était son lieu de rendez-vous favori, à Paris. Cet endroit lui plaisait, justement parce qu'il le rapprochait de la mort, présente et passée. Durant la Terreur, on y avait planté la guillotine et coupé la tête de Marie-Antoinette, parmi tant d'autres, coupables ou innocents, du pareil au même. Le Règne de la Terreur : il aimait le son que produisait cette locution, en n'importe quelle langue.

Il tourna la tête pour mieux la voir traverser la rue à grands pas sur ses longues jambes. La lumière du soleil rendait hommage à sa grâce. Elle se cacha parmi une troupe de visiteurs et progressa ainsi jusqu'à l'obélisque de Ramsès II, offert à la France en 1829 par le vice-roi ottoman Nemeth Ali, après avoir trôné pendant 3 300 ans à l'entrée du temple de Louxor. Il déplorait la quasi-indifférence dont les touristes faisaient preuve face à ce trésor inestimable. Chaque jour, la mémoire du monde disparaissait un peu plus sous les effluves numériques dégagés par Internet, via des millions de Smartphones ou d'iPad. Pour les masses incultes, les faits et gestes de Britney Spears, d'Angelina Jolie ou de Jennifer Aniston revêtaient mille fois plus d'intérêt que les œuvres de Marcel Proust, de Richard Wagner ou de Victor Hugo. À supposer bien sûr que ces grands créateurs leur soient connus.

Il avait envie de cracher par terre mais n'en fit rien, préférant fendre la foule en souriant pour rejoindre le côté ouest de l'obélisque où se tenait Martha Christiana, les mains dans les poches de son manteau haute couture noir et rouge, sous lequel une étroite jupe aubergine sortie des mêmes ateliers moulait la partie inférieure de son corps. Elle ne se retourna pas quand elle sentit sa présence derrière son épaule gauche. Mais elle pencha la tête vers lui.

« Quel plaisir de te revoir, mon ami, dit-elle. Cela faisait si longtemps.

— Trop longtemps, chérie. »

Les lèvres pleines de la jeune femme s'ourlèrent d'un sourire à la Mona Lisa. « Voilà que tu me flattes. »

Il aboya un rire. « Ce n'est pas nécessaire. »

Il avait raison : elle était d'une beauté remarquable. Brune, les yeux sombres, latine autant par ses traits que son tempérament. Elle pouvait se montrer à la fois farouche et bagarreuse. En tout cas, elle avait conscience de son pouvoir. Une femme à part entière, qu'il admirait et tentait d'apprivoiser. Pour l'instant, il n'avait pas réussi, ce qui ne l'ennuyait qu'à moitié. Martha lui aurait été moins utile sans sa formidable énergie. Quand son esprit vagabondait, ce qui n'arrivait pas souvent, il se demandait pourquoi elle revenait toujours vers lui, alors qu'il la laissait totalement libre de ses choix. D'ailleurs, elle rejetait toute forme de contrainte ; il l'avait compris à ses dépens dès leur deuxième rencontre. Il repoussa cette triste époque tout au fond de son esprit, pour mieux se consacrer à la question qui l'occupait actuellement et avait motivé ce rendez-vous.

Martha s'adossa contre la grille cernant l'obélisque, chevilles croisées. Ses Louboutin étincelaient comme des joyaux.

« Quand j'étais jeune, dit-il, je croyais à la notion de récompense, comme si la vie était juste et prédéterminée. Comme si elle ne s'amusait pas à semer des obstacles sur votre chemin. Et qu'est-il arrivé ? Je suis passé d'erreurs en déconvenues. J'ai accumulé les échecs jusqu'à ce que je comprenne à quel point je m'illusionnais. Je ne connaissais rien à la vie. »

Il sortit un paquet de cigarettes, lui en offrit une, se servit, alluma celle de Martha, puis la sienne. Quand il se pencha vers elle, il renifla son parfum. Des notes d'agrume et de cannelle. Quelque chose frémit en lui. La cannelle lui plaisait tout particulièrement. Cette épice avait quelque chose de très érotique. Un chapelet d'images et de sensations lui fit tourner la tête, mais il resta stoïque. Bien droit, il emplit ses poumons de nicotine, comme pour mettre de la distance entre lui et son passé.

« Quand j'ai réalisé que la vie essayait de me guider, mes yeux se sont ouverts, poursuivit-il. Non seulement elle voulait m'enseigner la manière d'affronter mon destin, mais aussi celle de prospérer. J'ai appris à laisser mon orgueil de côté, à affronter l'inacceptable, à vaincre les obstacles sans me défiler. Parce que le chemin menant à la réussite – et cela vaut pour tout le monde – comporte obligatoirement des obstacles. »

Martha Christiana l'écoutait en silence, sans perdre un mot de son discours. C'était ce qu'il aimait en elle. Elle se souciait si peu de sa petite personne qu'elle était capable de saisir les choses essentielles. Cette qualité la distinguait des autres. Elle était comme lui.

« Chaque fois qu'on accepte l'inacceptable, un changement se produit, dit-elle enfin. Changer ou mourir, tel est notre credo, n'est-ce pas ? Et à force d'additionner les changements, on finit par se métamorphoser.

— Au-delà même de nos espérances. »

Elle hocha la tête sans quitter des yeux les marronniers alignés le long des Champs-Élysées. « Et nous revoilà à attendre que viennent les ombres.

— Pas du tout ! Nous *sommes* les ombres », répliqua-t-il.

Martha Christiana eut un petit rire. « C'est vrai. »

Ils restèrent quelques minutes à fumer en silence, au milieu du vacarme ambiant. Tout au bout des Champs-Élysées, l'Arc de Triomphe luisait du même éclat que les Louboutin de Martha.

Finalement, l'homme jeta son mégot de cigarette et l'écrasa sous son talon. « Tu as une voiture ?

— Garée dans le coin, comme d'habitude.

— Bien. » Il hocha la tête avant de se lécher les lèvres. « J'ai un problème. »

Quand il passait aux choses sérieuses, il commençait toujours ainsi. Cette phrase d'introduction était comme un rituel apaisant. Il avait souvent des problèmes, mais recourait rarement à Martha Christiana pour les résoudre. Il lui réservait ceux dont il savait qu'elle seule trouverait la solution.

« Mâle ou femelle ? », demanda Martha Christiana.

Il sortit une photo de sa poche intérieure et la lui montra.

« Ah, quelle belle bête ! dit-elle avec un sourire gourmand. Il me plaît bien.

— Parfait. » Il lui tendit une clé USB en riant. « Voici toutes les infos nécessaires, même si je sais que tu préfères les rassembler par toi-même.

— Parfois oui. J'aime bien étudier mes cibles sous tous leurs aspects, même les plus triviaux. » Elle lui lança un regard appuyé. « Où se trouve le dénommé Don Fernando Hererra, actuellement ?

— En déplacement. » Il découvrit un peu ses dents ivoire comme des tuiles de mah-jong. « Il me cherche. »

Martha Christiana leva les sourcils. « Il n'a pas l'air d'un tueur.

— Ce n'en est pas un.

— Alors que veut-il ? Et pourquoi t'en débarrasser ? »

Il soupira. « Don Fernando veut me soutirer une chose qui m'est plus précieuse que la vie. »

Martha Christiana tourna vers lui son visage inquiet. « Qu'est-ce à dire, *guapo* ?

— Mon héritage. Il veut me prendre tout ce que je possède, tout ce que je posséderai jamais.

— Je ne le permettrai pas. »

Il sourit et lui toucha le dos de la main, d'un geste aussi léger qu'une aile de papillon. « Martha, quand tu en auras terminé, j'enverrai quelqu'un te prendre. J'ai besoin de toi pour une mission très spéciale. »

Martha Christiana lui renvoya son sourire et s'écarta des grilles de l'obélisque. « Je vais m'occuper de Don Fernando Hererra.

— Tu as toute ma confiance. »

*

« Qu'est-ce que c'est que cette histoire avec Bourne ? demanda Ze'ev. Tu es complètement stupide. Tu signes ton arrêt de mort. Ben David ne te pardonnera jamais. »

Rebeka claqua la langue. « C'est pour me dire ça que tu as fait le voyage depuis Tel-Aviv ?

— J'essaie de t'aider. Pourquoi refuses-tu de le comprendre ? »

Elle plissa les yeux pour se protéger du soleil qui perçait entre les nuages après la tempête. Ils marchaient entre les monticules de neige fraîche. Devant eux, l'eau gris perle prolongeait les galets de la plage en pente. Ils avaient l'impression de tourner en rond. Des maisonnettes aux toits bleus parsemaient le paysage. Çà et là, des habitants armés de pelles dégageaient la neige devant leurs portes. Rebeka voulait retourner à Sadelöga, mais comment faire avec Ze'ev qui lui collait aux basques ? Il fallait qu'elle trouve un moyen de l'utiliser, mais le temps manquait.

« Je ne saisis pas quel est ton intérêt là-dedans. »

Ze'ev fit craquer ses grosses articulations. Il ne portait pas de gants et ses mains étaient livides. Basé à Tel-Aviv, il servait néanmoins sous les ordres du colonel Ben David. Ce qui faisait de lui un homme dangereux. Mais elle avait d'autres raisons de se méfier de lui, si elle en croyait ce qu'elle avait appris à Dahr El Ahmar.

« De quoi tu parles ? s'étonna-t-il.

— Je suis prête à parier que ta façon de m'aider ne conviendra ni à Amit ni au directeur. »

Il fléchit ses doigts blanchâtres. Démonstration de force ? Avertissement ? « Ils ne sont pas au courant et il n'y a pas de raison que ça change. »

Elle le toisa d'un air sceptique.

« Très bien, dit-il en soupirant. Voilà ce que je te propose. Ilan Halevy me cherche des crosses depuis qu'il est monté en grade. » Ivan Halevy, le Babylonien.

« Et pourquoi cela ? »

Ze'ev souffla par le nez, comme un cheval agacé par un harnais trop serré. « J'ai tenté de le faire virer du Mossad, au début de sa carrière. Ce type était un franc-tireur. Il apprenait ses leçons bien sagement, et après, il n'en faisait qu'à sa tête, au lieu de respecter les règles.

— En fait, tu t'es trompé sur son compte. »

Ze'ev confirma d'un signe de tête. « Il m'a gardé un chien de sa chienne. Il ne sera heureux qu'une fois qu'il m'aura éjecté.

— Ilan Halevy ne connaît pas le sens du mot *heureux*.

— Pourtant...

— Bon, d'accord, vous êtes à couteaux tirés. Qu'est-ce que je viens faire là-dedans ?

— Je veux qu'il se plante.

— Et autre chose encore...

— Oui. Je veux qu'il se plante dans les grandes largeurs. Un échec si lamentable qu'il ne pourra pas s'en relever. »

Rebeka réfléchit un instant. « Tu as un plan, j'imagine. » Un sourire passa subrepticement sur son visage. « Il n'y a aucun moyen de le retourner. Tu l'as dit toi-même.

— Oui, ce serait une totale perte de temps. En revanche, nous pouvons l'attirer à Sadelöga.

— Et ensuite ?

— Nous l'attendrons de pied ferme. »

                              *

Les locaux du site d'information en ligne *Politics As Usual* étaient perchés au seizième étage d'un immeuble de bureaux sur E Street N-O, à Washington. Soraya prit l'ascenseur avec quelques costards qui discutaient stratégie boursière et valeurs de rachat. Dès que les portes s'ouvrirent, elle joua des coudes pour s'extraire de la cabine et fila vers le comptoir de réception, un bloc incurvé en acier brossé et bois d'érable aux nœuds apparents.

« Charles est-il dans son bureau ? demanda-t-elle à Marsha, l'hôtesse d'accueil.

— Oui, mademoiselle Moore, répondit Marsha avec un sourire parfaitement professionnel. Je vais le prévenir. Pourquoi ne pas vous asseoir ?

— Merci. Je suis très bien ici. »

Marsha opina du bonnet tout en composant le numéro de Charles. Soraya n'était pas loin d'elle, mais ne perçut qu'un murmure indistinct. Ce hall de réception, elle le connaissait par cœur. Elle laissa quand même traîner son regard le long des murs, histoire de patienter. Il y avait des articles encadrés un peu partout, placés en évidence. Les uns avaient remporté un prix Pulitzer, les autres un Peabody Award. Inévitablement, ses yeux tombèrent sur l'excellent reportage que Charles avait effectué deux ans auparavant en Syrie, sur une cellule terroriste puissante mais peu connue. C'était à cette occasion qu'ils s'étaient rencontrés. Elle avait lu son papier et l'avait contacté pour en savoir davantage sur ses sources. Sans grand succès d'ailleurs.

Avant de l'apercevoir, elle sentit sa présence, comme toujours, et leva la tête en souriant pour le regarder arriver. Charles était un homme grand et mince, avec des cheveux courts, indisciplinés et prématurément gris. Toujours aussi élégant, il portait aujourd'hui un costume bleu nuit sur une chemise gris tourterelle et une cravate à motifs ondulés dans les tons pastel.

Dès qu'il l'aperçut, il lui fit un grand signe. Mais son sourire était curieusement crispé, ce qui la déconcerta et suscita en elle une légère inquiétude. Elle commençait à regretter sa décision. Une part d'elle-même voulut faire demi-tour et reprendre l'ascenseur, pour ne plus jamais le revoir.

Au contraire, elle s'approcha de lui et, quand il la prit délicatement par la taille, le suivit dans le couloir jusqu'à son bureau panoramique. Juste avant d'entrer, elle regarda la plaque accrochée au mur, à droite de la porte : CHARLES THORNE, RÉDACTEUR EN CHEF ADJOINT.

Il referma derrière eux.

Il faut que j'en finisse le plus vite possible, pensa-t-elle. *Sinon, je vais perdre mon sang-froid.* «Charles, démarra-t-elle en s'asseyant.

— Ta visite tombe bien. Justement j'avais quelque chose à te dire.» Il leva la main pour devancer sa réaction et ferma les stores d'un geste déterminé. «Soraya, avant que tu dises quoi que ce soit...»

Oh, non, pensa-t-elle. *Je vais avoir droit au couplet «J'aime ma femme». Pas maintenant ; surtout pas maintenant.*

«J'ai à te parler. C'est strictement confidentiel. D'accord?»

Nous y voilà. Elle déglutit. «Oui, bien sûr.»

Il inspira profondément et rejeta l'air avec un petit sifflement. «Nous faisons l'objet d'une enquête du FBI.»

Soraya sentit son cœur bondir dans sa poitrine. «Nous?

— *Politics As Usual.* Marchand. Le directeur de la publication. Davidoff. Le rédacteur en chef. Et moi.

— Je... je ne comprends pas.» Son pouls battait furieusement dans ses tempes. «Pour quelle raison?»

Charles se passa une main sur le visage. «Écoutes téléphoniques... surtout des victimes de crimes, des célébrités, la police de New York, quelques personnalités politiques.» Il hésita et lui jeta un regard peiné. «Des victimes du 11 septembre.

— Tu plaisantes?

— Hélas non.»

Elle eut une bouffée de chaleur comme un accès de fièvre tropicale. «Mais... ils ont raison de vous soupçonner?

— Toi et moi, nous devons...» Il toussa pour s'éclaircir la voix. «Nous devons cesser de nous voir.

— Mais tu...» Ses oreilles tintaient. «Comment as-tu pu...?

— Ce n'est pas moi, Soraya. Je jure que je n'y suis pour rien.»

Il ne va pas répondre à ma question, pensa-t-elle. *Il ne va rien me dire.* Elle planta son regard dans le sien et la phrase qu'il avait prononcée vingt secondes avant résonna dans sa tête. «*Nous devons cesser de nous voir.*»

Elle recula en vacillant, sentit la présence d'une chaise derrière ses genoux et se laissa tomber dessus, comme une masse.

«Soraya?»

Elle ne savait que dire, que penser. Elle devait faire des efforts, ne serait-ce que pour respirer normalement. En une fraction de seconde, son monde s'était retourné sur lui-même. Ils ne pouvaient pas rompre. Pas maintenant. C'était hors de question. Tout à coup, elle se rappela la soirée qu'elle avait passée avec Delia, le lendemain du jour où elle avait rencontré Charles.

« Es-tu devenue folle ? avait dit Delia en écarquillant les yeux. Charles Thorne ? Sérieusement ? Tu sais avec qui il est marié ?

— Je le sais, avait répondu Soraya. Bien sûr que je le sais.

— Et malgré cela tu... ? » Totalement éberluée, Delia n'avait même pas fini sa phrase.

« C'était plus fort que nous.

— Tu parles ! s'était écriée Delia, hors d'elle. Vous êtes des adultes, non ?

— C'est une chose qui se fait entre adultes, Dee. D'où le mot qui la désigne...

— Arrête, avait lancé Delia en tendant les mains devant elle. Dieu du ciel, ne prononce pas ce mot.

— Ce n'est pas juste une passade, si cela peut faire une différence.

— Bien sûr que ça fait une différence », avait répliqué Delia, un peu trop fort. Elle avait baissé la voix et poursuivi en chuchotant. « Bon sang, Raya, plus ça durera, pire ce sera. »

Soraya revoyait nettement la scène. Elle avait pris la main de son amie. « Ne sois pas fâchée, Dee. » Mais Delia ne voulait rien entendre. « Réjouis-toi pour moi. »

Plus ça durera, pire ce sera.

« Soraya ? » insista Thorne, atterré de la voir si bouleversée.

Et voilà, pensa Soraya, *le pire est arrivé.* Maintenant elle n'avait plus le choix. Elle devait tout lui avouer. C'était la seule manière d'éviter cette séparation, de l'obliger à rester avec elle.

Elle ouvrit la bouche, mais rien ne sortit. Son esprit se rebellait. *C'est donc à cela que j'ai réduit ce bébé – un pion ?* Prise d'une violente nausée, elle se pencha, saisit la corbeille à papier et vomit dedans.

« Soraya ! s'écria-t-il en se précipitant vers elle. Tu es malade ?

— Je ne me sens pas bien, bredouilla-t-elle.

— Je t'appelle un taxi. »

Elle refusa d'un geste. « Donne-moi une minute. Ça va aller. » Elle devait le lui dire, elle n'avait pas le choix. Mais un autre spasme lui retourna l'estomac ; elle étouffait. Alors, elle renonça. *On verra ça demain,* pensa-t-elle. *Aujourd'hui, je n'ai pas le courage.*

*

Une heure avant de repartir pour Sadelöga avec Aleph, Bourne fit un rêve. On lui tirait dessus, il tombait dans les eaux noires et tumultueuses de la Méditerranée mais, au lieu de perdre connaissance, comme cela s'était passé voilà de nombreuses années, il ressentait la douleur dans sa tête. Une douleur insupportable, comparable à des explosions successives ou des courts circuits à répétition.

Il luttait contre le froid et les vagues quand, soudain, il devina une présence. Une créature abyssale, un serpent de mer d'une taille monstrueuse, montait vers lui. La bête enroula ses anneaux autour de son corps, tandis que sa gueule hérissée de crocs se tendait pour le mordre. Il la repoussa encore et encore mais ses forces l'abandonnaient peu à peu, se dissolvant dans l'eau sombre. Plus il faiblissait, plus le monstre devenait féroce et puissant. Soudain, le serpent desserra son étreinte, ouvrit la gueule et prononça ces mots : « Jamais tu ne sauras qui je suis. Pourquoi ne pas renoncer ? »

Le serpent déroula ses anneaux, libéra sa proie et s'éloigna prestement. En vain, Bourne essaya de le rattraper tant le désir le tenaillait de savoir qui il était... Il se réveilla.

Couvert de sueur, il rejeta les couvertures et entièrement nu se rendit dans la salle de bains où il passa sous la douche sans même régler la température. Le jet d'eau glacée le heurta comme un coup de poing. C'était ce qu'il recherchait. Il voulait se débarrasser très vite des dernières vrilles gluantes de son rêve. Un rêve récurrent qui se terminait toujours de la même manière. Il savait que le serpent de mer figurait son passé qui, tapi dans les profondeurs de son inconscient, s'enroulait et se déroulait sans lui révéler son identité. Si l'on en croyait le monstre, cela n'arriverait jamais.

Quand il fut rasé et habillé, il s'assit au bord du lit et appela Soraya avec son nouveau téléphone satellite. D'un commun accord, chacun prenait régulièrement des nouvelles de l'autre, ce qui leur permettait souvent d'échanger de précieuses informations.

C'était la nuit à Washington. Manifestement, il la réveillait.

« Comment vas-tu ? lui demanda-t-il.

— Très bien. C'est juste que j'ai eu une journée terrible. »

Malgré son ton enjoué, il devina qu'elle lui cachait quelque chose. Il insista, jusqu'à ce qu'elle consente à lui avouer que son traumatisme crânien s'était aggravé. Elle ajouta que son médecin s'occupait bien d'elle, mais ne dit rien d'autre la concernant et, très vite, changea de sujet. Quand elle fit allusion à Nicodemo, Bourne lui parla de sa conversation avec Christien, lequel estimait que Nicodemo entretenait des liens mystérieux avec Core Energy, et en particulier son PDG, Tom Brick.

« Tu veux dire que Nicodemo est une personne en chair et en os ? demanda-t-elle quand il eut terminé.

— Christien et Don Fernando en sont persuadés. Pourrais-tu faire quelques recherches pour moi sur Core Energy et Brick ?

— Bien sûr.

— Prends soin de toi, Soraya. »

Elle hésita un court instant avant de répondre : « Toi aussi. »

Quatre-vingt-dix minutes plus tard, le ciel s'éclaircissait à l'est. Alors que les derniers lambeaux de nuit s'effilochaient dans les caniveaux, Aleph et Bourne quittèrent Stockholm pour Sadelöga à bord d'une voiture prêtée par Christien.

« Vous n'avez pas l'air très en forme », fit remarquer Aleph quand Bourne passa sur l'autoroute et appuya à fond sur l'accélérateur.

Bourne ne répondit rien. De temps à autre, il jetait un œil dans le rétroviseur, mémorisait la marque, le modèle et la position de chaque véhicule derrière eux.

Par réflexe, Aleph vérifia le rétroviseur extérieur. « Vous attendez de la compagnie ?

— J'attends toujours de la compagnie. »

Aleph eut un petit rire. « Ouais, je vois ce que vous voulez dire. »

Bourne lui lança un long regard pénétrant. « Ah bon ?

— Quoi ?

— Vous voyez ce que je veux dire ? Comment cela se fait-il ? »

Aleph lui rendit son regard et secoua la tête pour montrer son ignorance. « Aucune idée.

— Réfléchissez ! »

Bourne avait parlé si fort qu'Aleph sursauta.

« J'en sais rien. J'ai compris, c'est tout. » Il se remit à surveiller son rétro. « Rien de suspect.

— Pas encore, en tout cas. »

Aleph hocha la tête. « J'ai bon espoir pour Sadelöga. Je veux dire, c'est bien d'y retourner.

— Vous pensez que cela vous aidera à retrouver la mémoire ?

— Oui, je le crois. S'il y a la moindre chance... »

Sa voix se brisa et il ne dit plus rien jusqu'à l'arrivée. Christien avait mis à la disposition de Bourne l'un de ses bateaux – le même que celui de l'autre jour, quand ils avaient repêché Aleph. Il l'avait fait nettoyer, si bien qu'il ne restait plus la moindre trace de sang.

Dès qu'Aleph fut installé, Bourne détacha les cordages, poussa la coque du pied et sauta à bord. Le moteur ronronnait doucement dans l'air humide. Des nappes de brouillard planaient par endroits au-dessus de l'eau, tels des linceuls. Juste avant d'arriver à Sadelöga, Aleph se mit à observer attentivement le paysage.

« Quelque chose vous revient ? », demanda Bourne, dont l'haleine formait de petits nuages blancs.

Aleph agita négativement la tête.

Un moment plus tard, Bourne ralentit. « C'est ici que nous vous avons repêché. Vous n'avez pas pu rester longtemps dans l'eau. Par conséquent, nous ne sommes pas loin du lieu où on vous a tiré dessus. »

Il baissa encore le rythme du moteur et navigua le long de la berge. « Dites-moi où c'était. »

Aleph paraissait de plus en plus nerveux, comme s'il se rapprochait du lieu de sa mort. Bourne connaissait cette étrange sensation. Sous les lambeaux de brouillard, de gros glaçons ballottaient contre les pierres du rivage. En quelques jours, la température avait chuté de douze degrés au moins. Le froid avait même fait taire les mouettes, si loquaces d'habitude. Le simple fait de respirer devenait douloureux.

« Je n'en sais rien, répondit misérablement Aleph. Rien du tout. » Puis, tout à coup, il releva la tête comme un chien de chasse venant de flairer un gibier. « Là-bas ! s'écria-t-il en claquant des dents. Par là-bas ! »

Bourne vira de bord et piqua vers la rive.

*

« Tu la surveilles ! » Delia regardait Peter d'un air stupéfait. « C'est ton amie, pour l'amour du ciel !

— Je sais mais...

— Vous êtes incroyables, vous autres. Aucune humanité.

— Delia, c'est justement parce que Soraya est mon amie que je l'ai suivie. »

Delia renifla pour exprimer ses doutes. Peter était passé la voir dans son bureau et, dès sa première question, elle avait refermé la porte d'un coup de pied.

« Qu'est-ce qu'elle faisait dans les locaux de *Politics As Usual* ?

— Bon sang, tu ne vas quand même pas oser me demander de quoi nous avons discuté ce midi ?

— Je supposais que cela avait un rapport avec sa visite chez le Dr Steen. »

Delia branla du chef et passa derrière son bureau. « Je ne sais pas ce que tu t'imagines...

— À toi de me le dire.

— Adresse-toi à Soraya.

— Elle refusera de m'en parler.

— Alors tu dois respecter son choix. Elle a sans doute ses raisons.

— Écoute, c'est bien le problème, dit Peter en faisant un pas vers elle. Je crois qu'elle n'a plus toute sa raison. »

Delia écarta les mains. « Je ne vois pas ce que...

— Je crois qu'elle a des problèmes, dit-il. Je te demande de m'aider à la secourir.

— Non, Peter. Tu me demandes de trahir sa confiance. » Elle croisa les bras sur sa poitrine. « Pas question. Je ne me laisserai pas fléchir. »

Il resta un long moment à la dévisager. « J'ai beaucoup d'affection pour elle, Delia. Vraiment.

— Dans ce cas, retourne au travail. Et laisse tomber.

— Je veux l'aider.

— L'aider ? Es-tu vraiment sûr de pouvoir l'aider ? Si tu t'entêtes, je te promets que tu lui feras plus de mal que de bien. »

Il secoua la tête. « Je ne suis pas certain que tu...

— Quoi qu'il se passe dans sa vie en ce moment, elle n'a pas envie de t'en parler. » Delia lui fit un sourire figé. « Tu risques même de détruire votre amitié, Peter. Je te le dis tout net. »

*

Avant même que le bateau n'accoste sur les galets neigeux, Aleph s'élança vers la rive.

« Attendez ! », cria Bourne en coupant le moteur. Il poussa un juron, sauta sur la plage et courut derrière lui.

« Il y a un petit bois de pins et un lac, dit Aleph comme s'il se parlait à lui-même. Quelque part, quelque part... » Il posait son regard halluciné sur toutes les formes alentour.

Bourne l'avait presque rejoint quand il s'enfonça dans un petit bosquet de sapins et vit au loin le lac dont la surface paraissait gelée.

« Je me souviens de l'avoir traversé, dit-il dès que Bourne parvint à sa hauteur.

— Pas de précipitation. Une chose après l'autre. Que faisiez-vous ici ? »

Aleph secoua la tête. « J'ai traversé le lac ou alors... » Il esquissa un pas sur la glace. « Je fuyais.

— Pourquoi ? insista Bourne. Qui vous poursuivait ?

— Ce lac. » Aleph tremblait de tous ses membres. « Ce foutu lac. »

Des éclairs immenses, comme produits par un orage électrique, explosent sous ses paupières. Du brouillard de l'amnésie remontent des bribes de souvenirs. Il se voit courir, entend son souffle haché, aperçoit la fine silhouette qui glisse rapidement derrière lui comme sur des patins à glace. Puis, brusquement, tout se trouble. La mémoire s'éteint. Il sent qu'il trébuche. La seconde d'après, il est à genoux. La silhouette va bientôt le rattraper. Il se tourne vers elle, tend son arme mais perd l'équilibre. L'arme lui échappe. Il essaie de marcher à quatre pattes mais s'aperçoit qu'il perd du temps. Alors il se relève et reprend sa course. Sa course contre la mort.

Les souvenirs déferlent sur lui telle une charge de fantassins. Les images floues deviennent nettes puis redeviennent floues. Il retrouve les ténèbres abyssales qu'il connaît à présent sous le nom d'amnésie – on lui a volé sa vie, elle restera à jamais inatteignable. Au désespoir succède la panique qui hurle dans sa tête avec une fureur démentielle. Les fragments mémoriels, tranchants comme des lames de rasoir, se plantent dans sa chair, le laissant pantelant, désemparé, au bord de la folie.

*

Aleph revint dans le présent en clignant les yeux comme s'il se réveillait.

« Ça ira pour l'instant », dit Bourne, le regard braqué sur l'étendue glacée qui s'étirait devant eux. Il le prit par le bras et voulut le ramener vers la rive où était amarrée leur embarcation. « On en a assez fait pour aujourd'hui.

— Non ! Il faut que je retrouve la mémoire ! Elle est restée là-bas ! » Aleph lui échappa, posa le pied sur la glace. Bourne l'empoigna avant qu'il n'aille plus loin et le traîna de force sous les conifères.

« Vous ne pouvez pas y aller. C'est trop exposé, trop dangereux.

— Dangereux ! »

Bourne dut le secouer pour qu'il reprenne ses esprits. « On vous a tiré dessus, vous vous rappelez ? Quelqu'un vous cherche.

— Je suis mort, Jason, gémit-il en le regardant fixement. Vous ne comprenez pas ? Plus personne ne me cherche. »

Bourne comprit alors que Christien et lui avaient eu tort. Aleph n'était pas encore prêt à affronter la réalité. Il perdait pied. «Retournons au bateau. On discutera de tout cela calmement.»

Aleph hésita, le regard braqué sur le lac gelé. Puis il parut obtempérer. «D'accord.»

Mais dès que Bourne le lâcha, il fit un bond en arrière, se précipita sur la glace et se mit à glisser, jambes fléchies, bras écartés comme des ailes, pour éviter de s'étaler de tout son long.

Bourne s'élança derrière lui, tout en gardant en ligne de mire les sapins qui bordaient le lac, dont les troncs très serrés auraient pu cacher tout un régiment. Il levait la main pour se protéger les yeux de la clarté quand il entendit une détonation ; l'écho lui fit l'effet d'une illusion auditive. De gros morceaux de glace giclèrent. Le tireur venait de faire feu une deuxième fois. Puis une troisième. Les balles creusèrent la glace, juste devant les pieds d'Aleph.

Bourne le percuta, le renversa, se coucha sur lui et, dans le même élan, le fit glisser vers le renfoncement dans la glace. Sous leurs poids conjugués, la surface gelée commençait à se fendiller. Bourne voulut revenir en arrière en entraînant son compagnon avec lui mais le tireur devança son geste et des balles criblèrent la glace derrière eux. Puis il y eut un terrible craquement, le sol se déroba, ils tombèrent dans l'eau et un courant violent les aspira vers les ténèbres.

5

BOURNE SENTIT L'EAU AMÈRE ENVAHIR SES NARINES. C'était un lac salé ; pas étonnant que la glace ait cédé si facilement. Il dut lâcher son arme pour pouvoir rattraper Aleph qui coulait comme une pierre. Il donna un bon coup de reins et, avec de puissants battements de pieds, fila comme une flèche vers le fond.

En quelques secondes, le froid transperça sa veste et ses bottes. Son cœur s'affolait, luttait pour rétablir sa température corporelle. Jamais il n'aurait la force de remonter vers la surface, et encore moins de ramener Aleph avec lui.

Sans lumière, impossible de se diriger. Plongeur expérimenté, Bourne savait que même des professionnels pouvaient perdre le sens de l'orientation la nuit, sous l'eau. Sans parler des effets débilitants de la narcose d'hydrogène. Dans une eau glaciale, l'esprit fonctionnait au ralenti, prenait de mauvaises décisions. Et à cette profondeur, les mauvaises décisions débouchaient sur la mort.

Bourne avait l'impression que ses poumons allaient exploser ; il ne sentait plus ses orteils, ses doigts s'engourdissaient rapidement. Malgré la douleur qui pulsait dans sa tête, il donna un dernier coup de pied et enfin, sentit sous ses mains la veste d'Aleph. Il l'empoigna par le col, l'attira vers lui, roula sur lui-même et commença la remontée, le plus calmement possible, l'esprit concentré sur le présent, pour écarter les images fugaces mais récurrentes de l'accident qui avait failli causer sa propre mort par noyade, voilà de nombreuses années. L'accident dont il avait réchappé mais qui lui avait volé la mémoire.

Rester concentré sur le présent tout en déployant son énergie au maximum – même si ce maximum se résumait à presque rien – n'était pas chose facile. Par instants, il se croyait perdu au milieu de la Méditerranée. Mais non, il n'était pas tombé en Méditerranée. Il se trouvait beaucoup plus au nord. Une douce chaleur l'enveloppait, accompagnée d'une puissante léthargie, et pourtant ses jambes continuaient à battre l'eau, sa main à agripper Aleph. Cette chaleur était peut-être celle de la Méditerranée ? Bien sûr que oui. On lui avait tiré dessus et on l'avait jeté à l'eau au large de Marseille. Et maintenant... Maintenant il était en pleine jungle, noyé dans une pénombre végétale, debout derrière un homme agenouillé, les poignets menottés dans le dos. Il tenait une arme, un .45 de l'armée ; il pressait le canon sur sa nuque, appuyait sur la détente. Jason Bourne s'écroula sur les feuilles humides de la forêt, raide mort...

Il voulut crier. Un terrible frisson descendit le long de son dos. Il se tortilla dans tous les sens, comme pour se débarrasser de ces images cauchemardesques. Puis il leva les yeux et vit une tache de lumière percer l'obscurité infinie. Une issue !

Au-dessous de lui, le visage immobile d'Aleph avait viré au blanc. Cette vision le galvanisa, dissipa sa léthargie. Il laissa derrière lui les marécages de l'horreur et se remit à battre des jambes avec un surcroît d'énergie. La tache pâle se faisait plus grande et plus brillante. Soudain, Bourne creva la surface, aspira une bonne goulée d'air, assura sa prise sur l'homme inconscient, toujours plus pesant au bout de son bras, et il le hissa hors de l'eau.

Malheureusement, Bourne était encore trop engourdi pour prévoir qu'Aleph retomberait s'il ne le retenait pas. Le voyant glisser de nouveau sous la surface, Bourne grimpa lentement sur la glace, et malgré ses muscles endoloris, parvint à l'attraper avant qu'il ne coule à nouveau, le souleva petit à petit, d'abord par le col, puis sous les bras et, tirant finalement sur la ceinture de son pantalon, le jeta sur la couche de glace.

Bourne était allé au-delà de l'épuisement. Le froid, les images anciennes et épouvantables venues le hanter pendant l'effort avaient aspiré toute son énergie. Il se laissa tomber en arrière et se concentra sur son souffle. Une petite voix au fond de son esprit lui hurlait d'aller s'abriter, d'ôter ses vêtements trempés avant qu'ils ne lui collent à la peau. Mais il était incapable de faire un geste.

C'est alors qu'une ombre le recouvrit. Quand il rouvrit les yeux, un homme le dominait de toute sa hauteur. Il avait un pistolet à la hanche. Le tireur ? Mais où était passé son fusil ? L'avait-il abandonné dans les fourrés ? L'esprit embrumé de Bourne formulait des questions sans réponses.

« Pas besoin de te présenter, Bourne, dit l'homme en s'agenouillant. J'ai entendu parler de toi. »

Il sourit jusqu'aux oreilles et pressa le canon de son arme sur la tempe de Bourne, lequel voulut lever le bras mais ses vêtements, en partie gelés, pesaient sur lui comme une armure. Quant à ses doigts, ils étaient totalement paralysés.

L'homme retira le cran de sûreté. « Dommage qu'on n'ait pas le temps de faire plus ample connaissance. »

La détonation se répercuta sur toute la surface du lac, comme une série d'ondes circulaires s'achevant en un cri strident. Des mouettes effrayées prirent leur envol et s'éloignèrent dans le ciel strié de nuages.

*

« Je n'arrive pas à les percer à jour. Ils sont aussi indéchiffrables l'un que l'autre.

— Que dois-je en conclure ? répliqua le Président. Je vous ai placé chez Treadstone pour que vous soyez mes yeux et mes oreilles. »

Dick Richards croisa les jambes. « Il me semble que votre problème n'est pas le duo Marks-Moore mais plutôt le secrétaire Hendricks. »

Depuis son fauteuil, le Président le foudroya du regard. Un silence religieux planait sur le Bureau ovale. Les rares bruits de pas, les sonneries téléphoniques et les conversations des divers secrétaires et assistants leur parvenaient assourdis, comme d'un lieu très éloigné, alors qu'ils étaient juste derrière la porte.

« Je ne vous demande pas de m'expliquer où est mon problème, Richards.

— Non, Monsieur, bien sûr que non. Néanmoins, Treadstone est le bébé de Hendricks. »

Le Président leva les sourcils. « Où voulez-vous en venir ?

— C'est auprès de lui que Marks et Moore prennent leurs ordres. »

Le Président fit pivoter son fauteuil vers la fenêtre. « Qu'avez-vous trouvé à leur sujet ? »

Richards prit le temps de rassembler ses pensées. « Ils sont très malins l'un et l'autre – assez malins pour me tenir à distance. Mais ils ont commis une erreur. Ils ont cru se débarrasser de moi en me confiant un dossier inintéressant, or ils se sont trompés. »

Le Président se retourna vers sa taupe et l'observa entre ses paupières tombantes. « Ce qui signifie ?

— Savez-vous que Jason Bourne est une légende forgée de toutes pièces par Treadstone ?

— Richards, décidément, vous abusez de ma patience.

— Et que Jason Bourne était autrefois un être humain comme vous et moi. Un mercenaire qui a payé de sa vie sa trahison envers son unité. »

Le Président fronça les sourcils. « Cette information est classée Omega. Comment se fait-il que vous soyez au courant ? »

L'espace d'un instant, Richard se demanda s'il ne venait pas de dépasser les bornes en essayant à tout prix de faire entendre son point de vue. « Il n'y a pas eu de fuites, si c'est ce que vous craignez. Le directeur des archives m'a demandé d'examiner le nouvel algorithme associé aux données archivistiques pour savoir s'il y avait des brèches dans la sécurité. » Il fit un geste désinvolte de la main comme si son explication – en partie inventée d'ailleurs – n'avait guère d'importance. Richards préférait que personne n'aille fourrer son nez dans ses affaires. « L'essentiel, c'est que je progresse dans mes recherches. Vous vouliez savoir si le Djin Qui Éclaire Le Chemin était un individu ou une légende. Eh bien, d'après moi, un homme seul ne peut pas posséder toute la puissance et l'influence qu'on lui attribue. »

Le Président s'avança sur son siège. « Écoutez, Richards, vous ne comprenez pas.

— Nicodemo n'est très probablement qu'une appellation générique recouvrant un groupe de personnes.

— Rien à foutre de Nicodemo, tonna le Président. Il ne m'intéresse pas ; Nicodemo, c'est le croque-mitaine de Hendricks. Les deux seules personnes qui m'intéressent sont Peter Marks et Soraya Moore. »

Richards secoua la tête. « Je ne saisis pas.

— Soraya Moore était un agent véreux à la CIA ; aujourd'hui, Moore et Marks sont les directeurs véreux de Treadstone.

— Je peux vous assurer qu'ils ne représentent aucun risque. Je ne vois pas...

— Ils sont copains comme cochons avec Jason Bourne, espèce d'idiot ! C'est son influence toxique qui les a pervertis. » Le Président parut aussi choqué que Richards par la violence de sa déclaration. Il pianota un instant sur son bureau, puis respira un bon coup et expira lentement. Quand il reprit la parole, ce fut d'une voix plus normale. « Moore et Marks sont copains avec Bourne, je peux en conclure qu'ils sont en relation permanente. »

Richards réfléchit une seconde. « Vous êtes à la recherche de Bourne.

— Pourquoi croyez-vous que je vous aie imposé chez Treadstone, Richards ? Bourne ne respecte aucune règle, aucun principe. Il fait ce qui lui chante. C'est inadmissible.

— J'ai cru comprendre qu'il nous avait aidés, par le passé. »

La main du Président fendit l'air. « Que cette rumeur ait ou non un fondement, il n'en reste pas moins que Bourne est en train de fomenter quelque chose. Je veux savoir quoi. Tout individu qui gravite hors de notre contrôle constitue non seulement un risque sécuritaire, mais aussi un danger potentiel pour notre programme de politique étrangère. Et je ne parle même pas de son état mental. Ce type est un instable, un amnésique, pour l'amour du ciel ! Personne n'est capable de prévoir sa prochaine lubie. Personne. » Il ponctua sa diatribe d'un hochement de tête. « Il faut qu'on règle ce problème une bonne fois pour toutes. L'approche directe n'a jamais fonctionné, et ne fonctionnera jamais. Le traquer ? C'est perdu d'avance. En plus, comme Hendricks ne partage pas mon inquiétude, autant ne pas s'occuper de lui. »

Vous et le secrétaire Hendricks êtes en désaccord, semble-t-il, songea Richards. *Hendricks condamne tout ce qui s'écarte de la droite ligne. Pas vous, manifestement.* Tout à coup, il eut terriblement envie de se placer du côté gagnant. Pour une fois dans sa vie.

Le Président se redressa brusquement pour se poster près du drapeau des États-Unis enroulé autour de sa hampe, à côté de la baie vitrée garnie de tentures. « Oubliez Nicodemo. Il s'agit, au mieux, d'un écran de fumée. Je pencherais plus pour de la désinformation, un mirage fabriqué par nos ennemis pour nous faire tourner en rond. Vous me suivez ?

— Oui, Monsieur, mais je ne peux pas abandonner comme ça mes recherches sur Nicodemo. Les directeurs auraient des soupçons.

— Continuez alors, mais juste assez pour donner le change. C'est Bourne qui doit faire l'objet de votre attention. »

Lui qui avait espéré gagner la confiance de Peter et de Soraya en accomplissant la mission qu'ils lui avaient confiée se retrouvait à présent avec une tâche complètement différente sur les bras. La manière dont le Président le traitait l'agaçait de plus en plus. N'était-il pas censé être son mentor ? Ne l'avait-il pas débauché en personne de la NSA pour cette mission très spéciale ? Il enrageait, car finalement le Président lui avait menti depuis le départ. *Qu'il aille se faire voir,* pensa-t-il. *Désormais c'est chacun pour soi.*

Cela dit, ricana-t-il intérieurement. *Il en a toujours été ainsi.*

Il passa le reste de l'entrevue à sourire aimablement, à acquiescer aux moments voulus et à émettre les onomatopées adéquates. En vérité, il avait la tête ailleurs. Il était déjà en train d'élaborer une nouvelle stratégie, un plan B dont il serait l'unique bénéficiaire. Comment n'y avait-il pas songé auparavant ?

*

Dès qu'il eut regagné le siège de Treadstone, Richards fonça directement dans le bureau de Peter Marks mais, quand il passa la porte, il tomba sur Soraya, assise devant l'ordinateur de son collègue. Cela le surprit et l'inquiéta tout à la fois. Les paroles du Président lui revinrent en mémoire : des directeurs véreux. Dans n'importe quelle entreprise, il serait mal vu d'emprunter l'ordinateur de quelqu'un d'autre. Au sein des services secrets, c'était totalement inédit. Il comprenait mieux leurs accointances avec Bourne.

Soraya le vit piétiner à l'entrée du bureau. « Oui ? Qu'y a-t-il, Richards ?

— Je... Je cherchais le directeur Marks.

— Et vous êtes tombé sur moi. » Elle désigna un siège. « Asseyez-vous et dites-moi ce qui vous tracasse. »

Un bref instant, Richards se rappela combien Soraya l'intimidait. Pour tout dire, il n'avait jamais rencontré de femme comme elle. Cette situation l'embarrassait énormément.

Soraya soupira. « Qu'attendez-vous pour vous asseoir ? » Il posa le bout de ses fesses sur la chaise, ajoutant l'inconfort à l'émoi.

« Allez-vous parler ou rester assis comme un crapaud sur un nénuphar ? »

Il la lorgna avec méfiance, puis tout à coup se rappela qu'il transportait un dossier contenant le résultat de ses recherches sur Nicodemo. Il le posa sur la table de travail et le fit glisser vers Soraya, en se demandant pourquoi elle n'avait pas tenté de justifier sa présence dans le bureau de son codirecteur. Possédait-elle le mot de passe de son ordinateur ? Tout le monde à Treadstone se connectait avec son code personnel. Il y en avait un pour les ordinateurs de bureau, un autre pour les portables et un troisième pour ceux qui avaient droit aux tout nouveaux modèles de tablettes.

Soraya le dévisageait de ses grands yeux liquides. Le fait qu'elle soit belle, éminemment désirable et puissante à la fois, l'énervait au plus haut point. Elle prit le dossier et, sans lâcher Richards des yeux, l'ouvrit.

« Qu'est-ce que c'est ? »

Il ne s'attendait pas à cette question. Pourquoi lui demander cela, alors qu'un simple coup d'œil pourrait lui fournir la réponse ?

Il reprit son souffle en frémissant. « J'ai bien avancé sur l'enquête que le directeur Marks et vous m'avez confiée.

— Je vous écoute. »

Pourquoi ne regardait-elle pas le dossier ? Richards éluda sa demande irritante. « Si vous consultez les feuillets que je vous ai remis...

— Un rapport écrit n'a pas d'intérêt pour moi, dit-elle. Trop de décalage, pas assez d'affect. Je préfère l'exposé oral. »

C'était donc cela, pensa Richards. Il s'éclaircit de nouveau la voix et s'exécuta. « Il apparaît de plus en plus clairement que Nicodemo n'a pas d'existence physique. C'est très probablement un personnage fictif, une simple légende adroitement fabriquée. Un peu comme Bourne.

— "De plus en plus clairement", "très probablement" ? répondit Soraya sans mordre à l'hameçon. Quelles vilaines expressions. Elles ne signifient rien. Je veux des faits.

— Je m'efforce de les rassembler en ce moment, bredouilla Richards en se demandant comment revenir à Bourne.

— Non, vous êtes assis là, devant moi. » Soraya inclina la tête. « Dites-moi, Richards, pourquoi vouliez-vous remettre ce rapport à Peter et pas à moi ? »

Terrain miné, pensa Richards. *Elle veut me piéger. Je vais devoir redoubler de prudence pour éviter qu'elle comprenne que je connais ses intentions.* Il pouvait répondre que Marks lui avait dit qu'elle comptait prendre deux jours de congé, mais ce n'était pas la stricte vérité. Il avait juste surpris une conversation. Ou plutôt il les avait espionnés. Il ne fallait surtout pas qu'elle le prenne en flagrant délit de mensonge. « C'est le directeur Marks qui a été mon premier contact ici. J'ai travaillé avec lui pendant plusieurs semaines, en étroite collaboration, avant votre retour, et ensuite... » Il laissa sa phrase en suspens et haussa les épaules. Elle l'avait mis sur la touche, d'emblée. Elle l'avait traité comme la mouche du coche et elle le savait parfaitement.

« Je vois. » Soraya posa le dossier sans l'avoir lu, joignit le bout des doigts et se rencogna dans le fauteuil de Peter Marks. « Donc, vous avez une dent contre moi, c'est cela ? »

Il comprit aussitôt son erreur et devina que s'il tentait de nier, il risquait de s'enfoncer encore plus. Il la connaissait mal mais savait qu'elle méprisait toute forme de faiblesse, qu'elle soit apparente ou réelle. « Madame la directrice, accordez-moi un moment pour me sortir de l'ornière où je me suis mis. » Il ressentit un très léger soulagement lorsqu'il vit un sourire se dessiner sur son visage. « J'ai la peau dure. Avant, je n'étais pas comme ça mais vous connaissez la NSA.

— Ah bon ?

— Monsieur Errol Danziger, l'actuel directeur de la CIA, a fait ses classes à la NSA. J'imagine que vous voyez ce que je veux dire.

— Quand vous étiez à la NSA, que pensiez-vous du directeur Danziger ?

— À mon humble avis, c'est un sombre crétin. » Cette réponse sembla plaire à son interlocutrice. Soulagé, Richards poursuivit : « Si mon séjour à la NSA m'a appris une chose, c'est que pour survivre, je devais m'endurcir. Autrement dit, la manière dont vous me considérez ne concerne que vous.

— Merci. »

Devant l'ironie évidente de sa réponse, il crut bon d'ajouter : « Pour ma part, tout ce qui m'intéresse, c'est d'arriver à l'excellence, quelle que soit la mission que vous me confierez.

— Disons plutôt quelle que soit la mission que vous a confiée le Président.

— Je peux comprendre votre méfiance. À votre place, je réagirais de même.

— Dites-moi juste pourquoi le Président vous a collé dans nos pattes ?

— Il estime qu'il y a eu trop de laxisme au sein des services secrets, par le passé. Il m'a demandé de veiller...

— De nous espionner.

— Honnêtement, je ne crois pas qu'il soit contre vous.

— Alors quoi ?

— Je préfère dire qu'il fait preuve de prudence. »

Soraya ricana. « Et vous êtes d'accord avec lui, j'imagine.

— Je l'étais avant d'arriver ici. Mais maintenant que j'ai vu Treadstone à l'œuvre... » Il laissa passer un court silence pour mieux introduire sa déclaration.

« Je suis tout ouïe.

— ... je souhaite faire de mon mieux pour gagner votre confiance.

— Mouais.

— Plus je creuse l'affaire Nicodemo, plus je découvre à quel point elle est embrouillée. J'en suis venu à penser que ce méli-mélo – que je retrouve sans cesse quoi que je fasse – est volontaire.

— Si vous aviez résolu l'énigme tout de suite, on aurait trouvé cela bizarre.

— Exactement ! C'est la première chose qui m'est venue à l'esprit au début de mes recherches. Mais comme vous le verrez dans le dossier, il ne s'agit pas d'un simple amusement de hacker. C'est un foutu nœud gordien. Plus je tire dessus, plus il se resserre.

— Il pourrait s'agir d'une sécurité renforcée, non ?

— Non. C'est en double aveugle.

— À savoir ?

— Le nœud gordien est là pour appâter les petits génies de l'informatique, tous adeptes de la théorie du complot, contrairement à moi. Ils croient tomber sur un pare-feu particulièrement coriace mais rien n'est plus faux. Tout cet embrouillamini, ce n'est que de la poudre aux yeux. Il faut vraiment être tordu pour inventer un truc pareil.

— Donc, d'après vous... Nicodemo n'existe pas ?

— Pas comme vous et moi l'entendons, en tout cas. Et peut-être pas du tout.

— Bon d'accord, l'arrêta Soraya en écartant les mains. Supposons que vous ayez raison.

— J'ai raison.

— Alors à qui appartient Core Energy ? »

Richards cligna les yeux. « Veuillez m'excuser ?

— Je sais de source sûre que Nicodemo est en cheville avec Core Energy.

— D'où tenez-vous cette information ? C'est Tom Brick, le PDG de Core Energy. »

C'était par l'entremise de Jason Bourne que Soraya avait appris l'existence de Core Energy et de Nicodemo, mais elle n'avait pas l'intention de le dire à Richards. « Selon mes sources,

Core Energy possède un paquet de filiales chargées d'acheter pour son compte et dans la plus grande discrétion toutes sortes de gisements et d'installations productrices d'énergie à travers le monde. Elles signent avec eux le genre d'accords que Tom Brick, ou n'importe quel PDG un tant soit peu réglo, ne passerait pas, même en rêve. Si comme vous le prétendez, Nicodemo n'existe pas, pouvez-vous me dire qui est le cerveau de cette entreprise criminelle ?

— Je... Je l'ignore.

— Moi aussi. Et pourtant, j'ai fait des pieds et des mains pour le découvrir. » Elle ferma le dossier et le repoussa vers Richards. « Il va falloir en mettre encore un coup, Richards. Si vous voulez m'impressionner, revenez me voir avec quelque chose d'utile. »

*

Une giclée de sang tiède éclaboussa le visage de Bourne. L'écho de la détonation résonna dans sa tête. Incapable de bouger un membre, il fixait la figure décomposée du tireur debout au-dessus de lui et, une seconde plus tard, vit ses yeux se révulser. L'homme s'écroula comme une masse.

Une deuxième ombre traversa le champ visuel de Bourne. Une autre silhouette s'avançait vers lui, une arme à la main. Elle se découpa en ombre chinoise, puis un banc de nuages poussés par le vent voila le soleil, la forme s'agenouilla près de lui et Bourne reconnut son visage.

« Rebeka », articula-t-il.

Elle sourit. « Bon retour dans le monde des vivants, Bourne. »

Il voulut bouger mais ses vêtements gelés craquèrent comme un iceberg qui se fissure. Elle prit son Glock par le canon et, avec la crosse, entreprit de briser la pellicule de glace qui transformait sa parka et son pantalon en armure.

« Nous ferions mieux d'enlever tout cela avant que le tissu n'adhère définitivement. » Elle se remit au travail et ajouta : « C'est un plaisir de vous revoir. Je n'avais pas eu le temps de vous remercier de m'avoir sauvé la vie.

— La routine, marmonna Bourne. Comment va Aleph ? »

Soraya fronça les sourcils. « Qui cela ?

— Cet homme, à côté de moi. Je l'ai secouru voilà quelques jours.

— Oh, vous parlez de Manfred Weaving ? répondit-elle en jetant un coup d'œil à sa droite. Il va bien. Grâce à vous. Mais il va falloir que je le mette au chaud, lui aussi. »

Bourne commençait à retrouver l'usage de ses membres mais il avait encore terriblement froid. Pour empêcher ses dents de claquer, il dit : « Comment l'avez-vous connu ? Qu'est-ce que vous faites ici ?

— Cela fait des semaines que je le suis à la trace. Depuis le Liban. » Elle éclata de rire. « Le Liban, ça vous rappelle quelque chose, Bourne ?

— Comment va ce cher colonel Ben David ?

— Il est vexé comme un pou.

— Parfait.

— Et il ne peut pas vous voir en peinture.

— Encore mieux. » Avec un sourire narquois, elle l'empoigna et l'aida à se relever. « Il va falloir que je vous réchauffe. »

Il se retourna vers l'homme qui gisait dans son propre sang. « C'est qui ce type ?

— Il s'appelait Ze'ev Stahl. Il travaillait pour Ari Ben David. »

Bourne la regarda. « Vous avez tué l'un des vôtres ?

— C'est une longue histoire. » Elle désigna Manfred Weaving d'un coup de menton. « On ferait mieux d'y aller. » Puis, avec un petit sourire coquin : « Vous, je ne sais pas, mais lui, il est bien trop précieux pour qu'on le laisse mourir de froid. »

*

Assis au volant de sa voiture banalisée garée le long d'un trottoir, Marks dégustait une barre de Snickers. Il détestait tellement les planques qu'il avait besoin d'une bonne dose de sucre pour s'encourager. Comme le temps était particulièrement doux, il avait baissé toutes les vitres de son véhicule pour mieux respirer les premiers effluves du printemps qui s'annonçait. Histoire de tuer le temps, il réécouta les quelques passages intéressants de la conversation enregistrée dans son bureau entre Soraya et Richards :

« *Soraya – Je sais de source sûre que Nicodemo est en cheville avec Core Energy.*

Richards – D'où tenez-vous cette information ? »

Peter hocha la tête. Il fallait le reconnaître, Soraya était sacrément douée. Au début, quand elle lui avait dévoilé son plan, il avait envisagé de discuter lui-même avec Richards. Elle l'en avait dissuadé. « *Premièrement, il sera surpris de me trouver dans ton bureau, et assise à ta place par-dessus le marché. Deuxièmement, je lui fiche la trouille, je le vois bien. Il ne sait pas s'il doit me cracher dessus ou me draguer. Quand il me regarde, ses yeux brillent. Je peux me servir de tout cela pour le déstabiliser.* » Et de fait, elle avait parfaitement analysé le profil psychologique de Dick Richards.

Peter croqua la dernière bouchée de sa délectable barre chocolatée avant de jeter un coup d'œil sur la pendule du tableau de bord. Quinze minutes s'étaient écoulées depuis la fin de la rencontre impromptue entre Richards et Soraya. Quelque chose bougea sur le perron de l'immeuble Treadstone. *Bingo,* se dit Peter. *Le voilà qui dévale les marches.* Richards prit sur la gauche pour rejoindre le parking surveillé par des caméras et un vigile.

Peter le regarda monter en voiture, démarrer et s'éloigner. Il s'engagea lui-même au milieu de la circulation et le suivit en laissant un véhicule entre eux.

Pensant que Richards prendrait la direction de Washington via Key Bridge, il fut surpris de le voir partir dans l'autre sens, traverser la vaste banlieue d'Arlington et poursuivre sa route parmi les collines ondoyantes de Virginie. Cette campagne, si verdoyante aux beaux jours, virait au rouge flamboyant quand venait l'automne. En ce moment, elle portait encore son manteau hivernal.

Ils quittèrent l'autoroute, franchirent des villages endormis, des zones résidentielles chic, séparées par de grands parcs arborés, des terrains de golf, des courts de tennis.

Ils grimpèrent au sommet du Blackfriar Pike, redescendirent dans une vallée et, lorsqu'il constata que la route montait de nouveau, Peter se dit : *Allons bon ! C'est donc là qu'il se rend ?*

Sur sa gauche, il discerna les gros murs en brique du Blackfriar, le country club le plus ancien et le plus fermé de la région. Cette vénérable institution se payait même le luxe de refuser les quelques multimillionnaires ayant fait fortune au cours des dernières décennies. Blackfriar n'acceptait que les personnages politiques vraiment influents, certains lobbyistes, journalistes et autres juristes de haut vol, à commencer bien sûr par le Président et le vice-Président.

« Soraya – Je sais de source sûre que Nicodemo est en cheville avec Core Energy.

Richards – D'où tenez-vous cette information ? »

Peter écouta encore une fois le passage le plus révélateur de l'enregistrement. *« D'où tenez-vous cette information ? »* Richards s'était trahi en posant cette question. Il était au courant pour Core Energy et s'était bien gardé d'en parler. En le filant, Peter espérait apprendre pourquoi. D'après Soraya, Bourne était quasiment sûr qu'il existait un lien entre Nicodemo et Core Energy. Et vu l'endroit où il se trouvait actuellement, Peter avait tendance à penser qu'il avait raison. Comme toujours.

La voiture de Richards s'engagea dans l'allée menant au club et s'arrêta près de la guérite du vigile, dressée comme un avant-poste militaire devant le portail que seuls les initiés et leurs invités étaient en droit de franchir.

Peter n'était pas membre de Blackfriar ; ils n'auraient sans doute pas voulu de lui. Pour y pénétrer malgré tout, il était hors de question de brandir sa carte officielle sous le nez du vigile. Autant annoncer son arrivée par haut-parleur dans toute la propriété.

Il roula sur quelques dizaines de mètres le long du mur d'enceinte puis, quand la guérite disparut, se rangea sur le bas-côté. Au sommet de la maçonnerie en brique courait une large bande de béton décorative d'où surgissaient à intervalles réguliers des pics en fer forgé se terminant par des fleurs de lys.

Peter grimpa sur le toit de son véhicule et passa l'obstacle en se mettant de profil pour éviter les pointes. Puis il sauta de l'autre côté et atterrit accroupi derrière un cerisier du Japon dont les branches fines porteraient bientôt les grappes de fleurs roses annonciatrices du printemps.

Il ressentit un certain malaise en prenant conscience qu'il était entré dans la sacro-sainte institution. Il n'avait certes aucune envie d'y appartenir mais le souverain mépris qu'elle affichait envers les gens comme lui en faisait à ses yeux un territoire hostile.

C'est à cela qu'il songeait en se relevant pour se diriger vers l'entrée du domaine où Richards n'allait pas tarder à pénétrer au volant de sa voiture. Il passa devant quelques joueurs de tennis qui sortaient des courts chauffés et, presque aussitôt, repéra le véhicule. Les vigiles l'avaient certainement retenu quelques minutes au portail. Peter en fut soulagé. Cela signifiait que Richards n'était ni membre du club ni invité par le Président.

Un peu plus loin, devant la boutique, des voiturettes sagement alignées attendaient sur le parking que les golfeurs émergent de leur tanière aux premiers jours du printemps. Il en choisit une, se glissa derrière le volant, la fit démarrer avec les câbles. Richards roulait au pas sur l'allée sinueuse qui coupait en deux le country club. Peter en emprunta une autre, parallèle à la sienne. Quand il fut certain que Richards se dirigeait vers le club-house, un bâtiment à deux étages de style colonial, il prit un raccourci et arriva avant lui. Il laissa la voiturette sur la bande de gravier qui cernait l'édifice comme des douves autour d'un château fort, et pénétra dans les lieux d'un pas résolu, en saluant d'un hochement de tête les quelques personnes qui se tournèrent vers lui.

L'intérieur du club-house correspondait presque en tout point à l'idée qu'il s'en faisait : des pièces grandioses ornées de boiseries et de lustres en cristal, un mobilier très masculin, avec des fauteuils, des canapés profonds, disposés dans le grand salon donnant, à gauche, sur la salle à manger. Droit devant, derrière une série de grosses portes à double battant, ouvertes en enfilade, on apercevait une immense véranda où, entre de coûteuses chaises en osier et tables en verre, se faufilaient des serviteurs en livrée distribuant des rafraîchissements – whisky soda, gin tonic, julep à la menthe – aux distingués membres qui, confortablement installés, discutaient cours de la bourse ou Bentley. En bref, le genre d'atmosphère que Peter détestait cordialement.

En voyant Richards entrer précipitamment, il se dissimula dans l'ombre d'un palmier en pot, comme s'il jouait dans un nanar des années 40 avec Sidney Greenstreet. Il en profita pour passer en revue les occupants du grand salon. Le Président n'était visible nulle part. Et s'il y avait eu des agents des services secrets, Peter les aurait aisément identifiés à leur manière de se fondre dans le décor tout en parlant dans les manchettes amidonnées de leur chemise blanche.

Il se déplaça légèrement pour garder Richards dans sa ligne de mire et, à sa grande satisfaction, le vit se diriger vers un petit groupe de fauteuils et s'asseoir en face d'un homme dont on ne voyait que le haut du crâne, émergeant d'un dossier. De là où il se tenait, Peter n'aurait su dire à qui appartenaient ces cheveux argentés. Il continua sa progression autour du salon en longeant les murs dans le sens inverse des aiguilles d'une montre. Mais juste avant d'apercevoir enfin le visage de l'homme pour qui Richards avait parcouru tant de kilomètres, Peter sentit qu'on lui tapait sur l'épaule. Il se retourna et tomba nez à nez avec un individu peu avenant : des yeux gris acier, un nez en lame de couteau, des lèvres minces qui ne devaient pas sourire très souvent. Peter voulut lui fausser compagnie mais déjà un objet pointu s'enfonçait entre ses côtes – la lame d'un couteau à cran d'arrêt.

« L'atmosphère ici n'est pas très saine pour toi », dit l'homme dont les cheveux bruns coiffés en arrière balayaient son col. Rien à voir avec le style en vogue à Washington. À cela s'ajoutait un léger accent que Peter n'identifia pas tout de suite. « Si on sortait, tu veux bien ?

— Je n'ai pas trop envie », répondit Peter avant que la pointe du couteau traversant ses vêtements ne le fasse changer d'avis.

Les yeux gris passèrent de l'acier au glacier. « Je crains que tu n'aies pas le choix, pour le coup. »

6

« UNE HISTOIRE POSSÈDE TOUJOURS DEUX VERSIONS, dit Rebeka.

— Ou bien trois... voire quatre », répondit Bourne.

Elle sourit. « Buvez votre grog tant qu'il est chaud. »

Bourne avait pu passer des vêtements secs. Accroupi près du feu, il regardait Aleph – alias Manfred Weaving – allongé sur le matelas que Rebeka était allé chercher dans une chambre. Ayant découpé ses habits d'une main sûre et rapide – comme elle l'avait fait pour Bourne –, elle avait sorti une chemise et un pantalon d'un grand coffre en cèdre posé au pied de son propre lit et l'en avait revêtu avant de l'emmitoufler dans une couverture de laine à rayures. Il respirait normalement mais, depuis que Bourne l'avait repêché – pour la deuxième fois – il n'avait pas repris conscience. Avant de s'éloigner du lac gelé, Rebeka avait traîné Ze'ev jusqu'au trou dans la glace, où il avait sombré en un clin d'œil, comme lesté par une ceinture de plomb.

« On devrait le conduire à l'hôpital. »

Assise en tailleur à côté de Bourne, Rebeka répondit : « Ce ne serait pas prudent.

— Dans ce cas, je pourrais appeler un ami à Stockholm. Il enverrait un....

— Non », rétorqua-t-elle d'un ton sans réplique. Ici, c'était elle qui commandait.

Bourne prit une bonne gorgée de grog. L'aquavit dont il était généreusement arrosé le brûla depuis la gorge jusqu'à l'estomac.

Instantanément une onde de chaleur se diffusa en lui. Il aurait voulu en verser un peu entre les lèvres de Weaving. « Nous risquons de le perdre.

— Je lui ai donné des antibiotiques. » Elle se pencha et souleva un pan de la couverture qui protégeait les jambes de l'homme évanoui. « Il faudra peut-être lui amputer un ou deux orteils.

— Qui s'en chargera ?

— Moi. » Elle remit la couverture en place, puis se tourna vers Bourne. « Je tiens à ce qu'il reste en vie.

— J'avais l'intention de vous interroger à ce sujet. »

Ils se trouvaient à deux pas de la mer, dans une cabane de pêcheur que Rebeka avait louée pour un mois. Le propriétaire avait reçu une somme rondelette en échange de sa discrétion et de sa diligence : chaque jour, il venait remplir le frigo et le garde-manger, faisait le lit, balayait le sol. Ni sa femme ni ses enfants ne connaissaient l'existence de Rebeka. Pourtant, Ze'ev l'avait retrouvée et le Babylonien n'allait pas tarder à le faire, lui aussi.

« On ne peut pas rester ici, dit-elle en lui tendant du pain et une assiette garnie de fromage et de viande froide. On partira dès que vous aurez récupéré.

— Et Weaving ?

— Ça lui prendra plus de temps. Mais si on attend qu'il émerge, nous risquons d'y passer tous les trois. »

Affamé, Bourne mangeait sans la quitter des yeux. « Quelqu'un va venir ?

— Ben David a envoyé un exécuteur. Selon Ze'ev, il est déjà en route.

— Ze'ev ? J'ai vu à quel point vous lui faisiez confiance », dit-il en terminant son grog.

Elle émit un petit gloussement triste. « D'accord. Ze'ev était un enfoiré. » Elle leva le doigt. « Mais, en dehors de cela, il me paraît logique que Ben David envoie un tueur à mes trousses... et aux vôtres. Et s'il s'agit du Babylonien, eh bien, sachez qu'il n'y a pas meilleur que lui au Mossad. »

Bourne mastiquait tout en songeant à ce qu'elle venait de dire. « Qu'est-ce que Ze'ev faisait ici ?

— Il prétendait vouloir m'aider mais, dès le début, j'ai soupçonné qu'en réalité c'était Weaving qui l'intéressait. Et moi qui le croyais mort... » Elle secoua la tête. « J'ai merdé lamentablement, Jason. Quand Weaving a réussi à s'enfuir, j'ai tiré en visant l'épaule.

— Et vous l'avez raté. » Bourne s'essuya la bouche et observa l'homme inconscient. « Je l'ai sorti de l'eau et ensuite, je l'ai ramené sur les lieux en croyant que cela pourrait lui rendre la mémoire. »

Rebeka releva vivement la tête. Ses yeux brillaient. « Que voulez-vous dire ?

— Votre balle lui a éraflé le crâne. Après cela, il est tombé à l'eau, il a failli mourir de froid. Tous ces traumatismes accumulés lui ont provoqué une amnésie.

— Une amnésie ? répéta Rebeka abasourdie. Mon Dieu, est-ce... est-ce grave ?

— Il avait tout oublié, même son nom. » Bourne posa sa tasse et frissonna malgré la chaleur. « Pourtant, en découvrant le lac, il s'est revu en train de courir sur la glace. Je crois qu'il commençait à se souvenir de vous quand Ze'ev a commencé à tirer. »

Il la regarda. « Si Ze'ev cherchait Weaving, pourquoi a-t-il tenté de le tuer ?

— C'est une question que je me pose également.

— C'était peut-être son intention depuis le départ ? »

Soraya fronça les sourcils. « Oui, c'est bien possible. Cela voudrait dire que toutes les pièces étaient posées sur l'échiquier mais pas dans les bonnes cases. On ne sait plus qui travaille pour qui.

— Et cela vous étonne ? Ne me dites pas que vous n'avez rien vu à Dahr El Ahmar. »

Un rictus de peur lui crispa le visage. « Alors, vous savez... ?

— Après que j'ai décollé, après que j'ai évité le missile, j'ai survolé le campement.

— Vous en avez parlé à quelqu'un ? »

Bourne fit non de la tête. « Je n'ai pas de maître, Rebeka, vous le savez.

— Vous êtes un rônin, un samouraï sans maître. Mais vous avez sûrement des amis, des gens à qui vous faites confiance. »

Il se leva brusquement et s'approcha de Manfred Weaving. « Qu'y a-t-il de si précieux en lui ?

— Son esprit. » Rebeka le rejoignit. « Son esprit abrite un vrai trésor. Des informations précieuses. »

Bourne la regarda. « Quel genre d'informations ? »

Elle hésita un bref instant avant de dire : « Je pense que Weaving fait partie d'un réseau terroriste appelé *Jihad bis Saif*.

— Le Jihad par l'épée, traduisit Bourne. Jamais entendu parler.

— Moi non plus mais...

— Quelles preuves avez-vous ? »

Elle toucha la silhouette endormie, emmaillotée comme un nouveau-né près de la cheminée. « Je lui ai parlé.

— Comment cela ?

— Après le lac, dans la forêt. Je l'ai rattrapé et nous avons pu discuter un peu. » Elle se toucha l'épaule. « Avant qu'il me blesse d'un coup de couteau. »

Bourne emporta son assiette vide dans la cuisine ouverte sur le salon et la déposa dans l'évier. « Rebeka, tout cela n'est que conjecture.

— Weaving a découvert ce que le Mossad s'apprête à faire à Dahr El Ahmar.

— Excellente raison pour que Ben David ordonne à Ze'ev de le tuer.

— Sauf que sa tête ne contient pas que cela. »

Bourne retourna vers elle, près de la cheminée. « Rien n'a de sens dans cette histoire. Manfred Weaving n'est peut-être même pas son vrai nom. C'est probablement une identité d'emprunt, un personnage inventé de toutes pièces.

— Comme Jason Bourne.

— Non. Je *suis* Jason Bourne à présent.

— Et autrefois ? »

Bourne songea au monstrueux serpent de mer tapi dans les tréfonds de son inconscient. « Autrefois j'étais David Webb mais aujourd'hui, cet homme m'est inconnu. »

*

Tandis qu'on l'expulsait *manu militari* du club-house, Peter sentit un filet de sang rouler le long de ses côtes. Une tache rouge apparut sur sa chemise.

« Magne-toi, murmura l'homme aux yeux d'acier, ou tu risques de saigner encore plus. »

Peter en avait franchement marre d'être ainsi bousculé. Depuis quelques mois, ça n'arrêtait pas. Il avait failli mourir dans un attentat à la voiture piégée ; il s'était fait enlever et presque tuer par ses ravisseurs. Malgré cela, il obtempéra, sortit du club, descendit le large escalier, passa devant des vieux messieurs en sweater et casquette, et se laissa emmener de l'autre côté du bâtiment.

Après avoir traversé un épais bosquet d'azalées, ils se retrouvèrent soudain à l'intérieur d'un labyrinthe de buis taillé aussi haut qu'eux. Bien qu'on fût en hiver, le buis dégageait une odeur particulière, rappelant l'urine de chat.

Quand l'homme se fut assuré que personne ne pouvait les apercevoir au milieu des buissons, il lui demanda avec son curieux accent : « Qu'est-ce que tu fiches ici ? »

Peter jeta sa tête en arrière comme s'il voyait un serpent jaillir d'un sous-bois. « Savez-vous qui je suis ?

— C'est pas la question. » L'homme fit tourner la pointe de son couteau. « Tout ce qui m'intéresse c'est ce que tu fabriques.

— Je voudrais prendre des leçons de tennis.

— Je t'accompagne à la boutique.

— Bien aimable à vous. »

L'homme montra les dents. « Va te faire foutre. Tu suivais Richards.

— Je ne vois pas ce que... » Peter grimaça. La lame venait de lui érafler un os.

« Dans pas longtemps, t'auras plus besoin de leçons, gronda l'homme près de son oreille. Vu que tu seras à l'hosto.

— On se calme.

— Et si je te perce un poumon, ce sera un aller simple pour la morgue. » De nouveau, la pointe du couteau frôla l'os. « Compris ? »

Peter grimaça et hocha la tête.

« Maintenant, tu vas me dire pourquoi tu suis ce type que soi-disant tu ne connais pas. »

Peter inspira profondément. Son cœur battait la chamade ; l'adrénaline se diffusait dans tout son organisme. « Richards travaille pour moi. Il a quitté son bureau prématurément.

— Et c'est pour ça que tu le files ?

— Je lui ai confié un dossier top secret. Je suis bien obligé de vérifier...

— Pas question, dit l'homme. Tu vas lui ficher la paix, compris ?

— Si vous y tenez. » Peter se prépara mentalement tout en essayant de détendre ses muscles, de ralentir le rythme de sa respiration. Il devait oublier la douleur, le sang qui coulait de plus en plus fort, et se focaliser sur les gestes à accomplir. Quand il fut prêt, il passa à l'action.

Il baissa brusquement le bras gauche, frappa l'homme au poignet et en même temps, dans un mouvement tournant, écrasa son coude droit sur le nez de son agresseur. Un bref instant, il sentit la pointe du couteau lui entailler la chair. Puis, emporté par la lutte, il n'y fit plus attention.

Sous le choc, l'homme lâcha son arme mais planta le bout de ses doigts dans le plexus solaire de Peter qui en eut le souffle coupé. Se reprenant bien vite, il repoussa l'attaque. L'autre saignait du nez ; par simple réflexe, il recula. Peter profita de l'ouverture pour lui balancer son genou dans les parties. Quand l'homme se plia en deux, il l'acheva d'un coup de poing à la nuque.

Peter se hâta de récupérer le couteau sur le sol, s'agenouilla et posa la pointe sanglante sur la carotide de l'homme affalé sur le ventre. Puis, quand il le retourna, s'aperçut qu'il était inconscient. Peter déglutit et entreprit de lui faire les poches. Il y trouva des clés de voiture, un portefeuille en métal contenant presque 800 dollars en espèces, un permis de conduire, deux cartes de crédit au nom d'Owen Lincoln et un passeport roumain délivré à un certain Florin Popa. Peter s'esclaffa en découvrant ce patronyme. Popa, autrement dit prêtre, était le nom de famille le plus répandu en Roumanie. L'équivalent de Smith.

Il baissa les yeux sur son agresseur et récapitula les informations dont il disposait. Primo, ce type ne s'appelait ni Owen Lincoln ni Florin Popa. Secundo, il travaillait certainement pour l'homme que Richards était venu rencontrer. Ce n'était pas très consistant.

*

Soraya souhaitait obtenir une entrevue avec le secrétaire Hendricks. On lui répondit qu'il était en réunion avec Mike Holmes, conseiller à la Sécurité nationale, et le Directeur de la Sécurité du Territoire. Une affaire de la plus haute importance. Grâce à ses accréditations, elle put entrer sur le territoire de la Maison-Blanche où elle dut néanmoins franchir plusieurs barrières de sécurité et subir autant de fouilles – plus minutieuses chaque fois – avant d'accéder à l'aile ouest où elle s'assit dans un amour de fauteuil Queen Anne, face à l'un des collaborateurs de Holmes – en fait, celui qui lui écrivait ses discours –, un attaché de presse qu'elle connaissait de vue. L'homme pianotait sur l'ordinateur posé sur ses genoux. Elle se leva une seule fois pour chercher une tasse de café sur un buffet bien garni. Ils n'échangèrent pas un mot.

Quarante minutes plus tard, la porte s'ouvrit et une poignée de types en costard apparurent, les yeux dans le vague, comme s'ils étaient encore sous l'emprise du pouvoir régnant dans le Bureau ovale. Hendricks s'entretenait à voix basse avec Holmes, lequel exerçait les anciennes fonctions de son interlocuteur. C'était Hendricks qui l'avait recommandé pour ce poste, et il y avait fort à parier que le maître était en train de prodiguer quelques perles de sagesse à son protégé. Il aperçut Soraya dès qu'elle se leva, fit une moue de surprise et pointa le doigt pour lui signifier d'attendre la fin de sa conversation.

Soraya se pencha, posa sa tasse de café sur le buffet bas et, quand elle se releva, grimaça de douleur. Un élancement venait de lui percer le crâne, aussitôt suivi d'une montée de sueur froide. Elle se détourna pour s'essuyer le front et la lèvre d'un revers de main. Son cœur s'affolait. Avait-elle peur pour sa vie ou pour celle de son futur enfant ? Impossible à dire. D'instinct, elle posa la main sur son ventre, comme pour protéger le fœtus du mal qui lui détruisait le cerveau. Mais rien ne pouvait le protéger, elle le savait parfaitement. Quoi qu'elle décide de faire, les risques étaient énormes.

« Soraya ? »

Elle sursauta en entendant la voix de Hendricks tout près d'elle. En se tournant vers lui, elle craignit qu'il ne remarque son teint livide. Mais le sourire de son patron semblait dépourvu d'arrière-pensée ; il exprimait juste la surprise et la curiosité.

« Qu'est-ce que vous faites ici ?

— Je vous attends.

— Vous auriez pu appeler.

— Non. Je ne le pouvais pas. »

Il fronça les sourcils. « J'ai du mal à vous suivre.

— Il faut que je vous parle. Dans un endroit sûr. » Elle haletait comme si elle avait couru, ce qui l'étonna elle-même.

« J'ai un truc à faire à l'extérieur. Vous n'avez qu'à m'accompagner. Nous discuterons en chemin. » D'une main légère, il lui prit le bras, la fit sortir de l'aile ouest puis de la Maison-Blanche, et la guida vers son Escalade blindée, dont un agent des services secrets tenait ouverte la portière arrière. Hendricks lui indiqua la banquette, monta après elle, et quand la portière se referma sur eux, appuya sur un bouton caché actionnant la cloison de discrétion séparant les passagers du chauffeur et du garde des Forces spéciales, un agent à la mine farouche armé d'un fusil d'assaut.

Ils passèrent toutes les barrières dans l'autre sens. À travers les vitres fumées à l'épreuve des balles, le monde apparaissait comme noyé dans la brume.

« Ça y est, nous sommes dans un endroit sûr, dit Hendricks. Maintenant, dites-moi ce qui vous chiffonne. »

Soraya respira profondément. Dans sa poitrine, son cœur continuait à galoper comme un cheval affolé. « Monsieur, avec tout le respect que je vous dois... Expliquez-moi ce qui se passe, bordel ! »

Hendricks mûrit sa réponse. Ils avaient quitté le territoire de la Maison-Blanche et glissaient en douceur dans les rues de Washington. « Si je ne m'abuse, les mots "respect" et "bordel" employés dans la même phrase constituent un oxymore, Directeur Moore. Je vous demanderai donc de vous exprimer avec plus de clarté. »

Elle avait réussi à le faire sortir de ses gonds, mais aussi à capter son attention, ce qui était son objectif. « OK, venons-en au sujet, Monsieur le secrétaire, dit-elle en imitant son ton cassant. Depuis que vous nous avez entretenus, Peter et moi, de cette affaire de Djin Qui Éclaire Le Chemin, d'étranges événements se sont produits.

— Lesquels, Directeur ? » Il claqua des doigts. « Des détails, s'il vous plaît.

— D'abord, il est fort possible qu'il existe un lien permanent entre Nicodemo et Core Energy. Sauf que je n'arrive pas à savoir ce que c'est. Le président de Core Energy est un certain Tom Brick. »

Hendricks se tourna vers la ville repeinte en gris qui défilait derrière sa vitre fumée. « Brick. Ça ne me dit rien. Même chose pour cette société – comment s'appelle-t-elle, déjà ?

— Core Energy. »

Et voilà, j'en étais sûre, pensa Soraya. Hendricks mentait. Dans le cas contraire, il n'aurait pas demandé qu'elle répète, car rien ne lui échappait. Non, il connaissait parfaitement Core Energy. Et peut-être aussi Tom Brick... Mais pourquoi le lui cacher ?

Dès qu'ils franchirent Key Bridge et passèrent dans l'État de Virginie, le chauffeur appuya sur le champignon. Où Hendricks l'emmenait-il ? s'interrogea Soraya.

Le secrétaire soupira. « Est-ce tout ?

— Eh bien, je voulais aussi vous parler de Richard Richards.

— Oubliez-le, répliqua-t-il sur un ton dédaigneux. Ce type n'est qu'un sous-fifre.

— Un sous-fifre qui tient ses ordres du Président en personne. » Hendricks se retourna vers elle. « Où est-il allé fourrer son nez ?

— Ce n'est pas cela, pour autant que...

— Quoi alors ? » De nouveau, ce claquement de doigts. « Des détails, Directeur Moore. »

Dois-je le lui dire ? se demanda-t-elle. *Je devrais, histoire de voir comment il réagit.* Elle prenait sa respiration pour parler quand elle vit l'Escalade bifurquer pour pénétrer dans un cimetière. Ils franchirent un immense portail en fer puis remontèrent lentement l'étroite route pavée qui divisait le terrain en deux. Au bout, ils tournèrent à droite, repartirent dans l'autre sens et s'arrêtèrent aux trois quarts du chemin.

*

Peter prit Florin par les chevilles et le traîna sous un bosquet, derrière une haie de buis touffue. Dans la manœuvre, il décrocha l'une de ses chaussures qui tomba, laissant échapper un objet insolite. Peter s'accroupit, le ramassa et l'examina de plus près. C'était une clé, trop petite pour ouvrir une chambre d'hôtel ou une portière de véhicule. Plutôt une clé de consigne.

Il l'empocha, rechaussa l'homme évanoui, puis le bascula sur le flanc, en position fœtale, se releva pour vérifier que rien ne dépassait des buissons et repartit en direction du club-house. Quand il sortit du labyrinthe de verdure, il fila tout droit à la boutique. Dedans, à sa droite, il trouva sur un panneau la liste des moniteurs de tennis et leurs jours de service. Il ressortit et contourna le bâtiment pour passer dans le vestiaire, un petit local dépourvu de fenêtres. Chaque casier avait sa plaque marquée au nom de son propriétaire. Peter repéra celui qui appartenait à un moniteur en congé ce jour-là, força la serrure, se changea très vite, accrocha à sa tenue le badge nominatif et s'esquiva par l'entrée réservée aux employés.

En quelques enjambées, il rejoignit le perron du bâtiment dont il grimpa les marches, en adoptant l'allure d'un habitué. À peine entré dans le grand salon, il chercha du regard le petit groupe que Richards avait rejoint tout à l'heure, et le mystérieux individu avec lequel il s'était entretenu. Malheureusement, les fauteuils étaient vides, à présent. Il décrocha un téléphone posé dans un coin, appela le poste de garde et apprit ainsi que Richards était reparti, sans doute pendant qu'il se changeait dans le vestiaire. Peter reposa le combiné. Le mystérieux individu allait certainement s'inquiéter de l'absence de son garde du corps – le pseudo Florin Popa. Ce genre de type se sentait nu sans escorte, songea Peter. Il ne fallait pas être fin psychologue pour comprendre qu'il ne tarderait pas à le chercher partout. Il suffisait donc de repérer un homme inquiet, furetant dans tous les coins d'un air de plus en plus excédé. Un vieux monsieur tournait en rond devant la porte des toilettes. Il avait des cheveux gris, comme l'individu en question. Peut-être... Mais non, une dame âgée sortit des toilettes et lui sourit – sa femme. Ils s'éloignèrent d'un bon pas en devisant aimablement. Peter eut beau inspecter les moindres recoins du bâtiment, il ne remarqua aucun autre homme au comportement douteux.

Alors, il résolut de passer sur la terrasse en marchant benoîtement entre les membres du club. Dehors, le soleil inondait un tiers des tables ; celles-ci étaient occupées, contrairement aux autres, placées à l'ombre. Il fit encore quelques pas avant d'apercevoir un homme de dos, accoudé à la balustrade. Un homme aux cheveux gris.

Peter leva le nez comme un chien de chasse reniflant une piste, retira son badge et avisa un serveur en livrée qui ramenait en cuisine un plateau chargé de verres vides.

« C'est mon premier jour ici. Je cherche des clients. Tu vois ce type là-bas ? Tu peux me dire son nom ? »

Le serveur regarda dans la direction indiquée. « Je ne connais que lui. C'est Tom Brick. Un vrai cador. » Comme Peter le regardait avec étonnement, il développa : « Ce type dépense sans compter. Tout le personnel se dispute pour pouvoir le servir, à cause des pourboires qu'il nous refile. Si tu rentres dans ses petits papiers, mon vieux, tu te feras un max de thune, crois-moi. »

Peter le remercia, raccrocha le badge sur sa chemise et prit un chemin détourné pour rejoindre Brick, de manière à pouvoir l'observer quelques instants avant de l'aborder. L'homme était plus jeune qu'il ne l'imaginait, une petite trentaine d'années peut-être. Il n'était ni beau ni laid mais, curieusement, son visage semblait composé de pièces disparates. Un tatouage représentant un nœud de marine s'étalait au dos de sa main gauche.

Il avait dû deviner une présence car il se retourna avant que Peter n'atteigne la balustrade. Brick avait un œil mobile, si bien qu'il paraissait regarder son interlocuteur sous plusieurs angles à la fois.

Peter le salua d'un signe de tête. « Un jour idéal pour une partie de tennis, n'est-ce pas ? »

Le bon œil de Brick se posa sur son badge tandis que l'autre continuait à l'examiner sous toutes les coutures. « Vous êtes mieux placé que moi pour en juger, non ? » Comme le défunt Florin Popa, il parlait avec un accent – mais un accent britannique, dans son cas. « Vous êtes nouveau au Blackfriar ?

— Vous ne pratiquez pas le tennis, je parie. »

Brick se tourna vers le 18e trou. « Je préfère le golf. Vous recherchez des clients, monsieur... ? » Autre regard insistant sur le badge de Peter « ... Bowden ? Mauvaise pioche, on dirait. »

Peter se reprocha d'avoir manqué son approche. Au lieu de répondre, il tenta d'échafauder un plan B tout en se disant qu'il aurait dû le faire bien avant.

Il était sur le point de renouer le fil de la conversation quand l'autre se pencha pour lui murmurer : « T'es qui, mec ? »

Pris au dépourvu, Peter lui montra son badge. « Dan Bowden.

— Mon cul, cracha Brick. Je connais Bowden. » Il se tourna complètement vers Peter et marmonna entre ses dents : « Te fatigue pas, mec. Dis-moi qui tu es, sinon j'appelle la sécurité et tu te retrouveras en taule. »

*

« Attendez-moi là », bougonna Hendricks. Il descendit de voiture et, suivi de son garde du corps, passa lentement entre les tombes avant de s'immobiliser devant l'une d'elles, tête baissée, pendant que le gorille, quelques pas derrière lui, surveillait les alentours.

Soraya poussa la portière de la berline. Dehors, une brise légère serpentait entre les sépultures, porteuse des premiers parfums du printemps. Elle contourna l'Escalade par l'arrière et foula prudemment le gazon. La voyant arriver, le garde du corps lui fit signe d'arrêter, mais elle n'en tint pas compte et s'approcha suffisamment pour apercevoir les lettres gravées sur la stèle où son patron se recueillait : AMANDA HENDRICKS, ÉPOUSE CHÉRIE, MÈRE AIMANTE.

Le garde murmura quelques mots à l'oreille de Hendricks qui se retourna vers Soraya en hochant la tête. L'homme lui transmit le message. Quand elle se posta près de lui, Hendricks dit : « Les cimetières sont tellement paisibles. On peut prendre le temps de réfléchir, de considérer les choses autrement, de trouver des solutions. »

Sachant qu'il n'attendait pas de réponse, Soraya garda le silence. Se recueillir sur la tombe d'un être cher était une chose si intime, un moment si mystérieux. Inévitablement, elle songea à Amun et se demanda où il reposait – sûrement quelque part au Caire. Aurait-elle un jour l'occasion de se rendre sur sa sépulture ? Que ressentirait-elle ? Si elle l'avait aimé jusqu'à la fin, les choses auraient été différentes ; elle ne se serait pas sentie aussi coupable. Mais elle l'avait rejeté, elle l'avait méprisé après avoir compris à quel point il détestait les Juifs, et Aaron en particulier. Maintenant, elle s'en voulait terriblement.

Comme s'il devinait ses pensées, Hendricks lui demanda : « Vous avez perdu quelqu'un à Paris, n'est-ce pas ? »

Une vague de honte monta en elle. « Je n'aurais jamais dû permettre que cela se produise.

— Quoi donc ? Sa mort ou votre relation ?

— Les deux, Monsieur.

— Tout cela appartient au passé, Soraya. Cette histoire s'est terminée à Paris. Laissez-la à Paris.

— Et votre femme, vous la laissez ici ?

— La plupart du temps. » Il hésita. « Mais parfois... »

Il n'eut pas besoin de terminer sa phrase pour se faire comprendre.

Après un petit toussotement, il reprit : « On doit laisser les morts reposer. Sinon, on ne trouve jamais la paix.

— Avez-vous trouvé la paix, Monsieur ?

— Seulement quand je viens ici, Directeur Moore. Nulle part ailleurs. »

Quand il se tourna pour partir, Soraya lui dit : « Merci de m'avoir emmenée avec vous, Monsieur. »

Il écarta ses remerciements d'un geste vague et, le pas lourd, regagna son véhicule. « Vous aviez autre chose à me dire, Soraya ?

— Oui, Monsieur, fit-elle en le regardant de biais. Je vous parlais de Richards. Il a menti au sujet de Core Energy. Il sait que Nicodemo en fait partie. »

Hendricks s'arrêta net. « Comment diable pourrait-il le savoir ? »

Soraya haussa les épaules. « Je l'ignore. Mais ce type est un petit génie de l'internet, alors... Cela dit, il y a peut-être une autre explication. »

Toujours aussi immobile, Hendricks lui répondit en détachant bien ses mots : « Quelle autre explication ? »

Soudain, Soraya ressentit une violente douleur à la tête. Sa vue se troubla, ses oreilles sifflaient. Elle dut se pencher et appuyer de toutes ses forces sur sa tempe avec le talon de la main, comme si son cerveau menaçait d'exploser et de se répandre sur une pierre tombale.

« Directeur Moore ? » Hendricks la rattrapa avant qu'elle ne s'écroule. « Soraya ? »

Mais elle ne l'entendait plus. La douleur la transperça comme une décharge électrique. Puis tout s'assombrit et une obscurité bienfaisante s'infiltra dans les moindres recoins de son être.

7

« I L FAUT QU'ON L'EMMÈNE LOIN D'ICI », dit Rebeka, postée derrière la vitre de la cabane de pêcheur. La nuit arrivait à pas de géant. Les ombres bleues se dressaient comme des spectres. Le monde au-dehors ressemblait à un mirage.

« Pas avant qu'il ait repris connaissance. » Bourne s'accroupit pour mieux observer le visage cireux de Weaving. Il lui prit le pouls. « Si on le déplace maintenant, on risque de le perdre.

— Et si on ne le déplace pas, répliqua-t-elle en s'éloignant de la fenêtre, on risque de voir rappliquer le Babylonien. »

Bourne leva les yeux. « Vous avez peur de lui ?

— Je l'ai vu à l'œuvre. Il est différent de vous et moi, Bourne. La mort est sa seule compagne. Elle le suit comme son ombre.

— Cela me rappelle l'épopée de Gilgamesh.

— Oui, sauf que le Babylonien adore la mort – il s'en délecte.

— C'est Weaving qui m'inquiète, pas le Babylonien.

— Je suis d'accord, Bourne. Mais il faut le sortir d'ici pour lui donner une chance de survivre. Parce que le Babylonien ne lui en laissera aucune. »

Bourne se rendit à ses raisons et entreprit de ranimer Weaving en le giflant sans douceur, sur une joue, puis sur l'autre. Sa peau retrouva quelque couleur, il toussa, ses bras se crispèrent dans un spasme. Bourne lui desserra les mâchoires et lui aplatit la langue avant qu'il ne la morde.

D'abord il frémit, puis une onde le parcourut tout entier, ses yeux s'ouvrirent d'un coup et, après un instant d'errance, se posèrent sur Bourne.

« Jason ? », fit-il d'une voix presque inaudible.

Bourne hocha la tête tout en signalant à Rebeka de rester cachée. Il craignait qu'en la voyant, Weaving ne refasse un malaise et perde à nouveau connaissance.

« Vous êtes sain et sauf.

— Que s'est-il passé ?

— La glace s'est brisée, vous êtes tombé à l'eau. »

Weaving cligna les yeux plusieurs fois, s'humecta les lèvres avec la langue. « Il y a eu des coups de feu, je...

— L'homme qui vous a tiré dessus est mort.

— Un homme ?

— Un nommé Ze'ev Stahl. » Bourne observa sa réaction. « Ça vous dit quelque chose ? »

Weaving resta longuement concentré sur Bourne, puis replongea en lui-même. Bourne ne pouvait que deviner – même s'il les ressentait lui-même – les tourments que cet homme était en train d'endurer : sa plongée dans les abîmes de l'amnésie, ses efforts désespérés pour en ramener ne serait-ce qu'un nom, une image. Une épreuve dont on ressortait le cœur en miettes, l'âme ravagée, le souffle court, le corps brisé, et qui vous ramenait infailliblement à cette solitude absolue qui vous séparait du monde aussi sûrement que le scalpel d'un chirurgien. Bourne frissonna.

« Oui, je crois », dit enfin Weaving en posant la main sur le bras de Bourne. « Aidez-moi à me lever. »

Quand il fut assis, il se passa de nouveau la langue sur les lèvres en fixant le feu dans la cheminée.

« Où suis-je ?

— Dans une cabane de pêcheur, à quinze cents mètres du lac. » Sur un signe de Bourne, Rebeka alla chercher un verre d'eau.

« Ça fait deux fois que vous me sauvez la vie, Jason. Je ne sais comment vous remercier. »

Bourne prit le verre tendu par Rebeka. « Parlez-moi de Ze'ev Stahl. »

Weaving regarda autour de lui, sans voir Rebeka qui venait de se retrancher dans un coin sombre. Il accepta l'eau d'une main tremblante et en but la moitié.

« Allez-y doucement, dit Bourne. Deux résurrections coup sur coup, c'est largement suffisant pour briser n'importe qui. »

Weaving opina du bonnet et se remit à contempler le feu, comme s'il s'agissait d'un talisman capable de lui rendre la mémoire. « J'étais à Dahr El Ahmar, je m'en souviens parfaitement. »

Du coin de l'œil, Bourne vit bouger Rebeka. *Demandez-lui pourquoi il était là-bas,* articula-t-elle silencieusement.

« Où exactement ? »

Une grimace tordit le visage de Weaving. « Dans un café, je crois. Oui, un café. Il y avait beaucoup de monde. Beaucoup de fumée. Une musique très forte. Du rock.

— S'est-il approché de vous ? Vous a-t-il parlé ? »

Weaving fit non de la tête. « Je ne crois pas qu'il m'ait vu.

— Il était avec quelqu'un ?

— Oui... Non. » Weaving faisait des efforts pour se concentrer. « Il surveillait quelqu'un. Sans en avoir l'air. » Il se tourna vers Bourne. « Vous savez. »

Bourne confirma. « Oui, je sais.

— Alors j'ai senti... comment dire, que nous étions pareils lui et moi. Des êtres marginaux toujours cachés au milieu des ombres.

— Qui surveillait-il, vous vous rappelez ?

— Oh, oui. Très bien. Une femme superbe, d'une sensualité à couper le souffle. » Il finit son verre en buvant à petites gorgées. « Elle était... enfin, disons que j'étais très attiré par elle. » Le fantôme d'un sourire glissa sur ses lèvres. « Oui, on peut le dire. Mais Stahl aussi.

— Alors vous le connaissiez déjà ?

— Non, je ne le connaissais pas. » Weaving fronça les sourcils. « Je pense que je l'ai suivi à l'intérieur de ce café. Je l'ai suivi parce que je voulais savoir pourquoi il surveillait cette femme. Je me disais qu'elle me permettrait d'en apprendre davantage sur lui. Et puis... je ne sais pas ce qui s'est passé... Elle a dû me jeter un sort. »

Bourne s'enfonça dans sa chaise en se disant que le moment était peut-être venu de poser la question qui lui brûlait les lèvres. « Jusqu'à présent, c'était impossible, mais maintenant, vous rappelez-vous votre nom ?

— Certainement. Je m'appelle Harry Rowland. »

*

« On la perd ! » beugla l'urgentiste à l'équipe médicale qui attendait à l'accueil des urgences. Hendricks avait appelé le Centre hospitalier d'Arlington en usant de son autorité pour rameuter les plus grands spécialistes, avant même que l'ambulance, toutes sirènes hurlantes, ne freine devant l'hôpital, suivie de l'Escalade.

Hendricks sauta de son véhicule pour suivre le brancard dans les couloirs qui empestaient la maladie, l'espoir et la peur. Après avoir franchi plusieurs portes coulissantes, il regarda les infirmiers transférer Soraya sur un autre chariot et les médecins l'ausculter afin d'établir un premier diagnostic. Ils discutaient entre eux à voix si basse que Hendricks fut tenté de se rapprocher. Peine perdue, leur jargon était incompréhensible.

Quelques minutes plus tard, après s'être mis d'accord, ils emmenèrent Soraya dans un autre couloir. Hendricks courut derrière eux mais il dut s'arrêter devant une porte marquée CHIRURGIE.

Il interpella un médecin au passage. « Que se passe-t-il ? Qu'est-ce qu'elle a ?

— Œdème du cerveau. »

Un frisson le traversa de part en part. « C'est grave ?

— On le saura quand on aura ouvert.

— Vous allez l'opérer ? bredouilla Hendricks. Mais pourquoi pas une IRM ?

— Pas le temps. En plus, il faut penser au fœtus. »

Hendricks sentit le sol s'ouvrir sous ses pieds. « Un fœtus ? Vous voulez dire qu'elle est enceinte ?

— Je suis désolé, monsieur le Secrétaire, mais on a besoin de moi là-dedans. » Il poussa un bouton, la porte s'ouvrit.

«Je vous tiendrai informé dès que j'aurai des nouvelles. Votre numéro de portable?

— Je vais rester ici jusqu'à ce que je sache si elle va bien», dit Hendricks, abasourdi.

Le médecin hocha la tête puis disparut à l'intérieur de la zone mystérieuse gouvernée par les chirurgiens. Au bout d'un moment, Hendricks se retourna et rejoignit Willis, son garde des Forces spéciales, qui l'attendait avec un café et un sandwich.

«Par ici, Monsieur», dit Willis en guidant Hendricks vers la salle d'attente la plus proche. Comme d'habitude, il avait dégagé le terrain afin que lui et son patron soient seuls dans la pièce.

Hendricks voulut contacter Peter Marks mais tomba directement sur sa messagerie. Peter devait mener une enquête sur le terrain ; c'était le seul cas où il éteignait son téléphone. Il réfléchit un instant, puis demanda à Willis de chercher le numéro à Washington du Bureau de l'Alcool, des Armes, du Tabac et des Explosifs, et quand il l'obtint, demanda à parler à Delia Trane. Il lui fit part du problème sans entrer dans les détails. Delia promit de le rejoindre au plus vite ; elle lui parut posée et réfléchie, exactement le genre de personne dont Soraya avait besoin en ce moment ; et lui aussi, pour être honnête. Il passa plusieurs autres appels confidentiels et retrouva enfin son calme.

Willis posa le sandwich et le gobelet de café sur la table en Formica où Hendricks était assis, puis recula pour se poster devant la porte, en bon chien de garde. Hendricks s'aperçut qu'il était affamé. D'un regard, il engloba la pièce où il se trouvait. On ne pouvait que constater les efforts pathétiques qui avaient été déployés pour la rendre un tant soit peu accueillante et confortable. Des fauteuils et un canapé, séparés par des tables basses supportant des lampes. Mais tout cela était si vétuste et de si piètre qualité qu'il s'en dégageait une infinie tristesse. *On dirait l'antichambre du purgatoire*, pensa-t-il.

Le café était tellement amer qu'il grimaça dès la première gorgée.

«Désolé, Monsieur, dit Willis, toujours aussi attentif au bien-être de son patron. J'ai demandé aux collègues de vous apporter du vrai café.»

Hendricks hocha distraitement la tête, obnubilé par les deux bombes que le chirurgien avait lâchées sur lui. Soraya souffrait d'un grave traumatisme crânien et elle portait un bébé. Comment diable était-ce possible ? Comment avait-il fait pour ne pas s'en rendre compte ?

Mais bien sûr, il savait pourquoi. Depuis des semaines, il ne pensait qu'au fameux Nicodemo – une véritable obsession, d'autant plus que le Président ne croyait pas une seconde à son existence ; il considérait même que Hendricks gaspillait son temps et l'argent du contribuable à courir après une chimère. «De la désinformation de bas étage», disait-il. En réalité, le secrétaire connaissait la raison de ce rejet systématique. C'était l'œuvre de Holmes. Pas un jour ne passait sans que Hendricks se morde les doigts d'avoir facilité l'ascension de cet individu au sein des services de sécurité.

Pour tout dire, Holmes avait compris que le projet Nicodemo était le talon d'Achille de Hendricks. Le point faible susceptible de causer la chute de son rival. Depuis que le Président l'avait nommé au poste de conseiller à la Sécurité nationale, Holmes se comportait comme un drogué du pouvoir. Accroître et consolider étaient ses maîtres mots. C'était ainsi qu'il voyait son avenir. Et jusqu'à présent, il avait plutôt bien réussi. Ne lui restait plus qu'un obstacle à franchir : Treadstone et la mainmise que Hendricks exerçait sur cette agence. Holmes convoitait Treadstone avec une ferveur quasi religieuse. Hendricks et lui se ressemblaient sur ce point ; ils se montraient aussi obsessionnels l'un que l'autre, mais avec des objectifs radicalement opposés. S'il parvenait à débusquer Nicodemo – et obtenir son arrestation, voire sa mort –, Hendricks serait débarrassé pour toujours des interférences de Holmes. Rien de tel qu'une bataille remportée de haute lutte pour museler les arrivistes. Et le Président cesserait de prêter attention aux conseils perfides que Holmes lui murmurait au creux de l'oreille.

En revanche, s'il avait tort, si Nicodemo était effectivement une légende, ou pire, un leurre savamment orchestré, c'en serait fini de sa carrière. Holmes raflerait la mise et, en passant sous sa coupe, Treadstone perdrait son âme.

Bref, pour sauver Treadstone des troubles appétits de Holmes, une seule solution : mettre la main sur Nicodemo.

*

« Harry, dit Bourne, vous rappelez-vous où vous êtes né ? »

Aleph hocha la tête. Dans son for intérieur, Bourne ne pouvait s'empêcher de l'appeler toujours ainsi. « Dans le Dorset en Angleterre. J'ai trente-quatre ans. »

Bourne poursuivit sur un ton considérablement plus aimable, comme s'ils étaient de vieux amis réunis après une longue séparation. « Pour qui travaillez-vous, Harry ?

— Je... » Il regarda Bourne avec un sourire désolé. « Je ne sais pas.

— Mais vous vous souvenez d'être allé au Liban – en particulier à Dahr El Ahmar – pour obtenir des informations sur Ze'ev Stahl.

— C'est exact. Je faisais peut-être de l'espionnage industriel, hein !

— Stahl appartient au Mossad.

— Quoi ? Le Mossad ? Pourquoi je...

— Harry, parlez-moi de Manfred Weaving. »

Les yeux d'Aleph se voilèrent, puis il secoua la tête. « Je ne le connais pas. » Il regarda Bourne. « Pourquoi ? Je devrais ? »

Bourne risqua un coup d'œil vers Rebeka, mais Aleph remarqua son geste. Il fit volte-face et, quand il la vit, les yeux lui sortirent de la tête.

« Que diable fait-elle ici ? », demanda-t-il en frissonnant.

Bourne lui toucha le bras pour le rassurer. « Elle ne vous fera pas de mal. C'est elle qui a descendu Stahl alors que nous étions tous les deux en train de mourir de froid sur le lac gelé.

— Salut, Manny », dit Soraya en s'approchant.

Il regarda autour de lui, comme s'il pouvait y avoir quelqu'un d'autre dans la pièce. « Qu'est-ce qu'elle raconte ? Qui est ce Weaving ?

— C'est toi, dit-elle. Manfred Weaving.

— Je n'y comprends rien, bredouilla-t-il. Je m'appelle Harry Rowland. C'est le nom que je porte depuis que je suis né.

— Peut-être pas, dit Bourne.

— Quoi ? Comment... ?

— Ton réseau, *Jihad bis Saif.* » Rebeka s'était accroupie près de lui. « Dis-nous quels sont ses objectifs. »

Rowland ouvrait la bouche pour répondre quand on entendit un bruit dehors, malgré le grondement lointain des vagues déferlant sur la plage. Un bruit qui faisait penser au craquement d'une semelle en cuir.

Rebeka articula silencieusement : *Il nous a trouvés.*

« Qui nous a trouvés ? », s'écria Rowland.

Au même instant, la porte d'entrée s'ouvrit à la volée.

8

MARTHA CHRISTIANA TROUVA DON FERNANDO HERERRA sans trop de difficultés. Après avoir pris connaissance de sa nouvelle mission, elle s'était retranchée dans la suite de son hôtel parisien et avait passé huit heures sur Internet à éplucher toutes les infos disponibles sur le grand banquier international. Les premières s'étaient affichées au bout de quelques secondes. Hererra, né à Bogotá en 1946 dans une famille de quatre enfants, avait traversé l'Atlantique pour étudier l'économie à Oxford où il avait obtenu une mention Très Bien. Une fois rentré au pays, il avait trouvé du travail dans l'industrie pétrolière et grimpé les échelons à la vitesse grand V. Parvenu au poste de PDG de son entreprise, il avait commencé à amasser une fortune. On ne savait trop ce qui l'avait poussé à s'orienter ensuite vers la Finance mais, d'après ce que Martha avait pu lire, Aguardiente Bancorp était à présent l'une des trois plus grandes institutions bancaires en dehors des États-Unis.

En poussant plus loin ses recherches, elle apprit que cinq ans plus tôt, Hererra avait transmis à son fils unique, Diego, la direction de la prestigieuse succursale londonienne d'Aguardiente. Malheureusement, Diego avait trouvé la mort dans des circonstances mystérieuses. Martha n'avait rien d'autre sur ce sujet mais supposait que Diego avait été assassiné, probablement par les ennemis de Hererra. À l'heure actuelle, Don Fernando résidait principalement à Séville, dans le *barrio* Santa Cruz, et possédait plusieurs pied-à-terre à Londres, Cadix et Paris.

Une fois digérées toutes les informations trouvées sur le Web, elle repoussa son fauteuil, se leva et passa dans la salle de bains où elle prit une douche très chaude.

Quand elle en sortit, elle tenait les grandes lignes de son plan d'attaque, qu'elle peaufina ensuite en se séchant le corps et les cheveux. Après s'être maquillée, habillée, elle s'estima prête à le mettre en pratique. Alors, elle prit son manteau et sortit de l'hôtel. Sa voiture l'attendait ; elle reconnut avec satisfaction le ronronnement de son moteur puissant dans l'air glacé. Elle s'installa sur la banquette et son chauffeur claqua la portière derrière elle.

Hererra vivait dans un appartement perché sur la rive ouest de l'île Saint-Louis, dont la vue époustouflante embrassait à la fois le Panthéon, la tour Eiffel, la cathédrale Notre-Dame et les grands immeubles haussmanniens bordant la rive Droite.

Martha Christiana avait aussi découvert ses petites habitudes. Dans toutes les villes où il séjournait, il fréquentait toujours les mêmes bistrots, brasseries ou restaurants. À Paris, il prenait son petit déjeuner au Fleur en l'Ile, le midi il avait sa table réservée au Yam'Tcha, et le soir à L'Agassin. Comme il était trop tard pour le déjeuner et trop tôt pour le dîner, elle demanda à son chauffeur de passer sans s'arrêter devant les bureaux d'Aguardiente Bancorp. Sous la douche, elle avait réfléchi à un lieu de rencontre en éliminant l'un après l'autre tous ces établissements – trop fréquentés, trop évidents. Elle avait appris par le journal qu'on jouait du Bach le soir même, à la Sainte Chapelle. Le concert de chambre commençait assez tôt pour que les derniers rayons du soleil hivernal illuminent les vitraux donnant à l'ouest.

Martha Christiana avait décidé de se rendre à ce concert pour plusieurs raisons. D'abord, Hererra adorait Bach, comme elle. Un homme de chiffres ne pouvait qu'apprécier la précision mathématique de la musique de Bach. Ensuite, la Sainte Chapelle était pour elle le lieu idéal où écouter de la musique à Paris. Enfin, la salle était si petite que les auditeurs y étaient entassés. Une telle promiscuité lui permettrait de l'aborder plus facilement. Et les sujets de conversation ne manqueraient pas, entre musique baroque, architecture et religion. Autant de domaines inoffensifs et tout à la fois stimulants pour l'esprit.

Oui, songea-t-elle en descendant de voiture pour rejoindre l'entrée de la salle de concert, ce choix était très judicieux. Elle s'installa dans la queue des spectateurs qui attendaient sur le trottoir et repéra sa cible dès qu'elle franchit le seuil. Quelle chance ! Six personnes seulement les séparaient. Pour cette soirée, la jeune femme avait choisi un ensemble Alexander McQueen parmi ses préférés : une robe moulante bleu marine serrée à la taille par une ceinture, avec encolure en V ; des bottines noires à semelle compensée. Ce soir, elle voulait faire de l'effet, mais pas trop.

À l'intérieur, les chaises pliantes s'alignaient bien sagement. Les gens s'installèrent en silence, comme s'ils étaient à la messe, et pas à un concert donné par un quatuor à cordes. Mais chez Bach, la musique et le sacré n'étaient finalement pas très éloignés, songea Martha. Les inconditionnels ne prétendaient-ils pas que l'écoute de ses pièces les rapprochait de Dieu plus que toute autre chose ?

Elle s'arrangea pour s'installer trois rangs derrière Hererra, afin de pouvoir le surveiller discrètement. Il était assis entre un homme plus âgé que lui et une femme d'une petite quarantaine d'années, mais impossible d'affirmer qu'il les connaissait. Cela n'avait guère d'importance, du moins pendant le concert. La musique de Bach suscitait toutes sortes de réactions chez ceux qui l'écoutaient. Pour Martha Christiana, elle évoquait le passé : le phare nimbé de brouillard sur la côte de Gibraltar où elle avait vu le jour ; son père, un homme rude et peu loquace, entretenant jour après jour la lanterne qui n'en finissait pas de tourner sur elle-même ; sa mère, une créature évanescente, affligée d'une agoraphobie qui l'empêchait de s'éloigner de chez elle et lui causait des vertiges dès qu'elle regardait les étoiles, la nuit.

La musique se déroulait, précise et rigoureuse dans sa progression chromatique. Martha s'enfuyait de chez elle, abandonnait ses parents et leurs éternelles disputes, montait en passagère clandestine à bord d'un cargo en partance pour l'Afrique du Nord. Pendant dix-huit mois, elle avait arpenté les rues de Marrakech, se vendant à des touristes assez stupides pour la croire vierge.

Elle entretenait cette illusion grâce à du sang de chèvre qu'elle se procurait chez le boucher. Puis elle avait rencontré un richissime Marocain qui avait fait d'elle sa concubine et sa prisonnière. Il la prenait avec sauvagerie, violence parfois, dès que l'envie lui en venait, c'est-à-dire souvent.

L'homme n'avait pas que des défauts puisqu'il avait également fait son éducation. Il lui enseigna la littérature, les mathématiques, la philosophie, l'histoire, lui apprit à faire le vide en elle, à méditer, à se laver de toute pensée, de tout désir, pour mieux s'élever vers Dieu. Il l'ouvrit au monde et à sa diversité si bien qu'inévitablement, elle finit par mesurer l'injustice de sa situation. Par trois fois elle essaya de fuir sa prison parfumée, et par trois fois il la rattrapa. Il la punissait toujours plus cruellement mais elle serrait les dents, se construisait une cuirasse, refusait de céder à l'intimidation. Une nuit, alors qu'ils faisaient l'amour, elle s'arracha à son étreinte et voulut lui trancher la gorge avec un bout de verre dissimulé près de leur lit. Il la regarda fixement de ses yeux vitreux, comme s'il voyait sa propre mort se refléter sur son beau visage, et produisit un bruit étrange, comme le tic-tac d'une grosse horloge comtoise. Alors, Martha écarta les bras pour supplier Dieu d'exaucer son souhait. À ce moment-là, l'homme lui enfonça ses ongles dans la peau, comme s'il voulait l'emporter avec lui dans l'au-delà. Et finalement, son cœur lâcha. Elle rafla tout l'argent qu'elle put trouver, sans rien prendre toutefois qui risquât de la trahir, et quitta précipitamment Marrakech pour ne jamais y revenir.

Ces souvenirs n'étaient guère plaisants, mais c'étaient les siens. Pendant des années, elle avait tout fait pour les oublier, aujourd'hui, elle les considérait comme faisant partie d'elle-même, une partie qu'elle était seule à connaître. De temps à autre, durant ses nuits solitaires, elle allumait son iPod pour écouter du Bach et revisiter son passé. Un exercice salutaire qui lui rappelait qui elle était et d'où elle venait. Puis elle se vidait l'esprit et entrait en méditation. Il lui avait fallu beaucoup de temps, beaucoup d'abnégation pour parvenir à cet état de conscience, au-delà de la souffrance. Chaque fois, elle sortait comme neuve de ces séances d'introspection. Et elle reprenait courageusement le cours de sa vie.

Les instrumentistes posèrent leur archer, les applaudissements retentirent. Il y eut un rappel, le quatuor qui venait de s'éclipser en coulisse reprit sa place sur l'estrade pour jouer un court morceau, lui-même accueilli avec enthousiasme. Puis le concert se termina pour de bon.

Martha vit la femme à la gauche de Hererra se tourner vers lui et lui glisser quelques mots à l'oreille. Elle était élégante et plus impressionnante que jolie. Une Parisienne pur jus, sans doute.

Le public se dispersa dans les allées, tout en échangeant divers commentaires. Martha Christiana suivit les personnes de sa rangée mais ne se dirigea pas tout de suite vers la sortie, de manière à se rapprocher de la femme qui accompagnait sa cible.

« Le concert vous a-t-il plu ? lui demanda-t-elle. J'adore Bach, et vous ?

— Pas vraiment, je l'avoue, répondit la femme. Je préfère Satie. »

Martha remercia le ciel d'avoir réussi son approche et renchérit aussitôt. « Vous aussi, Monsieur, vous préférez Satie ?

— Non, pas moi, dit Hererra avec un sourire indulgent envers sa compagne. Je place Bach au-dessus de tous les autres compositeurs – mis à part Stephen Sondheim, bien sûr. »

Martha partit d'un rire cristallin en rejetant la tête en arrière. Un mouvement qui mettait en valeur son cou de cygne et sa gorge satinée.

« Oui, je le connais. *Follies* est ma comédie musicale préférée. »

Hererra prit enfin la peine de la regarder. Ils venaient d'entrer dans le grand hall qui donnait sur la rue. Martha les salua d'un hochement de tête amical et, d'un pas léger, passa devant le couple et sortit la première sur le trottoir.

Dehors, la bruine faisait luire le bitume. Martha s'arrêta un instant, le temps de relever son col, sortir une cigarette et fouiller dans ses poches à la recherche d'un briquet. Soudain, une flamme apparut. Martha se pencha et inspira une longue bouffée. En soufflant la fumée, elle leva les yeux vers Hererra qui se tenait devant elle. Seul.

« Où est votre amie ?

— Elle avait un rendez-vous. »

Martha prit un air étonné. « Vraiment ? »

Elle aimait son rire. Un rire grave, profond, qui venait du ventre. « Non. Je l'ai renvoyée.

— Une employée à vous ?

— Une connaissance, rien de plus. »

Martha goûta la manière dont il avait dit « rien de plus », sans mépris particulier, juste pour montrer que le contexte venait de changer et que le changement ne lui faisait pas peur.

Hererra sortit un cigare et le lui montra. « Cela vous ennuie ?

— Nullement, répondit Martha. J'apprécie l'arôme d'un bon cigare. »

Ils se présentèrent l'un à l'autre.

Pendant que Hererra entamait son rituel de fumeur de Havane – couper le bout, le réchauffer sous la flamme –, précis comme une toccata de Bach, elle demanda : « Dites-moi, Don Fernando, avez-vous déjà visité Eisenach, la ville natale de Jean-Sébastien Bach ?

— J'avoue que non. » Il tira une première bouffée. « Et vous ?

— Quand je faisais mon doctorat, je suis allée au château de Wartburg où Martin Luther a traduit le Nouveau Testament en langue allemande.

— Votre thèse portait sur Luther ? »

Elle repartit de ce rire cristallin. « Je ne l'ai jamais achevée. J'ai l'esprit trop rebelle. » Lui aussi avait vécu une jeunesse dissipée. Elle se disait que ce point commun les rapprocherait, et elle avait raison.

« Mademoiselle Christiana...

— Appelez-moi Martha, je vous en prie.

— Allons-y pour Martha. Seriez-vous libre pour dîner ?

— Mais monsieur, je vous connais à peine. »

Il sourit. « Il serait très simple d'y remédier, ne croyez-vous pas ? »

*

« Peu importe comment je m'appelle, dit Peter. Tout ce que je vois, c'est que Richards a été suivi jusqu'ici. »

Brick resta stoïque. « Je ne comprends pas de quoi tu parles.

— Vraiment ? » Peter regarda les gens attablés autour d'eux. « Savez-vous où est votre homme ?

— Mon homme ?

— Un certain Owen... » Peter claqua des doigts. « Son nom de famille m'échappe.

— Qu'y a-t-il avec Owen ?

— Il vaut mieux que je vous montre », dit Peter en s'éloignant de la balustrade.

Brick le suivit, non sans réticence. « Tu peux m'expliquer ? »

Sans piper mot, Peter le conduisit hors du club-house. Ils contournèrent la boutique et passèrent dans le labyrinthe de buis où gisait Florin Popa.

Brick s'arrêta net. « Nom de Dieu !

— Raide mort », commenta froidement Peter pendant que Brick se penchait sur le cadavre de son garde du corps. Monsieur Brick, vous courez un grave danger, la preuve est faite. Je pense qu'il serait prudent de quitter les lieux. »

Une main posée sur l'épaule de Popa, Brick leva les yeux vers lui. « Cause toujours, mec. Je n'irai nulle part avec toi. »

Peter hocha la tête d'un air compassé. « Bon d'accord. Dans ce cas, démerdez-vous tout seul. » Et il rebroussa chemin.

« Attends une seconde, l'interpella Brick. Dis-moi d'abord qui tu es et pour qui tu bosses. »

*

Bourne saisit un bout de bois enflammé dans la cheminée, le brandit devant l'intrus et le frappa au niveau de l'épaule. Des étincelles jaillirent en sifflant de l'extrémité incandescente. Pour parer le coup, l'homme dut pivoter sur lui-même en tendant le bras. Bourne profita de cette ouverture pour se jeter sur lui. Dans son dos, il entendit des pas précipités ; Rebeka mettait Rowland à l'abri.

Du tranchant de la main, l'intrus frappa Bourne à l'échine, l'obligeant à se redresser pour mieux lui enfoncer son poing dans le plexus. Puis il l'attrapa par le col et le jeta contre un mur.

Bourne arracha un cadre suspendu au-dessus de lui et le brisa. Déjà, l'homme se ruait vers lui comme un taureau furieux. Bourne empoigna un éclat de verre long et mince et, sans craindre de se blesser la main, porta un coup de haut en bas.

Il avait visé le cou mais la pointe acérée s'enfonça dans le dos de l'intrus qui, emporté par son élan, renversa Bourne et lui tomba dessus. Le bout de verre planté dans sa chair ne semblait guère le gêner ; il sortit un couteau à cran d'arrêt et frappa juste à l'instant où Bourne s'écartait en roulant sur lui-même. La lame se coinça entre les lattes du plancher. Au lieu de perdre du temps à la récupérer, l'homme sortit un autre couteau.

*

Rebeka reconnut aussitôt Ilan Halevy. Quand elle vit Bourne se jeter sur lui, elle traîna Weaving vers la cuisine obscure en chuchotant : « Pour l'amour du ciel, reste ici et ne bouge pas. » Puis elle s'empara de deux couteaux à écailler, rangés dans un socle en bois. Elle en glissa un dans sa ceinture, serra l'autre dans son poing, et repassa dans la pièce principale au moment précis où le Babylonien, couvert de sang à cause de l'éclat de verre planté dans son dos, tentait à nouveau de poignarder Bourne.

Elle se précipita vers lui sans se faire remarquer, le couteau bien en main. La lame se terminait par un genre de crochet. Pour bien faire, il aurait fallu qu'elle l'enfonce profondément puis la retire d'un seul coup.

Le Babylonien possédait une puissance et une énergie presque surhumaines. Connaissant sa réputation, Soraya savait qu'il sentait à peine le bout de verre fiché dans son dos. Il en serait de même pour le couteau à écailler, à moins qu'elle soit assez chanceuse pour toucher un organe vital, ou assez habile pour le lui planter dans le ventre et lui arracher les viscères. Seule une violente hémorragie aurait raison d'une telle force de la nature.

Mais elle eut beau déployer tous ses talents, le Babylonien la sentit venir. Au dernier moment, il se retourna vers elle, ce qui permit à Bourne de lui décocher deux bons coups de poing. Comme si de rien n'était, il avança la main droite et, comme des tentacules, ses doigts s'enroulèrent autour du poignet de Rebeka, le tordant si violemment qu'on entendit les os craquer. La douleur lui coupa le souffle, des éclairs lumineux zébrèrent son champ de vision. L'homme lui arracha le couteau et le retourna contre elle, bien déterminé à lui trancher la gorge. Rebeka évita de justesse le coup mortel. Déchirant son pull et sa chemise, la lame traça une ligne sanglante sur sa poitrine, juste au-dessus des seins. Elle poussa un cri étouffé et bascula en arrière.

*

Lorsque Harry Rowland – Bourne était maintenant certain que tel était son nom – entendit les deux hommes se battre au corps à corps, quelque chose se déclencha dans son cerveau. Ignorant le conseil de Rebeka, il rampa jusqu'à la porte de la cuisine pour voir ce qu'il se passait et, en bon professionnel, mesura immédiatement la situation. Ses yeux se décillèrent. Il eut l'impression de se réveiller après avoir dérivé à l'intérieur du rêve embrumé qu'il faisait depuis qu'il avait repris connaissance dans un lit d'hôpital, à Stockholm. À présent, tout lui revenait.

Sans réfléchir davantage, il se releva, courut vers la cheminée et s'empara du tisonnier. Il évita adroitement Rebeka pour s'approcher des deux hommes qui s'empoignaient et les regarda attentivement l'un après l'autre. Il les voyait bouger au ralenti. En revanche, son esprit fonctionnait à toute vitesse ; les souvenirs refaisaient surface comme des poissons argentés surgissant par bancs entiers des profondeurs. Ils remontaient dans sa conscience à un rythme effréné, dans le bon ordre à présent. Toutes les énigmes qui l'avaient torturé depuis sa blessure par balle se révélaient, couche après couche. Le puzzle n'était pas encore totalement reconstitué, il manquait des pièces, des liens entre tel ou tel événement. Certaines choses lui échappaient, comme des poissons glissant entre ses doigts pour replonger dans les abysses. Certaines questions demeuraient sans réponse mais sa volonté, elle, était intacte. Ce fut elle qui guida sa main.

Harry Rowland leva le tisonnier au-dessus de sa tête et l'abattit sur le crâne de Bourne.

Livre deuxième

9

« NOUS VIVONS DANS UN MONDE TRAVERSÉ PAR UN FLUX constant d'informations, via les serveurs, les réseaux, les intranets, Internet. »

Charles Thorne prenait des notes sur son iPad 3 tout en enregistrant les déclarations de Maceo Encarnación.

« La culture du Cloud se répand toujours davantage, poursuivit Encarnación. Chaque heure de chaque jour, la quantité d'informations affiche une croissance exponentielle et, toutes ces données, quels que soient leurs supports, peuvent être lues, consultées, interceptées, piratées. »

Les deux hommes étaient installés dans les bureaux de *Politics As Usual*. Thorne sentit son portable vibrer au fond de sa poche de pantalon mais, au lieu de décrocher, hocha la tête pour encourager Encarnación à poursuivre son développement. Cela faisait plusieurs mois qu'il espérait cette interview. Il avait dû parlementer avec une ribambelle de sous-fifres pour obtenir l'accord du grand homme, président du Conseil d'administration et président-directeur général de SteelTrap, la plus grosse société de sécurité Internet au monde. Sa structure faisait pourtant figure d'anomalie. Non seulement elle n'était pas cotée en bourse, mais son organisation interne demeurait totalement opaque. Thorne avait fini par remporter le morceau : Encarnación avait consenti à le rencontrer, lors d'une escale – le temps de refaire le plein de son jet privé – entre Paris et Mexico où une armée de domestiques entretenait l'une de ses résidences princières. Il avait tenu à ce qu'on ne le prenne pas en photo, ce qui n'avait guère surpris Thorne puisque, en effectuant ses recherches préparatoires sur Internet, il n'en avait trouvé aucune. Cet homme était un vrai ours, chose d'autant plus amusante qu'il n'avait pas un seul poil sur le corps et encore moins sur la tête. Thorne se demandait si cette déforestation était volontaire ou congénitale. Autre détail assez bizarre pour qu'il le note sur son iPad : pas une seule fois Encarnación ne l'avait regardé en face. Ses yeux ne cessaient de remuer, comme des billes de mercure en perpétuel mouvement.

« De nos jours, poursuivit Encarnación, rien n'est à l'abri du piratage. La moindre parcelle d'information peut être lue et utilisée. C'est un fait incontournable. À chaque instant, des sites cryptés protégés par de soi-disant pare-feu sont visités, pillés par une nouvelle génération de terroristes. Et les dégâts sont incommensurables. La lutte contre la cybercriminalité est une cause sacrée. Une cause dont je me suis fait le héraut. » Il s'accorda une pause pour promener son regard blême sur les objets composant la pièce, tout en tenant ses lunettes de soleil entre le pouce et l'index, comme s'il s'apprêtait à les reposer sur son nez. « À l'âge d'Internet, c'est ainsi que se construisent les fortunes. »

Le portable de Thorne se remit à vibrer. Il n'en tint pas compte. « Dites-moi, monsieur Encarnación, comment avez-vous eu l'idée de monter votre entreprise de sécurité Internet ? »

Encarnación lui adressa un sourire malsain. « J'avais tout perdu, tout l'argent que j'avais gagné en négociant des actions sur Internet. Mon compte a été piraté, le fruit de mon dur labeur a disparu en fumée... » Thorne frissonna en voyant réapparaître le sourire inquiétant qui donnait à son interlocuteur l'expression d'un carnivore affamé. « ... aspiré par le grand vide russe.

— Ah, je vois.

— Non, vous ne voyez pas, répondit Encarnación en balançant ses lunettes de soleil à la manière d'un pendule. J'ai dû me faire violence pour ne pas foncer là-bas sur-le-champ et choper la ou les personnes qui m'avaient si odieusement dérobé mes biens. Mais je savais que si j'allais en Russie, ils me boufferaient tout cru. »

Thorne pinça les lèvres. Encore cette vibration agaçante contre sa cuisse. « Que voulez-vous dire exactement ?

— Je veux dire que si je m'étais rendu en Russie à cette époque-là, ignorant comme je l'étais, je ne serais jamais revenu. »

Thorne ne put étouffer un petit gloussement. « Cela m'a l'air un tantinet... eh bien, disons... mélodramatique.

— Oui, admit Encarnación. Oui, c'est exact. » Le sourire dérangeant et la vibration énervante se manifestèrent simultanément. « Et pourtant, je vous jure que c'est vrai. Connaissez-vous Moscou, monsieur Thorne ? »

Thorne, qui ne voulait pas se retrouver dans la position de l'intervieweur interviewé, répondit « Oui » du bout des lèvres.

— Vous y êtes allé pour affaires ?

— Euh, non. Mais j'ai entendu dire...

— Vous avez entendu dire, lui renvoya ironiquement Encarnación. Si vous ne *connaissez* pas Moscou, si vous n'avez pas traité d'affaires là-bas, vous n'avez aucune idée de ce qui s'y passe. » Il secoua son crâne chauve que Thorne, à présent, ne pouvait s'empêcher de comparer à une tête de mort. « L'argent, la corruption, les politiciens véreux, la violence. C'est ça, Moscou.

— On pourrait dire cela de presque toutes les grandes villes. »

Sous le regard d'Encarnación, Thorne eut soudain l'impression d'être tout petit et – pire encore – fragile. « Moscou est une ville à part. Spéciale. Là-bas, avoir de l'argent ne suffit pas. Les gens avec lesquels vous êtes bien obligé de discuter affaires veulent vous soutirer plus que cela. Savez-vous ce que cela signifie, monsieur Thorne ? Tout ce qu'ils veulent, c'est se faire remarquer par le président. Ils sont tellement avides de ses faveurs que, si les négociations ne vont pas dans le sens qu'ils souhaitent, ils n'hésiteront pas à vous tirer une balle dans la nuque ou, s'ils trouvent ça plus marrant, vous envoyer un tueur qui vous empoisonnera au plutonium longtemps après que vous aurez quitté ce trou à rats qu'on appelle Moscou. »

« *Empoisonnement au plutonium, Dieu du ciel !* », écrivit Thorne sur son iPad.

Encarnación poursuivit, sans cligner une seule fois les yeux. « J'ai alors décidé de trouver un autre moyen pour récupérer mon argent. La police de l'époque ne servait strictement à rien ; ils en savaient encore moins sur le piratage d'Internet qu'aujourd'hui. »

Thorne se demanda soudain si Encarnación ne le menait pas en bateau. Ce type aurait pu être la réincarnation du baron de Münchhausen, avec ses histoires à dormir debout. Pourtant non, quelque chose lui disait qu'il n'affabulait pas. « Et c'est ainsi que SteelTrap a vu le jour, dit-il pour lui montrer qu'il n'avait pas perdu le fil.

— Eh oui.

— Et c'était il y a...

— Il y a sept ans.

— Avez-vous fini par récupérer votre argent ? »

Le visage d'Encarnación s'éclaira d'un sourire démoniaque. « Avec les intérêts. »

Thorne s'apprêtait à lui demander des détails quand son portable se déclencha pour la quatrième fois. Il fronça les sourcils, mais ce coup-ci, la curiosité l'emporta sur l'agacement. Il s'excusa, sortit du bureau et regarda son écran. Quatre textos de Delia Trane. Il avait rencontré cette femme à plusieurs reprises. Il avait même dîné deux fois avec elle et Soraya ; elle leur avait servi de couverture, ce dont il lui était reconnaissant.

Appelle-moi Au plus vite.

La ride qui barrait son front se creusa davantage. Un texto passe encore, mais quatre ! Il ne pouvait pas ne pas répondre. Il fit défiler les noms sur son répertoire téléphonique, trouva son numéro et pressa l'appareil contre son oreille. Delia répondit à la première sonnerie.

« Où es-tu ?

— Pourquoi cette question ? » Son agacement revint aussitôt. « Bon Dieu, Delia, je suis en pleine...

— Soraya a des problèmes. »

En entendant ce prénom, il regarda les gens qui passaient dans le couloir. Le petit personnel n'était pas au courant de l'enquête menée par le FBI. Il se réfugia dans une salle de réunion vide.

« Charles ? »

Contrairement à Soraya, Delia ne l'appelait jamais Charlie. Il referma la porte et resta dans le noir.

« Quel genre de problème ? » Il avait déjà assez d'ennuis comme ça. Il n'aurait plus manqué que...

« Elle est à l'hôpital. »

Son cœur rata un battement. « À l'hôpital ? répéta-t-il comme un perroquet. Pourquoi ? Qu'est-ce qu'elle a ?

— Elle a reçu une blessure à Paris. Un traumatisme crânien. Prendre l'avion pour rentrer n'a fait qu'aggraver les choses.

— Quoi ? Delia, pour l'amour de Dieu... !

— Elle souffre d'un hématome sous-dural. Son cerveau saigne. »

Thorne ressentit soudain le besoin de s'asseoir.

« Charles ?

— Comment... » Son larynx était comme bouché. Il toussa un bon coup puis déglutit. « Est-ce que c'est grave ?

— Assez grave pour qu'ils aient décidé de l'opérer d'urgence.

— Est-elle... ? » Il n'arrivait pas à le dire.

« Je ne sais pas. Je suis au centre hospitalier de Virginie à Arlington, mais elle n'est pas encore sortie du bloc opératoire. »

Son esprit revenait tout doucement vers Encarnación qui poireautait dans son bureau pendant que Delia s'ingéniait à lui pourrir la vie. Comme si elle n'était pas déjà assez compliquée. Ce n'était pas sa faute mais quand même.

« Ils tentent de diminuer la pression dans son cerveau, d'arrêter l'hémorragie. En temps normal, c'est une opération relativement simple, mais dans le cas de Soraya, il y a une complication. »

Seigneur, quoi encore ? pensa-t-il. « Quelle... complication ?

— Elle est enceinte, Charles. »

Thorne sursauta comme s'il venait de mettre les doigts dans la prise. « Quoi ?

— Elle porte votre enfant. »

*

Harry Rowland allait écraser le tisonnier sur le crâne de Bourne quand celui-ci leva le bras. Il agrippa la tige brûlante et la redirigea vers l'épaule du Babylonien, puis lui balança un coup de pied dans le genou avant de s'esquiver en roulant sur lui-même.

Mais Rowland s'accrochait à son tisonnier, si bien que Bourne dut le frapper au menton. Ses dents s'entrechoquèrent mais il ne lâchait toujours pas. Le Babylonien en profita pour repartir à l'attaque. Il accrocha la cheville de Bourne du bout du pied, le fit tomber à la renverse. Rowland l'accompagna dans sa chute.

*

Rebeka avait dû s'évanouir un instant car elle sursauta en sentant du sang couler sur son visage. Quant à Bourne, Rowland et le Babylonien, ils formaient une mêlée informe. Elle se releva tant bien que mal, récupéra le tisonnier dans la main de Rowland, le prit par le col et le tira en arrière, loin des deux autres.

« Imbécile ! cracha-t-elle. Qu'est-ce que tu fabriques ? »

Il se retourna et la gifla à toute volée. « Tu n'imagines même pas dans quelle merde tu t'es mise », cria-t-il.

Elle s'ébroua, voulut le frapper à son tour, mais il bloqua sa main et, avec le talon de la sienne, lui administra trois coups d'affilée qui la mirent à genoux.

« Je me souviens de tout, grinça-t-il en se penchant vers elle. De tout, tu comprends ? »

Elle tenta de se relever mais il l'en empêcha. On aurait dit qu'avec la mémoire, il avait aussi retrouvé sa force et sa technique de combat. Il était redevenu l'homme avec lequel elle avait couché dans cet hôtel moite, au Liban, l'homme qu'elle avait traqué, défié, manipulé.

Il lui tordit le poignet jusqu'à la douleur. « À Dahr El Ahmar, c'est toi qui as gagné. Mais ici, n'y compte pas trop. »

*

Une fois débarrassé de Rowland, Bourne put se consacrer entièrement au Babylonien. Fort heureusement pour lui car le colosse, de son bras noueux, était en train de lui faire une clé au cou en exerçant une torsion censée lui rompre les vertèbres. Au lieu de résister, Bourne suivit le mouvement et lui enfonça son coude dans les reins.

Le Babylonien grogna de douleur, encaissa un deuxième coup et finit par desserrer sa prise. Bourne se libéra en se tortillant, saisit un gros cendrier en pierre qui traînait sur une table et l'écrasa sur la nuque de son agresseur. Du sang jaillit, l'homme tomba sur le dos. Au lieu de lui percer un poumon, le bout de verre se détacha.

Croyant en avoir terminé avec lui, Bourne se relevait quand un coup de tête lui percuta le front. Il s'écroula sur les genoux, le Babylonien l'attrapa à bras-le-corps, le traîna vers la cheminée. C'était presque incroyable, cet homme saignait abondamment, il avait reçu aux reins des coups qui auraient anéanti n'importe qui d'autre, et il continuait à se battre.

Bourne sentit la chaleur des flammes sur son crâne. Le Babylonien avait manifestement l'intention de le jeter dans le brasier. Il avait beau résister, ses pieds glissaient sur le plancher. Il essaya plusieurs contre-attaques que le Babylonien para très facilement. Bourne voyait les étincelles voler devant ses yeux. Il ne lui restait pas beaucoup de temps.

Il leva le bras, et sans craindre la brûlure, attrapa une bûche incandescente qu'il appliqua sur la poitrine du Babylonien dont les vêtements s'enflammèrent. Puis il se dégagea en roulant sur le côté, se redressa et s'éloigna prestement.

Rebeka se battait toujours dans la cuisine avec Rowland. Elle semblait avoir repris le dessus. Bourne lui désigna la porte qui donnait sur l'arrière. Il fallait absolument sortir d'ici et rejoindre au plus vite le bateau de Rebeka. Cette dernière comprit le message. Pendant que Bourne soulageait ses brûlures en ramassant des poignées de neige, elle poussa Rowland jusqu'au bateau et mit le moteur en marche. Bourne détacha les filins, ils démarrèrent en trombe et se diluèrent dans l'obscurité.

*

« Moi ? Je ne bosse pour personne en particulier, dit Peter en mentant adroitement. Ça change tout le temps. »

Brick parut mordre à l'hameçon. « Freelance.

— Tout à fait. »

Ils étaient à bord de l'Audi A8 de Brick, une voiture rouge vif à peine sortie de l'usine. Brick avait ordonné à Peter de prendre le volant – à la place de Florin Popa dont ils avaient laissé la dépouille sous les bosquets du Blackfriar – pour mieux le surveiller et se faire une opinion sur lui. Avant de partir, ils avaient fait un détour par les vestiaires où Peter avait renfilé ses vêtements pendant que Brick, appuyé contre la rangée de casiers métalliques, le reluquait comme un pervers, tout en marmonnant dans son portable.

Sur le siège du passager, Brick se tourna vers Peter et grommela : « Qu'est-ce qui me dit que c'est pas toi qui suivais Richards ?

— Rien, répondit Peter en faisant fonctionner ses méninges à plein régime.

— Si c'est pas toi, alors qui a descendu mon garde du corps ? demanda Brick.

— Peter Marks. Il bosse pour la même organisation que Richards.

— Il le soupçonne ? »

Peter hocha la tête, prit à droite puis tout de suite après, à gauche. En quittant Arlington, ils s'étaient enfoncés dans la campagne virginienne, laissant derrière eux les pelouses bien tondues et les propriétés de milliardaires. À présent, ils traversaient un tout autre paysage, fait de collines en pente douce, de forêts épaisses et de vallées marécageuses.

« Prochaine étape : la revanche, dit Peter. Sinon ils ne vous lâcheront pas. S'ils suivaient Richards, c'était pour parvenir jusqu'à vous.

— Tu rigoles ?

— Pas du tout. Vous voulez savoir ce que je faisais à Blackfriar ? OK. Je vous surveillais. » Voyant le corps de Brick se crisper, Peter ajouta bien vite : « Je vous surveillais parce que j'avais l'intention de vous offrir mes services. Les boulots en freelance, c'est sympa mais ça ne met pas de beurre dans les épinards. Je cherche la sécurité de l'emploi.

— Les temps sont durs, médita Brick.

— Et ça ne va pas en s'améliorant. »

Brick réfléchit un moment à sa proposition, puis il ordonna : « Arrête-toi. »

Peter tourna le volant de l'Audi et se rangea dans l'herbe qui poussait sur le bas-côté de la route à deux voies.

Quand le moteur passa au point mort, Brick claqua des doigts. «Ton portefeuille.»

Peter glissa la main dans sa poche intérieure.

«Doucement, mec.»

Peter suspendit son geste. «Allez-y, faites-le.»

Brick lui lança un regard glacial. «Tu me le files ou merde?»

Entre le pouce et l'index, Peter attrapa le portefeuille placé en évidence dans sa poche, juste devant le vrai, et le lui remit.

Brick le déposa sur sa paume gauche et l'ouvrit de sa main droite. Quand il tomba sur le permis de conduire, il lut à haute voix: «Anthony Dzundza.» Autre regard glacial. «C'est quoi ce nom à la con, mec?

— Je suis ukrainien.» Les fausses identités étaient souvent plus crédibles quand elles nécessitaient une explication.

Brick l'observa entre ses paupières, réduites à l'état de fentes. «T'as pas une tête d'Ukrainien, fiston.

— Ma mère est née à Amsterdam. Une vraie merveille.»

Brick grogna. «Arrête de te vanter. T'es pas si beau que ça.» Rasséréné, il poursuivit son inspection – des cartes de crédit, de retrait, de membre d'un musée, et même, détail amusant, une contravention pour excès de vitesse non réglée. Il lui rendit le portefeuille.

«Tu préfères Anthony ou Tony?»

Peter haussa les épaules. «Ça dépend. Ami ou ennemi?»

Brick éclata de rire. «OK, Tony, descends. On se retrouve au club demain à une heure.

— Et après?

— Après, dit Brick en retrouvant aussitôt son sérieux, on verra ce qu'on fait de toi.»

*

Après que Thorne se fut excusé auprès de l'homme que le monde entier connaissait sous le nom de Maceo Encarnación, il sortit en courant des bureaux de *Politics As Usual*, laissant son invité récupérer son manteau et se diriger vers les ascenseurs.

En attendant l'arrivée de la cabine, Encarnación eut le temps d'examiner les gens qui passaient devant lui, leur démarche affairée, leur air concentré, la façon dont ils se tenaient. Il devinait en eux un immense orgueil, mais aussi la certitude de leur invulnérabilité. Ils se croyaient en sécurité mais ils se trompaient, car bientôt leur petit monde se briserait en menus morceaux. Et après, il n'y aurait plus que le chaos.

Le chaos. Ce mot lui rappela Moscou et l'histoire dont Charles Thorne ne connaîtrait jamais la fin : Encarnación avait demandé à son équipe d'experts de mettre au point une série d'algorithmes. Une tâche très ardue mais qui avait porté ses fruits, ils avaient ainsi pu retrouver la trace des hackers, ces criminels qui avaient piraté son compte en ligne et siphonné son argent pour l'injecter dans l'effrayante économie souterraine russe. Puis, après s'être bien préparé, il avait pris l'avion pour Moscou. Y avait passé trois jours exactement, à l'issue desquels il était reparti en laissant derrière lui deux cadavres stupéfaits au fond de la Moskova, lestés par leur propre arsenal. Quant à l'argent, Encarnación l'avait non seulement récupéré, mais il avait raflé celui des pirates en employant la même méthode qu'eux.

Quand les portes chromées de l'ascenseur s'ouvrirent, il entra et se plaça juste à côté d'une belle blonde aux formes rebondies. Il avait toujours eu un faible pour les croupes charnues.

«Bonjour», dit-il d'une voix sensuelle en contemplant son sourire radieux.

*

À Sadelöga, la petite cabane de pêcheur avait rarement connu agitation plus frénétique. Le Babylonien sautait dans tous les sens en essayant de retirer ses vêtements enflammés. Pour aller plus vite, il tituba jusqu'à la salle de bains, ouvrit en grimaçant de douleur le robinet d'eau froide de la douche et se précipita sous le jet. Le nuage de fumée qui s'éleva de sa personne faillit l'asphyxier mais cela valait mieux que de finir brûlé vif. La fumée se transforma en vapeur.

Quand l'eau eut fini d'éteindre les dernières braises, il enleva ses sous-vêtements calcinés et sortit de la douche. Il avait le physique d'un nageur de compétition. Un corps svelte, de longs bras et des muscles gonflés qui roulaient sous sa peau tendue, tannée par le soleil.

Il renonça à s'essuyer à cause des brûlures qui couvraient une bonne partie de son torse, de son cou et de ses mains. Devant le miroir, au-dessus du lavabo, il vérifia l'état de son dos, ce qui lui prit un moment car ses yeux coulaient sans arrêt. Cette aventure lui laisserait pas mal de cicatrices, surtout au niveau du cou, mais il n'était pas homme à s'attarder sur ce genre de détails, préférant revenir à l'examen des plaies. Il les passa toutes en revue, avec la précision d'un chirurgien.

Quand il était tombé dessus, l'éclat de verre s'était brisé et un morceau était encore planté dans sa chair, petit, certes, mais assez visible pour qu'il tente de l'extraire. Il cala ses reins contre le lavabo, de manière à voir son dos dans le reflet, saisit le bout de verre entre deux doigts, inspira à fond, expira lentement et, quand il ne resta plus d'air dans ses poumons, tira d'un coup sec. Le sang se mit à ruisseler mais la plaie était propre et, d'après son expérience, se refermerait dans peu de temps.

Couvert de gouttelettes d'eau rosie par le sang, il passa dans la cuisine, ouvrit la porte donnant à l'extérieur et se jeta entièrement nu à plat ventre dans la neige. Il savait que le froid résorberait à la fois la douleur et les nombreux hématomes dont il était couvert. Quelques minutes plus tard, il se tourna sur le dos pour que la neige cautérise l'entaille laissée par l'éclat de verre.

Quand il en eut assez, il rentra et farfouilla dans les placards de la cuisine jusqu'à ce qu'il trouve une boîte de bicarbonate de soude. Versant la poudre blanche dans un bol pris sur une étagère, il la mélangea avec de l'eau, de manière à obtenir une pâte épaisse. L'air sifflait en passant entre ses dents serrées quand il entreprit d'étaler sur ses brûlures le cataplasme censé les protéger et contribuer à leur cicatrisation.

Dans la salle de bains, il dénicha un tube de pommade antibactérienne, ainsi que les puissants antibiotiques que Rebeka y avait laissés. Sur l'étiquette du tube, il lut son nom et une adresse à Stockholm. La douleur diminuait déjà, le bicarbonate de soude faisait bien son office. Dans quelque temps, il se jetterait de nouveau dans la neige.

Il goba deux comprimés d'antibiotiques qu'il fit passer avec une bière trouvée dans la cuisine, reprit son couteau enfoncé entre les lames du parquet, et se mit à arpenter la pièce en se glissant mentalement dans la peau d'un tigre – silencieux, féroce, cruel.

Lorsqu'il sentit ses forces revenir, il regarda de nouveau l'étiquette collée sur le tube de pommade et sourit malgré lui. Son adresse à Stockholm. Il les retrouverait et, cette fois-ci, il en fit le serment, il les tuerait tous.

« VOUS AIMEZ LE CINÉMA ? », demanda Don Fernando, attablé avec Martha Christiana devant deux cafés croissants, dans la salle du Fleur en l'Ile.

— Bien sûr que j'aime le cinéma, répondit-elle. Qui ne l'aime pas ? »

La veille, après leur dîner, ils étaient convenus de se retrouver pour le petit déjeuner. Il ne l'avait pas invitée à monter chez lui après le repas, et se demandait si elle le regrettait.

« Je voulais parler des vieux films, les classiques du cinéma.

— À plus forte raison. » Elle but une gorgée de café, servi dans une grande tasse en faïence. Derrière les fenêtres à double vitrage, on apercevait la courbe du chevet de Notre-Dame et ses majestueux contreforts, délicats comme des ailes. « Mais la plupart des vieux films ne sont pas des classiques. Avez-vous vu *Ne vous retournez pas* ? Une histoire tantôt stupide, tantôt incompréhensible.

— Je pensais plutôt à *L'Ange exterminateur* de Luis Buñuel.

— Non, je ne connais pas. » Les yeux de Martha brillaient dans la clarté matinale.

Quand il lui eut résumé l'intrigue, elle répondit : « Donc ces gens restent piégés dans une maison comme nous le sommes tous dans nos existences. Ils discutent, se chamaillent, font l'amour, tombent d'ennui, de fatigue. Certains meurent. » Elle renifla. « Ce n'est pas du cinéma, c'est la vie !

— Excellente remarque.

— Je pensais que Buñuel était un surréaliste.

— En réalité, il serait plutôt satiriste.

— Franchement, je ne vois rien de drôle dans ce scénario. »

Don Fernando non plus, mais ce n'était pas le sujet. S'il avait songé à ce film, c'était à cause de son titre. Pour lui, Martha Christiana était un ange exterminateur. Il savait parfaitement à quoi s'en tenir sur elle. Il avait déjà fréquenté ce genre de femme et en fréquenterait encore, s'il survivait.

Sa sinistre mission, il la connaissait aussi. Elle était là sur l'ordre de Nicodemo. C'était encourageant, car cela signifiait qu'il touchait au but et qu'en fouillant dans les tréfonds de l'enfer, il avait réveillé le maître des ombres, qui lui avait envoyé son mortel émissaire.

Il sourit à son ange et dit : « La première fois que j'ai vu ce film, j'étais assis à côté de Salvador Dalí.

— Vraiment ? » Elle inclina la tête. Elle portait un tailleur Chanel rose comme l'aurore et un chemisier en shantung couleur beurre frais, dégrafé au cou. « C'était comment ?

— Je n'ai rien vu à part ses fichues moustaches. »

Son rire était aussi doux et clair que son chemisier. « Il n'a rien dit du tout ?

— Dalí ne parlait jamais, sinon pour provoquer. En public, du moins. »

La main de la jeune femme franchit une barrière invisible et se posa sur celle de Don Fernando. « Vous avez eu une vie si fascinante. »

Il haussa les épaules. « Plus que certains, j'imagine. Mais moins que d'autres. »

Les rayons obliques du soleil qui caressaient ses yeux les faisaient luire comme des diamants. « J'aimerais vous connaître mieux, Don Fernando. »

Il lui sourit sans retenue. C'était une bonne personne, pensat-il. Meilleure que la plupart. Mais Nicodemo savait choisir son entourage.

« Cela me convient, répondit-il. Plus que vous ne l'imaginez. »

*

Delia attendait Charles Thorne dans le hall des admissions. Pendant dix minutes, elle avait regardé les gens franchir dans les deux sens les énormes portes coulissantes du centre hospitalier de Virginie, tout en sirotant un café infect qu'elle avait imprudemment acheté au distributeur, dans le service de chirurgie.

Delia avait fait la connaissance de Soraya neuf ans auparavant. À l'époque, Soraya travaillait à la CIA sous les ordres de feu Martin Lindros, Delia vivait seule, se cherchait encore, et ne voulait pas s'avouer qu'elle aimait les femmes. La sexualité était d'ailleurs le seul aspect de la vie qui lui faisait vraiment peur. Pendant un temps, elle s'était même crue asexuelle. Son amitié avec Soraya avait changé tout cela.

On l'avait envoyée désamorcer un engin explosif découvert dans le périmètre de la Cour suprême. Soraya était déjà sur place et, avec plusieurs agents du FBI, tentait d'en savoir davantage sur le poseur de bombe. Était-ce un terroriste étranger ou un Américain ? Les deux options étaient aussi effrayantes l'une que l'autre.

Étant donné la complexité du mécanisme de mise à feu, Delia penchait pour un professionnel. Tout le monde s'était retiré à bonne distance, sauf Soraya.

« Vous devriez dégager d'ici, lui avait lancé Delia.

— Je ne vous laisserai pas seule, avait répondu Soraya.

— Si je rate mon coup et que ce truc explose... »

Soraya l'avait regardée dans les yeux, un très bref instant. « Raison de plus. » Puis elle avait produit le plus désarmant des sourires. « Mais vous allez réussir. »

Elle surgit brusquement de sa rêverie en voyant Thorne entrer à toute vitesse dans le hall, la mine défaite. « Elle a passé une bonne nuit après l'opération. C'est tout ce que je sais », lui dit-elle avant de l'emmener vers les ascenseurs, au bout du couloir au sol tapissé de linoléum.

« Et ce que tu m'as dit au téléphone ?

— ... n'est que la pure vérité, répondit Delia, comprenant à mi-mot.

— Il n'y a aucun doute ? » Il avait les yeux voilés, mais impossible de dire par quelle émotion.

« Avec combien d'hommes crois-tu qu'elle couchait, Charles ? »
Elle lui décocha un regard furieux. « Franchement, tu devrais
t'occuper d'elle.

— Oui, bien sûr. Je sais. », fit-il distraitement.

Les portes de l'ascenseur s'ouvrirent, un groupe de personnes en sortit, Charles et Delia entrèrent, et elle appuya sur
le bouton du troisième étage. Pendant la montée, ils gardèrent le
silence. La cabine sentait le désinfectant, une odeur écœurante et
douceâtre.

Quand ils descendirent au troisième, Delia dit : « Je te préviens.
Le secrétaire Hendricks est ici.

— Merde. Comment vais-je expliquer ma présence ?

— J'y ai réfléchi. Laisse-moi faire. »

Elle le conduisit dans le couloir feutré au bout duquel se dressait
la porte métallique donnant accès au service de chirurgie.

Thorne pencha la tête. « C'est là qu'ils l'ont opérée ? »

Delia hocha la tête.

Thorne se passa la langue sur les lèvres, de plus en plus livide.
« Et elle n'est pas encore réveillée ? Ce n'est pas bon signe.

— Ne sois pas négatif, répliqua Delia, agacée. La procédure
est délicate. Et ils la surveillent étroitement.

— Mais si jamais... ?

— Tais-toi ! », dit-elle en passant devant le garde du corps
du secrétaire, posté à l'entrée de la salle d'attente.

Hendricks se tenait le plus loin possible de la télé allumée sur
la chaîne CNN, mais sans le son. Il discutait au téléphone, tout
en gribouillant des notes sur un petit calepin en équilibre sur son
genou, et leva à peine les yeux quand ils entrèrent. Après un regard
dégoûté sur la pellicule huileuse qui flottait sur son café, Delia jeta
le gobelet à la poubelle.

Ils n'étaient pas encore assis quand Hendricks raccrocha et
tourna son regard vers eux. Il eut du mal à reconnaître l'homme
qui s'avançait vers lui.

Delia lui demanda : « Du nouveau ? »

Il secoua la tête, puis se tourna vers le journaliste.

« Charles Thorne ?

— Coupable », plaisanta Thorne, avant de réaliser qu'il venait peut-être de prédire l'avenir, en ce qui le concernait.

Les deux hommes échangèrent une brève poignée de main.

« Je dois admettre que je ne vois pas trop la raison de votre présence ici », dit Hendricks.

Delia intervint à point nommé. « Nous sommes amis, tous les trois, expliqua-t-elle avec un sourire forcé. Ce matin, je suis tombée sur Charles et il a insisté pour m'accompagner.

— Vous avez bien fait, répondit vaguement Hendricks. Soraya aura sans doute besoin de ses amis à ses côtés.

— Je ne veux pas qu'elle soit seule quand elle se réveillera », renchérit Delia.

Sur ces entrefaites, un membre de l'équipe chirurgicale se présenta à l'entrée de la salle, les regarda l'un après l'autre, et annonça : « J'ai des nouvelles. »

*

Tom Brick pilotait son Audi rouge flamme en direction du sud. Assis à côté de lui, Peter voyait défiler les paysages champêtres de Virginie sous un ciel toujours plus chargé. Le soleil de la veille n'était plus qu'un souvenir. Brick s'engagea sur la Ridgeway Drive, une sinueuse bande de bitume traversant des forêts touffues. De temps à autre, on apercevait au loin des toits de villas imposantes. Après un dernier virage à gauche, la route débouchait sur un cul-de-sac, un espace circulaire cerné de quatre maisons séparées par d'épais bosquets.

Brick s'engagea sur l'allée gravillonnée qui partait sur la droite et roula encore quelques dizaines de mètres entre des arbres à feuillage persistant, si bien que la route disparut au tournant suivant. On avait même l'impression qu'elle n'avait jamais existé. Ils étaient au milieu de nulle part, perdus en pleine nature.

Brick coupa le moteur de l'Audi et descendit en étirant ses membres, pendant que Peter examinait la bâtisse en brique et pierre taillée. Elle était immense, imposante, massive comme une forteresse. Du point de vue architectural, on pouvait la classer dans le style postmoderne : deux étages, corniches proéminentes, fenêtres monumentales, terrasse garnie de colonnes.

D'un pas guilleret, Brick grimpa les marches du perron, s'arrêta dans l'ombre projetée par le toit et lança : « Tu viens, Tony ? »

Se rappelant opportunément qu'il s'appelait Anthony Dzundza, Peter acquiesça d'un signe de tête et lui emboîta le pas. Les pièces du rez-de-chaussée étaient claires et spacieuses, les meubles bas, luisants, modernes – pâles comme des sépulcres blanchis.

« Tu veux boire un verre ? »

Peter avait presque oublié ce qu'il faisait là. Il prit le temps de récapituler. Tom Brick était l'homme vers qui Dick Richards avait couru quand Soraya lui avait dit que Nicodemo et Core Energy magouillaient ensemble.

« D'où tenez-vous cette information ? avait répliqué Richards. *Tom Brick est le PDG de Core Energy. »*

Et maintenant Peter – alias Anthony Dzundza – était coincé quelque part avec Brick. Soraya et lui auraient juré que Richards tenait ses ordres du Président, et de lui seul. Mais ils s'étaient fourvoyés puisque c'était vers Tom Brick qu'il s'était précipité. Il y avait un truc qui ne tournait pas rond. Mais quoi ? Richards était-il un agent triple ? Travaillait-il à la fois pour le Président et pour Brick ?

Peter suivit Brick dans le salon en forme de L. Il allait le rejoindre à gauche, près du bar, quand soudain il s'immobilisa, interloqué. Dans le recoin sur la droite, un homme le regardait, jambes légèrement écartées. Comme il avait retiré son veston, Peter voyait parfaitement la crosse du Glock dépasser du holster sanglé sous son bras gauche.

« Tony, dis bonjour à Bogdan. »

Mais Peter ne pouvait pas parler. Sa langue semblait clouée à son palais. Quant à Bogdan, il le dévisageait d'un air méprisant, debout à côté d'une chaise en bois ordinaire, parfaitement incongrue dans ce décor raffiné. Sur la chaise, un homme ligoté par des sangles était assis, de dos à Peter.

« Comme ils disent dans les films, choisis ton poison », dit Brick, occupé à inventorier les bouteilles.

Même s'il ne voyait pas son visage, Peter comprit aussitôt que l'homme sur la chaise n'était autre que Dick Richards.

Sans attendre sa réponse, Brick se tourna vers Peter et lui montra le verre en cristal ciselé qu'il tenait en main. « Je prends un whisky irlandais. Je te sers la même chose. »

Peter avait le plus grand mal à analyser la scène dont il ne pouvait pourtant détacher ses yeux, pendant que, derrière lui, Brick remplissait les deux verres d'alcool et les apportait.

Brick fit tinter le sien contre celui de Peter, puis s'envoya une bonne rasade dans le gosier. « *Cent' anni*, comme ils disent dans la mafia. » Il éclata de rire, suivit le regard de Peter et dit : « Viens par ici. J'ai un truc à te montrer. »

La mort dans l'âme, Peter se rapprocha de Bogdan et Richards. Ils étaient placés de telle manière qu'il était impossible de les voir depuis les fenêtres. Comme si quelqu'un avait eu l'idée de fureter dans le coin. Seul Peter était assez fou pour cela.

« Tu as envie de travailler pour moi, paraît-il, dit Brick sur un ton amical, comme s'il s'adressait à un égal dans un club ou sur un terrain de golf. Ce n'est pas si simple. Avant d'engager quelqu'un, je vérifie tout. Et je ne ramasse pas mon personnel dans la rue. Tu comprends mon dilemme, Tony. Je te suis très reconnaissant de m'avoir fourni cette info, mais d'où tu sors ? De la rue. »

Brick prit une petite gorgée de whisky, la fit rouler dans sa bouche avant de l'avaler. Puis il se fendit d'un sourire affable. « Mais je t'aime bien. J'admire ton style, alors voilà ce que je vais faire. » Il retira le Glock du holster de Bogdan et le tendit à Peter, crosse en avant. « Tu disais que tu voulais descendre Peter Marks, le patron de Dick ici présent. Belle initiative mais, à mon avis, tu aurais tort de t'en prendre à un type aussi haut placé. Ça risque de nous attirer des ennuis. Et on n'a pas envie de ça, hein ? » Il secoua le pistolet pour inciter Peter à l'empoigner, ce qu'il fit avec quelque réticence. « Non, je crois qu'il vaudrait mieux étouffer l'affaire dans l'œuf, trancher dans le vif – c'est comme ça que vous dites, vous les Américains, pas vrai ? Elle est pas belle mon idée ? Je te présente l'homme qui en sait trop. Bourreau, fais ton office », ajouta-t-il avec un sourire jusqu'aux oreilles. « Nous ne voulons pas le décevoir, n'est-ce pas ? »

*

À l'est, une bande rose grossissait tout doucement sur l'horizon. Stockholm n'était plus bien loin.

Pour rejoindre le continent, ils avaient dû se contenter d'une très faible luminosité mais, comme Bourne connaissait la baie pour y avoir navigué avec Christien, ils n'avaient pas eu trop de mal à regagner la rive et la voiture. Après qu'ils eurent ligoté Rowland sur la banquette arrière, Rebeka s'était assise à côté de lui pour le surveiller, pendant que Bourne prenait le volant.

Quelques heures plus tard, aux abords de la capitale, Bourne quitta l'autoroute par une bretelle, puis tourna sur la gauche, traversa des quartiers endormis et finit par s'arrêter près d'un terrain vague jonché de gravats et cerné par des barrières de chantier, dont le grillage bancal semblait avoir connu des jours meilleurs.

Bourne se retourna sur son siège et dit : « Faites-le descendre. »

Rebeka voulut poser une question, mais changea d'avis. Au lieu de cela, elle ouvrit la portière côté trottoir et fit sortir Rowland sans trop de ménagements. Le soleil allait bientôt se lever. Bourne coupa le moteur, descendit, contourna le capot, empoigna Rowland et le força à se pencher.

« Bourne, dit Rebeka, qu'allez-vous faire ? »

En guise de réponse, Bourne appuya sur la tête de Rowland ; les deux hommes passèrent l'un après l'autre par un trou dans le grillage. Parvenu de l'autre côté, Rowland tenta de fuir, mais avec deux orteils gelés, il ne courait pas, il clopinait. Bourne le rattrapa sans peine et, d'une violente bourrade sur la nuque, le précipita à genoux sur le sol. Son torse se mit à osciller comme s'il avait perdu le sens de l'équilibre.

Rebeka les rejoignit. « Bourne, ne l'abîmez pas trop. Maintenant qu'il a retrouvé la mémoire, il nous sera utile.

— Il ne dira rien, répliqua-t-il en le frappant une deuxième fois à la nuque. N'est-ce pas, Rowland ? » Quand il vit l'interpellé faire non de la tête, Bourne lui porta un méchant coup entre les omoplates. Avec un grognement bestial, l'homme s'étala dans la terre couverte de neige. Bourne se baissa, l'attrapa et le remit dans la position du pénitent.

Alarmée, Rebeka répéta : « Bourne, qu'est-ce que vous allez faire ?

— Taisez-vous », cria Bourne, emporté par une rage meurtrière. Non seulement cet individu avait tenté de le tuer mais, à en juger par son comportement dans la cabane de pêcheur, telle était sa mission depuis le départ. Pourtant ce qui le rendait fou de colère c'était que, contrairement à lui, Rowland avait retrouvé la mémoire. Depuis de nombreuses années – depuis qu'il avait failli se noyer en Méditerranée – il ne savait presque plus rien de sa vie d'avant. Il se souvenait juste qu'autrefois, il ne s'appelait pas Jason Bourne, qu'on l'avait obligé à endosser cette identité. Aujourd'hui, il *était* Jason Bourne, tout en demeurant fondamentalement un être errant, privé de passé, de famille, de maison. Il flottait dans des limbes à la recherche de... il ignorait même ce qu'il cherchait. Et ce type-là qui, selon Rebeka, tenait sa mission de *Jihad bis Saif,* venait de récupérer l'intégralité de ses souvenirs. Alors que lui aussi avait reçu une blessure à la tête, lui aussi avait manqué finir noyé. Cette injustice lui était insupportable ! Pris d'un nouvel accès de fureur, il se défoula sur Rowland, le frappant encore et encore.

— Bourne... Bourne, pour l'amour du ciel ! »

Rebeka dut employer ses deux mains pour lui saisir l'avant-bras droit et l'immobiliser. Ce qui ne l'empêcha pas de balancer un dernier coup de pied dans les reins de Rowland qui s'écroula sur le flanc.

Puis il se calma un peu et laissa Rebeka s'interposer entre lui et son souffre-douleur. Elle lui jeta un regard cinglant et s'accroupit pour aider Rowland à se relever. Un geste que Bourne trouva si intolérable qu'il frappa Rowland à l'arrière des genoux pour le faire retomber. Rebeka se redressa et fit un pas vers lui, bien déterminée à lui demander des explications.

Bourne devança sa question. « Il a été envoyé pour me tuer.

— Comme des tas d'autres, non ? dit-elle en cherchant son regard. Je sais parfaitement ce que vous ressentez.

— Je ne vois pas de quoi vous parlez», marmonna-t-il d'une voix sourde. Il était tellement las. Pire encore, il se sentait vidé de toute substance.

«Alors, faites comme si.» Elle ajouta, à voix basse : «À quoi servirait de le réduire en charpie ? Ce serait contre-productif.» Puis, comme pour s'assurer qu'il avait bien compris, elle répéta : «Ce serait contre-productif.»

Les yeux de Bourne s'éclairèrent ; il hocha la tête.

«Bon, occupons-nous de lui, dit-elle avec un sourire hésitant. Ensemble, nous réussirons peut-être à le faire parler.»

Ils s'accroupirent devant Harry Rowland qui les lorgnait entre ses paupières rougies.

«Je sais que tu travailles pour *Jihad bis Saif*», commença Rebeka. Elle voulait débuter l'interrogatoire à sa manière car elle ne faisait pas encore confiance à Bourne. «Et si l'on en juge par ton comportement, il semble évident que ta cible, c'est Bourne.

— En revanche, nous ignorons pourquoi», compléta Bourne en prenant exemple sur Soraya.

Rowland balança légèrement la tête, lécha ses lèvres couvertes de sang séché. «À ton avis, Bourne ?

— Vous représentez une menace pour leur réseau, glissa Rebeka à Bourne avant de se retourner vers Rowland. Pourquoi ?»

Il posa sur elle ses yeux injectés de sang. «C'est toi qui m'as fait ça. J'en pinçais pour toi, à Dahr El Ahmar. Toutes ces nuits qu'on a passées ensemble... Tu m'as fait oublier ma mission.» Il pencha la tête d'un côté. «Comment tu as fait ? Je ne comprends pas. Tu m'as ensorcelé ?

— C'est comme ça que les choses fonctionnent, Harry.» Rebeka lui posa doucement la main sur la cuisse. «Tu m'as joué la comédie, tu as menti. Moi, j'ignorais que tu appartenais à *Jihad bis Saif*. Je ne l'ai compris qu'à la fin.»

De nouveau, il s'humecta les lèvres. Il ne pouvait pas s'empêcher de la regarder. «Qu'est-ce qui s'est passé ? J'ai fait gaffe, pourtant. Qu'est-ce qui m'a trahi ?»

Les doigts de Rebeka se déplacèrent le long de sa cuisse. Elle comptait profiter du désarroi qu'elle percevait dans sa voix.

«Dis-moi pourquoi Bourne représente une menace pour le *Jihad bis Saif*.

— Le *Jihad bis Saif*, répéta-t-il avec un rictus. Tu ne sais rien de rien.» Curieusement, il riait presque.

«Alors éclaire-nous», répliqua Bourne d'abord en langue arabe, puis en pachtoune. Comme Rowland ne réagissait pas, Bourne poursuivit sur un ton volontairement méprisant. «Le *Jihad bis Saif* n'existe pas, avoue.

— Oh que si.»

D'un crochet au menton, Bourne fit disparaître son petit sourire suffisant. Rowland glapit, sa tête partit brusquement en arrière. Bourne l'attrapa au collet avant qu'il ne bascule et le gifla jusqu'à ce qu'il reprenne ses esprits.

«Je ne te crois pas.» D'une main de fer, il lui saisit la mâchoire. «On ne va pas y passer des heures. Soit tu craches le morceau, soit...»

Au même instant, un hélicoptère apparut au-dessus des toits, décrivant un cercle dans le ciel.

«Les flics? demanda Rebeka en plissant les yeux dans la pénombre de l'aurore.

— Je ne vois rien d'écrit dessus.» Bourne se leva et remit Rowland sur ses pieds.

L'hélicoptère oscillait, mais se dirigeait clairement vers eux. Il les prenait pour cible.

«On ferait mieux de se mettre à couvert», dit Bourne. Trop tard. L'engin les survolait déjà. On entendit claquer les premiers tirs de mitrailleuse. Des gerbes de neige sale mêlée de glace et de terre explosèrent autour d'eux. Bourne voulut déplacer Rowland mais le feu était trop nourri. L'ennemi avait clairement l'intention de les séparer. Rebeka courut se réfugier derrière un tas de gravats.

Avant de la rejoindre à couvert, Bourne essaya encore une fois de traîner Rowland avec lui. Une rafale de mitrailleuse l'en dissuada. L'hélicoptère se déplaçait mais restait à la même altitude. Quand la fusillade reprit, il comprit que c'était uniquement lui qu'on visait. Il plongea sous un amas de planches que les balles transformèrent en petit bois, roula sur lui-même et parvint à se mettre à l'abri, mais assez loin de Rebeka pour qu'elle n'essuie pas les tirs qui lui étaient destinés. L'appareil appartenait au réseau dont Rowland était membre et les hommes à son bord venaient sans doute le chercher.

Il se plaça en vol stationnaire sept mètres au-dessus du sol, une porte coulissa, quelqu'un lança une échelle de corde. Rowland, qui s'était vite redressé, clopinait à présent vers son salut. Il agrippa le premier échelon au moment où Bourne se faufilait plus avant sous les planches.

Les hommes remontèrent l'échelle et, dès que Rowland fut à leur portée, le hissèrent à bord. Puis l'appareil se remit en mouvement vers la zone où se planquait Bourne. La fusillade reprit, par rafales courtes mais intenses. Voyant que les planches ne tiendraient pas, il dut abandonner sa cachette.

Les balles faisaient gicler la neige derrière lui, se rapprochant toujours davantage. C'est alors qu'il entendit gémir des sirènes. Quelqu'un avait appelé les flics. Bourne vit les lumières clignotantes des véhicules de police ; elles tournaient au coin de la rue et fonçaient droit sur le chantier de démolition.

Les tueurs dans l'hélicoptère les virent également. Ils tirèrent une dernière rafale pour marquer le coup, puis l'appareil prit de l'altitude, s'inclina sur le flanc et s'éloigna vers le soleil levant.

11

MADEMOISELLE MOORE EST SORTIE DU BLOC OPÉRATOIRE. Elle est en salle de réveil », annonça le médecin. Les trois occupants de la salle d'attente soupirèrent en chœur.

«Elle va bien? demanda le secrétaire Hendricks.

— Nous avons réussi à diminuer la pression et à stopper l'hémorragie. Mais il faudra attendre vingt heures pour être vraiment fixé.

— Que voulez-vous dire?», s'énerva Thorne.

Très vite, Delia s'interposa entre lui et le chirurgien. «Comment va le bébé?

— Nous l'avons placé sous monitoring. Il y a de l'espoir.» L'homme était pâle, visiblement épuisé. «Mais je le répète, les prochaines heures seront déterminantes, aussi bien pour la mère que pour l'enfant.»

Delia dut respirer profondément pour pouvoir demander: «Donc vous ne prévoyez pas... d'intervenir sur...

— Non, rien de prévu pour l'instant», l'interrompit le chirurgien. Puis, s'adressant à tous: «Quand elle se réveillera, je pense que ça lui fera du bien de voir un visage familier.»

Hendricks s'avança. «Je vais...

— Avec tout mon respect, Monsieur, intervint Delia, si elle vous voit, elle pensera aussitôt à Peter. Or, il n'est pas là, n'est-ce pas?

— Non.» Hendricks se tourna vers le médecin. «J'aimerais beaucoup la voir, si cela ne vous ennuie pas.»

Le chirurgien acquiesça d'un hochement de tête. Il ne semblait pas très convaincu, mais comment refuser quoi que ce soit au secrétaire à la Défense ? « Juste un instant, Monsieur. »

*

« Je m'en veux énormément, dit Hendricks, penché sur la forme allongée de Soraya. Je n'aurais jamais dû vous demander une chose pareille. »

Les grands yeux sombres de la jeune femme erraient dans le vague. Elle essayait péniblement d'accommoder. Hendricks vit remuer ses lèvres : *Mon boulot.*

Il sourit, écarta une mèche humide qui semblait la gêner et aperçut le drain qui sortait du côté de sa tête, caché par des bandages. Elle était branchée à diverses machines qui surveillaient sa pression sanguine, les battements de son cœur, de son pouls. Malgré son évidente faiblesse et la pâleur de sa peau, elle semblait tenir le choc.

« Le boulot c'est une chose, dit Hendricks. Mais ça – ce qui vous est arrivé à cause du boulot – c'en est une autre. »

Elle était encore engourdie, mais il sentait que les effets de l'anesthésie se dissipaient tout doucement. La réponse qu'il venait de lui faire provoqua en elle une réaction de surprise. « Vous êtes au courant. »

Hendricks hocha la tête. « Les médecins ont dit qu'il ne fallait pas s'inquiéter. Le bébé va bien. »

Il vit une larme couler sur sa joue.

« Soraya, vous êtes allée trop loin avec Thorne. Et c'est moi qui vous y ai poussée.

— Je l'ai fait..., murmura-t-elle dans un souffle, ... de ma propre initiative. »

Le visage crispé par le chagrin, il bredouilla : « Soraya. Je...

— Pas de regrets. »

À cet instant, le chirurgien entra et mit fin à leur entretien.

*

En regagnant la salle d'attente, Hendricks sentit son portable vibrer au fond de sa poche. « Allons, bon. Le Président me réclame, dit-il à Delia dont l'expression trahissait l'anxiété.

— Comment va-t-elle ?

— Elle est faible, mais ça peut aller. » Il regarda autour de lui à la recherche de son manteau. Son garde du corps le lui tendit. « Écoutez, vous avez mon numéro de portable. Tenez-moi au courant.

— Promis.

— Bien. » Il enfila son manteau. « Je suis profondément soulagé. »

Delia se laissa de nouveau happer par ses souvenirs. Elle revit le jour où elle avait fait la connaissance de Soraya. Après le désamorçage de la bombe, les deux femmes avaient passé le relais à l'équipe de déminage et réintégré leurs bureaux respectifs. Mais dans la soirée, Delia avait reçu un appel de Soraya, lui proposant de la rejoindre pour prendre un verre.

Elles s'étaient retrouvées dans un bar obscur et enfumé qui sentait la bière et le bourbon.

Soraya lui avait pris la main. « Je n'ai jamais rien vu de tel. Vous avez les doigts d'une artiste. »

Delia était restée bouche bée. Dès l'instant où Soraya lui avait touché la main, elle avait senti un picotement remonter tout au long de son bras, redescendre en suivant la colonne vertébrale et aboutir là où elle s'était crue insensible. C'est ainsi qu'elle découvrit qu'elle avait un sexe, tout compte fait. Aujourd'hui, elle était encore incapable de se rappeler ce qu'elles s'étaient dit dans ce bar. La soirée s'était prolongée dans le restaurant d'à-côté. Et là, elles s'étaient raconté leurs vies, ce dont Delia se souvenait très bien, en revanche. L'une et l'autre se sentaient étrangères dans cette société. Elles n'appartenaient à aucune coterie, ne couraient pas après les mondanités. Et pourtant, à Washington, quand on voulait faire carrière, on devait commencer par s'inscrire dans tous les clubs possibles et imaginables.

« Nous le sommes tous », répondit Delia au secrétaire Hendricks. Mais elle était toujours sous le choc.

*

Silence, à part l'aboiement d'un chien dans le lointain. Immobilité, à part une voiture qui démarrait quelque part.

« Alors ? »

Peter sentit le regard de Brick s'abattre sur lui comme un marteau.

« Agis ! »

Peter saisit Dick Richards par le menton et lui releva la tête pour le regarder dans les yeux. « Oui, c'est vrai – j'ai envie d'un poste dans votre société. » Au fond des yeux de Richards, il vit que toutes ses paroles avaient bien été enregistrées. Richards avait compris que pour Tom Brick, Peter s'appelait Tony. Il ne fallait pas être grand clerc pour saisir que Peter était infiltré. Mais pouvait-on se fier à un agent triple ? À quel bord appartenait Dick Richards, tout compte fait ? Peter se dit qu'il était temps de le découvrir.

Il lui lâcha le menton, sortit le chargeur du Glock et s'aperçut qu'il était vide. Dans la chambre, il restait une balle. Brick voulait-il qu'il exécute Richards avec une seule balle ?

Son futur employeur l'observait attentivement. « Tu m'as ordonné d'agir, alors… », dit Peter en prenant le pistolet par le canon pour le rendre à Bogdan, lequel eut l'air contrarié, comme s'il avait espéré assister à une belle exécution bien sanglante. Comme un chien de chasse doit courir tous les jours pour rester en forme, Bogdan avait peut-être besoin de sa dose quotidienne de tuerie.

Peter se tourna vers Tom Brick, les deux hommes se regardèrent longuement dans les yeux et, soudain, Brick éclata de rire. « Eh ben, mon salaud, t'as une sacrée paire de pralines ! », s'exclamat-il avec un accent cockney à couper au couteau.

Peter cligna les yeux. « De quoi ?

— Des couilles, autrement dit ! traduisit Bogdan sur un ton étonnamment docte. Les cockneys adorent le langage imagé. C'est dans leur nature. »

Brick désigna Richards et, retrouvant son accent classique, commanda : « Bog, détache le petit con, tu veux ? Et après, jette donc un œil dehors, juste histoire de vérifier qu'on est tranquilles, peinards. Sois gentil. »

Raide comme la justice, Richards regarda Bogdan lui ôter ses liens, charger le Glock et le remettre dans son holster. Il attendit que le tueur quitte la pièce et, quand il entendit la porte se refermer, se leva tout doucement, en tremblant sur ses jambes comme un poulain esquissant ses premiers pas.

Voyant son état, Brick se rapprocha du bar et lui versa une bonne dose de whisky. « Tu veux de la glace ?

— Ouais, je veux bien. » Au lieu de le regarder, Richards gardait les yeux braqués sur Peter. Il le suppliait en silence.

Peter, qui tournait le dos à Brick, forma des mots avec les lèvres : *Fais-moi confiance*, et fut soulagé de voir Richards hocher imperceptiblement la tête. Cela signifiait-il que la réciproque était vraie ? Il était trop tôt pour l'affirmer. Mais son expression le confirmait dans ses soupçons : Richards travaillait à la fois pour Brick et pour le Président. Peter lui aurait bien tordu le cou dans la seconde, mais il se contrôla. D'abord, il fallait obtenir des réponses, songea-t-il. Savoir pourquoi Richards se livrait à ce jeu dangereux, et quel était l'intérêt de Brick dans cette affaire.

Brick tendit son verre de whisky à Richards et s'écria sur un ton enjoué : « À la tienne, mon gars ! »

Puis, à l'intention de Peter : « Tu sais, je t'aurais jamais laissé lui loger une balle dans la tête. » À ces mots, Richards avala son whisky de travers. « Non, ce petit con est trop précieux. » Il observa Peter. « Tu veux que je te dise ? »

Peter prit l'air intéressé.

« Pour ce qui est de craquer des codes informatiques ou d'en créer, c'est un vrai génie. Pas vrai, Dick ? » Richards opina du bonnet, les yeux débordants de larmes.

« C'est ça, son boulot chez Core Energy ? demanda Peter. Il craque des codes ?

— T'imagines pas l'espionnage industriel qu'on subit. Et à notre niveau, c'est sacrément grave, permets-moi de te le dire. » Brick reprit une petite gorgée de son excellent whisky irlandais. « Qu'est-ce qu'on ferait sans ce petit con ? » Il souligna ses paroles d'une bonne bourrade dans le dos de Richards.

« Les gars comme lui sont aussi rares qu'un cheveu sur la tête d'un chauve. »

Richards parvint à esquisser un sourire mi-figue mi-raisin.

« Anthony Dzundza, je te présente Richard Richards. »

Les deux hommes se serrèrent la main d'un air solennel.

« Bon, si on se taillait une petite bavette, maintenant ? », lança Brick.

Comme les trois hommes marchaient vers les canapés d'angle qui suivaient la forme en L du salon, Bogdan revint de sa tournée d'inspection. Il adressa un signe de tête à Brick qui l'ignora complètement.

« J'aimerais qu'on me fasse des excuses, intervint Richards pendant que Brick et Peter s'asseyaient confortablement.

— Ne sois pas stupide. » Brick agita la main. « Tu vas devenir rasoir. »

Mais Richards n'en démordait pas. Il restait planté là, les poings serrés, à regarder son patron d'un air furieux. *À moins que ce caprice ne me soit destiné,* songea Peter.

Brick finit par se laisser fléchir. Il renifla. « Oh, bordel de bordel, dit-il en prenant Peter à témoin comme dans une pièce de théâtre. Qu'est-ce qu'il ne faut pas faire, de nos jours, pour satisfaire le personnel. »

Puis il grimaça un sourire à l'intention de Richards. « Désolé de t'avoir joué cette méchante blague. Mais c'est la bonne vieille méthode. Il fallait bien que je voie ce que Tony avait dans le ventre. Tout ça, c'est le boulot.

— Pas le mien, bon sang !

— Là, tu commences à devenir fatigant. » Il soupira. « J'ajouterai une petite prime à ton salaire, ça te va ? »

Toujours fâché, Richards alla s'asseoir le plus loin possible des deux autres, sans pour autant risquer une remarque.

« Tu sais, c'est bizarre, dit Brick à Peter. Mais Dick ne m'a jamais déçu. Pas une seule fois. C'est un bon investissement. Tu devrais méditer là-dessus, Tony, ajouta-t-il en le dévisageant. Un objectif pour toi. » Il sourit. « Tout le monde a besoin d'un but dans la vie.

— Je suis très motivé, Tom. »

Brick se renfrogna soudainement. «Personne ne m'appelle Tom.»

Un ange passa. L'atmosphère devint rapidement irrespirable.

Peter décida de rompre le silence. «Je ne m'excuse que lorsque je commets une erreur.

— C'était une erreur.

— Ce serait une erreur si j'avais su que c'en était une.»

Brick le dévisagea. «Est-ce qu'on va sortir nos bites pour les mesurer?

— Je sais d'avance qui l'emporterait.»

Au lieu d'attiser son ressentiment, cette réplique l'amusa beaucoup. Brick éclata de rire et menaça Peter d'un index faussement vengeur. «Maintenant, je comprends mieux pourquoi tu m'as plu dès le début.» Il se tut, contempla le plafond comme s'il s'émerveillait devant le mystère infini des étoiles dans la nuit, et quand son regard retomba sur ses compagnons, on put constater qu'il venait de passer à un tout autre registre. Le Britannique hâbleur avait tiré sa révérence.

«Les temps ont changé, commença-t-il. Certes, ce n'est pas très nouveau, mais aujourd'hui, ils changent en notre faveur. Les événements sont de plus en plus tranchés, déterminants; il n'y a plus de place pour les compromis. En d'autres termes, la société se divise entre tigres et agneaux. Rien de nouveau sous le soleil, encore une fois, à ceci près que les tigres d'aujourd'hui sont faibles, alors qu'autrefois ils montraient les crocs. Il suffit de se pencher un instant sur l'histoire des guerres depuis les débuts de l'humanité pour comprendre cela. De nos jours, les tigres sont têtus, ils campent sur leurs positions. Tant mieux pour nous. Plus ils s'entêtent, plus ils sont faciles à manipuler, à discréditer. Du coup, les moutons errent dans la prairie, sans personne pour les diriger, en attendant qu'on les égorge.» Il fit un large sourire. «Et c'est là que nous intervenons.»

Dieu du ciel, pensa Peter, *dans quoi me suis-je fourré?* Puis, sans remuer un muscle du visage, il demanda: «Comment les égorgez-vous, précisément?

— On ne laisse pas ça au barbier, comme autrefois. Il est important que nous soyons en première position.

— Oui, je comprends bien, mais qui entendez-vous par nous ? »
Peter avait à peine terminé sa phrase qu'il devina son erreur.

« Pourquoi tu poses cette question ? » Brick se pencha vers lui
comme un prédateur renifle sa proie. On le sentait prêt à mordre.
Peter devait à tout prix détourner ses soupçons. « J'aime bien
savoir pour qui je bosse.

— Tu bosses pour moi.

— Core Energy.

— Tu auras une position officielle à l'intérieur de la compagnie.
Évidemment.

— Mais je n'y travaillerai pas.

— Pourquoi tu y travaillerais ? » Brick écarta les mains.
« Qu'est-ce que tu connais à l'énergie ? » Il agita la main comme
s'il effaçait une ardoise. « Peu importe, ce n'est pas pour ça que
je t'ai engagé.

— Je suppose que ce n'est pas non plus pour cela que tu as
engagé Richards. »

Brick sourit. « Tu ferais mieux d'économiser ton insolence,
fiston, sinon tu risques de tomber sur un os. » Tout à coup, sa voix
s'adoucit. « Laisse-moi te poser une question, Tony. Si tu fais bien
ton boulot, c'est la seule que je te poserai jamais. Est-ce que la fin
justifie les moyens ?

— Parfois, répondit Peter. À mon avis, les gens qui voient
le monde en noir et blanc se plantent. La vie est un assortiment
de gris, chacun suivant ses propres règles. »

Brick l'écoutait en se tapotant les lèvres avec l'index. « Ça me
plaît, mon vieux. Je n'ai entendu personne le dire comme ça. Cela
dit, tu as tort. En tout cas, pour ce qui nous occupe en ce moment.
Tout ce qui nous intéresse, ce sont les moyens. Nous demandons
– nous exigeons – des résultats. Si un moyen ne produit pas le
résultat désiré, on en change. Tu comprends ? Pas de fin ; seulement des moyens.

— C'est bien beau la philosophie, renchérit Peter, mais je n'ai
toujours pas compris ce que nous faisons.

— Je vais te donner un exemple. » Brick leva un doigt. « Bon.
Prenons l'actualité récente : le tremblement de terre et le tsunami
au Japon. Ils ont dû fermer quatre réacteurs indispensables.

Du coup, pendant des mois, il a fallu que Tokyo et d'autres grandes villes réduisent leur consommation de manière drastique. Même dans les immeubles de bureaux, les sièges des grandes compagnies. Les gens devaient régler la climatisation sur 27 °C. minimum. Tu sais ce que cela signifie de travailler quand il fait 27° ? En costume-cravate ? Alors, les codes vestimentaires se sont assouplis. Grave entorse aux conventions sociales japonaises. À présent, ils en sont à se demander s'ils ne vont pas revenir aux carburants fossiles, plus chers et plus polluants. On ne bouge plus, l'heure du choix a sonné : soit ça, soit la catastrophe économique. C'est là qu'on entre en scène avec une offre d'énergie bon marché. Que peut faire le gouvernement japonais à part dire oui ? Ils ont carrément sauté sur l'occasion.

« Comme je disais, c'est un exemple, mais très révélateur. Core Energy leur fournira désormais une énergie constamment disponible, fiable et à un prix abordable.

— D'accord, je pige, dit Peter. Mais dans le cas du Japon, vous avez raflé le marché suite à un hasard de la nature, un événement unique que personne ne pouvait prévoir.

— C'est l'impression que ça donnait, hein ? » Un grand sourire s'étira sur le visage de Brick. « Seulement voilà, l'ordre naturel des choses n'était pour rien dans la fonte du cœur du réacteur. Il s'agissait d'une erreur humaine. Les réacteurs avaient douze ans d'âge. Leur système de refroidissement d'urgence dépendait encore de l'électricité, alors que les versions récentes utilisent la force de gravité : de l'eau se déverse sur le cœur afin de l'inonder et refroidir les barres de combustible, même en cas de coupure de courant.

— Je ne suis pas sûr de comprendre, insista Peter.

— Nous tirons avantage de la cupidité humaine, fiston. Les inspecteurs nucléaires, certains cadres dirigeants ont été, hum, très encouragés à détourner le regard. »

Peter mit quelques secondes à réaliser l'horreur de ce qu'il venait d'entendre et, quand il en prit toute la mesure, il eut un haut-le-cœur. « Est-ce que... ?, bafouilla-t-il, trop sidéré pour trouver ses mots. Est-ce que cela signifie que Core Energy est à l'origine de cet épouvantable désastre ?

— Eh bien, je n'irai pas jusque-là. Ce qui est sûr, c'est qu'on a donné un bon coup de pouce. Prends un autre exemple : la France. Leur électricité est produite à 80 % par des centrales nucléaires, mais nous n'avons pas encore trouvé le moyen de détruire leurs réacteurs comme nous l'avons fait au Japon. En revanche, ce pays — et ses voisins européens — reçoit son gaz naturel de Russie, via un gazoduc. Maintenant, d'après toi, que se passera-t-il si ce gazoduc cesse de fonctionner, suite à des dommages ou à sa fermeture ? Qu'est-ce qui arrivera si les soi-disant printemps arabes débouchaient sur le blocus du canal de Suez ou du golfe d'Akaba ? Le fameux choix se représentera : catastrophe économique ou contrat avec Core Energy. Tu vois où je veux en venir ? Toutes les autres compagnies énergétiques cherchent à contrôler l'approvisionnement. Nous, c'est le contrôle de la demande qui nous intéresse. Et voilà pourquoi nous occupons aujourd'hui une position de leader sur le marché. »

Devant l'air abasourdi de Peter, Brick crut bon d'ajouter : « Oh, rassure-toi, tous les membres de Core Energy bénéficient d'une impunité totale. Nous avons monté — quel est le bon terme ? — un département spécial qui opère en sous-marin, pour traiter ces affaires-là. Ce sont eux qui créent les opportunités et font en sorte que notre société étende son domaine d'action. C'est là que tu interviens, mon vieux. Pourquoi tu crois que je t'ai embauché ? »

*

Toujours caché sous le tas de planches déchiquetées par les balles, Bourne vit plusieurs véhicules de police dépasser le chantier de démolition pour tenter de suivre le couloir de vol de l'hélicoptère. Un seul prit la direction du terrain vague, suivi d'une ambulance. Ayant déjà repéré les lieux, Bourne savait qu'ils devraient passer par l'unique brèche dans la barrière.

Il sentit quelque chose bouger à la périphérie de son champ de vision. Rebeka venait d'émerger de l'amas de décombres qui lui avait servi d'abri. Bourne passa la tête et, quand elle l'aperçut, il lui fit signe de le rejoindre, ce qu'elle fit en rampant à moitié, après s'être assurée que personne ne la voyait. Pendant ce temps, Bourne fouilla les débris accumulés sous les planches et tomba sur deux pots de peinture qu'il entreprit de ramener vers lui.

Les véhicules se rapprochaient ; les flics n'allaient pas tarder à boucler le périmètre. Il fallait agir vite. Pas question de se faire prendre et interroger comme témoin, ou pire, comme suspect dans une enquête de police. L'usage d'armes à feu était sévèrement sanctionné dans ce pays. Il y aurait une enquête interminable, sans parler de la garde à vue.

Rebeka s'accroupit près de lui. « Je n'ai rien trouvé d'inflammable, murmura-t-elle.

— Moi si. » Il lui montra les deux pots cabossés contenant encore assez de peinture pour démarrer un feu.

Il se chargea d'ouvrir les couvercles, posa les bidons sous des planches qui pouvaient servir de cheminée et les disposa de façon à obtenir un bon tirage. Avec un briquet, Rebeka enflamma la peinture, puis ils retournèrent se cacher. Le bois sec prit feu presque immédiatement.

Ayant repéré les flammes et la fumée, les flics et les ambulanciers franchirent la barrière grillagée et coururent jusqu'au lieu de l'incendie. Bourne et Rebeka avaient eu le temps de s'éloigner d'une cinquantaine de mètres.

« Pas mal comme diversion, dit-elle, mais nous ne sommes pas encore sortis d'ici. »

Bourne la guida le long de la barrière jusqu'à une zone à couvert, puis il lui tendit un morceau de bois et lui dit : « Creusez. »

Pendant qu'elle s'exécutait, il empoigna la base du grillage pour tenter de le soulever. Impossible.

« Arrêtez », dit-il.

Changeant de tactique, il s'attaqua à l'un des montants verticaux. En deux coups de pied bien assénés, il parvint à tordre le piquet de métal. Le grillage devant eux était à présent franchissable. Ils glissèrent les doigts entre les fils de fer, grimpèrent au sommet, sautèrent de l'autre côté et détalèrent.

*

« Le problème, dit le Dr Steen, c'est que Soraya a trop attendu. »
Il regardait Delia comme s'il avait affaire à une imbécile. « Elle
a tellement attendu qu'elle a fini par faire une attaque cérébrale.
Si elle avait suivi mes conseils...

— Elle ne l'a pas fait », le coupa Delia. Elle détestait le ton
condescendant qu'adoptaient les médecins pour s'adresser au
commun des mortels. « Poursuivons. »

Le Dr Santiago, le chirurgien qui dirigeait l'équipe dédiée
à Soraya, s'éclaircit la voix. « Allons discuter dans un endroit plus
tranquille, voulez-vous ? »

Une infirmière avait conduit Delia et Thorne dans l'espace
interdit regroupant les blocs opératoires et les salles de réveil,
derrière une lourde porte en métal. Ils suivirent le Dr Santiago
dans un compartiment de réveil pour l'instant inoccupé, un
genre d'alcôve exiguë, étouffante, dégageant une forte odeur
de désinfectant.

« Alors, fit Delia, que les pronostics contradictoires commençaient à agacer. On vous écoute.

— En tout premier lieu, dit le Dr Santiago, l'œdème a fui, ce qui
a entraîné une hémorragie. Nous avons pu la juguler ; maintenant,
nous évacuons l'excès de fluide cervical via un drain. Nous avons
fait tout ce qui était en notre pouvoir. Il ne reste plus qu'à attendre
que son corps fasse le reste.

— Est-ce que le fœtus lui fait courir un danger particulier ?

— Le cerveau est un organe éminemment complexe.

— Contentez-vous de me répondre, nom de Dieu !

— Je pense que oui.

— Un grave danger ?

— Impossible à déterminer. » Le Dr Santiago haussa les
épaules. Il avait un physique assez agréable, avec ses yeux noirs
et son nez en bec d'aigle. « Disons qu'on aurait pu se passer
de cette... complication.

— Je suis sûre que Soraya n'est pas de cet avis. » Un silence
gêné accueillit sa repartie. Elle le laissa se prolonger, avant de
lâcher : « Je veux la voir.

— Bien sûr. » Les deux médecins semblaient soulagés que
l'entretien se termine. Comme la plupart de leurs homologues,

ils détestaient se sentir impuissants, et plus encore admettre qu'ils l'étaient.

Delia les regarda sortir et se tourna vers Thorne. « J'y vais la première. »

Il acquiesça, puis, tandis qu'elle s'éloignait, ajouta : « Delia, je veux que tu saches... » Sa voix s'étrangla dans sa gorge.

« Laisse tomber, c'est à elle qu'il faudra dire ça. D'accord ? »

Il hocha encore la tête.

Delia suivit le Dr Santiago qui l'attendait derrière la porte. « Par ici. »

Le couloir qu'ils longèrent semblait unique en son genre, comme coupé du reste de l'hôpital. Le chirurgien s'arrêta devant un rideau et s'effaça.

« Cinq minutes. Pas plus. »

Son cœur battait follement dans sa poitrine, comme s'il souffrait pour Soraya. Incapable d'imaginer ce qui l'attendait derrière, Delia écarta le rideau et entra dans la chambre.

12

« **V**OTRE VOITURE.
    — ... est immatriculée au nom de la société que dirige
mon ami, dit Bourne. C'est lui qui répondra aux questions de la police. »

Rebeka jeta un coup d'œil derrière eux. Personne ne les suivait.

« J'ai un petit appartement dans le coin, dit-elle. On pourrait s'y planquer le temps de décider ce que nous allons faire.

— J'ai une meilleure idée. »

Ils traversaient un quartier résidentiel dont les rues se remplissaient rapidement car c'était l'heure de partir au travail. Bourne sortit son portable pour joindre Christien.

« Bon sang, mais qu'est-ce que vous avez fait, Aleph et toi ? bourdonna la voix de Christien dans son oreille. La police ne cesse de m'appeler.

— Il a retrouvé la mémoire et prétend s'appeler Harry Rowland. Je n'ai rien pu faire. » Bourne lui exposa brièvement les événements de la veille à Sadelöga. Il mentionna Rebeka, mais comme une amie à lui, car il ne voulait pas compliquer les choses davantage ni éveiller les soupçons de Christien.

« Merde alors, s'exclama Christien. J'espère que vous êtes sains et saufs ?

— Oui. Nous avons seulement besoin de retrouver la trace de l'hélicoptère.

— Êtes-vous dans un endroit sûr ? »

Bourne avisa un café ouvert pour le petit déjeuner. «Maintenant oui.»

Christien nota l'adresse du café à Gamlan Stan, conseilla à Bourne de ne pas bouger, et lui promit de venir très vite les chercher.

En entrant, ils commencèrent par effectuer une tournée de reconnaissance, repérèrent une issue de secours au fond de la cuisine, puis choisirent une table dans un coin d'où l'on voyait parfaitement les entrées et les sorties.

Une fois leur commande passée, Bourne aborda le sujet qui lui tenait à cœur : «Rebeka, dites-moi comment le gouvernement israélien a pu installer une unité de recherches à Dahr El Ahmar.»

Rebeka se raidit en entendant les mots "unité de recherches". «Donc, vous êtes au courant.

— Je pensais que vous m'aviez conduit dans un campement servant d'avant-poste au Mossad en territoire libanais.»

Il attendit que le serveur dépose les cafés et les viennoiseries.

«Mais quand j'ai redécollé pour échapper à vos amis, j'ai compris mon erreur. Les troupes du Mossad ne sont là que pour protéger l'unité de recherches.»

Rebeka ajouta du sucre à son café. «Qu'est-ce que vous avez vu?

— J'ai vu le filet de camouflage. J'étais assez bas pour remarquer le bunker en dessous. J'imagine que c'est là qu'ils mènent leurs expériences. Mais pourquoi au Liban? En Israël, leur sécurité serait bien mieux assurée.

— En êtes-vous si sûr? demanda Rebeka en penchant la tête. Nos ennemis n'ont aucune raison de soupçonner la présence d'une unité de recherches israélienne sur le sol libanais.»

Bourne la fixa du regard. «Ils n'auraient même pas l'idée de chercher.

— Exactement.

— Que contient ce laboratoire fortifié? Sur quoi travaillent-ils?»

Trois clients entrèrent dans le café, un autre en sortit. Rebeka remit un morceau de sucre dans sa tasse et la porta à ses lèvres, tout en contemplant vaguement l'espace entre Bourne et la porte. Elle réfléchissait, pesait le pour et le contre.

Finalement, elle se décida : « Avez-vous déjà entendu parler de SILEX ? »

Il fit un geste négatif.

« Voilà des dizaines d'années, certains ont émis l'hypothèse que l'extraction de l'U-235, l'isotope servant à la fabrication des barres de combustible à l'uranium enrichi, pouvait s'effectuer par le biais de lasers. Pendant un bon bout de temps, cette théorie a été très en vogue, mais sa mise en pratique s'est révélée problématique. Trop onéreuse, peu fiable. Puis, en 1994, deux physiciens nucléaires ont mis au point la méthode SILEX, c'est-à-dire la séparation des isotopes par excitation laser. Les Américains contrôlent ce procédé, et un projet centré sur SILEX est actuellement à l'étude. À Dahr El Ahmar, nous avons mis au point une procédure parallèle et, si les tests sont entourés d'un tel secret, c'est que nous craignons qu'elle ne tombe entre les mains de groupes terroristes ou de nations telles que l'Iran, qui pourraient l'utiliser pour fabriquer des armes nucléaires. »

Bourne réfléchit un instant. « C'est pour voler cette technologie que Rowland était à Dahr El Ahmar.

— C'est ce que je croyais. Mais en fin compte, Harry ignorait tout de la véritable vocation du site. Il savait juste qu'on y menait des expériences. Non, c'était vous qu'il recherchait, et l'ironie veut qu'en le pourchassant, je l'aie conduit droit vers vous.

— Vous ne pouviez pas deviner. »

Elle fit la grimace.

Dehors, dans la rue, ils virent passer une longue voiture noire qui roulait plus lentement que les autres. Fallait-il s'en préoccuper ? Ou pas ? Ils gardèrent les yeux posés sur la porte vitrée du café. Deux vieilles dames entrèrent, s'installèrent à une table ; un homme bien habillé, avec un iPad sous le bras, se leva et sortit ; une jeune mère et son enfant entrèrent et cherchèrent de la place. Les trois serveurs arpentaient la salle. Quelques minutes s'écoulèrent paisiblement. Rebeka se détendit.

« Je prends un risque en vous disant cela, reprit-elle.

— Le colonel Ben David est déjà persuadé que je connais le secret de Dahr El Ahmar. La vraie question est : pourquoi Harry Rowland était-il chargé de me tuer ?

— Comment cela ? Vous pensez que tout est lié ?

— Nous ne pouvons exclure cette possibilité avant de connaître les intentions de ce réseau.

— Et pour cela, nous avons besoin de retrouver Harry. »

Bourne hocha la tête. « L'hélicoptère qui est venu le chercher est notre seule piste. »

Rebeka fronça les sourcils. « Que proposez-vous de... »

Elle ne termina pas sa question, deux policiers en uniforme venaient de franchir le seuil. Ils dévisageaient les clients.

*

Martha Christiana était assise à côté de Don Fernando, dans un jet privé. Elle était habituée à marcher sur la corde raide – en fait, elle aimait cela. Mais pour la première fois depuis qu'elle faisait ce métier, elle ne savait pas trop où elle mettait les pieds. Don Fernando était un client plus complexe qu'elle ne l'aurait cru.

D'abord, cet homme était une énigme à lui tout seul. Ensuite, il se comportait différemment des autres vieux messieurs qu'elle avait pu rencontrer. Il débordait d'énergie et, loin d'être engoncé dans les souvenirs du passé, s'intéressait activement aux nouvelles technologies. Mais avant tout, il considérait l'avenir avec enthousiasme, impatient de relever de nouveaux défis. La plupart des hommes de son âge, ayant dépensé leurs réserves d'énergie créatrice, aspiraient à une vie plus confortable et préféraient se mettre en retrait pour regarder de loin le présent s'agiter devant leurs yeux, mais sans rien y comprendre. L'intérêt de Don Fernando pour les dernières innovations scientifiques était d'autant plus remarquable.

Elle le trouvait séduisant, aimait son érudition et sa finesse d'esprit. Il l'attirait comme le soleil attire une planète. Tout en l'intriguant, les points communs qu'ils s'étaient découverts la soulevaient d'enthousiasme ; ils étaient comme un baume. Elle se sentait heureuse en sa compagnie. Mais en attendant, elle n'accomplissait pas sa mission. Elle en était consciente, sans parvenir à réagir. N'ayant jamais connu pareille situation, elle ignorait comment y remédier.

Il y avait encore autre chose : Don Fernando lui évoquait certains souvenirs de son adolescence, avant son séjour à Marrakech, avant qu'elle ne quitte le foyer familial. Elle revoyait les tempêtes, les vagues gigantesques qui frappaient le promontoire sur lequel leur phare était planté comme un clou de taille colossale. Était-ce Don Fernando lui-même qui lui rappelait cette époque de son existence, ou bien le fait que son avion ait mis le cap sur Gibraltar ?

« J'aimerais vous emmener dîner quelque part, lui avait-il dit quelques heures auparavant.

— Dans quel genre d'endroit ? avait-elle répondu. Comment dois-je m'habiller ? » Elle portait une jupe étroite noire et un boléro brodé assorti sur un chemisier en soie blanc cassé, fermé au col par une broche ovale en onyx.

« C'est une surprise. » Les yeux de Don Fernando scintillèrent. « Quant à votre tenue vestimentaire, venez comme vous êtes. Ce sera parfait. »

La plus grosse surprise, ce fut l'avion qui les attendait sur un aérodrome privé de la banlieue parisienne. Don Fernando ne lui avait révélé leur destination qu'après le décollage.

Le cœur battant, elle s'était exclamée : « Mais qu'y a-t-il à Gibraltar ?

— Vous verrez bien. »

Ils venaient d'atterrir et se dirigeaient vers la voiture garée en bout de piste. Dès qu'ils furent montés, le chauffeur de Don Fernando roula en direction de la mer, le long d'une côte qu'elle connaissait par cœur. Vingt minutes plus tard, le phare apparut à l'horizon, sa silhouette familière se découpant au sommet du promontoire de son enfance.

« Je ne comprends pas. Pourquoi venir ici ?

— Vous êtes fâchée ?

— Je ne vois pas comment vous... Je ne vois pas... Non, je... »

La voiture s'arrêta. Le phare les dominait de toute sa hauteur.

« Il est automatisé, aujourd'hui. Cela fait des années, d'ailleurs, dit Don Fernando quand ils descendirent du véhicule. Mais il fonctionne toujours et sert toujours à la même chose. »

Ils marchèrent vers le côté ouest du phare et, au bout de quelques centaines de mètres, s'arrêtèrent devant des tombes. Elle lut l'inscription gravée sur celle de son père.

« Pourquoi avez-vous fait cela, Don Fernando ?

— Vous êtes fâchée. Je le vois. Peut-être ai-je eu tort. » Il lui prit le coude d'un geste délicat. « Venez. On s'en va. »

Mais Martha ne bougeait pas. Elle libéra son coude tout aussi délicatement et se rapprocha de la stèle. Quelqu'un avait déposé un bouquet dans un seau en zinc, mais les fleurs étaient fanées à présent, et leurs pétales presque tous détachés.

Le regard rivé sur la pierre recouvrant la dépouille de son père, elle s'agenouilla soudain pour toucher la terre. Un mouvement dont elle fut la première étonnée. Quelques nuages filaient dans le ciel d'azur. Les oiseaux de mer qui volaient en cercles semblaient échanger des cris d'alarme. Elle leva la tête, aperçut un nid d'aigle et songea à sa famille, au foyer qu'elle avait fui.

Puis elle fit un geste étrange. Elle dégrafa la broche qui fermait son chemisier, creusa un petit trou dans la terre, y déposa le bijou puis, lentement, presque avec déférence, le combla et mit sa main à plat dessus pour sentir encore sa présence, pareille à un battement de cœur.

Quand elle se redressa, Don Fernando lui proposa : « Voulez-vous entrer ? »

Elle refusa d'un signe de tête. « Ce n'est pas chez moi. »

Don Fernando acquiesça, il comprenait parfaitement. Au lieu de l'ennuyer, cette nouvelle illustration de leur entente tacite la réconforta. Elle glissa son bras sous le sien et le conduisit au bord de la falaise. En dessous, la mer gonflée projetait ses gerbes d'écume sur les dents de granit.

« Quand j'étais petite, j'aimais venir jusqu'ici pour voir les vagues se briser sur les rochers. On aurait dit des plaques de verre friable. Elles me rappelaient ma famille. Cela me rendait triste.

— Voilà pourquoi vous êtes partie. »

Elle hocha la tête. Ils revinrent s'asseoir dans la voiture et, pendant qu'ils s'éloignaient lentement du rivage et du phare lugubre, elle demanda : « Comment avez-vous fait ?

— De nos jours, aucun secret n'est insaisissable », fit-il dans un soupir.

Elle n'ajouta rien. Peu lui importait de savoir comment il avait appris son histoire ; il la connaissait, voilà tout, et cela ne lui déplaisait pas. Encore une chose surprenante, décidément. De plus, son intuition lui disait que Don Fernando n'en parlerait à personne. Point n'était besoin de lui imposer le silence.

Le regard perdu dans le lointain, elle sursauta comme au sortir d'un rêve agréable, pour replonger dans la triste réalité. Elle avait pour mission d'exécuter cet homme. Cela lui paraissait totalement absurde maintenant, et pourtant elle n'avait pas le choix. On n'avait jamais le choix avec Maceo Encarnación.

Elle écarta cette pénible pensée et vit qu'ils quittaient Castle Road pour pénétrer dans un quartier de Gibraltar qu'elle ne connaissait pas, un dédale de petites rues menant à un parc triangulaire, planté de cyprès droits comme des « i ». Martha baissa la vitre teintée et tendit l'oreille au frémissement des frondaisons qui se balançaient dans le vent. Un vol de mouettes lança un éclair blanc. Le soleil se reflétait sur un toit en tuile ocre qui grossissait à mesure que la voiture remontait l'allée. Elle s'arrêta devant un portique.

« Où sommes-nous ? », demanda Martha.

Sans dire un mot, Don Fernando l'escorta vers les marches en pierre du perron. Ils franchirent le portique et passèrent dans un grand vestibule dominé par un lustre en cristal. Derrière une haute console d'acajou se tenait une jeune femme occupée à répondre au téléphone, tout en tapant des données sur un ordinateur.

Un genre d'entreprise, se dit Martha. *Sans doute l'une des siennes.*

Don Fernando se pencha et tendit à la jeune femme une feuille de papier qu'elle déplia comme s'il s'agissait d'un document officiel. Elle y posa ses yeux clairs, regarda Don Fernando, jeta un bref coup d'œil à Martha Christiana, prononça quelques mots au téléphone et, dans un sourire, leur indiqua une porte à double battant.

De l'autre côté, une femme plus âgée vêtue d'un uniforme les attendait, les mains croisées devant elle comme une religieuse.

Elle les accueillit avec amabilité et les conduisit dans un large couloir. Entre chaque porte close, les murs étaient garnis de photos représentant Gibraltar à diverses époques. La ville avait beaucoup évolué. Seul demeurait inchangé le grand rocher arrondi comme une épaule, planté là depuis des temps immémoriaux.

La femme s'arrêta devant une porte qu'elle leur indiqua en disant : « Prenez tout votre temps », puis elle fit demi-tour avant que Martha puisse lui demander des explications.

Don Fernando la regardait avec un air indéchiffrable.

« Je serai à côté, si vous avez besoin de moi. »

Elle allait répliquer avec humeur, mais se ravisa aussitôt, poussa la lourde porte et entra dans la pièce.

*

« Comment peuvent-ils espérer nous retrouver ? demanda Rebeka. Ils n'ont pas notre signalement.

— Et pourtant, ils sont ici. Même sans signalement, ils ont ordre d'arrêter deux personnes qui se sont échappées à pied du chantier voisin.

— En se focalisant sur les gens qui ont l'air louche ou qui tentent de les éviter.

— Frappez-moi », dit-il à brûle-pourpoint.

Elle scruta son regard, y lut la réponse qu'elle souhaitait, se pencha au-dessus de la table et le gifla violemment. Puis elle se leva en envoyant valser sa chaise. « Espèce de salaud ! », hurla-t-elle.

Les flics, les clients, les serveurs, tous les occupants du café se tournèrent brusquement vers eux, médusés.

« Calme-toi, répliqua Bourne, sans bouger.

— Me calmer ? Comment t'as pu me faire ça ! Avec ma propre sœur ! »

À cet instant, il se leva pour le deuxième acte. « Je t'ai dit de te calmer !

— Tu n'as pas d'ordre à me donner ! cria-t-elle en agitant la tête. Tu n'as aucun droit sur moi.

— J'ai tous les droits », dit-il en lui attrapant le poignet.

Rebeka essaya en vain de récupérer sa main. « Lâche-moi, espèce d'enfoiré ! »

Voyant que la scène de ménage s'envenimait, les flics foncèrent vers leur table. « Monsieur, dit le plus âgé des deux, la dame vous a demandé de la laisser tranquille.

— Vous, occupez-vous de vos oignons, rétorqua Bourne.

— Lâchez-la ! », insista le plus jeune en s'avançant d'un air si menaçant que Bourne obtempéra immédiatement.

— Vous allez bien, madame ? demanda le plus âgé. Voulez-vous porter plainte ?

— Tout ce que je veux, c'est m'en aller d'ici », répliqua-t-elle avec un regard cinglant. Elle attrapa son manteau, mit son sac en bandoulière et sortit à grands pas du café.

Le flic le plus âgé se retourna vers Bourne. « Payez la note et tirez-vous. Et je vous préviens, si vous l'importunez encore... »

Bourne baissa le nez, jeta quelques couronnes sur la table et partit sans demander son reste. Dans la salle, les conversations reprirent dès que la porte se fut refermée. Quant aux flics, ils terminèrent leur café et oublièrent aussitôt l'incident.

Bourne rejoignit Rebeka au coin de la rue.

« Comment va votre joue ? demanda-t-elle, pliée de rire.

— Je suis prêt à vous tendre l'autre. »

Cette réponse ne fit que redoubler son hilarité. Depuis qu'ils se connaissaient, ils avaient rarement eu l'occasion de rire ensemble. Bourne aperçut Christien de l'autre côté de la rue, près d'une Volvo noire dernier modèle. Il fumait un petit cigare tout en suivant du regard les jeunes femmes emmitouflées qui passaient devant lui. À le voir ainsi, on aurait dit que rien au monde ne l'inquiétait.

Bourne et Rebeka traversèrent en se faufilant entre les voitures. Le grand sourire qui éclaira le visage de Christien était essentiellement destiné à Rebeka. Il lui tint la portière arrière, pendant que Bourne s'asseyait à la place du mort. Puis, ayant laissé le moteur tourner, il s'engagea dans la circulation dès qu'il le put.

« J'ai retrouvé la trace de l'hélicoptère », dit Christien en se gardant d'interroger Bourne sur la présence de Rebeka. Il estimait plus sage de s'en tenir à ce que son ami lui avait dit au téléphone.

« Ça n'a pas été bien difficile. Il n'y en a pas beaucoup qui portent ce genre d'inscription – en fait, il n'y en a qu'un.

— Quelle inscription ? », s'enquit Rebeka.

Christien lui jeta un rapide coup d'œil dans le rétroviseur. « C'est là que cette histoire d'enlèvement devient intéressante. »

Il tendit à Bourne un dossier contenant des photos prises en haute résolution. Rebeka se pencha entre les deux sièges pour les voir elle aussi.

« Nous avons accès à un certain nombre de caméras de surveillance dans la ville. » Christien bifurqua sur la rue Prästgatan et dut ralentir à cause des embouteillages. « Celles-ci, je les ai fait agrandir et retravailler par ordinateur pour qu'on voie tous les détails. Regardez bien, vous comprendrez pourquoi. »

Bourne compta quatre clichés de format 8 × 10. Le fort agrandissement les avait presque privés de leurs couleurs d'origine mais Bourne et Rebeka reconnurent d'emblée l'appareil qui les avait mitraillés avant d'enlever Harry Rowland. La deuxième image ne fit que confirmer la chose ; on y voyait le visage de Rowland derrière la vitre de la porte latérale. Bourne passa à la troisième.

« Kunglika Transports, lut Rebeka. On dirait un appareil commercial très banal.

— En effet, confirma Christien, mais ce n'est pas le cas. Regardez la dernière photo. Au-dessus du rotor de queue. » Ce cliché-là était agrandi au maximum. Bourne le leva face à la lumière.

« Le logo d'une entreprise, dit-il, mais je n'arrive pas à déchiffrer ce qui est écrit.

— C'est trop petit, même à ce taux d'agrandissement. » Ils s'arrêtèrent à un feu. Christien tapota le logo. « Tu vois ce dessin ? Pas très courant, hein ? Nous l'avons entré dans un programme de reconnaissance de formes, ce qui se fait de mieux en ce moment, et on a touché le jackpot. Cet hélicoptère appartient à SteelTrap.

— Sécurité Internet, commenta Rebeka. Le haut du panier. »

Christien hocha la tête. « Le logiciel SteelTrap est un truc révolutionnaire. Il laisse ses concurrents à des années-lumière derrière lui.

— Je ne saisis pas pourquoi SteelTrap voudrait me tuer et, en même temps, sauver Harry Rowland, dit Bourne à Rebeka. Vous disiez bien que Rowland travaillait pour un réseau terroriste ?

— Lequel ? intervint Christien.

— *Jihad bis Saif*, l'informa Rebeka. J'ai entendu le colonel Ben David en parler, quand j'étais à Dahr El Ahmar. Il me croyait évanouie.

— Avec qui parlait-il ? », lui demanda Bourne.

Elle secoua négativement la tête. « Je ne sais pas », dit-elle en se carrant au fond de la banquette, les bras croisés sous la poitrine. « Mais une chose est sûre : SteelTrap ne développe pas uniquement des logiciels révolutionnaires.

— Alors quoi ? » demanda Christien.

Bourne grommela. « La révolution, point barre. »

13

QUAND MARTHA CHRISTIANA APERÇUT LA VIEILLE FEMME assise près d'une grande baie vitrée, elle crut se voir elle-même, en plus âgée.

Dans la pièce chichement meublée et décorée, traînaient quelques rares objets personnels : un peigne, une brosse au manche en argent, une petite statuette jaunie représentant un phare sur un promontoire, la photo décolorée d'une femme belle mais malingre, une petite fille accrochée à ses jupes. Et rien d'autre. En revanche, il y régnait une impression de solitude presque suffocante.

Martha traversa la chambre et s'empara de la photo encadrée. C'était un portrait d'elle enfant avec sa mère. La vieille femme ne faisait pas attention à elle. Au verso, une autre photo présentait un homme mince en costume de cérémonie, posant à côté de la grosse lanterne en verre taillé. Le soleil qui inondait la scène soulignait curieusement la relation exclusive qu'il entretenait avec le redoutable phare.

Elle prit garde à ne pas toucher l'image, comme si poser ses doigts dessus revenait à la profaner. Finalement, elle remit le cadre en place, et s'avança vers la vieille femme absorbée dans la contemplation du paysage : une grande pelouse, un bouquet de palmiers et, au-delà, de l'autre côté de la rue, des immeubles sans grand intérêt. Elle était si concentrée qu'elle faisait peur à voir. Martha comprit qu'elle ne regardait ni l'herbe, ni les arbres, ni les bâtiments. Rien de tout cela n'avait de signification pour elle. Avec son buste légèrement penché en avant, on aurait plutôt dit qu'elle observait le passé à travers les lentilles d'un télescope.

« Maman, fit Martha d'une voix tremblante. Que vois-tu ? »

Au son de sa voix, sa mère commença à se balancer d'avant en arrière. Elle était d'une maigreur effrayante. Par endroits, ses os saillaient sous sa peau fine comme un voile. Son visage avait la pâleur d'un soleil d'hiver.

Martha se déplaça de manière à lui faire face. Malgré ses joues creuses, ses traits ravagés par le temps, la douleur et la perte, subsistait en elle un petit quelque chose que Martha reconnut avec un pincement au cœur.

« Maman, c'est moi, Martha. Ta fille. »

La vieille femme ne prit pas la peine de lever les yeux – peut-être en était-elle incapable – tant le présent lui importait peu. Martha n'hésita qu'un instant avant d'attraper sa main squelettique, froide comme du marbre et parcourue de veines bleues. Puis elle chercha son regard délavé.

« Maman ? »

Ses yeux bougèrent imperceptiblement, mais aucune lumière ne vint les éclairer. Elle ne la reconnaissait pas. Pour Martha, cela faisait longtemps que ses parents avaient cessé d'exister. Et voilà qu'à présent, elle aussi s'effaçait sous le regard de sa mère. Son père était mort, sa mère le serait bientôt. Elle était seule au monde désormais. Comme une pierre qu'on jette dans la mer et qui disparaît sans même laisser une ride derrière elle.

Elle garda un long moment la main de sa mère dans la sienne, sans bouger, aussi rigide que l'immense rocher de Gibraltar. La vieille dame remua les lèvres, une seule fois, des mots incompréhensibles en tombèrent, qu'elle ne répéta pas, malgré l'insistance de Martha. Le silence formait une chape au-dessus d'elles. Le souffle suspendu, Martha entendait presque les années perdues frémir comme des feuilles mortes dans le vent.

Quand elle se remit à respirer, elle lui lâcha la main et s'avança vers la porte, comme une âme en peine. Sans trop savoir ce qu'elle faisait, elle ouvrit et trouva Don Fernando dans le couloir.

« Entrez, je vous en prie », dit-elle.

*

« Alors, vieille branche. » Brick mordit dans une olive gigantesque, suça le piment qui en dépassait comme une langue, puis goba le tout. « J'ai un petit boulot pour toi. Tu es prêt ?

— Bien sûr, dit Peter, mieux vaut tard que jamais.

— À la bonne heure. »

Son cœur battait la chamade. Il ne savait pas ce que Brick allait exiger de lui mais il fallait s'attendre au pire.

Les deux hommes étaient assis dans la cuisine de la planque virginienne de Brick. Entre eux, étaient disposés plusieurs assiettes garnies de tranches de salami et de mortadelle, des croquants au pecorino, une grande bouteille d'huile d'olive, une corbeille de pain croustillant, un bol rempli d'olives et quatre grosses bouteilles de bière brune importée de Belgique, dont deux vides. Dick Richards était parti depuis une heure, avec Bogs qui devait le déposer à trois rues du siège de Treadstone.

En s'essuyant la bouche, Brick se leva et alla prendre quelque chose au fond d'un tiroir. Puis il se rassit en face de Peter.

« Alors, dit Peter, où veux-tu que j'aille ?

— Nulle part. » Brick posa un petit paquet sur la table.

« Qu'est-ce que c'est ?

— Des lames de rasoir à double tranchant. »

Peter ouvrit le paquet et constata que l'autre ne plaisantait pas. Il prit délicatement l'un des quatre rasoirs. « Des coupe-chou. Je crois que je n'en avais jamais vu de si près.

— Pas étonnant, dit Brick. Ça date du siècle dernier. »

Peter éclata de rire.

« Je rigole pas, mec. Ces trucs sont capables de te trancher un doigt si tu les regardes de travers. Je les ai fait aiguiser pour l'occasion. »

Peter posa le rasoir sur les autres. « Je ne comprends pas.

— C'est pourtant pas sorcier, vieille branche. Tu restes ici. Tu attends. Bogs va revenir avec un type. Il fera les présentations, vous discuterez le bout de gras, et tout. Et quand Bogs te fera signe, tu... » Il inclina la tête vers le coffret contenant les lames.

— Quoi ? articula Peter, la gorge serrée. Tu veux dire que je dois tuer ce type avec l'un de ces rasoirs ?

— Avec les quatre, si ça te chante. »

Peter déglutit. « Je ne crois pas... »

Brick se pencha brusquement vers lui et lui attrapa le poignet droit d'une main d'acier. « Je me fous de ce que tu crois. Fais-le, c'est tout.

— Seigneur. » Peter sentait la panique s'emparer de lui, mais faisait tout pour le cacher. *Trouve quelque chose, vite,* s'admonestait-il. « Il n'y a pas un chat dans les parages. Ce ne serait pas plus simple d'utiliser une arme à feu ?

— N'importe quel petit voyou est capable d'abattre un mec à bout portant. » De sa main libre, il imita un pistolet dont il posa le canon sur la tempe de Peter. Puis, passant sans transition de la menace à la cordialité, il lui adressa un sourire radieux et récupéra sa main. « Je veux voir ce que tu as dans le ventre, vieille branche. Ce qui se cache en dessous, juste pour savoir si je peux te faire confiance sur un gros coup. » Il se leva. « Tu veux bosser pour moi. C'est la marche à suivre. Saisis ta chance. » Il plissa les yeux et son sourire s'effaça. « Pas de discussion. »

*

La seule activité mondaine à laquelle sacrifiait Soraya avait lieu chaque semaine chez le maire de Washington. Elle jouait au poker. Encore un point commun avec Delia : les deux femmes avaient un tempérament réservé, mais quand il s'agissait de cartes, elles devenaient impitoyables. Delia adorait miser gros lors de ces rencontres, et à cette excitation s'ajoutait celle de revoir Soraya et de cultiver leur amitié. Ce fut au cours de ces tournois en petit comité, rassemblant autour du tapis vert l'élite de la classe politique, qu'elle apprit à mieux la connaître et à analyser ce qui l'attirait chez elle. Peu à peu, le désir amoureux qu'elle avait ressenti au début s'était mué en une grande amitié. Elle était même soulagée que Soraya ne soit ni homo ni bisexuelle. Ainsi, aucune complication sentimentale ne viendrait troubler leur relation. Pour sa part, Soraya appréciait Delia telle qu'elle était. Pour la première fois de sa vie, Delia se sentait libre de baisser le masque sans honte, ni gêne, ni provocation. Et comme Soraya ne la jugeait pas, elle avait plaisir à lui ouvrir son cœur et son âme.

Dans la chambre d'hôpital, Delia tira une chaise pour s'installer au chevet de son amie. Lorsqu'elle lui prit la main, les paupières de Soraya papillonnèrent. Delia vit qu'elles étaient bleues, comme couvertes d'hématomes. Pour tout dire, elle avait la tête de quelqu'un qui venait de recevoir une bonne raclée.

« Salut, Raya.

— Deel... »

Elle avait des tubes plantés dans les deux bras, un drain émergeait des bandages entourant la moitié de sa tête. *Quelle horreur,* songea Delia en détournant le regard le plus discrètement possible. Mais évidemment, Soraya remarqua son geste.

« Je suppose que tu ne me donneras pas de miroir. » Soraya voulut sourire mais n'y parvint pas tout à fait. Son visage était si tordu, si grotesque que Delia fut prise de terreur, l'espace d'une seconde. Les chirurgiens lui auraient-ils sectionné un nerf pendant l'opération ? Puis, comme Soraya se remettait à parler, Delia mit cette paralysie momentanée sur le compte de la fatigue et de l'anesthésie.

« Comment te sens-tu, Raya ?

— Aussi mal que j'en ai l'air. Peut-être pire. »

Maintenant c'était Delia qui souriait. « Tout va s'arranger. Tu vas voir.

— Hendricks m'a dit qu'il n'y avait pas de problèmes avec le bébé. »

Delia hocha la tête. « Je confirme. Aucun problème. »

Soraya soupira, visiblement soulagée. « Quand vont-ils me laisser sortir ? Que disent les docteurs ? »

Delia se mit à rire. « Comment ? Tu es déjà impatiente de reprendre le boulot ?

— J'ai du travail à faire. »

Delia se pencha sur elle. « Pour l'instant, ton travail c'est d'aller mieux – pour toi et pour le bébé. » Elle prit la main de son amie.

«Écoute, Raya, j'ai fait quelque chose... Une chose que tu m'as interdit de faire. Mais étant donné les circonstances, j'ai pensé... J'ai parlé du bébé à Charles. »

Soraya ferma les yeux. Elle se sentait terriblement coupable. Pourtant il fallait qu'elle continue à mentir, même si cela la répugnait.

« Je suis désolée, Raya. Vraiment, reprit Delia. Mais j'avais tellement peur pour toi. J'ai pensé qu'il avait le droit de savoir.

— Tu as fait ce que te dictait ta conscience, Deel. Je n'avais pas les idées claires quand je t'ai demandé cela. » En réalité, elle avait agi sciemment et elle avait compté que Delia suivrait la voix de sa conscience.

« Où est Charlie, en ce moment ?

— Il est ici depuis un bout de temps, répondit son amie. Je suis un peu surprise qu'il ait patienté autant.

— Est-ce que sa femme sait où il est ? »

Delia fit la grimace. « La sénatrice Ann Ring est là-haut sur la Colline du Capitole à bosser nuit et jour sur le budget de la Sécurité intérieure pour l'année prochaine.

— Comment tu le sais ?

— Je lis *Politico*. Eux non plus ne l'aiment guère.

— Qui l'aime, à part ses électeurs ? Et bien sûr, *The Beltway Journal*.

— Maintenant tu vas dire que tu ne comprends pas pourquoi il l'a épousée. »

Les lèvres de Soraya s'ourlèrent d'un semblant de sourire. « C'est elle qui l'a épousé. Quand elle a décidé un truc, impossible de l'arrêter. Il n'a pas pu dire non.

— N'importe quel adulte est capable de dire non, merci, au revoir.

— Pas Charlie. Il a été ébloui.

— C'est l'effet qu'elle produit sur la plupart des Républicains conservateurs. Elle pourrait faire la double page de *Playboy*.

— Si seulement ça pouvait arriver, dit Soraya. Nous serions débarrassés d'elle.

— Pas forcément. Elle serait bien capable d'en tirer avantage. »

Soraya partit d'un petit rire et serra la main de son amie. «Qu'est-ce que je ferais sans toi, Deel?»

Delia lui rendit son geste. «Dieu seul le sait.

— Écoute, Deel. Je veux voir Charlie.»

Le visage de Delia s'assombrit. «Raya, tu crois vraiment que c'est une bonne idée?

— Oui, c'est important. Je...»

Tout à coup, elle écarquilla les yeux, hoqueta, s'arc-bouta sur le lit. Sa main se crispa comme une serre sur celle de Delia. Les moniteurs autour d'elle s'affolèrent. Delia poussa un cri tandis que la porte s'ouvrait sur un Thorne livide, ravagé.

«Qu'y a-t-il?», demanda-t-il tandis que ses yeux passaient de Delia à Soraya. «Que s'est-il passé?»

Delia entendit dans le couloir des pas précipités, étouffés par des semelles de caoutchouc ; des voix inquiètes qui s'interpellaient. Elle parvint enfin à hurler : «Au secours! Elle a besoin d'aide! Dépêchez-vous!»

*

Bourne et Rebeka pénétrèrent sans faire de bruit dans l'appartement qu'elle louait au deuxième étage d'un immeuble, sur Sankt Eriksgatan à Kungsholmen, non loin de la mer. Christien les attendait en bas dans la Volvo, en compagnie d'un homme à lui, tenant lieu d'émissaire et de garde du corps, qu'il avait ramassé comme convenu au coin d'une rue, à Gamla Stan.

Après avoir rapidement inspecté toutes les pièces, les placards, sous le lit et même derrière le rideau de la douche, ils décidèrent que les lieux étaient sûrs. Rebeka s'agenouilla sur le carrelage de la salle de bains.

«Combien d'argent avez-vous planqué? demanda Bourne.

— Je le garde dans un endroit sûr. Un coffre privé. Ce ne serait pas raisonnable de se balader avec autant de fric sur soi.»

Bourne s'accroupit lui aussi et l'aida à retirer les joints de mastic, assez délicatement pour ne pas les endommager. À la suite de quoi, Rebeka souleva le carreau de céramique et mit au jour une cachette contenant une épaisse liasse de billets – couronnes, euros, dollars américains.

Elle fourra l'argent dans sa poche et se releva. « Venez. Cet appart me fout les jetons. »

Ils dévalèrent l'escalier obscur.

*

Ilan Halevy, alias le Babylonien, faisait le guet au volant d'une voiture de location opportunément garée à quelques mètres de l'immeuble, le long du trottoir opposé. Il attendait depuis des heures mais, pour lui, le temps était une notion relative. Il avait passé sa vie à attendre une chose ou une autre. À dix ans, il avait attendu que ses parents divorcent ; à quatorze, il avait attendu la mort de la petite brute qu'il avait envoyée à l'hôpital ; peu après, il s'était retrouvé sur le quai de la gare à attendre le départ d'un train censé l'emmener loin de sa cambrousse, vers la capitale où il espérait se fondre dans la foule, le vacarme et l'agitation. Il avait encore donné la mort, mais à sa manière ce coup-ci, et en choisissant sa victime : un homme d'affaires américain bourré de fric qu'il avait abordé dans le bar de l'hôtel le plus chic de la ville. Avec de l'argent plein les poches et une nouvelle identité, il avait décidé de changer d'allure, rasé sa barbe et acheté deux superbes costumes dans la boutique Brioni, au rez-de-chaussée du même hôtel, en payant avec l'une des cartes de crédit de l'Américain. C'était la première fois qu'il en tenait une entre les doigts, et même qu'il en voyait une en vrai.

Ensuite, il avait naturellement glissé dans les bas-fonds de Tel-Aviv, où il s'était rapidement fait connaître pour sa violence et son cynisme. Il imaginait que si Ben David avait voulu le rencontrer, c'était justement à cause de son effroyable réputation. Cela dit, le colonel avait usé de prudence pour l'approcher. Peu à peu, des liens s'étaient tissés entre eux. On pouvait même dire qu'ils étaient devenus intimes, mais nul n'aurait pu qualifier leurs rapports d'amicaux, et surtout pas les deux concernés.

Halevy soupira. Il rêvait d'un chawarma bien juteux accompagné d'une assiette de couscous israélien. Il détestait les pays nordiques – la Suède en particulier – et les femmes qui y vivaient, ces grandes blondes aux yeux bleus répondant aux odieux canons de la beauté aryenne. Dès qu'il voyait un top model suédois, il lui prenait l'envie de détruire à coups de pied son visage aux traits finement ciselés. Pour lui, rien ne valait une fougueuse amazone brune à la peau mate, aux traits méditerranéens.

Il ruminait encore ces pensées acides quand la Volvo flambant neuve s'arrêta devant l'immeuble qu'il surveillait. Rebeka en descendit, traversa le trottoir et entra. Il allait la suivre, mais se ravisa en voyant Bourne lui emboîter le pas.

Qu'est-ce qu'ils fabriquent encore ensemble, ces deux-là ? s'interrogea-t-il. *Travaillerait-elle pour lui ?* De fureur, il grinça des dents et se rencogna au fond de son siège, des fourmis dans les jambes. Il avait l'habitude d'attendre, certes, mais parfois ça le rendait dingue.

*

Christien quitta l'autoroute E4 pour se garer sur une aire de repos pourvue d'un fast-food et d'une station-service. Après avoir fait un crochet par l'appartement de Rebeka, ils étaient sortis de Gamla Stan et avaient roulé vers le nord. Bourne ne connaissait pas leur destination.

Dès que la Volvo s'arrêta sur une place de parking située à l'écart des autres véhicules, Sovard, le garde du corps, transmit une enveloppe à son patron.

«Deux billets d'avion», dit Christien à Bourne en lui remettant le pli.

Rebeka manifesta une certaine réticence. «Où va-t-on?»

Christien pêcha un iPad au fond de la mallette de Sovard, toucha l'écran tactile et lança une vidéo. «L'obsession des Suédois pour la surveillance nous a été bien utile, sur ce coup», observa-t-il.

Le film était visiblement le résultat d'un montage à la va-vite à partir des captures vidéos de plusieurs caméras disséminées sur un même site. Au début, ils ne remarquèrent rien de très intéressant: un vaste terrain couvert de bitume, des ouvriers en combinaison portant des casques anti-bruit, de petits engins motorisés effectuant des aller-retour. L'aéroport d'Arlanda.

Puis, au milieu de cette activité fourmillante, quelque chose se produisit. Les employés de l'aéroport se mirent à courir dans tous les sens et, un instant plus tard, on vit l'hélicoptère de SteelTrap se poser sur le tarmac. Presque aussitôt, la portière latérale coulissa, trois hommes surgirent, parmi lesquels Harry Rowland. Ils traversèrent l'écran de gauche à droite et sortirent du champ de la caméra.

La séquence suivante avait été filmée depuis un autre secteur de l'aéroport. On voyait trois minuscules silhouettes cavaler sur le tarmac. Les mêmes. Elles s'arrêtèrent au pied d'un jet privé long-courrier, montrèrent leurs passeports à l'officier des services d'immigration qui les tamponna avant de leur désigner la passerelle d'accès accolée à la carlingue.

La suivante présentait la scène sous un autre angle. Les personnages étaient soit plus proches, soit filmés au téléobjectif, ce qui paraissait plus probable étant donné le tressautement des images. L'un après l'autre, les trois individus escaladèrent la passerelle et pénétrèrent dans l'avion en baissant la tête.

Dernier cadrage : le jet roulait de plus en plus vite sur la piste et décollait. Quand il disparut de l'écran, Christien interrompit la vidéo et rangea l'iPad.

« Il a bien fallu que le pilote soumette son plan de vol à la tour de contrôle d'Arlanda. Ils ont mis le cap sur Mexico, avec une escale à Barcelone. » Christien sourit. « Or, il s'avère que la résidence principale de Maceo Encarnación, président de SteelTrap, se trouve à Mexico.

— Beau boulot », reconnut Bourne.

Christien le remercia d'un signe de tête. « Votre vol AeroMexico suivra à peu près la même route que le jet de SteelTrap, mais ils ont deux heures d'avance. Jason, je sais que tu as un passeport sur toi. Et vous, Rebeka ?

— Je ne circule jamais sans », dit-elle avec un sourire narquois.

Il hocha la tête. « Bien. Alors, allons-y. »

Il démarra, quitta l'aire de repos et reprit l'autoroute en direction de l'aéroport d'Arlanda.

*

Sovard revenait sur ses pas, après avoir escorté les invités VIP de Christien jusqu'aux contrôles de sécurité, quand un homme lui demanda l'heure. À l'instant où ses yeux se posèrent sur sa montre, il ressentit une forte douleur à la nuque et bascula en avant. L'homme le rattrapa en le prenant par les aisselles et le traîna vers un local servant à entreposer les bagages perdus. L'endroit était sombre et les employés absents, comme toujours en dehors des heures d'ouverture. Sovard était si engourdi qu'il ne comprenait pas ce qui lui arrivait. Que faisait-il dans cette pièce bourrée de paquets, de valises, de sacs à dos ? Et pourquoi était-il affalé sur un tas de bagages ? Il tenta de se relever et, ce faisant, aperçut les cicatrices livides sur le cou de l'homme. Tout de suite après, il reçut deux coups simultanés sur les oreilles. Ses yeux roulèrent dans leurs orbites. Il fut pris d'une forte envie de vomir, son cerveau avait du mal à aligner deux pensées logiques.

« Je suis pressé », dit l'homme en posant un doigt sur une extrémité nerveuse située derrière l'oreille droite de Sovard. Une douleur insupportable lui traversa le crâne. « Où vont-ils ? »

Sovard le regardait sans comprendre. Un filet de sang s'échappa de la commissure de ses lèvres et s'écoula sur sa chemise.

« Je te repose la question. » De nouveau, le Babylonien tendit le doigt et cette fois le posa sur la carotide de Sovard. Il appuya juste le temps de bloquer la circulation sanguine, puis relâcha la pression. « Tu as dix secondes pour répondre. Après cela, je recommence jusqu'à ce que tu tournes de l'œil. Au bout d'une dizaine de fois, tu me supplieras de te tuer. Franchement, ça me plairait, mais si j'étais à ta place, je réfléchirais. »

Il ne lui fallut que deux pressions pour que Sovard demande grâce, d'une main tremblante. Le Babylonien se pencha, Sovard ouvrit la bouche et prononça deux mots.

*

Quatre-vingts minutes plus tard, Bourne et Rebeka, installés en cabine de première classe, recevaient des serviettes chaudes et des flûtes de champagne des mains de l'hôtesse de l'air.

« Un peu de nostalgie ? dit Bourne en suivant du regard l'hôtesse qui poursuivait sa distribution le long de l'allée.

— Pas du tout, s'esclaffa Rebeka. J'avais presque oublié que j'avais exercé ce métier. »

Bourne regardait par le hublot pendant que l'équipage terminait les dernières vérifications. Puis, les énormes réacteurs s'emballèrent, l'avion se mit à rouler vers le bout de la piste. Dans l'interphone, le commandant annonça que leur appareil décollerait en deuxième position.

« Jason, dit-elle doucement, à quoi pensez-vous ? »

C'était la première fois qu'elle l'appelait autrement que Bourne. Un peu étonné, il tourna la tête vers elle et vit dans ses yeux une douceur – presque une vulnérabilité – inédite.

« À rien. »

Elle le considéra un instant. « Vous ne vous êtes jamais dit qu'il était temps d'arrêter ?

— Arrêter quoi ?

— Vous savez bien. Le grand jeu.

— Pour faire quoi ?

— Trouver une île au soleil, lever le pied, boire une bière, manger du poisson tout frais pêché, faire l'amour, dormir. »

L'avion ralentit, fit demi-tour et pointa son nez entre les deux guirlandes de lumières jaunes qui s'étiraient devant lui.

« Et ensuite ?

— Ensuite ? Recommencer.

— Vous plaisantez. »

La plage de silence qui suivit fut interrompue par une secousse due à la soudaine accélération. Lorsque l'appareil s'éleva et que le pilote rentra le train d'atterrissage, Rebeka appuya la tête contre son dossier en fermant les yeux. « Bien sûr que je plaisante. »

*

Après qu'on leur eut servi le repas, Rebeka écarta son plateau, détacha sa ceinture, se leva et s'engagea dans l'allée en s'effaçant pour laisser passer l'hôtesse. Le signal lumineux des toilettes s'éteignit, une femme entre deux âges sortit de l'étroit habitacle. Quand Bourne vit que Rebeka restait figée devant la porte, il la rejoignit. Une profonde tristesse teintée de mélancolie voilait son regard.

Enfermés dans l'espace exigu, ils restèrent tous les deux côte à côte, épaule contre épaule, sans rien dire. Soudain, Rebeka se décida : « Vous êtes déjà allé à Mexico ?

— Une seule fois, d'après mes souvenirs. »

Elle tenait ses bras étroitement croisés autour de son buste. « C'est un foutu nid de vipères. Un nid magnifique, mais quand même.

— La situation a empiré au cours des cinq dernières années.

— Les cartels agissent au grand jour depuis qu'ils se sont alliés aux Colombiens. Il y a tellement de fric en circulation que tous les fonctionnaires en tâtent, même la police. Le trafic de drogue est devenu anarchique. Il risque d'inonder tout le pays, et le gouvernement n'a ni la volonté ni l'envie d'endiguer le fléau. De toute façon, chaque fois qu'un dirigeant essaie de prendre les choses en main, on lui coupe la tête.

— Ce qui n'encourage pas trop à nager contre le courant.

— À moins d'employer les grands moyens. »

Un autre ange passa, venant peut-être du ciel clair où ils volaient. Bourne écoutait le souffle paisible de Rebeka, comme s'il était couché près d'elle dans un lit. Et pourtant, il n'arrivait pas à briser la vitre qui le séparait d'elle – qui le séparait de tout un chacun. Brusquement, il comprit ce qu'elle essayait de tirer de lui. Était-il encore capable de ressentir de l'amour pour quelqu'un ? Sans doute pas. C'était comme si chaque mort, chaque séparation dont il gardait le souvenir, avait instillé en lui sa dose d'anesthésique, si bien qu'au bout du compte il perdait toute sensibilité et ne savait rien faire d'autre qu'avancer dans le noir, un pied après l'autre. Cette fatalité n'aurait pas de fin, et Rebeka en était consciente. Voilà pourquoi elle avait parlé d'une île au soleil. Mais Bourne avait besoin de l'obscurité. Il avait passé tant d'années à tourner dans son propre labyrinthe qu'une soudaine clarté risquait de l'aveugler. Si Rebeka était si triste, si mélancolique, c'est qu'elle venait de prendre la mesure de ce grand malheur. S'était-elle reconnue en lui ? Désirait-elle vraiment tourner le dos à son passé ?

« Nous devrions regagner nos sièges », dit-il.

Elle hocha vaguement la tête. Ils sortirent des toilettes et, tandis qu'ils repartaient dans l'autre sens, Rebeka aperçut Ilan Halevy, les yeux cachés sous l'étroit rebord d'un chapeau, assis tout au fond de la cabine des premières classes, le *Financial Times* déployé devant lui. Le Babylonien leva le nez de son journal et lui fit un sourire malsain.

14

« COMMENT ÇA, JE NE PEUX PAS LA VOIR ?

— Elle fait une crise, Charles. » Delia repoussa Thorne hors de la pièce en lui plaquant les deux mains sur le torse.

Il dut se coller au mur pour ne pas faire obstacle à l'équipe médicale qui déboulait en poussant des chariots en inox.

Il les suivit du regard, la bouche entrouverte comme s'il peinait à respirer. « Que se passe-t-il, Delia ?

— Je ne sais pas.

— Tu étais avec elle, répliqua-t-il d'un air paniqué. Tu dois savoir quelque chose.

— On discutait, et tout à coup elle a fait une crise. C'est tout ce que je peux dire.

— Le bébé. » Il s'humecta les lèvres. « Comment va le bébé ? » Delia recula. « Ah, je comprends maintenant.

— Tu comprends quoi ?

— Pourquoi tu es venu. C'est pour l'enfant. »

Thorne parut embarrassé – ou était-ce seulement de l'inquiétude ? « De quoi parles-tu... ?

— Si le bébé meurt, tous tes problèmes s'envolent avec lui. »

Il s'écarta du mur, les yeux brillants de colère. « Où diable veux-tu en venir... ?

— Comme ça, Ann n'en saura jamais rien, pas vrai ? Pas d'explications à fournir. Il n'y a jamais eu de bébé. Tu fais une croix sur ta relation avec Soraya. Plus la peine de craindre la mauvaise pub, les bloggeurs, la presse à sensation, toujours en quête d'histoires salaces.

— Tu es complètement dingue. Je me fais du souci pour Soraya. Je tiens à elle. Pourquoi tu ne veux pas l'accepter ?

— Parce que tu es un être cynique, un enfoiré obsédé par son nombril. »

Thorne respira profondément, plissa les yeux. « Tu sais, je croyais qu'on serait amis toi et moi.

— Dis plutôt que tu espérais me faire passer dans ton camp. » Elle ricana. « Va te faire voir. »

Elle lui tourna le dos et fonça sur le Dr Santiago qui venait de quitter la chambre de Soraya.

« Comment va-t-elle ?

— Son état est stable. On l'emmène en soins intensifs. »

Delia se rendait compte que Thorne n'en perdait pas une miette ; elle pouvait presque l'entendre écouter. « Que s'est-il passé ?

— Une légère obstruction s'est formée durant l'opération. C'est rare, mais ça peut arriver. Nous l'avons retirée et maintenant nous lui injectons du fluidifiant sanguin à dose infinitésimale. Nous la ramènerons dans sa chambre dès que nous serons certains qu'elle va bien.

— Elle et le bébé, bien sûr.

— Mademoiselle Moore est notre patiente principale, sa vie est plus importante. En plus, le fœtus...

— Son bébé », insista Delia.

Le Dr Santiago la considéra d'un air énigmatique. « Bien. Veuillez m'excuser. »

La mine dépitée, Delia le regarda s'éloigner dans le couloir.

Thorne soupira. « Maintenant que je sais ce que tu penses de moi, je vais jouer cartes sur table.

— Tu sais où tu peux te les mettre, tes cartes ?

— Je me demande si Amy serait du même avis que toi. »

Delia fit volte-face. « Pardon ?

— Tu m'as bien entendu, répondit-il sur un ton de défi. J'ai fait transcrire les messages que vous déposez sur vos boîtes vocales respectives, Amy Brandt et toi.

— Quoi ?

— Surprise ? C'est du piratage tout à fait basique. On utilise un programme imitant l'identifiant de l'appelant. C'est comme ça qu'on s'introduit dans un portable sans se préoccuper du mot de passe.

— Alors, tu as...

— Tous les messages que vous avez échangés Amy et toi. » Il ne put dissimuler un sourire narquois. « Certains assez chauds, d'ailleurs. »

Elle lui balança une gifle assez puissante pour le faire pivoter sur les talons.

« Tu frappes comme un mec, tu sais ?

— Comment peux-tu encore te regarder dans une glace ? »

Il eut un petit rire. « C'est un sale boulot mais il faut bien que quelqu'un s'en charge. »

Elle le considéra avec méfiance. « Si tu as un truc à me dire, vas-y.

— Nous avons tous les deux de quoi emmerder l'autre. » Il haussa les épaules. « Il faut juste que tu t'en souviennes.

— Je m'en fiche...

— Mais Amy ne s'en fiche pas, elle. Dans son métier, il faut être prudent. Il y a pas mal de parents qui n'aimeraient pas apprendre qu'ils confient leur enfant à une prof lesbienne. »

Delia sélectionnait mentalement la réponse appropriée quand deux infirmières renfrognées sortirent de la chambre en poussant un brancard sur roulettes où Soraya reposait. Delia et Thorne les regardèrent s'éloigner vers l'unité de soins intensifs, et attendirent un peu avant de reprendre leur dispute.

« Alors, on signe le cessez-le-feu ? dit Thorne.

— T'es-tu jamais préoccupé de Soraya, ne serait-ce qu'un instant ?

— Cette fille est une bombe au lit.

— N'importe quoi. Ann ne te suffit pas ?

— Ann prend son pied dans son boulot. Sinon, c'est un vrai glaçon.

— Je te plains beaucoup », fit-elle d'une voix acide.

Il lui adressa un sourire carnassier. « Moi aussi, je te plains, dit-il en se touchant l'entrejambe. Tu ne sais pas ce que tu rates. »

*

Maceo Encarnación regardait fixement à travers son hublot en plexiglas le brouillard maronnasse qui recouvrait, comme souvent, la mégapole tentaculaire, tandis que son jet décrivait des cercles au-dessus de Mexico avant d'atterrir. Cette couche atmosphérique presque permanente s'expliquait par deux facteurs combinés : la géographie de la région et les effets délétères de sa modernisation galopante. Édifiée sur les ruines de l'antique Tenochtitlán, Mexico était en train de se noyer dans son propre avenir.

La première odeur à agresser ses narines, alors qu'il posait le pied sur le haut de l'escalator, fut celle des excréments humains qui s'utilisaient couramment comme engrais agricoles. Dans les marchés de rue où l'on présentait les fruits et les légumes à même le sol, les chiens et les enfants faisaient leurs besoins tout près des étals sans encourir de sanction.

Encarnación s'engouffra à l'arrière d'une grosse berline blindée noire dont le chauffeur avait laissé tourner le moteur pour pouvoir démarrer dans la seconde. Sa maison de style colonial californien, ornée de fenêtres pseudo baroques, avec un jardin devant et de splendides lambris tapissant les murs des couloirs, se trouvait sur la rue Castelar, dans le quartier de Colonia Polanco, à un kilomètre du parc Chapultepec et du Museum d'histoire naturelle. Elle était bâtie en pierre de couleur jaune pâle et en *tezontle*, la roche volcanique rougeâtre qui avait servi à la construction de presque tous les grands édifices de la ville.

Le terrain lui-même valait de l'or, mais comme le puissant Institut national des Beaux-Arts l'avait classée zone protégée, l'estancia d'Encarnación — lui-même membre influent de la digne institution, comme par hasard — ne se verrait jamais entourée de ces tours en béton qui étouffaient d'autres quartiers, tels Lomas de Chapultepec ou Colonia Santa Fe.

« Bienvenue chez vous, Don Maceo. Vous nous avez manqué. »

Le petit homme replet assis à côté d'Encarnación devait avoir des ancêtres indigènes. On le devinait à son teint sombre, son nez crochu qui lui donnait un air farouche, son front large, ses cheveux noirs et épais comme une crinière luisante de pommade. Il répondait au nom de Tulio Vistoso, faisait partie des trois plus gros narcotrafiquants mexicains, et tout le monde, sauf Encarnación, l'appelait l'Aztèque.

« Si nous buvions un verre de tequila, Don Tulio, proposa aimablement Encarnación. Que je vous annonce ce qui nous arrive. »

Aussitôt, l'Aztèque flaira les embêtements. « Des problèmes ?

— Il y a toujours des problèmes. » Encarnación fit un geste d'indifférence. « Ce qui compte, c'est le niveau de difficulté de leur résolution. »

L'Aztèque grommela. Il portait un costume en lin noir, une chemise guayabera aux motifs complexes et des huaraches en peau de caïman couleur acajou. Au volant, le garde du corps d'Encarnación ; à la place du mort, celui de l'Aztèque, armé jusqu'aux dents.

Ils restèrent muets pendant le reste du trajet. Les deux hommes connaissaient la valeur du silence et savaient qu'on ne discutait pas affaires n'importe où et n'importe quand. Ils n'étaient pas de nature impulsive et chacun de leurs mouvements était mûrement réfléchi.

Les rues, les avenues, les places familières défilaient de part et d'autre du véhicule dans un brouillard multicolore et cacophonique. Des cascades de bougainvillées se déversaient sur les murs des restaurants et des tavernes, des autocars surchargés crachaient des particules de carbone. Ils dépassèrent la place de Santo Domingo où des *evangelistas* proposaient leurs services aux personnes illettrées en tapant des messages d'amour ou de condoléances, parfois des lettres de menace, sur de grosses machines à écrire antédiluviennes. Certains leur apportaient des contrats à lire avant signature, d'autres des procès-verbaux d'expulsion.

La carrosserie rutilante de la berline blindée se faufilait adroitement entre les centaines de taxis aux teintes criardes, camions, bus où s'entassaient indifféremment humains et animaux. Les cloches de l'église et de la cathédrale carillonnaient encore lorsqu'ils quittèrent le marécage urbain pour grimper sur la colline plus aérée de Colonia Polanco, avec ses rues proprettes, et atteindre enfin la magnifique villa d'Encarnación, cernée de hauts murs, de conifères et de barrières électrifiées.

Malgré la délicatesse de ses fers forgés et de ses colonnades, toute en volutes et torsades, cette demeure tenait un peu de la forteresse.

Même un homme comme Encarnación devait se protéger contre l'insécurité qui gangrénait cette ville, non pas à cause des trafiquants, dans son cas, mais des fréquentes fluctuations politiques. Au fil des ans et des changements de régime, Encarnación avait vu tomber tant d'amis qui se croyaient invulnérables qu'il faisait tout pour ne pas connaître le même sort.

C'était l'heure de la *comida*, le déjeuner mexicain classé au rang d'institution, qu'on respectait au même titre qu'une fête religieuse et avec une ferveur équivalente. Durant ce repas qui commençait à 14 heures 30 et durait souvent jusqu'à 18 heures, on dégustait une ribambelle de mets : viande grillée relevée avec des piments *pasilla* ; jeunes anguilles blanches comme du sucre, baignant dans une épaisse sauce vinaigrée ; poisson grillé ; tortillas qu'on mangeait au sortir du grill ; *moles* de poulet ; et bien sûr, tequila hors d'âge, servie dans des bouteilles disposées sur la longue table de la salle à manger lambrissée, inondée de lumière.

Les deux hommes s'assirent l'un en face de l'autre, portèrent un toast en levant leurs verres de tequila couleur cerise, puis attaquèrent les plats avec voracité. Anunciata, la jeune personne qui faisait le service, n'était autre que la fille de Maria-Elena, la cuisinière qui travaillait pour Encarnación depuis de longues années. Ce dernier, ayant décelé certains talents chez elle, avait décidé qu'au lieu d'apprendre l'art d'accommoder les multiples variétés de poivrons ou de préparer les *moles*, elle s'initierait aux mystères du cyberespace. Son esprit était aussi délié que son corps.

Quand ils furent rassasiés, la table débarrassée, les cafés servis et les cigares allumés, Anunciata apporta deux énormes bols de chocolat chaud pimenté et fouetta la mixture avec un *molinillo* traditionnel en bois, jusqu'à obtenir une mousse légère. C'était l'étape la plus importante du rituel. Les Mexicains croient que l'esprit de ce breuvage vit dans sa mousse. Elle posa un bol devant chaque convive et s'esquiva aussi discrètement qu'elle était entrée, laissant le maître et son hôte discuter tranquillement de leurs projets machiavéliques.

L'Aztèque était d'humeur joviale. «Le président nous cède le pouvoir petit à petit, comme le crâne d'un vieillard se dégarnit.

— Nous dirigeons cette ville.

— Oui, nous la contrôlons. » Don Tulio redressa la tête. « Ça ne vous plaît pas, Don Maceo ?

— Si, bien au contraire. » D'un air méditatif, Encarnación leva son bol et prit une gorgée de chocolat. Il ne se sentait vraiment chez lui qu'après y avoir trempé les lèvres. « Mais obtenir le pouvoir et le garder sont deux choses bien différentes. Et la seconde ne découle pas automatiquement de la première. Ce pays a la peau dure, Don Tulio. Il continuera à vivre longtemps après que vous et moi serons redevenus poussière. » Il leva le doigt et, sur un ton doctoral, poursuivit : « Ne touchez pas au Mexique, Don Tulio. Ne faites pas cette erreur. On peut renverser un gouvernement, changer de régime, mais défier le Mexique, vouloir s'en emparer, comploter contre lui relève de l'arrogance. Ce serait une faute si grave qu'elle causerait votre perte, et cela quelle que soit la puissance dont vous jouissez. »

Ne voyant pas très bien où l'autre voulait en venir, l'Aztèque ouvrit ses mains en forme de spatules. Le mot *arrogance* ne lui était guère familier. « C'est ça le problème ?

— C'est *un* problème, mais nous en discuterons un autre jour. Maintenant, je vais aborder *le* problème. » Encarnación s'accorda une nouvelle gorgée du délicieux chocolat mousseux et pimenté. « Oui, dit-il en se pourléchant. *Le* problème. »

Il sortit de sa poche de poitrine un stylo et un calepin, griffonna quelque chose sur la première page, l'arracha, la plia en deux et la fit glisser sur la table. L'Aztèque le regarda un instant puis, baissant les yeux sur le bout de papier, il s'en empara.

« Trente millions de dollars ? », lut-il.

Encarnación montra les dents.

« Comment c'est possible ? »

Encarnación leva les yeux au plafond, tout en faisant rouler une gorgée de chocolat sur sa langue. « Voilà pourquoi je vous ai demandé de me rejoindre à l'aéroport. Quelque part entre Comitán de Dominguez et Washington, les trente millions se sont envolés. »

L'Aztèque posa son bol. « Je ne comprends pas, fit-il, visiblement désemparé.

— Notre partenaire prétend qu'il s'agit de fausse monnaie. Je sais, moi-même je n'y croyais pas, si bien que j'ai convoqué deux experts au lieu d'un. Et notre partenaire a raison. En quittant Comitán de Dominguez, les trente millions étaient vrais et à la fin du voyage, ils étaient faux. »

L'Aztèque grommela. « Comment s'en est-il aperçu ?

— Ces gens-là sont différents, Don Tulio. Ils connaissent beaucoup de choses et en particulier la fausse monnaie. »

À en juger par son front plissé, Don Tulio devait réfléchir intensément. Il s'humecta les lèvres. « Les trente millions ont changé de main plusieurs fois pendant le trajet. Des milliers de kilomètres. » Comitán de Dominguez, dans le Sud du Mexique, était la première étape des convois de stupéfiants venant de Colombie via le Guatemala. « Ça veut dire qu'il y a un voleur parmi nous. »

À ces mots, le poing d'Encarnación s'abattit sur la table. Le bol se renversa et le chocolat chaud se répandit sur la nappe en dentelle brodée que sa grand-mère paternelle avait reçue en cadeau de mariage. L'Aztèque se changea en pierre tandis que ses yeux jaillissaient de leurs orbites.

« Un voleur parmi nous, répéta Encarnación. Oui, Don Tulio, vous avez saisi l'essence même du problème. J'irai jusqu'à préciser : un voleur très malin. Un traître ! » Ses yeux lançaient des éclairs, sa main tremblait, tant sa rage était difficile à contenir. « Vous savez à qui appartiennent ces trente millions, Don Tulio. Pendant cinq ans, il m'a fallu négocier pied à pied, j'ai cru que jamais je n'y arriverais. Selon les termes de l'accord, nos acheteurs doivent en prendre possession dans 48 heures ou tous mes efforts seront anéantis. Avez-vous la moindre idée de ce que j'ai dû faire pour gagner la confiance de ces gens-là ? *Dios de diablos,* Don Tulio ! On ne raisonne pas avec eux. On ne transige pas. Aucune marge de manœuvre, aucune souplesse. Rien. Nous sommes liés à eux et eux à nous. Jusqu'à ce que la mort nous sépare, *comprende, hombre ?* »

En s'écrasant de nouveau sur la table, son poing fit vibrer toute la vaisselle. « Je ne tolérerai pas une chose pareille dans ma maison. Jamais. Me suis-je bien fait comprendre ?

— Absolument, Don Maceo. » L'Aztèque devina que le moment était venu de prendre congé. Il se leva. « Je vous garantis que ce problème sera bientôt résolu. »

Les yeux d'Encarnación restèrent rivés sur le visage de l'Aztèque, comme ceux d'un prédateur sur sa proie. « Vous avez vingt-quatre heures pour me ramener les trente millions et la tête du traître. Je n'admettrai aucune autre solution au problème, Don Tulio. Aucune. »

L'Aztèque eut soudain un regard vitreux, comme celui d'un poisson mort. « Je ne vous décevrai pas, Don Maceo », dit-il en inclinant la tête.

*

Lorsque Bogs arriva aux abords de l'immeuble Treadstone, il stationna son véhicule le long du trottoir, mais empêcha Dick Richards d'en descendre.

« Où tu vas comme ça ? demanda-t-il.

— Je retourne au travail. Mon absence n'a que trop duré. » Il baissa les yeux sur la main puissante qui lui tenait le bras, comme un crochet à viande. « Laisse-moi partir.

— Tu partiras quand on te le dira. » Bogs le regarda avec insistance. « Maintenant c'est bon, vas-y. Il est temps de te remettre à bosser.

— Me remettre à bosser ? Mais je n'arrête pas.

— Non, répliqua Bogs. Tu dormais jusqu'à présent. Maintenant, tu vas *créer*. Je te donnerai toutes les instructions nécessaires et tu les respecteras à la lettre. Tu fais ce que je te dis, comme je te le dis, ni plus, ni moins. Pigé ? »

Richards sentit ses entrailles se liquéfier. Il hocha la tête, sans grande conviction. « Naturellement.

— Ce que nous projetons n'a rien de facile. » Il se pencha vers Richards. « Mais dans la vie, rien n'est facile, pas vrai ? »

Richards acquiesça de nouveau, toujours plus hésitant. Voilà qui le prenait au dépourvu. Jusqu'à présent, sa carrière d'agent triple avait suivi son petit bonhomme de chemin. Il s'était cru peinard. Mais à présent, il comprenait qu'il s'était illusionné. La voie qu'il s'était choisie n'était ni calme ni dépourvue de dangers. Bogs disait vrai. Il avait passé son temps à dormir. Maintenant commençaient les choses sérieuses ; et dans le territoire inconnu où il venait de pénétrer maraudaient des monstres assez féroces pour l'avaler tout cru.

« Que... » Le reste de sa phrase resta coincé au fond de sa gorge. Il se mouilla les lèvres comme pour l'aider à sortir. « Que dois-je faire ?

— Nous voulons que tu introduises un cheval de Troie dans l'intranet Treadstone.

— Treadstone possède des sauvegardes électroniques. Le cheval de Troie sera presque immédiatement détecté.

— Oui, c'est prévu », rétorqua Bogs en hochant la tête.

Ses yeux luisaient comme ceux d'un fauve. « Et si tu es assez malin pour ne pas te faire attraper, tes patrons te chargeront de neutraliser le cheval de Troie. »

Richard n'aimait pas la tournure que prenaient les choses, mais pas du tout. « Et ensuite ?

— Ensuite tu feras ton boulot, Richards, comme tu en as l'habitude : avec rapidité, efficacité. Tu leur en mettras plein la vue ; tu placeras le cheval de Troie en quarantaine, tu le neutraliseras, tu le détruiras. » Il rapprocha son visage à tel point que Richards renifla les relents d'oignon qui empuantissaient son haleine. « Et en même temps, tu implanteras dans leurs serveurs un virus qui corrompra la totalité des fichiers Treadstone. »

Richards fronça les sourcils. « Et qu'est-ce que ça nous apportera ? Je ne pourrai jamais accéder aux fichiers de sauvegarde. Ils sont stockés hors site. Une fois la panne constatée, il leur suffira de nettoyer le système et de réintégrer les fichiers à partir des archives. En l'espace de douze heures, les serveurs se remettront à fonctionner comme avant.

— La panne devra durer vingt-quatre heures.

— Je... » Richards déglutit. Il se sentait bouillir de l'intérieur, et pourtant des frissons glacés le traversaient de part en part. « J'y arriverai.

— Bien sûr que tu y arriveras. » La bouche de Bogs s'étira d'une oreille à l'autre. *C'est pour mieux te manger, mon enfant.* « Vingt-quatre heures. Nous avons besoin de vingt-quatre heures. »

15

ETER AVAIT CRU QUE TOM BRICK RESTERAIT AVEC LUI, mais il partit aussitôt après avoir distribué ses ordres. Resté seul dans la grande maison, Peter traîna un moment de pièce en pièce, puis il s'enfonça dans un fauteuil et sortit la clé qui était tombée de la chaussure de Florin Popa quand il l'avait traîné par les pieds dans le labyrinthe de buis, au club Blackfriar.

Il la leva vers une source lumineuse, l'examina sous tous les angles. C'était une petite clé plate, à tête arrondie, recouverte d'un genre de caoutchouc bleu, comme celles qui fermaient les casiers des consignes publiques avant le 11 septembre, quand ces consignes existaient encore. Elle ne comportait aucune marque visible mais devait bien receler quelque part un détail indiquant son usage.

Au moyen d'un rasoir, choisi parmi les quatre que Brick lui avait remis pour qu'il tue l'individu que Bogs ramènerait sous peu, il entailla le revêtement de caoutchouc et l'arracha de son support. Sans grand résultat. Le métal de la tête était lisse des deux côtés. En revanche, sur la tranche, il trouva huit lettres gravées : RÉCURSIF.

Tout compte fait, ce n'était peut-être pas une clé de consigne.

Maintenant qu'il disposait d'une piste digne de ce nom, Peter n'avait plus rien à faire dans cette maison. Il fallait juste trouver le moyen de s'éclipser avant qu'on l'oblige à tuer quelqu'un de sang-froid. Mais quand il voulut ouvrir la porte d'entrée, il comprit qu'on l'avait enfermé. Il essaya l'issue donnant sur l'arrière, sans succès. Quant aux fenêtres, elles étaient non seulement verrouillées, mais équipées d'un système d'alarme dont on voyait nettement les filaments au niveau des vitres, au cas où il viendrait à quelqu'un l'idée de les briser.

Celles des chambres au premier étaient divisées en plusieurs carreaux protégés par un système de sécurité identique. Peter redescendit dans la cuisine et dut fouiller tous les tiroirs avant de trouver son bonheur au fond d'un placard : une boîte à outils contenant un diamant. Il remonta l'escalier quatre à quatre, choisit une fenêtre donnant sur un grand chêne aux branches évasées et, avec le diamant, traça une ligne entre la vitre et le châssis. La lame acérée entama profondément le verre. Peter répéta la manœuvre sur deux autres côtés, posa l'outil, alla prendre une taie d'oreiller sur le lit, s'en enveloppa la main gauche et regagna son poste de travail. Puis, très délicatement, il s'attaqua au quatrième côté.

Du bout des doigts de la main droite, il maintenait le carreau tout en tapotant légèrement dessus avec la gauche, jusqu'à ce que le verre découpé remue. Un dernier coup, plus sec, délogea la vitre. Peter la rattrapa vivement avant qu'elle ne tombe et se brise, la retourna et la posa à plat sur le sol, en prenant bien soin de préserver le filament de l'alarme. Puis, avec une infinie prudence, il enjamba la fenêtre, pivota sur lui-même, visa les branches du chêne devant lui et sauta. Il se reçut en équilibre au centre d'une grosse fourche et, après deux secondes de frayeur, réussit à se stabiliser en enlaçant le tronc de l'arbre. Il ne lui restait plus qu'à descendre de branche en branche.

Quand il fut à un mètre du sol, il se laissa tomber, récupéra le portable caché au niveau de son entrejambe et appela Treadstone pour expliquer où il se trouvait approximativement. S'étant assuré qu'une voiture partait immédiatement pour venir le récupérer, il s'engagea dans l'allée de gravier. Quand il aurait atteint la grande route, il trouverait certainement des indications plus précises à fournir à son chauffeur, songea-t-il.

*

Il lui fallut trois coups de fil pour en avoir le cœur net. Il existait bien un bateau nommé *Récursif* amarré au numéro 31 de la marina de Dockside, 600 Water Street S-O. Son chauffeur venait de le déposer devant le Blackfriar où il avait laissé sa voiture. Quarante minutes plus tard, il se garait sur le parking de la marina.

Peter resta assis un moment derrière le volant, à tourner et retourner la clé entre ses doigts, pendant que le moteur refroidissait en cliquetant. Quand il descendit, il marcha directement vers la jetée. La plupart des bateaux étaient bâchés pour l'hiver, d'autres en cale sèche, si bien que certaines places d'amarrage étaient vides. Sur quelques embarcations, des gens travaillaient, rangeaient du matériel de pêche, lavaient les ponts au tuyau d'arrosage, enroulaient les cordages, astiquaient les sièges et les rambardes en cuivre. Peter les salua d'un signe de tête au passage. Sachant que tout fonctionnait au ralenti dans une marina, il essayait de se mettre au diapason.

Une chose l'étonnait toutefois. Comment se faisait-il que Florin, un simple garde du corps, possède un bateau ? Cela étant, quand on voyait le soin avec lequel il avait caché la clé, on pouvait en conclure qu'il n'en était pas le propriétaire, seulement l'utilisateur.

Peter suivit les numéros jusqu'au 31. Le *Récursif* était un Cobalt de trente-six pieds, avec un pont découvert et des sièges en cuir. Il n'avait donc rien d'un bateau de pêche. En tout premier lieu, il vérifia qu'il était inoccupé, ce qui fut chose facile en l'absence de cabine fermée ou d'espace sous le pont – juste un genre de cagibi tenant lieu de toilettes.

Il voulut glisser la clé dans le contact, mais elle resta bloquée à mi-chemin. Après cette première déconvenue, il décida de fouiller le pont, souleva les coussins qui couvraient les coffres, ouvrit sans peine le petit casier encastré face au siège du passager, et tira sur l'anneau métallique d'un gros caisson de rangement. Rien. Et surtout, pas la moindre serrure où insérer sa clé.

Le crépuscule tombait sur Washington. Un vent glacé ridait l'eau du port. Peter s'assit sur les coussins à l'arrière, le regard perdu dans le vide. Qu'avait-il raté ? Le nom du *Récursif* était pourtant bien gravé sur cette clé. Il se trouvait bien à bord du *Récursif*. Alors, pourquoi ne trouvait-il pas la serrure correspondante ?

Il rumina cette question agaçante pendant une quinzaine de minutes mais, comme il faisait de plus en plus sombre et que les lampadaires sur le port s'allumaient, il dut s'avouer vaincu, au moins pour l'instant. Il voulut appeler Soraya à son domicile puis, se souvenant que sa ligne était en dérangement, composa le numéro de son portable et tomba directement sur la messagerie. Il laissa quelques phrases courtes et cryptées, demanda qu'elle le rappelle et raccrocha.

Une fois rentré chez lui, il se prépara un repas en accommodant les restes, mais ne mangea pratiquement rien tant son esprit battait la campagne. Il se mit à arpenter le salon en posant les doigts sur telle ou telle chose, sans intention précise, et finalement, comprenant qu'il s'épuisait en vain, glissa un DVD dans le lecteur et regarda quelques épisodes de *Mad Men*. La série eut sur lui un effet si apaisant qu'il piqua du nez et se mit à rêver. Il tenait le rôle de Don Draper, mais s'appelait Anthony Dzundza. Tom Brick incarnait Roger Stern, Soraya Peggy. Quant à Joan, elle apparaissait sous les traits de ce type bodybuildé que Peter essayait d'aborder au club de gym depuis des mois.

*

Martha Christiana regardait la vieille femme amorphe que sa mère était devenue. « C'est ce qui nous attend tous ?

— Non, dit Don Fernando tout près d'elle. Seulement ceux que la vie a brisés.

— Elle n'a pas toujours été ainsi.

— Et pourtant si. » Il répondit à son regard interrogateur avec un sourire encourageant. « Elle est née avec un handicap. Une anomalie perturbant le fonctionnement de son cerveau. À cette époque, on ne savait pas diagnostiquer ce genre de chose. Et aujourd'hui encore, la médecine est impuissante.

— Pas de traitement ?

— On aurait pu lui faire prendre des médicaments quand elle était jeune. Mais elle serait devenue l'ombre d'elle-même. Le remède aurait été pire que le mal. »

La mère de Martha remuait bizarrement en poussant des petits cris pareils à des miaulements. La jeune femme se précipita pour l'aider à se rendre aux toilettes, où elle resta enfermée avec elle quelques minutes, le temps pour Don Fernando d'aller regarder les deux photos posées sur la commode. Il examina longuement le visage de Martha Christiana jeune fille. Il avait la faculté rare de sonder l'âme des gens rien qu'en voyant des photos anciennes.

En entendant la porte de la salle de bains s'ouvrir derrière lui, il reposa les cadres pour aider Martha à ramener sa mère jusqu'au bord du lit. La vieille dame semblait épuisée. Ou peut-être s'endormait-elle déjà.

Une infirmière entra. Martha lui fit signe d'attendre un peu. Puis, d'un accord tacite, ils allongèrent la vieille dame et, quand celle-ci posa la tête sur l'oreiller, Martha arrangea harmonieusement ses cheveux blancs autour de son visage émacié. Une étincelle éclaira son regard mort. On aurait pu croire qu'elle venait de reconnaître sa fille. Mais à peine esquissé, son sourire s'évanouit comme un songe.

Assise au bord du lit, Martha la regarda s'enfoncer toujours plus profondément dans la jungle impénétrable de son esprit. Lorsqu'elle fut endormie, elle répéta : « C'est ce qui nous attend tous.

— À moins de mourir jeune. » La bouche de Don Fernando se tordit dans un rictus. « Je ne parle pas pour moi, bien sûr. » Il branla du chef. « Aucun d'entre nous ne sortira d'ici vivant.

— « Five to One. » Martha avait reconnu la chanson de Jim Morrison.

Don Fernando lui sourit gentiment. « J'aime Bach et Jacques Brel, mais pas seulement. »

Martha se retourna vers sa mère. « Je ne peux pas l'abandonner.

— Pourtant, vous l'avez déjà fait. » Elle allait répliquer mais il ne lui en laissa pas le temps. « Ce n'est pas un reproche, Martha, juste une constatation. En outre, je vous assure qu'elle est mieux ici que nulle part ailleurs. Dans cet hôpital, elle reçoit tous les soins dont elle a besoin. »

Martha contempla le visage endormi de sa mère et, soudain, ne se reconnut plus en elle.

*

Quand Peter partit se coucher dans son lit, il fit un autre rêve. Le Cobalt fendait l'eau à toute vitesse tandis que lui-même nageait comme un fou pour éviter d'être haché menu par l'hélice. Le lendemain matin, au petit déjeuner, alors qu'il versait négligemment des céréales froides dans un bol aux rayures bariolées, il se remit à cogiter.

Il alluma son ordinateur portable, entra *récursif* dans Google et obtint la signification mathématique de ce terme. Récursivité : « Action de définir une fonction ou de calculer un nombre par l'application répétée du même algorithme. » Du charabia pour lui. Mais lorsqu'il passa à son étymologie, il découvrit que le substantif latin *recursio* signifiait : « Fait de répéter une même action en y faisant référence. »

Ce qui l'amena tout naturellement à penser qu'il y avait sans doute du récursif à l'intérieur du *Récursif*. Seulement voilà, il avait déjà tout passé au peigne fin, sur ce bateau. La seule chose qu'il n'avait pas vérifiée c'était son environnement immédiat.

Il se doucha et s'habilla en un temps record, sauta dans sa voiture, retourna à la marina et courut jusqu'au Cobalt, toujours amarré au numéro 31. Rien n'avait bougé. Peter arpenta méthodiquement le pont, se pencha par-dessus la rambarde. Rien du côté du quai, ni à la proue ni à la poupe. Sur tribord, tout semblait normal, jusqu'à ce qu'il se baisse et tende le bras au maximum pour toucher la partie inférieure du deuxième butoir, où une corde était nouée un peu au-dessous de la ligne de flottaison.

Excité comme une puce, il tira sur la corde, la remonta une main après l'autre et découvrit enfin l'objet suspendu au bout : une grande sacoche enfermée dans une poche de caoutchouc étanche. À cause de son poids, il éprouva quelques difficultés à la hisser hors de l'eau. Quand il la déposa sur un coussin à la poupe et vit qu'elle était fermée à clé, son cœur se mit à battre la chamade. Peu après, il constata que la fameuse clé l'ouvrait sans aucune difficulté.

La sacoche bâillait comme les mâchoires d'un animal. Au fond, des liasses de billets de 500 et 2000 dollars. Peter en eut le souffle coupé. Par réflexe, il promena ses yeux plissés autour de lui, mais ne vit personne dans la marina baignée d'une magnifique clarté matinale. Les quelques plaisanciers qu'il avait croisés plus tôt étaient partis faire un tour en mer. Il était seul dans le port.

Il passa la demi-heure suivante à compter les billets, additionner les sommes de chaque liasse. Elles étaient toutes pareillement composées, découvrit-il très vite. Le résultat final faisait tourner la tête.

Dieu du Ciel, pensa-t-il. *Trente millions de dollars!*

*

Bourne et Rebeka débarquèrent à Mexico, suivis comme leur ombre par le Babylonien.

« Il n'y a pas d'issue, fit Rebeka. On est coincés.

— Pas de conclusions hâtives. Nous n'avons pas encore passé les contrôles. » Bourne voyait très bien que le Babylonien marchait tranquillement en faisant exprès de laisser cinq ou six personnes entre eux et lui, pour mieux les tenir à l'œil.

« On pourrait se séparer », proposa Rebeka en rejoignant, passeport ouvert, la file des passagers de première classe.

« C'est exactement ce qu'il attend de nous. Je connais ce genre d'individu : diviser pour mieux vaincre. »

Ils avançaient pas à pas vers la ligne blanche, peinte sur le sol en ciment, dernière limite avant les contrôles d'identité.

« Vous avez une meilleure idée ? s'enquit Rebeka.

— Donnez-moi une minute. »

Bourne pivota sur lui-même et se mit à observer les personnes qui se rassemblaient dans le hall. Des hommes, des femmes, des enfants de tous âges, des familles encombrées de poussettes et de paquets contenant tout l'attirail nécessaire aux bébés. Trois adolescentes avec des sacs à dos en forme d'ours en peluche gloussaient en esquissant de petits pas de danse. Une femme approchait, assise dans une chaise roulante fournie par la compagnie. Une gamine de trois ans lâcha la main de sa mère et se mêla à un groupe de personnes qui s'esclaffèrent en lui donnant de petites tapes sur la tête.

« Tout ce qu'il faut, c'est déclencher quelque chose, dit Bourne en sortant de la queue.

— Mais quoi ? », s'écria-t-elle en lui emboîtant le pas. Ils marchèrent jusqu'à la longue file des passagers de classe économique, qui serpentait à travers le hall.

Bourne s'arrêta près de la femme en chaise roulante. Elle avait un tailleur Chanel rose et d'épais cheveux noirs rassemblés en un chignon alambiqué. Il se pencha vers elle en disant : « Vous ne devriez pas faire la queue ici. Laissez-moi vous aider.

— Vous êtes très aimable, dit-elle.

— Tim Moore, annonça-t-il en donnant le nom qui figurait sur son passeport.

— Constanza. » Sur son visage se mêlaient l'ADN des Olmèques et celui de leurs conquérants espagnols, comme jadis, lors des batailles qui avaient ensanglanté ce territoire. Sa peau avait la couleur du miel ; ses traits durs, presque brutaux, lui conféraient une grande beauté que l'âge ne ternissait pas. « Honnêtement, j'ignore ce qui s'est passé. L'hôtesse a dit qu'elle s'absentait juste un instant mais elle n'est pas revenue me chercher.

— Ne vous inquiétez pas, répondit Bourne. Ma femme et moi allons vous sortir de là très vite. »

Avec Rebeka derrière lui, il poussa la chaise roulante et l'arrêta au début de la file des premières classes.

« Halevy ne nous lâche pas des yeux, chuchota Rebeka à Bourne.

— Si ça l'amuse. Il ne peut rien faire pour l'instant. »

Constanza inclina la tête et les regarda d'un air interrogateur. Son regard brillait d'intelligence. « Qu'y a-t-il, monsieur Moore ?

— Je vais avoir besoin de votre passeport.

— Bien sûr », dit-elle en lui tendant le document.

Bourne remit les trois passeports à l'officier qui les ouvrit et examina leurs visages. « Cette dame est citoyenne mexicaine. Vous devriez faire la queue là-bas.

— Le Señor et la Señora Moore m'accompagnent, expliqua Constanza. Comme vous pouvez le constater, je ne peux pas me déplacer sans leur aide. »

L'officier grommela. « Affaires ou tourisme ? demanda-t-il à Bourne d'une voix lasse.

— Nous sommes en vacances », répondit Bourne sur le même ton.

Une fois leurs passeports dûment tamponnés, le trio passa dans la zone de retrait des bagages. Bourne et Rebeka accompagnèrent Constanza, récupérèrent ses valises sur le tapis roulant, tandis que, quelques mètres plus loin, le Babylonien fulminait en faisant les cent pas.

Le chauffeur de la vieille dame l'attendait derrière les barrières de sécurité. C'était un Mexicain baraqué, avec de petits yeux de cochon, une face lunaire criblée de marques de variole, et le comportement d'un papa-gâteau. Il déplia une magnifique chaise roulante en aluminium, souleva sa patronne comme une plume et l'y déposa.

« Manny, dit Constanza alors qu'ils franchissaient tous ensemble les portes de l'aéroport, voici le Señor Moore et son épouse Rebeka. Ils ont été assez aimables pour m'aider à passer les contrôles. Ce sont des gens charmants, Manny, comme on en rencontre peu de nos jours, n'est-ce pas ?

— Absolument, Señora, acquiesça vigoureusement le chauffeur.

— Monsieur Moore, reprit-elle en levant la tête vers Bourne, je vous emmène dans mon auto, Rebeka et vous. Elle est grande et comme l'heure du déjeuner approche, je vous invite à le partager avec moi. Cela me ferait très plaisir. » Elle agita la main comme pour évacuer d'emblée tout refus. « J'insiste. Venez donc. »

Elle ne blaguait pas. Son « auto » était grande, en effet. Mieux que cela, c'était une limousine Hummer customisée, aussi confortablement aménagée qu'un salon.

« Dites-moi, monsieur Moore, que faites-vous dans la vie ? », demanda Constanza dès qu'ils furent installés et que Manny eut déboîté pour s'insérer dans la file des véhicules qui tournaient en rond pour tenter de quitter l'aéroport. C'était encore une très belle femme, avec un corps qui aurait fait pâlir d'envie la plupart des filles de vingt ans : une poitrine pleine, une taille fine, de longues jambes.

« Import-export, répondit Bourne sans hésitation.

— Je vois. » Constanza se tourna vers Rebeka qui surveillait par la vitre arrière du Hummer les voyageurs circulant sur la zone de dépose minute. « Les gens qui ont des secrets m'ont toujours attirée. »

Rebeka s'aperçut qu'on lui parlait. « Je vous demande pardon ?

— Mon défunt mari, Acevedo Camargo, était un homme très mystérieux, lui aussi. » Elle sourit malicieusement. « Parfois, je me dis que c'est pour cela que je suis tombée amoureuse de lui.

— Acevedo Camargo, répéta Bourne. J'ai déjà entendu ce nom.

— Le contraire m'eût étonnée. » Une étincelle brilla dans les yeux de Constanza, qui poursuivit à l'intention de Rebeka. « Comme tant d'autres Mexicains intelligents, il s'était enrichi grâce au trafic de stupéfiants. » Elle haussa les épaules. « Je n'en ai pas honte. C'était son métier, un point c'est tout. En plus, cela vaut mieux que de se prosterner comme un larbin devant les *gringos*. » Elle agita la main. « Ne le prenez pas mal, mais nous sommes dans mon pays maintenant, et j'ai le droit de dire ce que je veux, quand je le veux. »

Elle sourit gentiment. « Comprenez-moi bien. Acevedo Camargo était un homme bon mais, voyez-vous, au Mexique, les hommes bons ne survivent pas longtemps. Un jour, Acevedo a renoncé au trafic de drogue pour entrer en politique. Il a mené sa propre croisade contre ses anciens coreligionnaires, ceux qui l'avaient rendu riche. Était-ce du courage ou de la stupidité ? Probablement les deux. Toujours est-il qu'il est mort assassiné. Ils l'ont abattu dans la rue, alors qu'il sortait de son bureau pour regagner son véhicule blindé. Une rafale de mitraillette. Nul n'aurait pu le sauver, même s'il avait eu douze gardes du corps au lieu de trois. Ils les ont tous tués. Je me rappelle que, ce soir-là, le soleil était rouge comme la cape d'un torero. C'était tout à fait lui, ça. Acevedo Camargo avait le cœur d'un torero. »

Elle se laissa aller contre le dossier de son siège, apparemment épuisée par ses souvenirs. Manny roulait vers l'ouest, sur le Circuito Interior.

« Je suis terriblement désolée, dit Rebeka après avoir échangé un bref regard avec Bourne.

— C'est gentil à vous, dit Constanza, mais ce n'est vraiment pas nécessaire. Je savais ce qui m'attendait lorsque je suis tombée amoureuse de lui.» Elle haussa les épaules. «Que peut-on faire quand le désir et le destin s'entremêlent ? La vie est ainsi, au Mexique, composée à parts égales de pauvreté, de désespoir et de merde. Une interminable série de défaites. Pardonnez mon langage cru mais, à mon âge, on ne tourne plus autour du pot.»

Sa main fine, élégante et bronzée, décrivait de petits cercles dans l'air, faisant étinceler ses ongles vernis et ses bagues serties de pierres précieuses. «Voilà pourquoi les Mexicains comprennent très tôt qu'il n'existe pas dix mille manières de s'extraire de la boue. Moi, j'ai choisi d'épouser Acevedo Camargo, en sachant à qui j'avais affaire. Il ne m'a rien caché. De toute manière, il n'aurait pas pu. Au fil des ans, je suis devenue sa conseillère. À l'insu de tous, évidemment. Une femme ne se mêle pas de ces choses-là, par ici.» Elle sourit presque avec allégresse. «Au lieu de lui donner des enfants, je l'ai rendu plus riche. Les fourneaux, les couches, ça n'était pas mon fort. Je l'avais prévenu dès le départ et pourtant il m'aimait passionnément.» Son visage rayonnait. «Il était si bon. Il savait des tas de choses, sauf une : comment faire de vieux os.» Elle soupira. «Que la loi soit violée par le gouvernement ou par les criminels, quelle différence ? Malgré sa grande intelligence, il n'a jamais réussi à comprendre cela.»

Elle leva la tête et afficha un sourire brave. «Quand j'y repense aujourd'hui, je suis sûre qu'il savait que ses jours étaient comptés. Il s'en moquait. Il voulait agir selon ses principes. Courageux et stupide, comme je disais.»

La limousine quitta l'autoroute, tourna à gauche sur l'avenue Rio Consulado et s'engagea sur le Paseo de la Reforma. Quand ils pénétrèrent au cœur du Distrito Federal, abritant vingt-deux millions d'âmes, Constanza se tourna brusquement vers le couple.

«*Dios mio*, je suis en train de vous raconter ma vie, alors que je meurs d'envie de connaître les vôtres.»

*

«Alors, à qui appartenez-vous ?», demanda Don Fernando.

Martha Christiana mordit dans un croissant au beurre, le regard rivé sur sa tasse de porcelaine blanche, presque aussi grande qu'un petit bol. « Pourquoi devrais-je appartenir à quelqu'un ?

— C'est le rêve de toutes les femmes. »

Elle prit une gorgée de café au lait. « Et que faites-vous des femmes indépendantes ?

— Surtout les femmes indépendantes ! répliqua-t-il avec enthousiasme. L'indépendance n'a pas de sens quand on n'est attaché à rien ni à personne. La vie a besoin de contrastes. Sinon, on se dessèche, on s'aigrit. »

Ils étaient assis autour d'une table ronde avec un plateau en verre et des pieds en fer forgé, parmi une douzaine d'autres semblables disposées sur le toit-terrasse du restaurant. En contrebas, le port de Gibraltar fourmillant de monde et, plus loin, les eaux turquoise de la Méditerranée. Des nuages paresseux parsemaient le ciel d'azur, poussés par la brise rafraîchissante qui soulevait les cheveux de la jeune femme. La veille, ils avaient quitté assez tard la chambre où sa mère reposait, cloîtrée à l'intérieur de son esprit. Martha avait éprouvé le besoin de parler, malgré la honte qu'elle ressentait. Plus tard, après que Don Fernando l'eut aidée à recoucher la vieille dame, elle s'était aperçue, non sans quelque étonnement, que cette honte avait disparu comme brume au soleil.

Elle leva les yeux de sa tasse et les posa sur le visage solide, ridé et tanné par le soleil. Quand il vit sa moue dubitative, il dit : « Eh bien quoi ? Je suis l'homme qui aime les femmes.

— À vous entendre, on pourrait croire le contraire.

— Alors, je me suis mal fait comprendre. Personne ne choisit la solitude. Personne ne la souhaite.

— Moi si.

— Non, fit-il d'un ton égal. Vous ne la souhaitez pas.

— S'il vous plaît, ne jouez pas à ce petit jeu avec moi.

— Toutes mes excuses », répondit-il, mais juste pour lui faire plaisir.

On leur apporta la suite du petit déjeuner : des œufs servis avec des *papas bravas* et de la *salsa verde*. Ils mangèrent en silence pendant un moment. Martha Christiana sentait la tension monter entre eux. À l'instant où elle réalisa que c'était intentionnel,

Don Fernando revint à la charge : « Maintenant, dites-moi à qui vous appartenez. »

Un léger sourire joua sur les lèvres de la jeune femme. Elle le dissimula en engloutissant un gros morceau de jaune coulant suivi de quelques cubes de pommes de terre. Elle venait de comprendre à quoi rimait cette conversation et pourquoi Don Fernando l'avait emmenée à Gibraltar. Elle mastiqua d'un air pensif et avala.

« En quoi cela peut-il vous intéresser, Don Fernando ?

— Parce que vous êtes venue vers moi comme l'ange de la mort », répondit-il d'une voix calme. Il nota un étonnement presque imperceptible dans son regard. « Et je me demande à présent si nous avons dépassé cette étape.

— Et si ce n'était pas le cas ? »

Il sourit. « Alors vous seriez obligée de me tuer. »

Elle se carra contre son dossier et s'essuya les lèvres. « Donc vous êtes au courant.

— Manifestement.

— Quand l'avez-vous compris ? »

Il haussa les épaules. « Dès le début.

— Et vous m'avez laissée continuer ?

— Vous m'intriguez, Martha. »

La jeune femme l'étudia un instant, puis éclata d'un rire rauque. « Je dois perdre la main.

— Non. C'est que vous n'avez plus envie d'être seule. Vous voulez appartenir à quelqu'un.

— J'appartiens à Maceo Encarnación. »

Voilà que le nom tant redouté venait d'être prononcé. La chose était dite.

« Cela, ma chère, c'est une illusion.

— J'imagine que, d'après vous, cette illusion a été créée par Maceo Encarnación.

— Pas vraiment, non. C'est vous-même qui l'avez créée. » Sachant qu'elle aimait le jus d'orange sanguine, Don Fernando en versa dans son grand verre étroit. « Maceo Encarnación ne possède pas ce pouvoir. » Il se ménagea une courte pause et prit un air contemplatif. « À moins, bien sûr, que vous ne le lui ayez accordé. »

Il haussa les épaules et la regarda intensément. « Vous êtes plus forte que cela. J'en mettrais ma main au feu.

— Comment ? Comment le savez-vous ? »

Il se contenta de lui répondre avec les yeux.

« J'ai vécu plusieurs années avec Maceo Encarnación, après toute une série... » Elle était sur le point de dire *après toute une série d'hommes qui m'ont utilisée et que j'ai utilisés, au cours des mois qui ont suivi ma fuite de Marrakech*, mais elle se mordit la langue. Comment lui raconter toutes ces humiliations ? Et pourtant Don Fernando était le seul à pouvoir comprendre, le seul à lui inspirer une totale confiance. C'était nouveau pour elle, et d'autant plus stupéfiant qu'elle pensait sincèrement qu'aucun homme n'était digne de sa confiance, pas même Maceo Encarnación qui la payait grassement pour ses services, tout comme il avait payé sa formation. « *Le meurtre est dans ta nature,* lui avait-il dit au début de leurs relations. *Tu as juste besoin de peaufiner tes talents, de les enrichir.* » Entre eux, la notion de confiance n'avait jamais été évoquée. Ils étaient liés par un contrat, rien de plus, mais rien de moins. Et pourtant, jamais elle n'aurait imaginé qu'elle le trahirait un jour.

Don Fernando Hererra, l'homme dont les yeux savaient sonder son âme, semblait-il, avait changé tout cela. Il avait donné un grand coup de pied dans ses certitudes, brisant jusqu'aux règles qu'elle s'était forgées. Mais, à bien y réfléchir, peut-être n'avait-il fait que lui donner le choix, lui tendre la clé de sa prison. C'était elle qui avait ouvert la porte pour passer dans un monde nouveau. Il ne lui avait rien ordonné de faire ou de ressentir. Il avait seulement essayé de lui montrer que sa décision était déjà prise.

Elle savait intuitivement que Don Fernando voyait les choses ainsi. Et elle lui en était infiniment reconnaissante. C'était ce genre d'homme qu'elle avait toujours rêvé de rencontrer. La vie passant, elle avait acquis la certitude que l'homme idéal ne croiserait jamais son chemin, qu'il n'existait probablement pas.

Et pourtant...

Elle détourna le regard et se perdit dans la contemplation des bateaux alignés dans le port, des voiles enroulées, des filets séchant sur le pont des chalutiers tout juste revenus de la pêche.

Les rochers de granit s'élevaient comme des épaules de géant au-dessus de la mer.

« Quand j'étais enfant, dit-elle, je croyais que la fin du monde allait bientôt arriver. » Elle s'interrompit, redoutant presque de se trahir. Puis elle franchit la dernière étape et s'élança vers la liberté. « J'avais tort. Ce n'était que le début. »

16

CONSTANZA CAMARGO HABITAIT À COLONIA POLANCO, au coin des rues Alexandro Dumas et Luis G. Urbina. Depuis les jalousies qui donnaient sur l'avant de la maison, on voyait la végétation du Parc Lincoln et l'étang aménagé en son centre. Au-delà, vers le nord, après les épais bouquets d'arbres aux formes géométriques, commençait la rue Castellar. Sa demeure de style colonial était accueillante, confortable et même intimiste grâce à la profusion d'objets personnels exposés un peu partout : photos, souvenirs d'une vie passée à voyager de par le monde.

« On dirait que quelqu'un ici aime l'Indonésie », dit Bourne.

Constanza les conduisit dans la salle à manger au plafond traversé de poutres sombres. Le papier peint vert foncé présentait des motifs abstraits rappelant une étendue boisée. Derrière des doubles portes vitrées, on apercevait une cour intérieure dominée par un tilleul et une fontaine d'où semblaient jaillir deux dauphins de ciment, saisis en plein saut. L'espace était cerné de murs en pierre blanche envahis par des grappes de bougainvillées pourpre et roses.

« C'est moi, bien sûr, dit Constanza. À Java, je suis montée au sommet du temple bouddhiste de Borobudur, au lever du soleil. En fin d'après-midi, j'ai entendu la voix des muezzins se répercuter à travers la vallée crépusculaire, dorée par le soleil. Stupéfiant. Je suis aussitôt tombée sous le charme. »

À peine installés autour de l'épaisse table à tréteaux, des serviteurs les entourèrent, les uns chargés de soupières, d'autres d'assiettes garnies, de bouteilles de tequila, de vin et d'eau de source.

Le service s'effectua avec solennité, comme un rite. Une étincelle dans le regard, Constanza se tourna vers ses hôtes. « Maintenant que vous connaissez mon histoire, j'ai hâte d'entendre les vôtres.

— Nous sommes à la recherche de quelqu'un, dit Bourne avant que Rebeka n'ouvre la bouche.

— Ah, sourit Constanza. Vous n'êtes donc pas en vacances.

— Malheureusement non. »

Elle attendit qu'un domestique dépose dans son assiette quelques cuillérées de *mole* de porc qu'il arrosa de cette magnifique sauce brune. « Et j'imagine qu'il s'agit d'une recherche urgente, n'est-ce pas ?

— Pourquoi dites-vous cela ? », demanda Rebeka.

Constanza lui décocha un regard amusé. « Vous croyez que je n'ai pas vu cet homme à la mine patibulaire qui traînait dans le hall des arrivées ? J'ai pris de l'âge mais je ne suis pas encore sénile !

— J'aimerais être aussi vive que vous quand j'aurai votre âge, répondit Rebeka.

— La flatterie ne vous mènera nulle part, fit Constanza avec un clin d'œil. Pourquoi pensez-vous que je vous ai proposé ma voiture ? » Elle se pencha vers eux en prenant un ton de conspiratrice. « Je veux me lancer dans l'action.

— L'action ?

— Quoi que vous ayez l'intention de faire. Quoi que cet homme inquiétant ait l'intention de vous empêcher de faire.

— Puisque nous parlons sans détours, dit Bourne, sachez que cet homme inquiétant a la ferme intention de nous tuer. »

Constanza se renfrogna. « C'est proprement scandaleux ! »

Rebeka secoua la tête. « Vous n'êtes pas choquée ?

— Après la vie que j'ai menée, rien ne me choque. » Elle se tourna vers Bourne qu'elle dévisagea. « Surtout de la part de gens qui prétendent travailler dans l'import-export. Mon mari a exercé ce métier pendant des années ! »

Elle joignit les mains et délaissa totalement son assiette, à supposer qu'elle s'y fût jamais intéressée. « Alors, dites-moi ce que vous savez et je vous aiderai à trouver la personne que vous cherchez.

— Il s'agit d'un dénommé Harry Rowland, dit Bourne.

— Ou Manfred Weaving, compléta Rebeka.

— Des pseudos, fit Constanza, l'œil brillant. Oh oui, je connais les pseudos. Acevedo s'en servait au début de notre mariage quand nous voyagions à l'étranger.

— Un détail peut nous aider à localiser cet individu, dit Bourne. Nous pensons qu'il travaille pour SteelTrap. »

Une ombre obscurcit le regard de Constanza, et son expression passa tout à coup de l'amabilité à la dureté, voire la méchanceté. Elle les scruta l'un après l'autre. « Je vais certainement vous paraître excessive, peut-être même mélodramatique. Les deux, j'espère. » Au fond de ses prunelles insondables couvaient des secrets qu'il valait mieux ne pas connaître. « Je vous conseille vivement d'oublier cet homme, Rowland ou Weaving. Je ne sais pas ce qu'il vous a fait, mais laissez tomber. Quittez Mexico par le prochain avion. »

*

Après une nuit agitée passée à fuir Charles Thorne à travers un labyrinthe de corridors humides puant l'éther et la mort, Delia se réveilla dans son lit avec un furieux mal de crâne que trois ibuprofènes ne purent éradiquer. Elle vérifia son portable. L'infirmière de Soraya n'avait pas cherché à la contacter, ce qui ne l'étonna guère. Il y avait un message vocal et deux textos d'Amy qui demandait où elle était passée. Au grand dam de Delia, Amy et Soraya ne s'entendaient pas. Elle avait eu du mal à l'admettre, mais le fait était qu'Amy jalousait l'intimité régnant entre Soraya et elle. Pourtant, Delia lui avait juré qu'il n'y avait rien de physique dans leur relation, que Soraya était exclusivement hétéro. Mais non, Amy ne la croyait pas. « J'ai lu des tas d'articles sur l'homosexualité latente chez les Arabes », avait déclaré Amy, lors d'une scène particulièrement pénible. « *Elle est enfouie, bien cachée, ce qui décuple la force du désir.* » Que pouvait-on répondre à cela ? Rien. Alors Delia avait renoncé à lui faire entendre raison et, peu à peu, avait totalement renoncé à évoquer Soraya quand elles étaient ensemble.

Une fois douchée et habillée, elle passa en coup de vent dans un drive-in McDonald pour manger un morceau. Elle aurait tout aussi bien pu mastiquer le carton d'emballage, pour l'intérêt qu'elle trouvait à se nourrir en ce moment.

En arrivant au bureau, elle s'occupa l'esprit en fabriquant un mécanisme à double détonation d'une ingéniosité démoniaque. Quand elle pensa à regarder sa montre, plus de deux heures s'étaient écoulées. Alors elle se leva, s'étira, et fit quelques pas dans le labo, histoire de s'éclaircir les idées.

Peine perdue. Quoi qu'elle fît, elle se retrouvait en butte à ses idées fixes, à sa colère contre Charles Thorne. Bien sûr, c'était avant tout Soraya qui la préoccupait. À présent, elle ne comprenait plus du tout ce que son amie avait pu trouver d'attirant chez ce monstre. Peut-être un fantasme de femme hétéro, songea-t-elle, oscillant entre l'amusement et l'amertume. Non seulement ce type l'avait humiliée mais, pire encore, elle l'avait laissé faire.

Quand elle regagna son poste de travail, elle n'arrivait plus à se concentrer. Alors elle attrapa son manteau et retourna à l'hôpital. Il lui semblait important de rester à son chevet tant qu'elle serait inconsciente et vulnérable.

Épuisée, l'estomac dans les talons, elle s'engagea dans le couloir de l'unité de soins intensifs, trouva l'infirmière de Soraya et, apprenant qu'il n'y avait pas de changement, descendit à la cafétéria en sous-sol, entassa des assiettes sur un plateau, ajouta un soda, paya, et enfin s'assit à une table en Formica où elle mangea sans quitter des yeux la grosse pendule analogique fixée au mur. Son amie occupait toutes ses pensées ; elle priait pour que chaque seconde qui passait la rapprochât un peu plus de la guérison.

Mon Dieu, psalmodiait-elle silencieusement, *veillez sur elle, protégez-la du mal, faites qu'elle se rétablisse et que son bébé se porte bien.*

Ses yeux brûlaient, elle avait l'impression que sa peau se desséchait. Elle avait passé tellement de temps dans cette atmosphère aseptisée. Elle aurait dû sortir, ne serait-ce que quelques minutes, faire au moins le tour du quartier, mais elle ne pouvait s'y résoudre, trop impatiente d'entendre sonner son portable. Pourvu qu'on lui annonce bientôt de bonnes nouvelles.

Son vœu fut exaucé. Elle sursauta quand son téléphone se mit à vibrer. C'était l'infirmière. Sans attendre la fin de sa phrase, Delia se précipita hors de la cafétéria, le cœur battant, s'engouffra dans l'escalier car l'ascenseur était trop lent à son goût. Et pendant qu'elle grimpait les marches deux à deux, elle pensait : *Allez, Raya ! Allez ! Courage !*

Elle pressa le gros bouton carré qui commandait l'ouverture des portes automatiques et entra dans le service où, de part et d'autre d'une large allée centrale, des habitacles clos par des paravents bruissaient de tonalités diverses et variées : bips suraigus, sifflements, soupirs des machines destinées à maintenir en vie les malades les plus atteints, les aider à respirer.

Elle passa rapidement devant les box des grands brûlés et des cardiaques. L'habitacle où reposait Soraya était le dernier sur la droite. Son infirmière, une jeune femme aux cheveux retenus en arrière par des épingles, l'accueillit d'un regard aimable.

« Elle est réveillée, dit-elle en découvrant le visage anxieux de Delia. Ses fonctions vitales sont stabilisées. Le Dr Santiago et l'un de ses confrères l'ont examinée. Ils semblaient enchantés par les progrès de leur patiente. »

Delia avait l'impression de marcher sur des aiguilles chauffées à blanc. « Et leur pronostic ?

— Ils restent prudents, mais ils sont optimistes. »

Delia sentit une bulle se dégonfler dans sa poitrine. « Alors, elle est tirée d'affaire ?

— Je crois pouvoir l'affirmer, oui. » La jeune femme lui offrit un sourire indéchiffrable, comme les infirmières en ont le secret. « Cela dit, il faudra du temps pour qu'elle récupère vraiment.

— Je veux la voir. »

L'infirmière acquiesça d'un hochement de tête. « Je vous en prie, ne la fatiguez pas trop. Elle est encore très faible et elle se bat pour deux. »

L'infirmière allait partir quand Delia lui demanda : « A-t-elle reçu d'autres visites avant moi ?

— Je vous ai téléphoné dès que les médecins ont eu fini de l'ausculter.

— Merci », répondit Delia, soulagée.

L'infirmière leva la tête. « Appelez-moi en cas de besoin. » Elle désigna un endroit un peu plus loin. « Je serai à la station de surveillance. »

Delia lui fit un signe du menton, poussa le rideau en tissu et découvrit son amie reliée à une ribambelle de machines. Le lit médical était en partie relevé, si bien que Soraya la vit aussitôt. Son expression s'illumina.

« Delia », murmura-t-elle en lui tendant la main. Elle ferma les yeux un instant et, lorsqu'elle sentit sous ses doigts la chaleur de son amie, ajouta : « Je suis revenue du fond des enfers.

— C'est ce qu'on m'a dit. » Delia paraissait grandement soulagée de la voir si reposée et bien plus solide qu'après l'opération. Ses joues cireuses de la veille étaient à présent nimbées de rose tendre.

« Le voyage a été pénible, mais je sais que le pire est derrière moi. »

En la voyant sourire, Delia éclata en sanglots.

« Qu'y a-t-il, Delia ? Qu'y a-t-il ?

— C'est ton sourire d'avant, Raya. Celui que j'aime tant. » Elle se pencha et déposa un tendre baiser sur chacune de ses joues, comme font les Européens. « À présent, je sais que ma meilleure amie est de retour. Tout va s'arranger.

— Approche, dit Soraya. Assieds-toi près de moi. »

Delia se percha au bord du lit, sans lui lâcher la main.

« Je n'ai pas cessé de rêver, Delia. J'ai rêvé que j'étais à Paris avec Amun, qu'il était encore vivant. J'ai rêvé d'Aaron, aussi. Et j'ai rêvé que Charlie était ici. » Ses yeux, plus clairs à présent, scrutaient ceux de Delia. « Il est encore ici, dis-moi ?

— Non, il est parti. » Delia détourna les yeux un instant, avant de la regarder de nouveau. « Il a dit qu'il avait changé d'avis en apprenant pour le bébé. Il veut te garder auprès de lui.

— Autrement dit, tu t'es méprise sur son compte.

— Je suppose.» Elle n'avait pas l'intention de lui parler des menaces odieuses que Thorne avait proférées.

«Bien. C'est très bien, dit Soraya en pressant gentiment la main de Delia. Tu as agi exactement comme je l'espérais.

— Comment cela?» Delia leva la tête, intriguée.

Le sourire de Soraya se transforma en une moue contrite. «Je me suis servie de toi, Delia. Juste avant mon hospitalisation, je suis passée le voir mais je n'ai pas réussi à lui dire ce que je voulais. C'était trop écœurant. J'avais besoin que tu le fasses pour moi. Ne sois pas fâchée.

— Comment pourrais-je être fâchée contre toi? s'écria Delia. Mais je ne comprends rien à ce que tu racontes.»

Soraya désigna sa table de chevet. «Je pourrais avoir de l'eau fraîche?»

Delia se leva, prit le pichet, versa un peu d'eau dans un gobelet en plastique et le tendit à Soraya qui but avidement.

«Il faut absolument que nous restions ensemble, Charlie et moi, reprit-elle en lui rendant le gobelet vide.

— Je ne comprends toujours pas.»

Soraya rit doucement et posa la main sur son ventre. «Touche, Delia. Il bouge.»

Delia essaya, sentit un coup de pied et se mit à rire elle aussi.

«Dis-moi, Raya, fit-elle en se rasseyant. Il est grand temps que je sache ce qui nous relie tous les trois, toi, moi et Thorne.»

Soraya l'observa une seconde avant de lui avouer: «Je t'ai menti sur ma relation avec Charlie.»

Delia se contentait d'écouter.

«Je l'ai fait pour le boulot.

— Ton histoire d'amour avec lui, c'était du boulot?» Cette révélation lui fit l'effet d'un coup de poing. «Tu rigoles ou quoi?

— J'aimerais bien.» Soraya soupira. «Mais hélas, c'est la stricte vérité. Je l'ai séduit par obligation. Je ne peux pas t'en dire davantage. Je regrette sincèrement de te l'avoir caché.

— Ne t'inquiète pas pour cela, Raya. Je...» Tout s'éclairait dans sa tête. Cette situation qui lui avait paru si absurde prenait à présent tout son sens. «Franchement, je n'ai jamais pu comprendre ce que tu lui trouvais.

— Les secrets, Delia. Ma vie est gouvernée par les secrets. Tu le sais.

— Oui, mais quand même. Aller jusqu'à coucher avec...

— Je n'ai fait que suivre une tradition multiséculaire. Songe à Cléopâtre, à Lucrèce Borgia, à Mata-Hari. »

Delia avait l'impression de découvrir son amie sous un jour nouveau. « Et le bébé ? »

Les yeux de Soraya scintillèrent. « Ce n'est pas le sien.

— Attends. Là, je ne te suis plus. Tu m'avais dit...

— Je sais ce que je t'ai dit, Delia. Actuellement, j'ai besoin que Charlie croie être le père. » Elle se caressa le ventre. « C'est l'enfant d'Amun. »

Delia se sentit carrément perdue. Elle avait l'impression d'avancer à tâtons dans un monde inconnu dont Soraya lui dévoilerait les mystères l'un après l'autre. « Et s'il demande à faire un test de paternité ?

— Et si je révèle notre relation à sa femme ? »

Delia dévisagea Soraya. Elle commençait à comprendre et, en elle, la stupéfaction le disputait à un certain malaise. « Raya, je te jure que tu me fous les jetons en ce moment.

— Oh, Delia, c'est bien malgré moi. Tu es mon amie. Je t'aime plus qu'une sœur. Même Peter n'est au courant de rien. Je t'en prie, essaie de comprendre.

— Je fais mon possible, Raya. Honnêtement. Mais je me dis qu'on ne connaît jamais vraiment l'autre, même si tu penses qu'on est très proches toutes les deux.

— Nous *sommes* proches, Delia. » Elle lui tendit la main. « Écoute-moi, depuis que je suis revenue de Paris, je remets des tas de choses en question. Je m'aperçois que la vraie vie ne peut reposer sur des secrets, des faux-semblants. Or, quand j'y pense, ma vie n'est faite que de cela. » Elle se mit à rire. « Mise à part notre relation à toutes les deux, bien sûr. » Elle se rembrunit aussitôt. « Mais maintenant qu'il y a ce bébé, je me dis... l'utiliser pour faire pression sur Charlie... c'est odieux. Pour la première fois, je me sens sale, comme si j'avais franchi la limite du tolérable. Je n'ai pas le droit d'utiliser mon enfant de la sorte. Je ne veux pas qu'il vive dans l'ombre. Il mérite mieux, Delia. Il mérite la lumière, le contact avec les gosses de son âge. Il mérite une mère qui ne sera pas obligée de regarder sans cesse derrière elle. »

Delia se pencha et l'embrassa sur la joue. « Je suis contente, Raya. Depuis que tu m'as parlé du bébé, j'attends que tu me dises cela. »

Soraya sourit. « Voilà, c'est fait.

— Il faudra mettre Peter au courant.

— Je l'ai déjà fait, plus ou moins.

— Vraiment ? Comment l'a-t-il pris ?

— Tu connais Peter. Il est raisonnable. Il comprend. »

Delia hocha la tête. « C'est un homme bien. Et Thorne, qu'est-ce que tu vas lui raconter ?

— Que dalle. Je n'ai pas besoin de te dire comment fonctionne Charlie. »

Avec un frisson de dégoût, Delia repensa à la conversation humiliante qu'ils avaient eue la veille, et surtout au geste vulgaire qu'il avait esquissé dans le but de la provoquer. *« Tu ne sais pas ce que tu rates »*, avait-il dit en se touchant l'entrejambe.

Elle avait très envie de tout dévoiler à son amie : le piratage de son téléphone portable, les enregistrements des messages à caractère très privé qu'Amy lui avait laissés. Mais elle se ravisa, par crainte de la bouleverser. Soraya était encore trop faible. Mais surtout, Delia ne voulait pas gâcher l'élan d'espoir qu'elle devinait chez elle ; Soraya allait démarrer une nouvelle vie, loin de toute cette merde noire.

Alors, elle afficha un beau sourire, ravala son amertume et répondit : « Non, pas besoin. Je commence à bien le connaître depuis ces derniers jours. » Elle se pencha pour lui faire la bise. « Ne t'inquiète pas. Tes secrets sont en sécurité avec moi. »

*

« Comme je sais que vous ne suivrez pas mon conseil, je n'ai pas le choix, dit Constanza Camargo à Bourne. Je dois vous aider.

— Bien sûr que vous avez le choix », répliqua Rebeka.

Constanza secoua lentement la tête. « Vous n'imaginez pas ce qu'est la vie dans ce pays. La notion de destin domine tout. C'est impossible à expliquer, sauf peut-être, par le biais d'une histoire. »

La *comida* se terminait. Ils passèrent au salon dont les boiseries d'ébène et l'exquise décoration évoquaient une époque plus raffinée. Du fond de son fauteuil roulant, Constanza, les mains jointes sur son giron, se lança dans le récit promis. Et tandis qu'elle parlait, les années semblèrent s'effacer et son visage retrouver la splendeur de sa jeunesse.

« Maceo Encarnación ne s'est pas contenté de me prendre mon époux. Il m'a aussi privée de mes jambes. Je vais vous raconter comment c'est arrivé. » Elle sortit une petite boîte en argent aplatie, l'ouvrit d'un coup sec et leur proposa un cigarillo, avant de se servir. Manny, qui ne la quittait pas d'une semelle, lui tendit la flamme d'un briquet. « J'espère que la fumée ne vous dérange pas », dit-elle sur un ton qui ne souffrait pas de réponse.

Elle tira quelques instants sur son cigarillo d'un air vague. « Comme je le disais, commença-t-elle, la roue du destin gouverne l'existence des Mexicains. Le désir aussi – après tout, nous sommes des latins ! Mais il arrive que le désir contrecarre le destin. Acevedo l'a découvert à ses dépens quand il a voulu changer de vie. Le destin avait fait de lui un caïd de la drogue. Il lui a tourné le dos et il en est mort.

« J'aurais dû tirer les leçons de son erreur, mais hélas, j'étais aveuglée par mon désir de vengeance. Ce désir m'a coupée de mon destin et, au bout du bout, il m'a retiré l'usage de mes jambes. Voilà ce qui s'est passé : après qu'Acevedo a été abattu, j'ai convoqué ses hommes, des Colombiens qui lui devaient leur gagne-pain mais aussi la vie. Ils se sont réunis dans cette maison et, sur mes directives, sont allés mettre fin à l'existence de Maceo Encarnación. »

Elle tira longuement sur son cigarillo, qui fuma comme un pistolet venant de servir. « J'étais stupide, poursuivit-elle. J'ai mal calculé mon coup, ou plutôt, j'ai sous-estimé Maceo Encarnación. Ce misérable est protégé par un pouvoir surnaturel, un pouvoir presque divin. Les loyalistes d'Acevedo furent décapités et ensuite, mon tour est venu. »

Elle frappa du poing sur ses cuisses inertes. « Voilà le résultat. Il m'a laissée en vie. Pourquoi ? Je ne l'ai jamais su. Il devait estimer que cette punition était pire que la mort. De la cruauté pure et simple. »

De la main, elle fit un geste signifiant que les motivations de son bourreau lui importaient peu. « Monsieur Moore, si je vous ai raconté cet épisode de ma vie, c'est pour vous mettre en garde, pas pour éveiller votre sympathie. » Elle se tourna vers Rebeka. « À présent, ma chère, vous comprenez comment fonctionne la grande roue du destin. Elle vous a poussés vers moi, ou moi vers vous, pour une raison bien précise. Aujourd'hui, le destin a exaucé mon désir de vengeance. Il m'a fourni les armes dont j'avais besoin. Rebeka, je sais pertinemment que vous n'êtes pas la femme de monsieur Moore, ajouta-t-elle avec un sourire. De même, je sais qu'il ne s'appelle pas Moore. » Elle se retourna vers Bourne. « Pour accomplir une mission si dangereuse, un homme comme vous ne viendrait pas au Mexique avec sa femme. Ce serait comme la faire entrer dans la tanière d'un tigre. »

Elle leva le doigt. « Ne vous bercez pas d'illusions. Je vous assure que cette comparaison est tout à fait appropriée. Maceo Encarnación n'éprouve aucune pitié. Il ne vous laissera pas de deuxième chance. Si vous échouez, il vous tuera, et c'est ce qui pourra vous arriver de mieux. » Elle écrasa son cigarillo. « Mais si vous tirez la bonne carte, si vous êtes plus malin que lui, peut-être ressortirez-vous de sa tanière avec ce que nous désirons, vous et moi. »

17

TULIO VISTOSO DÉBARQUA À WASHINGTON AVEC L'ANGOISSE au ventre et la rage au cœur. Il se demandait comment Florin Popa avait pu se planter à ce point. Pourtant, il n'avait pas eu grand-chose à faire, à part mettre à l'abri les trente millions que lui, Don Tulio, avait si habilement dérobés sur la piste abrupte traversant le Cañon del Sumidero, près de Tuxla Guttierez, avant de les remplacer par des faux billets, censément indétectables. Maintenant, s'il ne trouvait pas le moyen de calmer Don Maceo et ses redoutables clients d'ici à trente-six heures, sa vie ne vaudrait plus un clou.

Il ruminait encore sa fureur quand il entra dans la marina et vit les flics qui fourmillaient autour du Cobalt amarré au numéro 31. Pas seulement des flics, réalisa-t-il dans un sursaut. Des *federales*. Ces gars-là, il les reniflait à un kilomètre, à leur manière de marcher droit devant eux, comme des chevaux tirant un attelage. Il n'en croyait pas ses yeux. Le bateau était étroitement surveillé, entouré par un ruban jaune marqué « SCÈNE DE CRIME ».

Dieu tout-puissant, toi qui sais tout, dis-moi ce qui s'est passé. Instinctivement, il regarda autour de lui, comme si Popa pouvait traîner quelque part dans les parages. Où diable était-il passé ? s'interrogea Don Tulio, de plus en plus inquiet. Se serait-il fait la malle avec les trente millions ? Les trente millions de Don Tulio. Cette perspective le terrifiait. Mais il y avait pire : les *federales* avaient peut-être attrapé Popa et mis la main sur le fric ? D'une main tremblante, il écrivit plusieurs textos à ses lieutenants en leur intimant de se lancer illico presto à la recherche du magot.

L'Aztèque se sentait devenir hystérique. Son cerveau sur-chauffé imaginait les pires catastrophes. Pourtant, il finit par se raisonner et retrouver une attitude plus digne. Alors, il tourna les talons et s'éloigna rapidement. Quand il se passa la main sur le front, ce fut pour constater que malgré le froid, il transpirait comme un porc.

Sur le parking devant lui, une voiture s'arrêta et, un instant plus tard, un homme jeune en descendit prestement, croisa Don Tulio et continua d'un bon pas vers le quai. Intrigué, l'Az-tèque se retourna. L'homme se plantait devant le Cobalt. Et voilà qu'à présent, tous ces larbins de *federales* commençaient à lui lécher les bottes. C'était *el jefe*. Passionné par le spectacle, Don Tulio décida de rester dans le secteur afin de les observer le plus discrètement possible. Pour ce faire, il repartit en direction du port, trouva un bateau inoccupé, amarré à bonne distance du *Récursif* mais offrant toutefois un beau point de vue. Il sauta sur le pont, se planqua, et resta sans rien faire à part espionner le nouveau venu.

Heureusement pour lui, les voix portaient loin, grâce aux pro-priétés de l'eau et au silence ambiant. Les bribes de conversations qui lui parvinrent lui apprirent que *el jefe* s'appelait Marks. Il ten-dit le cou et repéra la Chevy Cruze blanche au volant de laquelle Marks était arrivé, sauta sur le quai qu'il longea tranquillement jusqu'au parking, nota le numéro minéralogique, regagna sa cachette et se concentra sur Marks lui-même. Un plan se formait déjà dans sa tête.

D'expérience, il savait qu'il valait mieux affronter directe-ment le chef de ses ennemis que s'ingénier à passer par la voie hiérarchique. Mais s'attaquer à des *federales*, surtout sur leur propre terrain, n'était pas chose aisée. Avant de s'y frotter, on avait intérêt à envisager les moindres éventualités. Tulio savait aussi qu'une occasion pareille ne se représenterait pas de sitôt. Il devait donc en tirer le meilleur parti. L'affaire n'était pas sans danger, bien sûr, mais quelle importance ? Le danger avait jalonné son existence depuis l'âge de dix ans, quand il arpentait les rues d'Acapulco. Il avait toujours aimé la mer, même avant de devenir plongeur de falaise pour amuser les *gringos* et leur soutirer quelques sous. Il était le meilleur, en ce temps-là. Il sautait d'un point plus élevé, nageait plus profond, restait immergé plus longtemps que tous les autres. L'écume lui servait de père, et sa mère, la vague, lui apportait un apaisement qu'il ne trouvait nulle part ailleurs.

Devenu le roi du plongeon de haut vol, il s'arrogeait un pourcentage sur les gains de ses homologues moins talentueux. La vie aurait pu continuer ainsi mais, un jour, il eut maille à partir avec un touriste américain. L'homme l'accusait d'avoir séduit sa fille adolescente. En réalité, la jeune *gringa* l'avait ouvertement dragué, mais ce détail n'entrait pas en ligne de compte. Le père était immensément riche et les autorités d'Acapulco tenaient à préserver la réputation de ce lieu de villégiature internationalement connu.

Il put s'enfuir juste avant l'arrivée des flics, mit le cap au nord et se perdit dans la capitale tentaculaire, le cœur lourd de devoir abandonner l'océan qu'il aimait tant. Une vie gâchée à cause d'un sale *gringo*. Les années passèrent, il se construisit une nouvelle vie, goûtant d'abord à l'anarchie puis, l'âge venant, il exprima sa rage contre les institutions en s'en prenant violemment à tous ceux qui bénéficiaient d'un travail stable. Finalement, à force d'habileté, il se fit admettre dans un cartel dont il grimpa les échelons par tous les moyens dont il disposait. Ses chefs ne tarissaient pas d'éloges, jusqu'au jour où les hommes de Tulio se chargèrent de leur trancher la tête à coups de machette.

À la suite de cet épisode sanglant, il s'autoproclama *jefe* et s'allia à d'autres caïds, pour mieux assurer sa mainmise sur le marché de la drogue. Don Tulio n'était pas à l'aise en société, il n'avait aucun talent, ni pour les finances ni pour la politique. Aussi son alliance avec Maceo Encarnación était-elle profitable pour l'un comme pour l'autre.

L'Aztèque faisait semblant de s'activer sur le pont du bateau voisin, tout en prêtant l'oreille aux conversations. C'est ainsi qu'il apprit la mort de Popa. *Jefe* Marks l'avait tué et trouvé la clé sur lui, par le plus pur des hasards. *Cette foutue clé,* songea

Don Tulio dans un accès de fureur. Marks était en possession de la clé. L'instant d'après, son esprit se calma suffisamment pour accoucher d'une pensée positive : *Il a peut-être cette foutue clé mais pas forcément les trente briques.* Puis d'une autre : *Si les* federales *avaient trouvé le fric, ils ne seraient pas en train de fouiller le bateau de fond en comble.*

En maugréant, l'Aztèque enroula la même corde pour la dix-septième fois, puis s'aperçut que les *federales* se dispersaient. Alors, il descendit dans la cabine et, perché sur un siège inconfortable, tua le temps en comptant le nombre de rivets sur le pont. Bientôt il vit défiler les ombres des *federales* qui quittaient le *Récursif* et remontaient le quai en direction du parking. Il attendit que les moteurs tournent puis, lorsque le bruit cessa, décida qu'il était temps d'agir.

Émergeant de sa cabine, il courut vers le *Récursif* qui lui parut totalement vidé de ses occupants. Il y serait bien monté immédiatement, sachant que chaque minute qui passait le rapprochait de l'impitoyable couperet, mais tenter cela en plein jour eût été stupide de sa part. Il n'avait plus qu'à prendre patience et attendre que la nuit tombe. Il revint sur ses pas, s'allongea sur le pont de l'autre bateau et sombra aussitôt dans un sommeil profond que rien ne vint troubler.

*

« Minuit, dit Constanza. Manny viendra vous chercher. »

Après leur avoir souhaité bonne nuit, elle les laissa gagner leurs chambres voisines dans l'aile des invités. Rebeka ouvrit presque aussitôt la porte de Bourne.

« Vous êtes fatigué ? », demanda-t-elle.

Bourne lui fit signe que non.

Elle entra, passa devant lui et alla se poster près de la fenêtre, bras croisés, regard perdu dans les ombres du patio. Bourne la rejoignit. On entendait les palmiers bruire dans le vent. Un rayon de lune blanchissait le feuillage frémissant d'un citronnier.

« Jason, vous arrive-t-il de penser à la mort ? » Devant son silence, elle poursuivit. « Moi, j'y pense tout le temps. »

Elle frissonna. « Ou peut-être est-ce à cause de Mexico. J'ai l'impression que la mort imprègne complètement cette ville. C'en est effrayant. »

Elle se tourna vers lui. « Et si nous mourons demain ?

— Nous survivrons.

— Et dans le cas contraire ? »

Il haussa les épaules.

« Alors nous mourrons dans l'ombre », dit-elle, répondant à sa propre question.

Elle changea de position et dit : « Prenez-moi dans vos bras. » Il la serra contre lui. « Pourquoi sommes-nous si différents des autres gens ? reprit-elle. Leurs sentiments sont profonds et les nôtres si superficiels, comme deux filets d'eau qui glissent l'un sur l'autre ? Qu'est-ce qui cloche chez nous ?

— Nous ne pourrions pas exercer ce métier si nous n'étions pas ainsi, murmura Bourne en baissant les yeux vers elle. Il nous est interdit de revenir en arrière et une seule issue nous est réservée. Seulement voilà, plus nous sommes efficaces dans ce métier, moins nous souhaitons en sortir.

— Nous aimons tant que cela ce que nous faisons ? »

Il garda le silence. La réponse tombait sous le sens.

Elle resta blottie contre lui, jusqu'à ce que Manny s'annonce en frappant discrètement à la porte entrouverte.

*

« Son vrai nom n'a pas d'importance, dit Manny en roulant à travers les rues illuminées de Mexico. On l'appelle *el Enterrador*. » Le Croque-Mort.

« Ça ne fait pas un peu mélo ? », répliqua Rebeka, assise sur la banquette en velours du Hummer blindé.

Manny la regarda dans son rétroviseur en souriant de toutes ses dents. « Attendez de le rencontrer. »

Ils croisèrent des voitures de police rangées en demi-cercle et, sous la lumière clignotante des gyrophares, assistèrent à quelques secondes d'une bataille rangée opposant six flics armés de matraques et une douzaine d'adolescents brandissant des couteaux à cran d'arrêt et des bouteilles de bière brisées.

«Une nuit comme les autres à Mexico», commenta Manny, sans ironie.

Ils continuèrent leur route dans la Zona Rosa, le centre historique aussi vaste qu'une ville, qui s'étendait, telle une pieuvre, sur son plateau culminant à quinze cents mètres d'altitude. Au loin se dressait le Popocatépetl, le grand volcan qui menaçait Mexico comme un dieu aztèque ruminant sa vengeance.

Ils virent des incendies, des poursuites entre gangs rivaux ; ils entendirent de la techno et de la musique ranchera se déverser par les portes des night-clubs, mêlées à des cris de bagarre, parfois à des détonations. Ils furent doublés par des véhicules pétaradant, aux moteurs survitaminés, conduits par des gosses ivres, équipés d'enceintes customisées crachant de la cumbia ou du rap. On se serait cru dans un film d'horreur tournant en boucle.

Le cauchemar prit fin lorsqu'ils atteignirent le quartier de Villa Gustavo a Madero, le cœur de la ville. Manny relâcha la pédale d'accélérateur pour rouler tranquillement dans ses rues endormies et sombres. Comme des fougères géantes, la cime noire des arbres se découpait sur l'horizon clignotant, puis soudain, ils longèrent les allées paisibles du Cementerio del Tepeyac, le cœur du cœur.

«Un cimetière, évidemment, dit Rebeka, histoire de détendre l'atmosphère. J'aurais été étonnée qu'*el Enterrador* exerce ses talents dans un autre contexte.»

Pourtant, Manny ne les conduisit pas au fond d'une crypte mais devant le portail de la Basilica de la Guadelupe, qu'il déverrouilla sans la moindre difficulté.

L'intérieur de la vénérable église leur parut très chargé, orné de magnifiques peintures, dorures, lustres illuminant les hordes de chérubins qui s'égaillaient sur toute la surface de la voûte. Planté sur le seuil, Manny leur fit signe de monter l'allée centrale. Ils n'avaient pas encore atteint l'autel drapé de velours qu'une silhouette se matérialisa : celle d'un homme portant une moustache et une barbe taillée en pointe. Ses yeux noirs brillaient si fort qu'ils semblaient traverser leurs vêtements, leur peau, pour s'insinuer jusque dans leur cœur.

D'un fantôme, il avait la pâleur et le comportement. Il parlait d'une voix si chuintante que Bourne et Rebeka durent se pencher vers lui pour le comprendre. « Vous venez de la part de Constanza Camargo. » Ce n'était pas une question. « Suivez-moi. »

Il pivota sur lui-même et, quand il se mit à marcher, il releva les manches de sa soutane. Sur ses avant-bras noueux, sillonnés de muscles et de veines apparentes, des tatouages brillèrent d'une splendeur macabre. Ils représentaient des cercueils, des pierres tombales.

*

Quatre heures du matin n'avaient pas encore sonné quand l'horloge interne de l'Aztèque, toujours aussi exacte, lui signala qu'il était temps d'ouvrir l'œil. Son estomac gargouillait mais tant pis. Il avait trente millions de bonnes raisons d'oublier sa faim. Il attrapa une torche étanche, gainée de caoutchouc, et grimpa sur le pont.

Les lumières de Washington scintillaient au loin, comme posées sur l'eau. Don Tulio projeta son regard vers le *Récursif,* au numéro 31, et ne vit personne à bord. En fait, il n'y avait pas un chat dans la marina tout entière. Usant néanmoins de prudence, l'Aztèque resta un moment à guetter les bruits de la nuit – le clapotis des vaguelettes contre les coques, le gémissement des mâts sur lesquels tintaient les gréements – et n'identifiant rien de suspect, tendit plus encore l'oreille pour percevoir d'éventuels déplacements ou murmures, susceptibles de révéler une présence humaine.

Satisfait, il sauta sur le quai, observa d'abord la loge de la capitainerie puis, d'un pas furtif, se glissa à bord du *Récursif.*

Il fila directement vers le deuxième butoir, placé à tribord sur la coque, tâtonna et, à sa grande joie, trouva la corde en nylon. Le cœur battant, il la remonta, une main après l'autre. La charge suspendue au bout lui parut faire le bon poids. Plus il tirait, plus il se réjouissait. Assurément, ses trente millions étaient toujours là, à sa portée.

Mais quand il parvint au bout de son effort et braqua la torche sur le trésor tant espéré, il comprit que la sacoche avait été remplacée par un gros plomb.

« C'est ça que tu cherches ? »

Tulio fit un demi-tour sur lui-même. Le *jefe* Marks se tenait là, sur le pont, et brandissait la poche étanche, dégonflée, vide. En un éclair, il comprit que le magot s'était envolé et que sa vie n'allait pas tarder à le suivre. Poussé par un dernier élan de rage meurtrière, il se rua comme un taureau sur son tourmenteur. La détonation se répercuta sous son crâne. Il sentit la balle lui transpercer le biceps gauche mais rien ne pouvait l'arrêter. Les deux hommes basculèrent par-dessus le bastingage et plongèrent dans l'eau noire, si froide qu'ils en eurent le souffle coupé.

*

« Chinatown ? Vraiment ? » Une table en Formica séparait Charles Thorne de son interlocuteur, un homme grand et mince, vêtu d'un de ces costumes chinois au tissu brillant qui prétendaient imiter les coupes américaines.

« Essaie donc le *mu gu gay pan*, dit Li Wan en lui désignant une assiette du bout de ses baguettes. C'est délicieux.

— Seigneur, mais il est quatre heures du matin ! », grimaça Thorne. Point n'était besoin de demander comment l'autre avait fait pour accéder à ce restaurant à une heure où même les chats avaient déserté les rues de Chinatown. « En plus, ce plat n'est même pas vraiment chinois. »

Li Wan haussa ses épaules tombantes. « En Amérique, on s'en contente. »

Thorne sortit ses baguettes de l'étui en papier.

« Tu espérais manger du tendon de bœuf et des têtes de poisson, je suppose, dit Li avec un frisson perceptible.

— Mon ami, tu as passé trop de temps en Amérique.

— Je suis *né* en Amérique, Charles. »

Thorne plongea ses baguettes dans la sauce soja et en lécha les extrémités. « C'est bien ce que je disais. Tu as besoin de prendre des vacances. Retourne au pays.

— La Chine n'est pas mon pays. J'ai toujours vécu ici, à Washington. »

Li était un avocat renommé, spécialiste de la propriété intellectuelle. Ayant fait son droit à l'université de Georgetown, il pouvait se targuer d'être plus américain que n'importe qui d'autre. Mais son ami aimait le taquiner ; cela faisait partie de leurs relations.

Thorne fronça les sourcils. En réalité, il avait horreur du *mu gu gay pan*. « Pour un étranger, je trouve que tu es au courant de beaucoup de vilains secrets.

— Qui a dit que j'étais un étranger ? »

Thorne le regarda pensivement, puis appela un serveur qui passait. L'homme s'immobilisa devant lui en adoptant une mine affairée, peu crédible à une heure aussi tardive. Thorne souleva le menu plastifié collant de graisse et commanda du poulet Général Tao. « Extra-croustillant », précisa-t-il à l'intention du serveur qui, soit n'entendit pas, soit feignit l'indifférence. Il fallut donc que Li traduise dans un cantonais cinglant, digne d'un vrai Mandarin. L'homme se précipita en cuisine comme s'il avait le feu au derrière.

Li remplit deux tasses de thé au chrysanthème. « Franchement, Charles, après toutes ces années, il est regrettable que tu ne saches toujours pas t'exprimer dans l'une ou l'autre des langues chinoises.

— Quoi ? Pour le plaisir d'effrayer les restaurateurs de Chinatown ? Ces temps-ci, je n'y vois pas d'autre utilité. »

Li le gratifia de ce regard énigmatique dont il avait le secret.

« Ça t'amuse de leur faire peur, insista Thorne. Ne dis pas le contraire. Je te connais trop bien. »

Le serveur déposa une assiette de poulet Général Tao, lorgna Li d'un œil interrogateur et battit en retraite aussitôt qu'il eut obtenu l'assentiment qu'il espérait.

« Est-il extra-croustillant ? demanda Li.

— Tu sais bien que oui », répondit Thorne en entassant plusieurs morceaux dans son bol de riz.

Les deux amis mangèrent sans parler tandis que, dans la cuisine, d'autres aliments grésillaient en répandant une forte vapeur. Pour retrouver l'ambiance habituelle, il manquait néanmoins une bonne dose de hurlements et de bousculades. Ce silence inaccoutumé répandait sur le boui-boui un air de tristesse.

Quand ils eurent ingurgité quelques bouchées, Charles reprit la parole. « Je te connais depuis longtemps, Li, mais je n'arrive toujours pas à comprendre comment on peut se confier à un étranger comme toi...

— Chut. »

Leur serveur passa près de leur table en s'essuyant les mains sur son tablier sale et disparut derrière la porte des toilettes.

Li désigna l'assiette de Thorne. « Tu sais que le général Tao a vraiment existé. Zuo Zongtang. Dynastie Qing. Mort en 1885. Originaire du Hunan. C'est bizarre que ce plat soit sucré alors que la cuisine du Hunan est souvent très relevée. Cette recette ne vient pas de Changsha, la capitale du Hunan, ni de Xiangyin, la ville natale du général. Alors, quelle est son origine ? Certains prétendent qu'on l'appelait autrefois poulet *zongtang*.

— Ce qui signifie « Salle de réunion ancestrale. »

Li hocha la tête. « Si c'est vrai, notre brave général n'y est pour rien. » Il fit tourner une gorgée de thé dans sa bouche et avala. « Bien sûr, les Taïwanais en revendiquent l'invention. » Li posa ses baguettes. « Il faut en conclure, Charles, que personne ne connaît vraiment ce genre de choses – personne ne le peut.

— Serais-tu en train de me suggérer qu'il en est de même pour toi ? Que personne ne peut savoir comment tu es devenu le gardien si respecté de...

— Écoute un peu, le coupa Li. J'essaie juste de te faire comprendre que dans la culture chinoise, l'origine des choses est parfois multiple et leur raison d'être si complexe que nul ne la perçoit pleinement.

— Essaie quand même, répondit Thorne la bouche pleine.

— Si je déroulais mon arbre généalogique, je risquerais de te coller un foutu mal de tête. Contente-toi de savoir que je fais partie de l'élite chinoise résidant hors de Pékin. Et contrairement à ce que tu proposes, je ne retournerai pas dans ma patrie. Aux yeux des instances supérieures, je suis trop précieux là où je suis.

— Les instances supérieures, répéta Thorne avec un sourire narquois. Encore une de ces expressions qui ne veulent rien dire. Typiquement chinoises.

— On dit que Pékin est composé à parts égales de sables mouvants et de ciment, répondit Li en lui retournant son rictus comme un coup droit au-dessus du filet.

— Et que pensent "les instances supérieures" du fait que tu couches avec Natacha Illion ?» Le couple formé par Li et Illion, top model d'origine israélienne, faisait la une des magazines people depuis plus d'un an, durée record pour cette espèce rare et protégée.

Li ne fit aucun commentaire sur ce sujet brûlant. Il regarda Thorne reprendre sa dégustation et attendit un bon moment avant de passer à autre chose. «Je sais que tu as un petit problème.»

Les baguettes de Thorne restèrent suspendues entre le bol et sa bouche. Il cacha sa consternation en les reposant d'un geste empreint d'une lenteur calculée. «Qu'as-tu entendu dire, exactement, Li?

— La même chose que toi. Le comité de direction de *Politics As Usual*, dont tu fais partie, va bientôt faire l'objet d'une enquête pour piratage de données personnelles.» Il pencha la tête. «Dis-moi, est-ce que l'illustre sénatrice Ann Ring est au courant de cela?

— Si c'était le cas, répondit Thorne d'une voix acide, elle serait dans tous ses états. Non, l'enquête n'a pas commencé.

— Ça ne saurait tarder.

— Elle ne doit l'apprendre à aucun prix. Ce serait la fin de tout.

— Ça oui. La fin de la belle vie pour toi. Combien de millions pèse ta femme?»

Thorne le regarda sombrement.

«Dès l'ouverture de l'enquête, la sénatrice découvrira la vérité, à supposer qu'elle ne sache rien encore, reprit Li Wan.

— Elle ne sait rien, crois-moi.

— L'heure tourne, Charles.»

Thorne grimaça intérieurement. «J'ai besoin d'aide.

— Oui, Charles. C'est le moins qu'on puisse dire.»

*

El Enterrador les conduisit au fond de l'abside. Ils descendirent un petit couloir mal éclairé qui menait au presbytère. Ça sentait l'encens, le bois verni et la sueur. Sous l'énorme Christ en croix étaient étalés les plans architecturaux de la villa de Maceo Encarnación, sur la rue Castelar.

« Vous êtes sûre que c'est là que notre homme se rendra ? avait demandé Bourne à Constanza un peu plus tôt dans la soirée.

— Si, comme vous le dites, il a atterri ici, à Mexico, avait-elle répondu, il n'a pas d'autre endroit où aller. »

El Enterrador leur détailla chaque étage, chaque pièce de la maison. « Deux niveaux, fit-il d'une voix faible et chuintante rappelant du papier qu'on froisse. Et une cave, surtout. » Il leur expliqua en quoi le sous-sol était important.

« Le toit est en tuiles traditionnelles mexicaines non vernies. Très solide. Il y a deux portes de sortie au rez-de-chaussée, devant et derrière. Aucune issue au premier étage à part les fenêtres. Quant à la cave... » Son index, long et mince comme un stylet, se posa sur le plan.

Puis il souleva la feuille du dessus et passa à la suivante. « Le premier était le plan original. Voici maintenant les modifications que Maceo Encarnación a effectuées quand il a emménagé. » Il planta de nouveau son index sur le papier. « Vous voyez, ici, ici et encore ici, articula-t-il en les scrutant de ses yeux noirs et glacés. C'est peut-être un avantage pour vous. Ou peut-être pas. Ça ne me regarde pas. J'ai promis à Constanza de vous faire entrer. Le reste vous appartient. »

Quand il se leva, son capuchon projeta une ombre oblique sur le plan modifié. « Après, si vous réussissez, si vous parvenez à vous en sortir, ne revenez pas ici, ni chez Constanza.

— Nous avons déjà discuté de cela avec elle, dit Rebeka.

— Vraiment ? réagit-il sans parvenir à dissimuler son soudain intérêt. Eh bien, ça alors.

— Elle doit nous aimer. »

El Enterrador hocha la tête. « Cela ne fait aucun doute.

— D'où connaissez-vous la señora Camargo ? », demanda Rebeka.

El Enterrador leur lança un sourire mauvais. « On s'est rencontrés au ciel... Ou en enfer.

— Ça ne me dit pas grand-chose, fit Rebeka.

— Nous sommes au Mexique, señorita. Ici, il y a des volcans, des serpents, de la folie, des dieux et des sites sacrés, comme la ville de Mexico. Elle est construite sur le nombril de l'empire aztèque, au lieu même où se rencontrent le ciel et l'enfer.

— Bon, si on y allait maintenant ? », lança Bourne.

Le faux prêtre lui adressa un autre sourire de sa composition. « Vous ne croyez en rien, vous.

— Je crois en l'action, dit Bourne, pas au bavardage. »

El Enterrador hocha la tête. « Je vous l'accorde, mais... » Il lui tendit un objet, une minuscule réplique d'un crâne humain serti de cristaux. « Gardez-le avec vous. C'est une protection.

— Contre quoi ? demanda Bourne.

— Maceo Encarnación. »

À cet instant, Bourne se rappela les paroles de Constanza : « *J'ai sous-estimé Maceo Encarnación. Il est protégé par un pouvoir surnaturel, un pouvoir divin.* »

« Merci », dit-il.

El Enterrador inclina la tête, visiblement satisfait.

Rebeka intervint : « Nous allons rester ici ?

— Non. Vous serez transférés à la morgue où vous resterez jusqu'à ce que l'appel arrive.

— C'est dans cette morgue-là que l'appel arrivera ? demanda Bourne.

— Celle-là et pas une autre. »

Bourne acquiesça. Il se contenterait de cette réponse.

On les fit sortir du presbytère par une petite porte dérobée. Ils débouchèrent dans une cour au-delà de laquelle s'étendait le cimetière, aussi vaste qu'une ville. Les attendait un corbillard dont le moteur tournait bruyamment.

El Enterrador leur ouvrit la porte du fourgon, à l'arrière. Ils montèrent.

« *Vaya con dios, mis hijos* », dit-il sur un ton pieux. Il se signa et claqua la portière. Le corbillard s'ébranla. Pour s'éloigner de la basilique, il emprunta les allées obscures qui séparaient les tombes alignées du Cementerio del Tepeyac et s'enfonça toujours plus profondément dans le cœur mystique de la ville.

18

PETER RESSENTIT LE FRISSON DE LA MORT, tapie dans les profondeurs. Des mains lui enserraient la gorge. Il donna un coup de pied mais l'eau glaciale, aussi épaisse que de la boue, semblait l'aspirer vers le fond. Il porta les mains à son cou et, d'un geste vif, essaya de se libérer. La pression se relâcha mais les deux hommes continuaient à couler.

Quelques ciseaux avec les jambes inversèrent le mouvement. Peter partit comme une flèche vers le haut, mais les mains le rattrapèrent pour le ramener à sa position initiale. Pourtant, son agresseur devait manquer d'air, lui aussi. Ses poumons devaient brûler, son sang cogner dans ses tempes, son cœur marteler sa poitrine.

Peter ne le voyait pas. En fait, il ne l'avait jamais vu, même quand le faisceau de sa torche était passé sur lui, dans le bateau. L'autre l'avait aveuglé avec sa propre torche, puis il s'était jeté sur lui et ils étaient tombés à l'eau.

Il s'enfonçait encore et encore.

Le froid lui ravissait toute son énergie. Ses membres n'étaient plus que des poids morts. Puis il sentit un bras lui entourer la gorge, dans une prise d'étouffement, impossible à combattre. Ses doigts cherchèrent à tâtons le visage de l'homme. Son pouce trouva l'œil. Il appuya de toute la force qu'il lui restait, malgré l'eau qui entravait ses mouvements. Dès que le bras mollit, Peter pivota et se plaça face à son agresseur. Mais il n'y voyait toujours rien et n'aurait su dire à quelle profondeur ils étaient. Il savait seulement que dans moins d'une minute ses poumons seraient à court d'oxygène.

D'un coup de reins, il s'élança vers la surface et, sachant qu'il était inutile pour l'instant de battre des pieds, préféra balancer le talon de sa chaussure dans le visage de l'autre. Tout de suite après, il remonta en agitant furieusement bras et jambes, braqué sur un but unique : respirer.

Tendu vers cet espoir, il sentit le temps s'étirer à l'infini, s'évanouit peut-être une ou deux secondes, puis reprit connaissance pour replonger aussitôt dans le vide. La réalité s'effilochait autour de lui. Il se déplaçait dans le néant, comme si son esprit avait déjà quitté son corps. Mais à la fin, une ondulation se dessina au-dessus de lui. Une ombre ou bien une lumière, il ne le saurait jamais. Il avait atteint la surface.

Dès qu'il émergea à l'air libre, des bras puissants se tendirent, des mains solides l'agrippèrent. Ses hommes, alertés par son coup de feu, avaient dû se lancer à sa recherche.

Il perçut des grognements d'efforts. Éclairés par des projecteurs, deux ou trois visages le regardaient, parmi lesquels celui de Sam Anderson, son adjoint. La vive clarté le fit grimacer, comme une créature expulsée des abysses. Il entendit Anderson demander qu'on détourne les lumières et remercia *in petto* ses hommes pour leur réaction immédiate.

C'est alors qu'il se sentit happé vers le bas. On lui agrippait les jambes avec une force incroyable. Il hurla. Dans son cerveau engourdi, une question se forma : comment cet homme pouvait-il rester si longtemps sous l'eau et être encore capable de se battre ?

Il entendit des cris de consternation, couverts par la voix d'Anderson distribuant ses ordres sur un ton calme mais ferme. Ses hommes redoublèrent d'efforts et, pendant qu'ils s'acharnaient à le tirer hors de l'eau, Anderson se redressa, dégaina son arme, dirigea le canon à quelques dizaines de centimètres de son chef et tira.

Quand la quatrième balle creva la surface, Peter sentit diminuer le poids entravant ses jambes. Ses hommes le hissèrent par-dessus la rambarde, l'étendirent sur le pont du *Récursif* et l'enveloppèrent immédiatement dans des couvertures. Des taches de lumière rouge balayaient le capot du moteur en tournoyant. Peter eut à peine le temps de comprendre qu'elles provenaient du gyrophare d'une ambulance que deux urgentistes baraqués le soulevèrent pour le transférer sur un brancard.

« Anderson, dit-il d'une voix qui lui parut tremblotante. Virez-moi ces types. Je ne bougerai pas d'ici.

— Désolé, patron, mais il faut vous faire examiner. »

Lorsque le brancard passa du bateau au quai, Peter réalisa qu'on l'avait attaché avec des sangles. Les ambulanciers poussèrent le chariot vers le parking. Anderson trottinait pour se maintenir à sa hauteur.

« Ce salopard est toujours dans l'eau, dit Peter. Il faut l'identifier. Appelez les plongeurs.

— C'est déjà fait, patron, répondit Anderson avec un grand sourire rassurant. En attendant, nous avons envoyé trois navires des garde-côtes sillonner le port, avec des projecteurs. »

Juste avant qu'on ne glisse le brancard à l'arrière de l'ambulance, Anderson déposa le portable de Peter sur sa poitrine. « Pendant que vous barbotiez dans l'eau, vous avez reçu un appel prioritaire du secrétaire à la Défense. » *Hendricks*.

Déjà, les urgentistes vérifiaient ses fonctions vitales.

« Juste au moment où je commençais à me détendre, dit Peter non sans quelque ironie. Anderson, attrapez-moi ce salopard.

— C'est comme si c'était fait, patron. »

La portière se referma, l'ambulance démarra. Anderson fit demi-tour, rejoignit l'amarre 31 et se remit au travail. Le patron voulait qu'il attrape ce salopard, et c'était précisément ce qu'il s'apprêtait à faire.

*

Tôt dans la matinée, Maria-Elena avait quitté au volant de sa voiture la demeure fortifiée de la rue Castelar pour faire ses emplettes en prévision du dîner. Elle aimait ses petites habitudes, fréquentait toujours les mêmes marchés. Toute sa vie, elle n'avait cuisiné que pour un seul employeur, Maceo Encarnación. Il l'avait tirée du ruisseau à l'âge de quatorze ans, emmenée loin de Puebla et présentée à sa maisonnée. Malgré son physique de petit moineau affamé, la jeune fille avait vite fait preuve d'un talent naturel pour l'art culinaire. Lui manquait seulement la petite touche de raffinement qui lui fut rapidement inculquée par la cuisinière de l'époque. Dès le premier dîner qu'elle lui prépara, Maria-Elena devint la domestique favorite de Maceo Encarnación, lequel lui accorda des avantages dont ne bénéficiaient pas les plus anciens, ce qui provoqua bien sûr certaines frictions.

Par la suite, en revisitant cette période depuis sa place enviable, perchée au sommet de la domesticité, Maria-Elena avait compris que le bouleversement ayant suivi sa promotion avait été voulu par son patron. Par cette manœuvre, il avait cherché à provoquer les mécontents et les fauteurs de trouble, pour mieux les virer avant que la situation ne dégénère. Après leur départ, la maisonnée avait retrouvé la paix. On y vivait peut-être mieux qu'avant. Maria-Elena en avait conclu que Maceo Encarnación avait du génie ; il savait diriger les gens mieux que quiconque, et pas seulement ses salariés. Elle était assez fine pour remarquer la manière dont il traitait ses invités. Pour arriver à ses fins, tantôt il séduisait, flattait, tantôt il humiliait, contraignait, mais toujours avec la même réussite. Il pouvait attaquer de front ou bien se servir de faux-fuyants, tout dépendait du caractère de son interlocuteur.

Finalement, il a fait pareil avec moi, songeait-elle en poursuivant ses achats. Fruits, légumes, piments, viande, chocolat, poisson. Elle connaissait tous les marchands et les marchands la respectaient, sachant pour qui elle travaillait. Bien évidemment, ils lui réservaient les produits de meilleure qualité et à des prix notoirement inférieurs à ce qu'ils exigeaient de leurs autres clients. À l'occasion, ils lui faisaient même de petits cadeaux, pour elle ou pour sa fille, Anunciata. Après tout, c'était une personne importante à leurs yeux, et en plus, à quarante ans à peine, elle était encore jeune, belle et désirable. Cela dit, Maria-Elena ne s'était jamais considérée comme une beauté, alors qu'Anunciata, elle, était une vraie merveille. De toute façon, les hommes ne l'intéressaient pas.

Après les courses, elle avait coutume de faire quelques pas sur l'avenue Président-Masaryk, où Maceo Encarnación achetait ses costumes dans des boutiques de créateurs en vogue. Dix-sept ans plus tôt, elle venait d'accoucher d'Anunciata quand Maceo Encarnación avait débarqué à la maternité avec un bracelet de chez Bulgari. N'osant pas le porter en plein jour, elle avait passé des semaines à le caresser et à dormir chaque nuit avec le bijou sur son oreiller.

Ce matin-là, après avoir léché quelques vitrines blindées, elle quitta l'avenue Président-Masaryk pour la rue Oscar-Wilde où le maroquinier Piel Canela tenait boutique au numéro 20. Les articles exposés dans la vitrine la fascinaient : sacs à main en cuir lisse comme du beurre, gants, pochettes de soirée. Les ceintures en particulier lui rappelaient les magnifiques serpents qui avaient peuplé ses rêves autrefois, quand elle était jeune. Ses yeux se remplirent lentement de larmes. Son cœur, ses poumons brûlaient d'un désir alimenté par le même feu d'où jadis avait jailli le Phénix. Au beau milieu de la vitrine trônaient le sac à main tant convoité et les jolis gants assortis, négligemment enroulés autour de sa double lanière. Leur cuir était couleur *dulce de leche.* Elle les voulait si fort que sa gorge se desséchait dès qu'elle les voyait. Mais jamais elle ne pourrait les acheter. Les larmes débordèrent en formant de petits filets brillants le long de ses joues. Elle pleurait sans pouvoir s'arrêter. Non pas à cause de l'argent. Depuis le temps qu'elle travaillait pour Maceo Encarnación, elle en avait mis pas mal de côté et le patron était généreux avec elle. Mais elle demeurait une fille des rues ; elle ne pouvait ni acheter ces articles précieux, ni rendre son tablier, même après ce qui était arrivé.

La dernière étape de sa promenade matinale la conduisit au restaurant La Baila, sur le Paseo de la Reforma, à quatre rues de Lincoln Park. C'était un établissement de toute beauté, aux murs recouverts de carreaux de céramique colorés, où l'on dégustait des plats traditionnels mitonnés avec talent. Les années passant, Maria-Elena avait fini par convaincre le chef et gérant de lui confier la recette du *mole de Xico,* un plat fantastique composé de trente ingrédients.

Comme la matinée était douce, elle choisit une table dehors, malgré les vapeurs d'essence qui empuantissaient le boulevard. Quand Furcal, son serveur préféré, vint prendre sa commande, elle choisit comme d'habitude un *atole*, boisson à base de maïs bouilli, aujourd'hui parfumée à la figue de barbarie, des *empanadas de plátano rellenos de frijol*, et un double *espresso cortado*.

Elle disposait enfin d'un peu de temps pour elle, et pouvait songer à autre chose qu'à ses obligations envers Maceo Encarnación. Un peu comme elle le faisait le soir, quand elle redevenait elle-même, au fond de son lit en attendant le sommeil. Pourtant, chez Maceo Encarnación, elle n'était jamais vraiment libre puisqu'il n'avait qu'à tendre la main pour la toucher, de jour comme de nuit. Dans ce restaurant, en revanche, elle se sentait bien. Le souffle chargé de suie du Popocatépetl passait au-dessus de la ville avant de parvenir jusqu'à elle.

Une serveuse qu'elle ne connaissait pas déposa l'*atole* sur sa table. « J'espère que vous le trouverez à votre goût », dit-elle avec un beau sourire.

Maria-Elena la remercia poliment, prit une gorgée, puis une autre, plus longue, avant de hocher la tête en signe d'assentiment. La serveuse, qui répondait au nom de Beatrice, s'en alla satisfaite.

La tasse coincée entre ses mains, elle prit le temps de songer à ce qu'elle avait lu dans le journal intime d'Anunciata, la semaine précédente, après être tombée dessus par hasard en nettoyant la chambre de sa fille. Le cahier avait dû se retrouver sous le lit, à cause d'un coup de pied involontaire. Maria-Elena se rappelait chacun de ses gestes : elle l'avait ramassé, sans en comprendre tout de suite l'importance, puis, quelques secondes plus tard, sa vie avait basculé irrémédiablement. Dans un premier temps, elle ne l'avait pas vraiment ouvert ; elle s'était juste penchée pour le remettre là où elle l'avait trouvé. Que se serait-il passé si elle avait pu résister à la tentation ?

Mais, comme dans la Bible, le serpent de la curiosité l'avait emporté. Sa main allait lâcher le cahier quand le démon l'avait obligée à le ramener vers elle.

Elle était restée agenouillée, comme en prière, devant le journal intime dont elle n'aurait jamais dû prendre connaissance. Pourquoi ? L'horreur de la révélation, écrite en lettres de feu dans les dernières pages, l'avait presque rendue folle. Elle aurait pu hurler si, au dernier moment, elle ne s'était mordu le poing.

Anunciata – sa fille, son unique enfant – couchait avec Maceo Encarnación. Dans son journal, la jeune fille racontait la première fois et les suivantes, avec d'horribles détails. Blessée à mort, Maria-Elena referma violemment le cahier, l'esprit embrasé et le cœur en cendres.

Elle sortit une feuille de papier de son sac à main, la déplia sur la table du restaurant et, d'une main appliquée, se mit à écrire. Les larmes qui roulaient sur ses joues faisaient de grosses taches. Elle n'y prit pas garde tant son âme débordait de honte et de chagrin. Elle continua de gratter avec acharnement puis, quand elle eut rédigé l'épouvantable conclusion, replia la feuille sans se relire. Pourquoi l'aurait-elle fait ? Ce texte était gravé au fer rouge dans son cœur.

Le serpent du mal revint à la charge. Écoutant son conseil, Maria-Elena vida son *atole* et, sans avoir touché à la nourriture, jeta quelques billets sur la table et s'élança sur le trottoir, direction la maroquinerie. Arrivée au numéro 20, rue Oscar-Wilde, elle poussa la porte et, toujours encouragée par le serpent, sortit la carte de crédit qui lui servait à acheter de quoi confectionner les repas de Maceo Encarnación, pour s'offrir le sac et les gants. Pendant que la vendeuse encaissait les achats, elle les caressa tendrement, puis demanda un papier cadeau et observa la manière dont la femme enveloppait les articles sous des couches de papier-crépon couleur pastel, avant de les déposer, avec moult précautions, au fond d'une boîte en carton épais, marquée en lettres d'or au nom de la boutique. Elle ferma le couvercle et noua tout autour un gros ruban vert et rose.

Sur le bristol que la vendeuse lui remit, elle traça le nom de sa fille bien-aimée, et au-dessous : « Pour toi. »

Lorsqu'elle ressortit, le soleil l'aveugla, si bien qu'elle resta figée au milieu du trottoir, incapable de faire un pas. Non seulement ses jambes refusaient de la porter mais une douleur aiguë lui transperçait la poitrine, du côté gauche. *Dios,* que lui arrivait-il ? Elle avait un goût horrible dans la bouche. Qu'avait-on mis dans son verre ?

Terrassée par un terrible vertige, elle tomba comme une masse. Dans un lointain improbable, elle entendit des gens crier, courir vers elle, sans pouvoir faire le lien entre ce vacarme et son propre état.

Couchée sur le dos, elle contemplait le soleil matinal. De nouveau, les larmes jaillirent, puis un sanglot surgit des tréfonds de son être, là où le serpent déroulait ses anneaux en dardant sa langue fourchue. Comme figé dans un bloc d'ambre, son esprit, sur le point de quitter son corps, demeurait fixé sur la scène primordiale qui avait eu lieu une semaine auparavant. L'instant catastrophique de la révélation.

Tout était sa faute. Si seulement elle avait pu parler à Anunciata, mais elle avait voulu lui épargner les détails sordides de sa conception. Maintenant qu'elle avait lu son journal, elle savait que sa fille avait connu le même sort qu'elle, partagé le même lit colossal, le même monstre tout-puissant, la même salissure. Maceo Encarnación était le père d'Anunciata et aujourd'hui, il était aussi son amant.

Telle fut sa dernière pensée. Une seconde plus tard, le poison qu'elle avait ingéré au restaurant acheva son œuvre et le cœur de Maria-Elena cessa de battre.

*

Dans l'avion qui la ramenait vers Paris, Martha Christiana broyait du noir, tandis que Don Fernando feuilletait le dernier numéro de *Robb Report*. À travers le hublot en plexiglas, elle contemplait le ciel infini, parfaitement bleu. Les nuages formaient dessous une couche si épaisse qu'elle aurait pu s'y allonger.

Elle avait tellement besoin de repos, à présent. De repos et d'un sommeil profond. Mais elle savait qu'elle n'obtiendrait ni l'un ni l'autre. Don Fernando l'avait menée de surprise en surprise. Après avoir vu la tombe de son père, après avoir constaté la déchéance de sa mère, comment pouvait-elle réintégrer la vie qu'elle menait depuis tant d'années ? *Quelle autre solution ?* s'interrogea-t-elle.

Elle se tourna vers Don Fernando. « J'ai soif. Où est l'hôtesse ?

— J'ai renvoyé le personnel de cabine à Paris hier soir », dit-il sans lever les yeux de son magazine.

Elle replongea dans ses idées noires. N'ayant désormais plus d'attaches en un monde qu'elle avait cru connaître par cœur, voilà qu'elle basculait dans un autre dont elle ne connaissait pas les règles. Elle retrouvait ses peurs de petite fille solitaire, prête à fuir son foyer pour s'élancer vers l'inconnu. Elle avait l'impression de tomber dans un gouffre vertigineux. C'est alors qu'elle comprit à quel point Maceo Encarnación l'avait protégée jusqu'à présent. Il avait façonné autour d'elle un environnement adapté, où elle pouvait fonctionner faute de vivre réellement. Mais qui était-elle vraiment ? Sa main armée, ou une marionnette qu'il agitait à son gré à chaque nouvelle mission ? Il l'avait hypnotisée, lui avait fait croire que la mort était son métier, le meurtre son unique talent, que sans lui, sans les contrats qu'il lui confiait, sans l'argent qu'il lui donnait, elle ne serait bonne à rien, elle ne serait rien du tout.

« *Tu n'existes que dans la seconde précédant la mort,* lui avait seriné Maceo Encarnación. *C'est cela qui te rend spéciale. Unique. Précieuse à mes yeux.* »

Tous les cadeaux dont il la couvrait, tous les compliments dont il la gratifiait, ne servaient qu'à flatter son ego. À ce régime, elle finissait par se voir sous les traits d'une marionnette dansant sur l'air qu'il choisissait de fredonner. Une onde glaciale la fendit en deux comme un couteau, mais elle n'en laissa rien paraître.

« Que pensez-vous de ce nouveau Falcon 2000S ? demanda Don Fernando en déployant une double page sur les genoux de la jeune femme. L'avion dans lequel nous sommes a besoin d'une révision complète. Je ferais peut-être mieux d'acheter la version améliorée.

— Vous êtes sérieux ? » Elle le regarda fixement, sans daigner jeter un œil sur la photo panoramique du Falcon. « C'est à cela que vous pensez ? »

Il haussa les épaules et récupéra le magazine. « J'imagine que les avions ne vous passionnent guère.

— Pas en ce moment, non ! », répondit-elle, plus vivement qu'elle ne le voulait.

Il posa le magazine. « Je vous écoute.

— Qu'allons-nous faire à partir de maintenant ?

— Cela dépend entièrement de vous. »

Elle eut un geste d'impatience. « Vous ne comprenez donc pas ? Si je vous épargne, Maceo Encarnación me tuera.

— Si, je comprends.

— Je ne crois pas. Je ne pourrai pas lui échapper.

— Je comprends cela aussi.

— Alors que vais-je... ?

— Avez-vous toujours l'intention de m'assassiner ? »

Elle ricana. « Ne soyez pas stupide.

— Martha, dit-il en cherchant son regard, faire volte-face n'est jamais simple.

— Je suis bien placée pour le savoir. J'ai vu les dégâts que cela engendre. À la dernière minute...

— ... il arrive qu'on n'aille pas jusqu'au bout.

— Même si c'est ce qu'on veut.

— Parfois, quand elles ne trouvent aucune issue, certaines personnes se suicident. »

Elle le regarda calmement. « Ça ne m'arrivera pas. »

Il lui prit les mains. « Comment pouvez-vous en être si sûre, Martha ?

— Quand nous étions à Gibraltar, vous avez chassé tous les fantômes qui me hantaient.

— Non, c'est vous qui l'avez fait. »

Un sourire se forma lentement sur le visage de la jeune femme. « Peut-être, mais qui m'a donné la formule magique ? »

L'avion perdait de l'altitude. Il frôla un instant les nuages puis, tout à coup, s'y engouffra. Le monde autour d'eux devint gris et trouble. Ils étaient seuls tous les deux, enveloppés dans le même linceul. Le vrombissement des moteurs baissa d'un cran.

« Nous allons bientôt atterrir, dit Martha. Il faut que je l'appelle.

— Certainement.

— Que vais-je lui dire ?

— Dites-lui ce qu'il veut entendre. Vous avez accompli votre mission. Je suis mort.

— Il réclame toujours des preuves.

— Alors, nous lui en donnerons.

— Il faudra qu'elles soient convaincantes.

— Elles le seront », l'assura Don Fernando.

Il déboucla sa ceinture et se leva. « Cet avion n'atterrira pas. »

*

Les eaux turquoise d'Acapulco étaient si limpides qu'on apercevait les rochers au fond. Pour se jeter des falaises et percer
la surface sous le bon angle, il fallait à la fois du talent et des
poumons hors normes. Pour survivre après le saut, retenir son
souffle durant le temps de la descente sous la mer puis combattre
les courants et les remous qui vous ballottaient comme un brin
de paille, il fallait une longue pratique et, encore une fois, des
poumons hors normes.

Quand il avait onze ans, Tulio Vistoso, le meilleur plongeur
de falaises d'Acapulco, pouvait rester presque neuf minutes sans
respirer. À quinze ans, il tenait jusqu'à dix.

Autour de la marina Dockside, l'eau était noire comme du
pétrole. Mais le manque de lumière n'était pas un problème pour
l'Aztèque. Quand les premières balles avaient percé la surface, il
avait lâché les jambes du *jefe* Marks ; inutile de s'obstiner bêtement. Il s'occuperait de lui plus tard. Ce n'était qu'une question
de temps. Cela dit, Maceo Encarnación était pressé et le délai
imparti à moitié écoulé. Il devait absolument lui ramener la tête
de quelqu'un, et au moins l'assurance qu'il récupérerait sous peu
les trente millions.

Lorsque la fusillade s'arrêta et que le *jefe* Marks fut extrait du
port, Don Tulio s'éloigna discrètement. Il avait deux options : soit
rester caché quelque part dans l'eau, soit en sortir avant l'arrivée
des plongeurs appelés à la rescousse par les hommes de Marks.
Il y avait trop d'allées et venues sur le bassin pour tenter d'en
sortir à la nage ; d'autant plus qu'à présent, les *federales* avaient
certainement délimité un périmètre de sécurité.

Il fit surface sous une jetée proche du *Récursif*. Il sentait les
vibrations des bateaux qui draguaient la marina. Puis soudain,
on alluma des projecteurs ; leurs puissants faisceaux balayèrent
les ténèbres, repoussant les ombres où il avait espéré se cacher.
Il allait devoir trouver une solution, sachant par ailleurs que

se planquer dans la charpente soutenant la jetée, sa deuxième option, n'était guère envisageable non plus, à cause des chiens qui patrouillaient dessus et dont il percevait les halètements dès qu'il sortait la tête de l'eau.

Ne lui restait qu'une possibilité, la plus périlleuse. Il s'immergea à temps pour éviter le passage d'un rayon lumineux et, assez discrètement pour éviter de créer des remous en surface, il franchit sous l'eau l'espace qui séparait la jetée du tribord du *Récursif*, puis se glissa sous le butoir de quai, le plus gros.

Du bout des doigts, il trouva l'anneau métallique relié à une trappe. Peint de la même couleur que la coque, il était presque indécelable ; le *Récursif* servant avant tout à la contrebande, il recelait un grand nombre de caches du même genre. Celle-ci, aménagée sur le flanc tribord, à quelques centimètres en dessous de la ligne de flottaison, recevait habituellement les sacs en plastique contenant de la blanche chinoise ou de l'héroïne mais, en cas d'urgence, elle pouvait tout aussi bien accueillir un homme. Le seul souci était son manque d'étanchéité, surtout à pleine charge ; et l'Aztèque n'était pas un poids plume. Raison pour laquelle il avait hésité à choisir cette solution de repli. Retenir son souffle plus de neuf minutes était une chose, accomplir cette performance enfermé dans un genre de cercueil se remplissant lentement d'eau de mer en était une autre.

Et pourtant, c'était sa seule chance de survie. Il tourna l'anneau, le tira vers lui, la trappe bascula, il se glissa à l'intérieur. Un paquet d'eau pénétra avec lui et remplit le fond de l'habitacle. Il se dépêcha de refermer la trappe, la verrouilla en tournant l'anneau de l'intérieur et, le cœur battant à tout rompre, se mit à prier un Dieu qu'il n'avait plus invoqué depuis longtemps, sauf dans ses jurons.

*

Quarante minutes après son admission aux urgences, Peter eut l'autorisation de s'asseoir pendant qu'on l'hydratait par perfusion. Il appela Hendricks qui dormait.

« Où diable étiez-vous passé ? », grommela le secrétaire.

Quand Peter lui expliqua qu'il avait infiltré Core Energy dont le PDG s'était dénoncé devant lui, que Dick Richards travaillait en secret pour Tom Brick et que la piste des trente millions l'avait conduit à bord d'un bateau nommé *Récursif*, Hendricks s'adoucit légèrement, mais pas très longtemps.

« J'ai horreur que mes deux directeurs soient hors circuit au même moment. »

Peter sursauta. « Pardon ?

— Soraya est à l'hôpital, commenta le secrétaire. Elle a eu une attaque cérébrale. Ils ont dû l'opérer d'urgence. »

Dans son désarroi, Peter faillit arracher sa perfusion. « Comment va-t-elle ?

— Son état est stable, aux dernières nouvelles. Delia est auprès d'elle. Elle n'a presque pas quitté son chevet.

— Où est-elle ?

— Dans le même hôpital que vous, mais vous n'avez pas l'air en état...

— Je vais bien, répliqua Peter sur un ton agressif qu'il regretta aussitôt. Désolé, Monsieur, mais cette histoire à la marina m'a mis sur les nerfs.

— C'est bon. Tenez-moi au courant. Dès que vous aurez identifié votre agresseur, je veux tout savoir. C'est compris ?

— Oui, Monsieur. »

Il y eut une autre pause. « Quant à Richards, que comptez-vous faire ? L'arrêter ou le laisser courir ? »

Peter soupesa la question tout en songeant à Soraya. « Donnez-moi un jour ou deux. Je veux découvrir ce qu'il manigance. Maintenant que j'ai mis le pied dans le poulailler de Brick, j'ai hâte de connaître la suite.

— J'espère que nous apprendrons l'identité de l'individu que vous étiez censé assassiner.

— Moi aussi, patron. Mais il m'a peut-être simplement fait marcher. Brick adore ce genre de mauvaises plaisanteries. J'en ai déjà fait les frais. Et il fallait que je trouve à quoi correspondait la clé.

— J'entends bien. Mais pour l'instant, nous devons considérer Richards comme une menace.

— Absolument, patron. Pourtant, il est fort possible qu'il nous fournisse la preuve irréfutable des intentions criminelles de Brick et je ne veux pas laisser passer cette chance.

— Parfait, articula Hendricks, manifestement réticent. Mais si vous avez besoin de renfort...

— J'appellerai, c'est promis.

— Entendu. Pour l'instant, je vous place sous protection.

— C'est justement ce qu'il faut éviter. Avec tout le respect que je vous dois, Monsieur, je ne peux pas agir avec un type sur les talons. Je ne suis pas un gratte-papier, je m'en sortirai tout seul. »

Silence à l'autre bout de la ligne.

« Monsieur ?

— Peter, pour l'amour du ciel, prenez soin de vous », dit Hendricks avant de raccrocher.

*

« Vous avez deux solutions, dit l'entrepreneur des pompes funèbres, dormir par terre ou dans l'un de ces cercueils.

— Joli tissu », dit Rebeka en caressant la soie d'un capiton.

L'homme sourit. « Doux comme un nuage. » Il avait le teint blême, les membres frêles, la poitrine creuse, une fine moustache et des lèvres rouges et gonflées. Des mains de porcelaine aux ongles vernis. Il se présenta : Diego de la Rivera.

« À vous de choisir, dit-il. Dans les deux cas, je vous préviendrai quand le moment sera venu.

— Vous êtes sûr que les hommes de Maceo Encarnación vous appelleront ? demanda Bourne.

— Mieux que cela, je suis sûr que Maceo Encarnación m'appellera en personne.

— Comment cela ? »

Un frémissement courut sur les lèvres de Diego de la Rivera. « J'ai épousé sa sœur. »

Cette déclaration troubla Bourne. « Le sang n'est-il pas plus épais que l'eau, ici ? »

La bouche de l'homme s'ourla d'un rictus. « Maceo Encarnación n'est pas de mon sang. Il est cousu d'or mais il traite sa sœur comme de la merde. » Il cracha par terre. « Et moi ? Il aime bien me donner du travail ; il fait cela pour m'humilier. "Tout ce qui t'intéresse, c'est mon argent", me répète-t-il sans arrêt. Mais c'est faux : je voudrais seulement qu'il nous manifeste un peu de respect. Mais non. Il ne nous invite même pas chez lui. Voilà pourquoi j'estime que nous ne sommes pas liés par le sang, et c'est pareil pour ma femme. En ce qui me concerne, je me fous de ce qui peut arriver à ce type. » Il agita la main. « Vous pourrez lui faire tout ce qu'il vous plaira. Personnellement, j'applaudirai des deux mains. »

Il éteignit les plafonniers et sortit sans ajouter un mot. La lampe sur le bureau brûlait toujours ; on aurait dit qu'elle éclairait la pièce en permanence, même quand Diego de la Rivera n'y était pas. Un ronronnement continu troublait le silence. Il provenait des grosses unités de réfrigération placées au sous-sol et traversait la dalle de béton en produisant un son lugubre.

« Vous voulez vous allonger ? demanda Rebeka en regardant Bourne, puis le cercueil ouvert. Moi non plus », ajouta-t-elle dans un rire, quand elle vit l'expression de son compagnon.

Bourne déplia le plan détaillé de la ville qu'*el Enterrador* lui avait remis et l'étudia sous la faible clarté de la lampe. « Nous sommes bien d'accord ? Dès que nous serons entrés...

— On s'occupe d'abord de Rowland, puis de Maceo Encarnación. »

Bourne secoua la tête. « Non, juste Rowland, et après, on s'en va.

— Et Encarnación ? »

Bourne leva les yeux. La flamme faisait briller les yeux de Rebeka, traçant un cercle de lumière autour de ses iris. « Écoutez, j'ai réfléchi, murmura-t-il. Je commence à me demander si *Jihad bis Saif*...

— Cette entité se cache à la vue de tous.

— Vraiment ? »

Elle confirma d'un hochement de tête. « Elle fait partie de l'empire d'Encarnación. Certainement. »

Il se replongea dans l'étude de la cité labyrinthique. « Pourquoi dites-vous cela ?

— Nous sommes arrivés ici, nous avons traversé... J'ai écouté ce que disait Constanza Camargo et j'ai compris.

— Vous avez tort, dit Bourne. *Jihad bis Saif* est une invention. Ça n'existe pas.

— Et ce que j'ai entendu à Dahr El Ahmar ?

— Dahr El Ahmar. Tout part de là, n'est-ce pas ? » Bourne releva les yeux. « Vous avez entendu les propos du colonel Ben David. Il vous croyait évanouie, c'est cela ? »

Elle hocha la tête.

« Imaginez un instant qu'en réalité, il ait parfaitement su que vous l'écoutiez. »

Elle le dévisagea.

« Réfléchissez, Rebeka. Vous m'avez donné accès à Dahr El Ahmar, un camp du Mossad à l'étranger, une installation ultra-secrète qui effectue des recherches ultrasecrètes sur la séparation des isotopes par excitation laser, censées concurrencer le projet SILEX, une procédure d'enrichissement rapide et efficace de matériaux nucléaires destinés à l'armement.

« Ben David vous faisait confiance, et voilà que tout à coup, il ne sait plus quoi penser. Alors, il vous tend un piège ; il s'arrange pour que vous l'entendiez parler de *Jihad bis Saif*. Il a agi sciemment. Un homme comme lui n'aurait jamais pris ce risque sinon. Sûrement pas. Non, il savait que vous écoutiez et il a voulu vous tester, voir ce que vous alliez faire. Et qu'avez-vous fait ? Vous avez fui. Pas étonnant qu'il vous ait envoyé le Babylonien. »

Rebeka secoua la tête. « Non. C'est impossible.

— Vous savez bien que si, insista Bourne. Vous et moi connaissons Ben David mieux que quiconque. Nous l'avons vu à l'œuvre.

— Et Rowland, alors ?

— Il travaille pour Maceo Encarnación, dit Bourne. Encarnación veut ma mort. C'était moi la cible de l'attaque par hélicoptère, à Stockholm. Vous l'avez bien vu. »

Il la vit respirer profondément ; elle était sous le choc. Quand elle tourna vers lui ses yeux humides, un frisson la traversa comme une flèche. « Je me suis crue plus maligne que je ne le suis.

— Oubliez cela. Nous commettons tous des erreurs.

— Je ne faisais confiance à personne à l'intérieur du Mossad, et au bout du compte, c'est Ben David qui m'a trahie.

— Je suppose qu'à ses yeux, il ne s'agit pas vraiment d'une trahison. »

Elle inspira lentement, encore une fois. « Qu'est-ce qui s'est réellement passé entre lui et vous ? Autrefois, je veux dire. »

Bourne la regarda un long moment. Autour d'elle, les cercueils ouverts, les capitons de soie claire luisaient dans la pénombre. Finalement, ils n'avaient pas l'air si doux et confortables que cela.

« C'était à la fin du règne de Moubarak en Égypte. Son gouvernement avait perdu le contrôle du Sinaï, dit Bourne. Mais vous savez déjà tout cela. »

Elle acquiesça.

« Ma première rencontre avec Ben David date de cette époque. Un contingent de Tsahal était chargé de contrôler les caravanes de bédouins qui faisaient passer de la drogue, des armes et des esclaves depuis l'Érythrée vers Israël. Ben David s'était rendu sur place avec cinq agents du Mossad, pour enquêter sur une rumeur disant que le commanditaire de ce trafic n'était autre que Moubarak ou un membre de son gouvernement. Il s'agissait d'entrer dans les bonnes grâces des chefs bédouins. J'effectuais moi-même une enquête sur place et, de fait, j'ai dû marcher sur leurs plates-bandes. Disons, pour faire vite, que nos objectifs respectifs étaient conflictuels.

— Il n'a pas dû apprécier votre présence.

— En effet, confirma Bourne. Et comme il a coutume de le faire, apparemment, il a raconté je ne sais quoi sur mon compte au commandant de Tsahal. Si bien que l'armée israélienne s'est lancée à mes trousses.

— D'une pierre deux coups. Il a pu ainsi se débarrasser de vous et de Tsahal et poursuivre sa mission sans craindre les témoins gênants. Malin.

— Pas tant que ça, répondit Bourne. J'ai réussi à échapper à Tsahal en me faisant passer pour un marchand d'armes auprès des caravaniers bédouins. Et quand Ben David et son unité les ont attaqués, j'étais aux premières loges. »

D'un geste, Rebeka lui proposa de s'asseoir par terre. « Que s'est-il passé ? demanda-t-elle quand ils furent posés.

— Ben David a eu la surprise de sa vie. D'après le chef de la caravane, les chargements provenaient du Pakistan, de Syrie, de Russie. Le gouvernement égyptien n'avait rien à voir dans cette affaire.

— Vous l'avez cru ? »

Bourne hocha la tête. « Il n'avait aucune raison de me mentir. En ce qui le concernait, je n'étais là que pour surveiller mes propres marchandises. Ce type travaillait pour divers trafiquants d'armes, que ce soient les Russes, comme celui que j'incarnais, ou des cellules terroristes en cheville avec les cartels colombiens et mexicains. »

Les yeux de Bourne luisaient d'un éclat particulier. « De deux choses l'une : soit Ben David avait eu de mauvais renseignements, soit il s'agissait d'une tentative de désinformation. Dans un cas comme dans l'autre, il perdait son temps et celui du Mossad. Malheureusement, Ben David a refusé de me croire. Il a ordonné qu'on m'exécute et j'ai bien failli y passer.

— Mais vous avez réussi à vous échapper.

— Grâce à l'aide de mes nouveaux amis bédouins. Ben David était tellement furieux qu'il a juré de me retrouver et de me faire la peau.

— Fin de l'histoire ?

— De l'épisode seulement. L'histoire a repris le jour où nous avons atterri ensemble à Dahr El Ahmar.

— Merde, si j'avais su...

— Auriez-vous agi autrement ? dit Bourne. Vous étiez entre la vie et la mort. Et il n'y avait aucun endroit où se réfugier dans le secteur, à part ce camp du Mossad.

— J'aurais dû vous avertir. »

Bourne grogna. « Revoir Ben David m'a suffi, en termes d'avertissement.

— Il a fait exploser le sommet de la montagne en essayant de vous descendre. Mais, cela dit, vous l'avez balafré à vie.

— Il n'a eu que ce qu'il méritait. »

Les yeux de Rebeka étudièrent les contours de son visage. « Il ne vous pardonnera jamais.

— Je n'ai que faire de son pardon.

— Il vous pourchassera éternellement. »

Bourne grimaça un semblant de sourire. « Il n'est pas le premier. Il ne sera pas le dernier.

— Ce doit être... » Sa voix se brisa, ou peut-être était-ce son moral.

« Ce doit être quoi ?

— Vous avez choisi une vie difficile.

— Je pense que c'est elle qui m'a choisi. Tout le reste n'a été qu'une succession d'accidents. »

Elle secoua la tête. « Vous êtes un point d'équilibre.

— Ou la pièce centrale d'un numéro d'équilibriste.

— C'est suffisant... plus que suffisant, peut-être, pour un seul homme. »

Ils restèrent assis en silence, pendant quelques minutes, perdus dans leurs pensées. Puis soudain, on entendit un grattement. Les lumières du plafond se rallumèrent en clignotant. Diego de la Rivera se tenait devant eux.

« J'ai reçu l'appel. Il est temps. »

19

«**V**OUS ÊTES FOU.» Martha regarda fixement Don Fernando. «Dois-je comprendre que nous sommes seuls dans cet avion?

— Oui.

— Le pilote et le copilote ont sauté en parachute.

— Il y a trois minutes. Nous volons sur pilote automatique.

— Et vous comptez faire écraser l'avion...

— Exactement.» Il retira une épaisse bague en or gravée, ornée d'un cabochon de rubis, couleur sang de pigeon. «Les sauveteurs trouveront ceci. Ce bijou est unique. Il servira à m'identifier.»

Martha avait du mal à respirer tant le projet de Don Fernando lui paraissait épouvantable. «Mais il n'y aura pas de corps.

— Oh que si.»

Elle le suivit à l'arrière de l'appareil où étaient empilés trois sacs à cadavres. En voyant cela, elle eut un mouvement de recul et tourna son regard horrifié vers lui. «C'est une blague, n'est-ce pas?

— Ouvrez les sacs.»

Il prononça ces mots avec un tel flegme qu'elle sentit un frisson lui parcourir l'échine. C'était un aspect de lui qu'elle ne connaissait pas encore. Elle passa près de lui, le frôla, se pencha sur le sac du dessus et, d'un geste convulsif, descendit la fermeture Éclair pour contempler le masque cireux d'un cadavre.

«Trois hommes, commenta Don Fernando. Le pilote, le navigateur et moi. Voilà comment la chose sera interprétée.»

Elle pivota sur elle-même et lui fit face. « Et après, que ferez-vous ? Vous lâcherez la direction d'Aguardiente Bancorp ?

— C'est à prendre ou à laisser, dit-il en se détournant. Venez. Nous n'avons plus le temps. » Il sortit deux parachutes et lui en tendit un. « À moins que vous ne préfériez mourir dans l'accident ?

— Je n'arrive pas à y croire.

— Et pourtant. » Il enfila le sac à parachute, sangla le harnais en travers de sa poitrine et, comme s'il venait tout juste de remarquer l'hésitation de la jeune femme, fronça les sourcils. « Vous changez d'avis ?

— Je ne comprends pas...

— Si c'est le cas, tuez-moi maintenant et qu'on en finisse. Mais cessez de tergiverser. Faites ce pour quoi Maceo Encarnación vous a engagée. Je doute de pouvoir vous en empêcher. »

Elle répliqua : « Il dit que vous voulez tout lui prendre.

— Que savez-vous de son empire ? »

Elle fit un geste d'ignorance.

« Eh bien, pourquoi ce qu'il dit vous affecterait-il ? »

Elle songea à sa rencontre avec Maceo Encarnación, place de la Concorde, aux véhicules qui tournaient en rond autour d'eux, aux cris, aux rires des touristes ignorant qu'ils marchaient à l'endroit même où s'était élevée la guillotine, durant le règne de la Terreur. « Cela m'affecte.

— Alors... » Il écarta les mains et, quand il vit qu'elle ne réagissait pas, fit un pas vers elle et suspendit lui-même le parachute dans son dos. Il sanglait la grosse courroie autour de sa taille lorsqu'elle lui prit la main.

« Attendez. »

Leurs yeux se croisèrent.

« Dernière chance, Martha, dit-il. Il faut vous décider maintenant. Soit vous restez fidèle à Maceo Encarnación, soit vous prenez un nouveau départ, comme vous disiez à Gibraltar. »

Il repoussa la main de Martha et attacha la courroie d'un geste autoritaire. « Je croyais que vous regrettiez d'avoir suivi tous ces hommes, par le passé. » Il la guida vers la porte et posa la main sur la grosse barre métallique, prêt à déverrouiller. « Continuer sur la même voie ou en changer. Votre choix est simple, Martha.

— C'est vous qui le dites.

— Appelez-le comme vous voudrez, mais choisissez.» Sa voix s'adoucit. «Personne ne peut vous y aider, Martha. Personnellement, je n'essaierai même pas.»

Elle inspira profondément, repensa au phare de son enfance, à la tombe où reposait son père, à sa mère perdue dans un monde où Martha était encore enfant, et regarda Don Fernando au fond des yeux, à la recherche d'un appui. Mais elle ne trouva qu'une expression neutre. C'était vrai, il n'essayait pas de l'influencer. Et soudain, elle réalisa qu'il était le premier homme de sa vie à ne pas chercher à la manipuler.

Elle posa sa main sur la barre d'ouverture, près de celle de Don Fernando. «Permettez», dit-elle.

Il éclata de rire et l'embrassa affectueusement sur les deux joues. «Mieux vaut que je vous montre un truc, d'abord.

— Vous disiez que le temps était écoulé.»

Il l'emmena à l'avant de l'appareil, tira la porte du cockpit où le pilote et le navigateur occupaient leurs postes tout à fait normalement.

«Vous feriez mieux de vous attacher, patron, dit le pilote. Nous atterrissons dans cinq minutes.»

*

Charles Thorne ne cessait de se retourner dans son lit en repensant à sa discussion avec Li Wan. Cet homme suscitait en lui des sentiments de peur et de haine. Et pourtant, ils étaient intimement liés par les secrets qu'ils échangeaient en permanence, comme à travers une membrane délicate. Ils faisaient partie du même système et n'étaient rien l'un sans l'autre. Thorne se remit sur le dos, puis repassa sur le côté, dans le vain espoir de trouver enfin un peu de repos.

Pire que tout, Thorne enviait Li Wan. Autrefois, il avait été amoureux de Natasha Illion, le top model israélien qui était à présent avec Li. Et il gageait que Li le savait, car à chacune de leurs rencontres, il lui dépeignait Natasha comme la merveille des merveilles, du moins le lui semblait-il. Quant à Natasha, il fallait croire qu'elle était de connivence, car elle s'ingéniait à porter les tenues les plus provocantes – décolletés plongeants, corsages en filet qui ne cachaient presque rien de ses petits seins parfaits aux mamelons délicats comme des boutons de fleurs de cerisier. Thorne soupirait en imaginant qu'il les tenait entre ses lèvres.

Il était persuadé d'être la risée de ces deux-là. Et quand ils sortaient ensemble le soir, il s'imaginait dans la position d'un fauve derrière les barreaux de sa cage, agacé, moqué par le couple radieux.

La lumière émise par les diodes du réveil sur sa table de chevet traversait la paroi de ses paupières. Cela faisait à peine une heure qu'il était revenu de son rendez-vous nocturne avec Li, dans le restaurant de Chinatown. Le poulet général Tso lui pesait sur l'estomac comme une boule de cire, impossible à digérer.

Il changea encore de côté, puis roula sur le bord du lit et s'assit. Aujourd'hui, le sommeil ne viendrait pas soulager sa détresse ; il continuerait à sentir le nœud coulant se resserrer autour de son cou. Inexorablement. Bien sûr, il pouvait demander à Soraya de lui épargner le tsunami d'emmerdements qui le guettait dans l'affaire des écoutes téléphoniques. Mais pour cela, il faudrait qu'il la supplie, qu'il rampe devant elle. Du même coup, elle le tiendrait à jamais en son pouvoir et il la connaissait trop pour ignorer qu'elle pouvait se montrer impitoyable quand elle se sentait trompée. Mais peut-être était-elle son seul recours ? Ce salopard de Li prétendait vouloir l'aider mais pour rien au monde Thorne n'accepterait de devenir son débiteur.

Non, pensa-t-il en se levant, Soraya était la moins mauvaise des solutions. Grâce à elle, il pouvait espérer gagner la rive avant que l'enquête du ministère de la Justice ne coule toute la flottille.

Puis il se rappela qu'elle était à l'hôpital, qu'elle portait son enfant. Dans son estomac, le poulet général Tso fit un tour sur lui-même comme s'il était encore vivant.

Il s'élança, sortit de la chambre en courant et eut à peine le temps d'arriver dans la salle de bains, où il vomit dans les toilettes avec des spasmes si violents qu'il crut un instant que ses entrailles allaient se décrocher.

*

Li Wan, lascivement vautré entre les longues jambes de Natasha Illion, saisit son portable crypté et appuya sur une touche. Il entendit sur la ligne une série de sons creux. Passant par une ribambelle de sous-stations cryptées, comme dans un jeu de marelle de dimension internationale, son appel sortit des USA, traversa le Pacifique et rebondissant d'un poste d'écoutes top secret à l'autre, sur le territoire chinois, atterrit enfin à Pékin, au siège de l'administration nationale des Céréales. L'immeuble Guohong, pièce d'architecture particulièrement massive, se dressait dans le quartier réservé au gouvernement central, et bien que ses trois derniers étages fussent officiellement dédiés aux mêmes fonctions que les niveaux inférieurs, leur accès était strictement interdit. Depuis le hall colossal, on y montait par un ascenseur direct qu'aucun fonctionnaire du ministère n'osait emprunter. Ils supposaient que ces trois étages abritaient de hauts dirigeants étroitement reliés au Politburo et, de ce fait, préféraient oublier leur existence.

Mais pour Li Wan et les gens de son monde, c'était exactement le contraire. Rien n'existait en dehors des étages interdits de l'immeuble Guohong. Li ne s'intéressait ni à la production de céréales, ni aux quotas annuels, ni aux subventions. Le destinataire de l'appel qu'il passait ce matin-là depuis le lit de Natasha, à Washington, occupait un vaste bureau perché au sommet du bâtiment en question.

Il était dix-huit heures à Pékin, mais quel que fût le moment, de jour comme de nuit, le personnel de ces trois étages travaillait d'arrache-pied.

Le ministre se tenait au bout d'une salle immense où 1500 adolescents de dix à dix-neuf ans étaient penchés sur des ordinateurs reliés entre eux par un intranet. Ces jeunes hackers, sélectionnés par l'armée chinoise, étaient uniquement chargés de percer des pare-feu et de s'introduire dans les systèmes internes des gouvernements étrangers et des multinationales approvisionnant lesdits pays en armement et matériel high tech. Pour ce faire, ils fonctionnaient par équipes dédiées à la mise au point de la future génération de chevaux de Troie, de vers et de virus – Stuxnet,

Ginjerjar ou Stickyfingers. Quiconque aurait recherché les origines de telles attaques serait tombé, après maintes tentatives fastidieuses, sur l'adresse IP d'un certain Fi Xu Lang, professeur d'économie en disgrâce, réfugié dans un village reculé de la province de Guangdong.

Le ministre n'était pas peu fier de cette réussite, car c'était lui qui avait plaidé pour la mise en œuvre du projet. Son ami le général Hwang Liqun et les autres dirigeants de l'armée chinoise avaient déjà largement bénéficié des renseignements ainsi dérobés.

Le ministre sentit vibrer son portable, sortit de l'atelier où suaient les nouveaux esclaves de l'informatique, remonta le couloir menant à son bureau et prit le temps de s'installer derrière sa table de travail, un meuble en bois d'ébène incrusté d'ivoire d'éléphant, dont le plateau supportait une rangée de six téléphones filaires d'un côté, un presse-papier sculpté dans une demi-corne de rhinocéros de l'autre et, au milieu, un dossier ouvert tamponné TOP SECRET. C'était un bel homme : une petite cinquantaine d'années, un visage étroit aux traits délicats, qui aurait mieux convenu à un chef d'orchestre ou à un chorégraphe, des cheveux noirs coiffés en arrière, dégageant un front de penseur, des mains longues et fines comme des pattes d'araignée, et aussi soignées que le reste de sa personne. Tout en prenant l'appel sur son portable, le ministre s'abîma dans la contemplation d'une photo agrafée à l'intérieur d'un dossier, décrocha l'un des téléphones filaires et attendit patiemment que la voix de Li soit détournée et ressorte par l'écouteur. Le cliché en noir et blanc provenait d'un appareil de surveillance muni d'un téléobjectif.

Dès que la connexion cryptée aboutit, il prononça le mot « Parlez » d'une voix aiguë, plaintive comme celle d'un enfant puni.

« Monsieur le ministre Ouyang, notre affaire connaît un important rebondissement. »

Ouyang ferma à demi les paupières. Il tentait d'imaginer la pièce d'où l'appelait son agent. Il était cinq heures du matin sur la côte Est des USA. Li Wan était-il seul ou en compagnie de cette créature aux longues jambes ?

« J'aimerais savoir si ce rebondissement aura un impact positif ou négatif sur ma soirée, Li. Dis-moi ce que c'est.

— Une magnifique aubaine, Monsieur. Grâce à la bêtise de certains.

— Monsieur Thorne ?

— Oui.

— Lui et ses sbires de *Politics As Usual* sont mouillés dans un scandale. Des écoutes téléphoniques sans lesquelles ils n'auraient jamais pu écrire les enquêtes exclusives qui ont fait leur succès depuis dix-neuf mois. Une manière très efficace de doper leur chiffre d'affaires, mais qui a éveillé les soupçons du ministère de la Justice américain.

— Cela me dit quelque chose. » En fait, Ouyang avait un contact à l'intérieur de ce ministère. « Continuez, je vous prie, citoyen Li.

— Depuis le premier jour, j'essaie d'établir une relation d'échange avec Charles Thorne, dans le seul but de parvenir jusqu'à sa femme.

— En tant que présidente du tout nouveau Comité aux Appropriations stratégiques, la sénatrice Ann Ring revêt une grande importance à nos yeux. » Ouyang examinait toujours le cliché comme s'il avait pu, à force de persévérance, accéder aux secrets contenus dans le cerveau de l'homme photographié par ses espions. Puis il répondit sèchement : « Pourtant, jusqu'à présent, tu n'as pas réussi à l'approcher réellement.

— Chaque chose en son temps, dit Li. Thorne a le dos au mur. Il a besoin de mon – de notre – aide. Je crois qu'il conviendrait de lui tendre la main, en ce moment difficile. »

Ouyang émit un grognement délicat. « En échange de quoi ?

— De la sénatrice Ann Ring.

— J'avais l'impression – une impression que je tire de tes informations, dois-je te le rappeler – que les relations entre Thorne et son épouse n'étaient pas au *beau fixe*. »

En soulignant ses deux derniers mots, Ouyang désirait faire comprendre à son interlocuteur qu'il n'était pas étranger à leurs problèmes de couple. Rien n'échappait au ministre. Li changea de cap pour franchir l'épisode orageux qui s'annonçait.

«Ce léger éloignement conjugal ne peut qu'œuvrer en faveur de notre cause», répondit Li.

Ouyang effleura d'un doigt le visage de l'homme sur la photo. «Explique-toi, dit-il.

— Si Thorne et Ann Ring avaient été plus proches, il lui aurait certainement parlé de l'enquête en cours. Il m'a juré qu'il n'avait rien à se reprocher mais si je pouvais – si nous pouvions – lui fournir une porte de sortie et le laver de tout soupçon, il nous en serait reconnaissant – et elle aussi.

«La sénatrice Ring jouit d'une réputation sans tache. La moindre ombre au tableau – même si elle ne concernait que son mari – remettrait en question sa position à la tête du comité stratégique. Si elle tombait en disgrâce, ce serait pour nous un retour à la case Départ. Nous perdrions un temps précieux. Nous ne pouvons pas nous permettre de tout recommencer.»

Non, pensa le ministre Ouyang, *ce serait une catastrophe.*

«Je méprise la stupidité», lâcha-t-il.

Li se garda de tout commentaire.

«Si nous décidons de secourir Thorne, nous risquons de nous exposer dangereusement.» Ouyang semblait débattre avec lui-même, soupeser les avantages et les inconvénients de la suggestion de Li. «Comme tu le sais, Li, la différence est infime entre un actif et une dette.»

Ses yeux demeuraient rivés sur le visage qu'il ne connaissait que trop, un visage qui hantait ses cauchemars récurrents.

«Je comprends, monsieur le Ministre. Mais c'est moi qui ai formé Thorne. Il nous sert sans le savoir.

— D'autant mieux, reconnut Ouyang.

— Précisément.»

Ce visage avait un nom, bien sûr, un nom hideux qu'il effacerait de la surface de la Terre, un nom dont personne ne se souviendrait.

«Il m'a fallu du temps et de la persévérance pour gagner sa confiance. On peut lui épargner la tempête qui s'annonce, insista Li en y mettant toute sa force de conviction.

— Tant que tu restes dans l'ombre, tant que notre projet n'est pas mis en péril, je te donne ma permission.» Il pencha la tête de côté, pour mieux se concentrer à la fois sur sa discussion et sur la photo, tout aussi importantes l'une que l'autre. «Ne me déçois pas, Li», conclut-il de sa voix geignarde.

Li Wan se répandit en remerciements ampoulés. Ouyang l'écouta d'une oreille distraite, tout en continuant à tapoter la photo du bout de l'ongle. D'abord, il lui arracherait les yeux, puis il le tuerait. Dans sa tête, le nom abhorré résonnait encore et encore.

Jason Bourne, Jason Bourne, Jason Bourne.

*

«Salut.

— Salut à toi.» Soraya sourit en entendant la voix familière de Peter, mais quand elle vit son état pitoyable, changea aussitôt d'expression. «Bon Dieu, qu'est-ce qui t'est arrivé?

— Trente millions de dollars.» Il tira une chaise et entreprit de lui narrer les derniers événements: la manière dont il avait infiltré le réseau de malfaiteurs; le rôle tenu par Richards au sein de Core Energy, sa rencontre avec Tom Brick, Florin Popa et enfin le magot caché dans une sacoche étanche immergée près du *Récursif,* dans la marina Dockside.

«À quoi ça rime, tout ça?», demanda Soraya quand elle eut digéré les divers éléments.

Peter secoua la tête. «Je ne sais pas, mais je compte le découvrir.

— Et pour Richards?»

Hendricks lui avait posé la même question. «J'ai décidé de le laisser agir. Quoi que Brick ait en tête, il a besoin de Richards.

— Est-ce que Brick ne va pas se demander pourquoi tu lui as fait faux bond, dans la maison de Virginie?»

Peter avança sa chaise. «Je ne crois pas. Seul un abruti serait resté à poireauter là-bas. Je pense que c'était juste une manière de me tester.

— Un test d'intelligence?

— Brick ne me fait pas pleinement confiance, dit Peter en haussant les épaules. Ça n'a rien d'étonnant. En ce qui le concerne, je ne suis personne, même si je lui ai épargné pas mal de tracas. Dans son métier, on n'accepte pas les inconnus, à moins de leur faire passer une série d'épreuves.

— Donc tu vas reprendre contact avec lui ? »

Peter lui fit un clin d'œil. « Évidemment. » Il se leva. « Bon, repose-toi. Je veux que tu reprennes des forces, et très vite. »

*

Au volant d'une voiture de location, Don Tulio observait Sam Anderson engueuler son équipe. Ils avaient fouillé le bassin de la marina de fond en comble sans trouver aucun signe de l'agresseur de leur patron. Anderson leur ordonna de reprendre les recherches, puis se tourna vers un certain Sanseverino – Don Tulio avait saisi son nom au hasard d'une conversation entre deux agents – pour lui parler en aparté. Sanseverino hocha la tête, regagna le parking et partit pour l'hôpital dans la voiture de Peter. Conducteur émérite, Don Tulio était expert en filatures. Il en fit la preuve.

Garé devant les Urgences, il regardait à présent Sanseverino se précipiter à l'intérieur du bâtiment. Il n'avait aucune intention de le suivre. Les couloirs étaient sûrement truffés de gardes. Pourquoi risquer de se faire attraper quand il suffisait d'attendre que le *jefe* Marks ressorte, monte en voiture et s'en aille ? Don Tulio voyait les minutes s'écouler avec une certaine inquiétude mais, une fois qu'il se serait vengé de Peter, il n'aurait plus qu'à sauter dans le jet privé qui le ramènerait à Mexico.

Quant aux trente millions, il avait fait une croix dessus depuis que les *federales* les avaient trouvés. Autant ne plus y penser. Ses lieutenants s'étaient chargés de décapiter le bouc émissaire que Don Tulio avait choisi dans ses rangs et maintenant, ils s'efforçaient de remplacer l'argent. Il fallait absolument qu'il redore son blason auprès de Don Maceo, lequel avait sans doute apprécié qu'on lui livre la tête du prétendu coupable. Mais pour regagner définitivement ses faveurs, il devait lui restituer le magot, accompagné d'une deuxième tête.

L'Aztèque vérifia encore une fois son pistolet 911 chargé de balles à pointe creuse. Puis il posa l'arme sur le siège du passager, près du couteau à cran d'arrêt, appuya sa tête en arrière et ferma les yeux à demi. Il avait appris à dormir les paupières mi-closes, comme un reptile. Rien ne l'atteignait, dans ces moments-là.

Son esprit se relaxait tandis que ses sens restaient en alerte. Ce fut grâce à ce talent particulier qu'il vit le *jefe* Marks émerger de l'hôpital avec Sanseverino. Les deux hommes filèrent droit vers la voiture de Marks et se chamaillèrent un peu quand Sanseverino insista pour prendre le volant. Marks finit par accepter.

Don Tulio tourna la clé de contact deux secondes avant Sanseverino et sortit du parking à sa suite sans toutefois le suivre de trop près ; sur la route, il laissa quelques véhicules entre eux, mais jamais le même nombre. Tout en conduisant, il fredonnait un air de cumbia. Des scènes de danse enfiévrée lui revenaient par bouffées. Bras luisants de sueur, jambes solides, corps moites, esprits lubrifiés au mezcal, tous mêlés dans le même rythme lancinant.

*

«Désolé patron, mais on ne l'a pas encore trouvé, dit Sanseverino en négociant un virage. Les courants l'ont peut-être emporté. Sinon les plongeurs l'auraient repéré. Ils ont dit que les courants partaient vers le large. Du coup, Anderson leur a demandé d'étendre le périmètre des recherches.

— Fais chier, marmonna Peter. Il faut absolument que je l'identifie si je veux remonter la piste de l'argent. Sans cela, nous sommes au point mort.

— Mort de chez mort, ajouta Sanseverino.

— Il n'est pas question de jeter l'éponge», grommela Peter. Il était d'une humeur massacrante. *Tout va mal aujourd'hui*, pensa-t-il en refusant d'admettre qu'il s'inquiétait surtout pour Soraya. En plus, il n'appréciait guère qu'elle lui fasse des cachotteries ; ça ne lui ressemblait pas.

«Anderson a dit de laisser tomber et de rentrer, renchérit Sanseverino. Il nous donne vingt-quatre heures de repos.»

Peter branla du chef. «Déjà que Treadstone manque de personnel depuis l'hospitalisation de Soraya...

— On tourne en rond, vous ne comprenez pas ? répliqua Sanseverino. Je ne vois vraiment pas où ça va nous mener.

— Allons, respirez un bon coup. » Peter sortit son portable. « Les choses vont bientôt s'éclaircir. » Il chercha les coordonnées de Delia dans son répertoire, appuya sur le numéro en surbrillance et un instant plus tard, Delia décrochait.

« C'est Peter, dit-il sans préambule. Il faut qu'on parle.

— Je...

— Tout de suite.

— Euh... »

Il eut un sourire féroce. « Te fatigue pas... Dis-moi où tu es.

— Pas au bureau. Sur une affaire.

— Je te rejoins. » Il claqua des doigts. « L'adresse. »

*

Don Tulio suivait le *jefe* Marks dont la voiture s'enfonçait dans la campagne, s'éloignant toujours davantage des zones les plus urbanisées de Virginie. Mais où était-il ? Sa voiture de location ne possédait pas de GPS. Heureusement, il avait son portable au fond de sa poche. Il fouilla sans regarder et parvint à l'allumer.

De toute façon, il se fichait de savoir où il était. En ce moment, une seule chose importait : garder un œil sur la voiture qui roulait devant lui, tout en évitant que ses occupants le repèrent à présent que la circulation devenait plus fluide. Pour cela, il devait faire preuve d'adresse. Par chance, il restait encore sur la route quelques camions bien commodes pour se cacher.

Ébloui par le soleil, Don Tulio plissa ses yeux cruels d'Aztèque, tout en jouant de l'accélérateur. La seule manière de ne pas attirer l'attention consistait à varier sans cesse la vitesse afin de n'apparaître que par intermittence dans les rétros de Marks et Sanseverino.

Ils roulaient depuis bientôt quarante minutes quand Don Tulio aperçut sur sa droite un grand bâtiment en briques rouges : le lycée Silversun. Plusieurs véhicules officiels étaient garés en désordre près de l'entrée. Un deuxième coup d'œil lui permit de repérer des individus affublés de vestes larges marquées dans le dos « ATF » en lettres jaune vif.

La voiture de Marks ralentit pour tourner à droite après quelques mètres, et s'engagea sur l'allée qui menait à l'établissement.

Voilà l'occasion que j'attendais, songea l'Aztèque.

Il donna un coup d'accélérateur et, comme s'il surgissait de nulle part, se plaça juste derrière la Chevy, baissa entièrement sa vitre et, quand Sanseverino reprit de la vitesse, saisit le 911 posé sur le siège du passager. Puis il vira sur la droite et rattrapa la Chevy en quelques secondes.

Parvenu au même niveau, il vit le visage pâle du *jefe* Marks tourné vers lui, ainsi que le canon de son Glock. Don Tulio visa, tira une fois, deux fois, trois fois, et aussitôt enfonça la pédale de frein pour échapper aux éventuelles représailles.

Devant lui, la Chevy semblait hors de contrôle ; elle dérapa, fit une embardée puis, dans un crissement de pneus, son conducteur freina à mort pour effectuer un tête-à-queue. L'Aztèque n'en espérait pas tant. Il appuya sur le champignon, percuta le flanc de la voiture et enfonça les deux portières côté chauffeur. Le choc fut si violent qu'il froissa son capot. Don Tulio faillit se mordre la langue.

Son airbag se gonfla immédiatement mais l'Aztèque avait tout prévu. Il y planta la pointe de son couteau et le réduisit en pièces avant de s'apercevoir que la ceinture était coincée. Sans se démonter, il la cisailla comme s'il tranchait une liane au moyen d'une machette.

Impatient de constater l'étendue des dégâts qu'il venait d'infliger, il ouvrit sa portière d'un coup de pied. La plaque de métal émit un grincement déchirant en pivotant sur ses gonds faussés. Il descendit, légèrement étourdi par les effets du choc en retour.

Il s'approcha d'un pas chancelant et vit Sanseverino sans connaissance, le côté gauche de son corps écrasé par la portière défoncée. Sa tête penchait bizarrement vers l'avant, comme s'il regardait ses pieds. Sauf qu'il ne regardait rien du tout : il était mort.

Don Tulio se baissa pour mieux voir l'intérieur de l'habitacle. Où était le *jefe* Marks ? Sa portière était ouverte, sa vitre baissée, mais il n'y avait personne sur le siège. Incroyable ! L'Aztèque avait pourtant tiré trois balles sur lui, presque à bout portant, même si un tel tir relevait de la gageure à partir d'un véhicule en mouvement.

Il se redressa, alerté par un bruit presque inaudible, se précipita vers l'avant du véhicule et vit Marks, allongé, apparemment coincé en dessous. Le *jefe* était conscient.

« Comment tu as fait ? s'écria l'Aztèque en anglais. Je t'ai tiré dessus trois fois. Et tu n'as pas une seule égratignure. »

Levant les yeux vers Don Tulio, Marks articula d'une voix rappelant un crissement de feuilles mortes : « Verre blindé.

— Merde !

— Qui êtes-vous ?

— L'homme qui va te tuer. » L'Aztèque fit encore un pas vers Peter. « Tu as volé mes trente millions, connard.

— Et toi, à qui les avais-tu volés ? »

Le 911 dans une main, le cran d'arrêt dans l'autre, Don Tulio resta un instant figé au-dessus de Peter. Puis il braqua le pistolet. « Dans trente secondes, je t'explose la tête, alors je peux bien te le dire. Don Maceo Encarnación.

— J'emmerde Don Maceo Encarnación, cracha le *jefe*. Et toi aussi, je t'emmerde. »

*

En une fraction de seconde, Peter leva le Glock dissimulé sous lui, pressa la détente et abattit son agresseur d'une balle en plein cœur. Peter entendit deux détonations au lieu d'une seule. Il vit l'homme reculer en vacillant et, au même instant, sentit une douleur hallucinante l'envahir. Il voulut respirer mais ne parvint qu'à tousser. Un filet de sang tiède coulait au fond de sa gorge. Il étouffait, son cœur battait à tout rompre, ses forces l'abandonnaient.

C'est donc ainsi que l'on meurt, songea-t-il. Mais, bizarrement, il s'en fichait.

20

ALLONGÉE AU-DESSUS DE BOURNE, Rebeka attendait sans bouger la fin du voyage. Le corbillard traversait les rues poussiéreuses de Mexico dans la pénombre de l'aube, juste avant le lever du soleil. Ils étaient enfermés dans le cercueil en orme poli que Maceo Encarnación avait commandé pour les funérailles de Maria-Elena, feue sa cuisinière. Diego de la Rivera occupait le siège à côté du chauffeur. L'arrière du véhicule ne contenait que le cercueil coincé dans ses rails en acier et caché des regards extérieurs par les tentures noires qui voilaient les vitres.

« Maceo Encarnación tient à ce qu'on emmène le corps des défunts à la morgue dans un cercueil, avait expliqué Diego de la Rivera juste avant leur départ. Le bois et le style sont toujours les mêmes. Les vigiles qui gardent sa demeure me connaissent bien ; ils vont jeter un œil dans le corbillard mais ne le fouilleront pas. Faites-moi confiance. »

Tout se passa ainsi que Diego l'avait prédit. Le corbillard dut faire halte devant le portail. Des voix étouffées leur parvinrent depuis l'extérieur, puis ils entendirent la portière du fourgon s'ouvrir et d'autres voix plus sonores. Une fois la portière claquée, il y eut des rires gras et le corbillard redémarra, pénétrant pour de bon sur la propriété privée de Maceo Encarnación. Le gravier crissait sous les roues du convoi funèbre qui remontait l'allée semi-circulaire à une allure de circonstance. Le véhicule contourna la villa et s'immobilisa.

Ils perçurent encore des voix, moins rudes cette fois et, quand le fourgon s'ouvrit de nouveau, sentirent qu'on décrochait le cercueil de son support. Diego de la Rivera et son chauffeur le portèrent à l'intérieur de la maison, probablement dans la pièce où reposait la dépouille de Maria-Elena.

Trois coups suivis de deux les informèrent qu'ils étaient arrivés. Le couvercle se souleva et, comme dans un film de vampires, Bourne et Rebeka émergèrent du cercueil pour découvrir un lieu mal éclairé où se mêlaient l'odeur de la mort et une persistance de parfum.

À part le croque-mort, son chauffeur et le corps de la pauvre Maria-Elena, il n'y avait personne dans cette chambre, celle de la défunte visiblement, à en croire tous les bibelots exposés sur les étagères. Leur regard se posa un instant sur la collection de crânes et de squelettes miniatures peints de couleurs vives, rassemblés au fil des ans, à chaque Fête des Morts. Le corps était couché sur un couvre-lit en coton blanc bordé d'œillets décoratifs. Maria-Elena avait été belle : des traits nobles rappelant ses ancêtres olmèques, une poitrine imposante, des hanches larges, une taille fine. On lui avait croisé les mains sur le ventre et la robe jaune imprimée de coquelicots rouges dont on l'avait revêtue s'harmonisait avec les joyeux crânes et squelettes en papier mâché qui l'entouraient.

« Un homme armé monte la garde derrière la porte, murmura Diego de la Rivera. C'est celui qui nous a ouvert tout à l'heure. *Vaya con Dios.* Vous devrez vous débrouiller tout seuls, dorénavant. »

Bourne le retint par le coude. « Pas encore. »

*

Le garde-chiourme de Maceo Encarnación regarda Diego de la Rivera sortir de la chambre mortuaire.

« J'ai oublié un truc dans le corbillard », dit-il, l'oreille basse.

L'autre acquiesça et répondit : « Je t'accompagne. »

Il lui emboîtait le pas quand Bourne surgit de la pièce et le frappa à la nuque. L'homme chancela, se retourna vaguement vers son agresseur et reçut un coup de poing sur la tempe qui l'envoya au tapis.

Bourne le traîna à l'intérieur de la chambre, lui confisqua son Sig Sauer, son couteau à cran d'arrêt, puis il ouvrit le placard de Maria-Elena et trouva deux foulards. Le premier, il l'enfonça dans la bouche du garde évanoui, l'autre servit à lui lier les mains dans le dos. Quand il l'eut ficelé, il le fit glisser sous le sommier et rabattit le couvre-lit pour plus de discrétion.

« Maintenant, vous pouvez le dire. *Vaya con Dios* », lança Bourne quand le croque-mort revint dans la chambre.

Bourne et Rebeka se postèrent dans le couloir, le dos appuyé contre la porte de la chambre de Maria-Elena, tous les sens aux aguets, s'efforçant de capter les bruits de la maison, les déplacements, les voix, tout ce qui pouvait révéler la présence de vigiles, mais à part une radio qui jouait en sourdine la version 1945 de « Besame Mucho » par Tino Rossi, ils ne décelèrent aucun signe de vie.

Il était tôt, le soleil se levait à peine. Les habitants dormaient encore, très certainement. Sauf la personne qui écoutait cette musique sirupeuse. Peu après, des pas très légers annoncèrent une présence, au bout du couloir. Ils se réfugièrent dans une salle de bains dont ils laissèrent la porte entrouverte.

Bourne vit une belle jeune femme, drapée dans un long peignoir de soie brodé de fleurs et de vrilles entremêlées, descendre un escalier incurvé en bois poli et passer rapidement devant leur porte. Elle était nue sous son magnifique déshabillé. À en juger d'après ses traits et son expression affligée, ce devait être la fille de Maria-Elena. Bourne se permit un coup d'œil dehors, le temps de la voir disparaître dans la chambre de sa mère. Quand ils ressortirent de la salle de bains, ils l'entendirent gémir de douleur.

« Pauvre petite », murmura Rebeka à l'oreille de Bourne.

Bourne révisa mentalement le plan de la villa qu'*el Enterrador* leur avait montré. Les chambres des domestiques se trouvaient au rez-de-chaussée, d'où son étonnement de l'avoir vue descendre du premier. En outre, le déshabillé en soie que la jeune fille portait devait coûter un prix exorbitant, dépassant largement le salaire annuel de sa mère. Il mit de côté ces anomalies et entreprit d'escalader les marches en compagnie de Rebeka.

Quand ils furent assurés que la voie était libre, ils gravirent les dernières en courant. Arrivés sans encombre sur le palier, ils découvrirent que l'étage se divisait en deux. L'immense suite de maître de Maceo Encarnación, comprenant une salle de bains de nabab et un vaste bureau lambrissé, occupait toute l'aile ouest – sur leur gauche. L'aile est – à droite – réservée aux invités était divisée en quatre chambres. Ils choisirent de partir vers la droite et longèrent la balustrade en se tenant courbés, jusqu'au mur plein à partir duquel commençaient les chambres, réparties deux à deux de chaque côté du couloir.

Bourne signala qu'il prenait celles de gauche. Rebeka hocha la tête et marcha vers la première à droite. Bourne la suivit un instant du regard, puis colla l'oreille contre le battant. Ne percevant aucun bruit à l'exception du bourdonnement produit par le climatiseur, il tourna la poignée et se faufila dans la pièce assombrie par de lourdes tentures. Malgré l'obscurité, il nota la présence de quelques meubles : un lit, une armoire, un bureau, un fauteuil. Le lit était vide, le couvre-lit correctement tendu. À l'odeur de renfermé qui se dégageait des lieux, Bourne comprit qu'il n'était pas utile d'inspecter la salle de bains.

En ressortant dans le couloir, il vit Rebeka refermer la porte d'en face et lui adresser un signe négatif. Restaient les chambres trois et quatre.

Un bruit dans l'escalier les contraignit à se plaquer contre les murs du couloir. Ils reconnurent le pas de la fille de Maria-Elena. Elle semblait flotter sur un nuage, son extravagant peignoir formant une traîne derrière elle. Elle posa le pied sur le palier, tourna sur sa gauche, s'engagea dans l'aile ouest et disparut derrière la lourde porte d'acajou de la suite du maître.

Bourne et Rebeka échangèrent un regard avant de se remettre au travail. De nouveau, Bourne posa l'oreille contre un battant mais, cette fois-ci, entendant de l'eau couler, appela Rebeka d'un geste. Puis il entrouvrit la porte, juste assez pour jeter un œil à l'intérieur. Cette chambre était aussi sombre que la précédente, mais le lit était défait et l'oreiller creusé.

Ils entrèrent en silence. La douche coulait derrière la porte entrebâillée de la salle de bains. C'est là que Bourne se dirigea, pendant que Rebeka s'avançait vers les placards. Il se plaça de biais, toqua discrètement et dans le même mouvement, pénétra dans la pièce pleine de vapeur où le carrelage blanc reflétant la lumière vive l'aveugla un court instant.

Brutalement, il écarta le rideau opaque de la douche. Personne sous le jet.

Cette vision déclencha en lui un réflexe d'urgence. Il poussa un cri inarticulé, fit volte-face, sortit précipitamment de la salle de bains et vit Rebeka debout devant un placard ouvert. Surprise par la brusque apparition de Bourne, elle se retourna et, dans le même temps, une silhouette jaillit du fond de la penderie. Harry Rowland lui décocha un coup de poing dans les côtes, à l'endroit précis où le poignard s'était planté, six semaines auparavant, à Damas. Avant que Bourne puisse faire un seul geste, Rowland attrapa Rebeka à bras le corps, la retourna et posa un couteau sur sa gorge. Derrière elle, on le voyait sourire comme un dément.

Bourne savait Rebeka parfaitement capable d'échapper à son emprise. Elle devait connaître au moins une douzaine de prises adaptées à cette situation. Seulement voilà, elle n'y arrivait pas, et Rowland s'en aperçut. Il la contraignit à se pencher en avant. La bouche de la jeune femme happait l'air comme celle d'un poisson hors de l'eau. Une tache rouge s'épanouissait rapidement sur sa chemise, au niveau de son ancienne blessure.

« J'ai appris pas mal de choses quand je traînais mes guêtres autour du camp de Dahr El Ahmar, marmonna Rowland avec un rictus malsain. Et j'ai eu maintes fois l'occasion d'examiner de très près cette méchante plaie mal refermée. »

Comme s'il déplaçait un objet invisible aux yeux de Bourne, il remua légèrement derrière Rebeka et aussitôt lui porta un deuxième coup, au même endroit. Elle serra les dents mais laissa échapper un sifflement de douleur. Bourne vit la tache de sang s'agrandir. Les yeux rougis de la jeune femme semblaient le supplier.

« Laisse-la partir, Rowland, ordonna Bourne.

— C'est une demande ou une menace ? » Rowland secoua la tête. « Cette salope m'a pourchassé sur des milliers de kilomètres et maintenant, tu t'y mets aussi. » Il sourit de toutes ses dents. « Écoute-moi bien, Bourne. Voilà ce qui arrive quand on retrouve la mémoire. Oui, je sais qui tu es. Un pauvre bougre amnésique. Un monstre. Je te plains sincèrement. Vivre sa vie à moitié, trimbaler une ombre partout derrière toi, nuit et jour, sans jamais trouver le repos. Il n'y a pas de pire cauchemar. » Rebeka voulut s'écarter mais il la frappa encore, si cruellement que le sang imbibant le tissu se mit à dégouliner par terre. « Ne pas avoir de passé, dériver dans un éternel présent... Je sais ce que cela représente.

— Que voulez-vous ? », demanda Bourne pour laisser souffler Rebeka.

Bourne la voyait rassembler ses dernières forces ; et il savait pourquoi. D'un regard, il lui intima de rester immobile. Ses yeux disaient : *J'ai un plan. Laissez-moi m'occuper de Rowland.* Pourtant elle ignora son injonction silencieuse et resta fidèle à son entraînement, féroce, indomptable.

« Il existe une autre façon de procéder », plaida Bourne, faisant l'impossible pour distraire Rowland le temps que Rebeka lance son attaque.

Après cela, quelque chose capota, encore que Bourne ne sût dire quoi – Rebeka était-elle trop affaiblie par la douleur ? Rowland trop rapide ? Elle se retourna vivement mais son agresseur, ayant anticipé son geste, la poignarda. À l'instant à la lame s'enfonçait entre ses côtes, Rebeka le frappa au menton.

L'homme vacilla et lâcha Rebeka qui s'écroula en arrière dans les bras de Bourne, le poignard enfoncé jusqu'à la garde dans son flanc. Il la souleva, sortit en courant de la chambre et longea le couloir vers la porte qui donnait accès à l'escalier de la cave.

Bourne gardait en tête le plan de la maison ainsi que les indications d'*el Enterrador* : l'homme avait bien dit que le sous-sol serait leur seule issue. Et avec Rebeka grièvement blessée, il n'était pas question de tenter quoi que ce fût. Il fallait fuir au plus vite la propriété de Maceo Encarnación et la conduire à l'hôpital de toute urgence.

Après avoir dévalé les marches en ciment, il trouva un interrupteur qu'il alluma d'un coup de coude. Une forte lumière se répandit dans la cave, éclairant les objets qu'elle contenait, dont une boîte à outils. Bourne y trouva une torche, puis se dirigea vers le panneau électrique dont il abaissa tous les commutateurs, coupant d'un seul coup le courant qui alimentait la cave, les étages et le système d'alarme.

« Au centre de la cave, vous trouverez un conduit d'évacuation des eaux pluviales, avait dit *el Enterrador. Il est assez gros pour permettre le passage d'un être humain. »*

Bourne promena le rayon de la torche sur le sol, trouva le drain et déposa Rebeka. Elle gémit. Le poignard était toujours fiché en elle, Bourne n'ayant pas osé le retirer de peur d'aggraver l'hémorragie. Même une fois bandée, la blessure aurait risqué de saigner davantage. Il enroula ses doigts autour des barreaux de la grille recouvrant le drain, tira vers le haut, mais rien ne bougea.

Au-dessus de sa tête, des bottes martelaient le plancher. Il regarda Rebeka, puis la flaque qui rougissait le ciment à côté d'elle. Rebeka avait saigné tout au long du chemin. On pouvait donc les suivre à la trace depuis le premier étage.

*

Vautré dans son lit king-size, Charles Thorne dormait en pointillé. Brusquement, il se redressa en entendant le déclic de la porte d'entrée qui se refermait. Avait-il rêvé? Puis il perçut un léger bruit de pas se dirigeant vers la chambre. Un pas qu'il connaissait par cœur.

Sa femme était rentrée.

«Je t'ai réveillé? dit Ann Ring en s'encadrant sur le seuil.

— Ça t'aurait ennuyée?» Il s'ébroua en espérant chasser le sommeil qui lui engourdissait le cerveau.

«Pas vraiment.»

Ce type de dialogue était courant dans leur couple. La passion amoureuse qui les avait poussés l'un vers l'autre au début s'était transformée en une relation de pure convenance. L'alchimie ne fonctionnant plus, la routine avait achevé de détruire leur union.

Thorne regarda Ann marcher vers la coiffeuse et retirer ses bijoux.

«Il est presque sept heures du matin. Où étais-tu?

— Au même endroit que toi. Dehors. »

Les yeux posés sur le dos pâle de sa femme occupée à baisser la fermeture Éclair de sa robe, Thorne se remémorait l'époque où leur relation était si torride qu'ils ne pensaient qu'à une seule chose : se fondre l'un dans l'autre, partout et tout le temps. Maintenant, quand il la regardait, il avait l'impression de voir une photo ; c'en était presque insupportable car chaque fois, il ne pouvait s'empêcher de mesurer tout ce qu'il avait perdu.

Que suis-je devenu ? se demandait-il. *Comment ai-je pu tomber si bas ?* Il n'y avait bien sûr d'autre réponse que la plus évidente : la vie avait fait son œuvre, les mauvaises décisions s'étaient accumulées et la minuscule fissure dans la paroi rocheuse était à présent une grosse faille. Chaque jour, il sentait approcher le moment où la montagne s'abattrait sur lui.

Entièrement dévêtue, Ann passa dans la salle de bains, alluma les lumières et tourna le robinet de la douche. Dès qu'il entendit l'eau couler, Thorne se leva et, sur la pointe des pieds, s'avança vers le tas de vêtements jetés par terre. Grâce au rai de lumière provenant de la salle de bains, il put fouiller les poches de la robe. Quand il plongea la main dans le petit sac de sa femme, une ombre s'étira au-dessus de lui.

« Je peux t'aider ? » Plantée sur le seuil de la salle de bains, Ann l'examinait de son regard lumineux mais froid de reptile.

Finalement, elle ne s'était pas douchée. Il ferma les yeux et se maudit d'avoir sauté à pieds joints dans un piège aussi énorme. Énorme *a posteriori*. La haine qu'il ressentait pour elle distillait un goût amer dans sa bouche.

« Touche pas à mes affaires, pauvre connard. »

Elle lui arracha le sac des mains. Il recula comme si elle l'avait frappé.

« Tu veux savoir où j'étais ? » Les narines d'Ann se dilatèrent de mépris. « J'ai reçu la visite de Monsieur Li. » En voyant Thorne écarquiller les yeux, Ann ne put réprimer un sourire. « Parfaitement, ton Monsieur Li. » Elle ouvrit un tiroir de sa commode, rangea le sac dedans, puis s'y appuya comme pour montrer à son mari combien il l'épuisait. « Sauf qu'il ne t'a jamais appartenu. Pas exclusivement, en tout cas.

— Comment... ? » Thorne était incapable de faire un geste, son cerveau ne pouvait plus aligner deux pensées logiques. « Comment as-tu... ? »

Elle eut un rire silencieux. « D'après toi, qui lui a présenté sa copine israélienne ? »

*

Replongeant la main dans la boîte à outils, Bourne s'empara d'un pied de biche qui lui permit de soulever la grille et, dès qu'il l'eut retirée, éclaira l'espace en dessous. Un puits vertical d'une hauteur de deux mètres cinquante. Après quoi, le conduit formait un coude et continuait en suivant une légère pente. Il coinça la torche entre ses dents, souleva Rebeka et, la tenant bien collée contre lui, se laissa glisser. Les semelles de ses chaussures heurtèrent brutalement le fond du puits.

Quand il voulut la déplacer entre ses bras, Bourne s'aperçut qu'elle ne bougeait plus. Il lui inclina la tête, éclaira son visage et vit ses paupières fermées. Sa blessure semblait si profonde qu'il se prit à craindre que la lame n'ait touché, voire transpercé, un organe vital. N'ayant aucun moyen de le savoir, il fit son possible pour comprimer la plaie et réduire l'hémorragie, mais n'y parvint pas totalement.

« Rebeka », murmura-t-il. Il répéta son nom à voix haute et, devant son absence de réaction, lui donna une petite tape sur la joue. Elle ouvrit les yeux. « Ne m'abandonnez pas, dit-il. Je vais vous sortir de là. » La jeune femme posa sur lui son regard légèrement voilé. « Tenez le coup encore un peu. »

Il franchit le coude, dévala le plan de moins en moins incliné. Le chemin de la liberté sentait le ciment, les feuilles mortes, la pourriture. De l'eau stagnait par flaques et ses pas lui revenaient en échos, tels des fantômes courant se réfugier dans la pénombre.

Il dirigea la torche vers le plafond du canal, à la recherche du point de jonction débouchant sur le parc Lincoln, une issue de maintenance qu'*el Enterrador* lui avait située à trois cents mètres après le mur d'enceinte.

En revanche, *el Enterrador* avait oublié de préciser que le canal rétrécissait au fur et à mesure. Bourne avait d'autant plus de mal à avancer qu'il devait repositionner sans cesse le corps de Rebeka en fonction de l'espace disponible. Il marchait obstinément en lui parlant tout le temps, pour la maintenir éveillée. Et toujours aucune issue visible. Soudain, le faisceau de lumière se mit à trembloter. La torche s'éteignit, se ralluma, mais elle éclairait moins. Les piles étaient presque déchargées.

Bourne redoubla d'efforts. Il aurait voulu courir mais les parois et le plafond toujours plus proches l'en empêchaient. Il devait même se pencher en soulevant le corps de Rebeka le plus haut possible. Il sentait son cœur battre, son souffle frémir, toujours plus irrégulier. Elle peinait à respirer. Il fallait qu'elle sorte très vite de ce trou.

Il poursuivit sa progression, mètre par mètre. À présent, chaque seconde qui passait était essentielle. La torche s'éteignit encore, mit plus de temps à se rallumer. Le faisceau tremblotant diffusait une lumière très pâle mais qui, heureusement, s'avéra suffisante pour éclairer enfin la jonction tant espérée. Bourne reconnut le conduit vertical censé déboucher dans le parc.

Il s'élança en serrant Rebeka plus fort contre lui. Sous ses vêtements, il sentait la peau de son dos brûler d'avoir trop frotté la paroi humide. Devant lui, un rebord semi-circulaire luisait comme un croissant de lune, l'attirant indiciblement. Soudain les piles lâchèrent et tout fut plongé dans le noir.

*

« Natasha Illion ? » Thorne sentit le monde chavirer sous ses pieds. « Je ne...

— Tu ne comprends pas ? » Ann lui fit un sourire glacial. « Pauvre Charles. Disons simplement que Tasha et moi sommes amies. Point barre.

— Salope ! », hurla-t-il en bondissant vers elle.

Ann retira sa main du tiroir de la commode. Elle tenait un petit pistolet, un Walther PPK/S. Thorne ne le vit pas ou bien alors, emporté par sa fureur, il passa outre. Les bras tendus vers elle, il semblait déterminé à lui tordre le cou.

Ann pressa la détente sans la moindre hésitation. Une fois, puis une deuxième. Les balles .32ACP le traversèrent de part en part, projetant son corps contre le mur avec une telle puissance qu'il rebondit.

Figé par le choc et l'incrédulité, il garda un instant les yeux fixés sur elle. Puis vint la douleur effroyable. Il bascula sur Ann et l'enlaça comme autrefois, quand ils étaient amoureux fous.

Il ouvrit la bouche, la referma, à la manière d'un poisson empalé au bout d'un harpon. « Pourquoi... ? Tu... »

Ann le regarda mourir d'un œil froid, presque clinique. « Tu es un traître, Charles. Tu m'as trahie, tu as trahi notre mariage, mais surtout, tu as trahi notre pays. » Il tomba à genoux. « Sais-tu au moins ce que tu t'apprêtais à commettre, avec l'aide de l'estimable Monsieur Li ? Estimable pour qui apprécie les espions, cela s'entend. »

Thorne sentit que rien ne pourrait lui arriver de pire. Il touchait le fond, la montagne venait de s'écrouler sur lui.

« Au revoir, Charles. » Ann le repoussa et, découvrant que du sang l'avait éclaboussée, l'enjamba pour regagner la salle de bains et passer sous la douche où elle se lava avec une grande application.

*

Bourne ne voyait plus rien mais avançait toujours, en estimant les distances par le souvenir qu'il gardait de la margelle brillant comme une lune. Le boyau était à présent si étroit qu'il touchait le plafond même en marchant accroupi. C'est dans cette position qu'il franchit les derniers mètres. Il tâtonna quelques secondes et reprit courage en identifiant la forme sous ses doigts.

Il déposa Rebeka, se redressa à l'intérieur du puits vertical, tendit le bras et sentit la trappe d'où pendait un anneau de métal. Il le tourna vers la gauche, poussa, et fut récompensé par le flot de lumière et d'air frais qui pénétra dans le drain moisi.

La liberté !

Il se baissa pour attraper Rebeka et la pousser vers la surface. L'instant d'après, il émergeait à son tour dans la clarté du matin. Ils se trouvaient au centre d'un petit bosquet dont les arbres formaient un carré parfait, quatre de chaque côté.

Bourne tendit l'oreille, mais ne perçut aucun bruit suspect. Juste le grondement lointain de la circulation autour du parc. À cette heure matinale, il n'y avait pas encore de promeneurs. Ils étaient seuls.

Bourne vérifia de nouveau l'état de Rebeka. La plaie suppurait déjà. Il y appliqua les chiffons récupérés dans la boîte à outils mais le sang coulait si abondamment qu'ils furent aussitôt imbibés. La progression épuisante le long du canal n'avait fait qu'aggraver la blessure. Il écouta son cœur, ses poumons, et ce qu'il entendit l'inquiéta ; il tenta d'estimer la quantité de sang qu'elle avait perdu – plus que durant le vol Damas-Dahr El Ahmar, en tout cas, à en juger d'après son teint livide et ses yeux décolorés. Elle voulut parler, mais aucun son ne sortit. Si une équipe médicale ne la prenait pas en charge très vite, l'hémorragie lui serait fatale.

Elle articula quelques paroles inintelligibles.

« Économisez vos forces, murmura-t-il. L'hôpital n'est plus très loin. »

Il passa la tête entre les branches. À présent, c'était d'un moyen de transport dont ils avaient besoin.

« Rebeka, dit-il. Je vais nous chercher une voiture. » Il se leva, quitta l'abri des arbres, traversa le parc et, un peu plus bas, repéra un véhicule garé. La circulation était fluide. Plus loin, il avisa un taxi, de ceux qu'utilisent les voyous pour gruger les touristes naïfs et les dévaliser. Optant donc pour le véhicule garé, il s'apprêtait à en forcer la serrure quand une voiture de police s'approcha. Les flics l'avaient vu faire car ils ralentirent et restèrent sur place jusqu'à ce que Bourne s'éloigne en grommelant un juron.

Au coin de la rue, un autre taxi apparut. Il était libre et roulait dans sa direction. En lui faisant signe, Bourne vit du coin de l'œil la voiture de police reprendre sa patrouille. Bourne demanda au chauffeur d'attendre deux minutes, partit chercher Rebeka et la ramena. Quand il s'aperçut qu'elle voulait dire quelque chose, il se pencha et colla son oreille contre sa bouche. Elle ouvrit les yeux, les dirigea péniblement vers lui tout en articulant un nom.

Les voyant arriver, le chauffeur de taxi se tourna vers la banquette arrière pour regarder, interloqué, Bourne y déposer Rebeka avant de grimper à côté d'elle.

« ¿ *Que passa con ella ?* demanda l'homme.

— *Ponganos al Hospital General de Mexico*, lui ordonna Bourne.

— Hé ! Elle saigne sur mon siège !

— On l'a poignardée, dit Bourne en se penchant. *¡Vamos !* »

Le chauffeur grimaça mais démarra et se glissa entre deux véhicules. Trois rues plus loin, Bourne comprit qu'ils prenaient la mauvaise direction. L'Hôpital général de Mexico était au sud ; ils roulaient plein nord. Il ouvrait la bouche pour le signaler quand le chauffeur bifurqua vers le bord d'un trottoir, un peu plus loin, où deux costauds faisaient semblant de flâner en fumant comme des cheminées.

Bourne bondit, replia le bras sur la gorge du chauffeur et, en même temps, fouilla de sa main libre la veste de l'homme, il y trouva un pistolet glissé dans un holster d'épaule.

« Tu nous conduis à l'hôpital, intima Bourne en lui posant le canon sur la tempe. Sinon, j'appuie sur la détente.

— Tu n'oseras pas, fit l'homme sans changer de direction. On irait dans le décor. »

Bourne pressa la détente. La tête du chauffeur explosa dans un déluge de sang, de matière cervicale et d'os. Le taxi fit une embardée, roulant toujours plus vite vers les deux individus qui, reconnaissant la voiture de leur complice, jetèrent leurs mégots pour passer à l'action. Mais lorsque le taxi monta sur le trottoir, ils s'enfuirent en hurlant.

Bourne s'était déjà débarrassé du chauffeur en le balançant par la portière. Il tourna le volant juste à temps pour éviter un réverbère et plusieurs piétons. Deux secondes plus tard, il rétablissait sa trajectoire et revenait sur la chaussée pour effectuer un spectaculaire tête-à-queue qui déclencha de vives réactions sur les deux voies de circulation : coups de frein, concert d'invectives et d'avertisseurs. Bourne mit le pied au plancher et remonta la rue en zigzaguant entre les véhicules.

Lorsqu'il jeta un œil dans le rétro, il vit l'extrême pâleur de Rebeka. Parfaitement immobile, elle baignait dans son sang.

«Rebeka, dit-il, avant de répéter en haussant le ton, Rebeka!»

Pas de réponse. Ses yeux vides semblaient fixer le plafond du taxi. Comme un fou, il fonça à travers les rues toujours plus encombrées, passa devant des immeubles modernes, des places encastrées au milieu des ruines d'un lointain passé. Mexico se réveillait dans une clarté enfumée, rouge comme une chair à vif.

Livre troisième

21

L'ALARME INTERNE DE TREADSTONE SE DÉCLENCHA à 7 h 43 précises. Anderson, le bras droit de Peter Marks, prévint Dick Richards par téléphone à 8 h 13, après avoir constaté que le personnel de maintenance informatique était non seulement incapable d'identifier le cheval de Troie qui s'attaquait aux serveurs en franchissant allégrement le pare-feu, mais surtout de le placer en quarantaine et de le détruire.

« Venez au QG, ordonna Anderson. Immédiatement. »

Déjà assis au bord de son lit, Richards se rongeait littéralement les ongles jusqu'au sang. Il se leva d'un bond, s'aspergea le visage au lavabo, attrapa son imper et sortit de chez lui en toute hâte. Sur la route, il s'accorda toutefois un petit sourire d'autosatisfaction.

Quatorze minutes plus tard, il débarquait dans un service informatique sens dessus dessous. Personne n'avait pu trouver la solution au problème. Comment un cheval de Troie avait-il pu s'introduire dans les serveurs ? Quels dommages avait-il pu causer ? Telles étaient les questions qui faisaient parler ses collègues.

Il réunit son équipe et, après avoir obtenu un bref compte rendu des derniers événements, s'installa devant un terminal pour démarrer la « recherche » du cheval de Troie qu'il avait lui-même créé et inséré, telle une bombe à retardement, dans l'intranet de Treadstone. La partie création avait été pour lui un jeu d'enfant ; en revanche, il avait dû batailler pour le faire entrer dans les serveurs, chose qu'il n'avait pas prévue. Il s'en voulait d'une telle négligence. Certes, il avait passé peu de temps à Treadstone, mais il aurait dû l'employer à décrypter les complexités de leur pare-feu, lequel ne possédait pas la même cyberarchitecture que ceux du ministère de la Défense et du Pentagone, qu'il connaissait bien. Le pare-feu de Treadstone suivait une logique totalement différente et ses algorithmes lui étaient parfaitement étrangers.

Il avait passé des heures à se torturer les méninges, avant de finir par comprendre le fonctionnement de l'algorithme de base. Un peu avant quatre heures, il cria victoire et, pour mieux la célébrer, se leva, alla soulager sa vessie trop pleine puis prit dans son frigo une bière et des tranches de jambon qu'il roula en forme de cigare et mangea en les plongeant dans un pot de moutarde forte. Il mastiquait, prenait une gorgée de bière, avalait et recommençait. Et pendant ce temps, il passait en revue tous les chemins envisageables pour introduire son cheval de Troie, de manière à ce que la responsabilité retombe sur telle ou telle autre agence de renseignement.

Rassasié, il se lava les mains, se rassit devant son clavier et passa à la phase suivante, la plus délicate : briser le pare-feu. Le programme qu'il avait conçu était court mais terriblement efficace. Une fois introduit, il imiterait le serveur, détournerait les requêtes Treadstone vers un cul-de-sac et finirait par embouteiller le flux interne et créer un genre de carambolage cybernétique.

À présent, Richards était de nouveau penché sur un clavier mais dans les bureaux de Treadstone, cette fois. La phase finale venait de démarrer. Il s'agissait d'accomplir deux actions en même temps : insérer le virus qu'il avait préparé et placer le cheval de Troie en quarantaine en vue de l'éliminer. Opération tout aussi complexe que les précédentes puisque, pour détourner les soupçons, il devait faire croire que le virus était sorti du cheval de Troie alors même qu'on cherchait à l'isoler. La manœuvre était déjà assez éprouvante mais, pour couronner le tout, voilà que Sam Anderson se ramenait. L'adjoint de Marks tira une chaise et s'installa près de Richards.

« Comment ça se passe ? »

Richards grommela un truc. Tout ce qu'il espérait c'était que l'autre se lasse et dégage. Mais non, il restait là, à scruter les lignes de programme incompréhensibles pour lui, qui défilaient à toute vitesse sur l'écran. Le virus Stuxnet faisait figure d'antiquité, comparé au petit bijou dont il était l'auteur : une forme virale avancée qui reprenait le meilleur de l'algorithme Stuxnet en le greffant sur une architecture quasiment inédite, seulement connue des initiés. L'algorithme Duqu utilisait des certificats numériques falsifiés ou volés pour s'insinuer dans le programme de démarrage, au cœur même du système d'exploitation, et une fois dans la place, il pervertissait toutes les commandes.

« Ça avance ? »

Richards grinça des dents. En lui, l'agacement le disputait à l'angoisse. Il n'avait pas prévu qu'on l'observerait. « J'ai identifié le cheval de Troie.

— Et maintenant ? »

D'un autre côté, pensa-t-il, Anderson connaissait que dalle à l'informatique. Alors pourquoi s'inquiéter ? « Maintenant, je dois le mettre en quarantaine.

— Le déplacer, vous voulez dire ?

— Dans un sens, oui. » Sous ce feu nourri de questions idiotes, Richards avait du mal à se concentrer. « Cela dit, le terme "déplacer" est relatif, en informatique. »

Anderson se pencha vers l'écran. « Vous pouvez m'expliquer ça ? »

Richards dut se faire violence pour ne pas hurler. Travailler pour trois patrons différents était déjà épuisant nerveusement, mais subir en plus les interventions de leurs larbins... « Une autre fois peut-être. »

Anderson reprenait son souffle pour lancer une nouvelle question, quand son portable bourdonna. Il écouta la voix à l'autre bout de la ligne et marmonna : « Merde. » Plus on lui parlait, plus Anderson se renfrognait.

Richards lui jeta un coup d'œil circonspect. « Qu'y a-t-il ? »

Anderson s'était déjà levé. Il attrapa son manteau et sortit à toute vitesse du bureau sans rien dire.

Richards haussa les épaules et se replongea dans ses manœuvres de sabotage.

*

« J'ai besoin d'un cadavre, dit au téléphone le secrétaire Hendricks à Roger Davies, son premier adjoint. Mâle, sans lien familial. Un voyou abattu au cours d'une tentative de cambriolage serait idéal. Et j'ai besoin aussi d'une équipe de nettoyage triée sur le volet. Envoyez-la stériliser un appartement. » Il écouta brièvement la voix de Davies qui bourdonnait à l'autre bout du fil avant de l'interrompre. « Je comprends. Mettez-vous au travail immédiatement. »

Hendricks raccrocha et baissa les yeux sur le corps de Charles Thorne. « Vous ne l'avez pas raté, ma chère Ann, fit-il d'un air dégoûté. Pourtant, Dieu m'est témoin, j'aurais préféré une autre solution.

— Moi aussi. » Ann avait enfilé un peignoir épais. Tout à l'heure, après qu'elle eut appelé son officier traitant, elle avait songé un instant à s'habiller puis s'était ravisée en se rappelant à temps l'entraînement que Hendricks lui avait fait subir. Mieux valait l'attendre sans perturber la scène de crime. « Mais il ne m'a pas laissé le choix. Je pense qu'il n'a pas souffert. »

Hendricks s'essuya le front avec l'avant-bras, lui demanda de ramasser sa robe sur le sol pour qu'il vérifie les taches de sang et, n'en voyant pas, lui dit de la suspendre dans le placard. Pour les chaussures, ce fut une autre histoire. Comme elles portaient des marques d'éclaboussures suspectes, il les glissa dans le sac poubelle qu'il avait pensé à emporter, tout comme il avait enfilé des gants en latex et des chaussons en plastique avant d'entrer dans l'appartement.

Il ramassa le Walther PPK/S et en essuya méthodiquement toutes les empreintes. « Vous allez pouvoir vous débrouiller toute seule avec Li ?

— Je travaille pour vous depuis quoi ? Seize ans ? » Ann hocha la tête. « Alors ne vous inquiétez pas. Li ne me fait pas peur. » Elle scruta le visage de Hendricks. « Mais ce n'est pas Li qui vous inquiète, n'est-ce pas ?

— En effet. Je pense plutôt à celui qui tire ses ficelles », soupira Hendricks en détournant le regard. Il ne voulait plus voir ce cadavre et avait hâte que Roger arrive avec l'équipe de nettoyage. Il aurait pu confier ce sale boulot à n'importe lequel de ses nombreux subordonnés mais il savait que les fuites étaient toujours possibles, même au sein de la plus protégée des agences gouvernementales. Plus le boulot était sale, plus il convenait de s'en charger soi-même. Et ce boulot-là était particulièrement sale. « La structure interne des services secrets chinois nous échappe totalement. Il serait bien utile de savoir à qui nous avons affaire. »

Il se retourna vers elle. « Telle sera votre mission à partir de maintenant, Ann, puisque nous ne pouvons plus interroger ce pauvre Charles. » En effet, ce serait désormais impossible. C'était triste pour Thorne mais, avant de disparaître prématurément, il avait bien servi les objectifs de Hendricks. Ce dernier l'avait utilisé à son insu pour faire passer de la désinformation au fameux Li. Le sachant prêt à tout pour assouvir sa soif de pouvoir, Hendricks avait prévu qu'il finirait par se compromettre très gravement. Et il avait eu raison, Charles Thorne n'avait pas hésité à frayer avec Li dans l'espoir d'obtenir des scoops pour *Politics As Usual*. Malheureusement, cette phase de l'opération venait de s'achever un poil trop tôt.

Peut-être Ann avait-elle commis quelques erreurs dans son couple, songea le secrétaire. Puis il haussa les épaules mentalement ; après tout, la manipulation des êtres humains n'était pas une science exacte.

« Ne vous en faites pas », dit Ann.

On pouvait affirmer une chose au sujet de cette femme, songea Hendricks : ce n'était pas du sang qui coulait dans ses veines mais de la glace.

« Mais vous avez quand même l'air inquiet.

— C'est à cause de Soraya.

— Ah oui, j'ai appris. » Ann pencha la tête. « Comment va-t-elle ?

— Elle est passée à deux doigts de la mort, répondit Hendricks avec plus d'émotion qu'il n'aurait voulu.

Ann le considéra froidement, les bras croisés sur la poitrine. « Mais elle n'est pas morte, n'est-ce pas ?

— Non.

— Alors remerciez notre bonne étoile.

— J'aurais préféré...

— Vous l'avez choisie parce qu'elle était la personne adéquate pour ce boulot.

— Quand vous m'avez dit que votre mari était amoureux d'elle.

— Franchement, Christopher, ce n'était pas la raison. Le fait que Charles se soit amouraché d'elle lui a facilité le travail, certes. Sinon elle aurait trouvé un autre biais pour l'approcher. C'est une fille extrêmement intelligente. Et d'après ce que vous m'avez dit, elle adorait lui refiler des éléments de désinformation. »

Hendricks hocha la tête. « Elle était ravie de pouvoir contribuer activement à la chute de Li et de ses sbires.

— Eh bien, vous voyez. Vous vous en voulez simplement parce que son traumatisme crânien l'a conduite à l'hôpital. »

C'était inexact, pensa tristement Hendricks. Ou du moins, pas tout à fait exact. La chose qui le tracassait le plus, c'était la grossesse de Soraya, car il était persuadé que cet enfant était celui de Charles Thorne. Si tel était le cas, comment prédire la réaction d'Ann ? Elle constituait un précieux atout dans cette opération et il ne pouvait se permettre de la perdre, surtout maintenant que Li se trouvait à portée de main.

À propos de Li, Hendricks aurait donné cher pour connaître l'identité de son patron, mais personne, au ministère de la Défense, pourtant connu pour son large éventail d'informateurs, n'était en mesure de lui dire de qui Li recevait ses ordres.

De guerre lasse, Hendricks passa à un sujet d'intérêt pratique. « Ann, habillez-vous et quittez les lieux avant l'arrivée de mon équipe. Vous avez un endroit où aller ? »

Elle hocha la tête. « Une chambre au Liaison. J'y dors quand les débats au Sénat finissent trop tard pour que je rentre chez moi.

— Allez-y dès maintenant. Demain, vous tiendrez votre rôle de veuve éplorée.

— Et Li ?

— Il voudra vous présenter ses condoléances. Incitez-le à le faire en personne.

— Ce ne sera pas simple. Comme nous avons pu le constater, ce type est la méfiance incarnée. S'il commence à avoir des soupçons, nous ne saurons jamais qui le dirige et ce qu'ils cherchent.

— Vous avez raison. » Hendricks réfléchit un instant. « Alors, vous lui donnerez une chose susceptible d'effacer ses éventuels soupçons.

— Il faudra qu'elle soit grosse, cette chose. »

Hendricks hocha la tête. « D'accord. Dites-lui la vérité sur sa copine.

— Quoi ? » Ann le considéra d'un regard stupéfait. « Impossible. Vous savez que c'est impossible.

— Vous avez une meilleure idée ? »

Silence.

« Bon Dieu, marmonna Ann Ring. Je n'ai pas signé pour ça.

— Mais vous avez signé quand même, Ann. Vous le savez bien. »

Elle s'humecta les lèvres avec la langue. Son visage était devenu blême. « Ce sont des vies humaines que nous manipulons.

— Oui, mais pas des vies de civils, répliqua Hendricks. Nous avons tous signé le même document.

— Avec notre sang. »

Il ne chercha pas à la contredire.

Elle jeta un dernier coup d'œil au cadavre de son mari. « Seriez-vous totalement dépourvu de sentiments ?

— Vous feriez mieux d'y aller », conclut Hendricks qui ne connaissait pas lui-même la réponse à cette question.

Quatre minutes après le départ d'Ann Ring, l'équipe de nettoyage débarqua et, un moment plus tard, Davies arriva avec le cadavre de l'homme qui avait abattu Charles Thorne au cours d'une tentative de cambriolage. Hendricks plaça le Walther dans la main droite du voyou mort, replia l'index sur la détente. Quand ils eurent tout inspecté et vérifié les moindres détails, Hendricks appela Eric Brey, le directeur du FBI et, la voix chargée d'émotion, lui apprit que Charles Thorne venait de mourir.

*

« Merde, dit Peter Marks. Je suis vivant.

— On dirait que vous êtes déçu », répondit Anderson.

Il y eut un cahot plus fort que les autres. Le moteur vibrait sans discontinuer. Les yeux de Peter coulissaient en tous sens.

« Ambulance, l'informa Anderson. C'est Delia qui vous a trouvé. Elle était dans l'école quand la fusillade a eu lieu. Elle m'a appelé tout de suite. »

Peter se lécha les lèvres. « Je suis dans quel état ?

— Pas trop mauvais, dit Anderson.

— Où suis-je blessé ?

— Vous... » Le regard d'Anderson glissa en direction de l'urgentiste à sa droite.

Soudain, Peter eut un choc au creux de l'estomac. « Je ne ressens rien. »

Anderson demeura imperturbable. « Traumatisme. Ça ne veut rien dire.

— Mais je ne sens pas... » Peter se crispa. « Je suis touché à la colonne vertébrale ? »

Anderson fit vaguement non de la tête.

Mieux vaut mourir que vivre handicapé, songea Peter.

Anderson lui posa la main sur l'épaule. « Patron, je devine à quoi vous pensez mais, à cet instant précis, rien n'est définitif. Alors détendez-vous. Restez calme. Une équipe chirurgicale se tient prête. Laissez-les faire leur boulot et tout ira bien. »

Peter ferma les yeux en intimant le silence à l'homme paniqué qui hurlait dans sa tête. Il devait se concentrer sur l'instant présent. *Que sera sera.* Laissons l'avenir venir. « L'homme qui m'a tiré dessus. Je veux savoir son identité.

— Il n'avait pas de papiers sur lui, patron.

— Empreintes digitales. Dossier dentaire, ADN.

— C'est en cours. »

Peter hocha la tête, se passa à nouveau la langue sur les lèvres. « Il y a autre chose. Richards.

— Je m'en occupe. Il y a eu une brèche dans l'intranet, ce matin. Un cheval de Troie. J'ai appelé Richards à la rescousse. »

Peter songea aussitôt aux liens unissant Richards à Tom Brick et Core Energy. « C'est peut-être lui qui est à l'origine de la panne. Ce salaud est assez doué pour pirater n'importe quel pare-feu.

— J'y ai pensé, dit Anderson. J'ai donc placé un enregistreur de frappe sur le terminal du serveur qu'il utilise pour identifier et mettre en quarantaine le cheval de Troie.

— Bien vu, Sam. » Peter grimaça. Il avait un peu mal maintenant. « J'ignore encore pourquoi Brick veut s'introduire dans Treadstone.

— Nous le découvrirons sous peu. Prenez soin de vous, patron. »

Peter vit Anderson faire un signe de tête à l'urgentiste assis près de lui. Dès que l'homme eut enfoncé l'aiguille de la seringue dans la veine qui saillait à la saignée de son coude, il sentit une délicieuse chaleur l'envahir de la tête aux pieds.

« C'est important. C'est très important, bredouilla-t-il.

— J'y veillerai, patron. » Fidèle à sa promesse, quand Peter s'endormit, Anderson composa un numéro sur son portable, le premier d'une longue série.

*

Tout en fonçant à travers le centre-ville de Mexico dont le vacarme perpétuel lui faisait songer à un cœur battant sans relâche, Bourne, agressé par l'odeur du sang, songeait au Babylonien. Le tueur était là, quelque part à l'intérieur du tourbillon coloré, debout sur une esplanade à guetter sa proie, ou bien au volant d'une voiture, peut-être coincé dans le même embouteillage que lui, discutant au téléphone avec ses informateurs.

Il préférait penser à Ilan Halevy qu'à la pauvre Rebeka, morte avant d'accomplir la mission qu'elle s'était assignée. Une mission si essentielle qu'elle avait tourné le dos au Mossad pour aller combattre l'ennemi toute seule.

Cette fois-ci, Bourne n'avait pas pu la protéger, et par conséquent, la mission de Rebeka était désormais la sienne.

Il sillonnait les rues de la ville, la rage au ventre. Il recherchait le Babylonien aussi obstinément que le Babylonien le recherchait.

Il roulait vers l'aéroport à l'est quand il vit une enseigne lumineuse marquée SUPERAMA. Dans le quartier Benito Juarez, au numéro 1151 de l'avenue de la Révolution, près de l'intersection avec la rue Merced-Gomez, il bifurqua, pénétra dans un gigantesque parking, rangea le taxi sur une place vacante et descendit.

Dans le coffre, il trouva un tas de chiffons qu'il utilisa pour nettoyer l'habitacle du véhicule. Quand il eut terminé, il souffla un instant et posa les yeux sur Rebeka dont la chemise était ouverte, comme arrachée. Dans l'une de ses poches, il trouva un portefeuille en fils d'aluminium tressés. Du bout des doigts, il le sortit, éponge le sang, et découvrit à l'intérieur son passeport, l'argent qu'elle avait récupéré sous les lattes du plancher de son appartement à Stockholm, et une fine chaîne en argent ornée d'une étoile de David. Un talisman qu'elle ne lui avait jamais montré. Se débarrasser du portefeuille et de son contenu lui semblait inconcevable, alors il les prit et, après un adieu silencieux, ferma la portière avec le chiffon et traversa le parking en direction du supermarché.

Dans les toilettes du magasin, il se débarrassa du chiffon, nettoya le sang sur ses mains, jeta sa veste et sa chemise tachées de sang à la poubelle et alla s'acheter une nouvelle tenue : un jean noir, une chemise blanche et une veste anthracite.

En revenant sur le parking, il arpenta les rangées de voitures, à la recherche d'un véhicule ancien. Soudain, derrière lui, retentit le grondement puissant d'une moto, une grosse cylindrée – Indian Chief Dark Horse. Il la vit approcher du coin de l'œil. Elle roulait si lentement qu'il n'y fit d'abord pas attention mais, lorsqu'elle prit de la vitesse, il se tourna pour observer l'homme qui la pilotait, le visage caché sous la visière réfléchissante de son casque noir dont le soleil faisait resplendir la surface lisse.

La moto longeait une allée parallèle à la sienne, maintenant. Quant à Bourne, ayant trouvé la voiture qu'il cherchait, il déplia un cintre en fer pris dans le magasin et enfonça le crochet entre le châssis de la portière et la vitre. Le mécanisme de la serrure répondit à merveille. Bourne posait la main sur la poignée quand la grosse moto passa dans son champ de vision et se mit à foncer vers lui, pleins gaz.

Debout à côté de la voiture, Bourne la regarda venir et, une seconde avant le choc, ouvrit brusquement la portière. La roue avant de l'Indian Chief Dark Horse percuta le métal avec un bruit sourd. Comme un étalon furieux lançant une ruade, la moto se dressa sur la roue avant, projetant son pilote par-dessus la portière froissée. L'homme fit un vol plané qui se termina sur le toit de la voiture.

Bourne l'accueillit à la retombée. Il l'empoigna, le balança violemment contre le flanc du véhicule et quand il lui arracha son casque, vit de près les cicatrices laissées par les flammes sur le cou de Halevy.

Le Babylonien voulut se jeter sur lui mais Bourne l'arrêta d'un coup de genou dans les parties, suivi d'un crochet à la tempe. Quand il s'écroula sur le flanc, Bourne l'agrippa par le revers de son blouson. Halevy répliqua d'un coup de pied en biais dans le genou puis se débattit pour se libérer, y parvint et frappa Bourne à l'estomac puis aux reins.

Bourne s'effondra, l'autre se jeta sur lui en sortant une lame qui manqua de peu sa gorge. Bourne en profita pour planter ses ongles dans la peau à vif de son cou. Le Babylonien eut un mouvement de recul, des larmes de douleur jaillirent de ses yeux. Bourne lui saisit le poignet, l'écrasa contre le toit de la voiture et quand le couteau tomba sur le bitume, plia le coude et cala son avant-bras contre sa trachée artère.

«Ouyang. Qu'est-ce que c'est?» Ouyang était le mot que Rebeka avait murmuré avant de mourir.

Halevy le regarda d'un air furibond. «Comment tu veux que je le sache?»

Bourne posa le doigt à la base du cou du Babylonien et appuya sur une terminaison nerveuse censée déclencher une douleur intense. Halevy découvrit les dents, les yeux exorbités, le front en sueur. Tout le côté gauche de son visage n'était qu'une plaie à l'aspect ondulé, traversée par les sillons que les flammes y avaient creusés. Halevy respirait difficilement.

«Ouyang, insista Bourne.

— D'où tu connais Ouyang?»

Bourne répéta la manœuvre. Cette fois-ci, le corps de Halevy se cambra en arrière. Ses muscles contractés le faisaient trembler malgré lui, de petits gémissements involontaires sortirent de sa bouche ouverte. On aurait dit un animal pris dans un piège, prêt à se rogner la patte pour pouvoir se libérer.

« Ben David traite avec Ouyang.

— Pas le directeur ni Dani Amit ? »

Halevy soufflait de l'air par la bouche comme s'il cherchait à se calmer. Il secoua la tête. « Non, c'est une affaire privée. Pas le Mossad.

— Alors comment se fait-il que tu sois au courant ?

— Je ne... » La réponse du Babylonien fut interrompue par un cri muet. Pour la troisième fois, Bourne venait de lui faire très mal. Son visage vira au bleuâtre. Sa large cicatrice elle-même était exsangue derrière les poils drus de sa barbe. Et toujours, ces gouttes de sueur qui ruisselaient sur son front. « OK, c'est bon. Ouyang appartient au gouvernement chinois. Ben David prépare un truc avec lui, mais je sais pas ce que c'est. Je te jure. Ben David m'a recruté pour faire interférence avec Tel-Aviv. Il ne veut pas que le Directeur et Amit découvrent ce qu'il mijote. » Dans son regard passa un éclair de malice. « Mais Rebeka a tout compris, pas vrai ? C'est elle qui t'a parlé d'Ouyang.

— Peu importe, répliqua Bourne.

— Que tu crois. » Le Babylonien lui fit un sourire tordu par la souffrance. « Ben David a un faible pour elle. Depuis toujours.

— Et pourtant, il t'a demandé de la tuer.

— Il est comme ça. » En respirant, Halevy produisait un genre de frémissement guttural. « Tiraillé, partagé, comme notre pays, comme tous les pays du Moyen-Orient. Il aime Rebeka mais il a ordonné son exécution. Je sais pas ce qui lui a pris. » Encore ce souffle étrange, proche du grognement. « Tu n'es pas obligé de me croire mais je suis content qu'elle soit toujours en vie. »

En entendant ces mots, Bourne attrapa le Babylonien par les revers de son blouson, le souleva et lui aplatit le nez contre la vitre du taxi.

« Tu la vois ? Elle est morte, Halevy. Je vous en tiens pour responsables, toi et Ben David.

— Ce n'est pas moi qui ai fait ça. Tu le sais bien. » En disant cela, il pivota sur lui-même. L'espace d'un éclair, on vit luire au creux de sa main une arme en forme d'aiguille dont la pointe semblait enduite de poison à effet ultrarapide. Quand il leva le bras pour frapper, Bourne sentit l'aiguille accrocher le tissu de sa veste, lui effleurer la peau mais sans y pénétrer. Son premier coup, porté avec le talon de la main, défonça le nez du Babylonien ; le deuxième qui visait la gorge fractura le cartilage cricoïde. Puis, éloignant vivement son bras de l'aiguille, il le frappa au niveau de l'oreille.

Halevy tomba sur les genoux. Sa bouche béante tentait vainement d'aspirer un peu d'air, sa main armée s'agitait dans le vide. Bourne fit voler l'aiguille d'un coup de pied et, donnant libre cours à sa rage, s'acharna sur lui jusqu'à ce qu'il sente la cage thoracique craquer sous ses poings.

*

Laissant derrière lui le cadavre du Babylonien, Bourne monta dans la voiture qu'il avait choisie, démarra le moteur avec les fils et mit le cap sur l'aéroport international Benito-Suarez. Dès son arrivée, il acheta un billet de première classe. Puis il chercha de quoi se restaurer.

En attendant qu'on lui amène son plat, il sortit de sa poche le minuscule crâne serti de cristaux qu'*el Enterrador* lui avait offert en guise de talisman. « *Maceo Encarnación est protégé par un pouvoir surnaturel, un pouvoir presque divin* », lui avait dit Constanza Camargo.

Quand on posa l'assiette devant lui, Bourne s'aperçut qu'il n'avait plus faim. Tout en jouant machinalement avec la figurine, il repensait aux événements qui s'étaient produits depuis que Rebeka et lui avaient débarqué dans cet aéroport. Il fallait se rendre à l'évidence, Constanza Camargo se trouvait à l'origine de tout ; directement ou pas, c'était elle qui avait initié cette regrettable accumulation de malchances. Une autre question se posait : si Henry Rowland les attendait, dissimulé dans la penderie, c'est qu'on l'avait prévenu de leur arrivée. Mais comment avait-il pu déterminer leur position avec une telle précision ?

Bourne examina le crâne serti de cristaux mais, au lieu d'y voir l'esprit des dieux aztèques, il y décela un autre genre de sorcellerie. Plus technologique. Pour en avoir le cœur net, il le posa sur la table et l'écrasa sous son poing. Parmi les menus éclats, il repéra le traceur, le pinça entre deux doigts mais le laissa intact. Il voulait qu'il continue à émettre, pour mieux tromper l'ennemi.

Il paya le repas auquel il n'avait pas touché, sortit du hall d'embarquement de l'aéroport, puis partit en quête d'un véhicule convenable afin de regagner la ville.

*

« Il y a maintes façons de rester en vie quand on est mort. » En voyant l'expression stupéfaite de Martha Christiana, Don Fernando Hererra éclata de rire. « Celle-ci en fait partie. »

Le pilote avait posé le jet privé dans un grand champ, au sud de Paris. Pas de piste, pas de manche à air, pas de bâtiment des douanes. L'avion avait dévié de son plan de vol et, après un appel de détresse, s'était placé hors de portée des radars d'Orly et de Roissy.

« Il n'y a pas de magiciens en ce bas monde, Martha. Juste des illusionnistes. Il suffit de donner l'illusion de la mort. Pour cela, nous avons besoin d'un accident en bonne et due forme. Raison pour laquelle l'avion s'est posé en rase campagne, loin des zones habitées.

— Mais les cadavres que vous m'avez montrés sont bien réels », répondit Martha.

Hererra hocha la tête et lui tendit un dossier.

« Qu'est-ce que c'est ?

— Ouvrez. »

Elle trouva à l'intérieur les rapports d'autopsie des trois victimes de l'accident qui ne s'était pas encore produit. Trois corps calcinés, si méconnaissables qu'il avait fallu recourir aux dossiers dentaires pour pouvoir les identifier. L'un d'entre eux était Don Fernando Hererra, les deux autres son pilote et son navigateur.

Martha releva la tête. « Et leurs familles ? Qu'allez-vous leur raconter ? »

Hererra désigna du menton les deux hommes en train de descendre de l'appareil dont les moteurs tournaient encore. « Ils n'ont pas de famille. Je les ai embauchés sur ce critère, entre autres.

— Mais comment ferez-vous... ?

— J'ai quelques amis à l'Élysée. Ils se chargeront de contrôler la scène de l'accident. »

Le pilote se présenta devant Hererra. « Les trois cadavres ont été disposés comme vous le souhaitiez. On n'attend plus que votre feu vert. »

Hererra regarda l'heure à sa montre. « Les tours de contrôle ont perdu notre signal depuis sept minutes. C'est bon. On peut y aller. »

Le pilote répondit d'un hochement de tête puis se tourna vers son collègue qui se tenait à l'écart, un petit boîtier noir au creux de la main. En appuyant sur le premier bouton, il augmenta la puissance de rotation des réacteurs. Le deuxième commandait les freins. Le jet s'élança, gagna de la vitesse et alla percuter la rangée d'arbres au bout du champ. La déflagration les rendit tous sourds l'espace d'un instant ; le sol trembla et une boule de feu rouge et noire s'éleva dans le ciel.

« On s'en va », dit Hererra en invitant ses trois compagnons à rejoindre une grosse berline 4×4 garée sur un chemin de terre.

*

En plein jour, le Cementerio del Tepeyac et surtout la Basilica de Guadalupe revêtaient un aspect bien moins lugubre. Le vernis de piété qui semblait recouvrir les lieux servait avant tout à cacher les péchés véniels ou mortels de ses occupants, vivants ou pas.

Bourne gara sa voiture volée à une centaine de mètres de la basilique et consacra quelques minutes à arpenter les alentours. Plus aucune trace du corbillard qui les avait conduits, Rebeka et lui, vers l'établissement de Diego de la Rivera, le beau-frère de Maceo Encarnación. Aucune trace non plus du faux prêtre, le mystérieux *el Enterrador*. Bourne se rappelait nettement les cercueils et autres pierres tombales tatoués sur ses avant-bras.

À peine franchi le portail de l'église, il nota une forte odeur d'encens. La haute voûte renvoyait l'écho d'un chœur angélique. La messe avait commencé. Bourne gagna le fond de l'abside et s'engagea dans le corridor mal éclairé menant au presbytère.

Sur le point d'entrer dans le petit bureau, il s'arrêta net, alerté par les voix qui résonnaient à l'intérieur. La première était un bel alto féminin. Il se colla contre le mur, près de la porte entrebâillée, et aperçut une partie de la pièce dominée par l'énorme crucifix qu'il connaissait. Puis il vit la femme qui parlait. C'était la belle jeune fille entrevue dans la villa de Maceo Encarnación, celle qui avait pleuré en découvrant la dépouille de celle que Bourne pensait être sa mère. Il se rappela la surprise qu'il avait ressentie en la regardant, elle, une domestique, descendre de l'étage noble, revêtue d'un déshabillé hors de prix. Après avoir regrimpé l'escalier, elle s'était dirigée vers la suite du maître, où Maceo Encarnación devait l'attendre dans son lit.

Que faisait-elle ici ? Bourne se déplaça légèrement afin de suivre les mouvements nerveux de la fille de Maria-Elena – Diego de la Rivera avait prononcé devant lui le nom de la cuisinière décédée. Elle finit par se planter devant un homme en soutane ; sous l'ombre de la capuche, une petite barbe pointait. *El Enterrador.*

« Mon père, pardonnez-moi mes péchés, murmura-t-elle. Mon âme abrite des pensées meurtrières.

— Se sont-elles traduites en actes ? demanda-t-il d'une voix râpeuse.

— Non, mais...

— Alors, tu n'as rien à craindre, Anunciata.

— Vous n'en savez rien.

— Comment cela ?

— Parce que vous ignorez tout ce que je sais, répondit-elle amèrement.

— Alors, racontez-moi », répliqua *el Enterrador* sur un ton vaguement menaçant.

Elle frémit et poussa un profond soupir.

« J'avais confiance en Maceo. Je croyais qu'il m'aimait », commença-t-elle. Sa voix était plus grave, comme chargée de remords.

« Vous pouvez lui faire confiance. Il vous aime.

— Voilà ce que ma mère m'a laissé. » Elle déplia une feuille de papier et la lui tendit. « Maceo a couché avec ma mère avant de devenir mon amant. C'est mon père. »

El Enterrador posa sa main sur la tête de la jeune fille et se lança dans un discours lénifiant, digne d'un véritable prêtre. «Mon enfant, depuis que Dieu nous a chassés du paradis terrestre, nous errons parmi les ombres. Tel est notre destin en ce bas monde. Notre lot commun. Nous sommes tous des pécheurs ; le péché est partout. Leur union était peut-être illégitime mais ce sont vos parents, ils vous ont donné la vie.

— Et si jamais il me mettait enceinte ?

— Bien sûr, nous devons veiller à ce que cela n'arrive pas.

— Je lui arracherai les *cojones*, cracha Anunciata. Rien ne me ferait plus plaisir.»

El Enterrador poursuivit dans la même veine faussement pieuse. «J'ai connu ta mère dès son arrivée à Mexico. Je l'ai maintes fois entendue en confession et j'espère l'avoir aidée à traverser des moments difficiles. Elle avait besoin d'aide et ne savait vers qui se tourner. Maintenant c'est toi qui me demandes secours et conseil. Va voir ton père. Parle-lui.

— Qu'avons-nous fait ? gémit Anunciata. Quel horrible péché ! En tant que prêtre, vous devriez en être offusqué.

— Où est Maceo en ce moment ?

— Vous l'ignorez ? Il est parti. Il est en chemin pour l'aéroport, avec Rowland.

— Où vont-ils ?», dit Bourne en surgissant de sa cachette.

D'un même mouvement, Anunciata et *el Enterrador* se tournèrent vers lui. Il vit de la stupéfaction sur le visage du prêtre ; de la curiosité sur celui de la jeune fille.

«Qui êtes-vous, señor ? demanda-t-elle.

— J'étais dans la villa ce matin.

— Alors vous... ?»

Mais déjà Bourne se détournait d'elle. «Vous devez vous demander ce que je fais ici au lieu d'être à l'aéroport. Je me trompe ? lança-t-il à l'intention du faux prêtre.

— Comment je... ?

— Le crâne serti de cristaux que vous m'avez donné. J'ai trouvé l'émetteur dissimulé à l'intérieur.»

Un stylet très effilé jaillit de la soutane d'*el Enterrador*. Bourne le lorgna d'un air méprisant et braqua sur lui le pistolet qu'il avait subtilisé au garde de Maceo Encarnación. «Lâche donc ce joujou, croque-mort.»

Anunciata écarquilla les yeux. Son expression interloquée la rendait encore plus belle. «C'est un prêtre. Pourquoi l'appelez-vous comme cela?

— *El Enterrador?* C'est un sobriquet.» Bourne le désigna du menton. «Montrez-lui les beaux tatouages que vous avez sur les bras, Monsieur le curé.

— Des tatouages?», répéta-t-elle en dévisageant le faux ecclésiastique avec une surprise non feinte.

L'autre ne répondit rien, ne lui accorda même pas un regard.

Elle tendit la main, remonta les manches de la soutane et poussa un cri étouffé en découvrant les macabres dessins.

«Qu'est-ce que c'est?» On ne savait pas à qui elle s'adressait.

«Vas-y, dis-lui, croque-mort, fit Bourne. J'aimerais l'entendre moi aussi.»

El Enterrador le fusilla du regard. «Vous n'étiez pas censé revenir ici.

— Et toi, tu n'étais pas censé me pister. Maintenant, je veux la vérité.

— À quel propos? chuchota *el Enterrador*. Maceo Encarnación m'a demandé mon aide. Je la lui ai offerte.

— La personne qui m'accompagnait, Rebeka, mon amie, est morte à cause de toi. Pose ce couteau sur le bureau.»

El Enterrador hésita, mais finit par obéir.

«La vérité, répéta Bourne. Voilà ce que je suis venu chercher. Et vous, Anunciata?»

Elle secoua la tête. «Je ne comprends pas.

— Demandez-lui. De nous trois, c'est lui le plus grand pécheur.»

Elle paraissait si troublée que Bourne dut entrer dans les détails. «Rebeka et moi avons pénétré dans la villa de Maceo Encarnación cachés dans un corbillard. Et pour qu'il y ait un corbillard, il fallait que quelqu'un meure.

— Ma mère.»

Bourne hocha la tête. «Votre mère, en effet. Mais comment savaient-ils qu'elle allait mourir?» Son regard fouilla celui du faux prêtre. «Ils le savaient parce que ce sont eux qui l'ont assassinée.»

Les yeux d'Anunciata débordaient de larmes. « Le docteur a dit qu'elle avait succombé à une crise cardiaque. Il n'y avait pas de marques sur son corps. C'est moi qui l'ai habillée pour... les funérailles.

— Certains poisons ne laissent aucune trace à l'extérieur, dit Bourne. Et si on s'en donne la peine, on peut trouver des poisons indétectables même par autopsie. » Il hocha la tête. « Je pense que tu t'en es chargé, croque-mort. »

Anunciata regarda *el Enterrador*. « C'est vrai ce qu'il dit ?

— Bien sûr que non, grinça-t-il. C'est absurde. Je n'aurais jamais fait de mal à ta mère.

— À moins qu'Encarnación ne vous l'ait ordonné, ajouta Bourne.

— Vous l'avez tuée ? » Les joues d'Anunciata brûlaient, tout son corps tremblait de rage.

« Je t'ai déjà dit...

— La vérité ! hurla-t-elle. Nous sommes dans une église. Je veux la vérité ! »

Il tendit la main pour s'emparer du stylet mais elle fut plus rapide, ou peut-être avait-elle prévu son geste. Toujours est-il qu'une fois l'arme bien serrée dans son poing, elle fit un pas vers l'usurpateur et, d'un mouvement circulaire, planta la lame dans sa gorge.

Les yeux exorbités par le choc, il voulut se rattraper en saisissant le rebord du bureau mais ses doigts déjà gourds dérapèrent et il s'effondra dans son propre sang.

22

L E CLUB DE LOISIRS TERRE ET CIEL, réservé aux membres du Comité central du parti communiste chinois, se situait à seulement huit kilomètres au nord-ouest de Pékin, mais on s'y sentait comme en pleine campagne, à des lieues du crépuscule permanent que généraient les fumées toxiques de la capitale. Ici, le ciel était clair et, derrière une haute barrière électrifiée hérissée de pics, des rangées de légumes traçaient dans la terre des lignes interminables. On y cultivait de tout : choux, concombres, poivrons, haricots, oignons, ciboule, *gai lan*, bok choy, piments, etc. Toutes les variétés étaient représentées mais ici on ne trouvait que des légumes bio. D'où les mesures de sécurité draconiennes. Dans la partie nord de l'exploitation, une étable abritait des vaches nourries sainement, donnant du lait qu'on collectait dans des conditions d'hygiène optimales.

Comme tous les quinze jours, le ministre Ouyang avait quitté la capitale à bord de sa limousine officielle pour effectuer une visite à cette ferme modèle dont les produits appartenant exclusivement à l'État finissaient dans les estomacs des membres du Comité central et des hauts dignitaires qui, à l'image d'Ouyang, bénéficiaient de ses largesses. Chacune des nombreuses administrations du gouvernement central était divisée en vingt-cinq strates hiérarchiques recevant leur propre quantité de produits biologiques en fonction de leur échelon. Plus on grimpait, plus importante était l'allocation mensuelle. Ce système féodal, survivance de l'époque maoïste, avait été encouragé par la situation dramatique du pays en termes de pollution.

Mais aujourd'hui, c'était pour une tout autre raison que le ministre Ouyang se déplaçait. Lorsque son chauffeur déclencha l'ouverture électronique du portail, il aperçut un autre véhicule stationné derrière les vantaux et un homme en treillis à côté, qui croquait dans un concombre fraîchement cueilli.

Ouyang sortit de sa limousine et, quand il s'approcha, remarqua la cicatrice qui barrait le visage du militaire.

«Colonel Ben David, dit-il en chaussant des lunettes de soleil. Cela fait bien longtemps.

— Vous savez, dit Ben David en s'appuyant contre son véhicule, j'ai toujours une préférence pour les concombres israéliens.» Il reprit un morceau du légume Terre et Ciel et mâcha lentement. «Sans doute à cause du soleil du désert.»

Le ministre Ouyang eut un sourire figé. «La prochaine fois, apportez donc vos provisions de bouche.

— Je n'ai pas dit qu'il n'était pas bon.

— Qu'est-il arrivé à votre figure?», demanda Ouyang, contrevenant gravement à l'étiquette chinoise.

Ben David le considéra un instant. «Je vous trouve un peu maigrelet, monsieur le Ministre. Vous n'auriez pas consommé de ce lait infâme coupé avec de l'eau, que vous dopez à la mélamine pour augmenter sa teneur en protéines?

— Je ne bois que du lait Terre et Ciel», répondit sèchement Ouyang.

Ben David jeta par terre le reste du concombre et s'éloigna de la voiture. «Devinez à quoi je pense. Nous nous détestons si cordialement que je ne saisis pas comment nous arrivons à travailler ensemble.»

Ouyang eut un rictus carnassier. «Nécessité fait loi.

— Oui, enfin bref.» Ben David haussa les épaules. «En parlant de nécessité, pourquoi ce rendez-vous aujourd'hui, alors que notre collaboration va bientôt finir?»

Le ministre Ouyang lui tendit une chemise cartonnée.

Ben David l'ouvrit et tomba immédiatement sur une photo de surveillance. Quand il reconnut Bourne, sa cicatrice vira au rouge vif. « C'est quoi ce truc, Ouyang ? s'écria-t-il en levant brusquement les yeux.

— Vous connaissez cet homme, fit Ouyang avec un calme exaspérant. Vous le connaissez très bien. »

Ben David donna une petite tape sur le dossier. « C'est pour ça que vous m'avez fait venir ? Un voyage qui a duré plus de neuf heures ? »

Ouyang ne remua pas un cil. « Veuillez confirmer ce que je viens de dire, Colonel.

— On s'est croisés à deux reprises, répondit platement Ben David.

— Alors vous êtes la personne idéale pour ce travail. »

Ben David cligna les yeux. « Quel travail ? Vous osez me donner un foutu travail ? »

La carlingue d'un avion lança un éclair argenté très haut dans le ciel. Le grondement de ses réacteurs était si lointain que cette vision paraissait irréelle. À la gauche des deux hommes, un tracteur labourait lentement une parcelle de terrain. Le vent tourna, leur envoyant une forte odeur de terre. Au sud-ouest, le grand nuage brun qui planait au-dessus de Pékin cachait les derniers étages des plus hautes tours.

« Dites-moi, Colonel, depuis combien de temps travaillez-vous sur notre projet commun ?

— Vous le savez aussi bien que moi... »

Ouyang agita les deux premiers doigts de sa main gauche. « Dites quand même. »

Ben David soupira. « Six ans.

— Une longue période, selon les critères occidentaux. Mais pas tant que cela si nous la mesurons à l'échelle de l'Empire du Milieu. »

Ben David prit un air écœuré. « Arrêtez avec vos conneries d'Empire du Milieu. Nous faisons des affaires, point barre. Il n'a jamais été question de politique, d'idéologie ou autres fadaises. Rien de mystique ni même de mystérieux là-dedans. Vous savez aussi bien que moi que c'est l'argent qui fait tourner le monde. Voilà ce qui nous lie, Ouyang, ça et rien d'autre. » Il rejeta la tête en arrière. « Nous avons suivi le même programme pendant six longues années, malgré les dangers, les épreuves. Et maintenant vous déviez. Je n'aime pas les déviations.

— Je suis entièrement d'accord avec vous, dit le ministre Ouyang. Mais le monde change constamment. Si notre programme ne s'adapte pas, il n'aboutira pas.

— Mais il a déjà abouti. Nous avons réussi. Dans deux jours...

— Deux jours représentent une éternité si jamais les choses tournent mal. » Ouyang pointa la photo agrafée dans le dossier. « Ce Bourne est un homme bourré de talents. Et j'ai l'impression qu'il les utilise pour nous contrer. »

Ben David recula brusquement, comme si on l'avait frappé. « Comment savez-vous cela ?

— Je suis en contact avec nos autres partenaires. Pas vous.

— Merde ! » Ben David fit claquer le dossier cartonné contre sa cuisse. « Vous n'allez quand même pas me demander de lui courir après, j'espère.

— Inutile, dit le ministre Ouyang. C'est lui qui viendra vers vous. »

*

Les voix du chœur angélique gagnaient en puissance. Le chant emplit bientôt tout l'espace de la Basilica de Guadalupe. Pendant ce temps, dans le presbytère, Bourne contemplait la dépouille ensanglantée d'*el Enterrador* gisant à ses pieds. « Il est temps de s'en aller », dit-il à Anunciata.

Ses yeux brillaient du même éclat que la lame rougie du stylet qu'elle serrait encore dans sa main. « Je n'irai nulle part avec vous. Vous faisiez partie de son plan.

— Nous ne savions rien de leurs manigances. Nous sommes tombés dans un guet-apens en voulant pénétrer dans la villa de Maceo Encarnación. Mon amie est morte à cause de l'émetteur activé par *el Enterrador*. »

Ils restèrent un long moment à se regarder. On aurait dit qu'un gouffre les séparait. Mais en leur enlevant à chacun un être cher, Maceo Encarnación avait réussi bien malgré lui à coupler leurs destins.

Elle baissa le couteau et se rendit à ses raisons.

Bourne la fit sortir par la petite porte du presbytère. Ils traversèrent la partie du cimetière jouxtant la basilique, là où Bourne avait laissé sa voiture. Il démarra en douceur et s'arrêta au bout de quinze cents mètres.

« Anunciata, murmura-t-il, si vous savez où sont partis Maceo Encarnación et Harry Rowland, il faut me le dire. »

Ses grands yeux couleur café le fixèrent avec candeur. « Et vous les tuerez ?

— Si c'est nécessaire.

— C'est nécessaire, affirma Anunciata. Il n'y a pas d'autre solution pour l'un comme pour l'autre.

— Vous connaissez Rowland ? »

Elle baissa la tête. « C'est le favori de Maceo, son protégé. Maceo veille sur lui comme sur un fils. Il l'a élevé depuis tout petit.

— Qui sont ses parents ?

— Je l'ignore. Je crois que Rowland est orphelin. Mais on ne s'est jamais parlé. Maceo l'a interdit.

— Harry Rowland est son vrai nom ?

— Il en a plusieurs. Ça fait partie du mythe. »

Une main de glace lui comprima l'estomac. « Quel mythe ?

— Maceo est obsédé par les mythes. Il répète sans arrêt que « les mythes protègent les hommes ». Ils les rendent invincibles parce qu'ils les mettent à part, les élèvent au-dessus de leur condition, sèment l'effroi chez leurs ennemis.

— Comment s'y est-il pris pour fabriquer le mythe de Rowland ? »

Anunciata ferma les yeux un instant. « Les Aztèques croyaient que le genre humain servait à nourrir les dieux. Si les hommes avaient refusé cette fonction, les dieux les auraient détruits sous un déluge de feu, ainsi que tout ce qu'ils avaient construit. Le sang humain était une nourriture sacrée.

— Vous voulez parler des sacrifices humains chez les Aztèques. »

Elle acquiesça d'un hochement de tête. « Leurs prêtres arrachaient le cœur encore battant de la victime sacrificielle et l'offraient en présent aux dieux. » Elle regarda les passants derrière sa vitre – une femme portant un panier de fruits sur la tête, un petit garçon sur un vélo bleu cabossé. « C'était il y a longtemps, bien sûr. » Elle se retourna vers lui. « Aujourd'hui, on décapite. » Elle haussa les épaules. « Le sang est le même et les dieux sont apaisés.

— Ces mêmes dieux ont laissé les Espagnols conquérir leur peuple. »

Un sourire énigmatique releva les commissures des lèvres d'Anunciata. « Les desseins des dieux sont impénétrables. Mexico a survécu aux Espagnols. » Son regard s'illumina comme sous le coup d'une vision. « La lutte des Aztèques face à leur destin ressemble à la nôtre. Voilà ce qui importe. Aujourd'hui, on vénère Jésus mais dans le fond, rien n'a changé. Ce sont les mêmes effusions de sang, les mêmes sacrifices. Les Mexicains placent la destinée et le désir au-dessus de tout.

— Et Harry Rowland dans tout ça ?

— Il est celui qui ouvre la marche, l'éclaireur.

— Le Djin Qui Éclaire Le Chemin », conclut Bourne.

Anunciata écarquilla les yeux. « Vous êtes au courant ? Oui, Rowland accomplit des sacrifices qui le protègent des autres et sèment l'effroi chez ses ennemis.

— Nicodemo. »

*

« L'aigle qui dévore un serpent, perché sur un figuier de barbarie, est l'emblème du Mexique moderne », dit Maceo Encarnación engoncé dans un gros fauteuil en cuir, face à Nicodemo. Quelques heures auparavant, ils avaient pris place à bord de leur jet privé, un Bombardier Global 5000. « Ces deux bêtes sont au cœur du panthéon mexicain et aztèque. Le dieu du Soleil et de la Guerre ordonna à ses fidèles de fonder une capitale à l'endroit même où l'on verrait un aigle dévorer un serpent sur un figuier de barbarie, car dans cette plante était enfoui le cœur de son frère. C'est ainsi que fut édifiée Tenochtitlán, et sur ses ruines, la ville de Mexico. »

Maceo Encarnación observa la réaction de Nicodemo, lequel détestait tout ce qui pouvait ressembler à un cours, et ne fut pas surpris par son air impassible.

« Nicodemo, je t'ai raconté cette histoire parce que tu viens d'ailleurs. De Colombie. » Il attendit encore un peu mais n'obtenant pas de réponse, poursuivit. « Nous apprenons à dévorer pour ne pas être dévoré. N'est-ce pas ainsi que marche le monde ?

— Si », confirma Nicodemo en s'animant quelque peu. Les sujets macabres avaient le don de le divertir. « Mais j'aurais bien aimé régler son compte à l'Aztèque.

— Tulio Vistoso était le traître que je recherchais. Celui qui a dérobé les trente millions. » Maceo Encarnación gloussa. « Les liasses avaient été échangées au tout dernier moment. Très drôle ! Enfin pas pour lui. Du coup, il a volé des faux dollars et il m'a laissé les vrais. » Maceo Encarnación branla du chef. « Il faut avoir vécu parmi ces bandits pour saisir leur façon de penser. Il faut avoir été des leurs.

— Comme Acevedo Camargo », dit Nicodemo.

Maceo Encarnación constata qu'il suivait la conversation et s'en félicita. « Quand je l'ai rencontrée, Constanza Camargo était une grande cantatrice. Elle jouait aussi très bien la comédie mais ne voulait pas se lancer dans le cinéma.

— Pour consacrer plus de temps à son mari, Don Acevedo.

— Oui, dans un certain sens. Elle était jeune et impressionnable. Il était riche, charismatique. Elle est tombée sous le charme et, un mois plus tard, ils étaient mariés. À l'époque, Don Acevedo Camargo avait la mainmise sur tout le trafic de drogue transitant par le sud du pays. Constanza adorait cette vie, ce qui ne l'empêchait pas de collectionner les amants. Elle ne cessait de monter des intrigues, aussi bien au bénéfice de son mari qu'à son détriment. *Dios Mio*, cette femme était insatiable.

— Une ambitieuse. »

Maceo Encarnación hocha la tête. « Comme Lady Macbeth. Elle s'est régalée dans le rôle que je lui ai donné à jouer face à Bourne et Rebeka. »

En l'entendant parler de Rebeka, une lueur sombre passa dans le regard de Nicodemo. « Ça n'aurait pas dû se terminer ainsi, marmonna-t-il. C'était Bourne qui devait mourir, pas elle.

— Le facteur humain est toujours difficile à estimer. Tu n'aurais pas dû la poignarder.

— Je n'avais pas le choix !

— Moi je crois qu'on a toujours le choix, répliqua Maceo Encarnación.

— Dans la chaleur de l'action, on se fie surtout à son instinct. »

À cet instant, l'hôtesse de l'air s'avança vers eux sur ses longues jambes soyeuses, s'arrêta et se pencha devant Maceo Encarnación qui, le regard rivé sur son décolleté profond, l'écouta murmurer à son oreille, puis la congédia d'un signe de tête. Quand elle repartit d'où elle était venue, les deux hommes prirent le temps d'apprécier la vision de son joli postérieur qui se balançait sous sa jupe étroite.

Maceo Encarnación soupira, sortit son portable et composa un numéro. « Quelqu'un va venir te chercher, dit-il à son correspondant. Il sera à Paris dans moins d'une heure. »

Trop heureux de cette diversion, Nicodemo sauta sur le sujet. « Don Fernando Hererra est mort dans le crash de son avion d'affaires. Pourquoi nous arrêter à Paris ? On ferait mieux de continuer. »

Maceo Encarnación lui montra les coupures de presse qu'il venait d'afficher sur l'écran de son portable. « Martha Christiana a promis de nous transmettre le rapport du coroner attestant que Hererra se trouvait bien à bord de cet avion. Dieu seul sait comment elle s'y prend, mais elle arrive toujours à choper ces rapports. Pas mal, non ? Cela fait partie de ses talents. » Il rangea son portable. « Tu iras la trouver dès l'atterrissage.

— Pour quoi faire ? demanda Nicodemo. Tu veux que je la descende ?

— Dios, non ! s'écria Maceo Encarnación, consterné. Martha Christiana m'est très précieuse, tu comprends ?

— Je croyais que tu n'aimais personne. Mais bon, peu importe. »

Maceo Encarnación le toisa comme s'il avait affaire à une forme de vie inférieure. De toute évidence, cette espionne du Mossad lui avait fait perdre la tête. Une véritable prouesse, le connaissant. Il se demanda quelles répercussions cette mort aurait sur son protégé, dans l'avenir. Tuer une personne qu'on aime requérait un équilibre émotionnel à toute épreuve, il le savait d'expérience.

Certes, Nicodemo avait éliminé des tas de gens, la plupart de sang-froid et les yeux dans les yeux. Il connaissait cet instant unique entre tous où la vie s'éteint, où l'âme s'envole et le désir devient destin. Il écarta ces pensées déplaisantes. « Martha Christiana est à Paris. Ramène-la-moi, c'est tout. Et n'oublie pas, Nicodemo, c'est une dame. Traite-la en tant que telle.

— Une dame, répéta Nicodemo, le regard perdu dans les nuages.

— Nicodemo, dit Maceo Encarnación, qu'est-ce qui te tracasse ? » N'obtenant pas de réaction, il ajouta : « Ma fille vit à l'autre bout de la Terre, elle est mariée et heureuse, il faut l'espérer.

— Maricruz ne m'intéresse pas. »

Tu l'exècres, songea Maceo Encarnación. « Mais qu'est-ce qui t'intéresse, au juste ? » Pas de réponse. Encore Rebeka. « Je vois.

— Je pense à Jason Bourne, dit Nicodemo quand le silence devint insupportable.

— Et alors ?

— Jason Bourne n'est pas un problème comme les autres. Il est capable de tous nous détruire.

— Du calme. » Il ne s'agissait pas seulement de Bourne, bien sûr.

Nicodemo s'agitait sur son siège sans détacher les yeux des formes vagues flottant derrière le hublot. Malgré la vitesse de l'appareil, les nuages semblaient flotter paisiblement, comme dans un rêve. « On n'est même pas sûrs que Rebeka soit morte. »

Nous y voilà, pensa Maceo Encarnación. « D'après ce que tu m'as rapporté, cela me paraît hautement probable, même si Bourne a réussi, je ne sais trop comment, à l'emmener à l'hôpital. Mais à ma connaissance, il ne l'a pas fait. J'ai des contacts sur place ; ils m'auraient averti.

— Bourne a plus d'un tour dans son sac. Un médecin libéral, peut-être.

— Tu m'as décrit sa blessure. Elle avait besoin de soins qu'un simple docteur ne peut fournir. Pour la sauver, il aurait fallu une équipe chirurgicale parfaitement équipée, et même dans ce cas... » Il laissa ses pensées suivre leur cours. « Oublie-la. Ce chapitre est clos. »

Nicodemo continuait à ruminer. « Mais Bourne est toujours d'actualité.

— Évidemment.

— Je ne pige pas pourquoi tu ne m'as pas laissé lui régler son compte à Mexico.

— Lui régler son compte ? répéta Maceo Encarnación. La dernière fois, je t'ai écouté et nous avons fait une tentative. Résultat, Rebeka est morte et Bourne court toujours. Je ne veux plus d'amateurisme. Il faut mettre au point un plan digne de ce nom, dont l'exécution aboutira à la mort de Bourne. Et c'est précisément ce à quoi je me consacre. Avec l'aide d'Anunciata. »

*

À maints égards, le savoir-faire de Dick Richards le rapprochait des meilleurs artisans horlogers, à une différence près : il exerçait ses talents dans le cyberespace, un espace infini mais à deux dimensions. Ayant placé en quarantaine son propre cheval de Troie, il s'apprêtait à pénétrer dans le réseau de Core Energy où étaient stockés les codes préliminaires destinés à l'activation du redoutable virus qu'il avait inséré dans le système Treadstone, telle une goutte d'encre cybernétique maculant un bel alignement de 1 et de 0. Ces codes étaient trop complexes pour qu'on les retienne par cœur – même lui – et il n'était pas question de se trimbaler avec une clé USB ou une carte SD. En outre, l'attaque devait provenir de l'extérieur et laisser une trace facile à remonter. Une trace menant directement aux Chinois, bien entendu. Pour fabriquer cette fausse piste IP, il suffisait de semer des petits cailloux, c'est-à-dire un code trouvant son origine en dehors de l'intranet Treadstone.

Malgré l'air filtré qui se déversait par les grilles de ventilation, au plafond, Richards était en nage. La sueur coulait de ses aisselles, dégoulinait le long de son dos penché en avant, dans une tension extrême. Partagé entre l'excitation et l'épouvante, il sentait poindre son heure de gloire. S'il sortait vainqueur de cette épreuve de sélection, une voie royale s'ouvrirait devant lui. Il deviendrait le roi des hackers, l'indispensable bras droit de Tom Brick, le numéro deux de Core Energy. Tel était son rêve, désormais. Le service de l'État l'avait trop déçu. Non seulement il touchait un salaire de misère, mais il en avait assez de voir les autres profiter de ses propres réussites. En plus, le Président le traitait comme son petit chien-chien. Il avait droit à ses caresses, parfois, mais on lui interdisait de monter sur les canapés. Curieusement, son sort s'était amélioré depuis qu'on l'avait transféré à Treadstone, bien que Soraya, et Peter aussi, dans une certaine mesure, aient tendance à le prendre de haut. Comment les en blâmer ? Il méritait leurs soupçons, leur mépris, puisqu'il était là pour les espionner. Pourtant, il se savait capable de gagner leur confiance. S'il leur prouvait sa loyauté, ces deux-là sauraient le récompenser. Brick, lui aussi, le traitait souvent comme un chien mais il le payait royalement. Jusqu'à présent, Richards s'était efforcé de servir ses trois maîtres avec le même dévouement, mais cette situation devenait insoutenable. Il ne pouvait plus vivre ainsi. Il devait choisir son camp.

Et Peter, alors ? Comment avait-il réussi à infiltrer Core Energy ? D'où connaissait-il Tom Brick ? Pour pouvoir bien choisir son camp, il fallait au préalable déterminer quelle attitude adopter à son égard. Devait-il lui rapporter ce qu'il avait appris sur Tom Brick, Core Energy et l'entité qui opérait en secret sous ses ordres ? Ou bien devait-il révéler à Tom Brick la véritable identité de Peter ? Avant d'entrer à Treadstone, le choix aurait été simple. Mais à présent, il ne savait plus que penser. Il se plaisait ici, il aimait l'ambiance. Il avait presque l'impression de travailler dans le secteur privé tant ses deux codirecteurs veillaient à ce que leurs services ne sombrent pas dans la routine bureaucratique.

Ce terrible dilemme le préoccupait tellement qu'il faillit laisser passer un truc. Heureusement, un réflexe de survie, logé tout au fond de son cerveau reptilien, donna l'alarme à temps. Il se reconcentra sur son travail. Quelque chose clochait. Il souleva ses mains au-dessus du clavier et relut la ligne de code qu'il venait de taper. Un frisson lui parcourut l'échine. Durant un temps infini, il se contenta de scruter l'écran puis, tout doucement, recula ses coudes et posa les mains sur ses cuisses, comme un pénitent prononçant une prière.

Autour de lui, les bruits des bureaux étaient toujours les mêmes – murmures, ronronnements mécaniques, pas feutrés – mais ils lui semblaient venir de très loin. Il sursauta en entendant la sonnerie de son portable.

« Richards, c'est Anderson. »

Son cœur bondit et resta coincé au fond de sa gorge. « Oui, Monsieur, coassa-t-il quand il retrouva l'usage de sa voix.

— Ça avance ?

— Le... heu, le cheval de Troie a été placé en quarantaine, Monsieur.

— Bravo.

— C'est juste que... pour le détruire ce sera plus difficile que prévu. Il y a... On dirait qu'il y a un genre de mécanisme encastré dedans. » À peine eut-il prononcé ces paroles qu'il comprit son erreur.

« Qu'est-ce que ça veut dire, bordel ? », tonna Anderson.

Il avait dit cela pour écarter les soupçons au moment où le virus lancerait son attaque, mais visiblement il n'avait réussi qu'à fâcher Anderson.

« Bon sang, Richards, répondez !

— Je gère, Monsieur. Mais ça va prendre plus de temps.

— Maintenant que le cheval de Troie est en quarantaine, n'y touchez plus. Je ne veux pas qu'il fasse encore d'autres dégâts. »

Espèce d'imbécile, se morigéna Richards.

« Il faut savoir comment cette saloperie a pu franchir notre pare-feu. C'est votre objectif numéro un, compris ?

— Oui, Monsieur.

— Je serai au QG dans une heure. Entre-temps, arrangez-vous pour me trouver la réponse. »

Richards coupa la communication d'un doigt tremblant. Il tenta de se calmer, mais son esprit tournait si vite qu'il lui était impossible de mettre de l'ordre dans ses pensées. Il recula son fauteuil, se leva et, les jambes raides d'angoisse, se rua vers la fenêtre la plus proche et colla son front contre la vitre, à la recherche d'un peu de fraîcheur. Il se sentait fiévreux. Il avait l'impression d'avoir sauté dans le vide sans avoir pris le temps de réfléchir, sans même savoir s'il pourrait survivre dans un monde gouverné par le mensonge et la duplicité.

Il poussa un petit gémissement, s'écarta brusquement de la fenêtre et, d'un pas mal assuré, retourna s'asseoir à son bureau. Le délai imposé par Anderson lui semblait tout à coup insuffisant. Il avait moins d'une heure pour appréhender tous les aspects de sa situation et trouver une issue.

Les yeux rivés sur son écran, il se passa les mains dans les cheveux. Qu'est-ce qui clochait ? Il y avait un infime décalage temporel entre la frappe et l'affichage du code à l'écran. Il débrancha son moniteur, le remplaça par un autre, explora le panneau de configuration. Rien n'avait été ajouté, le gestionnaire de périphériques affichait les mêmes données qu'avant. Ce n'est qu'en vérifiant les données du processeur qu'il constata une anomalie. Le graphique montrait un pic d'activité inhabituel correspondant à la période qu'il avait passée à travailler sur l'ordi. Le sang lui monta à la tête. On avait installé un mouchard sur sa bécane. Un logiciel espion enregistrait tout ce qu'il tapait, d'où ce pic d'activité. Un coup monté, une agression préméditée, contre lui ? Comment était-ce possible ? Une seule réponse à cela : Peter Marks. Marks l'avait trahi. Il le jugeait donc incapable de piéger Tom Brick et de le livrer à Treadstone.

Richards sentit une rage immense l'envahir. Il en tremblait. Il jeta un dernier coup d'œil sur la ligne de code encore incomplète et pensa : « Je les emmerde tous. »

Puis, retrouvant sa détermination, il déconnecta le logiciel espion et, sans respirer, continua à entrer le code du virus. Au fond de son esprit, il espérait qu'Anderson se ramène très vite.

Cinquante minutes plus tard, peu avant l'heure où Anderson avait promis d'arriver, Richards termina la mise en place du code. Ne lui restait qu'à presser la touche ENTRÉE pour que le virus se répande dans les serveurs internes Treadstone, anéantissant tout le réseau, obstruant les canaux de communication, endommageant jusqu'au système d'exploitation.

Il se leva, prit son manteau et, d'un doigt rageur, appuya sur la touche. Puis il marcha vers l'ascenseur, descendit et quitta l'immeuble de Treadstone pour reprendre le cours de l'existence que lui offrait Tom Brick.

*

Des sirènes gémissaient au loin, derrière le nuage de pollution. D'après le bruit, elles filaient en direction de la Basilica de Guadalupe. Ce qui signifiait qu'on avait trouvé le corps d'*el Enterrador*.

« J'ignore où sont partis Maceo Encarnación et Nicodemo, dit Anunciata, mais je connais quelqu'un qui le sait peut-être.

— Dites-moi qui. » Bourne surveillait la rue, s'attendant à voir surgir les voitures de police.

« Je vous conduirai.

— Non. Vous en avez déjà trop fait. » Il sortit le portefeuille de Rebeka. « Il est temps pour vous de fuir tout cela. » Il savait que Rebeka aurait apprécié que ses maigres possessions servent à sauver une innocente, en l'aidant à se bâtir une vie nouvelle.

Il ouvrit le portefeuille, lui en montra le contenu et dit : « Il y a un passeport là-dedans et assez d'argent pour un billet d'avion. Partez loin du Mexique. » Il fouilla plus avant. « Vous voyez cette photo ? C'est elle, mon amie. Vous lui ressemblez un peu. Même taille, même corpulence. Faites-vous couper et teindre les cheveux par un bon coiffeur. Un peu de maquillage et le tour sera joué.

— Le Mexique est ma patrie.

— Et vous y mourrez bientôt si vous ne partez pas. Décidez-vous rapidement. Demain, il sera trop tard. »

Anunciata tenait entre ses mains les prémices de sa nouvelle vie. Elle leva vers lui ses yeux gonflés de larmes. « Pourquoi faites-vous cela ?

— Vous le méritez, dit-il.

— Je ne sais pas si j'aurai la force...

— C'est ce que votre mère aurait voulu pour vous. »

Les larmes ruisselèrent sur ses joues. Le gémissement des sirènes de police aurait pu émaner d'elle.

— Il y a quelque chose... »

Bourne attendit la suite. « Oui, Anunciata ?

— Rien. » Elle prit un air dégagé. « Ce n'est rien... Merci.

— Maintenant, dites-moi à qui je dois m'adresser », demanda Bourne en refermant les doigts de la jeune fille sur le portefeuille.

*

Salazar Flores exerçait le métier de mécanicien d'aviation. Il travaillait surtout sur les jets privés et particulièrement sur le Bombardier Global 5000 de Maceo Encarnación. Bourne le dénicha à l'endroit précis qu'Anunciata lui avait indiqué : un petit aérodrome privé, dans le hangar de maintenance abritant l'avion d'affaires.

Flores était un homme entre deux âges, pas très grand mais doté d'un regard perçant. Une couche de graisse sombre maculait ses joues rubicondes et les divers liquides qu'il utilisait au quotidien avaient définitivement noirci ses mains en spatule. Accroupi sous le flanc d'un appareil, il jeta sur Bourne un regard en biais, puis se releva en s'essuyant les mains sur un chiffon douteux, extrait d'une poche arrière de sa combinaison.

« Je peux vous aider ? dit-il.

— Je compte acheter un Gulfstream SPX et je pensais l'entre-poser ici, dit Bourne.

— C'est pas à moi qu'il faut vous adresser. » Flores pointa les bâtiments de l'autre côté de la piste. « Allez donc en causer à Castillo. C'est lui le patron.

— Je préfère discuter avec vous, dit Bourne. C'est vous qui prendrez soin de mon avion. »

Flores le regarda attentivement. « Qui vous a parlé de moi ?

— Anunciata.

— Vraiment ? »

Bourne hocha la tête.

« Comment va sa mère ?

— Maria-Elena est morte hier. »

Bourne ayant bien répondu au test, Flores se laissa un peu aller. « Une terrible tragédie. Et complètement inexplicable par-dessus le marché. »

Bourne n'avait pas le temps de lui démontrer le contraire. « Vous la connaissiez bien ? »

Flores le fixa un instant. « J'ai besoin d'une clope. »

Il fit passer Bourne du hangar rempli d'échos, où trois autres mécaniciens s'affairaient, à la piste elle-même, et sortit une cigarette qu'il lui offrit avant de s'en coller une autre entre les lèvres.

En l'allumant, il contempla le ciel comme s'il cherchait un signe dans les nuages. « Vous êtes un *gringo*, donc je suppose que vous connaissez mieux Anunciata. » Il souffla lentement la fumée. « Maria-Elena a eu une vie difficile. Anunciata n'aime pas qu'on en parle. » Il haussa ses épaules trapues. « Peut-être qu'elle n'est pas au courant. Maria-Elena la protégeait beaucoup.

— Elle n'était pas la seule, répondit Bourne en songeant à la conversation qu'il avait surprise dans le presbytère de la Basilica de Guadalupe entre Anunciata et *el Enterrador*. « Maceo Encarnación la bichonne comme une fleur de serre.

— Je préfère ne pas en entendre parler. » À la façon dont Flores regardait autour de lui, on aurait pu croire qu'un espion d'Encarnación allait surgir d'un moment à l'autre, comme un diable de sa boîte.

« J'imagine que vous les connaissez bien, toutes les deux », reprit Bourne.

Flores tira une dernière bouffée, jeta le mégot et l'écrasa sous le talon de sa botte. « Faut que je retourne bosser.

— Terrain miné, c'est cela ? »

Flores lui décocha un regard noir. « Je sais pas ce que vous cherchez mais je peux rien pour vous.

— Même avec ça ? » Bourne sortit discrètement cinq billets de cent dollars.

« *Madre de Dios !* » Flores gonfla ses joues et souffla l'air par le O de sa bouche. « Vous voulez quoi, au juste ?

— Une seule chose. Maceo Encarnación a décollé ce matin. Où allait-il ?

— Ça, je peux pas vous le dire. »

Bourne glissa les billets dans la poche de sa combinaison. « Je suis sûr que votre femme et vos enfants ont besoin de nouveaux vêtements. »

Toujours aussi nerveux, Flores regarda encore autour de lui, bien qu'il soit à trente mètres de ses collègues qui, de toute manière, ne s'intéressaient aucunement à lui. « Je risque de perdre mon boulot... ou ma tête. Alors, que deviendraient ma femme et mes gosses ? »

Bourne ajouta cinq cents dollars. « Avec deux iPad, vous deviendrez leur héros. »

Flores avait très chaud. Il se passa la main dans les cheveux. Sur son visage, Bourne voyait nettement la peur et la cupidité se livrer bataille. Pourtant Flores hésitait toujours. Il était temps d'abattre une dernière carte.

« C'est sur les conseils d'Anunciata que je vous pose cette question. »

À ces mots, Flores ouvrit grand les yeux. « C'est elle qui...

— Elle veut que vous me disiez la vérité. » Un jet vira tout au bout de la piste. Ses moteurs tournaient de plus en plus vite. Bourne fit un pas en avant. « C'est important, Señor Flores. Il y a un rapport avec la mort de Maria-Elena. »

La stupéfaction figea les traits de Flores. « Lequel ?

— Je ne peux pas vous le dire, et vous n'avez pas envie de le savoir. »

Flores se lécha les lèvres, jeta un dernier coup d'œil sur la piste et hocha la tête. Pendant que le jet filait sur le tarmac puis décollait dans un hurlement assourdissant, il se pencha vers Bourne et lui glissa un mot à l'oreille.

*

Martha Christiana répondit au coup de téléphone de Maceo Encarnación avec une froide sérénité. Dans une heure, son employeur atterrirait, enverrait l'un de ses hommes la chercher et ce serait terminé. Elle se retrouverait prise dans la toile d'araignée. Dès l'instant où elle poserait le pied dans son avion, les portes de sa prison se refermeraient sur elle. Elle savait trop de choses compromettantes à son sujet. D'une manière ou d'une autre, il ne la laisserait plus repartir.

Depuis les fenêtres du salon de Don Fernando, Martha Christiana fixait avec regret la dentelle de pierre de Notre-Dame, la pâleur de ses façades sous la clarté des projecteurs. Il faisait nuit mais la jeune femme ne dormait pas, contrairement à Don Fernando, couché sur un côté de son grand lit. Dans sa chambre, de lourdes tentures protégeaient son sommeil des lumières et des bruits de la ville.

En dessous, à la pointe orientale de l'Ile saint-Louis, des jeunes riaient. Elle entendit un air de guitare, les braillements des noctambules éméchés, puis d'autres rires et un cri. Des gens se battaient à coups de poing, une bouteille de bière éclata sur le trottoir.

Martha ne voulait pas voir ce qu'il se passait dans la rue ; il y avait déjà suffisamment de laideur dans sa vie. Elle préférait suivre du regard les courbes gracieuses des contreforts médiévaux et y reconnaître des harpes angéliques. Malgré sa fatigue, elle n'avait pas sommeil. C'était courant dans son métier.

Comme souvent lorsqu'elle s'émerveillait devant l'expression de la beauté, ses pensées la ramenèrent dans la maison de Marrakech, auprès de l'homme – son bienfaiteur, son ravisseur, son professeur – qui lui avait appris à apprécier toutes les formes d'art. « *Pour moi, il n'existe rien d'autre,* lui avait-il dit un jour. *Sans art, sans beauté, le monde serait un enfer et la vie une pitoyable condition.* » C'est à cela qu'elle avait songé, le jour où elle avait fui sa villa-musée trop étouffante pour une fille de son âge, et par la suite, de nombreuses fois encore, après chaque meurtre, ou quand elle écoutait un concert, ou qu'elle visitait une galerie de peinture, ou qu'elle prenait l'avion pour démarrer une nouvelle mission. Et cette nuit, de nouveau, alors que dans la pièce d'à-côté, Don Fernando dormait du sommeil du juste, elle retombait dans l'éternel conflit opposant la beauté, la délicatesse et la laideur du monde, la tristesse de la vie.

Elle ferma les yeux, se boucha les oreilles. Elle entendit battre son cœur comme à travers un stéthoscope. Son torse se balança légèrement tandis qu'elle plongeait en elle-même, toujours plus profondément. Marrakech, les odeurs d'encens, les plats en argent ciselés, les motifs géométriques des *moucharabiehs*, les carreaux de faïence aux couleurs vives, les murs creusés de niches aux formes étranges. Elle était jeune, elle était prisonnière.

Quand elle rouvrit les yeux, elle vit son sac à main posé sur ses genoux. Elle le tenait comme s'il s'agissait d'un petit animal fragile. Elle l'ouvrit sans regarder, promena sa main à l'intérieur et retira un objet semblable à une boîte d'allumettes. Sur le dessus était écrit MOULIN ROUGE. À la place du grattoir se trouvait une fine tige métallique. Elle la souleva avec l'ongle, tira. Un fil de nylon d'une longueur de trente-cinq centimètres se déroula. Cette arme létale était son œuvre. Pour la fabriquer, elle avait suivi les conseils des Hashashins, l'antique secte persane dont l'objectif était l'extermination des chevaliers chrétiens.

Elle se leva si brusquement que son sac glissa de ses genoux et tomba sur le tapis, mais sans faire le moindre bruit. Pieds nus, elle traversa la pièce, le bras tendu vers la porte derrière laquelle Don Fernando dormait.

Il se disait différent des autres hommes qu'elle avait pu croiser dans sa vie. Il lui avait promis que, contrairement à eux, jamais il ne chercherait à la manipuler, à la soumettre à sa volonté, à l'utiliser comme une arme pour assouvir des désirs de pouvoir ou de vengeance.

Depuis qu'elle était montée dans son avion, Don Fernando n'avait cessé de la détourner de sa mission. Il avait fait vibrer sa corde sensible, exhumé en elle des émotions oubliées. Il l'avait mise en face de son passé, lui montrant la tombe de son père, la folie de sa mère. Il l'avait ramenée dans le pays de son enfance, l'avait incitée à suivre ses désirs, à opter pour la vie. Et lors du vol de retour, il ne l'avait pas lâchée, ne cessant de lui mentir, jusqu'à ce qu'elle se décide enfin et fasse le choix qu'il souhaitait de sa part, depuis le début : qu'elle renonce à sa mission.

Mais elle n'était pas si naïve. Elle maîtrisait bien mieux ses émotions qu'il ne l'imaginait. Elle avait un travail à faire, elle le voyait clairement à présent, elle ne se laisserait plus duper par toutes les chimères que les hommes projetaient sur elle comme des écrans de fumée. Et elle avait trouvé la solution qui la conduirait loin de ces chimères, de l'autre côté, une bonne fois pour toutes.

En prison pour toujours.

Elle entra dans la chambre. Don Fernando reposait sur le dos, du côté du lit le plus proche d'elle. Elle marcha jusqu'à la fenêtre et, lorsqu'elle tira les tentures, les lueurs de la nuit éclairèrent le noble visage de l'homme. Elle s'approcha, lui toucha l'épaule. Il ronfla et se tourna sur le côté. Il lui faisait face, maintenant. Parfait.

Totalement concentrée sur sa tâche, elle déroula le fil de nylon. Son champ visuel se réduisait à quelques millimètres. Son cœur battait dans ses oreilles. Le moment était venu de passer à l'action.

Ses gestes étaient précis, déterminés, mortels.

23

AU MOMENT OÙ LE DR SANTIAGO BANDA LA PLAIE laissée par le drain qu'il venait de lui retirer de la tempe, Soraya se vit littéralement sortir de l'antichambre de la mort, passer brusquement de la grisaille à un univers joyeux, paré de mille couleurs. Elle percevait les choses bien plus nettement qu'auparavant. Elle avait l'impression de voir, d'entendre avec l'acuité d'un oiseau de proie. Chaque surface qu'elle touchait lui semblait nouvelle, différente, intéressante.

Quand elle lui en fit la remarque, le Dr Santiago sourit d'un air radieux. «Bienvenue chez les vivants», dit-il.

Pour la première fois depuis son admission à l'hôpital, elle pouvait se déplacer librement. Fini les courroies, fini les tubes de perfusion, les fils branchés sur des moniteurs. Elle fit quelques pas à travers sa chambre, mais ses jambes étaient encore faibles et flageolantes.

«Regarde, s'écria Delia. Tu marches!»

Soraya prit son amie dans ses bras, la serra fort mais pas trop, à cause du bébé. Elle serait bien restée des heures ainsi. Finalement, elle essuya ses larmes et embrassa Delia sur les deux joues, le cœur débordant de joie.

Une seule pensée assombrissait son retour du pays des ombres. «Delia, il faut que je voie Peter. Tu veux bien m'aider?»

Sans dire un mot, Delia alla chercher un fauteuil roulant. Soraya y prit place. Plusieurs heures auparavant, lors de sa dernière visite, Hendricks lui avait appris que Peter s'était fait tirer dessus.

« Nous ignorons le degré de gravité de ses blessures, avait-il précisé, *mais je veux que vous vous prépariez au pire. La balle s'est logée près de la colonne vertébrale. – Il est au courant ? »,* avait-elle demandé. Hendricks avait hoché la tête. *« Il ne sent plus ses jambes. »*

Avant de sortir de la chambre, Hendricks avait fait signe à Delia de l'accompagner dans le couloir. Soraya avait vu leur manège. « De quoi as-tu parlé avec Hendricks, que je ne devais surtout pas entendre ? », demanda-t-elle.

Delia eut une hésitation révélatrice. « Raya, concentre-toi sur Peter. Je ne crois pas que ce soit le moment... »

Des deux mains, Soraya bloqua les roues de son fauteuil. « Delia, viens devant moi, que je puisse te voir. » Quand son amie s'exécuta, elle ajouta : « Dis-moi la vérité, Delia. Est-ce au sujet de mon bébé ?

— Oh, non ! », s'écria Delia. Elle s'agenouilla devant Soraya et lui prit les mains. « Non, non, non, le bébé va bien. C'est que... » De nouveau cette hésitation. « Raya, Charles est mort. »

Soraya ressentit un choc mais rien de plus. « Quoi ?

— Ann l'a abattu.

— Je ne... je ne comprends pas.

— Ils se sont disputés. Charles a voulu la frapper, elle s'est défendue. Mais ce n'est pas la version officielle, celle qu'on a fournie à la presse. Il aurait été tué lors d'une tentative de cambriolage. »

Soraya regardait, hébétée, des infirmières passer près d'elles. Leurs semelles en caoutchouc crissaient sur le carrelage, des téléphones résonnaient en sourdine, des noms de médecins retentissaient dans les haut-parleurs, parfois convoqués en urgence. Mais à part cela tout était calme.

« Je n'y crois pas », dit-elle dans un souffle.

Delia scruta le visage de son amie. « Raya, tu vas bien ? Si le secrétaire m'a mise au courant, c'est pour que je te transmette l'info, mais je ne sais pas si c'était le bon moment.

— Il n'y a pas de bon moment, dit Soraya. Il n'y a que l'instant présent. »

Elle avait beau explorer les méandres de son esprit, elle ne ressentait que de la déception devant la mort de Charles Thorne. Elle regrettait que leur relation soit terminée. Les informateurs n'étaient pas faciles à dénicher et celui-ci était d'autant plus précieux qu'il se trouvait au cœur du système. D'un autre côté, ce n'était peut-être pas si catastrophique puisque Charles n'aurait pas tardé à se retrouver sur la touche, à cause de cette enquête du FBI. En fin de compte, Soraya était soulagée. Elle aurait détesté lui raconter des mensonges au sujet du bébé. Un poids de moins sur la conscience.

« Raya, à quoi penses-tu ? »

Soraya la rassura d'un signe de tête. « Allons voir Peter. »

*

Il était sorti de la salle d'opération depuis plus d'une heure. Quand elles arrivèrent, il était non seulement réveillé, mais content de les voir.

« Salut, Peter », dit Soraya avec un entrain forcé. Son ami n'était plus que l'ombre de lui-même. Dans ses bras livides étaient plantées des aiguilles prolongées par des tubes. La douleur lui crispait le visage, même s'il faisait des efforts pour le cacher. En voyant son sourire courageux, Soraya faillit fondre en larmes.

« Tu as l'air en forme, lui dit-il.

— Toi aussi. » Pour ne pas tomber, elle s'agrippa au rebord métallique de son lit.

« Il faut que j'y aille, annonça Delia en se penchant pour lui faire la bise.

— À plus tard, lui souffla Soraya à l'oreille.

— Tu mens toujours aussi mal », dit Peter dès que Delia fut partie.

Soraya se mit à rire, toucha son genou qui pointait sous les draps trop empesés. Elle avait besoin de rétablir la connexion entre eux. C'était primordial pour elle. « Je suis heureuse que tu sois encore ici. »

Il hocha la tête. « J'aimerais pouvoir dire que je serai comme neuf en sortant. »

Soraya sentit son cœur se briser. «Je ne comprends pas. Qu'ont dit les médecins?

— La balle n'a pas touché la colonne.

— C'est une bonne nouvelle!

— J'aimerais bien.

— Que veux-tu dire?

— Sous l'impact, le métal s'est émietté et des bouts sont allés se loger un peu partout, y compris dans la colonne.»

Soraya eut du mal à déglutir tant sa gorge était sèche. Elle soutint pourtant le regard de son ami.

«Je ne sens pas mes jambes, reprit Peter. Elles sont paralysées.

— Oh, Peter», gémit Soraya. Son cœur s'emballa, son estomac se contracta comme si elle allait vomir. «Tu es sûr? Ça vient de se produire. Tout peut encore évoluer. La semaine prochaine peut-être, ou même demain?

— Ils sont catégoriques.

— Peter, tu ne peux pas renoncer.

— Je ne sais pas. Le Président nous colle son espion aux fesses, tu démissionnes, et maintenant ça.» Il voulut rire mais n'y parvint pas. «Jamais deux sans trois. Voilà c'est fini.

— Qui a parlé de démission? demanda-t-elle sans prendre le temps de réfléchir.

— Toi-même, Soraya. L'autre jour, dans le parc, tu as dit...

— Oublie ce que j'ai dit, Peter. Je déversais ce que j'avais sur le cœur, c'est tout. En fait, je ne pars pas.» À son grand étonnement, elle s'aperçut qu'elle pensait ce qu'elle disait. S'installer à Paris était certes un beau rêve, mais un rêve néanmoins. Elle ne quitterait ni Washington, ni Treadstone, ni Peter. Il n'était pas question de le laisser seul dans cet état. Et même s'il avait été en bonne santé, sans doute ne serait-elle pas partie non plus.

«Soraya», murmura-t-il en souriant.

Peter lui parut soulagé d'un grand poids. Elle comprenait à présent le souci qu'elle lui avait causé et en éprouvait du remords.

«Assieds-toi donc.» Ses joues reprenaient des couleurs; il redevenait lui-même. «J'ai des tas de choses à te dire.»

*

Don Fernando rêvait qu'il marchait sur une plage, mais pas sur le sable qui, bizarrement, produisait des bulles et de la vapeur comme s'il bouillait à l'intérieur d'un gigantesque chaudron. Non, il marchait sur l'eau, les jambes de son pantalon retroussées sur les mollets. Il voyait à peine ses pieds nus, pâles et flous comme s'ils étaient immergés. Il avançait inlassablement, mais peut-être faisait-il du surplace car le paysage ne changeait jamais.

En un battement de cœur, il se réveilla sous l'ombre d'une aile immense, une aile d'où s'exhalait le parfum de Martha Christiana. Il resta figé de stupeur, tiraillé entre deux mondes oniriques : dans l'un il marchait sur l'eau, dans l'autre Martha Christiana déployait ses ailes et s'envolait au-dessus de lui.

Puis l'ombre s'effaça, Martha disparut, les cloches de Notre-Dame se mirent à carillonner et, sur le trottoir en bas retentit un fracas de verre brisé. Au battement de cœur suivant, il sentit un vent glacé s'engouffrer dans sa chambre.

Quand il se redressa, encore embué de sommeil, il vit d'abord les rideaux qui claquaient au vent, puis les éclats de verre et de bois jonchant le tapis. Enfin, depuis la rue un cri s'éleva, alors même qu'il marchait vers la fenêtre pour découvrir l'ampleur des dégâts. Sa bouche s'ouvrit dans un hurlement silencieux, puis il se retourna et appela : « Martha. Martha ! »

Pas de réponse. Évidemment. Il savait qu'elle ne répondrait pas. Sans prendre garde aux morceaux de verre qui s'enfonçaient dans ses paumes, il prit appui sur le rebord de la fenêtre et regarda en bas. Martha gisait, membres écartés, sur le pavé de la ruelle. Autour d'elle, les éclats de verre mouillés lui faisaient comme un lit parsemé de diamants. Des ruisselets de sang s'écoulaient de son corps. Un attroupement se forma autour d'elle. Le cri qui n'en finissait pas de résonner dans sa tête se mêla bientôt à celui des sirènes qui approchaient le long du quai.

*

« Chère sénatrice Ring », dit Li Wan, permettez-moi d'être le premier à vous exprimer mes plus sincères condoléances.

Ann Ring lui fit un sourire évanescent. Au fond, elle était ravie de le voir débarquer. «Merci», murmura-t-elle. *Comme cette formule est idiote,* pensa-t-elle. *Totalement à côté de la plaque, et hypocrite, par-dessus le marché.* Les cérémonies funèbres, les discours d'éloge, les périodes de deuil l'écœuraient au plus haut point. Pourquoi multiplier les hommages pompeux au lieu de laisser les morts reposer en paix ?

Li Wan portait un costume noir, comme si c'était lui qui avait perdu un proche et pas elle. Puis, dans un deuxième temps, Ann se rappela que chez les Chinois la couleur du deuil était le blanc, d'où peut-être cette chemise blanche au col si empesé que les pointes auraient pu transpercer le plastron et se ficher dans la chair de son torse.

Vêtue d'un tailleur St. John couleur sang de bœuf, Ann était assise dans une salle fermée, réservée aux proches du défunt, du funérarium Vineyard, sur la 14e Rue N-O. Même dans ces circonstances, elle était l'élégance et la sensualité incarnées. Autour d'elle se tenaient son escorte habituelle et quelques amis triés sur le volet. La veille, lors de la cérémonie officielle, elle avait vu défiler par centaines ses collègues et connaissances, toutes tendances politiques confondues. Heureusement, cette épreuve était à présent derrière elle. Tout était calme dans cette pièce parfumée par les nombreuses couronnes et autres bouquets de fleurs, posés contre les murs ou plongés dans des vases disposés un peu partout sur les tables et les chaises inoccupées.

«Nous avons vécu tant de choses ensemble, souffla Li Wan sur un ton monocorde. C'est ce qui nous liait.

— Voilà un point commun entre nous, Monsieur Li», répondit-elle sans hausser la voix.

Il pencha discrètement la tête et, avec un petit sourire, lui tendit un paquet enveloppé. «Je vous prie d'accepter ce modeste témoignage de mon affliction.

— Vous êtes trop gentil.» Elle prit le paquet, le posa d'aplomb sur ses genoux et regarda Li bien en face pour lui signifier de poursuivre.

Ce qu'il fit en disant: «Puis-je m'asseoir un instant?»

Elle lui désigna un siège. «Faites.»

Il y posa le bout des fesses d'un air guindé, comme une tortue faisant disparaître ses pattes sous sa carapace. Cette posture affectée la révulsa.

« Que puis-je faire pour vous, madame la Sénatrice ?

— Rien, merci. » *C'est curieux,* pensa-t-elle. *Il se comporte comme un Chinois de Chine, alors qu'il est américain.* Cela méritait plus ample réflexion, d'autant plus que cet homme n'était pas n'importe qui et que c'était Hendricks qui les avait mis en rapport. « Je vous en prie, appelez-moi Ann.

— Vous êtes trop aimable », dit Li avec le même mouvement de tête.

Que dois-je déduire de cet étrange comportement ? se demanda-t-elle.

Li regardait les fleurs posées sur une console, contre le mur d'en face. « Je conserve de nombreux souvenirs de votre mari, madame. » Il s'accorda une pause comme s'il hésitait à continuer. « Des souvenirs qui ne demandent qu'à être partagés. »

J'y vois plus clair maintenant, pensa-t-elle. Pourtant, elle ignorait encore si Li effectuait en ce moment une démarche officielle. Son cœur bondit à l'idée qu'il était peut-être venu de son propre chef. Peut-être s'était-il produit entre Li et son mari un événement assez grave pour modifier leurs rapports, ou bien les intentions de Li à l'égard de son gouvernement.

« Vous savez, Monsieur Li, j'ai moi-même beaucoup de souvenirs de mon mari. Je crois que j'aimerais connaître les vôtres. »

Les épaules délicates de Li remuèrent imperceptiblement. « Dans ce cas, madame, puis-je vous inviter à prendre le thé ? Un jour à votre convenance, bien sûr.

— Comme c'est aimable à vous, Monsieur Li. » Elle marchait sur des œufs. « Mais je suis tellement occupée. J'ai sur mon agenda une multitude de réunions budgétaires, de débats en sous-comité. Vous comprenez.

— Tout à fait, madame. Je comprends parfaitement. »

Elle adopta une expression mélancolique. « Mais par ailleurs, discuter d'autre chose que de politique me ferait certainement beaucoup de bien. » Elle manipula le paquet-cadeau posé sur ses genoux. «Peut-être ce soir, après la veillée funèbre. Je n'ai rien de prévu à l'heure du dîner.»

Le visage de Li s'illumina d'espoir. «Alors, nous pourrions peut-être le partager ensemble.

— Oui, souffla-t-elle avec une lassitude calculée. Ce serait bien agréable.

— Je viendrai vous prendre ici, si cela vous convient, dit Li avec un sourire en croissant de lune. Vous n'aurez qu'à me dire quand.»

*

Sam Anderson convoqua tous ses hommes et les envoya passer l'immeuble Treadstone au peigne fin. Quand au bout d'un quart d'heure il comprit que Richards n'était plus sur les lieux, il les rappela et lança un avis de recherche prioritaire par l'intermédiaire du FBI et de la police de Washington.

Puis il rejoignit l'équipe informatique qui s'escrimait à identifier le virus qui était en train de se propager et d'endommager gravement les serveurs Treadstone. Anderson avait assigné un certain Timothy Nevers à la surveillance de l'enregistreur de frappe placé sur le terminal de Richards. L'homme était censé analyser les résultats du logiciel espion.

Peter n'aurait pu choisir meilleur lieutenant qu'Anderson. Ni ambitieux ni complaisant, cet homme était la droiture même. Il accomplissait le travail qu'on lui confiait sans aucun état d'âme et, contrairement à la plupart de ses homologues des services secrets, savait gérer son personnel. Un vrai meneur d'hommes. Raison pour laquelle ses subordonnés lui obéissaient au doigt et à l'œil, avaient confiance en lui et en sa capacité à les sortir du pétrin, en cas de besoin.

Le gros problème, avec ce virus, c'était le caractère exponentiel de ses ravages. À chaque minute qui s'écoulait, il franchissait et détruisait une nouvelle barrière de protection. Et tant que les informaticiens Treadstone n'auraient pas identifié son algorithme de base, il continuerait à transformer en gruyère les serveurs internes. On ne pouvait déjà plus en tirer grand-chose et les efforts déployés par l'équipe pour contourner le virus avaient tous échoué, les uns après les autres.

« Continue, commanda Anderson et, en se tournant vers Tim Nevers, dis-moi tout.

— Vous avez parfaitement raison, dit Nevers. Ce Richards est un foutu génie de la programmation. Je n'en reviens pas. C'est effectivement lui qui a encodé le cheval de Troie avant de l'introduire dans notre système.

— Et pour ce qui est du virus ? »

Nevers se gratta la tête. Bien qu'il ait à peine trente ans, il se rasait déjà le crâne pour cacher une calvitie précoce. « Eh bien, une chose est sûre. Disons pour faire bref que dans le monde des virus, celui-ci est l'équivalent du velociraptor.

— Ça me fait une belle jambe, répliqua Anderson. Moi j'ai besoin de fournir quelque chose de tangible à tes collègues de l'informatique.

— Je fais de mon mieux », répondit Nevers dont les doigts s'agitaient si vite au-dessus du clavier qu'on les voyait flous.

— Alors, fais encore mieux. »

Telle était la maxime que le père d'Anderson lui avait répétée tout au long de sa jeunesse, non pas dans le but de le blesser mais pour l'inciter à en *vouloir* toujours plus, au lieu de faire le minimum pour plaire à papa. En se dépassant, non seulement on parvenait à la réussite, mais on apprenait des choses importantes sur soi-même. Militaire dans les renseignements, le père d'Anderson avait terminé sa carrière à la CIA où il avait contribué à l'amélioration des méthodes clandestines de collecte d'informations. Pour toute récompense, on l'avait jeté comme un malpropre, à cause d'un problème cardiaque. Il avait détesté rester sans rien faire à la maison et, quand il était mort, seize mois après son licenciement, ses anciens chefs s'étaient accordés à dire : « C'était prévisible. » Seul Anderson connaissait la vraie raison de son décès : s'il s'ennuyait tant chez lui, c'était qu'il ne pouvait plus « faire encore mieux ». Un sentiment d'inutilité si terrible qu'un soir, il s'était couché pour ne plus jamais se relever. Anderson était persuadé que son père s'était laissé mourir.

« J'ai trouvé un truc ! s'écria Nevers. J'ai déchiffré l'algorithme du virus en me servant de celui du cheval de Troie. Ce machin se régénère sans cesse. Vraiment stupéfiant.

— Tout ce qui m'intéresse de savoir, Nevers, c'est si on peut l'arrêter.

— Une intervention, fit Nevers en hochant la tête. Pas comme on fait habituellement pour détruire un virus. Voilà où se niche le génie. Il faut actionner un commutateur, pour ainsi dire. Depuis l'intérieur de l'algorithme. »

Anderson avança son siège afin de mieux voir. « Alors vas-y.

— Pas si vite, le prévint Nevers. L'encodage du virus comporte des pièges, des mécanismes de protection, des impasses.

Anderson grommela. « Un pas en avant, deux pas en arrière.

— C'est mieux que rien. » Nevers appuya sur ENTRÉE. « Je viens de transmettre tout ce que j'ai découvert à l'équipe informatique. » Il se tourna et fit un grand sourire à son patron. « On verra s'ils peuvent faire encore mieux. »

Anderson marmonna dans sa barbe.

« Richards a détruit l'enregistreur de frappe juste avant d'activer le virus. C'est le nœud du problème. Le logiciel n'a pu relever qu'une partie du code. Or, pour détruire le virus, on a besoin du code en son entier.

— Tu ne disposes pas de données suffisantes pour émettre une hypothèse solide et intervenir en actionnant le fameux commutateur ?

— Je pourrais le faire mais je m'en garderai bien. » Nevers se tourna vers Anderson. « Écoutez, ce virus est tellement bourré d'épines – des déclencheurs, si vous voulez – qu'à la moindre maladresse, je risquerais d'aggraver considérablement la situation.

— Aggraver ? répéta Anderson, incrédule. Qu'y a-t-il de plus grave que la disparition de l'ensemble de nos données ?

— La surcharge des cartes mères, la destruction physique des serveurs. Imaginez le tableau : un tas fumant de silicone, de terres rares, de circuits cramés. On n'aurait plus aucun accès aux données codées essentielles, et Dieu sait pendant combien de temps. »

Puis il enchaîna par un sourire béat. « Mais voyons le bon côté des choses... » Il passa la main sous le bureau et décrocha un petit boîtier rectangulaire collé au plateau. « Richards n'a pas trouvé l'émetteur Bluetooth. Si jamais il a téléchargé un truc venant de l'extérieur, ce petit engin nous le dira. Mieux encore, on pourra retrouver sa trace et remonter jusqu'à la source. »

*

Quand il vit apparaître Don Fernando Hererra, Nicodemo se changea en statue. Pourtant, Hererra était mort – selon Martha Christiana, du moins. Tout compte fait, elle avait menti et voilà qu'à présent c'était elle qui était morte, écrasée sur le pavé d'une rue de l'Ile Saint-Louis. L'avait-on poussée du cinquième étage ou avait-elle sauté d'elle-même ? Impossible à dire. En revanche, une chose était sûre : Hererra se portait comme un charme. Il répondait aux questions de la police pendant que là-haut, l'équipe médico-légale photographiait la scène et relevait les empreintes.

En penchant la tête en arrière, Nicodemo voyait à travers les fenêtres éclairées les inspecteurs arpenter l'appartement. Les flics n'en finissaient pas d'examiner chaque pièce, à en juger d'après les éclairs des flashes déchirant la nuit. Qu'espéraient-ils trouver ? Nicodemo l'ignorait et s'en fichait éperdument. Maceo Encarnación lui avait ordonné de ramener Maria Christiana et maintenant qu'elle était morte, c'était Hererra qui monopolisait son attention.

Il se cacha dans un coin sombre, à quelque distance, sortit son portable et appela Maceo Encarnación.

« Je suis planqué au coin d'une rue, près de chez Don Fernando Hererra, dit-il. Je ne sais pas comment te l'annoncer, mais Martha Christiana est morte. »

Il éloigna l'appareil de son oreille juste à temps pour ne pas être assourdi par la bordée de jurons qui jaillit tout à coup.

« Elle est tombée par la fenêtre, à moins qu'on ne l'ait poussée, poursuivit-il quand Maceo Encarnación eut copieusement exprimé sa surprise et sa rage. Je suis vraiment désolé mais nous avons d'autres chats à fouetter. Martha Christiana nous a menti. Hererra est toujours vivant... Je sais, moi aussi... Mais je l'ai vu de mes propres yeux... Bien sûr que c'est lui. »

Nicodemo passa les minutes suivantes à assimiler les directives de Maceo Encarnación. À la fin, il demanda : « Tu veux vraiment que je procède de cette manière ? »

L'autre reprit ses explications. Tout en l'écoutant, Nicodemo commençait à échafauder un plan.

« Je te donne vingt-quatre heures, conclut Encarnación. Après cela, si tu n'as pas reparu, je décolle sans toi. C'est clair ?

— Parfaitement, dit Nicodemo. Je serai à l'heure. Compte sur moi. »

Il raccrocha, empocha son mobile et repartit vers l'ambulance où les urgentistes venaient de monter le brancard. Hererra parlait toujours aux inspecteurs qui, de leur côté, hochaient la tête. L'un d'eux prenait des notes à toute vitesse.

Nicodemo sortit une cigarette, l'alluma, et fuma avec langueur tout en surveillant la scène. Quand les policiers n'eurent plus de questions à poser, ils donnèrent leurs cartes à Hererra, ce dernier fit demi-tour, composa un numéro sur le digicode et rentra chez lui.

Nicodemo attendit le départ des inspecteurs et, à demi caché par les curieux qui traînaient encore, se plaça à son tour devant le pavé de touches – dix boutons de cuivre numérotés de un à zéro. Il sortit de sa poche une petite fiole contenant une poudre blanche, plus fine que du talc et, d'un souffle, la dispersa dessus. La poudre resta collée au résidu de graisse laissé par les doigts de Hererra. Nicodemo pianota sur les quatre touches blanches et, à la troisième combinaison, la porte s'ouvrit.

Il passa un moment à contempler la cour intérieure pavée, en tentant d'imaginer la vie qui s'y était déroulée dans les temps anciens : l'arrivée des attelages, les valets en livrée qui se répandaient en courbettes, aidaient leurs maîtres à descendre de voiture pour regagner leur hôtel particulier. À cette époque, une seule et même famille avait occupé la grande demeure, alors qu'aujourd'hui elle se divisait en plusieurs appartements. Et pourtant, le passé était toujours vivant. Son souvenir semblait s'élever des pavés luisants, comme jadis la vapeur du flanc des chevaux fourbus.

Adossées contre un mur près de la deuxième porte, deux femmes, l'une jeune, l'autre plus âgée, discutaient de la tragédie qui venait de se produire. L'aînée fumait. Nicodemo sortit une cigarette, s'approcha et lui demanda du feu.

« C'est terrible. » La jeune frissonna. « Qui peut dormir après une chose pareille ?

— On n'a pas fini de voir défiler les amateurs de sensationnel », dit l'autre en secouant la tête.

Nicodemo leur sourit comme s'il compatissait. « Qu'est-ce qui peut pousser quelqu'un à se défenestrer ? », se demanda-t-il à haute voix.

— Qui sait ? » La femme qui fumait haussa ses épaules charnues. « Moi, je pense que les gens sont fous. » Elle aspira une bouffée. « Vous connaissiez cette pauvre fille ?

— Je l'ai connue autrefois, répondit Nicodemo, il y a très longtemps. Nous étions amis d'enfance. »

La femme âgée prit un air chagriné. « Elle devait être très malheureuse. »

Nicodemo hocha la tête. « Je pensais pouvoir l'aider mais je suis arrivé trop tard.

— Vous voulez monter ? proposa la jeune femme comme frappée par une idée soudaine.

— Je ne voudrais pas déranger le Señor Hererra.

— Oh, je suis sûr que votre présence sera une consolation pour lui. Venez. » Elle sortit son trousseau de clés, posa le petit disque en plastique sur le rond métallique et la porte s'ouvrit en bourdonnant.

Nicodemo la remercia, entra dans le vestibule et trouva un grand escalier courbe orné d'une rampe en fer forgé. On n'entendait aucun bruit, comme si tous les occupants de l'immeuble retenaient leur souffle depuis la mort de Martha Christiana. En montant, il ne croisa personne, n'entendit aucun bruit derrière les portes closes. Les gens craignaient-ils la contagion ?

Arrivé à l'étage où vivait Don Fernando, il tendit l'oreille et, ne percevant que le silence, la colla contre le battant.

*

Don Fernando sentait encore la présence des policiers chez lui. Il avait l'impression que son sanctuaire avait été profané. L'odeur de leurs vêtements sales recouvrait presque le doux parfum de Martha Christiana. Droit comme un i au milieu du salon, il tentait de reprendre ses esprits.

Il avait du mal à réfléchir calmement. L'émotion était trop forte. De toute évidence, Martha était morte à cause de lui. Il l'avait manipulée, l'avait placée dans une situation intenable à force de se présenter comme une alternative à Maceo Encarnación. Pour mieux assurer son emprise sur elle, il avait exposé ses points faibles, fait vibrer ses cordes sensibles, l'une après l'autre, pour finalement échouer lamentablement. Ne pouvant choisir entre lui et son employeur, Martha avait opté pour une troisième voie, celle de la fuite sans retour. Peut-être cette issue fatale était-elle écrite depuis toujours dans le grand livre du destin. Une enfance malheureuse au sein d'un foyer sans amour qu'elle avait fui pour mener sa propre vie. Une vie qui venait de s'achever sur les pavés du quai Bourbon.

Don Fernando n'avait peut-être rien à voir dans cette histoire. Mais pour sa part, il n'en était pas persuadé. Le désir avait orienté toute la vie de Martha Christiana, et maintenant, elle était morte. Il se mit à tourner en rond dans son salon, d'un pas lourd. Elle lui manquait. Cet appartement qu'il connaissait par cœur lui paraissait terriblement lugubre, à présent. Il lui semblait qu'une nouvelle pièce était apparue, une pièce où il n'était jamais entré et dont le contenu le remplissait d'effroi.

Il avait beau savoir qu'il était seul chez lui, il voulut s'en assurer. Il pénétra dans la salle de bains sans faire de bruit, s'agenouilla sur le carrelage, se pencha pour regarder sous la baignoire à pieds griffus et sortit le sac de Martha Christiana de là où il l'avait caché avant l'arrivée de la police.

Il rabattit le couvercle des toilettes, s'assit, posa le sac sur ses cuisses, et resta ainsi pendant de longues minutes, à caresser le cuir souple, à se remplir du parfum qui en émanait et lui faisait monter les larmes.

Certes, il avait agi pour assurer sa propre sûreté, mais pas seulement ; il avait aussi voulu aider Martha. En découvrant le piège dans lequel la jeune femme se débattait, il avait souffert pour elle. Pourtant cet élan d'empathie n'avait fait qu'accélérer le cours du destin et la précipiter vers un malheur encore plus grand.

Il soupira. Soudain il tendit l'oreille. Il avait cru percevoir un bruit. Comme si Martha marchait pieds nus sur le plancher, comme si elle était encore là et que les derniers événements n'avaient jamais eu lieu. Peut-être était-il en train de se réveiller d'un cauchemar. Puis il baissa les yeux, vit le sac posé sur ses genoux et comprit que c'était la seule chose qui lui restait d'elle.

Alors, il décrocha le fermoir et, parcouru d'un étrange frémissement, regarda à l'intérieur les menus objets dont les femmes ne se séparent guère : bâton de rouge à lèvres, poudre, eyeliner, petit paquet de mouchoirs. Il y avait aussi un portefeuille si mince qu'il craignit d'y toucher. Le peu qu'il contenait allait-il s'évaporer subrepticement, comme la vie de sa propriétaire ? Il l'entrouvrit pourtant et trouva à l'intérieur un téléphone portable.

L'appareil était verrouillé mais, comme Don Fernando connaissait bien ses goûts, il ne lui fallut que quelques essais pour découvrir le code. Quand l'accès lui fut accordé, il ressentit une vive émotion. C'était un peu comme si Martha Christiana l'invitait à visiter son jardin secret.

« *Mea culpa*, Martha, dit-il. J'aimerais tant que tu sois là, auprès de moi. »

*

Nicodemo l'entendit prononcer ces paroles. Il appuya davantage son oreille contre la porte et, par ce geste, fit craquer le bois.

Il se figea, n'osant même plus respirer.

*

Don Fernando releva brusquement la tête, tendu comme un chien de chasse venant de flairer un gibier. Le craquement de la porte d'entrée avait traversé tout l'appartement pour venir se ficher dans son cœur, tel un sinistre pressentiment.

Il posa le sac de Martha, sortit de la salle de bains, gagna le salon en passant par la chambre et resta planté là, tous les sens aux aguets, le regard fixé sur la porte qu'il avait pris la précaution de verrouiller après le départ du dernier policier. Il observait la surface du bois comme s'il voyait au travers.

À la fin, il s'avança discrètement, se pencha et, quand il posa l'oreille contre le battant, crut entendre un souffle. Était-ce celui d'un individu posté sur le palier ou bien les bruits habituels du vieil immeuble ? Il ne ressentait aucune peur, plutôt un profond malaise. Il n'y avait pas d'arme chez lui, heureusement d'ailleurs car les flics l'auraient découverte et confisquée ; ils auraient même pu en déduire que la mort de Martha Christiana était un meurtre maquillé en suicide. Mais à présent, il regrettait de ne pas en avoir caché une quelque part.

Il écouta encore un peu, sans résultat, puis repassa dans la salle de bains, reprit le sac de Martha et se remit à explorer son contenu.

D'abord, il consulta la liste des appels sur le portable. Le dernier, reçu cinquante minutes avant sa mort, lui fit lever le sourcil. Il provenait d'un correspondant dont le numéro figurait dans le répertoire de Martha. Elle avait abrégé son nom mais on comprenait facilement à qui correspondait les initiales « ME ».

Qu'avait bien pu lui dire Maceo Encarnación pour qu'elle craque et décide de passer à l'acte ? Don Fernando ne doutait pas un seul instant que la jeune femme s'était sentie piégée, coincée entre deux hommes, deux avenirs.

Il vérifia la messagerie, les textos, tout ce qu'on laisse traîner dans son portable. Mais dans celui de Martha Christiana, il n'y avait rien. Elle était trop prudente pour ne pas effacer ses traces. Il faisait défiler les lignes du répertoire quand tout à coup son propre téléphone se mit à vibrer. Le nom de Christien était affiché à l'écran.

« Es-tu encore mort ? demanda Christien sur le ton de la plaisanterie.

— Hélas non. » Don Fernando inspira profondément. « En revanche, Martha Christiana si.

— Que s'est-il passé ? »

Don Fernando lui narra les derniers événements.

«Eh bien, au moins elle ne constituera plus une menace pour toi. Je veillerai à ce que la presse démente la nouvelle de ta mort.» Il y eut une courte pause. «Tu sais où est Bourne?

— Je croyais que tu le suivais à la trace.

— Personne n'y est jamais parvenu. Tu es bien placé pour le savoir.»

Don Fernando maugréa et, d'un geste automatique, remit le portable de Martha au fond de son sac. En faisant ce geste, il sentit sous ses doigts la surface lisse et tiède de la coque, et imagina un bref instant qu'il caressait la peau de la jeune femme, et cela lui procura un étrange réconfort.

«Nos ennemis passent à l'action, reprit Christien. Maceo Encarnación et Harry Rowland ont quitté Mexico. Ils ont atterri à Paris voilà une heure. J'ai pensé qu'il valait mieux te prévenir.

— Quelque chose est en train de se passer.

— Oui, et j'espère que ce n'est pas ce que nous redoutons.»

Don Fernando se passa la main sur la figure. «Il n'y a qu'un seul moyen de le savoir.

— Je m'inquiète pour toi depuis que je sais Maceo Encarnación dans les parages.

— Il n'a pas intérêt à traîner dans Paris. J'ai beaucoup d'espions par ici. Quant à Rowland, c'est une autre affaire.

— Jason était à sa recherche, avec un agent du Mossad, Rebeka.»

Don Fernando regarda ses pieds nus posés sur le carrelage. Martha aimait ses pieds. Elle les trouvait sexy. «J'en conclus qu'ils ont échoué.

— Je préfère ne pas imaginer Jason en situation d'échec.

— Moi non plus», répondit Don Fernando, le cœur lourd. Il venait de tomber sur le poudrier de Martha, un bel objet serti d'émail bleu. «Écoute, Christien, je suis sûr qu'on peut lui venir en aide.

— Les choses sont allées trop vite, trop loin. La situation nous échappe. Que faire à part croire en sa réussite?

— Si c'est possible...» *Vaya con Dios, hombre,* songea Don Fernando en coupant la communication.

Il était fatigué – plus que fatigué. Le poudrier au creux de la main, il s'avança vers la chambre. Il faisait encore nuit mais la circulation automobile commençait à résonner dans la ville toujours embuée de sommeil. C'était l'heure où les Parisiens allaient acheter des croissants, où les premiers cyclistes empruntaient les ponts sur la Seine pour se rendre au travail.

Il s'allongea sur les couvertures froissées. Dans cette position, il ne voyait que trop bien la fenêtre brisée d'où Martha s'était jetée, le quittant à tout jamais. Alors, il balança ses jambes hors du lit et resta assis au bord, le regard braqué sur le petit poudrier bleu. C'était étrange, pensa-t-il, que Martha ait possédé un tel objet alors qu'elle ne se poudrait pas. Don Fernando n'avait jamais noté de traces de maquillage sur son visage ; certes, elle mettait du rouge à lèvres et du mascara mais son teint parfait ne réclamait pas d'autres artifices. Et pourtant...

Il retourna le poudrier plusieurs fois au creux de sa main puis, mû par une soudaine impulsion, l'ouvrit d'un coup de pouce. La fine houppette était bien là mais, quand il la souleva, il ne trouva pas de poudre, juste un petit clapet doré dans le fond, qu'il souleva avec l'ongle. Une microcarte SD de 8 gigas était cachée dessous.

Au même instant, tout son corps se contracta. Il venait de percevoir un bruit très léger. Le même que tout à l'heure. Il fallait se rendre à l'évidence : il y avait quelqu'un sur le palier, de l'autre côté de la porte. Il se leva discrètement pour aller chercher dans la cuisine un gros couteau à découper.

En revenant dans le salon, il s'arrêta devant la porte et tendit l'oreille. Le bruit recommença. On aurait dit cette fois un frottement de semelles sur les dalles du palier. Don Fernando pinça la molette du verrou entre deux doigts, tourna tout doucement puis, tenant le couteau pointe en avant, prêt à frapper, saisit la poignée, l'abaissa d'un geste vif et tira le battant vers lui.

24

DICK RICHARDS FAISAIT LE PIED DE GRUE dans la salle d'attente de Core Energy sur la 16ᵉ Rue N-O où Tom Brick avait établi le siège de sa compagnie. Il se sentait perdu, comme un fugitif sans espoir de refuge. Il n'avait pas seulement trahi Treadstone ; il avait brisé sa propre vie. Et voilà qu'à présent, on le faisait poireauter délibérément. La preuve, il ne cessait de voir des personnes entrer et sortir de la suite directoriale dont on lui refusait l'accès.

Pour la énième fois, il se fit violence et s'avança vers l'hôtesse qui tenait le comptoir d'accueil. Comme beaucoup de jeunes, elle portait son écouteur sans fil comme un bijou, ce qui lui donnait un air plus humain, moins robotique. Sa bouche en cœur esquissa un sourire.

« Monsieur Richards... » Elle se rappelait son nom, songea-t-il avec étonnement. « ... Monsieur Lang aimerait s'entretenir avec vous. »

Stephen Lang était le vice-président en charge des opérations. Richards se demanda ce qu'il lui voulait. « C'est Tom Brick que je suis venu voir. »

L'hôtesse sourit de nouveau et toucha son oreillette. « Il n'est pas dans nos locaux, pour l'instant.

— Savez-vous où il est ? »

Le sourire resta figé sur son visage, tel un autre bijou post-moderne. « Je crois que c'est justement ce dont monsieur Lang souhaite vous parler. » Elle leva son joli bras nu. « Vous connaissez le chemin ? »

Richards opina. « Oui. »

Il franchit les portes en verre granité, prit à droite, marcha jusqu'au bout du couloir puis tourna encore à droite et déboucha devant le grand bureau panoramique de Lang. Il le connaissait pour y être entré trois ou quatre fois, lors de réunions logistiques avec Brick.

Stephen Lang avait la corpulence d'un ancien sportif abusant de la bonne chère. Sous la graisse, on devinait encore la musculature de l'athlète – il avait joué défenseur dans une équipe de football américain dans le Michigan – mais son visage empâté et son ventre rebondi ne trompaient personne. Quand il vit entrer Richards, il se leva d'un bond et se précipita pour l'accueillir avec un grand sourire et une poignée de main rapide mais assez puissante pour lui broyer les phalanges. D'un signe de tête, il l'invita à prendre place dans l'un des fauteuils profonds disposés devant son bureau design surmonté d'un plateau en verre fumé.

« Alors comme ça, il paraît que les ordinateurs de Treadstone sont HS, commença-t-il en se perchant sur un coin de son bureau. Beau travail, Richards.

— Merci. Mais maintenant je suis grillé. Je ne peux pas y retourner.

— Pas de souci. Vous nous avez aidés à atteindre nos objectifs. Il est temps de vous mettre au vert. » Lang frappa dans ses mains. « Écoutez, Tom tient à vous féliciter lui-même mais comme il a dû s'absenter à la dernière minute, il vous propose de le rejoindre là où il est. Il a mis une voiture avec chauffeur à votre disposition.

— Il est dans la planque ?

— Eh bien, entre nous, la planque en question n'est plus tout à fait sûre. » Lang frappa encore dans ses mains. « Comme je le disais, il est temps de vous mettre au vert. » Il se leva, montrant de la sorte que l'entretien était terminé, lui tendit la main et déclara : « Prenez soin de vous, Richards. Vous avez fait la preuve de votre grande valeur. Vous méritez une belle augmentation assortie d'une prime. Mais Tom vous expliquera tout cela », ajouta-t-il en le congédiant d'un geste.

Les joues en feu, Richards longea le couloir moquetté dans l'autre sens. Ses pieds touchaient à peine le sol. Enfin, on reconnaissait ses mérites. Quand il prit l'ascenseur pour descendre dans le hall, il tomba sur une femme blonde grassouillette. Elle lui fit un sourire et prononça quelques mots qu'il ne comprit pas, tant il était surpris qu'elle lui adressât la parole. Son visage lui parut vaguement familier mais il ne chercha pas à savoir qui elle était et, pour toute réponse, se contenta de la regarder d'un air béat. En la voyant traverser le hall vers la sortie, il songea : *Ma vie va changer, les femmes vont me sourire – et pas n'importe quelles femmes*, des belles plantes, comme il y en avait tant ici, dans le Beltway. Des femmes attirées par l'argent et le pouvoir.

Devant l'immeuble, la voiture promise par Lang l'attendait effectivement. Une Lincoln Navigator d'un noir brillant. Le temps était froid et maussade, ce soir-là, avec une petite bruine poussée par le vent. Il pressa le pas. Bogs le reconnut, descendit, lui ouvrit aimablement la portière, puis regagna son siège et démarra en trombe malgré la circulation intense.

Confortablement installé sur la banquette arrière, Richards s'employait à jouir pleinement des premières minutes de sa nouvelle existence. Décidément, il avait fait le bon choix en renonçant à bosser pour le gouvernement. Il laissait cela à ces pauvres imbéciles qui ne voyaient pas d'inconvénient à trimer comme des esclaves pour un salaire de misère jusqu'au jour où ils prendraient leur retraite dans l'anonymat, épuisés, laminés par une vie passée à brasser de la paperasse.

Ils franchirent le pont Woodrow Wilson, passèrent dans l'État de Virginie, puis bifurquèrent vers le nord. Dix minutes plus tard, la Lincoln Navigator pénétra par une entrée secondaire dans le Founders Park à Alexandria, sur la rive du Potomac. Bogs descendit, lui ouvrit la portière et le guida vers une longue jetée s'avançant sur le fleuve. Richards aperçut tout au bout un genre de belvédère en bois rongé par les embruns et, à l'intérieur, Tom Brick qui discutait avec une personne dont il ne discernait que la silhouette.

Quand Richards et le chauffeur passèrent sous l'auvent du belvédère, Brick se tourna vers eux en s'exclamant : « Ah, Richards, tu as réussi ! Félicitations. » À son signal, l'autre personne sortit de l'ombre. C'était la blonde grassouillette de l'ascenseur.

Avant même de pouvoir exprimer sa surprise, il ressentit une effroyable douleur au côté. Il voulut crier mais Bogs plaqua sa grosse paluche sur sa bouche. Il saignait, ses jambes ne le portaient plus. Bogs dut le soutenir, sinon il serait tombé.

Son regard se fixa sur l'homme et la femme qui l'observaient sans broncher.

« Quoi ? bredouilla-t-il. Pourquoi ? »

Tom Brick soupira. « Ces questions prouvent à elles seules que tu ne me serviras plus à rien. » Il s'approcha de Richards et lui releva le menton pour le regarder au fond des yeux. « Espèce de crétin, qu'est-ce qui t'a pris de révéler que c'était toi le saboteur ?

— Je... je... » Le cerveau de Richards fonctionnait au ralenti. Ayant perdu l'essentiel de ses capacités, il n'arrivait pas à décrypter la situation. La blonde le dévisageait en souriant. Tout à coup, il comprit qui elle était. Cette fille travaillait pour Treadstone ; c'était un genre d'assistante, occupant une position stratégique qui lui permettait de surveiller tout ce qu'il se passait dans les bureaux. *Oh mon Dieu !* pensa-t-il. *Mon Dieu !*

« Quand on sert plusieurs maîtres, il faut s'attendre à en payer le prix, Richards. » Tom Brick parlait d'une voix douce, pleine de sympathie. « Il n'y avait pas d'autre issue possible. »

Privé de sang, le cerveau de Richards devenait à chaque seconde plus paresseux, mais il finit quand même par comprendre. « Vous aviez reconnu Peter Marks. »

Brick confirma d'un signe de tête. « Grâce à Tricia, ici présente.

— Alors, pourquoi l'avez-vous laissé... ?

— Quand j'ai su qu'il m'avait suivi, qu'il en savait long sur moi, il a fallu que je découvre très vite ce qu'il avait en tête. » Brick pinça le menton de Richards entre le pouce et l'index. « Tu t'es bien gardé de m'en parler, Richards. Pourquoi tu ne m'as rien dit ?

— Je... » Richards ferma les yeux, déglutit. Il allait mourir, alors à quoi bon se taire ? « J'ai pensé que si Soraya Moore et lui m'appréciaient, m'acceptaient, je pourrais...

— Tu pourrais quoi ? Qu'est-ce que tu espérais, Richards ? Des amis ? Des collègues ? » Il agita la tête avec mépris. « Personne ne s'intéresse à toi, Richards. Personne ne veut travailler avec toi. Tu n'es qu'un insecte sous ma botte. Tu possèdes un don, c'est vrai, mais il y a trop de failles dans ta personnalité. Tu es plus dangereux qu'utile puisqu'on ne peut pas te faire confiance.

— Pourtant, c'est vous que j'ai choisi. » La voix de Richards résonnait de manière pathétique, même à ses propres oreilles. Des larmes jaillirent de ses yeux. « C'est pas juste, gémit-il. C'est pas juste. »

Clairement écœuré, Tom Brick le lâcha et fit un signe au chauffeur qui le soutenait. La lame pénétra encore plus profond dans ses entrailles, avec un mouvement tournant si vicieux que ses globes oculaires jaillirent presque des orbites. Son cri étouffé par la grosse main de Bogs ressemblait à s'y méprendre à celui d'un goret sous la lame du boucher.

*

La porte de l'appartement s'ouvrit brutalement, la lame du couteau à découper scintilla dans la pénombre. Bourne esquiva le coup et saisit le poignet de Don Fernando.

« Tout doux, mon ami. »

Don Fernando le dévisagea, visiblement ébranlé. « C'était vous, Jason ? C'était vous derrière la porte, tout à l'heure ? »

Bourne répondit négativement, franchit le seuil et referma derrière lui. « Je viens d'arriver. » Il pencha la tête et demanda : « Quelqu'un a essayé de s'introduire ici ?

— Peut-être ne faisait-il qu'espionner.

— Personne ne surveille cet immeuble, répondit Bourne en lui prenant le couteau. J'ai vérifié.

— Maceo Encarnación et Harry Rowland sont à Paris. Je crois que c'était Rowland, derrière la porte.

— Rowland et Nicodemo sont une seule et même personne.

— Quoi ? Vous êtes sûr ? »

Bourne hocha la tête. « Il travaille pour Maceo Encarnación. Je les ai suivis depuis Mexico.

— Et la femme ?

— Rebeka était un agent du Mossad. » Bourne s'assit sur un canapé. « Elle est morte.

— Désolé, souffla Don Fernando en s'asseyant lourdement auprès de Bourne. Je crois que nous avons tous les deux perdu un être cher.

— Que s'est-il passé exactement ? »

Don Fernando lui expliqua brièvement que Maceo Encarnación avait envoyé Martha Christiana pour le tuer mais que les choses avaient évolué différemment. « Elle s'est jetée par la fenêtre de la chambre. Pendant que je dormais. Elle aurait eu tout le temps de me tuer.

— Vous avez eu de la chance.

— Non, Jason. En cet instant, je ne me considère pas comme un homme chanceux. Bien au contraire. » Il joignit les mains. « Cette femme avait une âme tourmentée. Un prêtre aurait peut-être pu l'aider. Mais je ne suis pas prêtre. Je dirais presque que j'ai joué le rôle du diable, dans cette affaire.

— Nous avons tous des ombres à nos trousses, Don Fernando. Et il arrive qu'elles nous rattrapent. Nous n'y pouvons rien, alors mieux vaut tourner la page. »

Don Fernando hocha la tête, alla chercher le poudrier de Martha Christiana, l'ouvrit et montra à Bourne la carte SD cachée dans le double-fond. « J'ai dans l'idée qu'elle l'a laissée à mon intention. » Il haussa les épaules. « Mais je me fais peut-être des illusions.

— Avez-vous vérifié son contenu ? »

— Non, pas encore.

— Eh bien, dit Bourne en prenant l'objet. Il est temps de le faire. »

*

Maceo Encarnación n'eut pas besoin de pousser la porte du cockpit ; elle était ouverte et son pilote chinois occupé aux dernières vérifications avant le décollage.

« Vous pensez qu'il reviendra à temps ? », demanda l'homme sans lever les yeux de sa check-list.

Maceo Encarnación se glissa sur le siège du navigateur. « Impossible à dire, grommela-t-il.

— On sait que vous êtes très attaché à lui. »

Maceo Encarnación l'observa longuement avant d'articuler : « Dois-je comprendre que le ministre Ouyang désapprouve cet attachement ? »

Le pilote, qui tenait ses ordres du ministre Ouyang en personne, s'abstint de répondre. Immobile sur son siège, il regardait ailleurs comme s'il tentait de prédire les courants aériens.

« Nicodemo est mon fils. Je l'ai élevé, je lui ai tout appris.

— Vous l'avez enlevé à sa mère. »

Le pilote s'exprimait sur un ton neutre, dépourvu de tout jugement, mais Maceo Encarnación en prit ombrage. Il avait le sang chaud, c'était dans sa nature.

« Elle était mariée à un autre, dit Maceo Encarnación comme s'il se parlait à lui-même. Je l'aimais mais son mari était un homme puissant, et j'avais besoin de lui. Comment aurait-elle pu garder cet enfant avec elle ? Pour cacher sa grossesse, elle est allée chez sa tante à Merida où elle est restée jusqu'à l'accouchement. Quand le bébé est né, je l'ai pris avec moi et je l'ai élevé.

— Vous l'avez déjà dit. »

Maceo Encarnación détestait ces Chinois, mais il était bien obligé de les supporter. Ils avaient le pouvoir, l'expertise, l'argent, la stratégie. Personne ne leur arrivait à la cheville. Et pourtant, certaines fois – en ce moment, par exemple – il devait se retenir pour ne pas les réduire en bouillie. Le fait de ne pouvoir les traiter comme il traitait ses hommes lui donnait la rage. Souvent, il se laissait emporter par des fantasmes meurtriers. Il imaginait cet agent chinois gisant au bord du Pacifique, sa tête tranchée roulant sur la vague, il voyait son tronc crispé d'où jaillissait un fleuve de sang, comme dans la fontaine du parc Chapultepec.

« Si je me répète c'est pour que vous compreniez bien ce qui m'attache à lui. D'autant plus qu'à mon avis, les subtilités de la langue espagnole vous échappent. » Maceo Encarnación savait que l'autre ne répondrait pas. Avait-on jamais vu alliance aussi pitoyable, pensa-t-il, que celle d'un Mexicain extraverti et d'un Chinois introverti ?

L'agent avait un nom mais Maceo Encarnación ne le prononçait jamais, car il soupçonnait qu'il s'agissait d'un faux. Quand il pensait à lui, il l'appelait « le petit con », ce qui le divertissait fort. S'il lui racontait cette histoire – en partie, du moins – c'était plus par caprice qu'autre chose. Il n'en saurait pas davantage, et surtout pas les détails personnels. L'identité de la mère de ses deux enfants, Nicodemo et Maricruz, demeurerait enfouie tout au fond de lui. Sa liaison avec Constanza Camargo avait duré de longues années. Nicodemo était né très vite, puis il y avait eu Maricruz, trois ans plus tard. Constanza était son seul grand amour mais, par une ironie du sort, elle n'avait jamais vécu à ses côtés. Dans un premier temps à cause de son mari, et ensuite à cause d'elle. Constanza l'aimait, elle aimait leurs deux enfants, mais avait toujours refusé de les voir, de peur que la vérité n'interrompe le cours de leur existence, que son désir de mère ne complique et n'entrave leur destin.

« N'ayant pas de mère, poursuivit Maceo Encarnación, Nicodemo est devenu mien, corps et âme. Dès qu'il fut en âge, je l'ai envoyé dans une école spéciale, en Colombie. Je tenais à ce qu'il apprenne les ficelles du commerce.

— Du commerce de la drogue », répliqua l'agent avec une hargne déplacée. Au XIXe siècle, le trafic de l'opium avait causé des dommages irréparables dans l'Empire du Milieu. Avec leurs quatre mille ans d'histoire, les Chinois avaient bonne mémoire.

« Oui, et celui des armes aussi. » Maceo Encarnación pinça les lèvres. « Comme le ministre Ouyang le sait parfaitement, je traite avant tout avec les entités qui en ont le plus besoin. » Quand il parlait avec ce type, c'était en fait à Ouyang qu'il s'adressait. Ouyang, l'araignée tapie au centre de la toile pékinoise.

« Quel bel altruisme. »

La main gauche de Maceo Encarnación se crispa d'elle-même. Encore une fois, le petit con avait franchi une limite qui, en d'autres circonstances, lui aurait coûté sa tête, au sens propre. Maceo Encarnación refit l'effort de se contenir. Le ministre Ouyang et ses valets revêtaient une énorme importance à ses yeux. Sans l'aide d'Ouyang, il n'aurait jamais pu s'entendre avec le colonel Ben David.

« Mon altruisme n'a d'égal que celui du ministre Ouyang, articula-t-il. Vous feriez bien de vous en souvenir. »

L'agent regarda par le hublot du cockpit. « Quand partons-nous ?

— Quand je vous ordonnerai de faire tourner les moteurs. » Maceo Encarnación jeta un coup d'œil autour de lui. « Où est la chose ? »

Le pilote le considéra un instant entre ses paupières en amande, passa la main sous son siège et retira une caisse en métal vert olive, verrouillée par un système de reconnaissance digitale. Maceo Encarnación appuya le bout de son index droit sur le pavé prévu à cet effet et entendit le déclic de la serrure.

Il rabattit le couvercle et contempla les liasses de billets de mille dollars. « Trente millions ! Quelle vision stupéfiante ! Même pour quelqu'un comme moi.

— Le colonel Ben David sera enchanté », marmonna platement l'agent chinois.

Maceo Encarnación émit un rire silencieux. « Il ne sera pas le seul. »

*

Soraya allait quitter la chambre de Peter quand le secrétaire Hendricks s'y engouffra.

« Je suis content de vous voir sur pied, Soraya », dit-il. Puis il regarda derrière elle Peter couché dans son lit. « Comment vous sentez-vous ?

— Engourdi, répondit Peter. De partout. »

Hendricks fit entendre un éclat de rire tenant de l'aboiement. « Écoutez, Peter, je n'ai pas beaucoup de temps. On a un problème au siège de Treadstone.

— Le réseau informatique a planté.

— Exact, fit Hendricks en même temps que Soraya lançait : « Quoi ?

— Dick Richards. » Peter regarda Hendricks hocher la tête. « J'ai demandé à Sam de le faire venir d'urgence.

— Anderson a tenté d'établir le lien entre Richards et Core Energy. Mais Brick est la prudence incarnée. Malgré ce qu'il vous a soi-disant raconté...

— Soi-disant ! Mais qu'est-ce que ça signifie, bon sang ? », répliqua Peter, furieux.

Hendricks le laissa se calmer. « La justice statuera sur votre cas, dit-il enfin. Nous avons essayé de trouver la piste de l'argent, mais si Richards est payé par Core Energy ou l'une quelconque de ses filiales, il faut qu'on en ait la preuve. Dans cette optique, Anderson a décidé de placer un enregistreur de frappe sur le terminal qu'il a assigné à Richards.

— Ne me dites pas que cela n'a rien donné, ricana Peter.

— Qu'est-ce qui vous fait dire ça ?

— Alors, je suppose que Richards est en garde à vue, actuellement. »

Pour la première fois, Hendricks parut contrarié. « Il a filé, disparu.

— Trouvez Brick et vous mettrez la main sur Richards. Garanti. »

Hendricks murmura quelques mots dans son portable et, quand il raccrocha, dit à Peter : « Il semble que Brick ait eu l'intention de détruire le réseau informatique de Treadstone. Mais pour quelle raison ?

— Peut-être veut-il réduire à néant notre système de surveillance à l'étranger », intervint Soraya.

Peter claqua des doigts. « Tu as raison ! Il a peur qu'on s'aperçoive de quelque chose. Mais de quoi ? », ajouta-t-il en se mordillant le pouce.

Hendricks passa d'un pied sur l'autre. « Peter... » Il semblait mal à l'aise, tout à coup. « Étant donné ce qui vous est arrivé et la gravité de vos blessures, je crois raisonnable de vous relever de vos fonctions à la tête de Treadstone.

— Quoi ? », explosa Peter.

Soraya fit un pas en avant. « Vous ne pouvez pas faire ça.

— Si, je le peux, rétorqua Hendricks. Et je vais le faire.

— Mes jambes sont paralysées, plaida Peter. Pas mon cerveau.

— Je suis vraiment navré, Peter, mais ma décision est prise. »

Il fit volte-face et s'apprêtait à partir quand Soraya déclara : « Si Peter s'en va, moi aussi. »

Hendricks pivota dans l'autre sens, le regard braqué sur elle. « Ne soyez pas stupide, Soraya. Ne détruisez pas votre carrière pour...

— Pour une question de loyauté envers mon ami ? C'est ça que vous pensez ? Peter et moi travaillons main dans la main depuis le début. Nous formons une équipe, point barre. »

Hendricks secoua la tête. « Vous confondez dévouement et loyauté. Vous allez commettre une terrible erreur, une erreur dont vous ne vous relèverez probablement pas.

— C'est Treadstone qui ne se relèvera pas de la perte de ses deux directeurs », répondit-elle avec toute la conviction dont elle se sentait capable, étant donné son état de faiblesse.

Le secrétaire accusa le choc. « Vous parlez de Treadstone comme s'il s'agissait d'une famille. Ça n'en est pas une, Soraya. Ce n'est que du boulot.

— Avec tout mon respect, monsieur le Secrétaire, Treadstone *est* une famille. Je connais personnellement chacun de mes contacts à l'étranger. Si je pars, ils me suivront...

— Bien sûr que non.

— ... tout comme ils m'ont suivie quand on m'a renvoyée de la CIA, lors du changement de régime. » Elle luttait pied à pied avec Hendricks, sans craindre quoi que ce fût puisqu'elle n'avait rien à perdre, Treadstone sans Peter ne présentant aucun intérêt pour elle. « À l'époque, je vous ai dit que ce changement de régime causerait la perte de la CIA et j'ai eu raison. L'Agence n'est plus que l'ombre d'elle-même et le moral de ses troupes est bien pire qu'au lendemain du 11 septembre.

— Je n'aime pas les menaces, persista Hendricks.

— S'il y a menaces, elles ne viennent pas de moi.

— Écoutez, Anderson a l'affaire bien en main. Il est sur le terrain, en ce moment. Peter l'a nommé responsable et...

— Sam est quelqu'un de bien, le coupa Peter, mais il n'a pas assez d'expérience pour diriger une opération sur le terrain pendant une longue durée.

— Et vous deux, en êtes-vous capables ? cracha Hendricks en les désignant d'un geste. Mais regardez-vous. Vous ne pourriez même pas quitter cet hôpital sans aide.

— Rien n'empêche d'aménager un QG dans cette chambre, lui renvoya Soraya. J'irais même jusqu'à dire que ce serait préférable, puisque les serveurs Treadstone sont hors service. Nous pourrions installer un réseau de secours ici. »

Peter, qui les regardait se disputer comme un spectateur suit la balle dans un match de tennis, crut bon de mettre son grain de sel. « Attendez une minute ! Soraya, les trente millions que j'ai trouvés, je pensais qu'ils servaient à payer de la drogue. Mais imaginons qu'ils aient une autre utilité... »

Elle se tourna vers lui, les sourcils froncés. « Que veux-tu dire ?

— Ils servent peut-être à acheter autre chose...

— C'était de la fausse monnaie, précisa Hendricks d'un air hautain.

— Quoi ? Vraiment ? »

Hendricks confirma d'un hochement de tête. « Eh oui.

— Mais ça n'a aucun sens. Ce type a failli me tuer...

— Tulio Vistoso, l'informa Hendricks. Alias l'Aztèque. Un trafiquant de haut vol.

— Je ne comprends pas, dit Soraya.

— Nous pensons qu'il s'agissait d'un leurre, expliqua le secrétaire. Un coup classique, surtout de la part de Maceo Encarnación. Ces deux-là sont copains comme cochons.

— Je n'en suis pas sûr, s'obstina Peter. L'Aztèque a fait des pieds et des mains pour récupérer l'argent. »

Un ange passa.

« Imaginons que Vistoso ignorait qu'il s'agissait de fausse monnaie, renchérit Soraya. C'est possible, non ? »

Peter la regarda d'un air intrigué. « Cela signifierait qu'il s'est fait rouler.

— Impossible, dit Hendricks. Vistoso faisait partie du triumvirat mexicain. Personne n'oserait lui jouer un tour pareil.

— Si, quelqu'un qui aurait encore plus de culot que lui. » Peter les regarda l'un après l'autre. « Quelqu'un comme Maceo Encarnación, par exemple. »

Soraya se tourna vers Hendricks. « Vous l'avez fait suivre ?

— Encarnación était à Washington il y a quelques jours. Il donnait une interview à *Politics As Usual*.

— Revenons-en aux faux billets, dit Peter. Quelque chose dans cette histoire m'échappe totalement. » Il claqua des doigts. « Un expert devrait pouvoir nous dire d'où ils sortent.

— On y a déjà pensé, dit Hendricks. Mais en quoi cela peut-il nous intéresser ?

— Trente millions, c'est une somme énorme, songea Peter à voix haute. Un travail si délicat que seul un excellent faussaire est en mesure d'accomplir. Si nous le trouvons, il dénoncera peut-être son commanditaire. Maceo Encarnación. »

En croisant les bras sur sa poitrine, Soraya remarqua que ses seins étaient devenus durs et sensibles. « À propos de Maceo Encarnación, où est-il allé après son interview ?

— Il a repris l'avion pour son QG de Mexico, dit Hendricks.

— Et il n'a plus bougé depuis ? », s'enquit Peter.

Hendricks avait déjà activé son portable et aboyait des ordres dedans. Il attendit la réponse, le regard posé sur Peter. « Il est à Paris en ce moment, dit-il après avoir raccroché. Mais il n'a pas encore débarqué. C'est d'autant plus étrange que son avion s'est posé voilà six bonnes heures.

— Bon, reprenons, dit Peter. Comme Vistoso était le bras droit de Maceo Encarnación et que trente millions, même faux, représentent une somme faramineuse, nous en avons déduit qu'Encarnación trempait forcément dans l'affaire.

— D'un autre côté, Brick cherche à détruire le système informatique de Treadstone, poursuivit Soraya. Pourrait-il y avoir une connexion entre lui et Maceo Encarnación ?

— Un système informatique qui nous place en ligne directe avec nos correspondants au Moyen-Orient, compléta Peter.

— Et Paris est sacrément plus proche du Moyen-Orient que Mexico », ajouta Soraya.

D'un signe de tête, Hendricks lui accorda ce point. « Pour quitter Paris, le pilote de Maceo Encarnación sera bien obligé de fournir un plan de vol.

— Il suffira d'en prendre connaissance pour savoir où il a l'intention de se rendre, dit Peter. Et si c'est au Moyen-Orient, nous tiendrons la preuve que Maceo Encarnación trempe dans la même affaire que Brick. »

Hendricks reprit son portable pour distribuer d'autres ordres.

« Attendez un peu, dit Soraya. Vous oubliez que nous ne travaillons plus pour vous.

— Qui a pu dire une bêtise pareille ? ».

Hendricks leur adressa un sourire en coin avant de s'en aller.

25

« JE LES CONSIDÈRE COMME UNE TROÏKA, dit Bourne en relisant les informations contenues dans la carte SD de Martha Christiana. Maceo Encarnación, Tom Brick, les Chinois.

— Ce que je ne comprends pas, c'est pourquoi Martha se baladait avec ça, s'étonna Don Fernando.

— C'était une sorte de garantie, dit Bourne. Elle a collecté ces informations pour s'en servir en cas de besoin. »

Don Fernando garda un instant le silence, son regard mélancolique rivé sur l'écran de l'ordinateur. Puis il poussa un gros soupir. «Mais, tout compte fait, elle ne s'en est pas servie.» Il se tourna vers Bourne. «Pourquoi cela ?

— Cette carte était une porte de sortie parmi d'autres. Si elle l'avait utilisée, elle aurait passé le restant de ses jours à redouter qu'on lui plante un couteau dans le dos.

— Martha n'aurait pas voulu d'une telle existence, dit Don Fernando.

— C'est ce que j'ai cru comprendre en vous écoutant. Mais par ailleurs, voulait-elle vraiment tirer un trait sur son passé ? Tel était son dilemme. D'un côté, elle ne pouvait plus vivre comme avant, et de l'autre, tout retour en arrière lui était impossible. Elle n'avait pas d'avenir.

— Pourtant, je lui ai démontré le contraire, se lamenta Don Fernando.

— Elle n'a pas voulu vous écouter, ou alors elle n'y croyait pas. »

Don Fernando soupira en branlant du chef comme un condamné à l'énoncé de sa peine. «Vous êtes un véritable ami, Jason. Il n'y en a pas beaucoup comme vous.»

La rumeur de la circulation résonnait sur les berges de la Seine. Ils entendaient la voix d'un guide parlant au micro à bord d'un bateau-mouche ; elle frappait les murailles du quai, revenait vers eux puis s'éloignait à la dérive, comme emportée par le courant. Les arbres agitaient leurs branches décharnées dans le vent du fleuve. Au pied de l'immeuble, sur le trottoir, les habitants du quartier parlaient encore du suicide de la nuit dernière.

Bourne montra l'écran. «Si l'on en croit ces documents, Maceo Encarnación s'est occupé de blanchir de l'argent pour le compte des Chinois.

— Et avec les trente millions, ils comptent acheter quelque chose auprès d'une entité basée au Moyen-Orient, renchérit Don Fernando. Hélas, Martha ignorait tout de cette chose et de cette entité.»

Bourne, lui, en savait un peu plus depuis que Rebeka lui avait chuchoté un nom avant de mourir dans ce taxi à Mexico.

Don Fernando se rencogna dans son siège. «Je ne vois pas ce que Maceo Encarnación espère obtenir de cet accord. Dix pour cent de la somme blanchie ? C'est peu, comparé aux risques encourus.»

Bourne refit défiler les informations collectées par Martha. Il voulait retrouver un passage qui l'avait frappé à la première lecture. Soudain, il posa le doigt sur l'écran. «C'est là ! Tom Brick est bien impliqué dans cette affaire.» Il se tourna vers Don Fernando. «Qu'espère obtenir Core Energy en passant un accord avec Maceo Encarnación et les Chinois ?»

Don Fernando réfléchit un instant. «Tout dépend de ce que comptent acheter les Chinois.

— De l'énergie, dit Bourne. Vous ne voyez donc pas ? C'est l'énergie le point commun entre tous ces gens.

— Oui, bien sûr. À cause de leur formidable expansion économique, industrielle et démographique, les Chinois sont constamment en quête de nouvelles ressources énergétiques. Je peux comprendre que Tom Brick et Core Energy fassent l'impossible pour s'arroger une part du gâteau, mais pourquoi Maceo Encarnación ?

— Maceo Encarnación et Core Energy sont forcément liés, d'une manière ou d'une autre.

— Mais si c'était le cas, nous serions au courant, Christien et moi.

— Comment cela ?

— Ces deux-là, nous les avons dans le collimateur depuis quelque temps. Et jamais nous n'avons pu déceler le moindre échange financier entre eux.

— Quoi d'étonnant à cela ? Brick et Maceo Encarnación ont pu s'arranger pour dissimuler leurs transactions. D'après ce qui est inscrit là-dedans, Core Energy possède assez de filiales à travers le monde pour brouiller les pistes.

— Nous l'aurions quand même su, insista Don Fernando. Christien a développé un logiciel capable de percer à jour tous les nids de sociétés-écrans et autres holdings. Croyez-moi quand je vous dis qu'il n'y a pas de piste financière. »

Bourne éclata. « Évidemment ! C'est là qu'interviennent les caïds de la drogue inféodés à Maceo Encarnación. Ce sont eux qui se chargent de salir l'argent qui circule entre Maceo Encarnación et Core Energy.

— Salir l'argent ? »

Bourne hocha la tête. « Au lieu de blanchir de l'argent sale en le faisant transiter par des entreprises légales, Brick et Maceo Encarnación ont imaginé l'opération inverse. En faisant passer par les cartels l'argent propre qui circule entre leurs deux compagnies, ils obtiennent de l'argent sale et, de ce fait, intraçable. Bien sûr, tous les échanges s'effectuent en espèces. Le programme informatique élaboré par Christien est peut-être extrêmement perfectionné mais il ne peut pas déceler ce type de transactions. Personne ne le peut, d'ailleurs.

— C'est brillant. » Don Fernando se passa une main sur le front. « J'aurais aimé y avoir pensé moi-même.

— Il n'y a pas un instant à perdre. Maceo Encarnación et les trente millions sont en route pour le Liban. C'est là que tout va se jouer. »

Le visage de Don Fernando s'illumina soudain. « Alors, allons-y nous aussi. » Bourne le considéra d'un œil grave. Visiblement, son vieil ami avait été durement affecté par la mort de Martha Christiana.

« Nous n'irons nulle part avant d'avoir retrouvé Nicodemo. Vous m'avez parlé de l'accident d'avion que vous avez simulé pour berner Maceo Encarnación. Peut-être a-t-il cru à votre mort pendant quelques heures, mais si Nicodemo était effectivement derrière la porte tout à l'heure, il y a fort à parier qu'il vous a vu dans la rue. Encarnación sait que vous êtes en vie et je suis sûr que Nicodemo va tenter d'y remédier d'ici peu. »

*

« Des tas de choses peuvent mal tourner. »

Dans le somptueux palais de Chang Hua, le ministre Ouyang tenait à deux doigts une minuscule tasse à thé en porcelaine translucide. Les appartements privés où il se trouvait avaient appartenu à l'empereur Qianlong de la dynastie Qing, dont la dépouille reposait au cœur de la Cité interdite. Peu de gens avaient le droit d'accéder à ces salles où était exposée une extraordinaire collection de figurines de jade et de rouleaux de calligraphie ancienne, et parmi ces rares élus, seuls le ministre Ouyang et quelques membres du Comité central pouvaient s'y rendre à une heure aussi tardive. Les flammes vacillantes de plusieurs gros cierges jaunes projetaient un clair-obscur tremblotant sur les inestimables trésors de l'Empire du Milieu.

Lovée comme un chat sur un divan mandarin, la femme à laquelle s'adressait Ouyang suivait ses déambulations de ses yeux couleur café. Même dans cette position, on devinait la puissante musculature de ses longues jambes. Drapée dans une robe de soie shantung orangée, elle resplendissait littéralement. « Si tu raisonnes ainsi, chéri, tu ne feras qu'aggraver la situation. »

Ouyang se retourna si vivement vers elle qu'un peu de thé chaud se renversa sur sa main. Il ressentit la brûlure mais n'y prit pas garde. « Je ne te comprendrai jamais, Maricruz. »

Elle inclina doucement la tête et son épaisse chevelure lui couvrit un œil. Elle accueillit ce compliment avec la courtoise sobriété d'une aristocrate chinoise. Depuis dix ans qu'elle vivait à Pékin, elle avait appris les bonnes manières en vigueur dans ce pays. « Qu'il en soit donc ainsi. »

Ouyang, lui-même vêtu d'une tenue traditionnelle, fit un pas vers elle. « Et pourtant, tu n'as rien d'une Occidentale.

— Dans le cas contraire, répondit-elle d'une voix calme et profonde, tu ne m'aurais pas épousée. »

Ouyang l'étudia un moment, comme un peintre examine son modèle avant de donner le premier coup de pinceau. Les peintres avaient le talent de sublimer les êtres ; Ouyang aussi. « Veux-tu savoir ce qui m'a attiré vers toi, plus que tout ? »

Maricruz ferma à demi les paupières.

« Ta patience. » Ouyang prit une gorgée de thé, le garda dans sa bouche un instant, puis avala. « La patience est la plus grande des vertus. En Occident, elle n'a quasiment pas cours. Les Arabes connaissent la valeur de la patience mais, comparés à nous, ce sont des débutants. »

Maricruz éclata de rire. « Ah, les Chinois ! Je crois que ce que je préfère en vous c'est votre incroyable assurance. Vous avez de vous-mêmes une si haute opinion. » Puis sur le même ton, elle ajouta : « Le Royaume du Milieu. »

Ouyang prit une autre gorgée. Il aimait le thé tout autant que ces petits matches de boxe intellectuels avec sa femme. À part elle, nul n'osait lui parler sur ce ton. « Mais enfin, Maricruz, c'est dans le Royaume du Milieu que tu vis.

— Et j'apprécie chaque minute que j'y passe. »

Ouyang traversa la salle et s'arrêta devant une niche étroite abritant une petite boîte de jade délicieusement gravée ; on y voyait des dragons volant parmi des nuages stylisés. Il prit le coffret au creux de ses paumes.

« Le Royaume du Milieu engendre ses propres mythes, et ce depuis toujours. Tu le sais, Maricruz. Ta civilisation elle aussi fourmille de légendes. » Les yeux d'Ouyang scintillèrent d'un éclat d'obsidienne. « Pourtant, notre histoire est si ancienne, si complexe que, bien sûr, elle a connu maints revers, et pas des moindres.

Le premier date de l'an 213 avant J.-C., quand l'empereur Qin Shi Huang, fondateur de la dynastie Qin, a ordonné qu'on brûle tous les livres, hormis les recueils de prophéties et les ouvrages traitant de médecine et d'élevage. Le Royaume du Milieu a ainsi perdu une bonne partie de ses mythes fondateurs.

« Comme cela arrive fréquemment chez nous, la tendance s'est inversée dès 191 avant J.-C.. On a recommencé à s'intéresser à la littérature, certains ouvrages furent réécrits, mais dans un sens favorable aux idées de l'empereur du moment. Le vainqueur a toujours tendance à revisiter les légendes pour mieux se les approprier. Dès lors, de précieuses informations ont disparu à jamais. »

Il s'avança vers Maricruz en tenant le coffret avec une grande prudence. « De temps à autre, un élément de ce glorieux passé refait surface, soit par hasard, soit grâce aux efforts de certains. »

Il se posta devant elle et lui présenta le coffret de jade.

Maricruz l'observa avec curiosité. « Qu'est-ce que c'est ?

— Prends-le, je t'en prie », dit Ouyang en se penchant vers elle.

Le coffret pesait plus lourd qu'elle ne l'aurait cru. Froid au toucher, lisse comme du verre. Elle souleva le couvercle d'une main tremblante. À l'intérieur, un bout de papier plié.

« Le nom de ta mère, Maricruz », dit-il pour répondre à la question qu'il voyait dans ses yeux.

Maricruz ouvrit la bouche, mais aucun son n'en sortit.

« Si tu souhaites le connaître.

— Elle est vivante ? », dit-elle dans un souffle.

Ouyang posa sur elle son regard lumineux. « Elle l'est. »

Très lentement, elle referma le coffret et le mit de côté, sur le divan. Puis son corps souple se déplia avec une sensualité qu'il trouva très excitante. Maricruz lui rappelait les stars de cinéma des années 1940. Quand elle se leva, sa robe s'entrouvrit. *Comment fait-elle pour réussir ce tour de magie ?* se demanda-t-il. La courbe de ses seins apparut au creux de son décolleté, telles deux superbes coupes de bronze. Elle se pressa contre lui.

« Merci, Ouyang, dit-elle sur un ton grave.

— Que vas-tu faire ?

— Je l'ignore, murmura-t-elle. Je veux savoir, et en même temps je ne le veux pas.

— Tu as l'occasion de découvrir l'autre face de ton histoire.

— Contre la volonté de mon père. » Elle frotta son front contre l'épaule d'Ouyang. « Et si ma mère ne veut pas me voir ? Pourquoi n'a-t-elle jamais tenté... ?

— Tu connais ton père mieux que quiconque, murmura Ouyang.

— Il doit y avoir une raison. Sais-tu laquelle ?

— Cette affaire dépasse mon entendement. » Mais, bien sûr, Ouyang était au courant. Et Maricruz, eût-elle consenti à lire le nom de sa mère, aurait également su que cette femme n'était autre que Constanza Camargo, épouse d'un narcotrafiquant dont Maceo Encarnación avait été l'ami et l'associé, ce qui ne l'avait pas empêché de le cocufier sans l'ombre d'un remords. Maceo Encarnación était ainsi : il s'appropriait tout ce qui lui faisait envie.

« J'ai besoin de temps, dit Maricruz. J'ai besoin de me concentrer sur ce qui va bientôt arriver. »

Au contact du corps de Maricruz, Ouyang sentait le désir monter en lui. Mais son esprit demeurait vigilant. « Tu as raison, dit-il en revenant à leur précédente conversation. J'ai les meilleurs partenaires qui soient. Tout va bien se passer. »

Elle lui sourit et le prit dans ses bras.

« Ce projet n'aurait pas été réalisable sans toi, dit-il en frottant son nez contre l'oreille de Maricruz. Et sans la participation de ton père et de ton frère. »

Le rire de Maricruz jaillit du fond de sa gorge. « Quand je pense que mon pauvre frère Juanito s'appelle maintenant Nicodemo, alias le Djin Qui Éclaire le Chemin. Tout cela à cause de cette manie qu'a mon père de toujours se cacher. Aucune ombre n'est assez épaisse à son goût.

— Ton père passe alternativement de l'ombre à la lumière. Le jour, il est le PDG de SteelTrap, et la nuit, il exerce d'autres activités, comme celles qui l'amènent à côtoyer les narcotrafiquants et les marchands d'armes. »

Du bout des doigts, il caressait les épaules de Maricruz sous le tissu soyeux.

« Mais son monde secret recèle des ténèbres plus profondes encore. Le Maceo Encarnación que je connais le mieux est un champion d'échecs pratiquant son art à l'échelle de la planète ;

un visionnaire capable de combiner les éléments les plus disparates, souvent à leur insu ou à leur corps défendant. À mes yeux, cet homme-là possède une valeur inestimable. »

Il sentait le souffle calme de Maricruz au creux de son cou. « Je ne connais pas de limite à son intelligence, à son ambition, murmura-t-elle. Il est capable d'utiliser tout le monde et n'importe qui, pour peu que cela serve ses objectifs. »

Ouyang sourit devant cette remarque. « Ton père et moi savons parfaitement à quoi nous en tenir l'un envers l'autre. Nos relations sont basées sur la réciprocité, ou la symbiose, si tu préfères. Le meilleur des systèmes, en termes de réussite.

— Et le colonel Ben David ?

— Un simple moyen pour parvenir à nos fins.

— Tu vas te faire un ennemi à vie. »

La main d'Ouyang rampa vers la poitrine de la jeune femme. « Ce n'est pas un problème. Sa vie sera courte. »

Elle s'écarta en riant. « Ben David est un colonel du Mossad. Tu crois vraiment pouvoir lui envoyer un tueur ?

— J'ai déjà rempli ma part du marché, répondit Ouyang en l'attirant vers lui. Ton père s'occupe du reste. » Il sourit. « Le colonel Ben David mourra de la main de Jason Bourne. »

*

Sam Anderson était d'une humeur massacrante après sa conversation téléphonique avec le secrétaire Hendricks. Il s'en voulait terriblement d'avoir échoué ; c'était comme s'il avait trahi la confiance de Peter en ne parvenant pas à surveiller deux endroits à la fois. S'il avait su déléguer en envoyant un collaborateur sur les traces de Dick Richards, les choses auraient pu tourner autrement.

Quand il monta en voiture avec l'agent nommé James, il pestait encore contre le sort qui s'acharnait sur Treadstone. Depuis sa création, l'agence ne connaissait que des revers. Parfois, il en venait à se demander si son personnel actuel ne subissait pas les conséquences des erreurs et des mauvaises actions de ses fondateurs ; il ne voyait pas d'autre explication à la mise hors-jeu de ses deux codirecteurs.

Anderson filait à travers les rues encombrées de Washington. Il se tourna vers James et lui fit un signe de tête. « Maintenant. »

James composa un numéro sur son portable, puis il mit le haut-parleur dès qu'une voix féminine, aussi plate que celle d'un robot, lui répondit. Il demanda qu'on lui passe Tom Brick.

« Puis-je savoir qui vous êtes ? », insista sa correspondante.

James se tourna vers Anderson qui hocha la tête.

« Herb Davidoff, rédacteur en chef de *Politics As Usual*.

— Un instant, je vous prie. » Et elle le mit en attente.

Anderson en profita pour doubler un gros camion. Pour ce faire, il dut mordre sur le trottoir en éparpillant les piétons à grands coups d'avertisseur.

Allez-y mollo, patron, articula silencieusement James.

« Monsieur Davidoff ? reprit la femme, de retour au bout du fil.

— Oui.

— Je regrette, mais monsieur Brick n'est pas disponible pour l'instant.

— Pourriez-vous lui dire que j'ai besoin de son accord pour le citer dans un article qui doit paraître en une, insista James. C'est très urgent.

— Je crains que ce ne soit impossible, monsieur Davidoff. Je vous transmets son adresse mail. Monsieur Brick consulte sa messagerie plusieurs fois par jour.

— Merci beaucoup. » James coupa la communication et lança un coup d'œil à Anderson. « La maison en Virginie ? » Il voulait parler de la planque où Tom Brick avait conduit Peter.

« Déployez notre meilleure COVSIC », ordonna Anderson en posant le pied sur l'accélérateur. Cet acronyme désignait les équipes clandestines de police scientifique. James acquiesça et reprit son téléphone.

Au même instant, Anderson reçut un appel.

« Vous ne pouvez pas vous débrouiller seul ? », aboya-t-il, persuadé qu'on l'appelait pour un problème courant.

— Monsieur, c'est Michaelson à l'appareil. Je suis en Virginie. À trois rues du Founders Park. La police vient de repêcher un corps dans le Potomac. Celui de Dick Richards.

— Merde, merde et remerde », beugla Anderson. Deux secondes après, il réussissait un dérapage contrôlé suivi d'un tête-à-queue et repartait à toute vitesse dans l'autre sens.

*

« Dites-moi, pourquoi le colonel Ben David serait-il au cœur des agissements de cette troïka ? », demanda Don Fernando.

— Tout a commencé avec le programme SILEX. » Assis sur le plus grand des deux canapés du salon, Bourne changea de position avant de poursuivre son exposé. « La méthodologie repose sur l'emploi d'un rayon laser dont l'exceptionnelle pureté spectrale permet d'agiter sélectivement une forme enrichie d'uranium. L'isotope requis est identifié, sélectionné, extrait. S'il fonctionne, le processus changera totalement la donne. On pourra fabriquer l'uranium enrichi qui sert aux centrales nucléaires en un temps record et pour un coût insignifiant.

« Le problème, c'est que SILEX est censé produire avec la même facilité de l'uranium de qualité militaire. Le yellow-cake pourrait ainsi être transformé en bombe en l'espace de quelques jours.

— Mais cela ne marche pas encore », intervint Don Fernando.

Bourne confirma d'un signe de tête. « General Electric a acheté le programme SILEX en 2006 mais le processus reste à améliorer. »

Il se tourna, regarda par la fenêtre les péniches qui voguaient sur la Seine à la vitesse d'un escargot. C'était toujours pareil, songea-t-il, autour de lui les gens suivaient leur petit bonhomme de chemin alors que le monde courait à sa perte.

« SILEX n'était qu'un début. Voilà trois ans, les Israéliens ont constitué une unité de recherches ultra-secrète dans le nord-ouest du Liban, non loin de la petite ville de Dahr El Ahmar, et l'ont placée sous la garde d'une petite unité d'agents du Mossad triés sur le volet, ayant à sa tête le colonel Ben David. »

Il se retourna vers Don Fernando. « C'est à Dahr El Ahmar que j'ai atterri avec Rebeka, il y a six semaines. Nous avions été blessés lors d'une fusillade, à Damas, et elle avait besoin de soins urgents. Je suppose qu'elle n'avait plus toute sa raison, sinon elle ne m'aurait jamais demandé de me jeter dans la gueule du loup. Introduire un étranger sur le site de Dahr El Ahmar constitue une infraction majeure aux mesures de sécurité.

« Le colonel Ben David a ordonné qu'on m'abatte mais j'ai pu m'échapper à bord de l'hélico que nous avions emprunté pour quitter Damas. Ce n'est qu'en décollant que j'ai aperçu le bunker. Le reste, je l'ai appris par Rebeka. Elle m'a dit que les scientifiques israéliens avaient réussi à modifier SILEX et à le faire fonctionner. »

Une chape de silence s'abattit sur eux. Finalement, Don Fernando s'éclaircit la voix et dit : « Si j'ai bien tout compris, le colonel Ben David a accepté de vendre le procédé à Maceo Encarnación. C'est cela ?

— Pas tout à fait. En réalité, il traite avec les Chinois. À mon avis, Maceo Encarnación ne joue qu'un rôle secondaire dans cette affaire. Il sert peut-être d'intermédiaire. Je suppose que c'est lui qui a organisé la rencontre entre le colonel Ben David et les Chinois.

— C'est fort possible, en effet. » Don Fernando réfléchissait en tapotant ses incisives avec l'ongle de son index. « Après tout, SteelTrap emploie un grand nombre de techniciens israéliens. Et le gouvernement de Tel-Aviv utilise son programme de sécurité internet. Il fait même partie de ses plus gros clients. En revanche, je ne vois pas ce qui aurait pu pousser le colonel Ben David à trahir son pays.

— Trente millions de dollars. C'est une belle somme à agiter devant le nez d'un militaire aigri qui ne doit pas gagner plus de cinquante mille dollars annuels, en fin de carrière.

— D'où tenez-vous ce chiffre ? Vous est-il venu à l'esprit par la voie des airs ?

— En quelque sorte, oui », dit Bourne en brandissant son téléphone portable.

Don Fernando sifflota entre ses dents. « Même pour Christien et moi, il s'agit d'une somme faramineuse. Alors j'imagine aisément que Ben David ait pu craquer. »

Il se laissa tomber sur le petit canapé. « Seulement voilà, nous sommes coincés ici, dans cet appartement. Et dès que je pointerai le nez dehors, il se peut que Nicodemo me tire dessus avec un fusil à lunette.

— Il n'en fera rien, répondit Bourne. Nicodemo travaille à l'ancienne, à mains nues. C'est une question d'honneur. De plus, vous abattre à distance ne lui procurerait aucun plaisir. Il préférera vous couper la tête.

— Piètre réconfort, grogna Don Fernando.

— En tout cas, c'est un avantage pour nous. » De nouveau, Bourne laissa errer son regard sur le fleuve et la rive droite. « Il faut que je le fasse venir sur mon territoire. »

Dans le lointain, on apercevait le dôme du Sacré-Cœur, posé comme pain de sucre sur la colline de Montmartre. « Dites-moi, Don Fernando, depuis quand n'êtes-vous pas retourné au Moulin Rouge ? »

*

Au moment où le secrétaire Hendricks sortit de la chambre d'hôpital, Peter et Soraya échangèrent un regard.

« Pourquoi as-tu fait cela ? », demanda Peter.

Soraya sourit et alla s'asseoir au bord du lit. « Inutile de me remercier.

— Non mais sérieusement ? insista-t-il.

— Je ne veux pas partir.

— À cause de moi ? »

Elle haussa les épaules. « Est-ce une si mauvaise raison ? »

Il l'observa un instant, puis attrapa un gobelet en plastique pour avaler une gorgée d'eau. Une tempête semblait faire rage sous son crâne. « Je ne sais plus quoi penser... Soraya, tu m'as menti.

— Je ne t'ai pas tout dit, ce qui n'est pas la même chose.

— Quel est l'intérêt de travailler main dans la main, s'il n'y a plus de confiance ?

— Oh, Peter. » Elle se pencha pour l'embrasser sur la joue. « Je te confierais ma vie. C'est juste que... » Elle détourna les yeux.

« Personne n'était au courant de ma grossesse. Je ne voulais pas en parler, de peur qu'on m'écarte.

— Tu as cru que j'irais cafter auprès de Hendricks ?

— Non, je... Pour être honnête, Peter, je ne sais pas ce que j'avais en tête. » Elle toucha le bandage qui lui ceignait le crâne. « De toute évidence, je n'avais pas les idées bien claires. »

Il lui prit la main et ils restèrent quelques secondes ainsi, trop émus pour parler. Dehors régnait le remue-ménage habituel : le roulement des chariots poussés par des ambulanciers, les pas précipités des infirmières, les appels par haut-parleurs. Tout cela semblait appartenir à un monde qui leur était étranger.

« Je veux t'aider, dit enfin Soraya.

— Je n'ai pas besoin d'aide. »

Mais cette réponse n'était qu'un réflexe, ils le savaient l'un comme l'autre. L'entente tacite qui venait de se reformer entre eux avait non seulement brisé la glace, mais ramené le souvenir de l'époque où ils partageaient tout, plus proches que frère et sœur.

Soraya se pencha pour lui résumer à voix basse la mission top-secret que Hendricks lui avait confiée auprès de Charles Thorne. « Écoute, Peter, conclut-elle, Charles est mort, tout est fini. Mais comprends bien que j'étais en service commandé. Hendricks m'avait présenté cette mission comme une question de sécurité nationale. Et j'ai senti que... je... eh bien... je ne pouvais pas dire non.

— Il n'aurait jamais dû exiger de toi un pareil sacrifice.

— Je n'ai pas creusé le sujet avec lui. Mais il sait qu'il est allé trop loin.

— Et pourtant il l'a fait, dit Peter, et il le refera. Tu le sais aussi bien que moi.

— Probablement.

— La prochaine fois, qu'est-ce que tu lui répondras ? »

Elle toucha son ventre. « Maintenant, il faut que je pense à mon enfant. Tout va changer.

— Vraiment ? »

Soraya regarda dans le vague. « Tu as raison. Je n'en sais rien.

— Moi non plus.... Tout dépendra des circonstances. »

Un petit sourire joua sur les lèvres de Soraya. «Tout à fait juste.» Puis elle le serra contre elle. «Je suis désolée, Peter.

— Laisse tomber. Les choses n'arrivent pas sans raison.»

Elle recula, interloquée. «Tu penses vraiment ce que tu dis?»

Peter eut un rire triste. «Non, mais ça m'aide à garder le moral.

— Peter, dit Soraya en le regardant au fond des yeux. Tu vas mettre du temps à récupérer, même sans parler de tes jambes.

— Je le sais.

— Je serai à tes côtés.

— Je le sais aussi.» Il soupira. «Ils vont me faire passer devant un psy pour évaluer si ma tête est bonne pour le service.

— Et alors? Je vais avoir droit à la même chose. Nous sommes bons pour le service, Peter. Point barre.»

Un long moment passa, dans un silence complice. Soudain, une larme roula sur la joue de Peter. «C'est trop con», gémit-il. Soraya lui serra plus fort la main. «Dis-moi quelque chose. Quelque chose de positif.

— Très bien. Nous allons commencer par Jason Bourne, annonça-t-elle. Je pense qu'il a besoin de notre aide.»

26

PAR SOUCI DE DISCRÉTION, LA GOULUE, l'une des reines les plus populaires du Moulin Rouge, avait emprunté chaque soir l'entrée des artistes pour accéder à sa loge. Cette porte cachée aux yeux du public donnait accès à un minuscule escalier à vis qui montait vers le ciel depuis les ruelles crasseuses du Montmartre de la Belle Époque. Aujourd'hui, on accédait aux coulisses par une autre entrée, et le fameux escalier, usé par plusieurs générations de danseurs et artistes de cabaret, avait été remplacé par une structure plus solide. Et pourtant Don Fernando savait que ce passage existait encore et qu'il demeurait le meilleur moyen de sortir sans se faire remarquer, ou de rejoindre discrètement une danseuse de ses amies pour quelques polissonneries entre deux tableaux.

La Doris Girl qui lui accordait actuellement ses faveurs se prénommait Cerise, et Don Fernando répondait de son silence.

Peu après 20 heures, ils quittèrent l'immeuble de Don Fernando. Une voiture avec chauffeur les attendait en bas.

« Dites-lui que vous avez changé d'avis », conseilla Bourne.

Don Fernando décommanda la voiture. Bourne et lui traversèrent sans encombre le pont menant rive Droite.

« Je ne vois pas Nicodemo, dit Don Fernando.

— Normal, l'assura Bourne. En revanche, je vous parie qu'il a graissé la patte à l'un des chauffeurs de la compagnie que vous utilisez habituellement. »

Voulant éviter la foule, ils marchèrent jusqu'à une station de taxi, près de l'Hôtel de Ville. Don Fernando demanda au chauffeur de les emmener au Moulin Rouge, et la Mercedes s'engagea dans la circulation.

« Vous semblez très sûr de vous, Jason, dit Don Fernando en s'installant plus confortablement sur la banquette arrière.

— La seule chose dont je sois sûr c'est que j'avance dans le noir en posant un pied devant l'autre. »

Le regard posé sur la nuque du chauffeur, Don Fernando approuva d'un hochement de tête. « Je ne vous ai jamais interrogé sur cette femme du Mossad.

— Rebeka, dit Bourne. Nous étions à la recherche du même homme, Semid Abdul-Qahhar, recteur de la Mosquée de Munich et chef de file des Frères musulmans. Elle et moi avions uni nos forces pour abattre cet homme. Rebeka était une fille bien. Elle ne faisait que ce qui lui semblait juste, même au risque de perdre sa position au sein du Mossad.

— Quand on agit pour le bien, il y a toujours un prix à payer, murmura Don Fernando d'un air mélancolique. Et ce prix est plus ou moins élevé. » Il se frotta la joue de ses doigts repliés. « Mais ceux qui veulent faire le bien et qui échouent doivent payer, eux aussi. Ainsi va la vie, je suppose.

— Ainsi vont *nos* vies. »

Leur discussion s'interrompit brusquement. Le véhicule qui les suivait venait d'emboutir l'arrière du taxi. Un choc bénin puisque la circulation avançait au pas, mais qui parut agacer leur chauffeur. Il rangea sa Mercedes en double file et commença à se prendre le bec avec le conducteur en faute.

« Descendez ! », s'écria Bourne en poussant Don Fernando de toutes ses forces. « Vite ! »

Bourne voulut ouvrit sa portière mais leur chauffeur avait tout verrouillé depuis le tableau de bord. Il se retourna à temps pour voir l'autre conducteur lui remettre un petit paquet.

Bourne se jeta entre les deux sièges avant. Au même instant, un homme apparut derrière la vitre. Il était penché vers lui et armé d'un Sig Sauer.

« Pris au piège », dit Nicodemo en s'asseyant au volant.

Il fit un signe de tête à son complice et, sans baisser son arme, déverrouilla les portes pour que l'autre puisse monter sur la banquette arrière. Le faux chauffeur de taxi attacha d'abord les poignets de Bourne dans son dos au moyen d'une lanière en plastique extensible, puis il s'occupa de Don Fernando.

« Mets-les dans le coffre, ordonna Nicodemo.

— Tu nous as percutés trop violemment, répondit le faux taxi. La serrure est faussée. Le coffre ne s'ouvrira pas.

— OK. Alors descends », commanda Nicodemo.

Le chauffeur claqua la portière et partit s'asseoir au volant de l'autre véhicule. Le visage déformé par un sourire carnassier, Nicodemo articula : « Maintenant, tu vas connaître la véritable obscurité, Jason. »

Au lieu de répondre, Bourne testa l'élasticité de la lanière ceignant ses poignets. Solide. Impossible à couper sans une aide extérieure.

Nicodemo posa le Sig sur le siège d'à-côté et démarra en les lorgnant dans son rétroviseur. « Il est toujours plus facile d'abattre des animaux domestiques que des bêtes sauvages. »

*

« Je me dirigeais vers chez vous quand j'ai vu une drôle de chose en chemin, monsieur Brick, dit Anderson. Je veux dire drôle dans le sens d'étrange.

— De quoi s'agissait-il, agent Anderson ?

— D'un cadavre qu'on venait de repêcher dans le Potomac. Il n'y est pas resté bien longtemps, deux heures peut-être. »

Trônant derrière son bureau massif, au centre du vaste espace qu'il occupait au dernier étage de Core Energy, Tom Brick le considéra d'un air stupéfait. « Non ? J'y crois pas !

— Il avait reçu deux coups de couteau dans le ventre.

— Quel rapport avec moi ?

— C'est ce qu'ils disent tous », lâcha Anderson. James et lui étaient plantés au beau milieu de la pièce. Après qu'ils eurent présenté leur badge à une cohorte de secrétaires, assistants et autres subordonnés, on les avait introduits dans le sacro-saint bureau où Brick s'entretenait avec un type en costard, assis sur un canapé. Brick ne les avait toujours pas invités à prendre un siège.

Anderson scruta le visage rasé de près du type en costard avant de revenir vers Brick.

«Je m'étonne, monsieur Brick, que vous n'ayez pas demandé le nom de la victime.

— Le nom de cet homme ne m'intéresse pas, marmonna-t-il en le regardant de ses yeux de poisson mort.

— Comment savez-vous qu'il s'agit d'un homme? Je vous ai parlé d'un cadavre.»

Brick renifla. «Ne jouez pas à NCIS avec moi, Anderson.

— Je vais quand même vous dire son nom, parce que vous le connaissiez. Il s'appelait Dick Richards.»

Brick resta interdit, puis se leva et désigna l'homme auquel il parlait lorsque Anderson et James étaient entrés.

«Je crois qu'il est temps de vous présenter Bill Pelham.

— Comme dans Pelham, Noble et Gunn?»

Brick ne put réprimer un sourire. «Exact.»

Sous ces trois noms qui n'en faisaient qu'un se cachait un cabinet d'avocats parmi les plus renommés de Washington. Il avait pour clients plusieurs présidents, des sénateurs, le patron du FBI, le maire et le chef de la police municipale. Autant dire que tout le Beltway s'était penché sur son berceau.

Anderson avait saisi l'allusion mais faisait semblant de rien. «Monsieur Brick, il faut qu'on discute seul à seul. Tout de suite.

— Il n'en est pas question, explosa Bill Pelham en jaillissant du canapé. Vous ne lui parlerez pas, ni maintenant ni jamais.»

*

«Il y a trois choses que je ne puis tolérer, dit Ann Ring. La confusion, les complications et les faux-semblants.» Autour d'eux, dans la grande salle postmoderne du restaurant que Li Wan avait choisi, entre les tintements des cristaux et ceux de l'argenterie, on entendait des m'as-tu-vu égrener à voix haute maintes banalités dans leur téléphone. Ici comme ailleurs, les utilisateurs de portables ignoraient consciencieusement la présence d'autrui.

Ann plongea son regard dans les yeux d'obsidienne de son interlocuteur. «Malheureusement, la vie est pleine de confusion, de complications et de faux-semblants. » Ses lèvres carmin s'étirèrent dans un sourire. « J'aime la clarté – pour commencer, du moins. »

Li inclina son visage étroit. « Moi aussi, madame la Sénatrice.

— Et pourtant, nous habitons tous les deux Washington. » Elle partit d'un rire communicatif, un rire censé dérider n'importe quel mauvais coucheur. Mais Li faisait partie d'une espèce particulièrement rétive.

« Se trouver au cœur du pouvoir, c'est comme être pris dans un orage magnétique. » Il avala une gorgée de vin blanc. « Une expérience à la fois exaltante et déstabilisante. »

Ann s'avança sur sa chaise. « C'est pareil à Pékin ? » Elle regretta aussitôt sa question. Li venait de se refermer comme une huître.

« Je n'en sais rien. » Il reposa son verre avec un soin étudié. « Personnellement, je n'y suis jamais allé. Vous supposiez que... ?

— Mille excuses, monsieur Li. Je ne supposais rien du tout...

— Oh, j'en suis tout à fait certain. » Il évacua le sujet d'un revers de main. « En fait, Pékin me paraît aussi étranger qu'à vous, j'imagine. »

Elle laissa échapper un petit rire. « Encore un point commun. »

Les yeux sans fond de Li cherchèrent ceux de la sénatrice. « Pourtant, les points communs sont rares, surtout dans un orage magnétique.

— Je suis totalement d'accord avec vous, monsieur Li. » Elle prit son menu, une grande feuille cartonnée où le nom des plats était imprimé en lettres cursives. Presque entièrement cachée derrière, elle demanda : « Qu'allons-nous manger ?

— Un steak, pour moi, dit-il sans consulter la carte. Et une salade César pour commencer.

— Épinards à la crème et rondelles d'oignons frits ?

— Pourquoi pas ? »

Quand elle posa son menu, ce fut pour retrouver le regard sombre de son interlocuteur. « *Souvenez-vous,* lui avait dit Hendricks dans les tout premiers temps, *cet homme est très dangereux. Il n'a l'air de rien, comme ça, mais il faut se méfier de lui.* »

Li appela le garçon, passa commande pour elle et lui, le garçon ramassa les menus et s'en alla.

« Une histoire me revient en tête, tout à coup, dit Li quand ils furent à nouveau seuls. Il y avait autrefois un homme d'affaires, à Chicago. Il épousa une femme qui avait la tête bien vissée sur les épaules. Si bien vissée qu'à force de suivre ses conseils, il doubla ses bénéfices, puis les tripla. Comme vous l'imaginez, l'homme d'affaires était très satisfait. La prospérité de sa société était telle qu'on ne connaissait plus que lui, dans son domaine. On le sollicitait pour des fusions de sociétés, mais aussi pour lui demander conseil. Chaque fois, il consultait sa femme, et chaque fois, ses avis lui procuraient fortune et renommée. »

Li s'interrompit pour remplir leurs verres. « On aurait pu penser que cet homme menait une vie très agréable. Les gens qui le côtoyaient, ceux qui connaissaient son parcours, ne pouvaient que le jalouser. Mais ils avaient tort. En fait, il était malheureux comme les pierres, car sa femme ne dormait jamais près de lui, préférant le lit des autres. »

Li regardait fixement son verre levé. « Un jour, elle est morte. Un décès soudain, auquel personne ne s'attendait. Bien sûr, l'homme d'affaires en conçut du chagrin, mais il regretta davantage ses conseils avisés que la personne elle-même.

« Quelques semaines plus tard, son frère lui demanda : "Que vas-tu faire à présent ?" L'homme d'affaires prit le temps de réfléchir et lui répondit : "Je vais faire ce que j'ai toujours fait, en espérant que tout se passe pour le mieux". »

Ann Ring sourit pour la forme. Cette histoire, Li ne l'avait entendue nulle part, il venait de l'inventer. Et sa morale n'était pas très difficile à comprendre. La question du frère de l'homme d'affaires ressemblait à celle que Li brûlait de lui poser.

Il ne l'avait peut-être pas fait exprès, mais tout s'enclenchait parfaitement. Sur ces entrefaites, les salades se matérialisèrent devant eux, dans des bols de faïence blanche. Ann prit son temps pour goûter la sienne, demander du poivre moulu, remercier le garçon.

« J'aime bien la première partie de la réponse de l'homme d'affaires, dit-elle prudemment, mais pas la deuxième. Il n'est pas très judicieux de rester assis à attendre que l'argent tombe du ciel.

382   L'URGENCE DANS LA PEAU

— Cette histoire m'amène à m'interroger sur la manière dont fonctionnent les couples. La personne qui prend les décisions est rarement celle que l'on croit. »

Comprenant que Li essayait de la faire parler de son propre couple, Ann ignora la question implicite et s'en tint à ce qu'elle avait décidé. Elle mangea encore un peu de salade, croqua quelques croûtons frottés à l'ail, avant de répliquer : « Je m'étonne, monsieur Li, que vous connaissiez si bien ma vie intime avec Charles. »

Li posa sa fourchette. « Je suis horriblement confus, madame la Sénatrice, mais en un mot comme en cent, votre mari n'était pas un homme heureux. »

Ann posa sur Li un regard énigmatique. « Vous voulez dire qu'il n'était pas satisfait. » Elle découvrit légèrement les dents. « Heureux et satisfait ne sont pas synonymes. »

Pour la première fois de la soirée, Li prit un air perplexe. « Je vous demande pardon ? ».

*

Le paysage urbain qui défilait derrière la vitre de la Mercedes indiquait que Nicodemo venait de prendre à gauche pour franchir le Pont Alexandre-III. Bourne vit passer les magnifiques lampadaires dorés qui l'éclairaient comme autant de soleils miniatures. Nicodemo les conduisait sans doute sur le lieu de leur exécution mais Bourne ne le laisserait pas faire.

Il glissa sur la banquette de manière à se placer juste derrière lui. Puis il se cala contre son dossier, leva les jambes, les lança par-dessus le siège du conducteur et, dans le même mouvement, verrouilla ses chevilles sur la gorge de Nicodemo.

Comme prévu, pour éviter l'étranglement, Nicodemo se cambra d'instinct, ce qui permit à Don Fernando d'entrer en action. Quand il lui assna un coup de talon sur l'oreille droite, sa tête oscilla violemment sur son cou. De son côté, Bourne banda ses muscles et resserra son emprise.

Nicodemo cherchait à récupérer le Sig sur le siège de droite. Voyant cela, Bourne le repoussa vers la gauche avec une telle force qu'il le projeta contre sa portière mal fermée, laquelle s'ouvrit brusquement.

La Mercedes se mit à zigzaguer sur le pont, le Sig glissa, tomba sous le tableau de bord, hors de portée. Les autres automobilistes freinèrent en urgence, on entendit beugler les avertisseurs, hurler les pneus surchauffés sur le macadam. Pour se sortir de ce très mauvais pas, Nicodemo devait à la fois se libérer et garder le contrôle de son véhicule. C'était trop pour un seul homme ; de nouveau, il agit d'instinct et, pour se débarrasser des jambes de Bourne, lâcha le volant en reculant vivement sur son siège. Ce faisant, son pied enfonça par inadvertance la pédale de l'accélérateur. La Mercedes fit un bond, dérapa vers le trottoir et, sa vitesse combinée à son poids, décolla légèrement pour venir percuter la rambarde en pierre.

Les trois hommes furent projetés vers l'avant. Bourne lâcha prise et, au même instant, une camionnette cherchant à contourner l'embouteillage qui venait de se former les emboutit par l'arrière. Sous le choc, la rambarde déjà endommagée céda et la voiture bascula dans la Seine.

Soumise à la force de gravité, la portière du conducteur s'ouvrit totalement, si bien que l'eau s'engouffra aussitôt dans l'habitacle, à la manière d'un raz de marée.

*

Ann ronronna comme un chat. « Vous savez monsieur Li, dit-elle en écartant son bol de salade, je m'aperçois soudain que j'ignore tout de Natasha Illion, à part ce que j'ai pu lire dans *W*, *Vogue* ou *Vanity Fair*, mais tout cela n'est que du tape-à-l'œil, du battage publicitaire. »

Monsieur Li sourit. Ils revenaient sur le terrain de la vie privée. « Tasha et moi menons des vies radicalement différentes, dit-il en haussant les épaules.

— Mais quand vous vous retrouvez... » Elle eut un sourire presque imperceptible. « Oh, je vous demande pardon.

— Tasha est une femme mystérieuse, poursuivit Li comme si elle n'avait rien dit. Les Israéliens ont des manières un peu rudes, directes ; c'est souvent déconcertant. Comme ses concitoyens, elle a fait son service militaire. L'armée change les gens, à mon avis.

— Ah bon ? » Ann posa son menton au creux de sa paume. « Qu'entendez-vous par là ? »

Le garçon emporta les bols de salade et revint avec d'énormes couteaux à steak qu'il déposa dans un geste théâtral.

« Chez Tasha, je dirais que cela se manifeste par une grande prudence, voire une certaine méfiance. Elle est extrêmement discrète sur sa vie.

— Et, bien sûr, cela vous fascine. »

Il s'enfonça dans son siège et, pratiquement au même instant, les steaks et les légumes apparurent. Quelques tours de moulin à poivre plus tard, Li attaquait sa viande, bien saignante comme il l'avait demandée. « Je suis un xénophile convaincu. Je suis fasciné, comme vous le dites, par tout ce qui est différent, exotique, inconnu.

— Et j'imagine qu'il n'est rien de plus exotique qu'un top model israélien. »

Il mastiqua très lentement. « Je pourrais chercher ailleurs, mais je suis très content de ce que j'ai.

— Contrairement à mon défunt mari. » Elle fit glisser plusieurs rondelles d'oignons frits sur son steak puis, brusquement, lui lança un regard inquisiteur. « Charlie vous parlait de ses histoires de cœur. »

Ce n'était pas une question. « Je crois que Charles avait très peu d'amis et aucun confident, répondit Li.

— À part vous. » Elle gardait les yeux rivés sur lui. « Alors que c'est à moi qu'il aurait dû s'ouvrir.

— On n'a pas toujours ce qu'on désire, madame la Sénatrice. » Il enfourna un morceau de viande, se remit à mâcher du bout des dents et avala. « Mais on peut essayer.

— Je me demande pourquoi Charlie se sentait en confiance avec vous.

— C'est assez simple. On dévoile plus facilement sa vie intime à un étranger. »

Telle n'était pas la raison, ils le savaient l'un comme l'autre. Ann commençait à se lasser de cette conversation truffée de périphrases. Li était certes américain mais, en ce domaine, il suivait la tradition chinoise. C'était peut-être pour épuiser leur interlocuteur et le rendre plus conciliant que les Chinois empruntaient tous ces tours et détours.

« Allons, monsieur Li. Charlie et vous partagiez certains secrets.

— Oui, admit-il. C'est vrai. »

Ann fut tellement surprise par cet aveu sans fioritures qu'elle en eut le souffle coupé.

« Nous avions conclu un accord, madame la Sénatrice. Un accord hautement équitable. »

Ann n'en perdait pas une miette. « J'écoute.

— Il me semble que c'est ce que vous faites depuis le début de cette soirée. »

Elle éclata d'un rire sec comme une branche qui se brise. « Alors nous nous comprenons. »

Il approuva d'un signe de tête. « Néanmoins, nous ne nous *connaissons* pas. » La nuance était subtile mais nettement soulignée.

« Hélas, et je trouve cela très dommage. » Elle lui sourit sans malice, du moins l'espérait-elle. « Voilà pourquoi j'aimerais vous faire un cadeau. »

Li se tenait immobile, à mi-chemin entre la tension et le relâchement. Il attendait juste qu'elle développe.

« Un cadeau assez précieux pour vous prouver combien je regrette. »

De son sac à main, elle extirpa une petite enveloppe kraft qu'elle glissa vers lui. Les yeux de Li fouillèrent les siens quelques instants avant de se poser sur le pli.

Aussitôt, ses mains s'activèrent. Quand l'enveloppe fut décachetée, il la secoua pour en extraire la feuille qu'elle contenait : la photocopie d'un document officiel. Comme hypnotisé, il fixa longuement le cachet figurant en haut de page.

« C'est... monstrueux, atroce », murmura-t-il, presque pour lui-même.

Pendant qu'il prenait connaissance du texte, une goutte de sueur perla à la racine de ses cheveux bien peignés. Puis il leva la tête vers Ann.

« Votre chère Tasha n'est pas juste une belle créature, monsieur Li, c'est aussi une créature dangereuse, dit Ann. Un agent du Mossad. »

*

Plié en deux comme un canif, Bourne allait s'élancer derrière Nicodemo qui venait de sortir par sa portière ouverte quand il vit Don Fernando coincé entre le siège avant et le plafond de la Mercedes. Il fit volte-face et, comme ses mains étaient toujours liées dans le dos, se servit de ses dents pour attraper son ami par la chemise. Ce dernier lui en sut gré. Il se dégagea d'un battement de jambes et le suivit à l'extérieur.

Sous l'eau, il faisait si sombre que, pour ne pas se perdre, les deux hommes durent se placer dos à dos en se tenant les mains. Quand ils crevèrent la surface, ils entendirent les cris des piétons amassés sur le pont et, plus loin, les sirènes qui se rapprochaient. Bourne emmena Don Fernando vers l'une des piles gigantesques qui émergeaient du fleuve. Elle était recouverte d'algues vert foncé et, sous les algues, s'agglutinaient des bernacles tranchantes comme des rasoirs. Bourne s'adossa contre la structure et entreprit d'user ses liens en les frottant contre les coquilles, tandis que Don Fernando barbotait à côté de lui.

« On sera bientôt tirés d'affaire », lui dit Bourne.

Don Fernando acquiesça mais, quand Bourne se libéra et lui tendit la main, quelque chose l'aspira soudain sous la surface.

Nicodemo !

Prenant appui sur le pilier, Bourne poussa sur ses jambes et plongea. Comme un requin, il se fraya un chemin à travers l'eau noire en se guidant sur les ondes produites par les gestes affolés de Don Fernando et les battements de pieds de Nicodemo. Dès qu'il toucha son ami, il se dépêcha de trancher ses liens avec une bernacle arrachée au pilier. Puis il lui administra une bonne poussée pour l'aider à remonter.

Malheureusement, Nicodemo en profita pour attaquer. D'un coup de rein, il inversa sa position puis frappa Bourne à la tempe. Durement touché, Bourne sentit qu'il perdait connaissance ; des bulles d'air s'échappaient d'entre ses lèvres. Il voulait réagir mais n'y parvenait pas. Devinant la présence de Nicodemo derrière lui, il tenta de lui décocher un coup de pied, et c'est alors qu'une cordelette se resserra autour de son cou, lui coupant la circulation. Ses poumons brûlaient. Il s'étranglait. Nicodemo exerçait une pression sur son cartilage cricoïde, sachant que s'il le brisait, Bourne se noierait en l'espace de quelques secondes.

Sa conscience dérivait toujours plus loin de son corps. La coquille tranchante était toujours coincée entre ses doigts mais comment savoir s'il aurait la force de s'en servir ? Il avait l'impression que sa tête allait exploser. Dans quelques secondes, Nicodemo appuierait une dernière fois sur sa gorge et à ce moment-là, l'eau noire se déverserait en lui, emplirait son estomac, ses poumons. Il voyait déjà son corps inerte tomber en spirale au fond de la Seine et s'enfoncer dans la vase.

Au prix d'un effort surhumain, il parvint à lever le bras. Tout bougeait au ralenti autour de lui et pourtant, au fond de son cerveau, une voix hurlait que le temps s'écoulait trop vite. Il poursuivit son geste circulaire, ramena son bras vers l'intérieur et, pinçant toujours la coquille entre ses doigts, creva l'un après l'autre les yeux de Nicodemo.

Du sang jaillit. Le corps de son adversaire se tordit dans un spasme ; on aurait dit qu'une force surhumaine avait pris possession de lui. Bourne crut qu'il n'arriverait jamais à le tuer. Il dut frapper encore plusieurs fois, en visant la gorge.

Un sang plus sombre que l'eau s'écoulait de ses plaies béantes et montait vers la surface en tourbillonnant. À la faveur d'un flash venant du pont, Bourne vit la bouche de Nicodemo s'ouvrir puis se refermer définitivement. Les bras écartés comme pour une ultime étreinte, le fils de Maceo Encarnación rejoignit les ombres tapies dans le lit du fleuve.

27

Du corps souple de l'hôtesse de l'air penchée devant lui, Maceo Encarnación ne voyait que le dos tandis qu'il s'activait derrière elle. Quand elle leva la tête et gémit de plaisir, il l'empoigna par les cheveux pour mieux exposer son cou de cygne. La veste de son uniforme gisait en tas sur le sol. Son chemisier gris perle rabattu sur sa taille étroite découvrait largement ses seins ballants. Sa jupe étroite était remontée sur ses hanches et son string lui ceignait les chevilles.

Maceo Encarnación poussait son sexe en elle et, à chaque secousse, des images explosaient devant ses yeux. Il voyait défiler les anciens dieux aztèques et, à leur tête, Tlazolteotl, la déesse du plaisir et de la fécondité. Associée aux sacrifices humains, Tlazolteotl suscitait la crainte chez ses fidèles, mais on la vénérait surtout pour ses bienfaits : elle dévorait les péchés de ceux qui savaient la prier et leur accordait de vivre sans taches le restant de leurs jours.

Quand Maceo Encarnación évoquait Tlazolteotl, il ne voyait pas ses représentations de pierre ou de jade exposées au Musée national, mais une femme en chair et en os : Constanza Camargo. Seule Constanza avait le pouvoir de le laver de ses innombrables péchés. Et pourtant, il en était un qu'elle ne lui pardonnerait jamais. Le péché qu'il avait commis contre elle était si grand que Tlazolteotl elle-même n'aurait pu le dévorer.

Maceo Encarnación s'affala en râlant sur la croupe de l'hôtesse de l'air. Il transpirait comme un bœuf, son cœur cognait à tout rompre. Il sentait approcher la mort, le néant, il les voyait marcher vers lui comme une armée de spectres terrifiants. Le vide éternel était d'ailleurs la seule chose qui lui faisait peur. Il n'avait que faire des messes, des homélies bourrées de platitudes, des nourritures spirituelles, du «dessein de Dieu». Dieu n'avait pas de dessein puisqu'il n'existait pas. Il n'y avait qu'une seule réalité : la terreur abjecte de l'homme face à l'inconnu, à l'insondable.

En général, durant ces longues minutes de désarroi suivant l'éjaculation, Maceo Encarnación se languissait de Constanza Camargo. Elle lui manquait plus que quiconque. Son absence irrémédiable, il la vivait comme une souffrance, un exil. Il avait beau se dire qu'il méritait son sort, aucun raisonnement n'était capable d'alléger son malheur. Au contraire, plus il y pensait plus il enrageait qu'un homme comme lui, possédant toute la puissance, l'argent et la noirceur du monde, fût incapable de réaliser son seul vrai désir. Aux yeux de Constanza Camargo, il était pire que le plus vil des mendiants croupissant dans la fange d'un marché puant. Elle se montrait totalement imperméable à ses suppliques ; il ne pouvait ni la persuader, ni la contraindre, ni l'atteindre en aucune façon.

Il se redressa et referma sa braguette. Il se sentait sale, puant ; sur sa peau persistait l'odeur du sexe de l'hôtesse. Elle s'était rhabillée à la hâte, face à la cloison tendue d'un lourd tissu et, sans un regard pour lui, s'éloignait sur ses longues jambes musclées. Elle avait du travail.

Maceo Encarnación examina le tissu. Il restait une trace à l'endroit où le front humide de la femme était venu se plaquer pour mieux résister à ses coups de boutoir. Il la caressa du bout des doigts. C'était la marque de la soumission, la tache du péché.

Constanza Camargo n'était pas une sainte, elle non plus. Elle avait commis l'adultère, et à maintes reprises. Une semaine après la mort de son mari, elle s'était réveillée en pleine nuit croyant entendre la voix du défunt et avait fait une chute dans l'escalier de sa maison.

Malgré ses blessures, elle avait rampé sur le tapis du rez-de-chaussée jusqu'au téléphone. Leur histoire d'amour s'était achevée

ainsi ; pendant des mois, il n'avait plus entendu parler d'elle.
Pourtant, il avait tout fait pour soulager ses souffrances. Le meilleur chirurgien du pays, un spécialiste de la moelle épinière, avait
facilement réparé le disque vertébral endommagé par la chute.
Malheureusement, comme cela se produit parfois dans ce type
d'opérations, elle avait développé une neuropathie périphérique,
affection douloureuse et dégénérative réfractaire à tout traitement.
À présent, le fauteuil roulant qu'elle ne quittait plus constituait
un constant rappel de sa trahison envers Acevedo Camargo.
Finalement, il lui était arrivé la même chose qu'à son mari : le désir
avait entravé le cours de son destin.

Qu'était-il advenu du chirurgien ? Six mois après avoir annoncé
à sa patiente qu'elle ne guérirait jamais, il était parti en vacances
avec sa maîtresse à Punta Mita. Un jour, au petit matin, un jeune
homme qui faisait du jogging sur la plage embrumée était tombé
sur un spectacle macabre : deux têtes coupées posées sur le sable.
Dans un premier temps, la police avait cru qu'il s'agissait d'un
trafiquant de drogue et de sa compagne victimes d'un gang rival.
Mais quand on découvrit leurs véritables identités, on chercha
vainement un mobile. En l'absence de toute piste, l'incident fut
peu à peu enterré sous un monceau de paperasses.

Maceo Encarnación émergea dans le présent, vérifia l'heure
à sa montre et se dirigea vers la cabine de pilotage en passant par
la kitchenette où l'hôtesse préparait le dîner. Le pilote et le navigateur écoutaient de la *cumbia* sur leurs iPads. Ce fut le pilote qui
le vit en premier. Il ôta ses écouteurs.

« Il est temps de partir », dit Maceo Encarnación.

L'homme le considéra d'un air perplexe, sachant que Nicodemo
n'était pas revenu.

Maceo Encarnación répondit d'un hochement de tête à sa
question muette. « Il est temps », répéta-t-il avant de regagner
son siège et de boucler sa ceinture. Du cockpit lui parvenaient
les voix du pilote et du navigateur qui procédaient aux dernières
vérifications.

Le pilote contacta la tour, échangea quelques mots avec les
aiguilleurs du ciel, puis l'avion alla se placer en bout de piste,
prêt pour le décollage.

*

« Pour être franc, je ne vois pas ce que je fais ici. »

Le général Hwang Liqun promenait son regard interloqué à travers la pièce. Il se trouvait dans l'appartement de Yang Deming, le maître de feng shui le plus en vogue de Pékin. Un vieil homme très occupé. Le général semblait quelque peu dérouté par le mobilier de ce logement spacieux, perché dans une tour ultramoderne, près de la station de métro de Dongzhimen. Tout ici n'était que reflets et miroitements, bois poli, marbre, lapis, jade. Derrière les baies vitrées, le smog brunâtre qui planait sur Pékin ressemblait à une tempête de sable venue du désert de Gobi. Au-delà, on apercevait l'immense bâtiment de CCTV, conçu par Rem Koolhaas.

Le général Hwang Liqun ne l'aurait jamais avoué, mais il n'en revenait pas que Maricruz ait obtenu un rendez-vous, et si rapidement ! Évidemment, elle était l'épouse du ministre Ouyang, mais quand même, elle demeurait une étrangère. Néanmoins, une étrangère capable de saisir les nuances complexes du mandarin n'était-elle pas supérieure à tous ces Chinois de souche que Hwang Liqun côtoyait au quotidien ?

« Vous savez, je pense, pourquoi je vous ai invité à me rejoindre ici », dit Maricruz au général, en acceptant une tasse de thé Ironwell de la main décharnée de Yang Deming.

À peine eut-elle prononcé ces paroles que le vieil homme sourit à Maricruz et, au grand étonnement du général, l'embrassa sur les deux joues. Puis il se déplia comme un origami et, sur ses pieds nus, sortit discrètement de la pièce.

Maricruz désigna la petite théière trapue en métal. « En voulez-vous ? »

Le général acquiesça d'un hochement de tête affecté, révélant à quel point il se sentait gêné.

Après quelques gorgées, il décida de rompre le trop long silence. « Maintenant, s'il vous plaît... »

Âgé d'une petite soixantaine d'années, le général avait donc vingt ans de plus que le ministre Ouyang. Leur amitié était née des services mutuels qu'ils s'étaient rendus au fil des ans. Les deux hommes avaient en commun un sens pratique bien ancré, qualité essentielle pour pouvoir prospérer dans la Chine moderne. Ils partageaient également la même vision de leur pays et de son avenir, persuadés l'un comme l'autre que ce dernier reposait sur les nouvelles formes d'énergies qui les attendaient sur le continent africain, lequel deviendrait sous peu une forteresse chinoise, si leurs efforts aboutissaient. Bien sûr, certains obstacles menaçaient leurs ambitions, aussi bien personnelles que nationales. L'un d'entre eux, plus grave que les autres, avait motivé la présente rencontre dans ce lieu insolite où le Parti n'aurait jamais osé placer d'espion.

« Si nous sommes contraints d'éviter les oreilles indiscrètes, c'est à cause de Cho Xilan », dit Maricruz en manière d'introduction. Cho, premier secrétaire du puissant parti Chongqing, avait commencé à dénoncer la politique du statu quo après le dernier Comité central du Parti communiste, arguant du fait que l'idéologie s'essoufflait à force d'être mêlée aux revendications frénétiques de ceux qui souhaitaient étendre la présence de la Chine à l'étranger. Par « étranger », il voulait parler de l'Afrique, bien entendu. Adoptant une position radicalement opposée à celle du ministre Ouyang et du général, Cho avait décidé de redresser la ligne du parti en édifiant « une société modérément prospère, trempée à l'idéologie du socialisme », ce qui, d'après lui, était la meilleure solution pour éviter à la Chine le malaise culturel qui sévissait en dehors de ses frontières, ainsi qu'un écart trop important entre les riches et les pauvres.

« La guerre va bientôt commencer, général, dit-elle.

— Nous sommes en Chine. Pas de guerres intestines, chez nous.

— Je la sens arriver.

— Vraiment ? », dit le général avec un rictus hautain.

— Mon pays d'origine s'est construit dans le sang versé pour la lutte des classes. »

Cette déclaration ne fit qu'accentuer son ironie. « C'est comme cela qu'on appelle le trafic de drogue ? » Il éclata d'un rire strident. « La lutte des classes ?

— Le trafic de drogue fut importé en Chine par les nations étrangères. Elles ont abusé les populations côtières jusqu'à les rendre dépendantes de la culture du pavot. Nous, les Mexicains, nous maîtrisons ce trafic, nous le contrôlons depuis les origines. Nous *vendons* la drogue à l'extérieur de nos frontières et avec les profits réalisés, nous combattons la corruption des gouvernements régionaux et les *federales*. Notre peuple est né pauvre. Autrefois, il se nourrissait de ce qu'il grappillait, mais il n'a jamais cessé de rêver à la liberté. Et maintenant que nous l'avons conquise, nous comptons bien la garder. Pouvez-vous en dire autant de la Chine, général ? »

Hwang Liqun se rencogna dans son siège pour mieux observer le superbe monstre femelle qui se dressait devant lui telle une déesse des enfers. D'où venait-elle ? se demanda-t-il. Où le ministre Ouyang l'avait-il dénichée ? Ouyang Jidan et lui étaient amis, certes, mais il y avait des limites à respecter, même en amitié. Le général Hwang Liqun avait maintes fois croisé Maricruz lors de réceptions, de cérémonies officielles, même au cours de dîners plus intimes, mais il la connaissait mal, tout compte fait. Jamais il ne l'aurait imaginée capable de tenir de tels propos. Que savait-elle des plans qu'il ourdissait avec Ouyang ? Que lui avait-il révélé exactement ? Comment savoir si elle méritait leur confiance, sachant qu'Ouyang ne se fiait à nul autre que lui ?

Il avait accepté ce rendez-vous seulement parce qu'il pensait qu'elle agissait sur ordre de son mari. À présent, il réalisait que Maricruz était non seulement partie prenante dans les affaires d'Ouyang – et partant, dans les siennes – mais qu'elle parlait en son nom. Toujours aussi prudent, Ouyang l'avait envoyée sans doute comme émissaire, car les enjeux étaient trop graves et la stratégie guerrière trop fragile pour risquer une brèche dans la sécurité. En tant qu'étrangère, Maricruz n'existait pas aux yeux de leurs alliés et, chose encore plus importante, à ceux de leurs ennemis. Au bout de ces réflexions, le général décida que Maricruz était fiable et s'en félicita.

« Non, je ne le peux pas, Maricruz, concéda le général. Continuez, je vous prie. »

Elle leur reversa du thé. « Il y a plus de cinq ans, Ouyang et vous avez encouragé la construction de routes et d'infrastructures au Kenya. Vous avez ainsi pu constater la richesse incommensurable de son sous-sol. Et vous avez décidé de la mettre au service des besoins énergétiques toujours plus importants de la Chine. Ouyang prédisait que les Kenyans, ayant terriblement besoin de votre aide, ne réclameraient pas le prix fort, et il avait raison. Aujourd'hui, par voie de conséquence, il puise à son gré dans leur production, qu'il s'agisse de pétrole, de diamants, de minerai d'uranium, peut-être même de terres rares. »

Le général hocha la tête. « Nous ramasserons plusieurs fois notre mise de départ.

— Et pourtant, reprit Maricruz, Cho Xilan n'a eu de cesse que de s'opposer à l'afflux de cette manne. À cause de lui, le Zimbabwe attend encore que la Chine construise les infrastructures promises, et la Guinée a troqué ses puits de pétrole contre des logements, des moyens de transport et des bâtiments publics – le tout pour une valeur de neuf milliards de dollars – qui n'ont pas encore vu le jour. Tout cela parce que Cho appelle à un retrait global du continent africain ; il dit vouloir « nettoyer la maison », et déboulonner les politiques corrompus qui s'accrochent à leurs privilèges depuis des décennies. » Elle secoua la tête. « Vous lui avez fourni la corde pour vous pendre. Il a déjà viré plusieurs despotes africains qui détournaient des masses d'argent à leur profit. »

Visiblement contrarié, le général répondit d'une voix tranchante : « C'est ainsi qu'on fait des affaires en Afrique. Rien de neuf sous le soleil.

— Sauf quand Cho déballe les preuves de ce trafic devant le Comité central. Il leur a demandé d'interrompre tous les paiements, n'est-ce pas ? Il a construit un capital politique, hein ? »

Elle prit une gorgée de thé, laissa souffler son interlocuteur et reposa sa tasse sans anse. « Pardonnez ma brusquerie, général, mais l'heure est grave et le temps joue contre nous. Cho poursuit un seul objectif : revenir à l'époque de Mao, avec un chef suprême, juste, honnête et dogmatique. Il rêve de prendre les commandes de la Chine, rien que cela, et de la diriger d'une main de fer. »

Le général but un peu de thé, histoire de mettre de l'ordre dans sa tête. Il avait l'impression que ses pensées tournoyaient comme des bancs de poissons entre des massifs coralliens. « Supposons, simple hypothèse, que je partage votre pessimisme.

— Je vous demande d'approuver l'envoi au Liban d'un petit groupe d'hommes d'Ouyang. Nous entamons la dernière étape de notre projet. Les bénéfices qu'en retirera la Chine sur le plan énergétique sont proprement incalculables. De même que les retombées en termes de pouvoir, pour vous et Ouyang. Cho ne veut pas de ça. » Elle le dévisagea. « Il fera l'impossible pour empêcher la réalisation du projet. »

Cette conversation commençait à le fatiguer. « Vous ne m'apprenez rien, dit-il, le regard voilé de lassitude. Nous avons déjà renforcé la sécurité sur le terrain. Cela fait des mois que le ministre Ouyang et moi veillons sur cet aspect.

— La situation sur le terrain a changé », rétorqua Maricruz.

Une ombre traversa le front du général. « Comment cela ?

— Jason Bourne est entré dans le jeu. »

Hwang Liqun souffla entre ses dents. « Je sais qu'il se trimbalait avec un agent du Mossad, ces derniers temps. Mais cela ne signifie rien en soi. » D'un geste de la main, il évacua le sujet. « En plus, cet agent israélien est mort. »

Maricruz poursuivit comme si de rien n'était. « Bourne s'est rendu à Dahr El Amar et il s'en est enfui.

— Rien de très nouveau, encore une fois. Le ministre Ouyang a tout prévu. Si Bourne se pointe à Dahr El Ahmar au mauvais moment, il sera éliminé.

— Par les bons soins du colonel Ben David, je suppose, sourit Maricruz. Le problème c'est que Ouyang ne fait pas confiance à Ben David. »

Le général Hwang Liqun ne s'attendait certainement pas à cette réponse. À présent, il comprenait mieux pourquoi Ouyang avait pris la précaution de laisser Maricruz lui apprendre la nouvelle de vive voix. Il la regarda au fond des yeux. Tout compte fait, elle avait raison. Le temps pressait. La transaction devait intervenir dans neuf heures. « Je vais donner l'ordre immédiatement. Dites à Ouyang Jidan qu'un avion banalisé sera mis à sa disposition d'ici une heure. »

*

« Quelques petites brasses, ça vous dit ? »

Don Fernando regarda Bourne. « Je suis vieux, Jason. Mais pas encore mort. » Sur le pont Alexandre-III, les gyrophares éclairaient par intermittence les badauds entassés le long des rambardes. « La police nous fait une belle démonstration de force, là-haut.

— Il faut qu'on s'éclipse avant l'arrivée des renforts et des plongeurs. »

Don Fernando acquiesça.

« On va nager dans le sens du courant. Vous voyez le Pont des Invalides ? Il n'est pas très loin.

— Ne vous inquiétez pas pour moi, Jason. J'ai toujours adoré la natation. » Il sourit. « Et fausser compagnie à la police me rappelle ma folle jeunesse.

— Alors tant mieux. »

Bourne s'éloigna du pilier glissant auquel les deux hommes s'étaient accrochés comme des ventouses. Il fallait faire très attention car, à quelques centimètres sous la surface, des colonies de bernacles dardaient leurs coquilles acérées. Les faisceaux des projecteurs qui balayaient la Seine se concentraient sur la zone où la voiture était tombée. Le trafic fluvial avait été interrompu en amont. Deux vedettes de la police, transportant certainement une équipe d'hommes-grenouilles, approchaient rapidement.

Bourne regarda Don Fernando le rejoindre silencieusement puis, en brassant l'eau noire avec des gestes puissants, les deux hommes s'éloignèrent ensemble de la foule et des projecteurs.

À pied, il fallait quelques petites minutes pour gagner le pont des Invalides. À la nage, c'était une autre affaire. L'eau était très froide et ils y barbotaient depuis quelque temps déjà, alourdis par leurs vêtements trempés. Il n'était toutefois pas question de s'arrêter pour les enlever et, quand ils finiraient par remonter sur la berge, ils seraient bien contents de les avoir.

Bourne nageait avec vigueur et, à sa grande surprise, Don Fernando le suivait sans problème. Il était peut-être âgé mais solide comme un marlin. Ils avaient déjà mis quelques dizaines de mètres entre eux et les lumières du pont Alexandre-III.

Tout semblait se dérouler pour le mieux quand un nouveau problème se présenta. Plus ils s'éloignaient du pont, plus les courants les malmenaient. Parfois même, ils devaient plonger pour échapper aux tourbillons de surface. Bourne sentait ses extrémités s'engourdir, le bout de ses doigts et de ses orteils était complètement gelé. Il était grand temps de se mettre au sec.

Lentement, brasse après brasse, ils poursuivirent leur progression. Lorsqu'ils arrivèrent au pied du pont des Invalides, Bourne se retourna vers son compagnon et, au même instant, le vit disparaître sous l'eau. Il le rattrapa par les cheveux puis le hissa sur une étroite plate-forme aménagée à la base du dernier pilier, avant la rive Droite.

Don Fernando était à bout de forces. Il n'arrivait même plus à tenir sa tête et respirait comme s'il venait de traverser la Manche à la nage. Bourne le rejoignit sur la plate-forme, l'attira contre lui et, d'un geste protecteur, passa un bras autour de ses épaules.

« Reposez-vous un instant. On a encore du chemin à faire.

— Quoi ? On n'est pas arrivés ?

— Vous voyez ces marches en pierre, là-bas – il désigna un escalier creusé dans la berge. Elles nous permettront de regagner la terre ferme. »

Don Fernando secoua la tête. Ses longs cheveux dégoulinaient de chaque côté de son visage. « Je suis vidé. » Ses mains tremblaient. « Je ne vais pas pouvoir.

— Alors, restez ici et profitez du spectacle sons et lumières sur le pont Alexandre-III, dit Bourne. J'ai un appel à passer. »

Don Fernando réagit avec colère. « Un appel ? Mais comment allez-vous faire ? Tout est trempé.

— Téléphone satellite étanche. » Bourne retira d'une poche intérieure un petit engin ovale entouré de caoutchouc.

En voyant l'objet, le vieil homme eut un petit rire de gorge, puis se détourna brusquement et se mura dans le silence. L'eau clapotait autour du pilier. Le vent de l'aube leur apportait les cris des policiers qui, à bord des vedettes, ratissaient le fleuve sous le pont Alexandre-III.

« Vous savez, Jason, reprit-il enfin, j'ai le sentiment que les humains ont une inépuisable capacité de rationalisation. Il fut un temps où j'espérais que mon fils suive votre exemple. Mais il m'a déçu. À la fin de sa vie, il est passé du côté du mal, comme si toutes les valeurs que je lui avais inculquées s'étaient radicalement inversées.

— Ce n'est pas le moment...

— Bien au contraire, Jason. Après je n'aurai plus le courage de vous parler ainsi. J'ai des torts envers vous. Il m'est souvent arrivé de vous mentir ou de vous cacher des informations importantes.

— Écoutez, Don Fernando... »

Le vieil homme leva la main. « Non, non, laissez-moi finir. » Il semblait recouvrer des forces à chaque seconde qui passait. « Je regrette de vous avoir si mal traité. J'aimerais pouvoir revenir en arrière. J'aimerais... »

Un bruit familier se répandit sur le fleuve : le battement des pales d'un hélicoptère. Un rayon de lumière aveuglant éclaira le ciel avant de blanchir la surface ridée de la Seine.

« Don Fernando, s'alarma Bourne, il faut qu'on y aille. Je vous aiderai si besoin est.

— Oui, je sais que je peux vous faire confiance, Jason. » Bourne allait se remettre à l'eau quand Don Fernando le retint par sa veste. « Attendez. Attendez. »

Le sombre miroitement de la Seine se reflétait dans ses yeux graves. « J'ai appris une chose aujourd'hui. Vous ne me décevrez jamais. »

*

Sam Anderson n'était pas homme à se laisser intimider, même quand il avait affaire à l'un des trois associés du plus prestigieux cabinet d'avocats de Washington. De toute façon, il s'était préparé à toute éventualité avant de venir. Glissant la main dans son veston, il sortit un document, le tendit à Bill Pelham et, pendant que ce dernier en prenait connaissance, dit à l'intention de Tom Brick : « Vous allez venir avec nous, monsieur Brick. Vous êtes impliqué dans une affaire concernant la Sécurité nationale. Même une armée d'avocats ne pourra rien contre cela. »

Brick chercha confirmation auprès de Pelham qui la lui fournit d'un signe. « On vous fera libérer avant l'heure du dîner. »

Encadré par Anderson et Tim Nevers, Brick sortit de son bureau sans broncher, longea le couloir et pénétra dans l'ascenseur.

Pendant que la cabine descendait au rez-de-chaussée, Anderson lui dit : « La police scientifique a trouvé un truc intéressant sur le cadavre de Richards. »

Brick resta coi, le regard braqué devant lui.

« Vous ne dînerez pas chez vous ce soir, Brick, sourit Anderson. Ni demain ni après-demain. »

Les portes s'ouvrirent mais Brick resta figé sur place, même quand Nevers avança un pied pour les empêcher de se refermer.

« Vous racontez que de la merde tous les deux, cracha Brick.

— Vous aurez bientôt l'occasion d'exposer ce point de vue devant le secrétaire Hendricks. » Anderson se retourna pour voir comment l'autre réagissait à l'énoncé de ce nom. « C'est lui qui nous envoie. »

Nevers prit le volant. Anderson s'installa près de Brick, à l'arrière. « Vous avez raison sur un point, dit-il pendant que le véhicule prenait sa place dans la circulation. Les conclusions de la scientifique ne sont pas définitives. Il est trop tôt. »

Brick sourit. « C'est la première fois que vous dites la vérité depuis que vous avez fait irruption dans mon bureau.

— Autre chose : j'ai fait installer un relais électronique connecté à l'enregistreur de frappe branché sur l'ordi de Dick Richards. Et ce bidule nous a menés tout droit au réseau informatique de Core Energy, où étaient soigneusement stockés les codes d'activation du virus.

— Je n'ai rien à voir...

— La ferme, gueula Anderson. Vous êtes compromis jusqu'au cou, Brick, et nous allons le prouver. »

*

« Li, qu'allez-vous faire à présent ? », demanda Ann Ring.

Li Wan, dont le cerveau partait en morceaux depuis que Ann lui avait révélé la véritable identité de Natasha Illion, était bien en peine de lui répondre. S'il avouait la vérité au ministre Ouyang, ce dernier lui retirerait sa confiance, et avec raison. Il avait beau se torturer les méninges pour tenter d'évaluer le nombre de renseignements top secrets qu'il avait pu livrer à Tasha sans le vouloir, sur l'oreiller ou ailleurs, rien n'y faisait. Il n'en avait plus aucun souvenir, conclut-il avec horreur. Sa carrière risquait d'en pâtir très sérieusement ; il craignait même qu'elle ne s'achève prématurément. Il avait besoin d'aide, et très vite.

Il regarda Ann Ring, ouvrit la bouche, la referma puis dit : « Je me trouve dans une position intenable.

— Je partage entièrement votre avis. » Elle ne le quittait pas des yeux.

S'ensuivirent quelques minutes d'un silence chargé de questions en suspens. Supposant qu'un changement de lieu contribuerait à le détendre, Ann lui avait proposé de prendre un verre dans un bar, après le repas. C'était dans une alcôve de ce bar qu'ils se tenaient à présent, bien isolés des autres clients, lesquels étaient par ailleurs trop occupés à boire devant le match de foot qui passait sur ESPN pour se préoccuper de leur présence.

Li attendit vainement que Ann Ring lui fasse une proposition, puis se jeta à l'eau. « Je ne vois qu'une seule solution... Vous devez assurer ma protection. »

Ann Ring écarquilla les yeux. « Je suis sénatrice des États-Unis. Je ne vous dois rien. »

Li déglutit. « Je peux vous aider comme je le faisais pour votre mari.

— Vraiment ? » Ann Ring tourna vivement la tête. « Et que faisiez-vous pour lui ?

— Je lui refilais des scoops qu'il diffusait ensuite sur *Politics As Usual*. C'est ainsi qu'il a bâti sa réputation.

— Je n'étais pas au courant. Comment cela se fait-il ?

— Charles savait garder les secrets.

— Ah, ça, c'est vrai. » Ann réfléchit un instant. « Et que vous donnait-il en retour ? »

Li se passa la main sur le front, sans répondre.

« Je ne peux rien pour vous, malheureusement, dit Ann en attrapant ses affaires pour partir.

— Attendez ! S'il vous plaît. » Il était aux abois. Sinon, il n'aurait pas songé un seul instant à lui révéler la teneur des informations qu'il avait obtenues de Charles. « Madame la Sénatrice, l'acronyme SILEX vous évoque-t-il quelque chose ? »

Ann fit une grimace de concentration. « J'en ai entendu parler mais je ne sais plus trop dans quel contexte.

— SILEX est l'acronyme anglais de Séparation des isotopes par excitation laser. C'est une véritable révolution en matière énergétique puisque cette méthode permet la production ultrarapide de carburant nucléaire.

— Je me rappelle, maintenant, dit Ann. General Electric se l'est procurée en partenariat avec Hitachi. Ils disaient qu'une seule usine SILEX pourrait enrichir assez d'uranium chaque année pour alimenter soixante réacteurs. De quoi éclairer le tiers des États-Unis.

— Donc le gouvernement était partie prenante dans cette affaire, dit Li.

— Nous redoutions de voir proliférer l'uranium de qualité militaire si jamais la formule de SILEX était dérobée. »

Li hocha la tête. « J'avais pour unique mission de surveiller de près l'avancement du projet SILEX.

Ann fronça les sourcils. « Pourquoi le gouvernement chinois s'intéresse-t-il à cela ?

— Je vous le dirais volontiers mais je l'ignore. » Li ne mentait pas : le ministre Ouyang, adepte de la compartimentation de l'information, s'était bien gardé de le mettre dans la confidence. Sage décision de sa part.

Il y eut encore quelques interminables secondes de silence, puis Ann fit un geste conciliateur : « Bon, que puis-je faire pour vous aider ? »

*

« Je n'aime pas travailler dans la précipitation, dit Soraya.

— Oui, mais en l'occurrence, la méthode lente n'est pas adaptée au problème actuel, répliqua Peter. Nous n'avons pas le temps de contacter chaque agent de terrain par liaison satellite sécurisée.

— Je sais. J'ai tenté d'accéder à notre serveur à distance, à Gibraltar. » Soraya se tourna vers l'écran de l'ordinateur portable que Treadstone leur avait fait parvenir, équipé d'une connexion rapide à bande large, grâce aux bons soins de l'équipe informatique qu'on leur avait assignée le temps de leur séjour à l'hôpital. Les techniciens avaient également raccordé l'ordi et le mobile de Soraya via Bluetooth. « Pour l'instant, ça marche.

— Franchement, j'espère que ça va continuer, dit Peter. Normalement ce serveur est impossible à pirater, à supposer même que quelqu'un à l'extérieur de Treadstone en connaisse l'existence.

— Eh bien, tu n'as pas raison de t'inquiéter, dit-elle d'un air sombre.

— Ce qui m'inquiète...

— Oui, Peter. » Elle leva la tête. « Qu'y a-t-il ?

— Rien. » Il détourna le regard.

— Crache le morceau, tu veux ? » Elle posa l'ordinateur portable et franchit les deux mètres qui séparaient leurs lits. L'hôpital leur avait attribué une belle chambre lumineuse, assez grande pour deux personnes et une tonne de matériel informatique.

Soraya s'assit au bord du lit et prit la main de Peter. « Dis-moi.

— Je... J'ai mal dans les jambes. Douleur fantôme.

— Elle est peut-être réelle. Qu'en sais-tu ?

— Les médecins...

— Au diable les médecins, Peter. Ils ne savent pas tout.

— Je n'ai plus d'influx nerveux, Soraya. Mes jambes sont mortes.

— Arrête de dire ça ! »

Sous les yeux de Peter, Soraya remarqua la présence de cernes noirs qu'elle n'avait jamais vus, même quand il travaillait nuit et jour sur une affaire. Elle le plaignit de tout son cœur.

Peut-être devina-t-il ses pensées – il la connaissait si bien. « Plus vite je m'en ferai une raison, mieux ce sera. »

Elle se pencha vers lui. « Pas question d'abandonner.

— Je tiendrai bon. Je te le promets, dit-il en s'efforçant de sourire. Qu'as-tu trouvé d'autre sur ton ordi ?

— J'essaie de communiquer avec Jason par Skype. Il sait peut-être pourquoi Core Energy a détruit notre réseau.

— Et alors ?

— Il ne répond pas. J'ai laissé plusieurs messages sur sa boîte vocale.

— Pourquoi ne pas nous concentrer sur ce qui est à notre portée ? Je voudrais bien savoir, par exemple, comment Brick a pu s'arranger pour que Richards contourne nos procédures de contrôle à l'embauche.

— Peut-être qu'il l'a recruté après qu'il est entré chez nous. »

— Je ne crois pas. Rappelle-toi, j'ai passé du temps avec ces deux-là dans la maison de Brick en Virginie. On sentait qu'ils se connaissaient bien.

— Ce qui veut dire que Richards a pu lui refiler des infos venant de la NSA, voire du Président.

— Nous interrogerons Brick sur ce point, dit Peter, dès que Sam nous l'aura amené.

— Tu plaisantes, je suppose. Regarde-nous, Peter. On ne va quand même pas le recevoir ici ? Pour l'interroger ? Dans notre état ? » Elle secoua la tête. « Non. Sam va devoir s'en charger à notre place. Nous nous raccorderons au circuit de TV interne du bureau. Avec des écouteurs sans fil, nous pourrons rester en lien permanent avec Sam et lui transmettre nos questions en direct. OK ? Peter ? »

Peter acquiesça sans grand enthousiasme. Il semblait de nouveau abattu, depuis qu'elle lui avait rappelé son état. Soraya était désolée pour lui, mais elle n'avait pas le choix. Et les choses ne risquaient pas de s'améliorer dans les semaines et les mois à venir.

Elle le regarda fixement. « Tu sais, mon enfant aura peut-être besoin d'une présence masculine, d'une figure paternelle. »

Peter partit d'un rire sans joie. « Ça tombe bien ! Je suis justement...

— Peter ! le coupa-t-elle en cherchant à capter son regard. Je ne veux personne d'autre que toi pour m'aider à élever mon bébé. »

*

Jacques Robbinet, le ministre français de la Culture, était assis à l'arrière de sa Renault blindée quand il reçut l'appel de Jason Bourne. Les sièges avant étaient occupés par son chauffeur et le garde du corps qui assurait sa protection depuis de longues années. Il était exactement 21 h 32 et Robbinet avait rendez-vous dans un restaurant avec sa maîtresse, raison pour laquelle il songea un instant à laisser sonner. Mais comme la Renault était coincée dans les embouteillages, il finit par décrocher en espérant que son interlocuteur le distrairait de son ennui.

« Jason, s'écria-t-il avec une cordialité non feinte. Où êtes-vous ?

— Sur des marches, les pieds dans la Seine, sous le pont des Invalides, côté rive Droite. »

Jacques Robbinet, dont la fonction de ministre de la Culture couvrait ses véritables attributions – patron du Quai d'Orsay –, comprit immédiatement de quoi il retournait. « Seriez-vous impliqué dans l'accident qui a eu lieu sur le pont Alexandre-III ? » Robbinet avait reçu le rapport vingt minutes auparavant et dépêché deux agents sur place. Ce n'était pas tous les soirs qu'une voiture tombait d'un pont parisien et, en cette période de sécurité renforcée, il n'était pas question de prendre l'affaire à la légère.

« Il y a eu enlèvement et tentative de meurtre, dit Bourne à son vieil ami. Nous avons nagé dans le sens du courant.

— Nous ?

— Je suis avec Don Fernando Hererra.

— Bon sang !

— Vous le connaissez ? »

Robbinet se pencha et tapa sur l'épaule de son chauffeur pour lui indiquer le changement de direction. « Évidemment que je le connais. » Robbinet demanda qu'on allume la sirène afin de franchir plus facilement l'embouteillage, quitte à rouler sur le trottoir. « Ne bougez surtout pas. Je vous rejoins dans quelques minutes.

— Écoutez, Jacques, j'ai besoin d'un avion. »

Robbinet eut un rire incrédule. « Rien que ça ?

— Je dois me rendre au Liban le plus vite possible. »

Robbinet connaissait bien ce ton. « La situation est aussi grave que cela ?

— Pire encore. C'est pour m'empêcher d'aller là-bas qu'on nous a enlevés.

— Très bien. On va vous sortir de l'eau et vous donner des vêtements secs. » L'esprit de Robbinet travaillait à la vitesse de la lumière. « Je tiens un avion à votre disposition. Un appareil militaire, avec ce qu'il faut en matière d'armement, juste par précaution.

— Merci, Jacques.

— Le meilleur moyen de me remercier, c'est d'éviter de vous faire trouer la peau. »

28

« Toute cette histoire n'était qu'un coup monté, alors ?

— Du début jusqu'à la fin. » Bourne avait remarqué le ton sceptique de Soraya mais ne pouvait l'en blâmer. « Maceo Encarnacion a déployé les grands moyens rien que pour m'attraper dans ses filets. »

En se dirigeant vers le cockpit, Bourne fit passer son téléphone satellite d'une main dans l'autre ; il était sensiblement plus lourd que son portable habituel. Le Mirage que Jacques Robbinet avait mis à sa disposition n'avait rien de confortable mais quoi d'étonnant à cela : c'était un avion de chasse, après tout.

« Dès l'instant où j'ai vu Constanza Camargo dans son fauteuil à l'aéroport de Mexico, je suis devenu leur cible.

— Mais comment a-t-elle su où vous étiez ?

— Maceo Encarnación.

— Et aussi, comment a-t-elle pu franchir les contrôles de sécurité pour vous rejoindre à temps dans la zone de retrait des bagages ?

— Ayant survécu à mon séjour à Mexico, articula Bourne, je peux affirmer que Maceo Encarnación a la mainmise sur toute la ville. »

Soraya s'accorda un instant de réflexion. « Et l'histoire que Constanza vous a racontée au sujet de son mari ?

— Eh bien, ça c'est exact, j'ai vérifié. Et aussi la manière dont il est mort.

— Mouais. Les bons menteurs savent que pour être crédible, on doit mêler le vrai au faux.

— Si j'avais su les liens très particuliers qui unissaient Constanza Camargo et Maceo Encarnación, j'aurais certainement compris bien avant. » Il observa le ciel à travers le pare-brise du cockpit. Le Mirage filait comme une flèche vengeresse. Entre Maceo Encarnación et le colonel Ben David, Bourne avait plusieurs comptes à régler.

« Tu veux dire qu'ils sont tous en cheville ? demanda Soraya. Maceo Encarnación, Nicodemo, Core Energy, et l'officier du Mossad qui dirige l'unité de recherche israélienne près de Dahr El Ahmar ?

— Pas seulement. Il y a un autre élément. Tellement important qu'on le mentionne à peine.

— Tu sais de quoi... ou de qui il s'agit ?

— Des Chinois. Et tout particulièrement d'un dénommé Ouyang.

— Donne-moi une seconde », dit Soraya. Elle consulta ses données. « D'après mes sources, Ouyang Jidan est le ministre chargé de l'administration des céréales. Quel rapport avec Dahr El Ahmar ? »

Quand Bourne lui exposa le projet israélien SILEX, Soraya s'énerva brusquement. « Qu'allons-nous faire ? Si Ben David est impliqué, comment faire confiance au Mossad, désormais ?

— Laisse-moi m'en charger, la rassura Bourne. Je serai là-bas d'ici deux ou trois heures.

— Et si c'était un piège ? Tu as pensé à cela ?

— Oui. »

Soraya crut qu'il lui fournirait davantage d'explications mais, devant son silence, elle poursuivit : « Si tu as besoin d'un soutien logistique...

— Compris.

— Quand même, je repense aux trente millions de faux dollars que Peter a trouvés. Peut-être que l'Aztèque avait juste l'intention de les voler à son patron. N'importe qui perdrait la tête devant une telle somme.

— Très juste.

— Le problème, c'est qu'ils étaient plutôt mal imités. Rien à voir avec les dollars que les Chinois mettent d'habitude sur le marché, de pures merveilles, je suis bien obligée de le reconnaître. » Elle laissa un blanc. « Pour être honnête, c'est ce qui m'a poussée à conclure que les trente millions n'avaient pas de lien avec le reste. Maceo Encarnación avait peut-être des soupçons. Il a peut-être voulu prendre le voleur la main dans le sac, d'où les fausses coupures. Au moins, si jamais le coupable parvenait à s'enfuir avec, cela permettait de minimiser les pertes.

— Ça tient debout, répondit Bourne. Tu devrais creuser cette hypothèse.

— Je l'ai déjà fait. Et il s'avère que le premier lieutenant de l'Aztèque a payé de sa tête, au sens propre.

— Alors, le problème est réglé. »

Elle aurait aimé lui parler d'elle et de Peter, mais elle se mordit la langue. Bourne avait déjà son lot de préoccupations. Quand tout serait terminé, elle aurait tout le temps nécessaire. Peut-être même viendrait-il la voir à Washington. Cela lui plairait bien.

Elle s'éclaircit la voix. « Bon, d'accord. Je crois que c'est tout pour l'instant. On reste en contact. »

Elle prononça ces derniers mots avec une telle émotion que Bourne aurait renchéri si elle n'avait pas coupé la communication. Il se carra au fond de son siège, ferma les yeux et songea à sa dernière conversation avec Don Fernando.

Quelques heures auparavant, Robbinet avait demandé à son chauffeur de les conduire dans un petit hôtel du XIIIe arrondissement. Au dernier étage, dans une suite luxueuse, les attendait une jolie femme d'une quarantaine d'années, vêtue à ravir d'une robe noire de chez Dior. Elle se prénommait Stéphanie et sortait avec le ministre Robbinet. Cette charmante créature devait être une fée ou une magicienne car elle leur avait déjà trouvé des vêtements de rechange. Robbinet avait dû l'avertir par téléphone, mais Bourne ignorait quand. En tout cas, il lui en était fort reconnaissant.

Pendant que Don Fernando se douchait, Bourne mit Robbinet au courant de l'affaire qui les avait conduits l'un et l'autre de Mexico à Paris. « L'homme que vos plongeurs retireront de l'eau se faisait appeler Nicodemo, dit-il pour conclure. Sa véritable identité est sujette à conjecture.

— L'essentiel, c'est qu'il soit mort, dit Robbinet avec son flegme habituel. Je suis ravi que vous ne soyez pas blessés, ni vous ni Don Fernando. » Il maugréa. « J'ai rarement connu journée plus mouvementée. Cela fait deux fois que Don Fernando ressuscite d'entre les morts. Il a déjà succombé à un accident d'avion, pas loin d'ici ; c'est d'ailleurs moi qui ai établi le constat. » Il regarda Bourne avec attention. « On dirait que vous avez du mal à vous passer l'un de l'autre, tous les deux. »

Bourne se tourna vers Stéphanie. « Nous sommes navrés d'avoir gâché votre soirée.

— Avec Jacques, ce genre de contretemps est monnaie courante », répondit-elle avec un sourire radieux. Elle s'approcha du minibar en balançant délicatement les hanches. « C'est ainsi. En plus, Jacques et moi avons toute la nuit devant nous. »

Ensuite, Bourne et Robbinet discutèrent du vol à venir. Le ministre fit monter GoogleEarth sur son iPad et agrandit la région de Dahr El Ahmar. « Je ne vois pas le campement israélien.

— Normal, il est camouflé, dit Bourne. En outre, comme vous pouvez le constater, les Libanais ont flouté certaines zones, tout comme les Américains l'ont fait pour le secteur autour de la Maison-Blanche, entre autres. »

Robbinet hocha la tête. « Nous pratiquons cela en France également, pour des raisons de sécurité. » Puis il tapota l'écran. « Il y a une piste d'atterrissage ici, à Rachaiya. Elle a le double avantage d'être isolée et pas très éloignée de Dahr. Trois kilomètres à peine. Une voiture avec chauffeur vous attendra à l'atterrissage.

— Je n'en ai pas besoin, dit Bourne.

— Cet homme, Fadi, connaît la région comme sa poche. Je vous conseille de le prendre. »

À cet instant, Don Fernando sortit de la salle de bains. La tenue que Stéphanie lui avait achetée lui donnait bonne mine.

« Impeccable, dit Robbinet, admiratif. Je suis ravi de vous voir en forme tous les deux. »

Bourne passa les vingt minutes suivantes à se débarrasser de la vase et de l'odeur de la Seine. Il trouva des rasoirs jetables dans un tiroir. Une fois rasé et habillé, il se sentit renaître.

Comme le Mirage que Robbinet avait réquisitionné n'acceptait qu'un seul passager, Bourne n'eut aucun mal à dissuader Don Fernando de l'accompagner. Ils saluèrent Robbinet et Stéphanie, prirent le minuscule ascenseur et montèrent dans la voiture du ministre, qui les attendait devant l'hôtel.

Sans échanger un seul mot, ils traversèrent Paris, puis roulèrent sur le périphérique jusqu'à l'aérodrome militaire. Au dernier moment, tandis que les deux hommes marchaient sur le tarmac, Don Fernando se tourna vers Bourne.

« Vous savez, quand j'étais jeune, j'étais persuadé qu'au soir de ma vie, je n'éprouverais aucun regret. Quelle bêtise ! À présent, lorsque je considère le chemin parcouru, je m'aperçois que j'ai raté pas mal de choses. Trop, à mon goût.

Rien ne bougeait sur la piste au bout de laquelle se découpait la silhouette effilée du Mirage. Ses lumières clignotaient, ses réacteurs commençaient à tourner. Robbinet avait dû ordonner qu'on dégage le périmètre par mesure de sécurité.

« Mais la chose qui me tourmente le plus concerne Maceo Encarnación, poursuivit Don Fernando. Il est temps que je vous en parle, avant que vous ne montiez à bord. »

Le vent agitait ses cheveux longs. C'était une nuit exceptionnellement douce, comme si le printemps s'annonçait avant l'heure. Une nuit idéale pour revisiter des souvenirs qu'on croyait enfouis à jamais.

Don Fernando sortit un cigare et, faisant fi du règlement, l'alluma. C'était pour lui une manière de soulager les tensions, Bourne le savait par expérience.

« J'ai reçu beaucoup d'amour au cours de mon existence, Jason. Je ne dis pas cela pour me vanter ; c'est la stricte réalité. De nombreuses femmes ont croisé ma route. » Il fixait le bout rougeoyant de son havane. « Aujourd'hui, je les compare à cette fumée qui se dissout dans l'air. Elles étaient là et l'instant d'après, elles avaient disparu. » Il coinça le cigare entre ses dents. La bouffée qu'il tira le coiffa d'une auréole gris-bleu. « Une seule d'entre elles a vraiment compté pour moi. »

Le regard de Don Fernando se perdait dans la contemplation du passé. « Nous nous sommes connus à Mexico. Elle était très jeune, très belle, très charismatique. Il y avait quelque chose en elle... »

Il baissa la tête. «Enfin, je ne sais pas.» De nouveau, il examina la braise de son cigare. «Elle n'était pas native de Mexico, ni d'aucune ville, d'ailleurs. Elle venait de la campagne, mais son allure, sa façon de s'exprimer n'étaient pas celles d'une paysanne. Elle avait un don d'imitation – sans le moindre effort, elle pouvait changer d'accent, de style, de vocabulaire.»

Bourne eut un terrible pressentiment. «Comme toutes les grandes actrices», dit-il.

Don Fernando acquiesça en tétant frénétiquement son cigare. «Quand je lui ai demandé sa main, elle a ri, m'a embrassé et a dit que son destin était ailleurs.

— Laissez-moi deviner, dit Bourne. Elle a préféré épouser Acevedo Camargo.»

Don Fernando pivota sur les talons. «Comment savez-vous...?

— J'ai rencontré Constanza à Mexico. C'est elle qui nous a donnés à Maceo Encarnación. Elle m'a mené en bateau.»

Don Fernando eut un sourire triste. «Vous n'êtes pas le seul, Jason. Elle en a trompé des tas d'autres, à commencer par Acevedo. C'est Maceo Encarnación qui l'a poussée à se marier avec lui. Maceo se méfiait d'Acevedo à cause de sa place prépondérante sur le marché de la drogue. Il le craignait ; pire encore, il le voyait comme un rival. Alors, il a cherché un moyen de l'éliminer, et c'est ainsi qu'il a fait entrer une renarde dans son poulailler, si je puis m'exprimer ainsi.

— Constanza.

Don Fernando confirma d'un signe de tête. «Devant son mari, elle se prétendait stérile, et dès qu'il tournait le dos, elle courait rejoindre Maceo. Ce dernier était encore jeune mais voulait désespérément un héritier. Un mois après son mariage, Constanza découvrit qu'elle était enceinte. Comme il n'était bien sûr pas question de l'avouer à Acevedo, elle est partie chez sa tante à Merida et elle y est restée jusqu'à l'accouchement. Maceo et elle étaient au préalable convenus que leur fils grandirait auprès de son père.»

Don Fernando écrasa sous son pied ce qu'il restait de son cigare et se remit à marcher en direction du Mirage. Bourne crut que l'histoire s'arrêterait là, mais il se trompait.

« Bien entendu, j'ai appris tout cela bien plus tard. J'ai quitté Mexico juste après l'avoir baisée pour la dernière fois. Pardonnez mon langage, mais avec Constanza, on ne faisait pas l'amour, on baisait. C'est ainsi qu'elle s'exprimait. » Il haussa les épaules. « C'est sans doute pour cela que je la trouvais irrésistible. Elle mentait comme elle respirait et, de longues années après, j'ai compris qu'elle croyait à ses mensonges.

— Ce qui les rendait plus plausibles.

— Peut-être bien. » Tremblant d'émotion, Don Fernando enfonça ses mains dans ses poches. « Et pourtant, jamais je n'ai désiré une femme aussi fort. » Il leva les yeux vers le ciel nocturne, traversé par le faisceau de lumière partant de la tour Eiffel. « Martha Christiana me rappelait Constanza. Il y avait en elle un... je-ne-sais-quoi... J'avais l'impression qu'elles sortaient du même moule.

— La mort de Martha a été un coup dur pour vous.

— Je l'ai tuée, Jason. Et je m'en veux atrocement de l'avoir menée au suicide. Je crois que je tenais trop à elle. Sans le vouloir, j'ai dû me servir d'elle pour compenser la perte de Constanza, me venger de Maceo Encarnación. »

Bourne estimait quant à lui que Constanza Camargo portait sa part de responsabilité, au même titre que Maceo Encarnación. Mais comment juger ? Ce drame humain s'était déroulé à Mexico, dans une ville où le bien et le mal étaient des notions relatives.

Ils venaient de s'arrêter sous la carlingue fuselée de l'avion de chasse d'où émanaient des odeurs de carburant.

« Il est temps que j'y aille, Don Fernando.

— Je sais. »

Ils se serrèrent la main, Bourne grimpa dans le cockpit, on retira l'échelle, et Don Fernando s'éloigna en marchant à reculons, le regard rivé sur le Mirage qui roulait sur la piste. L'avion se dressa, s'élança vers le ciel et disparut, comme la lune lors d'une éclipse.

*

« Vous allez la placer en garde à vue ?

— Oui, je vous l'ai déjà dit. »

Debout devant la porte de son appartement, Li regardait Ann Ring avec insistance. « Il n'y a pas d'autre solution ?

— Laquelle, par exemple ? »

Ils étaient si proches qu'ils parlaient en chuchotant.

« Vous voyez ce que je veux dire, madame la Sénatrice. » Li se passa la langue sur les lèvres. « Songez à ce qui est arrivé à Charles. Un cambriolage... qui a mal tourné. »

Ann Ring recula d'un pas. « Je n'ai pas l'intention de me rendre complice d'un meurtre, Li. Comment pouvez-vous imaginer une pareille chose ? »

Il renifla comme un cheval. « C'est juste que parfois les murs ont des oreilles. J'ai une réputation à conserver.

— Faites-moi confiance, Li. J'y veillerai. » Ann désigna l'appartement d'un geste du menton. « Vous êtes sûr qu'elle est ici ?

— Oui, elle dort entre deux séances de photos. Cela fait presque deux semaines qu'elle travaille en continu.

— Très bien. »

Il hésita un instant, puis introduisit sa clé dans la serrure et poussa le battant. À l'intérieur, tout était sombre et paisible. Ils traversèrent plusieurs pièces sur la pointe des pieds et trouvèrent enfin Natasha Illion profondément endormie dans sa chambre, couchée sur le côté. La lampe de chevet qui éclairait la courbe de sa joue dessinait sur sa peau l'ombre oblique de ses longs cils.

« Elle est comme une enfant, murmura Li à l'oreille d'Ann. Elle ne peut pas dormir dans le noir. »

Ann hocha la tête, puis lui fit signe de l'accompagner dans le salon. Elle appela Hendricks et, pendant qu'elle lui demandait d'envoyer des agents pour arrêter Tasha, Li passa discrètement dans la cuisine, prit de l'eau au robinet et ressortit. Ann était encore au téléphone quand elle le vit rentrer dans la chambre.

« Attendez ! Où... ? » Sans lâcher son portable, Ann se précipita derrière lui. Elle arriva juste à temps pour le voir poignarder la jeune femme avec un grand couteau qu'il avait dû prendre dans la cuisine.

En voyant la lame pénétrer entre les fines omoplates de Tasha, Ann poussa un cri strident. Arrachée au sommeil par la douleur et le choc, la jeune femme se cambra, offrant involontairement son cou à son assassin, qui eut tôt fait de la frapper une deuxième fois, mais à la gorge.

Sans cesser de hurler, Ann empoigna Li, l'écarta violemment. Natasha Illion se vidait de son sang si rapidement qu'elle baignait déjà dans une flaque rouge. Ann la savait perdue, mais elle tenta malgré tout de lui porter secours. Durant quatre longues minutes, elle tenta d'arrêter l'hémorragie. Quant à Li, il tournait le dos à la scène, parfaitement impassible.

Quand Ann se releva, couverte de sang, elle ramassa son portable, passa dans l'autre pièce, et dit à Hendricks : « Natasha Illion est morte. Li vient de la poignarder.

— Vous avez tout enregistré ? », fit Hendricks, le souffle court.

Machinalement, Ann toucha le petit magnétophone accroché à sa taille. « Oui, depuis le début. Nous le tenons. »

*

« On effectue notre approche. »

La voix du pilote résonna dans l'interphone. Bourne ouvrit les yeux pour regarder par le hublot. Il ne vit rien, pas même une lumière. Ils survolaient le désert libanais, près de la frontière syrienne. Un espace vide, balayé par le vent, cerné par les montagnes.

Il avait l'impression de rentrer chez lui.

29

À BORD DE SON JET PRIVÉ, MACEO ENCARNACIÓN broyait du noir. Il avait laissé beaucoup de gens sur le bord du chemin, et le dernier en date n'était autre que son fils, Nicodemo. Quand il pensait à lui, il avait du mal à l'appeler par son vrai nom, et maintenant qu'il l'avait abandonné à Paris, sans savoir s'il était mort ou vif, il comprenait pourquoi. C'était pour maintenir une certaine distance ; il était plus facile d'abandonner quelqu'un d'éloigné.

Mort ou vif. Maceo Encarnación répéta mentalement cette expression. Au fond de lui, il savait que Nicodemo n'était plus de ce monde. Sinon, rien ne l'aurait empêché de le rejoindre pour l'heure du décollage.

Nicodemo était sa chose ; il l'avait façonné comme jamais il n'aurait pu façonner sa sœur. Maricruz avait un caractère trop indépendant. D'ailleurs, il préférait largement sa fille ; c'était une maîtresse femme alors que Nicodemo, trop limité, lui servait uniquement d'instrument. Maricruz savait qu'il était son père, tandis que Nicodemo l'ignorait. Maceo Encarnación ne leur avait jamais révélé l'identité de leur mère.

Le sommeil le submergea. En rêve, il vit Constanza Camargo se présenter à lui sous la forme du grand serpent fondateur de Tenochtitlán. Elle ouvrait la bouche, dardait sa langue fourchue, partagée entre désir et destin. Il était enfant dans son rêve, mais il savait qu'il devait faire un choix. Maceo Encarnación avait choisi le destin au détriment du désir. C'était bien commode car, lorsque le désir disparaît, on n'a plus à s'inquiéter des autres et les abandonner à leur sort devient aussi facile qu'avaler une gorgée de vieille tequila.

Il dormit longtemps. Quand il se réveilla, l'avion planait comme un aigle au-dessus du petit aérodrome montagnard de Rachaiya. Chahutée par des trous d'air, la carlingue se mit à trépider. Il attacha sa ceinture, jeta un œil par le hublot et vit que le temps était à la neige. Les flocons qui dégringolaient en masse du ciel gris acier balayaient les reliefs escarpés ainsi que la piste elle-même. Le colonel Ben David était ponctuel, comme toujours, songea-t-il en voyant au sol l'hélicoptère d'attaque AH-64 Apache censé l'emmener jusqu'au camp du Mossad, non loin de Dahr El Ahmar.

Il attrapa la valise posée sur le fauteuil de l'autre côté de l'allée centrale et, quand les roues de l'avion touchèrent le tarmac, appliqua son pouce sur le lecteur d'empreinte pour déverrouiller la serrure, souleva le couvercle et contempla une dernière fois les trente millions de dollars.

*

Soraya et Peter dormaient à poings fermés, sous la garde de Delia qui avait pris quelques jours de congé, quand retentit une sonnerie de téléphone.

Delia la reconnut, se leva, ramassa l'appareil posé sur la table de chevet de son amie et vit s'afficher le nom du secrétaire Hendricks.

Constatant que Soraya ne réagissait pas, elle la secoua un peu, puis se pencha et lui déposa un baiser sur le front. Entre ses paupières collées, Soraya aperçut l'appareil dans la main de son amie, déchiffra le nom de l'appelant et prit la communication. Delia lui sourit et sortit discrètement de la chambre.

«Monsieur le Secrétaire, marmonna Soraya.

— Vous allez bien?

— Très bien, Monsieur. Je m'étais endormie.

— Un repos bien mérité. Mais j'ai du nouveau au sujet de Tom Brick. Sam Anderson l'a placé en garde à vue voilà deux heures environ. La scientifique a trouvé le sang de Dick Richards dans l'ourlet de son pantalon.»

Soraya se redressa. « Quoi ?

— Brick s'est mis à table. Il n'a pas envie de moisir en prison.

— Il a passé un accord.

— Il nous a livré le nom de la personne qui a poignardé Richards. Mais il y a mieux – beaucoup mieux. J'imagine que vous vous souvenez des trente millions en faux billets trouvés par Peter.

— Oui, Monsieur. »

Hendricks lui résuma les aveux signés que Sam Anderson avait soutirés à Tom Brick.

« Oh, mon Dieu, souffla-t-elle.

— Je partage votre avis, Soraya. Dépêchez-vous de contacter vos agents au Liban.

— Entendu. Merci, Monsieur.

— Vous remercierez Anderson quand vous le verrez. Il a fait un boulot incroyable. »

Dès qu'elle eut raccroché, Soraya appuya sur la touche de numérotation rapide et, quand elle entendit la voix de Bourne, annonça : « J'ai la réponse pour les trente millions. »

*

« Monsieur, dit le pilote de Bourne, je ne vais pas pouvoir vous déposer sur la piste de Rachaiya. Il y a déjà un jet privé au milieu.

Maceo Encarnación, songea Bourne. « D'autres solutions ?

— Une seule, répondit le pilote. Il y a une bande de terrain plat à quinze cents mètres vers l'est.

— Vous y arriverez ? »

Le pilote sourit de toutes ses dents. « J'ai déjà posé ce coucou dans des endroits pires. »

Bourne hocha la tête. « Alors, allons-y. » Il prit son téléphone satellite, composa le numéro que Robbinet lui avait remis et, après un échange codé, donna les nouvelles coordonnées au chauffeur qui l'attendait.

« Il faudra que je redécolle immédiatement, vous en avez conscience ? demanda le pilote en virant à l'est. Le ministre Robbinet a le bras long mais ce Mirage ne doit pas passer trop de temps dans l'espace aérien libanais. » Il amorça une descente rapide. « Ces jours-ci, le gouvernement libanais est plutôt chatouilleux. Ça peut se comprendre.

— Savez-vous quand ce jet privé s'est posé à Rachaiya ?

— Ça fait un peu plus de vingt minutes, Monsieur. Il a décollé de Paris une heure et trente-cinq minutes avant nous, mais le Mirage est largement plus rapide. Un vol commercial met environ quatre heures à couvrir la distance que nous avons franchie en deux heures et quarante-cinq minutes. Ce jet privé est encore plus lent. J'ai calculé les vitesses respectives des deux avions avant que nous décollions.

— Beau travail, dit Bourne.

— Merci, Monsieur. Maintenant, accrochez-vous, ça va secouer. »

Le Mirage descendit très vite mais, contrairement à ce que le pilote avait annoncé, l'atterrissage fut assez doux étant donné les circonstances. Dès que les roues touchèrent le sol, Bourne déboucla sa ceinture et enfila le sac à dos que Robbinet lui avait fourni, pour se tenir prêt à soulever la trappe et descendre en suivant la courbe de la carlingue au moment où l'appareil s'immobiliserait. Quand Bourne sauta sur la piste improvisée, il se hâta de dégager le terrain pour laisser au pilote la place de redécoller. Plié en deux, Bourne avait déjà parcouru deux cents mètres dans la neige lorsqu'il le vit faire demi-tour, accélérer et s'élever rapidement dans les airs.

Bourne se dirigea vers le bosquet de pins décharnés derrière lequel la voiture de son contact était soi-disant garée. Ses chaussures crissaient en s'enfonçant dans la neige épaisse. En revanche, à l'abri des arbres, le sol couvert d'aiguilles de pin était presque dégagé. Le vent glacé ululait entre les branches ; l'air sec et vif sentait la sève.

Il trouva un espace entre deux troncs et visa le nord-ouest. Il y avait effectivement un véhicule, une vieille Jeep ouverte sur les côtés, avec un toit bâché. Appuyé contre le capot, un homme brun, râblé, avec une touffe de cheveux noirs, fumait nonchalamment. C'était Fadi, le contact de Robbinet. Il avait entendu l'avion atterrir parce qu'il regardait dans cette direction, comme s'il s'attendait à voir Bourne apparaître d'un instant à l'autre.

Bourne siffla comme un oiseau. Fadi tourna la tête, l'aperçut, sourit, sauta derrière le volant et, décrivant un arc de cercle, conduisit le véhicule devant les arbres.

«Pile à l'heure», dit-il en voyant Bourne grimper sur le siège du passager. Il pêcha une parka en peau de mouton posée à l'arrière et la lui tendit. «Mettez donc ça. À cette altitude, il fait nettement plus froid qu'à Paris.»

Pendant que Bourne se défaisait de son sac à dos pour enfiler la grosse veste, Fadi redémarra. «Prochain arrêt : Dahr El Ahmar.»

Au même instant, on entendit un bourdonnement métallique. Bourne s'élança hors de la Jeep, roula sur lui-même dans la neige et, quand il s'immobilisa, il vit la voiture, touchée en son milieu par un missile, s'envoler en tournoyant dans les airs. Le fracas de l'explosion résonna contre les parois montagneuses, le souffle courba les pins, calcina les plus hautes branches, et la carcasse carbonisée de la Jeep retomba brutalement, éjectant le cadavre noirci de Fadi qui atterrit dans la neige comme une branche tordue par un incendie de forêt.

*

Plaqué au sol, Bourne se mit à ramper en gardant le véhicule enflammé entre lui et la zone d'où provenait le tir. Il aurait parié que l'ennemi était tapi au sommet d'une petite butte, prêt à récidiver. Parmi les conclusions à tirer de cette attaque surprise, la première était qu'on l'attendait. Avaient-ils entendu le Mirage atterrir ? Fadi avait-il été suivi ? Dans un cas comme dans l'autre, Soraya avait eu raison de le mettre en garde. Qu'on lui tende un piège à Dahr El Ahmar, passe encore, mais pas ici, à quinze cents mètres de l'aérodrome. Le pilote d'Encarnación avait dû repérer le Mirage et contacter le camp du Mossad.

À présent, c'était avec des fusils qu'on lui tirait dessus. Il repartit en courant vers le bosquet de pins, sentit une balle passer à un centimètre de son épaule, poussa un cri, tomba à genoux comme s'il était blessé et se mordit l'intérieur de la joue.

Quand il sentit le sang couler sur sa langue, il cracha dans la neige et alla se réfugier entre deux arbres.

Bien caché derrière un tronc, il sortit une paire de jumelles de son sac à dos. Robbinet avait lui-même veillé à ce qu'il contienne tous les objets dont Bourne lui avait donné la liste. Il inspecta les abords du bosquet, espérant repérer les hommes d'Encarnación, et bien sûr, la fameuse butte traversa son champ de vision. Ils savaient qu'il avait survécu au tir de missile ; ils devaient le croire blessé et n'auraient de cesse que de l'achever. Malheureusement, ce bosquet constituait le seul abri envisageable, l'ennemi s'étant réservé le meilleur emplacement de tout le secteur, l'endroit idéal pour observer et attaquer. Tant pis. De toute façon, ils ne tarderaient pas à se montrer. Bourne n'avait plus qu'à patienter.

En attendant, il se demanda comment ils avaient fait pour arriver jusqu'ici. Ils n'étaient certainement pas venus à pied et le monticule lui semblait trop bas pour cacher un véhicule. Il reprit ses jumelles et repéra au milieu des pierres une forme couverte d'une bâche de camouflage, à un kilomètre environ de leur planque.

Bourne venait de confirmer sa supposition quand il entendit des bottes crisser sur la neige. Ne sachant combien d'hommes Encarnación avait envoyés à ses trousses, il se déplaça en direction du bruit qui se répéta plusieurs fois à intervalles réguliers.

Un homme suivait la trace sanglante que Bourne avait laissée derrière lui. Les pins qui l'entouraient semblaient trop flexibles pour qu'il y grimpe, mais Bourne finit par en trouver un qui lui convenait. Il l'escala une branche après l'autre en évitant de trop peser sur chacune.

L'homme tenait un fusil d'assaut QBZ-95 prêt à tirer. C'était une arme de guerre chinoise, si bien qu'avant même de voir son uniforme, Bourne comprit à qui il avait affaire. Le ministre Ouyang avait donc dépêché un bataillon au Liban.

Quand l'homme passa sous son arbre, Bourne se laissa choir, le frappa à la nuque et, sans attendre qu'il se remette de sa surprise, lui saisit la tête à deux mains et l'assomma contre le tronc. Le Chinois tomba comme une pierre, le crâne fendu. Du sang coulait de son nez, de ses yeux. Bourne songea une seconde à lui prendre son uniforme, mais il était trop petit pour lui.

Alors il ramassa le QBZ et partit débusquer ses camarades, sans doute eux aussi à sa recherche dans le petit bois. Le QBZ était le tout nouveau fusil d'assaut qui équipait l'armée chinoise. Bourne le trouvait peu maniable, surtout à cause de son gros chargeur cintré de trente cartouches situé juste derrière la poignée. En revanche, son canon lourd, bien que court, en faisait une arme incroyablement précise.

Le dos plaqué contre un tronc, Bourne tendit l'oreille mais n'entendit rien. Maceo Encarnación avait une bonne longueur d'avance sur lui. Il fallait agir vite sans perdre de temps à jouer au chat et à la souris avec les Chinois.

Il tira une courte rafale dans les arbres à droite et partit en courant vers la gauche, en se disant qu'ils reconnaîtraient le bruit du QBZ et en concluraient que leur camarade avait achevé leur proie.

Sa deuxième rafale toucha l'un d'eux. Un autre s'échappa. Bourne avait perdu l'élément de surprise mais savait à présent qu'il ne restait qu'un seul ennemi dans le petit bois.

Du regard, il fouilla l'espace où le troisième soldat chinois, plus grand, plus charpenté que les deux autres, avait disparu. Il s'était mis à couvert sur la droite. Bourne se glissa donc à gauche, dans l'espoir de le prendre à revers.

Une grêle de balles faillit lui emporter la tête. Il plongea sur le lit d'aiguilles de pin, mais dut rouler sur lui-même pour éviter les autres tirs. Ayant certainement deviné sa manœuvre, le soldat avait fait demi-tour pour l'intercepter, et sa tactique avait failli marcher. Mais à présent Bourne savait exactement où il se cachait. Il pointa le canon du QBZ vers le haut et tira. Les branches déchiquetées tombèrent en pluie sur l'homme accroupi. Bourne se redressa brusquement, fit feu et le toucha à l'épaule gauche. L'autre tournoya sur lui-même et perdit l'équilibre, mais un tronc le retint dans sa chute. Bourne tira une autre rafale ; l'homme avait déjà filé. Bourne pressa encore la détente, en vain. Le chargeur était vide. Il jeta l'arme inutile et s'élança derrière le Chinois tout en fouillant dans son sac à dos.

Un grand silence s'abattit soudain sur le petit bois. L'odeur de la poudre flottait dans l'air comme une brume. Bourne s'accroupit et progressa ainsi d'arbre en arbre. Plusieurs balles passèrent si près de lui qu'il sentit leur souffle sur sa joue. Pour déterminer la position de l'ennemi, il lui suffisait désormais de suivre les éclairs qui sortaient du canon. Dès qu'il le vit face à lui, il lança le couteau qu'il venait d'extraire de son sac.

Le soldat tira une dernière fois mais ses balles se perdirent dans le ciel. Il tomba sur le dos, d'un seul bloc. Le manche du couteau dépassait entre ses côtes, au niveau du cœur. Bourne éloigna le fusil d'un coup de pied et s'accroupit. Quand il constata que son adversaire était bien mort, il lui ôta son uniforme pour s'en revêtir. Il lui allait plus ou moins bien. Quant au sang sur la chemise, il pouvait facilement s'expliquer, après cette bataille rangée au milieu des pins.

Une fois qu'il eut ramassé le fusil, Bourne courut vers la butte, la contourna par la gauche et trouva le lance-roquettes qui avait détruit la Jeep. Les Chinois l'avaient rechargé, au cas où le premier projectile n'aurait pas atteint sa cible. Il l'emporta, vérifia les alentours et, voyant que la zone était dégagée, marcha vers le véhicule camouflé. Vêtu comme il l'était, mieux valait ne pas rejoindre le camp à pied.

Tout en tirant sur la bâche de camouflage, il se demandait ce que faisaient des soldats chinois à côté d'une base secrète israélienne gardée par le Mossad. Soudain, il s'arrêta au milieu de son geste. Un homme était assis à bord du véhicule. En reconnaissant l'arme braquée sur lui – un Tavor TAR-21 israélien, mortel, précis comme tout ce qui concernait le Mossad –, Bourne comprit que c'était lui qui avait guidé les soldats chinois jusqu'ici.

30

Quand le colonel Ari Ben David se retrouva face à Maceo Encarnación, toute la rancœur et l'animosité qui couvaient en lui depuis qu'il avait commencé à parlementer avec l'entrepreneur mexicain lui montèrent à la gorge, telles des bulles de mercure. Non seulement il détestait qu'on lui impose des intermédiaires – Maceo Encarnación, en l'occurrence – mais traiter avec les Chinois, et le ministre Ouyang en particulier, était pour lui un véritable calvaire. Il n'avait pas eu le choix, malheureusement, ainsi qu'il l'avait expliqué à Maceo Encarnación lors de leur troisième rencontre.

C'était le Mexicain qui avait eu cette idée. Ben David aurait pu lui en savoir gré, mais non, au contraire. La solution proposée par Maceo Encarnación était si ingénieuse, si parfaite que le chef du Mossad regrettait amèrement de n'y avoir pas songé le premier. D'autant plus que, désormais, il lui en était redevable.

Le colonel Ben David était né en colère. Puis, au fil du temps, il avait développé des tendances paranoïaques. Incapable d'éprouver la moindre émotion positive, il se croyait persécuté à cause de sa nationalité, de sa religion. On imaginait aisément la rage qu'il ressentait envers le ministre Ouyang depuis qu'il le savait en possession d'une preuve très compromettante pour lui. Une preuve qui, si elle tombait sous les yeux de Dani Amit ou du Directeur, mettrait fin à sa carrière au Mossad et l'enverrait moisir en prison pour le restant de ses jours. Ilan Halevy et lui avaient procédé à des exécutions non autorisées par le Mossad. Une activité fort lucrative, soit dit en passant. Quand tel ou tel individu souhaitait se débarrasser d'un gêneur, il lui suffisait de présenter une requête à Ben David et le Babylonien se chargeait des basses œuvres. Mais ils avaient commis une erreur, lors du premier meurtre : un papier qu'ils avaient laissé traîner s'était retrouvé entre les mains du ministre Ouyang. Comment était-il arrivé là ? Mystère. Toujours est-il que le ministre utilisait ce moyen de pression pour obtenir de Ben David ce qu'il souhaitait, à savoir, la méthode SILEX perfectionnée par les chercheurs de Dahr El Ahmar. Une méthode qui permettrait à la Chine d'accélérer son accès au carburant et aux armes nucléaires.

Le colonel Ben David émergea de sa courte rêverie ; son regard passa de Maceo Encarnación au colonel Han Cong, commandant l'escadron de six hommes que le ministre Ouyang avait envoyé pour le représenter.

« Votre rapport, colonel ? demanda-t-il.

— La Jeep de l'ennemi a été détruite », dit Han.

Maceo Encarnación s'adressa au Chinois. « Bourne et le chauffeur ?

— Leur mort n'a pas encore été confirmée.

— Et pourquoi cela ? », s'inquiéta Ben David.

Le colonel Han se racla la gorge. « Mes hommes n'ont pas donné de nouvelles. »

À ces mots, Ben David se tourna vers Maceo Encarnación et dit, sans plus accorder d'attention au militaire chinois : « Ils sont morts. Bourne arrive.

— Pardonnez-moi, intervint le colonel Han. Comment le savez-vous ? »

Un lent sourire s'étala sur le visage du colonel Ben David. On aurait dit qu'il s'attendait à cette question. « Je connais Bourne, colonel Han. »

— Mais pourtant... trois soldats, très entraînés... lourdement armés...

— Je sais ce dont Bourne est capable. » Ben David toucha la cicatrice livide qui lui zébrait le visage. « Vous pouvez me croire. »

Le Chinois haussa les épaules. «Dans ce cas, dépêchons-nous d'en finir.» Il fit un signe de tête à Maceo Encarnación qui souleva une valise à coque, la posa sur la table à tréteaux, pressa son doigt sur le lecteur d'empreinte, rabattit le couvercle et présenta aux deux hommes les trente millions de dollars américains.

«Tout y est. Vous avez la parole du ministre Ouyang.» Le colonel Han tendit la main. «Maintenant, la formule.»

Ben David plongea la main dans une poche de son treillis et déposa une clé USB dans la paume du Chinois. «Tout y est, dit-il sèchement. Vous avez *ma* parole.»

*

En découvrant l'uniforme chinois, l'agent du Mossad eut une seconde d'hésitation dont Bourne profita pour prendre l'initiative. Il laissa tomber le lance-roquette, saisit l'homme par le revers de sa veste, l'arracha de son siège et le balança dans la neige. L'agent se retourna sur le dos et fit feu avec son Tavor, manquant de peu la tête de Bourne, lequel sentait encore la brûlure sur sa joue quand il voulut frapper son adversaire au sternum avec la crosse du QBZ. L'agent leva le Tavor juste à temps pour détourner le coup, puis lança brusquement la jambe et repoussa Bourne d'un coup de pied à la hanche gauche.

Déséquilibré, Bourne vit l'agent du Mossad bondir sur ses pieds, se ruer vers lui et, en un éclair, lui passer le Tavor en travers du cou, l'obligeant à reculer vers le véhicule. Le fût de l'arme pressait si fort contre sa gorge qu'il devait se cambrer en arrière pour pouvoir respirer. L'homme était tellement concentré sur sa tâche qu'il en grimaçait d'effort. Il ne pensait qu'à une chose : lui régler son compte une bonne fois pour toutes.

Raison pour laquelle il ne vit pas le geste de Bourne. Ce dernier recula son pied droit, accrocha le talon de son adversaire et ramena la jambe vers l'avant. L'autre perdit l'équilibre et dans sa chute eut le réflexe de diriger le canon du Tavor vers la poitrine de Bourne. En atterrissant, il pressa la détente mais les balles se perdirent au loin. Bourne voulait en finir. Avec la crosse du QBZ, il le frappa au visage puis lui brisa le sternum et la cage thoracique.

Une côte cassée dut lui percer un poumon car une écume rose s'écoula de sa bouche, suivie d'un caillot de sang.

*

La pique lancée par Ben David n'eut aucun effet sur le colonel Han, lequel préféra insérer la clé USB dans sa tablette pour vérifier le contenu des fichiers.

Maceo Encarnación esquissa un sourire tenant de la grimace. « Contrairement aux apparences, le colonel Han est un grand physicien, spécialiste de l'excitation laser. »

Les deux hommes regardèrent le Chinois faire monter les documents à l'écran et les parcourir d'un œil rapide.

À cet instant, le colonel Ben David reçut un appel sur son téléphone satellite. Il écouta dix secondes, les traits de plus en plus crispés. « Non, ne faites rien. Ne le quittez pas des yeux, c'est tout. » Il coupa la communication et prononça : « On a repéré la Jeep. Il n'y a qu'une seule personne à bord.

— Bourne ? demanda Maceo Encarnación.

— Il porte l'uniforme de Dov. » Ben David secoua la tête. « Mais je doute que ce soit Dov. » Il se tourna vers le Chinois. « Colonel Han, il est grand temps pour vous de partir. »

Han cessa d'étudier les équations, retira la clé USB, éteignit sa tablette, la glissa sous son bras et sortit vivement de la tente de Ben David, après avoir salué les deux hommes d'un simple signe de tête.

*

Ayant enfilé l'uniforme de l'agent du Mossad et glissé le lance-roquette chargé sur le siège arrière, Bourne roulait en direction du camp de Dahr El Ahmar. Il se souvenait clairement de son emplacement, pour l'avoir survolé quelques semaines auparavant en compagnie de Rebeka.

Lui qui d'habitude ne se laissait distraire par rien ne pouvait éviter de penser à la jeune femme défunte. Il revoyait leur première rencontre, dans un avion de ligne volant vers Damas.

Elle s'était présentée à lui comme une simple hôtesse de l'air, mais le mystère dont elle était entourée l'avait poussé à la revoir. Il n'avait découvert que plus tard son appartenance au Mossad. Quand ils avaient attaqué ensemble le QG du terroriste Semid Abdul Qahhar, elle l'avait étonné par sa force, son intelligence et son courage. Et maintenant qu'elle était morte, il souffrait comme si Maceo Encarnación lui avait planté un couteau dans le cœur. Contrairement à ce que disait Constanza Camargo, Maceo Encarnación n'était pas protégé par les anciens dieux aztèques mais par toutes les personnes qu'il avait séduites, trompées, menacées, soumises de force. Une armure bien plus prosaïque mais parfaitement adaptée aux réalités du monde moderne.

Tout en conduisant, Bourne voyait des éclats de lumière autour de lui, comme les reflets du soleil sur des lentilles. On l'observait à distance. Les hommes derrière les jumelles pouvaient appartenir au Mossad, à Maceo Encarnación ou à l'armée chinoise.

*

Maceo Encarnación sortit de la tente à la suite du colonel Han, et l'accompagna jusqu'à l'avion qui le ramènerait à Pékin avec les survivants de son escouade, pour qu'il remette au ministre Ouyang la formule que ce dernier avait payée trente millions.

« Vous avez bien joué votre rôle », dit le colonel Han à Maceo Encarnación qui grinça des dents devant le ton condescendant du militaire chinois.

Cette morgue lui était insupportable. Il lui aurait bien volontiers tranché la tête d'un grand coup de machette. Au lieu de cela, il répondit : « J'attends ma part. »

Le colonel Han marchait en regardant droit devant lui, comme s'il était seul. Son avion n'était plus qu'à quelques mètres. Il sortit une grosse enveloppe de sa tunique mais la garda contre lui. On aurait dit qu'il hésitait à la lui remettre. « Qu'avez-vous fait pour mériter une si forte récompense, Encarnación ? »

Sentant le sang lui monter à la tête, Maceo Encarnación porta deux doigts à sa tempe où une grosse veine battait comme un deuxième cœur. Il respira profondément avant de répondre :

« J'ai fait office d'intermédiaire. J'ai présenté le ministre Ouyang au colonel Ben David et supervisé les négociations. Sans moi, Ouyang n'aurait jamais pu rencontrer Ben David.

— Peut-être que si. » Le colonel Han fit claquer l'enveloppe sur ses doigts repliés. « Le *ministre* Ouyang est un homme puissant et ingénieux. » Il haussa les épaules comme s'il lui en coûtait de respecter les ordres, puis tendit l'enveloppe à Maceo Encarnación qui l'attrapa avec l'empressement d'un larbin et se mit sur-le-champ à compter les billets glissés à l'intérieur.

« Les cinq millions y sont, dit Han sur le ton dédaigneux qu'il avait déjà employé sous la tente de Ben David.

— Je vérifie juste qu'ils sont vrais. » Maceo Encarnación retira trois billets au hasard et les soumit à des tests chimiques. Il avait pris soin de se munir de fioles et de pipettes.

« Satisfait ? fit Han d'un air désabusé. Ils sont vrais. Contrairement aux trente millions que vous avez fourgués au sioniste Ben David. Cet idiot a troqué sa précieuse formule contre une valise de fausses coupures. »

Sans trop se fatiguer, Maceo Encarnación se fendit d'un sourire complice. « Mais si bien imitées qu'il lui faudra du temps pour s'en rendre compte.

— Et, à ce moment-là, il sera trop tard », conclut triomphalement Han.

D'un geste, il ordonna à ses trois derniers soldats de monter dans l'avion.

« Et vos autres hommes ? demanda Maceo Encarnación. Vous ne voulez pas savoir s'ils sont encore vivants ?

— Une fois Bourne repéré, ils sont devenus un handicap.

— Pourtant, vous aviez également pour mission de l'empêcher de nuire.

— Oui, mais c'était secondaire, répliqua le colonel Han en grimpant à bord de l'appareil. Je tiens la formule. Voilà l'essentiel.

— Le ministre Ouyang ne partage pas cet avis.

— En effet. Mais j'obéis aux ordres de mon supérieur : le général Hwang Liqun. »

Sur ces bons mots, Han franchit la dernière marche et disparut à l'intérieur de la carlingue. Une seconde après, un soldat fit pivoter la porte pour la verrouiller de l'intérieur. Déjà les réacteurs tournaient. Maceo Encarnación dut reculer en toute hâte, ce qui ne l'empêcha pas de recevoir un retour de carburant en plein visage. Les yeux larmoyants, irrités par les particules de carbone, il fit demi-tour et rejoignit à petites foulées la tente de Ben David.

*

En entendant rugir les réacteurs, Bourne donna un coup de volant et fonça vers la piste. Ce bruit d'avion au décollage ne pouvait signifier qu'une chose : la transaction portant sur la formule SILEX venait de se conclure. Il arrivait trop tard.

Le pied sur l'accélérateur, il traversa les abords du camp et, lorsqu'il défonça une barrière en bois, essuya les tirs d'un groupe d'agents qui se dispersèrent très vite pour éviter la collision. L'avion était là, sous ses yeux, un appareil civil immatriculé en Chine.

Tout en mettant au point sa tactique, Bourne attrapa son sac à dos et fouilla à l'intérieur. L'appareil venait de s'immobiliser en bout de piste. On le sentait presque impatient de s'envoler, comme un chien de chasse tirant sur sa laisse. Bourne vira fortement sur la gauche et lança son véhicule sur une trajectoire parallèle à celle qu'emprunterait bientôt l'avion. Sur sa gauche, des coups de feu retentirent. Il se baissa. Une grêle de balles perça le flanc de sa Jeep.

Il se rapprochait de la queue de l'appareil quand il entendit gronder un moteur à gauche, celui d'une Jeep occupée par deux hommes : le chauffeur et un agent armé d'un Tavor TAR-21. Pour lui couper toute envie de s'en servir, Bourne fit une brusque embardée sur la droite. Il était maintenant si près du fuselage que l'agent du Mossad ne pouvait pas tirer, sauf à risquer d'endommager l'avion des Chinois.

Soudain, le pilote lâcha les freins. L'avion se mit à rouler, avec Bourne dans son sillage. Il venait de sortir la grenade que Robbinet avait placée dans son sac quand soudain, ce fut le choc. La Jeep le percuta sur le côté. Bourne sortit un bras par sa fenêtre et empoigna celui de l'agent qui se jeta en arrière. La Jeep poursuivait sa course tout en continuant à le pousser par à-coups, tandis que Bourne lui aussi faisait osciller son véhicule, espérant ainsi enfoncer l'aile de la Jeep avec son pare-chocs. Il vit le chauffeur littéralement agrippé au volant tandis que l'agent du Mossad bondissait vers lui. Une fraction de seconde plus tard, il recevait un coup violent à la nuque.

L'avion roulait toujours.

*

Maceo Encarnación repassa sous la tente pour trouver le colonel Ben David penché sur la valise. Il rigolait bêtement en sortant les billets par poignées. « Regarde un peu ça, claironna-t-il. Rien que de la merde.

— Oui, mais de la merde très raffinée. On n'a jamais vu dollars aussi bien imités.

— Ah, ça oui, approuva Ben David. Ils sont vraiment doués, ces enfoirés de Chinetoques. Faut dire qu'ils en connaissent un rayon, question contrefaçon. » Il eut un petit sourire affecté. « La formule SILEX contre trente millions en monnaie de singe. Quand je pense qu'Ouyang s'est cru assez malin pour m'avoir.

— Sans moi, il aurait réussi. »

Ben David acquiesça. « Très juste. Mais quand ils essaieront d'appliquer la formule, ils en seront pour leurs frais. Je vois d'ici la tête d'Ouyang. » Il se tourna vers le Mexicain et ajouta comme à regret : « Je suis votre débiteur.

— Et vous détestez devoir quoi que ce soit à quiconque, n'est-ce pas, colonel ?

— Surtout à vous, grinça Ben David.

— Avec Ouyang, ce serait pire. »

*

L'agent du Mossad était si vigoureux qu'il parvint presque à éjecter Bourne de son siège. Mais le véhicule oscillait tellement que l'homme perdit l'équilibre et tomba sur lui. Au lieu de résister, Bourne se jeta en arrière et, prenant appui sur les avant-bras de l'agent, lui sauta sur le dos. L'homme fit pivoter son torse et lui balança un coup de coude dans les côtes. Une violente secousse projeta Bourne à l'extérieur ; il se rattrapa au montant de la portière, une jambe dans le vide. L'autre brandit son fusil, bien déterminé à lui défoncer le crâne, mais une nouvelle embardée, plus forte que les autres, fit dévier le véhicule vers le flanc de l'avion. L'agent dut suspendre son geste pour empoigner le volant et reprendre le contrôle de la Jeep.

Bourne avait réussi à se plaquer contre les portières, le corps presque à l'horizontale. L'avion était maintenant si proche que les gaz d'échappement l'étouffaient, l'aveuglaient. Et pourtant, il savait qu'une telle occasion ne se représenterait pas de sitôt. Alors, il dégoupilla la grenade, tendit le bras vers l'arrière puis lui fit décrire un arc de cercle au sommet duquel il balança le projectile. La grenade fendit l'air en tournoyant comme un ballon de rugby mais, au lieu de s'écraser sur la carlingue, fut repoussée par le souffle du réacteur et de ce fait explosa dans le vide.

Distrait par la déflagration, l'agent ne vit pas Bourne grimper par le compartiment arrière. L'avion venait de décoller et prenait de la hauteur pour franchir un bouquet d'arbres. Bourne jucha le lance-roquette sur son épaule, regarda dans le viseur et pressa la détente. Le missile partit à toute vitesse, droit sur sa cible.

Paralysé d'horreur, l'agent se retourna à l'instant même où Bourne sautait du véhicule ; il atterrit en roulant plusieurs fois sur lui-même. Quand il s'immobilisa en position fœtale, la tête dans les bras, le missile percuta l'appareil de plein fouet. Des jets de flamme mêlés d'épaisses volutes de fumée noire jaillirent très haut dans le ciel, tandis que l'avion démantibulé s'écrasait en bout de piste. La Jeep du Mossad roulait si près de la zone critique qu'elle fut projetée en l'air, prit feu et partit dans une série de tonneaux. Le chauffeur éjecté vit choir sur lui un amas de métal surchauffé et de bâches calcinées. Le réservoir explosa aussitôt, l'onde de choc alla percuter l'avion qui brûlait, provoquant une nouvelle déflagration, celle du réservoir de kérosène. Il y eut un fracas titanesque suivi d'un embrasement auquel rien ni personne ne réchappa dans un rayon de deux cents mètres.

*

Quelques secondes plus tôt, sous la tente, le colonel Ben David regardait fixement Maceo Encarnación. « Et le paiement ? »

Maceo Encarnación sourit. « Et la formule ? »

Ben David brandit une carte SD de 32 giga. « Voici la vraie. »

Maceo Encarnación ouvrit une enveloppe dont il déversa le contenu au fond de la valise vide. Les diamants étincelèrent à la lumière des ampoules. « Trente millions de pierres parfaites. »

Ben David hocha la tête et lui remit la carte SD en disant : « Quand vous l'insérerez dans votre mobile, tout sera révélé. »

Maceo Encarnación serra la carte dans son poing. « Et Core Energy raflera le marché de l'énergie et de l'armement nucléaires. »

C'est alors qu'ils entendirent la première explosion. Ils se précipitèrent hors de la tente pour être renversés par les ondes de choc propagées par les deuxième et troisième explosions.

*

Une roue en flammes fusa vers le ciel. Bourne la vit décrire une parabole et retomber dans sa direction. Il eut tout juste le temps de rouler sur une plaque de neige pour éviter que ses vêtements ne s'embrasent. Quand il se redressa sur un genou, trois agents du Mossad couraient vers lui, de très loin. Dès les premiers coups de feu, il trouva refuge derrière une cabane de stockage posée en bordure de piste.

L'incendie qui dévorait l'avion et les deux Jeep était si intense que les agents ne purent approcher davantage. Bourne profita de ce répit pour gagner le bâtiment le plus proche, servant de lieu d'hébergement aux scientifiques qui travaillaient dans le laboratoire camouflé, à quelques centaines de mètres sur sa gauche.

Bourne était bien armé mais ne voulait plus tuer d'agents du Mossad, sauf en cas de légitime défense. C'était uniquement Ben David et Maceo Encarnación qui l'intéressaient. Par conséquent, il devrait éviter de trop se montrer avant d'avoir déniché les deux comparses.

À peine eut-il pénétré dans le dortoir que la porte se referma derrière lui en claquant. Les vitres d'une fenêtre partirent en éclats et une épaisse langue de feu enflamma la literie. À l'odeur, Bourne reconnut un lance-flammes.

Le brasier avançait rapidement ; toute la salle brûlait à présent. Bourne voulut faire demi-tour mais la porte qu'il avait empruntée pour entrer semblait verrouillée de l'extérieur. Quant aux fenêtres, elles étaient toutes inaccessibles, tant la chaleur le long du mur était intense. Il déchira une taie d'oreiller, plaqua le tissu sur son nez et sa bouche, et se mit à ramper sur le sol où l'air était un peu plus respirable. Comme une nuée d'orage, une fumée âcre s'amassait sous le plafond bas.

Au-dessus des divers craquements produits par les étincelles et le bois qui se consumait, il perçut un bruit. Une silhouette se découpa dans l'encadrement d'une fenêtre ; munie d'un respirateur et d'une combinaison ignifugée, elle enjamba le rebord et entra dans le dortoir en feu. Dans un mouvement pivotant, elle dirigea le lance-flammes de la droite vers la gauche. Planqué sous un lit, Bourne identifia derrière la vitre du masque le visage du colonel Ben David.

Ayant assisté à la première giclée incandescente, Bourne savait que ce lance-flammes projetait une substance liquide – probablement du napalm – embrasé par du gaz propane. Lorsque Ben David, espérant le débusquer, commença à ratisser l'espace, Bourne aperçut les deux bouteilles dans son dos : celle contenant le napalm et juste derrière la bouteille de propane. Bourne leva son fusil. Il aurait suffi d'une seule balle pour transformer Ben David en torche vivante. Mais dans cet espace clos, déjà ravagé par incendie, une telle tentative tenait du suicide.

Se retenant pour ne pas tousser, il observa Ben David se déplacer à travers la salle en regardant sous les lits. Dès que l'espace menant à la fenêtre brisée fut dégagé, il sortit de sa cachette et se mit à courir en diagonale à travers la fumée et la pluie de cendres. Il allait sauter par la fenêtre quand Ben David se retourna et actionna le lance-flammes. La langue de feu suivit Bourne dans son élan et lui effleura le dos.

Sentant sa veste brûler, Bourne se jeta sur une grosse plaque de neige et se tortilla pour étouffer les flammes. Ben David l'avait déjà rejoint ; il tenait l'horrible bec du lance-flammes braqué sur lui. Au même instant, Bourne leva son fusil d'assaut.

« T'es foutu, Bourne », hurla Ben David en relevant le capuchon de sa combinaison sans paraître se soucier du brasier derrière lui. « Pourquoi je te retrouve sans arrêt en travers de mon chemin ? Et qu'est-ce que tu foutais avec Rebeka ?

— On formait une bonne équipe, elle et moi. J'ai tout fait pour la sauver. »

Ben David fronça les sourcils. « Qu'est-ce que tu racontes ?

— Elle est morte. Elle a été poignardée dans la villa de Maceo Encarnación, à Mexico. »

Ben David fit un pas vers Bourne. « Sois maudit. Tu n'aurais jamais dû l'emmener là-bas.

— Tu crois qu'elle est morte par ma faute ? Détrompe-toi. Elle s'était fixé une mission et il se trouve que j'avais la même. En plus, c'est toi qui as envoyé le Babylonien pour l'exécuter. Tu avais peur qu'elle découvre tes petites manigances.

— Que sais-tu exactement à propos de ça ?

— Et maintenant tu voudrais me faire croire que tu as toujours des sentiments pour elle ?

— Je t'ai demandé ce que...

— Tout. Je sais tout, jusqu'aux faux billets de ton copain chinois. »

Ben David se pencha vers lui. « Tu ne connais pas son nom.

— Le nom de qui ? Tu veux parler du ministre Ouyang ? »

Ben David le foudroya du regard. « Pourquoi te déteste-t-il à ce point ? »

Bourne lui renvoya son regard sans répliquer.

« Tu ne feras pas foirer cette affaire, Bourne. »

Quand il vit Ben David crisper son index sur la détente, Bourne sortit son dernier atout. « Tu ne veux pas savoir qui a tué Rebeka ?

— Je m'en fous. Elle est morte.

— Son assassin s'appelle Nicodemo. Le fils de Maceo Encarnación. »

Le colonel resta figé sous le choc. « Quoi ?

— Tu ignorais que Nicodemo était le fils de ton associé, hein ? »

Ben David ne répondit rien. Il sortit un bout de langue et s'humecta les lèvres.

« Ce qui signifie que Maceo Encarnación a donné ordre de l'exécuter. Personnellement, je n'aimerais pas traiter avec un tel associé. » Bourne partit d'un rire sinistre. « Mais ne t'en fais pas, je te le laisse. »

Une voix tenant du grognement leur parvint. « Il vous mène en bateau, Ben David. » Les deux hommes se retournèrent vers Maceo Encarnación.

« Qu'est-ce que vous attendez pour le faire cramer ? » Encarnación tenait un pistolet dans une main et dans l'autre une énorme machette dotée d'une lame impressionnante.

Ben David répliqua : « Pourquoi avoir fait assassiner Rebeka ?

— Quoi ? Je n'ai de comptes à rendre à personne. »

Ben David secoua la tête. « Vous aviez le choix. Vous auriez pu la capturer...

— Ça va pas, la tête ? Cette femme était bien trop dangereuse pour qu'on tente de la capturer. En plus, Bourne traînait dans le coin.

— ... mais votre fils, vous lui avez demandé de... »

Maceo Encarnación accusa le coup. « Je n'ai pas de fils.

— Nicodemo. C'est votre fils.

— Qui a dit ça ? », s'énerva Encarnación.

Ben David désigna Bourne.

« Et vous le croyez ?

— C'est trop logique pour être un mensonge. »

Maceo Encarnación cracha. « C'est à se demander si vous comprenez ce que je dis. La fumée vous a encrassé les neurones, ou quoi ? Rebeka est morte, Nicodemo aussi. Le passé est enterré. C'est notre avenir qui doit nous préoccuper, maintenant. Bourne est le seul à faire obstacle à... »

Ben David tourna le museau du lance-flammes vers Encarnación et pressa la détente. Le jet de napalm embrasé manqua de peu le Mexicain. En une fraction de seconde, Bourne se redressa et balança son pied dans la poitrine de Ben David qui, déséquilibré, recula en direction des flammes jaillissant des fenêtres.

Sans demander son reste, Maceo Encarnación prit ses jambes à cou pour se réfugier derrière le dortoir. Bourne s'élança mais dut s'arrêter au coin d'un mur pour éviter de prendre une balle.

Il entendait les chaussures du Mexicain crisser sur la neige. Quand il comprit au son que l'autre s'éloignait, il passa la tête et tira.

Maceo Encarnación n'était plus là. Bourne suivit ses traces dans la neige. Au loin, il aperçut les trois agents du Mossad qui l'avaient pris pour cible, peu avant. Ils combattaient l'incendie qui menaçait à présent de s'étendre au laboratoire tapi sous le filet de camouflage.

Parvenu à l'extrémité du bâtiment, Bourne vit que les empreintes du Mexicain menaient droit vers le labo. Pour les suivre, il fallait user de prudence car le terrain était à découvert. Il avait parcouru la moitié du chemin quand il faillit tomber sur l'un des agents. L'homme parlait dans son téléphone satellite. Bourne se jeta face contre terre. Couvert de suie, ses habits brûlés par endroits, l'agent hocha la tête, rangea son téléphone et laissa ses collègues pour partir en courant de l'autre côté du camp. Bourne le suivit des yeux puis, quand l'homme passa derrière le dortoir en flammes, se releva pour s'élancer de nouveau sur les traces de Maceo Encarnación. C'est alors qu'il remarqua un mouvement derrière lui.

L'agent du Mossad avait refait son apparition, et il n'était pas seul. Le colonel Ben David l'accompagnait.

*

Maceo Encarnación maudissait le jour où Tom Brick l'avait convaincu d'acheter le procédé SILEX à Ben David. Brick lui avait expliqué par A plus B que SILEX permettrait à Core Energy de faire main basse sur le marché du carburant nucléaire. Une énergie qui, certes, connaissait des hauts et des bas, mais demeurait une valeur d'avenir dans un monde toujours plus méfiant envers les émissions de carbone.

Que Brick ait eu raison ou tort, Maceo Encarnación s'en fichait éperdument. Il n'avait pas eu besoin de Brick pour embrigader le ministre Ouyang dans cette affaire. C'était lui qui en avait eu l'idée. Dans ses rapports hebdomadaires, Maricruz n'avait cessé de lui démontrer que les Chinois recherchaient désespérément de nouvelles sources d'énergie, surtout depuis que leur prodigieuse avancée économique subissait les contrecoups de la pollution qui étouffait le pays. Les Chinois construisaient des réacteurs nucléaires à une vitesse hallucinante et leurs besoins en uranium enrichi s'accroissaient de manière exponentielle. Maceo Encarnación détestait les Chinois plus que n'importe quel autre peuple sur Terre. Ces gens-là représentaient tout ce qu'il méprisait, tout ce qu'il avait passé sa vie à combattre : la répression, la régulation, tout ce qui freine la liberté de penser et d'agir. Depuis longtemps, il rêvait de leur faire ravaler leur morgue. Voilà pourquoi il n'avait pu résister à la tentation quand l'occasion s'était présentée. Mais à présent, il comprenait qu'il s'était lourdement trompé en laissant le désir contrecarrer le cours de son destin.

Que faisait-il ici, planqué dans l'ombre, derrière la porte d'un laboratoire de recherches nucléaires ? Normalement il aurait dû se trouver à Mexico entre les bras d'Anunciata. Mais non, il était en train de fuir pour échapper à Jason Bourne. L'instant crucial semblait imminent, l'instant où la vie bascule, où le pouvoir, la fortune plient devant l'instinct de survie.

Il se figea en voyant la porte s'entrouvrir. L'intérieur du laboratoire, conçu par les cinq scientifiques qui l'occupaient, se divisait en plusieurs pièces dans lesquelles on étudiait le procédé SILEX, procédait aux diverses améliorations, avant de passer à la phase des essais qui, elle, se déroulait tout au bout du bunker, dans une grande salle plombée, présentant toutes les garanties contre les fuites radioactives. Pour autant qu'il le sût, c'était dans cette salle que se tenaient les physiciens en ce moment, puisqu'ils effectuaient les derniers tests.

Le battant pivota encore un peu. Maceo Encarnación regarda si son arme était chargée. Non. Il la rangea et, levant la machette au-dessus de sa tête, se tint prêt à l'abattre sur le cou de Bourne dès qu'il franchirait le seuil.

Une ombre s'encadra dans l'entrebâillement. Maceo Encarnación sentit les muscles de ses bras frémir d'impatience ; ses mains crispées tenaient le manche de l'horrible coutelas avec la précision d'un tueur professionnel.

Il regarda l'ombre devenir silhouette, vit se dessiner un nez, des lèvres, un front, un menton. Puis, quand toute la tête se présenta devant lui comme celle d'un condamné sur le billot, la machette déchira l'air. Le métal de la lame capta une brève étincelle puis s'enfonça dans l'ombre.

La tête tranchée rebondit sur le sol tandis que le tronc tournait sur lui-même et qu'un geyser de sang, rythmé par les battements du cœur, jaillissait de l'horrible plaie. L'espace d'un instant, Maceo Encarnación se revit au bord d'une plage au Mexique ; les vagues venaient mourir sur le sable ensanglanté, entraînant dans leur va-et-vient une tête tachée d'écume rose.

Puis cette vision disparut et son regard se posa sur la tête dont il ne voyait pas le visage. Du bout du pied, il accrocha le nez et la fit basculer vers lui. Ses yeux vides comme ceux d'un requin échoué sur une grève fixaient le plafond. Ce visage, il le connaissait, mais...

Il jappa de surprise lorsque Bourne se jeta sur lui, l'empoigna et le projeta contre le mur si violemment qu'il laissa choir la machette sanglante. Son regard halluciné ne savait où se poser ; il passait alternativement de Bourne à la tête coupée.

« Je croyais que Ben David était... mort dans l'incendie, bredouilla-t-il.

— L'un de ses hommes l'a sauvé des flammes, et tant mieux, répondit Bourne. Je voulais que sa mort ait un sens. »

Maceo Encarnación contemplait le visage de Ben David qui semblait le scruter depuis le sol. Ici, il n'y avait pas d'eau de mer pour laver le sang et les immondices, pour donner l'illusion d'une mort propre, nette et sans bavures.

« Je l'ai pris pour toi, articula Maceo Encarnación.

— Ça ne m'étonne pas. »

Un frisson agita le Mexicain de la tête aux pieds. « Laisse-moi partir, supplia-t-il. C'est moi qui possède le secret de SILEX. Imagine le fric que ça représente. On pourrait faire moitié-moitié. »

Bourne se bornait à le regarder droit dans les yeux.

« Tu as tué Nicodemo à Paris, reprit le Mexicain.

— Il avait poignardé Rebeka. Elle est morte lentement et dans d'affreuses souffrances.

— Je regrette, je t'assure.

— J'ai vu la douleur au fond de ses yeux. Je l'ai vu s'éteindre et je ne pouvais rien faire.

— Pour un homme comme toi, j'imagine que c'était horrible. » Bourne lui balança son poing dans le ventre puis l'obligea à se redresser en l'empoignant par les cheveux.

Le Mexicain écarquilla ses yeux injectés de sang. « Tu as tué mon fils.

— Il s'en est chargé lui-même. »

Maceo Encarnación lui cracha au visage. « Comment oses-tu ?

— J'ai essayé de le maîtriser quand on est tombés dans l'eau mais tu l'avais trop bien entraîné. Si je ne l'avais pas tué, c'est lui qui nous aurait eus, Don Fernando et moi.

— *Asesino !* » Encarnación glissa la main sous sa veste, sortit une dague à pousser et voulut l'enfoncer dans le cœur de Bourne.

Bourne lui saisit le poignet, tourna d'un coup sec et le cassa en deux. Maceo Encarnación grimaça de douleur mais répliqua aussitôt en le frappant à la gorge avec le talon de son autre main. Bourne poussa un cri, tel un grognement animal sorti des tréfonds de son être, fit pivoter son adversaire, lui coinça le crâne entre ses deux mains et lui brisa le cou. Maceo Encarnación s'écroula comme une poupée de chiffon. Sa tête penchait bizarrement, peut-être étonnée d'être encore attachée au corps de son propriétaire.

Épilogue

« L E DIRECTEUR SOUHAITERAIT VOUS PARLER, dit Dani Amit, le chef des Renseignements du Mossad.

— Me parler ? répliqua Bourne. Ou me tuer ? »

Amit se mit à rire mais son regard bleu délavé demeura empreint de gravité. Les deux hommes étaient attablés à L'Entr'acte, un restaurant de Tel-Aviv qui donnait sur la plage en forme de croissant.

« Cet ordre d'exécution était une erreur. Bien évidemment.

— Notre métier est constitué d'un tas d'erreurs accumulées, répondit Bourne en imitant le ton de son interlocuteur. Surtout quand on considère les choses avec un peu de recul. »

Amit posa le regard sur la mer et les transats inoccupés alignés sur le sable. « Ce qui ne nous tue pas nous fait vieillir.

— Ou nous rend fous. »

Amit se retourna brusquement vers lui.

« Seul un fou a pu décider d'éliminer Rebeka, dit Bourne.

— Elle avait dépassé les bornes, enfreint le protocole.

— Parce qu'elle n'avait personne à qui se fier. »

Amit soupira et croisa les doigts comme s'il priait. « En ce qui concerne Dahr El Ahmar, je tiens à vous exprimer toute notre gratitude.

— Rebeka soupçonnait Ben David, renchérit Bourne, peu désireux de changer de sujet. Et elle avait raison. »

Amit se passa la langue sur les lèvres. « Les autorités de Mexico ont rapatrié sa dépouille.

— Je sais. Vous allez l'enterrer avec les honneurs. Je veux y être.

— Les étrangers ne sont pas admis..., commença Amit sans réfléchir, puis il se reprit. C'est entendu. »

Une douce brise agitait les cheveux de Bourne. Il avait mal dans tout le corps. Il sentait encore chaque brûlure, chaque coup porté par Maceo Encarnación.

« Elle avait de la famille ?

— Ses parents sont morts, dit Amit. Vous rencontrerez son frère lors des funérailles.

— Il est du Mossad, lui aussi.

— Finissez votre café. Il est temps d'y aller. »

*

Sur le bateau du directeur, Bourne profitait de la vue panoramique sur la ville. Dans le ciel parsemé de petits nuages poussés par le vent, le soleil brillait si intensément qu'il se serait cru à des milliers de kilomètres des plateaux enneigés du Liban.

« Vous êtes un bon marin, dit le directeur. Quels autres talents nous avez-vous cachés ?

— Je ne pardonne rien. »

Le directeur le fixa du regard. « C'est un trait typique du Mossad. » Malgré le vent, ses mèches gominées restaient bien en place. « Cela dit, nous sommes tous des êtres humains, Bourne.

— Non. Pas vous. Vous êtes du Mossad. »

Le directeur pinça ses lèvres violettes. « Il y a de la vérité dans ce que vous dites. Pourtant, nous ne sommes pas infaillibles, comme vous avez pu le remarquer. »

Bourne se remit à contempler la ville au loin. Soudain, il prit conscience que sous cette blancheur éclatante était enfouie une histoire millénaire. Il sortit la fine chaîne en or portant l'étoile de David.

En l'apercevant, le directeur se rapprocha de son invité. « Elle appartenait à Rebeka. »

Bourne confirma d'un hochement de tête.

Le directeur emplit ses poumons et relâcha l'air tout doucement. « Je sors en mer chaque fois qu'un de mes agents meurt en service. »

Entre les deux hommes, l'étoile de David qui oscillait lentement renvoyait par moments la lumière du soleil. Après un long silence, Bourne demanda : « Ça vous aide ?

— Quand je navigue au large, sous le ciel pur, loin des contraintes de la ville, je m'aperçois à quel point je suis faible et perdu. » Le directeur regarda ses mains solides. « Est-ce que ça m'aide ? » Il haussa les épaules, comme s'il se parlait à lui-même. « Je n'en sais rien. Et vous ? »

Bourne songea à la terrible impuissance qu'il avait ressentie en voyant s'éteindre Rebeka. Comme les ondes d'un minuscule tremblement de terre, d'autres chagrins identiques resurgirent du fond de sa mémoire et, finalement, il réalisa, avec une certitude absolue, qu'il était aussi faible et perdu que l'homme debout près de lui.

REMERCIEMENTS

Je remercie mon cousin, David Schiffer, de m'avoir si clairement exposé les toutes dernières méthodes de traque des terroristes, des marchands d'armes internationaux et des trafiquants de drogue ; mon ami Ken Dorph pour sa vision unique du Moyen-Orient et le récit passionnant de ses voyages au long cours ; et mon épouse, Victoria, pour l'aide qu'elle m'a apportée, ses conseils et ses talents de relectrice.

Je rends hommage à Carlos Fuentes. Son merveilleux roman, *La Volonté et la Fortune*, a largement inspiré le séjour de Bourne à Mexico. Il a enrichi mes propres expériences et celles que je tiens d'autres observateurs.

Cet ouvrage a été imprimé par
CPI FIRMIN-DIDOT
pour le compte des Éditions Grasset
en janvier 2016

Ce volume a été composé
par INOVCOM

Grasset s'engage pour
l'environnement en réduisant
l'empreinte carbone de ses livres.
Celle de cet exemplaire est de :
1,4 kg éq. CO$_2$
Rendez-vous sur
www.grasset-durable.fr

PAPIER À BASE DE
FIBRES CERTIFIÉES

Dépôt légal : février 2016
N° d'édition : 19211 – N° d'impression : 133032
Imprimé en France